挪\威\现当代文学译丛

迪娜之书

Dinas Bok

[挪威] 赫尔比约格 · 瓦斯莫 / 著　沈赟璐 / 译

上海译文出版社

图书在版编目（CIP）数据

迪娜之书 /（挪）赫尔比约格·瓦斯莫（Herbjorg Wassmo）著；
沈赟璐译.— 上海：上海译文出版社，2019.8
（挪威现当代文学译丛）
ISBN 978-7-5327-8055-6

Ⅰ.①迪… Ⅱ.①赫… ②沈… Ⅲ.①长篇小说—挪
威—现代 Ⅳ.①I533.45

中国版本图书馆CIP数据核字（2019）第123931号

Herbjørg Wassmo

DINAS BOK

Copyright © Gyldendal Norsk Forlag AS 1989 [All rights reserved.]
Simplified Chinese edition copyright:
2019 SHANGHAI TRANSLATION PUBLISHING HOUSE (STPH)
All rights reserved.

This translation has been published with the financial support of NORLA

N
NORLA
NORWEGIAN LITERATURE ABROAD

图字：09-2018-1096号

迪娜之书

［挪威］赫尔比约格·瓦斯莫　著　沈赟璐　译
责任编辑 / 杨懿晶　装帧设计 / 胡枫

上海译文出版社有限公司出版、发行
网址：www.yiwen.com.cn
200001　上海福建中路193号
启东市人民印刷有限公司印刷

开本 890×1240　1/32　印张 18.25　插页 2　字数 296,000
2019年8月第1版　2019年8月第1次印刷

ISBN 978-7-5327-8055-6/I·4945
定价：88.00元

献给比约恩

序章

人多述说自己的仁慈，

但忠信人谁能遇着呢？

行为纯正的义人，

他的子孙是有福的！

……

谁能说："我洁净了我的心，

我脱净了我的罪"？

——《圣经·箴言》第20章，第6，7，9节

我叫迪娜，在我面前有一架雪橇，坐在雪橇上的人一路往陡坡下俯冲。

起初，我以为那个被系在雪橇上的人是自己。因为我的身体感受到前所未有的剧痛。

透过水晶般透明的现实，我竟超越了时空界限，触碰到了雪橇上的脸。没过一会儿，雪橇便撞在了冰片覆盖的岩石上。

马儿松开了车辕，从而逃离了被车往斜坡下拖拽的命运！真是让人惊奇，这一切为何发生得如此简单明快！

摔下去的话就来不及了。来不及做什么？

现在的我没有马了。

女人在冰冷的晨光中发现自己躺在峭壁之巅。阳光很微弱。周围的山峰显得很昏暗，让人不禁毛骨悚然。峭壁几乎呈垂直状，她没法看到下面的地形。

峡谷很宽，跨过峡谷，更为陡峭的绵延山峰静静地矗立在对面，注视着这一切。

她的目光追随着雪橇的每个动作。最终，它撞在一棵巨型桦树的树干上，停下的位置恰恰就在悬崖边上。

雪橇轻轻地朝着深渊的方向来回摆动。悬崖下面就是高耸的峭壁。再往下，就是轰隆隆的急流。

雪橇在斜坡上急速坠落，女人仔细端详着雪橇在卵石、碎雪、几丛欧石楠，还有破碎的矮灌木丛上留下的痕迹。这些地方像被一块巨大的木工刨扫荡过，所有露出地面的东西都被带走了。

她穿着皮质长裤，上身套着一件长长的夹克，显得很合身。要不是她头发的缘故，从远处看，真有可能会把她错认成男人。

右手的袖子划开了好几处，像是荡在手上的破布。衣袖上的血渍应该是被伤口渗出的血给染上的。

她左手一动不动地紧握着一把短刃，这是拉普兰地区的女人习惯缠在腰带上的武器。

女人朝声音的方向转过头去。原来是马发出的嘶嘶声。马的叫声像是唤醒了她的神志，忙不迭地把刀藏进夹克的口袋里。

她迟疑了一会儿，然后坚定地朝路边的石墙跨了过去。墙的那边是雪橇，现在已经晃得没那么厉害了，它似乎决定了要全力以赴，用自己破败不堪的残躯来拯救这个女人。

她匆匆爬下坡。坡道上松垮垮的石子被她的冲劲给踢飞出去，形成一场小雪崩。石子急速地从雪橇旁滑过，掠过悬崖的边缘。她朝着消失的石子望去，仿佛她和这些石头心有灵犀，即使看不见，她也能感受到它们的遭遇，能够一路望到石子以迅雷不及掩耳的速度掉在山下的深潭里。

她停了一会儿，等新的石子从雪橇旁飞过，再继续走。不过只是一会儿而已，方向始终朝山下，没有改变。雪橇上载着一具纹丝不动的身体。当她看见雪橇上的男人，将他身上的羊皮长袍掀开一个角，这才停下脚步。

一张男性脸庞映入她的眼帘，没受伤前肯定很英俊。男人的一只眼睛被推进了眼窝。浓稠的新鲜血液均匀地从头部的多处伤口里流出来。她在原地站了没几秒，男人的头就被鲜血染红了。脖子周围的白色羊皮也浸满了血液。

她抬起纤长的手，指甲的形状很好，粉粉的，很有血色。她拨开男人的眼睑。两边眼睑都检查完之后，她把手用力往男人的胸口上戳。他的心还在跳动吗？可惜她的手太笨拙，感觉不出。

女人的脸像是一个被冰雪覆盖的世界。除了半垂眼睑下急切的眼神，她浑身上下一动不动。她看见自己手上血迹斑斑，便用男人胸口的衣服来擦，血渍都擦干后，再把羊皮的一角盖回到他的脸上。

接着，她四肢匍匐爬过雪橇，来到马车的搭扣旁。她先把搭扣上的破绳抽出来，一同塞进放刀的夹克口袋中，再掏出两根破损的皮带，小心地塞到之前绳子所在的位置。

走着走着，她突然挺起身子来。她竖起耳朵听，发现那是马在路上发出的嘶叫声。她犹豫着，在想是否得狠狠心下个决定，究竟要不要完成这项任务。她爬回雪橇的另一边，而那个伤痕累累的人，就这样静静地躺在她和悬崖的中间。

坚硬的桦木因为寒冷，再加上她的分量，发着嘎吱嘎吱的响声。她在冰天雪地的石头堆里找到一个歇脚的地方，然后把身体的分量靠在雪橇上，计算着她要花多大力气才能把雪橇挪过去。她的动作干净利落，仿佛演练了许多遍。

雪橇离开地面时，羊皮从男人的脸上滑落。他睁开另一只没有凹陷的眼睛，径直看向女人。他一言不发，无助的表情里带着怀疑。

这让她大吃一惊。除了尴尬，她的脸上还掠过一丝温柔的神情。

接下去她只顾着往前挪动和呼吸。她的速度很快。一切过去很久之后，声音仍旧回响在山间。

女人的脸色有点苍白。大地又回复成以前的样子。经历了一番痛苦和挣扎之后，一切都变好了。

我是迪娜，男人从雪橇上滚落到冒泡的深潭时，我能感受到向下的拉力。他越过悬崖的边界。我没有勇气看他下坠的最后一瞬，那是每个人都害怕的画面，但我其实可以瞥上一眼。那一瞬，时间仿佛静止了。

我是谁？时间和空间又在哪里？我注定要一辈子过这样的日子吗？

她挺直着背后退了几步，毅然决然地爬回山坡。上山要比下山吃力。这可是两百码的冰川之路。

她在能望见河的地方停下了脚步，波涛汹涌的秋天的河转过身看着。河流在面前打了个弯，随即咆哮着消失在视野中。湍急的河流溅起一股股浪花和泡沫。除此以外，别无他物。

她继续上山。她爬得很快，有点上气不接下气。手臂上的伤口很疼，好几次她差点失去平衡，像雪橇那样滚落下去。

她用手牢牢抓着石楠、树枝和石头。只有确保一只手抓牢了，另一只手才会往上爬。所有动作迅速有力。

当她抓到路边的石墙时，她抬头看了看。那匹马正看着她，它的眼睛很大，闪着光芒。马不叫了，只是站在那儿看着她。

他们面对面看着彼此，休息了片刻。突然间，马儿亮出它的牙齿，气愤地咬了几口路边的草丛。她必须得同时使出两条手臂，才能把自己拽到地面上，她一边奋力爬着，一边露出狰狞痛苦的表情来。

马儿对着她弯下硕大的脑袋，作出鞠躬的姿势。马车轴在车身两旁散开着，像是某种无谓的装饰。

最后，她终于伸出手抚摸起马背上的鬃毛。她的动作很僵硬，近乎

5

残忍地把马儿倔强的脑袋拉过来。

这个女人只有十八岁，但她的眼神却像岩石一般枯老。

马车轴刮擦着地面，发着刺耳的声音。

马儿又朝地上冻成刀片的叶子重重地跺了一脚。

她脱下外套，卷起毛衣和衬衫的袖子。手上的伤口像是刀伤。或许她之前和雪橇上的男人搏斗过不成？

她迅速弯下腰，光秃秃的双手在结冰的碎石路面上挖凿。她捡起沙子和冰块，还有杂草和岩屑，把这些东西使劲往伤口上搓。她的脸上露出剧痛的神情，她张开嘴巴，发出低沉粗嘎的吼声。

她重复着这几个动作，每次重复前都会留一点间隔的时间，仿佛在行宗教仪式一般。她的手不停地挖着雪地里的碎石泥沙，然后一把抓起，往伤口上摩擦。一遍又一遍。接着她脱下厚重的毛衣和衬衫，用衣服对着地面摩擦。她把袖子也撕扯开，就这样不停摩擦，一遍一遍，不厌其烦。

她的手上渐渐沾满鲜血，但她并没有要把这些血渍洗干净的意思。她站在秋日的天空中，薄薄的蕾丝紧身胸衣勾勒出她曼妙的轮廓。她似乎并不觉得冷，只是静静地又穿上自己的衣服，透过衣服的洞眼处检查着自己的伤口。她抚了抚破烂不堪的衣服，当她伸直手臂想要看看手能不能活动时，她的脸上再次露出痛苦的表情。

她的帽子躺在路边。一顶棕色的帽子，帽檐很窄，上面有绿色的羽毛装饰。她匆匆地瞥了一眼帽子，然后沿着崎岖的雪橇之路，朝北面走。周围的光线迷迷蒙蒙，一片灰暗。

马儿拖着马车，吃力地跟着她走。眼看很快就要追上她了，马儿一下把口套搁在她的肩膀上，小口咬着她的头发。

她停下脚步，往马身上凑近了一些。她用手猛烈拉扯着动物的脑袋，迫使它把头靠在两条前腿上，好像一头骆驼。接着她一抬腿跨上马儿宽阔黝黑的后背。

　　马蹄和马车轮扫过碎石的时候发出咔咔的声响。马儿的呼吸听上去很轻松。风儿看不见也摸不着，在他们身旁静静飘过。

　　恰是正午时分。女人骑着马沿着陡峭的山路下了坡，来到一栋大宅子前面。高高的山梨树晃晃悠悠地排列在宽阔的巷子旁。巷子从白色的主屋一路延伸到石码头旁两座面对面的红房子前。

　　山梨树上除了深红色的浆果，整体显得光秃秃的。金色的田地上散落着一片片的冰块和积雪。云层时不时裂开一条缝来，可就是见不着阳光。

　　女人骑马进院子时，那个名叫托马斯的小伙子从马厩里走了出来。当他看见空空如也的马车架，女人蓬乱的发型，还有那一身血迹斑斑的衣服时，整个人像柱子一样愣在原地。

　　她不慌不忙地从马背上滑下来，并没有看他。接着，她摇摇晃晃地一步步踏上通往主屋的宽台阶，打开双门的一侧。光线笼罩在她的周身，她背对着他，一动不动地站在门口。突然她转过身来，像是被自己的影子给吓着了似的。

　　托马斯朝她跑去。她站在重叠的光影里，屋内的光线温暖、如金子般闪亮。屋外的光线蒙着一层山峰的浅蓝色阴影，透着一股寒意。

　　从此，她的脸上再看不见任何表情。

　　整栋屋子的人都很慌乱。女人们和男人们都在奔跑。连仆人们也不例外。

　　凯伦嬷嬷挂着一根从其中一间客厅里拿来的拐杖，蹒跚地走来。她的单片眼镜上系着一条刺绣的缎带，挂在她的头颈上荡来荡去。这片晶莹剔透的玻璃镜片可没起到什么助兴的作用。

这位老妇人费力地穿过门厅，在漂亮的地板上留下一连串嘎吱嘎吱的响声。她的表情温文尔雅，看上去无所不知。莫非她知道些什么?

所有人蜂拥在前门门口，围在女人的四周。一名小女仆摸了摸女人受伤的手臂，自告奋勇想帮她把磨损的夹克脱下来，却遭到了女人的无视。

这下，大伙儿炸开了锅。所有人都立马七嘴八舌地议论起来。问题一个接一个地抛向这位面无表情的女人。

但她并没有回答。她什么也看不见，因为她没有眼睛。她只能紧紧抓住托马斯的手臂，害得托马斯发出了呻吟。然后她跌跌撞撞地走到名叫安德士的男子面前。这位男子金发碧眼，下巴很突出。他是这个宅子收养的孩子之一。她也抓住他的手臂，让这两个人陪在她身旁。其间仍然一言不发。

马厩里有两匹马安了马鞍。另外一匹没有。从山上一路跑下来，它可是累得汗流浃背。马儿的绳子从马车架上解了开来，先是给它擦了擦身，然后又冲了冲水。

马儿大大的脑袋钻在水桶里不愿离去。人们只好等待着。它咕噜咕噜地大口喝着水，这点水也是它应得的。它时不时会朝空中甩一甩长长的鬃毛，扫一眼面前的一张张脸孔。

女人不愿意换衣服，也不愿意包扎伤口。她就这么猛地骑到了马背上。托马斯给她拿来了一件家纺外套，她套了上去。但自始至终，她仍然一声不吭。

她把他们带到雪橇当初在悬崖口打滑的地方。这些走过的道不会认错。毁坏的破面，压平的细桦木，还有连根拔起的石楠。他们都知道悬崖下面有什么。那儿有的只是岩石、险滩、峡谷和深潭。还有雪橇。

他们召集了更多的人，在冒泡的水里展开搜寻。但除了一部分破碎的、轴轮上挂着破皮带的雪橇外，什么也没有找到。

　　女人像哑巴似的缄默不语。

耶和华的眼目眷顾聪明人，

却倾败奸诈人的言语。

——《圣经·箴言》第22章，第12节

迪娜的丈夫，雅各布，有一条腿长了坏疽，她必须要带他到山的另一边去看医生。当时正是十一月。她是唯一一个能驾驭得住那儿最快的一匹马的人，那是一匹野马。而他们需要的正是有人能快马加鞭，驰骋在崎岖不平的冰雪之地。

雅各布的腿已经开始散发出恶臭，房子里熏满了这股味，已经有好长一段时间了。就连厨师也能在食品储藏柜里嗅到这股味道。一种压抑的气氛充斥着每个房间，一进去就能感觉到焦虑。

在雅各布出发前，雷斯尼斯没有一个人抱怨过他腿的味道。小黑拖着空空的马车架回屋后，再也没人提过这事。

但在他们出发后到回来前的这段时间里，人们确有议论过此事。他们的话里大多带着怀疑和恐惧。无论是在邻近的农场、在斯特朗德斯泰德的客厅，还是在牧师的家里，他们都安静地交谈过此事，十分隐秘。

说起雷斯尼斯的这位年轻媳妇，她是警长候姆的独生女。她看上去像一个热衷骑马的男孩。即使结了婚也仍旧如此。可现在她却遭遇了如此悲惨的命运。

这个故事被他们翻来覆去地讲。他们说她骑马的速度飞快，身下的冰雪都因此开裂，化为碎片。她就像一名女巫。然而，雅各布·格洛奈夫最终没能看成医生。他现在已经不在这个世上了。雅各布是一个友好慷慨的人，从不拒绝别人的请求，也不吝啬对他人的帮助。他是凯伦嬷嬷的儿子，年纪尚轻的时候就来了雷斯尼斯。

但他现在死了！没人能想通，怎么会发生如此可怕的事情。如果说是船翻了，或是人在海里消失了，那还可以接受。但这分明是恶魔干的事。先是骨折，再是得了坏疽，最后躺在雪橇上，冲进急流而死！

迪娜说不出话来，年迈的凯伦嬷嬷则在一旁流泪。雅各布前妻的儿子现在成了一个没有父亲的孩子，他在哥本哈根地区彷徨度日。小黑一看见那架雪橇，就要发疯。

当局派人到房子来，打听了一下死亡前的几分钟里发生了什么事。"你必须把所有经过说得具体一些，不能有任何隐瞒。"官员们说道。

迪娜的父亲，也就是警长，派了两个见证人，让他们把所有的程序都记录在本子里。他强调说，在这件事里，他不是她的父亲，而是扮演着和其他官员一样的角色。

凯伦嬷嬷觉得他虽然嘴上这么说，但实质上没有什么区别。不过她没有对此说什么。

糟糕的是没有人能把迪娜从二楼带下来。她的身体很强壮，个头儿也大，如果她想抵抗的话，那场面一定很激烈。他们不想冒这个险，所以也就没有逼着她一定要下楼来。官员们只好决定亲自上楼，去主卧里找她。

房间里已经摆好了椅子。四柱床上的帘子积满了灰。帘子由金色的布织成，上面绣着一排排茂密的红色玫瑰。这是从汉堡买来的，专门请人为迪娜和雅各布的婚礼绣的。

欧林和凯伦嬷嬷原本想握着这位年轻媳妇的手，好让她稍微振作一下，别完全不像样子。欧林给她喝了点汤药，里面加了厚厚的奶油和大量的糖，并嘱咐她，要小心坏血病和不孕等各种各样的毛病。凯伦嬷嬷在一旁鼓励她，一边给她梳头，一边小心地关心着她的情况。

女仆们听从她们的指示，朝四周环顾了一圈，眼神中透露着慌张和害怕。

迪娜说不出来话。她张开嘴，努力地组织语句。但她的声音就像是遗落在了另一个世界。官员们尝试了各种各样的办法。

警长努力用一种低沉冷静的声音和她对话，他凝视着迪娜浅灰色的眼睛，就连一杯水也能被他望穿。

见证人也在一旁努力想办法。他们一个坐着，一个站着。两人的声音富有同情心，又不失威严。

最后，迪娜把她一头乱蓬蓬的黑发埋进自己的手臂里。她吼叫着，像是一条快窒息的狗发出的声音。

官员们对此感到十分羞愧，纷纷从房间里撤出去，到楼下的房间里继续商量这件事。他们对事情发生的大致经过和事发地点有点疑问，包括这位年轻妇女的表现，等等，都需要得出一个结论。

最终，他们认定这件事情是整个村庄乃至整个地区的一起悲剧。迪娜·格洛奈夫已经悲痛地失去了控制。她不应当受到谴责，这件事情已经让她惊愕得失语了。

他们认为，她之前火急火燎地想带丈夫去看医生。由于她在桥附近的地方转弯太快，或是因为这匹野马看见悬崖峭壁慌了神想要逃跑，就在这个时候马车的车架子才被扯松。也可能这两个原因都有。

这就是官方档案中清清楚楚记载的内容。

一开始，他们没有找到尸体。人们传言，尸体已经被冲到海里去了，但不明白是怎么被冲走的。因为大海距离那儿有七英里的距离，中间还要流过一个地势坑洼的浅河床。那条河里的岩石能够把尸体卡住，而尸体自己是万万不会用力往海里游的。

让凯伦嬷嬷绝望的是，大家就这样渐渐放弃了搜寻的工作。

过了一个月，一个老贫民跑到雅各布家，坚持说他看见尸体躺在维斯勒湖里，那儿是与急流下方相隔一段距离的回流地区。"雅各布歪歪扭扭地靠在一块石头上。和船桨一样僵硬。他摔得全身都断了，身体也涨开来了。"老家伙说道。

他的话被证实了。

秋天的雨季结束后，水位开始明显地下降。十二月初的一个晴天，雅各布·格洛奈夫那可怜的尸体浮出了水面。那天老家伙正在爬山，这具尸体就活生生地出现在他的眼前。

后来，人们传言说，这个老贫民有未卜先知的本事。事实上，他好像一直能通灵，所以他才能活这么久。没人会和一个能通灵的人争辩。

迪娜坐在自己的卧室里，她的房间在二楼，是最大的一间。房里拉着窗帘。起初，就连去马厩看看自己的马，她都不愿意。

大家也不再去打扰她，让她一个人清静清静。

凯伦嬷嬷不哭了，但这完全是因为她根本没时间继续哭。她必须承担起主人和夫人没能挑起的家庭责任。现今主人和夫人都离世了，在黄泉路上各自前行。

迪娜坐在核桃木的桌子旁发呆。没有人知道她这些天除了发呆还干了些什么。因为她谁都不信。原本叠在床边的乐谱现在已经被塞到了衣橱里。过去，开门的时候，她的长裙都会扫到这些乐谱。

卧室里的阴影颜色很深。大提琴安放在房间的角落里，琴面上积了许多灰尘。自雅各布从家里被抬到雪橇上之后，这架琴就再没有人动过。

结实的四柱床和奢华的床帷占据了房间的较大面积。躺在枕头上望着窗外的风景，那感觉实在是太奢侈了。房里有面大镜子，边框上刷了黑色的漆，镜子可以倾斜成任意的角度，照着这样的一面镜子，也相当雍容华贵了。

圆形的大壁炉整天发着噼啪的响声。三镶板屏风的后面是一幅刺绣，美丽的勒达和天鹅在画里充满爱欲地拥抱彼此。天鹅的翅膀和勒达的手臂交缠在一起。勒达引以为傲的一头金色长发，散落在她的裙摆上。

一名叫做提亚的女仆每日会送四次木柴来。尽管如此，这点量也很难撑过整个夜晚。

没有人知道迪娜是几点睡觉的，更不清楚她究竟睡了没有。只知道她日日夜夜地在房里来回踱步，金属的鞋跟在地板上狠狠地踩着。她一刻不停地绕着圈，让整栋房子都无法入眠。

提亚报告说，迪娜常常翻开母亲留给她的家族《圣经》。

这名年轻的媳妇会时不时地轻笑几声，让人听了很不舒服。提亚不知道她的女主人是在嘲笑《圣经》中的内容，还是在想别的东西。

有时候她会气愤地把书猛地合上，书里的纸张薄如丝绢。然后像扔掉死鱼的内脏一般，把书扔得远远的。

雅各布的尸体自被发现后，整整过了七天才入土。葬礼在十二月的中旬举行，事前有许多准备工作要完成，还有许多人要去通知。亲戚、朋友，还有必须邀请的显赫人物。天气依旧寒冷，但尸体已经腐烂肿胀，所以那段时间只能搁在谷仓里。挖墓地之前还需要备好大锤和镐。

月亮穿过谷仓的小窗，窥视着雅各布，她金色的双眼目睹了雅各布的命运。他的身前和身后，并没有显著的差别。谷仓的台阶刷上了银色和白色的油漆，两旁堆着干草，用来提供热量和营养，闻起来有种夏季的美妙芬芳。

那天早晨，他们在黎明前换上了葬礼的服装。船也准备好了。房子里静悄悄的，像是一名古怪而又虔诚的信徒。那天的月亮透着光，没有人期待白天的到来。

迪娜倚靠在窗台边，当有人进来帮她换上黑色衣服时，她像钢铁般一动不动，拒绝换上这些专门为葬礼定制的衣服。

她站在房间里，像是在细心感受每一处细胞和每一个念头。几位泪眼婆娑的妇人忧郁地看着她，但她的身体却像石头般纹丝不动。

女仆们没有立刻放弃。这些衣服必须换，她好歹得参加葬礼的部分流程，很难想象还有任何其他办法。可挣扎到最后，她们还是放弃了这个念头。迪娜的喉咙里传来一些声音，像动物似的，低沉粗嘎，她是在向大家宣布，自己还没做好当寡妇的准备，葬礼她也不想去，至少今天去不了。

妇人们都吓坏了，一个接一个地逃离了房间。凯伦嬷嬷是最后一个离开的。她对这些七大姑八大姨，还有村里的媳妇、妇人，尤其是对迪娜的父亲、警长，苦口婆心地解释了一番，抚慰了一下大家的情绪。

迪娜父亲是最难被说服的一个。他大声呵哮着冲进了迪娜的房间，连门也没敲。他一边摇晃着她的身体，一边命令她。他甚至还打了她耳光，用父亲专有的语气铿锵有力地朝着她大吼，一字一句就像愤怒的蜜蜂往她身上扎。

凯伦嬷嬷只好退避。那些还留在屋里的人低垂着眼睛不敢直视那场面。

这下，迪娜又发出了那如怪兽般的声音，她一边叫，一边抽打着自己的手臂，撕扯自己的头发。房间里的气氛让人难以理解。这位年轻的妇人，衣冠不整、蓬头垢面，眼神狂乱，一种摧枯拉朽的疯狂气息在她身上蔓延。

她的尖叫声让警长想起了他日日夜夜都装在心底的一件事。这件事在他的梦里和每天的公务琐事里挥之不去。即使过了十三年，一想起这件事仍然可以让他坐立不安。警长在屋子里来回疾走，他想找个人或是东西，来帮他甩开思想上的负担，卸下情感上的包袱。

房间里的人都看得出迪娜·格洛奈夫有一位严厉的父亲。但换个角度想，像这样的一位年轻妇人，若是断然违背社会对她的期望，也绝不是正确的行为。

等到所有人都被折腾得精疲力竭后，只好用身体虚弱，无法参加丈夫葬礼为由对付外宾了。凯伦嬷嬷给每位来客悉心解释着，她声音洪亮、吐字清楚："迪娜现在心烦意乱，而且生了病，人站不住。现在除了哭什么也不做。更糟糕的是，她现在开不了口。"

登船的宾客听了这番话，个个捂着嘴巴惊呼。棺材运到大艇上的时候，木头和铁皮间发出刮擦的声音，身着黑衣的妇人们则在一旁伤心地哭泣。船开起来之后，这些声音和哭声变得非常僵硬，像是海滩上的冰块破了薄薄的一层。声音伴随着大海和山脉渐渐消失。等到了房子里，大家更是鸦雀无声，仿佛这才是真正的葬礼队伍。整栋房子都屏着呼吸，只有屋顶的椽子间偶尔发出几声轻轻的叹息。这也算是对雅各布行的最后一次礼，沉痛又叫人扼腕。

用粉色蜡纸包着的康乃馨在松树和刺柏的大树枝间随着微风声轻轻飘动。大家心事重重的，船也没必要开得很快。逝者已矣，这些悼念他的配角们慢慢来就好。拉棺材的不是小黑，定步调的也不是迪娜。棺材很沉，只有扛着的人才能感受到分量。要把如此大的一个重担运去教堂，这是唯一的办法。

现在，桨架上的五副船桨全部都折断了。船帆漫无目的地拍打着桅杆，不愿临风招展。太阳没出来，只有几朵乌云漂浮在天空中。阴冷的空气渐渐变得安静下来。

船排成队，像是为雅各布·格洛奈夫举行的凯旋队列。桅杆和船桨指着海洋和天堂的方向。花圈上的丝带安详地飘扬在空中。这些东西只有一小段能被人看见的时间。

凯伦嬷嬷像一块发黄的破布，蕾丝镶边的破布，这形容可没夸张。

那些女仆像是在风里打湿了的羊毛球。

男人们负责划船，他们的胡子和肌肉上都渗出了汗，但仍旧有节奏地划着船。

雷斯尼斯一切就绪。三明治放在了大浅口盘上。地下室的楼梯和大门口的架子上都放着青灰色的盘子，上面装满了饼干，然后用布盖着。

在欧林细致又苛刻的监管下，所有的玻璃杯都被擦得锃亮。咖啡杯和玻璃杯被整齐地摆成一排，安放在桌子上和橱柜里，再用干净的白毛巾悉心保护着。亚麻布料毛巾上印着英格伯格·格洛奈夫和迪娜·格洛奈夫的字母组合。他们今天必须要用雅各布夫妇的毛巾。

许多客人是安排在下葬之后才来。

迪娜像一个疯女人似的在房里烧火，尽管现在窗户上已经不结霜了。早晨的时候她的脸色还是灰的，现在开始慢慢恢复了血色。

她坐立不安地在地板上来回走动，嘴上浮现出微微的笑容。当时钟敲响的时候，她像候着敌人的动物一般抬起头来。

托马斯抱来一批木柴，他小心地把木头扔进熟铁篮里，尽量不发出声音来。然后他摘下帽子，用结实的双手紧紧握着。他现在居然待在主人的卧室里，这超越了他以往的想象，让他不禁有些尴尬。房间里放着四柱床和大提琴，这是迪娜睡觉的地方。

"凯伦嬷嬷派我来的，仆人和其他人都要带雅各布去墓地，我会待在雷斯尼斯。"他结结巴巴地把话吐了出来。

"我是来给迪娜搭把手的。如果她有需要的话。"刚说完他又补了一句。

警长和凯伦嬷嬷其实已经达成一致意见，他们想找一个壮汉来这里看着迪娜，不让她趁大家都走开的时候做伤害自己的事，这是最好的办法。如果托马斯知道实情，也不会就这么实话告诉她。

她站在窗边，背对着他，连头也没回。

这一晚的月亮像是一个苍白的小鬼，一名白天诞下的畸胎，徒劳地往北边和西边挣扎。可窗户表面看上去依旧十分灰暗。

男孩戴上帽子离开了。他意识到她不需要自己。

然而，当远处的葬礼仪仗队行进的时候，托马斯又回来了。他提了一个大水罐，里面装着新鲜的水。她会不会想喝点水呢？可惜她既没有说谢谢，也没有任何看见他的表示。他把水罐放在门边的桌子上，然后转过去对她说。

"你不需要我在葬礼的那天帮你吗？"他轻声问道。

听到这句话，她似乎醒了过来。她飞快地走向他。贴着他的身体站着。看上去要比他高半个头。

然后她举起手，用长长的手指滑过他的脸庞。像是一个借用指尖感受世界的盲人。

他觉得自己似乎正慢慢窒息。因为他已经忘记了呼吸。他们之间居然只隔着这么近的距离！一开始他不明白她想要什么。她就这么站在他身旁，身体散发着芳香。她的食指沿着他脸部的轮廓画着线条。

她点了点头，怀疑地看着他。

作为回应，他也点了点头。点完头他只想快点离开这里。

可她却笑了笑，靠得更近了。她用左手的食指和中指慢慢解开他身上的马甲。

他朝壁炉后退了两步。他不知自己该如何逃脱，这样下去他不是窒息而死，就是焚身以火，要不就是从地面上消失。

她站了一会儿，嗅了嗅他身体散发出的强壮气味。她的鼻孔似乎能闻遍他的全身，而且还能颤动！

然后他又点了点头，完全一头雾水。

面对这样的场景，他实在难以抵挡。时间仿佛定格在这一刻。他猛地斜过身子，打开壁炉的门，朝火焰里扔了一大块木条。然后又添了三块潮湿的桦木，壁炉里发出噼啪的声音。他笔直地站在她面前，要直面她凝视的目光，对男子汉而言是一场考验。

而下一秒，她的嘴唇便覆在了他的唇上。她的双臂像固执的杨柳枝，饱含着春天的汁水。她的香味让他不自觉地闭上双眼，陶醉其中。

他从来没幻想过这样的情景。他只是个仆人，睡在仆人的角落里，盖着破旧的羊毛毯睡觉。现在的一切超乎他最狂野的想象。所以他干脆站在那儿，他能做的就是让这一切继续下去！

她裙摆上刺绣的颜色，印着葡萄藤图案的黄色墙壁，透着光线的天花板，深红色的帘子——所有的这些都互相拍打着对方。房间里的家具、空气都混合在一起，手和手、腿和腿、肌肤和肌肤互相交织。

他的灵魂像是出了窍，又好像没有。两个人的气味和声音随着动作而变得沉重。深沉的呼吸声此起彼伏。

她把手放在他的胸口，解开他的衣扣。然后她脱下自己的衣服。一件一件。好像这已经是第一千遍了。

他弓着身子站在房间里，双手无用地挂在两侧，似是有点羞愧，因为他发现自己的内衣不是特别干净，身上的衬衫还掉了三粒纽扣。事实上，他不知道自己身在何处，不知道自己现在站在何地，更不知道自己现在是什么模样。

她吻住赤着身体的男孩，掀开她的裙摆，让他进入她硕大强健的身体里。

他感到一阵温暖，变得更加勇敢。他从她的肌肤上触到一阵火花，像是病理上的疼痛。他的皮肤刺在她身上，把她围成一张画。他站在原地，闭着眼睛，却仿佛能目睹她白皙的皮肤上每一个毛孔、每一条弧线，直到他完全逃离自己的意识。

黑色的圆形壁炉前铺着一张羊皮，他们俩现在就坐在那块羊皮上面。他以为她能开口说话。尴尬中掺杂着欲望，令他头晕目眩。梳妆台前的烛台上插着七支蜡烛，仿佛是地狱的警告，困扰着他。镜子面前闪烁的光线诉说着眼前的一切。她开始探索他的身体。一开始相当温柔，之后便越来越狂野，像是憋了许久，久旱终逢甘露。到最后，他开始嘶吼，反复在羊皮上翻滚，任她火上浇油，让一切超乎他的想象，尽情享受这美妙的时刻。

他在这风驰电掣的片刻中，突然恢复了知觉，他把她拉得更紧，连他自己也猝不及防，接下来的事情从来没有任何人教过他。

空气中凝结着女人的体香。

他的恐惧深如大海。他的欲望宏如天界。

棺材运到了墓地，木板上装饰着蜡制成的花，然后慢慢降到墓穴里。墓里装着旅店和货船的主人，雅各布·格洛奈夫的躯体。

牧师努力组织着语句，好让逝者能轻松地升入天堂，而不用遭受地狱的烈火和硫磺之苦。但牧师知道，即使雅各布在世时是一个好人，他却没有过上舒服安逸的生活，要不然他也不会落此地步。

葬礼上的一些宾客们也忍不住黯然神伤，低垂着灰色的脸颊，站在一旁。其他人则惦记着回家的路上，会遇到怎样的天气。还有些人只是站在那儿，不太用心地参与其中。唯一相同的一点是，他们都呼吸着这冷到刺骨的空气。

牧师把葬礼的祷告辞念完之后，以上帝之名往墓穴中铲了一把毫无价值的泥土。然后，葬礼便结束了。

男人的脸上布满了沟壑，他们神情严肃，心里想着何时能喝上酒。女人的脸上沾满了泪水，她们要的是三明治。只有女仆，只有她们才哭得荡气回肠。因为棺材里的男人，是她们敬爱的主人。

凯伦嬷嬷的脸色比在船里的时候更加苍白透明。她披着带流苏的黑色方巾，方巾背后的眼睛显得干涩空洞，安德士和警长一边搀扶着她，一边用手臂夹着帽子。

圣歌的词句没完没了，而且一点也不好听。实际上，根本没人能听得下去，执事实在憋不住，只好用自己未受训练的低音加入唱诗班，这才听上去好点。执事的义务就是无论什么场合需要他，他都得挺身而出。

硕大的卧室里，托马斯，这位农民的儿子，在落地的窗帘后发光发热。他已经到了第七个天堂里面，但却活得好端端的。

窗台和镜子上盛着身体散发的水分。地板的羊皮上附着一股淡淡的气味，座椅的椅垫和窗帘上也有。

这个房间对托马斯，这个马厩里的男孩敞开了大门。就像它曾经对雅各布·格洛奈夫敞开着大门一样。当时的他，在这里第一次蒙受雷斯尼斯寡妇的热情招待。

寡妇姓英格伯格。有天，正当她侧着身子爱抚她的猫时，突然不幸离世。现在，她又有人做伴了。

卧室里传来沉重的呼吸声和肌肤的摩擦声，热气布满了整个房间。血管里的血液在澎湃，一次一次冲击着太阳穴。两人的身体好似广阔平原上奔放不羁的马儿，在草原上飞驰。女人俨然已是一名熟练的骑手，而他则使出浑身力气追赶着她。房间的地板在歌唱，木板在流泪哭泣。

这家人的肖像画和素描在椭圆形的黑色画框中轻轻摇曳着。床上的床单也免不了遭人遗弃的命运，干如灰尘。壁炉不再发出噼啪的吼声，它静静地站在角落里，大胆地聆听着眼前的一切，没有丝毫的窘迫。

三明治和酒杯在楼下等着。等待什么？等待迪娜，等待雷斯尼斯的女主人，她会顺着楼梯的栏杆滑下来品尝吗？她光着身子，黑色的头发像一把半开的阳伞，罩在她硕大馥郁的身体上。就这样下楼吗？没错！

一名年轻力壮的男孩，裹着镶有法式蕾丝的床单——半是惊吓，半像做梦似的——也跟着她下来了？没错！

托马斯光着腿跑了下来，他腿上的毛发很浓密，脚趾很强壮，但趾甲特别脏。他的身上散发着一阵浓郁的耕田臭味，空气中原本的端庄和矜持瞬间缩了回去。

他们取了点三明治和红酒。拿了一个玻璃杯和一个玻璃瓶。往盘子上分散地偷几块三明治，不会有人察觉。他们在玩一场禁忌游戏，假装自己没资格吃这些东西。

等他们从盘子里尽情挑选完，迪娜轻手轻脚地把空缺的托盘重新摆了摆。她长长的手指上有股咸咸的泥土味和新洗干净的鱼味，迅速打点好一切之后，她用印着字母组合的白布再重新把盘子盖上。

他们像做贼一般溜回房间，坐在壁炉前的羊皮纸上。托马斯让壁炉的双开门半开着。

屏风里的勒达和天鹅似有似无，仿佛是两人的倒影。红酒发起气泡，在一旁闪烁。

迪娜的吃相很贪婪，她一边吞着烟熏三文鱼和腌肉，一边从嘴里漏面包屑，正好掉在她结实的胸脯上，然后再顺着乳沟落在她圆圆的肚子上。

托马斯知道自己待的是女主人的房间。他吃得很有礼貌，但眼睛却盯着迪娜的身体打转，嘴里冒着口水，不停叹气。

他们的眼睛对着同一个酒杯发光。这只高杯的脚很长，杯身是绿色的，这是送给英格伯格和她第一任丈夫的结婚礼物。玻璃的质量并不算最上乘，而且里面还有很多气泡。这是英格伯格发迹前买的，后来英格伯格家用大型货船运输鱼干，成了特隆海姆和卑尔根之间的运输主力，这才开始兴旺发达起来。

早在葬礼的宾客到达之前，玻璃杯和喝剩下的酒就给放在衣橱里，藏得好好的了。

这两个孩子，一个忧心忡忡，一个狂野不羁，合起伙来戏弄了一把成年人。雅各布的中国色子游戏棋不再放在它原本的丝质盒里了。所有的痕迹都被抹得干干净净。

托马斯穿好衣服站在门边，手里拿着帽子。她往从不离身的黑色石板上潦草地写了几行字，并且让他读出来，然后又用手小心地把字擦去，她的手可结实了。

他点了点头，紧张地看着窗外，竖着耳朵留意着船桨的声音。他想他应该听到了什么，这时候他才忽然明白过来，他究竟都做了什么。所有的罪过都由他来承担吧，主会鞭打他的双肩，他已经能感受到那鞭打的痛意，一下又一下，重重地鞭打。托马斯的嘴巴在颤抖，可他却不觉得后悔。

他站在漆黑的门厅里，知道再也没有任何人能保护他。他就像一名激战的角斗士，明知胜算不大，却愿意坦然面对。就为了这一次经历，他也满足了！这一次的重要性，尽在不言中。

接下来的几个月里，每到夜晚躺在稻草床上的时候，他就会回忆女人的呼吸打在他脸上的味道。他睁着眼睛躺在床上，想到这里，他就感觉自己又复活了。那个房间，还有那个气味，挥之不去。

薄薄的毯子下躺着这具年轻燥热的身体，他的热量能让毯子升起来，如梦一般。

可除了这些，雅各布的棺材也在他脑海里挥散不去，它们就像一对孪生伙伴，一起摇曳在他的面前，变成一股浪潮，结合他脑海中各种纷繁复杂的印象，让他径直去往北极光所在的地方。这股浪潮流入他可怜的梦里，让他无处遁形。

当船慢慢驶入岩石海滩的时候，迪娜显得很平静，脸色像涂了粉一样苍白。她躺在床上，这样一来就省了下楼接待客人的麻烦了。

凯伦嬷嬷从卧室里走下来，向每位来宾细致地讲述了迪娜的身体情况。她的声音在警长听来就像是往心里抹了一层蜜。和酒精混在一起，甜甜的。

既然雅各布已经入土为安了，原来的忧郁和悲伤也减缓不少，房间的气氛变得欢快了起来。随着夜幕降临，大地笼罩着一种安定的气息，人们开始回过神思考当下的事情，还有明天辛苦的工作。

这天晚上每个人都睡得很早，按照习惯是该如此。迪娜趁机从床上起来，她在核桃木的桌子上玩起了纸牌。尝试了第三遍以后，她终于通关了。然后她叹了口气，开始打呵欠。

第一卷

第一章

安逸的人，心里藐视灾祸；这灾祸常常等待滑脚的人。

——《圣经·约伯记》第12章，第5节

我是迪娜。我被尖叫声吵醒了。这声音在我脑海中挥散不去。这声音会时不时折磨我的身体。

耶特路德的样子像是被一切二，在我面前暴露无遗，她像是一只被宰杀的羊，肚子被剖开。她的脸上露出尖叫的表情，所有东西都从她的尖叫声中跑了出来。

故事要从警长在秋季集会上带回一个男人开始说起。这个男人是名铁匠，算得上是一份天赐的礼物！他的老家在特隆海姆，打铁的手艺堪称行业里的魔术师。

班狄克打出来的铁器是世界上最稀奇古怪的，而且适合许多工种的需要。

他给磨轮打造过一个装置，这个装置可以在磨轮柄每转十次时，往镰刀片上洒七勺子水。而他打的锁，如果不幸卡住，不懂原理的人是无法从外面打开的。出自他手的犁和农具配件也都极其好看。

人们叫这个铁匠"长下巴"。

他一踏进警长家的门，所有人就立刻明白为什么要这么叫他了。他长着一张瘦瘦长长的脸，两只眼睛大得有些突兀。

迪娜这时候已经五岁了，"长下巴"进家门的时候，她抬起头，用灰色的眼睛看着他，像是要把他怔住，不让他进去似的。她看上去似乎并不真的害怕，只是觉得没必要认识这么一个人罢了。

这个男人的眼仁颜色很深，据说是吉卜赛人，他看警长妻子的眼神，仿佛对待自己购入的一件昂贵物品一样。不过她倒是完全不介意。

过了一段时间，警长不想再给铁匠安排更多活儿了。他觉得做这些东西太花时间了。

但是面对耶特路德绅士般的笑容，班狄克选择继续留在他的手下工作。

他给门和碗橱锻造了一些设计独特的锁，还给砂轮造了个水利系统。最后，他给大煮锅弄了个手柄，女人专门往这种煮锅里加碱液来煮衣服。

他在煮锅的手柄上固定了一个小装置，可以使煮锅保持往前倾斜的姿势，上面挖了几个小口子，这样碱液就能一点点流出去了。整个过程的操作很简单，只需要用煮锅挂钩上的杠杆就可以控制。

现在，女人终于不必担心对付那个可怕的黑砂锅了。多亏了铁匠别出心裁的天才发明，砂锅不仅可以升降、翻转，还可以倾斜，而且一点不费力。

只要站在地板上，就能完成整个操作，再也不必害怕靠蒸汽太近，或是被砂锅里煮沸的东西给溅到了。

圣诞前一天，迪娜跟着她母亲一起进了洗衣房。因为快要过节了，那天来洗衣服的人很多。洗衣房里一共有四个女人在工作，还专门雇了一个男人来帮忙提水。

小水桶里装着烂泥和冰块，他把水桶提进来以后，倒进门边的大桶里，溅得周围到处都是。过了一会儿，所有东西都在洗衣房的大锅里混成一块，房间的蒸汽像是夜晚的迷雾，飘得到处都是。

这些女人身上只穿了紧身马甲，连扣子也没有系。她们一边摇着煮锅，一边打着手势，煮锅里的水就这么往外溅。她们光脚穿着木鞋，袖子管都卷了起来。女工们的手掌很红，像刚烫破皮的小猪。

她们头上紧裹着方巾，方巾下的脸蛋早已布满了汗珠，汗水顺着她们的脸颊和脖子往下流，流进她们乳房中间的河床，消失在潮湿的衣服里，最后滴到下身。

耶特路德家的女主人吩咐一名女仆干活的时候，迪娜决心要好好观察一下这个装置，她想知道为什么这东西能让所有人感到自豪。

煮锅已经在沸腾了。碱液的气味让人麻木，每个人都熟悉这个味儿，像是夏天温暖的早晨里，二楼门厅厕所的水桶味。

迪娜紧握着杠杆，她只是想知道一下摸上去是什么感觉。

耶特路德立刻发现了这危险的一幕，匆忙地跑了过去。

迪娜根本不懂要像仆人们那样在手上裹一层布。她烫伤得很严重，迅速把手抽了回来。

但是杠杆开始动了，两个口子往下倒着碱液。

这个角度正好降到了煮锅的最低点，对准了耶特路德。

煮锅流出来的水量由杠杆的位置决定，不多不少，到了杠杆的点就会停。然后继续挂在把手上煮。

碱液的蒸汽先是打在她的脸和胸部，不偏不倚对准着她。接着，滚烫的水流到她可怜的身体上。

所有人从四面八方往她的方向冲过去，开始扒耶特路德的衣服。

迪娜周围是一幅飘着蒸汽的景象。模糊中，她看到一大块一大块的皮肤，还有被烫伤的肉体，这些皮肤和肉顺着衣服一起被扒落下来，随之散发着一股浓烈的碱液臭味。

母亲的半张脸总算保留了下来。耶特路德见上帝的时候，总要能留点面容，好让主能认出她来吧，这就是半张脸的重要性。

迪娜大叫道："妈妈！"但是没人回应她。

耶特路德自己的叫声盖过了一切的声音。

粉色的创面开始扩散，几乎遍布了她一半的身体。她的伤口开始变红，当她们把她的衣服和粘连的皮肤一起扒落的时候，她的伤口越来越多。

有个人把一桶接一桶的冰水泼在她身上。

最后，她坐在粗糙的木质地板上，没人敢把她扶起来。任何人都不可以再碰她了，不管是谁，她身上的表皮已经全都扒没了。

耶特路德的头裂开一道口子，越变越大。她发出的尖叫声像是新磨好的刀子，能够割开任何人的皮肤。

有人把迪娜带到了院子里。但是就连外墙也能听到耶特路德的尖叫声。窗玻璃发出咯咯的声音。尖叫声在雪地的冰晶中发抖，随着烟囱的油烟缓缓升起，整条峡湾在一旁聆听着一切。东方的天空中有一条微粉的纹路，仿佛把碱液洒在了冬日的天空中。

迪娜被带到了附近的一个农场，那边的人热心地看着她。她身上像是也裂开了缝，可以进去搜索一番。

有个女仆故意模仿小孩说话的口吻和她交流，然后从罐子里拿了点蜂蜜给她吃。因为吃得太多，她在厨房的地板上吐了。秽物全沾在她的脸上，女仆帮她清理干净了，脸上满是厌恶的表情。她责怪的声音像是山墙下受了惊吓的小长舌妇，在那儿惊声尖叫。

这三天里，警长的女儿住在一个她从没见过的人家里。那些人整天盯着她瞧，像看见了从外星球来的生物。

她会时不时地睡着，因为她再也经不住那么多双眼睛看着她了。

于是警长派了一名雇农，用一架两座雪橇去接她回家。她身上用羊皮毯裹得严严实实，乘着雪橇回家了。

警长的家里一片寂静。

后来有一天，仆人们忘记了桌子下面藏着孩子，在角落聊天的时候，迪娜正好听到，耶特路德那天连着尖叫了一整天，叫完之后就失去了知觉，后来就死了。她的半张脸没了皮肤，脖子、右手臂还有肚子上也是。

迪娜不明白失去知觉到底意味着什么。但是她知道什么是感觉。

她也知道耶特路德有人格化的感觉。尤其是迪娜父亲发怒大吼的时候。

"我们的智慧是上帝给予我们的……所有的天赋来自上帝……神圣的经文是上帝说的话……《圣经》是上帝赐予我们仁慈的礼物。"耶特路德每天都重复着这席话。

她去世并不是太坏的事。但她的尖叫声和她被扒落的皮肤，才是更糟糕的。

因为说到死亡，动物也会死亡。警长的宅子里，一直会有新的动物。这些动物个个长得很像，所以很容易被认错。而这样的事情，每年都会发生。

但是耶特路德却不会再回来了。

很长一段时间里，迪娜一直忘不掉耶特路德那天的样子，像是羊被屠宰时裂开的肚子。

迪娜在这个年纪长得算是非常高了，而且很强壮，强壮到已经能对母亲的死释怀了。但或许还不足以活下去。

其他人能掌握语言这门功夫，像漂在水面上的油，轻轻松松的。语言里包含真相。但语言并不适合迪娜。因为她谁都不是。

***

警长不允许家里人议论"那件可怕的事"。但还是有人会议论。仆人们总有机会那么干，他们会压低着嗓子议论这类禁忌的事情，低到其他人听不到就行。等孩子们像天使般睡着，不需要派人看着的时候，他们就会讨论。

据说"长下巴"之后再也没有给煮锅研究任何了不起的装置了。那件事之后，他搭了第一班船去了南边的特隆海姆。他把所有咔哒作响的工具放在箱子里，带着他的不幸一起离开了。有关他的传言也接踵而来，说有一个铁匠，锻造的东西能把人烫伤致死。他们说因为这件事，铁匠的性格变得有点古怪。事实上，他成了一个危险人物。

警长把铁匠铺、洗衣房还有烟囱和壁炉都夷为平地。

一共有四个拿着大锤子的男人来做这个工作。另外四个男人把拆下来的石头运到了老的防波堤那儿，那是码头的防波堤，离这儿有数十码的距离。

霜消了之后，警长立刻往地里撒了新的种子。从那时起，覆盆子丛就开始疯狂生长，没有任何限制。

夏天的时候，他会坐雅各布·格洛奈夫的货船去卑尔根，等到要参加秋天的集会时才不得不回来。

从迪娜害母亲烫伤致死的那天起，她就没有和父亲说过一句话，一直过了九个月，等父亲参加集会回家后，他们才有交集。

那时，女仆告诉他，迪娜已经不开口说话了。

警长从集会回来以后，发现家里多了一只野鸟。她的眼神难以捉摸，总是披头散发，即使夜里地上结了霜，她也会光着脚。

只要碰巧发现食物，她就吃，但从来不上桌。不管谁到宅子里来，她就朝他们扔石头，这段时间的生活大致就是如此。

当然了，为此她也没少挨过耳光。

从某种程度上来说，她控制了人们的行动。只要她扔一块石头，其他人就会拥上去。

迪娜在正午的时候会睡几个小时午觉，但她睡在马厩的槽里。马儿收容了她，在她沉睡的身体旁小心翼翼地吃草。有时候它们会用大大的鼻口蹭她的身体，把干草从她身下抽出来。

***

警长乘的船到岸了，但她一动没动，只是坐在一块岩石上，荡着她两条细细长长的腿。

她的脚指甲长得叫人难以置信，里面嵌满了灰尘，这样已经很长时间了。

仆人们叫不动她。这孩子就是不愿意下水洗澡。只要洗澡，她就会尖叫着从门里逃出去，就算有两个人，也按不动她。如果厨房的黑色火炉上有东西烧着，她连厨房的门也不愿意进去。

两个女佣只好给彼此找理由。说她们要干的活太多了，找人帮忙也不容易，要管住这么一个没妈的野孩子，实在困难。

面对她如此肮脏的身体，警长不知道如何是好。过了几天，他强压着厌恶感，试着抚摸她浑身发臭还不断咆哮的身体，他想看看他能否走进她的内心，将她再次感化成一个虔诚的基督徒。可惜他后来还是放弃了。

他不只放弃了，在他的脑海中，他看见了他可怜的耶特路德。他看见了她被烧伤的可怜之躯，也听见了她那疯狂的尖叫声。

　　美丽的德国玩偶有着精美的头颅，拆去包装后就一直放在桌子的中间，没有动过。等女仆准备摆桌放上晚餐的时候，才不得不问，她应该怎么处理这个玩偶。

　　"天知道！"另外一名管事的仆人说道，"把它放到小迪娜的房间里吧。"

　　过了很久之后，一个农民偶然在粪堆里找到了这个玩偶。它已经被损坏得认不出原来的样子了。但发现了这个玩偶，倒是让人松了一口气。这几个礼拜里，大家一直都为玩偶忧心忡忡的。警长问过迪娜玩偶的事情。她表现出对玩偶的踪迹一无所知的模样，大家都以为玩偶丢了，每个人都受到怀疑。

　　玩偶找到以后，警长好好审问了一番迪娜，他的口气相当严厉，他要迪娜告诉他，这个玩偶最后是怎么跑到粪堆里去的。

　　迪娜耸了耸肩，打算离开房间。

　　这下迪娜挨打了。这是她平生第一次被父亲责打。他把她放倒在自己的膝盖上，重重地打在她裸露的皮肤上。这个孩子心肠很硬，居然像条狗一般狠狠咬着他的手！

　　但这件事也带来一个好处。有了那次的经历之后，她总是直直地看着别人的眼睛。就好像等不及想知道别人会不会打她。

　　过了很久之后，迪娜才又收到警长的礼物。说得准确一些，这一次的礼物是应了洛奇先生的要求，送给她一把大提琴。

　　迪娜有一颗珍珠母贝，很小，正好适合她的小指。她把母贝收在一个烟草罐子里，放在一个老剃须盒里。

　　每天晚上她都会把母贝拿出来，给耶特路德看。为了遮住自己的面部缺陷，耶特路德别过脸坐在一旁。

这个贝壳是有天迪娜走在沙滩边上发现的，那天海水退潮了，她一看到这个贝壳，就移不开眼睛了。

贝壳上有一条条很细很细的粉色波浪线，发着微光，靠近开口的部分涂着各种颜色，一看就非常精致。贝壳的颜色会随着季节的变换而变换。

在灯光的照耀下，贝壳会发出一丝微弱的光线。白天的时候，借着窗边的自然光，贝壳在她的手里像一颗小星星，亮白剔透。

这是耶特路德升天时穿的裙子的纽扣。是她扔下来给她的！

这东西不会让人想念耶特路德。如果你亲自送走一个人，你是不会想念他的。

没有人提过，那天是她先动了洗衣房煮锅的杠杆装置，但大家都知道。就连她父亲也知道。他坐在客厅里抽烟，像墙上挂的旧画里的男人一样。体态硕大，看上去威风凛凛，一本正经。他长着一张超级扁平的脸。他既不和她说话，也不看她。

迪娜被送到一户叫做海勒的雇农家里。除了许多个孩子以外，那家人就没有什么别的了。既然来了一个能带给他们收益的孩子，何乐不为呢。

警长出手相当阔绰，不仅给钱，还给他们面粉，给他们减轻了雇农该干的活儿。

警长的目的只有一个，就是要让这个孩子重新开口说话。让她和其他孩子待在一起，对她来说是件好事。而且，警长也不用每天晚上都提醒自己，可怜的耶特路德已经死了。

海勒农场上的人试图接近小迪娜，一个个轮流接近她。但是她的世界和他们不一样。

她和他们之间的关系，就和她同屋外的桦树一样，或是在割了两次秋草的草坪上吃草的羊儿，和她的关系也是差不多的性质。他们就是她所住的这块土地上自然物理景观的一个部分。仅此而已。

最后，他们全都放弃了接近她的念头，开始干回以前的日常工作。她也成为了他们每天日常的一部分，就像动物一样，只需要最少量的关心即可，其余的都可以自己搞定。

她不接受任何人的示好，拒绝任何人和她有肢体接触。他们同她说话的时候，她也不开口。

当她长到十岁的时候，牧师找警长过去谈话。他劝警长还是把女儿带回家，为了她的社会地位，还是要给她比较适当的生活环境才行。不只是抚养，她还需要教育，牧师说道。

警长低了低头，抿着嘴说道，事实上，他自己也在思考这些问题。

这次迪娜又是被两座的雪橇给带回了家。依旧和离开时一样，一言不发。不过这次回来她明显长了不少肉，而且身体也干净了，终于开始见人了。

警长给迪娜配了一名私人教师，名叫洛奇，先生是对他的敬称。洛奇先生不知道耶特路德的故事。

为了探望他病重的父亲，他才中断在克里斯蒂安尼亚的音乐学习。但父亲死后，家里也没钱再供他继续上学了。

洛奇教迪娜认数字和字母。

她在耶特路德的《圣经》中写了成千上万数不清的复杂记号，可见她很用心地在运用先生教的知识。迪娜的食指在写字的时候，像花衣风笛手一样，可以让小小的字母跟着食指一起动。

洛奇还带来一架旧大提琴。琴身外用一层毛毡毯裹着。他用手臂牢牢抱着它上的岸，像抱着一名婴儿一样。

其中一件他最先要做的事情就是调音，然后用心弹奏一支简单的曲子。

弹琴的时候，房子里只有仆人在。但是仆人们后来把故事的细节透露给了那些好奇的人们。

洛奇开始弹奏的时候，迪娜那双灰色的眼睛也开始跟着转，仿佛随时要昏过去。她脸颊上的眼泪像断了线的珍珠，她拉着自己的手指，指关节跟着音乐发出噼啪的声音。

洛奇发现自己的音乐居然把孩子惹哭成这样，警觉地停了下来。

然后那一幕发生了。那真是奇迹！

"继续弹！往下弹！弹下去！"迪娜大叫道。这些话都是迪娜说的。她可以说话了。她也有言语的功能了。她确实有。

他先教她指法。一开始她的手实在是太小了。但是她长得很快。过了一阵，她对琴的把握已经相当不错了。所以洛奇提起勇气对警长提议，迪娜应该有一把大提琴。

"女孩子要大提琴做什么？她应该去学刺绣！"

这个先生外表看上去很脆弱，总是一副焦虑的模样，但是他的内心坚如磐石，他谦虚地说道，他没法教迪娜刺绣。但是，他却可以教她拉大提琴。

这就是价值好多先令的大提琴来到这栋房子里的经过。

警长想把乐器存放在客厅里，这样来访的人就能赞赏地拍手称道了。

但是迪娜有别的想法。她觉得大提琴应该放在她二楼的房里。头几天，她每次把大提琴放到楼上，父亲就命令她放回到客厅里。

不久，警长就厌烦了这件事。大提琴的事也就不成文地妥协了。只要有文化名流或是其他的达官贵人来家里，大提琴还是会抱下来。父亲会派人去马厩里，让她沐浴更衣，换上长裙和紧身胸衣后，在客人面前拉奏曲子。

洛奇先生会坐在一旁紧张地捋胡子。他并没有想到，无论房间里坐着多少个人，恐怕只有他是唯一一个能听出迪娜弹奏中犯了小错误的人。

迪娜很早就明白一件事，她和洛奇先生有一个相同点。换句话说，他们对彼此的不足负有责任。这对她来说是一种安慰。

经过三年孜孜不倦的教导，除了耶特路德的《圣经》，迪娜始终没法好好朗读，警长为此对洛奇大发雷霆，洛奇只好低着头挨训。这时候迪娜会打开房门，把大提琴竖在两膝中间，弹奏起父亲最爱的曲子。美妙的音乐传到父亲的办公室里，父亲的心情不自觉地好了一些。

她学数学非常快，仓库的年轻员工要把好几位数的数字写在纸上，而她只需要心算，还比写下来快，这让仓库的伙计有点尴尬。没有人会提这些事情，只有洛奇先生。

每次迪娜在警长面前大声朗读教理问答的时候，警长就会批评洛奇的教书工作做得不到位。这时候，洛奇先生会表现出一副谦逊的姿态，用心算的案例为自己小心辩护。

迪娜念词的时候会自创一些词汇。所以迪娜念出来的文章，虽然比原文要难懂，但是却有趣多了。

仆人们会站在一旁听迪娜读书，他们的嘴角一直在扭动，不敢看彼此的脸，生怕一不小心就忍不住笑出声来。

"不需要数学！女孩不适合这个东西！她弟弟应该学数学才对。"警长打断先生的话大声回应道，说完便匆匆离开了房间。每个人都知道警长夫人在烫伤致死的时候，怀有几个月的身孕。

说实话，这是警长唯一因为那件事训斥迪娜的时候了，而且他也没直接说出口。

法格尼斯有一架老风琴。放在主客厅很深的地方，顶上放了一堆杯子和浅盘。

这架风琴太破了，洛奇先生不肯教迪娜拉风琴。他彬彬有礼地向警长建议道，既然这栋房子里会出入那么多显赫的客人，国内外都有，要是放一台大小适中的三角钢琴，那就太棒了。钢琴也可以是一件漂亮的家具。

其实，客厅的确需要钢琴。迪娜对大提琴如此执着，有了钢琴也算是一种弥补。

就这样，家里多了一台黑色的英国三角钢琴。这家伙放在结实的板条箱里，要把它从箱子里搬出来，还要拆了外面的木削片和裹布，可是一件费力的活，得流不少汗。

洛奇先生把钢琴横过来，卷起裤管，裤子上膝盖的地方已经磨得很旧了。然后他把钢琴小心地滑到结实的转凳上。

洛奇先生有一件事情可以做得比任何事情都要好。那就是弹钢琴！

他弹钢琴的时候，眼睛像放飞的白鸽。他爱弹贝多芬的《热情奏鸣曲》。

迪娜紧靠在躺椅的天鹅绒靠背上，她的脚荡在空中。房间里刚响起第一个音符的时候，她就会张开嘴深深地叹一口气。

迪娜脸上的泪水像不停流淌的小溪，她发出巨大的吼声，然后便摔倒在地板上。

警长命令先生立即停止钢琴的弹奏。迪娜被带回到自己房里。作为一个十二岁的女孩，应该知道分寸了。

一开始，洛奇先生不敢靠近钢琴。不管迪娜怎么哀求、责骂或是诱骗他。

但有一天警长去集会了，而且一去就是一个星期。虽然五月的天气非常暖和，那天洛奇先生却把客厅里所有的门窗都关上了。

他再一次卷起破旧的裤管，轻手轻脚地端坐在钢琴前。

他把手放在琴键上停顿了一会儿，然后满怀深情地用手指触碰着琴键。

他希望迪娜听到《热情奏鸣曲》的时候不会再像上次那样了。不过，今天他选择了肖邦的一首塔兰台拉舞曲和一首圆舞曲。

但他还是没能把整首曲子弹奏完，因为迪娜又哭了，这次她不只哭，还不停嚎叫。

这种状态持续了整个礼拜。等到警长回来的时候，迪娜的眼睛还是红的，所以他们都不敢让他看到她的模样。她只好借故说自己身体不舒服回房休息去了。她知道父亲是不会进她房间的。他超级害怕自己被病毒感染。他说，这种害怕是从他已经过世的亲爱的母亲那儿得来的。这点他从来也不掩饰。

洛奇先生有个计划。有天下午，客厅里来了两位男士，他和警长提了这个计划，警长便开始滔滔不绝地讲起集会的事。

这么贵的钢琴只是放着却没人使用，总有点可惜。警长会不会觉得，如果音乐听习惯了，她就不会继续哭了？实际上，他认识一个人，这个人有一条狗，也是经过漫长的过程，现在已经可以笃定地习惯音乐了。头一个月的时候，这条狗只会嚎叫。那样就太可怕了。不过渐渐地，这条狗就安静了很多。最后，听到音乐，它就会自觉躺下来睡觉。当然了，那个人家里玩的不是钢琴，而是小提琴。不过，话说回来……

警长后来向洛奇坦白，他承认自己受不了哭声。他妻子的悲惨离世，已经让他听够了哭声。她解脱之前尖叫了整整一天。就从那个时候起，这类声音对他而言就是一种巨大的折磨。

最后，洛奇先生也听说了耶特路德的故事。他知道了是迪娜转动了杠杆，导致巨大的煮锅把沸腾的碱液倒在了她可怜的母亲身上。

洛奇先生得知这个秘密以后，反而显得很不自在，他也没有什么安慰的话可以说。三年来，他不知道自己为什么要待在这个房子里教养一头狼崽。

警长描绘的故事细节让洛奇感到恶心。不过作为一个音乐家，他对自己有相当严格的要求，他可以听出语调中的多愁善感，听出其中的艺术加工成分。

各种各样的想法在老师敏感的大脑中盘旋。他有时候觉得，从某种程度来说，警长应该已经接受了这出悲剧，尽管他表现得相当伤感。

洛奇先生用温和的口吻冒险提议道，如果没人弹奏这架昂贵的钢琴，那样还是太可惜了点。他可以在警长出门的时候教迪娜弹奏。

既然警长也把故事说出来了，他清了清喉咙，抽起另一斗烟，认可了洛奇的主意。

聊完之后，洛奇先生散了很久的步。他沿着春季里苍白的海滩随意走走，干草从雪地里钻出了脑袋，无家可归的海鸟在头顶上翱翔。

他无法忘却迪娜那张坚毅的脸庞。他在弹琴的时候能听见她不经思索地做着心算题，口气狂妄，一副目中无人的样子，还能听见她发狂的哭声。

他其实已经在做打算，等到了夏天就回哥本哈根去修习音乐。他在警长家的这段时间存了一笔数目可观的钱。不过他后来还是选择留下来。他年纪不大，但人却日渐枯萎。不仅头发变得稀疏，就连脸上的皮肤也老了许多，而事实上他还没满三十岁。

不知怎么地，他感觉有什么东西在呼唤着他。

身体恢复之后，迪娜慢慢捡起了开口说话的习惯。一开始她只和洛奇说话。但后来，她也能渐渐和其他打交道的人说上话。

她也开始学钢琴了。她弹的都是洛奇给的曲子。起初是一些小的片段和手指练习曲。后来添加了一些圣歌和轻古典音乐。

洛奇对音乐非常挑剔。他给特隆海姆、克里斯蒂安尼亚还有哥本哈根都写过歌，很适合给初学者弹。通过写歌，他还可以和音乐界的老朋友保持联系。

迪娜已经能在弹钢琴和听音乐的时候都克制住狼嚎的冲动了。警长的家也因为音乐而变得知名起来。访客们大都坐在他家的客厅里欣赏大提琴或是钢琴演奏，一边听一边喝潘趣酒。房间里弥漫着一股庄重的气氛，这是一个才华横溢的家庭。警长也为此十分满意。

洛奇先生面容枯槁，外表并不出众，举止方面也相当保守，而且近乎笨拙、无趣，但凭借音乐，他成为了知名的艺术家。

洛奇会和迪娜说许多大千世界的奇异事件，也会介绍很多有关音乐和魔术的故事。

有一天他们并肩坐在海边聊天消遣，那天的海面很平静。他告诉了她一个故事，故事里有一个男人。他让一个无头的海幽灵，名叫德劳格，教他拉小提琴。他希望他拉奏的音乐不仅音色优美，还能叫公主为之沉醉，甚至倾心于他！

德劳格同意了。作为回报，他想要一些新鲜的上等好肉。

幽灵履行了自己的诺言。这名小提琴家学到了他的手艺，就算戴着厚厚的手套也可以将小提琴拉得动听。但后来他才意识到自己并没有什么肉。所以他就用一根光光的骨头作为替代品，扔进了大海。

"后来发生了什么？"迪娜迫不及待地问道。

"他真不应该愚弄德劳格，这种忽悠人的做法根本不能试。幽灵日日夜夜对他唱道：'因为你给了我一根没肉的骨头，所以你再也拉不出任何音调。'"

"这是什么意思呢？"

"那意思就是他虽然成为了一名出色的演奏家，但是公主并不会被他的音乐所感动。他也就无法赢得她的芳心了。"

"怎么会这样？他不是很有天赋的吗？"

"一个人能弹奏出好听的音乐，并不等于他有艺术创造力，可以让音乐触及人们的心灵。音乐是有灵魂的，就像人一样。它一定要进入人的……"

"你有那份艺术创造力。"迪娜坚定地说道。

"谢谢。"老师一边说，一边微微弯了弯腰。仿佛他此刻正置身于音乐厅的中央，面前坐着一位公主。

对迪娜来说，无论出了什么问题，洛奇都是那个可以让她求助的人。而且，只要她在场，没有人胆敢开他的玩笑。

他也习惯了她热情的爱抚和拥抱。他只需笔挺站着，让她的胳膊挂在他的身侧即可。他的双眼像是灌木丛中的蜘蛛网，上面挂着一些雨水。

这些对她而言就足够了。

洛奇先生会带迪娜去探望耶特路德的坟墓。墓碑上放着几束可爱的鲜花。整个墓穴用圆形的卵石镶嵌着，上面附着一层青苔。

洛奇会用温柔的语调对迪娜讲述一些她过去从来没有问过的事。

他说，耶特路德并没有带着满身的怨恨而去。她现在正坐在天堂里，为逃离尘世的艰辛和悲伤而感到幸福。

他说，一切事情冥冥中早有注定。每个人都是别人生命中的工具。有些人和事在自己或是别人眼里看来很恐怖，但却是得到上帝祝福的好事。

迪娜迷蒙的双眼看向他，仿佛明白过来，她对耶特路德的所作所为是值得颂扬的行为。事实上，她解放了她！她做的事情，正是别人不敢，也不想做的事情。她把耶特路德送到了天堂的主面前。那里没有悲伤，没有仆人，也没有孩子。耶特路德也为此感激地送来犬蔷薇和勿忘草的芳香。

看见迪娜的表情，洛奇换了话题。他有点上气不接下气地解释起不同品种的花之间的区别。

这个夏天迪娜十三岁了，警长从卑尔根回来了，他脸上的胡子难得修剪得如此整齐，身边还多了一位新妻子。

他自豪地向大家介绍了她，宛若新生了一般。

过了一周，这个"新来的"搬进了耶特路德的房间。宅子里的每个人，包括左右的邻居，都觉得这一切发生得有点突然。

两个女仆被指派把耶特路德用的贵重物品都搬走，然后把屋顶的房间刷洗干净。这些年来，房间一直紧闭着。就像一个尘封多年的箱子，任谁也没有钥匙打开，久而久之就被大家给遗忘了。

可怜的耶特路德也不再需要这个房间了，因此这么做也不算是伤害她。每个人都明白这一点。但是话说回来，怎么处理这件事还是有点讲究的。

大家交谈的时候声音很轻。她们觉得，随着时间的流逝，警长对女人的需求也慢慢变得愈发强烈了起来，如果不想惹麻烦的话，宅子里的女仆都做不久。所以，达格妮进宅子也算是因祸得福。

她是一个十足的卑尔根女人，身上穿着三层式的衬裙，腰身和一根针一样细，头发精致地盘在脑袋上。她本来是所有人的福音，可现实却不是那个样子。

第一张和警长的新妻子打招呼的脸是一个自制的石膏面具。

迪娜在父亲娶妻之前长高了好多。那天她戴着石膏面具，披着白色长袍，想给父亲一个惊喜。

这个面具是在洛奇先生的教导下，她自己制作的。面具带有一点他的脸部特征，算不上完全成功。在达格妮的眼里，这比她见过的死人还要吓人。与其说是幽默，不如说是丑陋。

当警长在客厅的门廊里看见面具的时候，他笑得可欢了。但达格妮却往额头上拍了拍。

从那天起，迪娜和达格妮之间就发动了一场无法妥协的冷战。只要这两位女士之间有交集，警长就不得不在这场战争中扮演中间人的角色。

我是迪娜。耶特路德从她的外套上给我扔下来一枚小纽扣。以前，她不喜欢我指甲里嵌脏东西。但现在，她再也没提过这事了。

洛奇说，我的脑子可以快速地计算数字，我有这天赋。他会给我做听算。有时候我还会做减法。除法也可以。洛奇先生会在纸上计算出结果。然后他会透过牙齿缝深吸一口气，连连称赞道："了不起！了不起！"接着我们会一起练习音乐。不需要再看教义问答或是布道的书。

耶特路德的尖叫声会在冬天的夜晚化成一条条碎布，敲打在我的玻璃窗上，尤其是圣诞节前的几天。她或许会穿着拖鞋轻手轻脚地在四处走动，但我并不知道她究竟在哪儿。毕竟她被赶出了自己的房间。

所有的画像都被打包搬走了，她的裙子也都清空了。她原来的书都搬到了我房间里。所有的书架都在月光下被搬进搬出。耶特路德的那本黑书书边都软了。那本书里记录着许多冒险故事。我借用了她的放大镜，把书里的字放大看。那些字眼像流水一样在我脑袋里流动，好想一直读下去。但我不太明白这些字句到底是什么意思。

耶特路德已经彻底地搬出了这个家。家的上空始终有一只老鹰在盘旋。大家都害怕这只老鹰。但我想它只是耶特路德而已，他们都不明白。

第二章

人非无辜，神且要搭救他。

——《圣经·约伯记》第22章，第30节

"托马斯！你知道为什么马要站着睡觉吗？"有一天迪娜突然问了托马斯这么一个问题。

她斜眼瞥了一下面前这个矮壮的男孩。马厩里只有他们俩。

他是雇农的儿子，迪娜在这个家里待过一些年。现在他已经长大了，可以在警长的宅子里做活了。对于佃农来说，除了固定要完成的劳力工作外，他现在还能多赚一个先令。

他漫不经心地把食草扔进食槽里，然后把手臂垂下来。

"马就是一直站着睡觉的。"他说道。

"是的，但是它们醒着的时候不也站着吗？"迪娜的疑问里带有自己独特的逻辑。她一边说话一边跳入马儿热乎乎的肥料里，然后光着脚把肥料往下压，像是两条脂肪厚实的蠕虫。

"是的。"

托马斯放弃了。

"你什么都不知道吗？"迪娜的口气有点咄咄逼人。

"啊呜！"

他吐了口痰，皱起了额头。

"你知道是我把我母亲烧死的吧？"她一边问，一边直直地盯着他看。

托马斯没有回应，只是干站着。他连把手放进口袋都不敢。然后，他慢慢点了点头，好像在念祷告词一般。

"你现在也必须站着睡觉了！"她的语气很坚定，脸上露出专属于她的奇特微笑。

"为什么？"他困惑地问道。

"我和马说了我做的事。它们都站着睡觉。现在你也知道我做了什么，所以你也必须站着睡觉！我就没告诉过几个人。"

她蹭着脏兮兮的鞋跟，从马厩里跑了出去。

这场对话发生在那年的夏天。

那天晚上托马斯突然被偷摸进他小屋的声音给惊醒了。他以为是马夫，本来他打算划船去钓鳕鱼的，看来是改变主意了。

突然，她站在他身边看着他。他望着两只分得很开的眼睛，看上去很凶，像是要责备他。房间里的灯光灰蒙蒙的，像是抛光的铅色。灰蒙蒙的灯光重重地打在她的头上，她做出要滚到他床上去的动作威胁他。

"你要赖！"迪娜一边指控他，一边拎起他的毯子。"你应该站着睡觉的！"

她看着眼前光着身体的男孩，男孩的手下意识地挡在身前。

"你的样子太好笑了！"她说完这句，便把毯子全都拉开，开始打量他的大腿内侧。

为了保护自己，他尴尬地嘀咕了几句话，伸手去够挂在床边的裤子。她站在地板中央，等他反应过来，她已经走了。这一切都只是他的想象吗？不，房间里残留着她的气味，像是打湿了的羔羊味。

他没有忘记那一次的经历。有时他会在半夜里醒来，他确定迪娜在房间里，但就是从来没拿到证据。

他其实可以从里面把门闩上，但是他告诉自己其他人会发现异样的。别人会觉得他是想把什么人锁在外头。

他喂马的时候，马看他的眼神似乎也变得奇怪了起来。有时候，他给它们喂面包屑，马儿会张开长长的下巴，露出两排黄黄的牙齿，他很确信，它们在嘲笑他。

她是第一个看过他赤身裸体的人。就那样一下。自那以后，所有事情都不知怎的变得令人困惑了起来。

他开始去小树林背后的池塘。他猜想她应该在那儿洗澡。他之所以想去，就是因为他突然意识到，自己曾经在夏天暖洋洋的午后时分，见过她头发湿湿的样子。

明亮的夏日夜晚，当他在马厩里忙活的时候，他觉得自己听见了干草堆里的沙沙声。

晚上干完杂活后，他会去池塘里洗澡，而且他很确定灌木丛里有人。

有天晚上，他真的发现了一点踪迹！他既觉得冷，又觉得兴奋，一边发抖一边从冰冷的水里走到放衣服的石头那儿。他的步伐很淡定，平时他都会把手放在前面跑过去。这次他却把衣服放在离小树林超级近的石头上，像是故意让别人看到他。

当他猛地感到真有人在灌木丛的时候，愿望突然实现了，他的内心高兴坏了。但他只瞥见了一个影子！单色的纺织物？有一瞬间，他不太敢朝四周看。然后他浑身发抖地穿上了衣服。

整个夏天，她都活在他的血液里，像一条湍急的河流，漂浮在他的脑海中。

我是迪娜。我不喜欢覆盆子。洗衣房那儿的灌木丛错综复杂，覆盆

48

子就是在那儿摘的。那种灌木丛比荨麻还要扎人。

　　耶特路德站在池塘当中，水百合浮在水面上。我面向她往池塘走去。她却消失了。一开始我吞了好多水，后来才发现她抱着我，把我拎出了水面。我现在可以在湖和大海里漂浮了，因为有她抱着我。托马斯没法做到这一点。因为没有人抱着他。

　　达格妮在成为警长夫人前的一个月里，肚子就鼓起来了。

　　厨子说，警长造人的时候，明显一点余力也没留。她对闺蜜透露了一个想法，她希望警长能瞄得准一些，这样一来，从今往后，女仆就能过上安稳的日子了。无论淡季旺季，她都不需要再去找新女仆了。

　　警长的快乐是从心底散发出来的。他在宅子的树林里散步，一边还在达格妮的头顶上打伞遮阳。伞打得太高了，达格妮抱怨说阳光都照到她的脸上了，桦树的枝条在丝绸上戳出了洞。

　　在经过深思熟虑之后，迪娜设置了很多个陷阱。

　　有些时候，达格妮房间的门会无缘无故锁上，遍寻不着门钥匙。没想到后来却在房间里找到了钥匙！

　　她趁着达格妮在楼下的时候，偷偷地溜进了房间，锁上门锁，然后把钥匙放在房里。接着从窗户里面爬出去。

　　她可以把自己的身体控制成钟摆一样，就像祖父留下的那座钟里的钟摆。做了六七次摇摆后，她在屋外的一棵桦树上着陆，桦树很高大，上面湿漉漉的。

　　每次都是托马斯从屋外架梯子，爬过浅白色的帷幔和窗帘，再把门打开。

　　大家的怀疑都落在了迪娜身上。

　　达格妮很生气，尖锐的声音像冬雪一般洒落在整个宅子里。

不过迪娜什么也没说。她径直看着父亲恼火的双眼，一言不发。

他抓起她的头发，重重地捶了捶她的肩膀。

她矢口否认所有的事情，等到父亲怒不可遏才承认。父亲只好放弃追究。但下一次又重复着同样的剧情。

有时候，达格妮的书或是刺绣不见了。家里所有人都帮着一起找，可就是找不到一丝踪迹。

过了一两天，这本书或是刺绣又好端端地躺在它原来的地方。

如果迪娜说她和托马斯或是厨房的小女仆在一起，问下来虽然没错，但其实他们都在撒谎。撒谎的原因他们自己也弄不明白。男孩子撒谎是因为上一次迪娜撩开了他的毯子，看见了他的裸体。自那以后，他的体内就燃起一股火，无法熄灭的火。他的本能告诉他，如果达格妮的东西不见了，而他否认迪娜在谷仓的话，他就会失去一切熄灭大火的机会了。

迪娜的关节很硬，身材高大，腿又长，外加脾气火爆。虽然她从来没向厨房的小女仆展示过这些特点，但女孩还是对她心存惧意。

达格妮生了个儿子。卑尔根的结婚仪式相当低调，和这一次的洗礼仪式可谓对比鲜明，堪称一场皇室活动。

那几天，餐柜和水桶里装满了礼物，有银色的马克杯、银色的蜡烛和钩针编织的毯子。

女仆们都很好奇，她们是不是应该在地板上放食物上菜。

孩子被取名为奥斯卡，奥斯卡可喜欢哭了。这一点警长之前没料到，他敏感的神经可受不了任何人哭泣。

可达格妮增重了以后，变得更加迷人，身材也愈发丰腴，请了奶妈以后，照顾孩子的事情也自在了很多。她从特隆海姆和卑尔根定了几套时髦的衣服，包括孩子的一些套装。

一开始，警长对她有求必应，非常慷慨。但随着装载的货物和包裹陆陆续续到达以后，他开始显得有些不耐烦。他提醒她家里目前的经济状况可不算很好。他运到卑尔根的鱼还没收到全款。

　　达格妮听到这话就哭了，奥斯卡也跟着哭。等特隆海姆的下一班货船运的货到了以后，警长叹了口气，把自己关了几个小时，不想和任何人说话。

　　那天晚上，他从书房走出来的时候，仿佛经历了一场变革，又变回了那个慷慨豁达的自己。主楼里的人对此都心知肚明。耶特路德卧室和楼下卧室之间的木地板传来一阵有节奏的嘎吱声。

　　"他们应该等我们都上床睡觉了。"年纪最大的女仆嗤之以鼻地说道。

　　不过，既然警长只需要这么一个女人，其他人便也安宁了许多，所以她们也都没有了怨言。这些声音背后的故事不言自明，有些人甚至觉得这是一种消遣。

　　耶特路德太太在的时候，他们从来没听过那样的声音。她是一个天使，是一名圣徒。大家从来不会想到她会和淫荡猥琐的警长做那种苟且的事情。想到最后，他们又开始惦记起姑娘……可怜的迪娜，她身上背负着如此深重的罪孽。多么不幸的孩子啊！

　　妇人们觉得，讨论尊贵的已故的耶特路德太太并没有什么不合适，她们虽然是在轻声地交头接耳，但足以让达格妮听见这些话，只是警长还不知道。

　　从她们的交谈里可以听出她的样子，她个子高高的，身形很美。她的微笑非常明亮，纤细的腰肢最是令人印象深刻。除此之外，她们还会时常引用一些她说过的经典名言。

　　每当达格妮出现在门廊的时候，房间里就变得寂静无声，好像有谁把蜡烛给吹灭了。但在那之前，几乎所有的话都已经说完了，达格妮也都听到了。

达格妮对屋子里耶特路德的画像没有发表意见，就这么过了几个月。天鹅绒的墙面上挂着一幅画，画里的人微微笑着，凝视着她。另一幅画挂在楼梯上，画中的耶特路德用阴郁的眼神看着她。还有一幅画像放在警长的书桌上。

突然有一天，她忍不下去了。她自己动手，把墙上的画像都塞进了一个旧枕套里，然后放到专门装耶特路德房间东西的箱子里。

当她摘下墙上的最后一幅画像时，迪娜碰巧看到了她。那时候的气氛，像是酸乳浆的盖子被掀了开来。

迪娜跟着她，一步一步地。她跟着她走进了楼上的走廊，她在亚麻色的橱柜里找到了枕头套，耶特路德的箱子就放在黑暗的角落里。达格妮把迪娜当成空气，没有理睬她。

两个人都一言不发。

那天的晚饭很丰盛。

警长靠在绿色长毛绒的高背椅上，他根本没察觉画像的事。

这时候迪娜出场了。

她像是军队的队长，一路从战场上扫荡过来。她手中的旗帜就是那个枕头套，里面的东西发出咯咯的响声。

"那是什么？"警长的语气显然很是恼火。

"我正打算把这些画像挂起来。"迪娜回答的声音非常响亮，眼神直指达格妮。

她站在警长面前，把画像一幅一幅地从藏匿的地方拿出来。

"你为什么要把这些画取下来？"警长的口吻非常粗暴。

"我没有把它们取下来，我要把它们挂上去！"

房间里顿时一片死寂。房子里的脚步声像是壁橱上老鼠的抓挠声。

终于，达格妮开口了。警长发现迪娜的眼睛像燃烧的煤炭一般盯在她身上。

"我把它们取下来的。"她雀跃地说道。

"你为什么要那样做？"

他并非故意要用生冷的口气冲她。但有时候，女人身上有些特点总能惹恼他。

警长相信一条不成文的规定：对待仆人和女人讲话，要像对待一条有智慧的狗。如果行不通，那就给狗"拴上链子"。然后像对待一匹有智慧的马那样去和她说话。换句话说，不要提高嗓门，反而要把声音降一个八度。这样一来，你说的话就能从胸腔回响至整个房间。

不过，他很少能遵守这条规定。这一次也不例外。

"我不想解释什么！"达格妮把话说得很坚决。

警长理解这是狗遭到拷打后发出的吠声，他让迪娜先离开房间。

她不紧不慢地把三幅画像摆在父亲的脚跟旁，夹起枕头套，安静地离开了房间。

第二天早上，那些画像又回到了原来的位置。

达格妮说自己头疼，便卧床休息了，小奥斯卡只能整天都待在楼下。

警长慢慢厌烦了妻子和女儿之间的争吵。他觉得自己不想回这个家，他想带上一些船员，独自坐船出去旅行，有他的烟斗和一些威士忌就行。他意外地发现自己竟希望自己离女儿远远的，最好嫁出去。但她毕竟才十五岁。

未来的前景似乎也并不特别光明。倒不是说迪娜长得丑。她不丑，相反她个子很高，对这个年纪的女孩来说长得很结实，发育得很好。

但她身上有一种疯狂的特质，这种特质对于想找个伴的男人来说并不是特别吸引人。

尽管如此，警长并不感到绝望。他将挑选女婿看成一件任务。每次遇到家境殷实的未婚男士，他都会立马开始思考：这个人会不会适合迪娜呢？

达格妮最终也受够了，她不愿意再扮演警长的妻子、母亲和继母的角色。她想去卑尔根找"她的真爱"，她是这么说的。那一刻，警长意识到有件事情一定要去做，而且要很快。

他想把迪娜送到特罗姆瑟的学校去。但只要是认识他们家的人，都不愿意提供借宿，给出的理由各式各样，从得了肺结核到要出国移民，五花八门。要让迪娜一个人住在公寓里，实在又太年轻了。

他觉得很愤怒，这些人他过去都或多或少帮过忙。很明显，这些人已经忘记了他的恩情。一遇到愿意倾听的人，他就会咕哝一下这件事。

达格妮恼怒地对警长摆明立场，她说这个家里如果有"那个人"在，是绝对不可能的。

所以警长的女儿就是"那个人"咯？！警长听到这句话时简直怒发冲冠，不仅如此，他的骄傲也受到了伤害。她难道不是那个唯一会演奏大提琴的姑娘吗？她难道不穿鞋子吗？她难道不比其他区的姑娘骑马骑得更好吗？她的加减运算不是比最好的店员还要快吗？她难道有什么不正常的地方吗？

没有，迪娜身上并没有什么不正常的，只是她本质上有点狂野和恶毒，而且难以相处。

达格妮直直地望着警长，把这番话大声地扔在警长面前。小儿子听见父母之间的大吼大叫，害怕地啜泣着，被达格妮紧紧抓着。

"那谁来接替她母亲的角色？"警长的声音咄咄逼人。他现在的脾气已经到了沸点。

"反正不是我。"达格妮回应得很坚决。她把婴儿重重地摔在他脚边的地上，两手插着腰。

面对这一幕，警长选择了离开。他走出客厅，沿着宽大优雅的玄关台阶往外走，穿过院子，来到了码头，那儿有他心爱的仓库。

此时的他多么渴望耶特路德能够陪在他身边，用她凉凉的手掌温柔地按在他的额头上。自从她死了之后，她身上残存着的天使般的平静气息似乎越来越明显，如果她的灵魂真的存在。

警长站在暮光中，祈祷亲爱的耶特路德能够把女儿一起带走，现在的局面他实在应付不了。她一定看见了现在的情况。他匆忙地解释道，他并非想让女儿去死，他只是希望她能学会一些礼仪，变得彬彬有礼一些。

"请你和她说说吧！"他热切地祈祷着。

他在印着字母组合的手帕上擤着鼻涕，然后他点上烟斗，在系泊的浮筒上重重地坐了下来。

晚餐的铃声响起时，他才意识到自己饿了。但是他等了很长一段时间才回去。

晚餐一定要等警长坐到桌子的首席上才能开席。这是他在家时定下的规矩。

迪娜根本没来吃饭。她坐在小仓库后面的老桦树下。从那儿她能拥有猎鹰般的视野，还可以轻松地听见庭院里的声音。

坐在那儿没人看得见她。

树冠上挂着达格妮织的浅蓝色毛衣。毛衣被乱七八糟地撕扯过，针线没解开的地方拉出一个个大洞。

她的棒针高高地放在屋顶下的喜鹊巢里，在阳光里闪闪发光。

第三章

底波拉说，"我必与你同去，只是你在所行的路上得不着荣耀，因为耶和华要将西西拉交在一个妇人手里。"

——《圣经·士师记》第4章，第9节

雷斯尼斯的雅各布·格洛奈夫是警长的密友，他们在冬天一起打猎，夏天一起去卑尔根旅游。

大约二十年前，雅各布从特隆海姆来雷斯尼斯给女主人，寡妇英格伯格当帮手，她是货船的女主人。

那个时候，雷斯尼斯已经是整个郡里最发达的贸易中心之一，那儿有两艘小型航海货轮，在全国数一数二。

雅各布没过多久就搬进了二楼的大卧室。英格伯格和这个年轻的海员结了婚。

这场婚姻看来是个不错的选择。雅各布·格洛奈夫是个有能力的年轻人。没过多久，他就申请到了旅馆许可证。让许多人嫉妒的是，这张许可证是赠予而来的。

每个人都对英格伯格·格洛奈夫大加赞赏。对雅各布的母亲，凯伦，也是如此。雷斯尼斯的女性一直都非常与众不同。尽管家族的血统在慢慢改变，但女性始终给人们留下最深刻的记忆。

不管你具有何种社会地位，人们常说，经过雷斯尼斯的家门口，总有人会为你提供茶点。非要说雷斯尼斯的女人有任何瑕疵的话，那就是她们不能每年都怀上孩子了。另一方面，她们的皮肤永远保持得精致、年轻。

西边的大海和西南的海风将她们脸上的皱纹和年龄通通清洗干净。一方水土养一方人。这应该不是基因遗传，因为雷斯尼斯的血统一直在变迁。

***

雅各布·格洛奈夫是个从小镇来的人，干活很卖力。他的发丝里夹带着海风的气息，浑身充满了外面的世界的感觉。他娶了比他年长十五岁的英格伯格，还有所有的财产当陪嫁。不过他一点都不挥霍。

英格伯格在雅各布来的时候已经四十岁了，所以大家都觉得他们应该不会有子嗣了。

但在这一点上，大家都判断错了。

英格伯格和第一任丈夫在一起的时候没有怀孕过，但嫁给雅各布以后却开花结果了。

就像《旧约》里的萨拉，成熟了以后反而能生育了。四十三岁的时候，雷斯尼斯的英格伯格居然生了一个儿子！孩子是根据雅各布父亲的名字取的名，叫约翰。

雅各布的母亲，凯伦，从特隆海姆赶来看她的孙子。不久以后，她就把自己的书架和摇椅运了过来，她决定在雷斯尼斯定居。

家里没有婆婆可能会更好一些。雷斯尼斯女性之间的关系进入了一个新篇章，这个关系规定彼此之间互相包容，谦和地对待彼此。整栋房子里蒙上了忍让的气氛，所有人都井井有条地在一起工作。遵守雷斯尼斯的纪律是一种福分。

英格伯格原来有两名养子和她住在一起，这本可能会制造出许多麻烦，但他们都已成年，品行操守都相当不错。大的那个叫尼尔斯，头发黝黑，表情严肃，大商店就是由他来管。小的叫安德士，金发碧眼，整天无忧无虑，静不下来，所以他跟货船出海。

雅各布拥有作为丈夫和男主人的合法权利，但是英格伯格是家里做决定的那个人，她会询问雅各布的建议，有时候会听从雅各布的意思。

没有人介意雅各布实际上是一个陌生人这件事。每年，他都会跟船去卑尔根，他喜欢跟船走，这看起来似乎很自然。

雅各布和英格伯格之间从来听不见任何谩骂声，他们分开过日子。

雅各布的妻子不如说是货船，安德士也渐渐成为了他的徒弟，在任何方面都是。

如此一来，雅各布和英格伯格就各有了一名继子。抚养继子的任务和责任成了不成文的法则。最终的目标就是要对整个宅子好，这一点是清楚的。所有其他东西都不在考虑范围内。

吊灯上的水晶摇摇晃晃的，但是并没有因为噪音而让人觉得不愉快，水晶的声音非常平静，很有涵养。

英格伯格的品格甚至扩散到了谷仓和仓库，那儿也从来听不见咒骂吵架的声音。

雅各布会在出海的时候发泄情绪。当他踏上雷斯尼斯坚硬的土壤时，这些自由发泄的情绪会全部随风而散。

每次踏进英格伯格的房间前，他总是会将自己拾掇得体体面面，从里到外。英格伯格从来没有拒绝过他。

尽管他有时会在航运线沿线的小酒馆里满足一下自己的胃口，在回雷斯尼斯的路上他仍然会思念家里的这位成熟女性。他很乐意躺在家里高高的床上，四周拉着窗帘和白色的华盖。

当货船进港的声音传来时，人们都能看见，在英格伯格长着雀斑的脸上，会闪过一丝红晕。这片红晕会持续数个礼拜，直到雅各布再次离开。

那几周，大家会早早上床休息，起床的时间比平时晚一些，没人在意这个新的生活节奏，这样的节奏意味着每个人的夜晚都变长了一些。

雅各布·格洛奈夫不会往自己的酒杯里吐口水，警长也不会。

警长丧偶的时候，是雅各布安慰的他。雅各布把他引介给特隆海姆和卑尔根的上流社会，并安排了他和达格妮见面。

他们俩属于互帮互助。生意上，还有关于女人的事情上。有一小段时间里，他们会轮流拜访海格兰德郡的同一个闺房，却没有丝毫的不愉快。

有一天，英格伯格在花园里弯下腰，想给她的黑猫喂食的时候不幸死了。她像一颗苹果似的倒在地上，然后就没有然后了。

没有人曾料想英格伯格会就这样去世了，虽然死亡会降临在每一代人的身上。也没有人曾料想到，我们的主居然没有给她亲眼看到自己儿子在教堂里受戒的机会。她在世的时候，对这片海岸上每一个弱者都备加关心，总是为他人伸出援手。

从英格伯格离开的那一天起，那棵落叶松和那只黑猫就被当作了神圣的遗留物。

雅各布的情绪很难抚平，他和许多人一样，遭遇了亲人突然的离世。他意识到，爱是无法用磅秤或提秤来衡量的，当你从不想的时候，爱却会悄悄出现。

雅各布照看遗体的时候才意识到他心底的爱。他曾经以为他和她只是生意上的关系，只是床伴而已。但其实他对她的爱要比想象的多得多。

在之后的一年里，他成天睡不着，人也消瘦了不少，他通过这种方式来折磨自己，后悔自己当初没有对英格伯格表露这份爱。

旅馆那边他无暇顾及，比起卖出去的酒，他自己喝的威士忌更多。这样一来，旅店的利润变得岌岌可危，他也变得无所事事，对周围漠不关心。

两位能干的继子有许多活儿要干，也就此掌管了家里的大小事务，旁人总是对他们赞赏有加。

要不是雅各布长了一张英俊的脸庞，否则不管是家里的人，还是外面的朋友，都会觉得他的样子令人感到恶心。

他身上有一种荷尔蒙，让人变得淫荡，这一点对周围所有的活人都有影响，正如当初对英格伯格的影响一样。

雅各布本是一个水手，是一个流浪汉。英格伯格去世之后，她经商的天赋很快就体现了出来。

两名继子都开始走上了水路，待在海上不回来。但很快他们就意识到，他们必须接过管理的全部责任，要不然就送雅各布回海上，让他经手自己熟悉的业务。否则的话，家里的整个生意都会破产。

面对雅各布的行为，大家选择了容忍和原谅，大家愿意保护他。就算他在某天把四柱床搬进花园，也没人说什么。

他灌了几杯威士忌，在所有英格伯格待过的地方流连忘返。他或许认为，花园能让他和她之间的距离更近一些。至少能让他看见她的天堂。

可惜，天堂明显不在意他想什么。雨点像加农炮一样落下来，打雷和闪电像是在惩罚这张四柱床上勇敢的男人。

要把四柱床拆卸开，拖到外面，再正确地拼成整体，可是一件费力的活儿。

他只搬了床，丝质的帷幔没有挂出来，所以帷幔算是走运了。这点雨对木头来说已经够受的了，如果落在丝绸上，那肯定是一场大灾难。

不过，这场雨让雅各布清醒过来，就像是一个奇迹。

第四章

　　那两个天使晚上到了所多玛。罗得正坐在所多玛城门口，看见他们，就起来迎接，脸伏于地下拜，说，"我主阿，请你们到仆人家里洗洗脚，住一夜，清早起来再走。"……罗得切切地请他们，他们这才进去，到他屋里……所多玛城里各处的人，连老带少，都来围住那房子，呼叫罗得说，"今日晚上到你这里来的人在哪里呢。把他们带出来，任我们所为。"罗得出来，把门关上，到众人那里，说，"众弟兄，请你们不要作这恶事。我有两个女儿，还是处女，容我领出来，任凭你们的心愿而行。只是这两个人既然到我舍下，不要向他们作什么。"

　　　　　　　　　　——《圣经·创世记》第19章，第1—8节

当警长听说四柱床被拖到室外的事情之后，他决定邀请他朋友来法格尼斯坐坐。他们可以一起打猎，打牌，喝点小酒。

鳏夫坐着一艘白色的船抵达法格尼斯，船上有一个甲板室，竖着蓝色的栏杆。

秋天的空气十分凉爽，但是白天的时候，天气很暖和，非常宜人。路上能看到松鸡，以及各种杂七杂八的人，正如大家对早秋时节的期待那样。既然地上没有雪，那打猎的收获应该就不多了。

不过这不打紧。

俩人的见面格外温暖友善。

雅各布夸了一番达格妮，从她的裙子、发型、身材到她的刺绣。他还对家里的食物、酒、壁炉的热度还有对方的热情好客大加赞赏。他抽起雪茄，毫无顾忌地讲述起自己目前不幸的遭遇。

达格妮吃完晚饭也加入了两位男士的谈话，活灵活现地描述起在他们家拜访一周的那位瑞典人。此人匆匆来这附近研究鸟类，无论什么鸟，只要对他的研究有帮助就行。

"你们家去年不是有一只野鸟吗?"雅各布漫不经心地问道，心情似乎很好。

警长夫妇听到这句话显得很不自在。

"她可能在马厩里。"警长终于回应了一下。

"没错，上一次她也是在那儿。"雅各布咯咯笑道。

"要让她长大真是件困难的事儿。"达格妮说道。

"是嘛，我上次见她的时候，她已经有一双大长腿了。"雅各布说。

"噢，不是说这个，"警长叹了口气，"我们的意思是她比以前性子更野，管也管不住。她已经满十五岁，应该上学了，或者送到好的寄宿家庭也行。但这样做反而是自找麻烦……"

雅各布刚想说，没有母亲的日子是很艰难的，但他忍住了冲动。这个话题不太合适开口。

"那她不吃饭吗?"他好奇地往餐厅扫了一眼，只看见女佣在里面清理桌面。

"她在厨房里吃。"警长的回答略显尴尬。

"厨房里!"

"她总是会惹来一大堆麻烦。"达格妮一边解释，一边清了清嗓子。

"不仅如此，她自己也喜欢待在厨房。"警长很快又补了一句。

雅各布扫了他们俩一眼，警长对此不太舒服，只好换个话题聊聊，但原先的气氛变了。

洛奇先生什么也没说，他有一种能力，仿佛能让自己隐身，对他人不可见。这一点叫人哭笑不得。

这是个特别的夜晚，警长出了一身冷汗。

白天休息的时候，雅各布便出去打猎。

达格妮命令迪娜打扮一下，等吃过晚饭来拉大提琴，并且威胁她如果不照做，会有可怕的后果等着她。出于某种原因，迪娜照做了。这一定是洛奇老师出的主意，只有他说的话迪娜才会听，尽管表面看来是达格妮下的命令。迪娜甚至还勉强自己和这些成年人坐在饭桌旁一起进餐。

男人们心情都不错，尽情享用着烤羊肉。酒杯里的红酒时不时地晃着，桌面上欢声笑语。

洛奇先生没有加入男性的话题，打猎并不是他的强项。他是一名学者型的男人，也是一名优秀的倾听者。

两位男士讲起打猎者的兴奋故事就滔滔不绝。

后来他们又聊起说，北部的艰难时期可能终于要结束了。干鳕鱼的价格已经涨了。事实上，生鱼片的价格每一百克已经涨了两先令。

干鳕鱼的生意非常火，警长说道。他正打算把放晒鳕鱼支架的山路清扫干净，一直延伸到荒野那，腾出更多的地方来做干鳕鱼。山上的石楠很薄，有必要的话，他还可以雇一些童工来帮忙。

雅各布对晒鳕鱼的事情一窍不通。

"雷斯尼斯的山让人叹为观止！你家周围全被山环绕着！"

"景色或许是不错，但是得雇挺多人来干活的。"雅各布点评道。很显然，他没有丝毫掺和这件事的打算。

"还是做船上的杂货店或者一些小货物的贸易散货的生意比较适合我。"他说话的语气很坚定。

"但是如果你自己生产商品，不从外面买，利润会更可观。"

迪娜虽然听着他们说话，却只注意到了他们的面部表情和声音，至于他们在聊些什么并不重要。

她坐在雅各布的对面，坦然地注视着这位"老鳏夫"。晚餐的时候，她表现得非常有礼貌，着实令人吃惊。

她年轻结实的身体穿在紧身束胸马甲和长裙里正合适。

"你头发白了，格洛奈夫先生。"她说话的声音很响。

雅各布显然有些尴尬，不过他笑了。

"迪娜！"达格妮的语气很轻，但是非常严厉。

"长白头发有什么不对吗？"迪娜固执地问道。

警长知道这样下去很有可能会引起争执，只好匆匆下了命令，顾不得吃甜品的事儿了。

"去拉你的大提琴！"

迪娜没有反抗，顺着警长的意思去做了。

洛奇先生慌忙地坐在钢琴椅上。他把手和身体在琴键前停放了几分钟，等迪娜调整好自己的位置。

迪娜把大提琴夹在两个膝盖之间的时候，刺绣的绿色天鹅绒裙被分为两半。这个坐姿可不太女性化，既不秀气也不优雅。房间里顿时弥漫着一股浓浓的色欲气息。

这让雅各布的视野变得模糊不清。

两只丰满鲜嫩的乳房在她弯腰抚弦的时候呼之欲出。

她的脸色在黝黑杂乱的头发下显得特别宁静。对付这种场合，她会往脸上或多或少刷一点粉，一丝秸秆灰也看不见。她半张着少女般的嘴巴，嘴形很大，略微有些贪婪的模样。她的眼睛扫视着面前的一切，显得有些呆滞。

在她正弯腰准备弹奏时，雅各布的腹股沟处感觉到一阵强烈的跳动。他知道这意味着什么。他过去也曾经历过这一切。但这次的感觉，比记忆中的任何一次都要猛烈。或许是因为这画面来得太出人意料了？

雅各布的头像一个燕子窝，所有的燕子蛋都跟着音乐剧烈地撞击着。蛋黄和蛋清顺着他的脸颊和脖子往下流。他本能地往前倾着身子，手上的雪茄也渐渐灭了。

迪娜的衣服像罩着年轻女性的厚叶子。她对舒伯特的演绎有点问题，远不及洛奇先生满意的程度，这一点是雅各布所理解不了的。他只看见音符飘荡时，裙子的布料在她大腿上微微颤动的样子。

雅各布变成了她手指下的琴弦，成了她柔而有力的手所握着的那把弓。他成了她紧身束胸马甲下的呼吸，跟着她一起浮上沉下。

那一晚，雅各布·格洛奈夫无法入眠。为了不让自己光着身子在霜寒的夜晚苦苦思念，这已经是他的极限了。

迪娜离他只有一门之隔。他用所有的热情卸下她的衣服，开始想象起她那年轻丰腴的胸部。画面中的她，殷勤地将膝盖分开，一把亮漆色的乐器架在中间。

雅各布·格洛奈夫整夜难以适从、无法入眠。

第二天一早他就要走了。

快起航的时候，他把警长拉到一边，依然倨傲地对他说：

"我要她！我……我一定要让迪娜……做我的妻子！"

最后那句话像是他的临场发挥，唯一能表达自己情感的语句。

他实在有些心烦意乱，甚至都忘记要如何遣词造句。就连说话的时候都没顾上彬彬有礼，这些话从他嘴里蹦出来时，连他自己都不敢承认。原本想好要说的话都忘了。

好在警长理解他的意思。

雅各布的船离岸之后，天开始下雪了。一开始的雪还比较温和，后来就下大了。

第二天，迪娜被传唤到办公室里，警长通知她说，等她一过十六岁，雅各布·格洛奈夫就想娶她。

迪娜穿着朴素的旧裤子，站在房间的中央，膝盖发抖。她在地板上留下了一大摊融雪，还有肥料和干草。

父亲叫她去办公室的时候，她本以为自己会遭到训斥，可能是哪一次捉弄了达格妮，要不然就是某天她让同父异母的弟弟进了猪圈。

和父亲谈话的时候，和父亲一样高的她已经不用抬头了。

她凝视他的目光像是在观察他头上稀疏的发量，又像是要给父亲定做一件新马甲。过去的一年里，警长的腰身变粗了不少，看来生活过得很滋润。

"你变重了！你胖了，爸爸！"平淡地说完这句话后，她便打算离开房间。

"你没有听到我刚才说的吗？"

"没有！"

"雅各布家的生意是这个地区里最好的。他可是有两艘货船！"

"他可以用他的货船把自己前后擦一擦！"

"迪娜！"

警长在怒吼，回声在屋顶的木椽上飘荡，响彻整栋房子。

起初他试着用比较温和的词语来调解迪娜的心情，但迪娜生硬的回答让他忍无可忍。

掌掴声很响，回荡在房间里。

因为大家看不见，真实的情况是，两个人都掌掴了对方。父亲刚打

66

完迪娜一巴掌，迪娜立马就回击过去。她已经没有任何值得珍惜的人，也无需顾忌任何约束，更不会被恐惧或是尊重等情感束缚。

警长从办公室出来的时候，脸颊上有一道口子，马甲也被扯烂了。瘸着腿走到外屋后，他把胸贴在门上，觉着自己的日子就快走到头了，心脏用力过猛，活不长了。

他的呼吸中伴随着叹气和喘气。

冲地面嘶嘶地用力摩擦或是震耳欲聋地跺脚，都无济于事。

做一个恶魔的父亲实在是不易。

他从没向任何人袒露过这件事。长大的女儿竟然和他打架。

真打起来应该半斤八两。迪娜在爆发力方面缺口气，但她会用牙齿和指甲扳回一城。她的计策相当邪恶，身手非常敏捷。

警长不明白自己到底做了什么，为何命运对他如此不公。似乎还嫌这一切不够糟似的，孩子居然打自己的父亲！噢，上帝啊！

说实话，这是第一次有人敢把手放在警长身上。他本人的父亲虽然威严，对他却是爱意满满，性格也比较健忘，而他又是母亲的独子，他就是在这样的家庭中长大的。

他并非一个难以相处的人。可现在他却坐在外屋独自抽泣。

与此同时，迪娜沿着岩石沙滩一路奔跑，她跑过荒野，来到了山的另一侧。

她靠着本能找到了正确的方向。

黄昏的时候，她骑了匹马，沿着陡峭的山坡来到了雷斯尼斯。

她在巨大的岩石和灌木丛及大堆刺柏中之字形地穿梭。秋天的河面上架着一座桥，河流非常湍急。小路旁的石头散落在各处，保护路面免受春潮的打击。

去雷斯尼斯的最佳办法显然是坐船。山坡很陡，一开始往下看好像什么都没有，但走着走着就能看见下面的大海。

海水的声音十分壮观，在海的那一边，能看见山脊，阴郁的颜色高耸入云。

往西边瞧，眼前的大海和天空仿佛孕育着你所能企及的一切自由。

她骑着马一点点下坡，田野慢慢在左右两旁舒卷。田野两侧是郁郁葱葱的桦树林和奔流不息的灰色海洋。

在很远处的地方，大海和天空等待着她，那是她从未见过的风景。

从最后一处缺口走出来后，她勒了勒马绳子。

这里至少有十五栋像这样的白色建筑！连带着两个码头和两栋仓库。而眼前的宅子更要比警长家的大不少！

迪娜把马系在白色的围栏上，一动不动地看着一栋八角形的小度假屋，房子上镶嵌着彩色玻璃。房子的每个角落都用精致的雕刻装点着，前门上有一道弗吉尼亚的拱形爬山虎。

主楼的入口看上去很牢靠，给人留下深刻的印象。门廊上有华丽的叶雕。石板岩的台阶很宽，左右各竖着熟铁栏杆，门边放着两张面对面的长椅。

这一路可真够奢侈的，迪娜忍不住走上通往厨房的小道。

她看见一个女仆，样子很害羞，有些不明所以，她找女仆打听格洛奈夫先生是否在家。

雅各布·格洛奈夫坐在抽烟室里，他在铁制火炉旁的大洛可可椅上打盹。马甲的纽扣散开着，胸衬也没穿。一头灰色的鬈发皱巴巴地垂在他的额头上。小胡子无精打采地耷拉着。

他看见迪娜站在门廊的时候并没有意识到自己的形象问题。

她从他疯狂炙热的梦中径直走了出来。尽管没有紧身马甲，也没有大提琴，她也足够让他的血管为之膨胀了。所以，他过了一会儿才真正意识到她是实实在在地出现在自己面前。

雅各布·格洛奈夫的脖子和耳朵慢慢变成了深红色。看见她之后，这些反应实在难以抵抗。

他在完全清醒前，第一个冲动就是想占有她。就在此时、此刻。就在客厅的地板上。

不过雅各布到底是一个有规矩的人。再说，凯伦嬷嬷可能会随时来房里。

"父亲说我们必须要结婚！"她没打招呼就直接气势汹汹地开口了。接着她摘下羊皮帽，动作像男孩子似的，继续说道：

"这件事绝不可能发生！"

"能不能请你先坐下？"他说完便站起身来。

他心里咒骂着警长的表述方式。毋庸置疑，这女孩一定是被他严厉的命令给吓得魂飞魄散了。

雅各布责怪起自己来，他应该让警长先问问她自己的意思。

但这一切发生得实在突然。自那以后，他脑子里什么也装不下了。

"你父亲一定没说我们必须要结婚。他难道没说，是我想让你成为我的妻子吗？"

她的脸上突然掠过一种不确定的表情。有点早熟，又有点好奇的感觉。

雅各布从未看见过这样的表情。这让他显得有些尴尬，又有种回到了年轻时的感觉。他又打了一遍手势，指着自己坐着的椅子。他帮她脱下外套。她身上混合着新鲜的汗水和石楠的味道，发带和嘴唇上有些小汗珠。

雅各布有些胸闷地叹了口气。

他吩咐下人把咖啡和饼干端上来，命人不允许打扰他们。

他克制住自己的情绪，尽量表现得平静一些，仿佛把迪娜当成自己的一个生意伙伴，他挪来一把椅子，在她的对面就座。整个过程中，他满怀期待地小心注视着她的双眼。

雅各布过去也这么做过。但自从他向英格伯格求婚后，就再也没有这么多紧张的时刻了。

他们俩一直在喝咖啡，迪娜啧啧地啜着茶碟，眉头依旧紧皱，看上去很生气。

她解开了几颗毛衣的纽扣，女士衬衫已经塞不下她的胸部了。雅各布的眼神紧盯着那里。

雅各布遵从规矩，派人去请凯伦嬷嬷过来，并且特地向她介绍了一下迪娜。她是警长的女儿，为了父亲的一句话，骑着马翻山越岭才到了这儿，看上去有些邋里邋遢。

凯伦嬷嬷透过单片眼镜看着迪娜，她的眼神中蒙着一层善意。她拍了拍手，命令女仆准备一间朝南的顶楼房间，再准备一些温水，换上干净的床单。

雅各布想带她亲自转一转整个府邸，他必须时刻守在她身边。

他看着她，用低沉的声音真挚地说出了这个想法。所有他能给她的东西，他都介绍了一遍。

"一匹黑马？"

"没错，一匹黑马！"

雅各布带她去马厩里转了一圈，还去了货仓和商店。迪娜数着沿大道排列的一棵棵树。

突然她笑了。

第二天一早，雅各布派了一名雇工，让他骑马赶去山另一侧的迪娜家。

在雅各布松开船锚带她回家之前，他俩商量好了，决定结婚。

警长全家上下乱成一团。没有人知道迪娜究竟去了哪里。

他们骑着马搜遍了整个周边地区。当雷斯尼斯的雇工骑着迪娜的马捎来口信时，警长虽然略感宽慰，但仍是止不住地气急败坏。

直到雅各布·格洛奈夫的船被涨潮推上岸，警长才消了怒气。迪娜跟着马尼拉的缆绳一同跳上了岸。

我是迪娜。雷斯尼斯那个地方，海天一色，太美了。十二棵花楸树排成一排，从商店排往主屋。花园里有一棵稠李树，可以爬。家里有一只黑猫还有四匹马。耶特路德在雷斯尼斯。她就住在洗衣房的屋顶下，那屋顶高得无边无际。

我听见了风。那儿一直有风的声音。

婚礼定在五月份举行，那之后货船便要出海去南方。

警长的府邸里堆着大大小小的箱子，里面装满了嫁妆。

达格妮兴高采烈地在家里忙这忙那，一会儿收拾包袱，一会儿指挥下人。女佣们忙着刺绣缝纫，她们要把婚纱的蕾丝抓紧做出来。

迪娜还是一直待在谷仓和马厩里，好像这一切的活动都和她无关。

她的头发沾染了动物的气味，浓郁的味道即使站在远处也能闻到。她身上的马厩味像是她的一块盾牌。

达格妮提醒她，作为一名年轻妇人，如果要做雷斯尼斯的女主人，那身上一定不能有难闻的味道。可是她的这番训诫，就像雨后岩石上的水珠，在太阳的热度下立刻蒸发。

达格妮把她拉到一边，摆出母亲的样子，向她透露起作为一名女性，结婚意味着面对何种生活。一定要小心注意是否每个月都来潮。她说，作为一名妻子和母亲，这既是责任，又是一件令人愉快的事。

但是迪娜对此没有多大好奇心，她甚至显得有些傲慢。达格妮发现，自己苦口婆心地劝说时，她正鬼鬼祟祟地偷看自己，这叫她有些不太高兴，难道她会比达格妮更了解生活的艰辛和不易。

每次看见迪娜衣衫不整，或是往那棵桦树上爬的时候，她都无法理解，为什么一个十五岁的女孩子会幼稚到这般地步，简直让人难以想象，更不明白她的想法怎么就和中邪了似的。

这个女孩实在不够娇媚，她完全没意识到自己在别人心中的印象，仍然和六岁时一样，对待身体很不成熟。在穿着和言语上，一点没变。

像那样把她草率地嫁出去并不是十分正确的选择。达格妮深知这一点。但是说实话，她也不能判断，迪娜和雅各布成亲后，到底谁受的折磨会更多。

她只是让自己尽情沉醉在这份奢侈的快乐中，虽然这份快乐夹杂着恶意。她热情满满地等待着那一天，等待整栋府邸最终属于她的那一天。过了那一天，她再也不用忍受房子里的这位疯姑娘了，没有人会和她吵架，彻底摆脱压力。

虽然她心里对迪娜的离开感到如释重负，但表面上她还是装作非常热心地操办这场婚事。为了减轻这份内疚感，她和其他女人一样，开始自怜自哀了起来。

自从雅各布带迪娜坐船过来以后，警长的心情就一直喜不自胜。所有事情都是上帝赐的福气，警长说道。

他总是时不时重复着这句话。他没有分毫想过，对待唯一的女儿，他竟把自己的利益凌驾在关怀之上，不停自我催眠，说她即将嫁给对她而言最好的丈夫。

更诡异的是，他有时甚至担心，把迪娜许配给雅各布，会不会伤害到他这位最好的朋友。雅各布总体来说是个好伙伴……既然婚事是他开口提的，那他就一定会达到目的。

警长并没有意识到这一点，他只是为雷斯尼斯和法格尼斯之间的山川和路程，外加这长长的海岸线感到庆幸和感激。

洛奇先生去南部了，他终究还是选择了哥本哈根。旅费是由警长提供的。现在的情形好比是一封不言而喻的解雇信，意思简单明了，家里已经没有他的位置了。

迪娜为此大发雷霆，她用刀把父亲精致的路易十六牌桌砍坏了。警长为此对她责备了一番，言辞非常委婉，并没有打她。

在洛奇先生教迪娜读书的那几年里，她学到了非常系统的音乐知识，还学会了弹钢琴和拉大提琴。"考虑到她的能力，在钢琴演奏上还是有些不足。但她对大提琴的演绎，对于一个业余人士而言，已经大大超过了让我满意的程度。"这是他递给警长的总结书里所写的一段话。

若真有必要，这份总结可以充当成学习证明。这里面写明了迪娜的学习情况，她在现代史和古代史方面，接受了合格的教育。此外她还修习了不同程度的德语、英语和拉丁语。不过她对这些科目没有什么兴趣。另一方面，她特别喜欢数学，她在数学上的智力表现令人赞叹。五或六位数的加减运算，她不仅算得快，而且还很轻松，多位数的乘除，她也能得心应手。

这份总结里没有描述太多有关迪娜阅读方面的信息。只是一笔带过地提到说，她对于阅读的消遣没有多大耐心。综上，她更倾向去做她的头脑可以胜任的事情。

"她几乎可以背下整本《旧约》。"洛奇先生加了这一句，弥补了迪娜阅读能力的不足。

他曾和警长提过好几次，迪娜需要一副眼镜。这样就不必每打开一本书，或是想近距离看什么东西时，总是眯着个眼睛了。

但不知为何，警长总是把这个意见抛在脑后。毕竟，年轻女孩戴单片眼镜太不讨人喜欢了。

洛奇先生离开以后，他的大提琴被安稳地包裹在棉毯子里，其他的随身物品放在纸板箱里，洛奇先生的用品不多，他的离开令警长家失去了许多趣味。

他是一个安静而无趣的男人，身上的许多小细节不容易发现。但若一离开，这些细节却愈发清晰。

迪娜有三天没进过家门了。她把马厩当成睡觉的地方，在那儿住了很长一段时间。个子蹿得更高了。只过了一个月，她的脸显得十分憔悴，肉也不见了。洛奇先生仿佛是她身边最后一名人类，现在却也从她身边走了。

即使是面对托马斯，她也不愿意说话，只把他当作旧羊皮里包裹的一坨粪球，或是一团空气。

但大家并没有斥责迪娜，既然不在家能让达格妮觉得更安心，那就随她去吧。

厨子会时不时站在门廊上，示意迪娜过去，像在招呼一条流浪狗，唯一的不同就是，这只动物没那么好驯服。

她像一头狼似的在周围漫步，幻想着用魔法把洛奇先生召唤回来。仿佛他就在那儿，在她深呼吸的空气里，在大自然脆弱的声音里，在任意的一个地方。

我是迪娜。每当我拉大提琴的时候，洛奇就坐在哥本哈根聆听。他的两只耳朵可以听见所有的音乐。全世界所有的音符他都懂，比上帝还要厉害。洛奇的大拇指原本很弯，因为长时间抚按琴弦，已经被彻底压平了。他的音乐就藏在四周的墙里，你唯一要做的，就是去感受。

＊＊＊

"面对一个根本不怕惩罚的孩子，你有什么办法？"警长对给迪娜施坚信礼的牧师说。

"上帝自有他的办法，"牧师意味深长地说道，"但是那些方法超越了一个世俗父亲的能力范围。"

"你也清楚这事儿很难办，对不对，牧师？"

"迪娜是一个很任性的孩子，也是一个很任性的年轻女性。或许未来，她会低下头来。"

"但她不能算是一个坏孩子吧？"警长热切地问道。

"这一点，主自会明辨。"牧师回复道。他曾经在坚信礼的课堂上教过迪娜，看来他不太想深谈这个话题。

迪娜在一八四一年接受了坚信礼，在做数学公式或是给警长计算生意上的利润时，没有人质疑她。

完成坚信礼是件好事，因为第二年春天她就要做新娘了。

第五章

通达人见祸藏躲。愚蒙人前往受害。

——《圣经·箴言》第22章，第3节

迪娜和雅各布的婚礼在五月底举行，同年七月她就满十六岁了。

她从法格尼斯出发，坐船去教堂，船架用绿叶和纸条点缀着。那天阳光明媚，海面风平浪静。她坐在狼皮垫上，那张狼皮是警长从俄罗斯买回来的。尽管这样，她还是冷得瑟瑟发抖。

她们在教堂帮她换上了耶特路德的白色窄花边婚纱。拖地的裙摆有四层宽镶边。爱心形状的蕾丝绣在紧身马甲正面。松垮垮的袖子非常精致，像透明的蜘蛛网。

婚纱尽管经过悉心洗晒，但闻起来还是有一股防蛀剂的味道，不过穿上去倒是特别合身。

她们帮她穿上了婚纱，还帮她把所有的东西都装箱运了过来，而她却表现得如同儿戏。

她晃了晃身体，伸展了一下四肢，女仆帮她穿衣时，她竟然在笑。就像她和洛奇先生戴着熟石膏面具，一边记台词一边做着戏剧的游戏。

她的身材亭亭玉立。婚礼前的一天，她爬到那棵大桦树上，在那儿坐了很久。因为之前在岩石海滩上跑着找海鸥蛋，所以两个膝盖都破了皮。

新郎坐着一艘大艇，带着浩浩荡荡的人马，热热闹闹地来了。

他应该快四十八岁了，留着灰白的胡须，看上去要比迪娜的父亲年轻，尽管实际年纪更大一些。警长每天过着舒服日子，有好酒佳肴，发福在所难免，但雅各布却一直非常清瘦。

他们已经决定在雷斯尼斯举办婚礼。因为那儿离教堂更近，而且地方也比较大，可以用来招待客人。更何况那儿有整个教区最棒的厨师，欧林。

婚礼非常美。

晚饭过后，新郎想带他的新娘看看房子。上楼后，他带她看了主卧，里面放着一张气派的四柱床。这是他之前就预定好的新床，床帘也是新的。护墙板上铺着新的天鹅绒藤边墙纸。壁龛和书架都装着玻璃门，她只能隔着门往里看。书桌上放着一个中国花瓶，里面藏着玻璃门的钥匙。亚麻色的碗柜放在楼上阴暗的宽过道上。她看到一只肚子鼓鼓囊囊的雄性雷鸟，是雅各布亲自打猎得来的，凯伦嬷嬷把它放在帽箱里，从特隆海姆一路带到这里。但最精彩的还要属主卧和那张四柱床。他的手一边发抖一边用钥匙转开了门锁。然后他走到她面前，面带微笑着把她压在了床上。

他们花了很久的时间和对方纠缠。

他用力拉扯着婚纱的铁钩。

他的呼吸声很重，语无伦次地用孩子般的语气说，她是雅各布·格洛奈夫一生见过的最可爱的创造物。

起初她似乎有点好奇，也可能是想保护耶特路德的裙子，不让这贪婪的男人之手扯坏裙子。但不管怎么保护，裙子还是被脱了下来。

一刹那间，新娘似乎没法把雅各布说的话和他的行动结合在一起。

她用尖牙和利爪对付他，还用丝质鞋子的铜跟踢他。她的这顿踢打居然没要了他的命，简直也是奇迹。

"你连一头种马都不如。"她压低嗓子厉声说道。眼泪鼻涕从她的脸上掉下来。

她显然知道种马会对她做些什么。

当雅各布意识到她的意图时她已经朝门疯狂奔去。在猜到接下去会发生什么的时候,他发情的本能突然化为乌有。

他们重重地呼吸,打量着彼此的力量,就这样对峙了一段时间。

她不愿意穿上雅各布从她身上撕开的衣服。

他使出当初扒衣服的力气,帮她穿上灯笼裤。腿上的一条丝带不幸扯断了,看来他实在太笨手笨脚了。

尽管他百般努力,可怕的事情还是发生了。她最后还是挣脱了雅各布,从楼上逃窜到大厅,并当着警长和所有客人的面,穿着内衣、丝袜和丝质的鞋子一路狂奔。

这是他第一次感觉到迪娜是一个没有顾忌的人。她不害怕别人对她的看法。他知道她能快速加减账单上的数字,可没想到她行动的速度竟然也如此迅速!她有一种与生俱来的能力,能保证任何降临在她身上的不幸也能同时打击到其他人。

初次的洋相让他立刻变得清醒起来。不知怎么地,她让他在结婚当天成为了罪人。

迪娜匆忙从楼上跑下来,吵吵闹闹地,动静大到不同凡响。她穿着灯笼裤在各个房间里进进出出,让三十多双眼睛看得目瞪口呆。

她把警长手中的玻璃酒杯打在地上,酒溅了一地,形成一摊难看的污渍。然后她爬上他的膝盖,用所有人都能听得清清楚楚的声音大声宣告着:

"我要回法格尼斯的家,现在就走!"

警长的心脏漏跳了好几下。他吩咐女佣帮新娘"恢复正常"。

这件事让他很恼火,雅各布居然没有丝毫的克制,他本应等到所有人都回家休息，待洞房花烛夜时再行此事。他又迁怒于达格妮，气她没有和女儿交代，结婚对她的深厚涵义。她原本答应过会和她说的。他更怪自己，自己怎没有料到迪娜如此我行我素的性格。而现在，一切都迟了。

警长粗率地把迪娜从他膝盖上扫下来，他把自己的胸衬和领带拉直，上面洒着一点一点的酒渍。

迪娜像困兽般睁大眼睛站在原地。然后她跑进花园里，像一只山猫爬上了度假屋旁那棵大大的稠李树。

然后就一直待在上面。

这时候，达格妮当众哭了起来。其他客人或坐或站着，像雕塑般一动不动。自迪娜闯进房间后，没人挪过一步。就连说话的本事也给忘了。幸好牧师已经离场，才没看见刚才这一幕。

只有警长能装作一切如故。他走到屋外，用侮辱性的语言冲着树大声怒吼，树上坐着人，皮肤白皙，身穿白色薄衫。

把女儿许配给最好的朋友本应是场喜事，是革命般的胜利，现在却成为了一场噩梦。

过了一会儿，当所有仆人和宾客都聚集在花园的稠李树下时，新郎，这位雷斯尼斯的主人也从楼上走了下来。

他花了许多时间整理了自己的衣服、头发和胡子。他害怕会发生最坏的结果。不论是看到迪娜父亲的怒气，还是面对宾客们的冷漠和傲慢，他都害怕。

他隔着窗帘，先从卧室的窗户查看了一眼外面恐怖的情景。

宽阔的石板台阶旁是熟铁打的栏杆，他站在那儿，眼前的画面他见所未见。这一幕让人难以置信！树的四周围了一大圈人。警长一边大声喊叫一边打着手势。月光在夜色中穿过厚厚的绿叶，照在心形花床的雏菊上。女孩坐在仿佛已陪伴了她千年的树上，像是打算在往后几年里继续住在那上面。她看着树下的人，仿佛一群浩浩荡荡、爬来爬去惹人厌的蚂蚁。雅各布笑了。

他从谷仓附近拿来梯子，命所有人回屋，安静的空间才好让他做事，就连这时候他也一直笑着，已经忘记了自己本应该是惭愧的模样。他咯咯地笑着，一直目送最后一位客人进屋。

然后他把梯子靠在树上，往上爬。

"迪娜。"他叫道。他爬得很慢，一边爬一边兴奋地笑着。"你就不愿意下来，理我这个像公山羊一样的坏男人吗？我会把你小心翼翼地带回房子里去，把你当《圣经》那样小心。"

"你个下流的畜生！"新娘对着他的头顶咆哮着。

"是，是！"

"你为什么像一头种马那样对我？"

"我忍不住。但是以后会好的……"

"我怎么相信你？"

"我发誓！"

"你发誓什么？"

"我发誓自己再也不会像一头种马那样强迫你。"

她轻蔑地哼了一声，两个人安静了一会儿。

"你敢叫别人来作证吗？"

"我敢，上帝作证！"他回答得很快，生怕这位警长的女儿会要求让真人来做见证。

"你发誓？"

"是！如果我不遵守诺言，我就去死！"

"你都这么说了，那我下来。"

"好！但你要相信我……"

她往前一扑，胸脯差点从衬衫里抖出来。乌黑的头发像一团海带，华丽地遮住他面前的天空。

这一刻，雅各布突然感觉到，对于这个爱蹿上树顶的新娘来说，他的年岁可能太老了。他的精力或许满足不了她的需求。但不知怎么地，他不想面对这一点，至少现在不想。

"你走开，我下来。"她命令道。

他爬下梯子，往后退了退，警长帮她扶着梯子。当她从他身边拂过的时候，他闭上眼睛，感受着她身上的芳香。那距离，很近，很近。

雅各布在上帝和婚礼宾客面前就像一个快乐的小丑。这个夜晚，只要闻着迪娜的香味他就满足了。就算这样，他仍然觉得自己是上帝的垂怜之人。他会慢慢靠近她，但愿她别再逃到树上去了！

警长还没太明白这整件事。让他吃惊的是，在处理女人这事上，他的朋友比处理生意更蠢。他把这出戏当作对法格尼斯警长的个人侮辱，而且是令人痛苦的侮辱。

凯伦·格洛奈夫也是寡妇，她对这件事颇为担心，总不放心把雷斯尼斯府邸的钥匙交给迪娜，也不放心让她来操持这个家。

另一方面，她又担心这个女孩，听说过许多关于她的奇怪事迹。一个家庭条件良好的年轻女孩，居然如此放荡不羁，对得不得体知之甚少，这不正常。

凯伦嬷嬷认为，这段冲动的婚姻会让雅各布不自量力，这块肉实在太难啃了。但是她什么都没说。

约翰·格洛奈夫二十岁，刚从学校回到家，特地赶来庆祝父亲的婚礼。他在角落里坐了好几个小时，盯着地板上的裂缝看。

***

雅各布信守了自己的诺言，他小心翼翼地靠近着迪娜，准备睡在主卧那张巨大的四柱床上。一切都准备就绪，房间打扫过，也装潢了一番。刺绣的床单在四月的时候用雪漂白过，五月的时候用碱液煮过，冲洗后挂在晾衣绳上。用脱水机抚平后，整齐地和小包干玫瑰花瓣叠放在一起，放在楼上大厅的亚麻色橱柜里，等待着新娘。

午夜的太阳还有精致的蕾丝窗帘。绿色的高脚酒杯闪闪发光，杯脚颀长苗条。水晶玻璃瓶里装满了水和红酒。花瓶和大茶壶里插着从花园和草地上新鲜摘取的花朵。窗外飘来春天叶子的香味。远处的山川和大海传来风声和波涛汹涌的水流声。

他身上难以启齿的部位还是很疼。他依旧可以感觉到迪娜的鞋子踢他下体时，那种恶心头晕的感觉。

她坐在宽阔高大的床上看着他，双手支在身后的床面，一直凝视到令他尴尬为止。他已经记不得上一次为女人害羞是什么时候的事儿了。

他跪在她脚旁，费力地帮她脱鞋，再次扮演起小丑和仆人的角色。他卑躬屈膝地脱鞋，她绷直脚背，让他好使力一些，就这个动作，让他的心脏又漏跳了好几下。

更吃力的是，他不得不把她摆成站立的姿势，才能脱下她的衣服。

夜幕并没有完全降临，光线仍然太过刺眼。

他看见了那双警惕性很高的苍白双眼！微微倾斜着，睁得很开，像是期待着什么。但是离他太过遥远，没法观察他的一举一动。

他清了清喉咙，觉得她可能在等他开口。一般遇到这样的情况，他不太会和女人说话。

如果现在是冬天，房间里一片漆黑就好了，不像现在，该死的都是光！在她清澈的双眸中，他觉得自己像是一件被赤身裸体展示着的物品。

他的身体已经四十八岁了，还有他那没看点但又很显眼的肚子，和十六岁的时候一样害羞。

他脸上深邃的沟壑诉说着他这些年的生活，作为一个鳏夫，满脑子的心事和无数个饮酒作乐的夜晚都写在脸上。还有他的一头白发。他过去从没有像现在这般，如此在意这些细节。

他突然犯起了急脾气，按理说她应该见到过他灰白的头发。那天他去警长家，第一次看到她在股间拉奏大提琴的时候。

想到这，雅各布更慌乱了。他把脑袋任性地藏在迪娜的膝盖间，带着一点害羞的神情。

"你干吗呀？"她一边问一边不耐烦地扭动着身体。

雅各布一动不动地躺着。

"因为我不知道要做什么。"他憋了半天终于回了一句。

"你要给我脱衣服。你已经脱了我的鞋子了……"

她打着呵欠，重重地把背靠在床上，留他在原地，活脱脱像一只被主人遗弃的狗。

"没错。"他就说了这俩字，然后从她的膝盖中坐了起来。一开始只能看见他的一只眼睛，然后是满头蓬乱的灰发。

他仔细打量着面前的场景。但他表面上还是克制着自己。

"你动作好慢。"她的语气很平淡，边说边解开自己的纽扣。

他感到无比兴奋，笨手笨脚地帮她把一件件衣服脱下来。

越靠近她，马厩、干草还有香料的味道就越浓。

这一刻他停止了呼吸。接着他依次褪去她的裙子、衬裙、紧身胸衣和灯笼裤。

她的眼睛好奇地跟随着他的一举一动。好几次她闭上眼睛叹气。这时候他调动起全身的温柔细胞，文雅地抚摸着她的肩膀和臀部。

现在她完全赤身裸体了，她从他的身上挣脱开走到窗边，像是从另外一个世界来的人，傻傻地站在那儿。

他不敢相信眼前的一切。她可是一个女人，是处女！却光着身子从床上走下去，这会儿还是夏天，夜晚的光线很足。她竟然就这么无所谓地在房间里走动，还走到窗边！

窗外的金光打在她的肩膀和臀部上。她像是巫婆和天使的混合体。没有人可以占有她！除了他！她只能在他的房间，在他的房子里趾高气昂地走。

当她转过身来面对他的时候，午夜的阳光将她半边的身子化成蜂蜜。

"你不准备脱你的衣服吗？"她问道。

"哦，我脱。"他讲话的声音很干哑。

于是，他的衣服也一件接一件有序地迅速落在地上。他似乎有点畏惧，担心在达成目标之前会有什么事情发生。

说实在的，他花了好大的工夫才把这事办妥。却未曾料想，最终会是这副模样。

两人躺下后，他想把白色的床单罩在彼此身上，好让自己靠她更近一些，可她却坐起来，把床单从他身上给拉开。

接着她开始侦查他的全身。她好像找到了一只从未见过的动物，眼神里带着一股贪婪的气息。

这让他非常尴尬，只好用手遮住自己的身体。"和牛马都不一样嘛。"她饶有兴致地点评道。

听到这里，他的性趣开始减退，雄激素感觉要冲破了底线。

他从未见过像她这么无所顾忌的人。他的脑海中浮现起一些过往的画面。好像有过几次这样的遭遇，但那些人都是为了钱。他已把这些虚假的热情，还有空洞机械的动作看穿，想到这，心中不禁生起一丝凉意。

她们的眼睛曾是最恶心的……

他恍然意识到，这位迪娜小姐——雷斯尼斯未来的女主人——其实还只是个孩子。

等到终于可以进入她身体的时候，他屏住了呼吸。他雄性的本能突然变成一只睡在阴影中的黑猫。

他的新娘是一头年轻的母马，奔驰在夏天青翠欲滴的牧场上。

雅各布的心头突然袭来一种难以名状的虔诚感。他没法释放自己，没法得到宽释。

雅各布掩抑不住自己的情感，他哭了。

第二天，他们俩一直睡到下午才下楼。所有的宾客都回家了，只有警长一家还在。凯伦嬷嬷在卧室门边放了托盘，上面摆着一些吃的，然后和他们道了声早安。她的表情很温和，眼睛不自觉往下扫了扫。

驯鹿做的肉排很干，尝起来没味道。土豆也煮成了碎片。可新婚夫妇这时候才出现。

迪娜换上了嫁妆带来的一套新裙子，样子无可挑剔。但头发却还是像未婚少女一般垂在后背上。新郎把胡子剃得干干净净，满脸笑容地出现在大家面前。不过他走起路来好像有点困难，背也挺不起来。

吃晚饭的时候，他们彻底忽略了凯伦嬷嬷、安德士、尼尔斯和约翰的存在。

房间里充满着爱欲，浓烈又让人心满意足的情欲气息在墙纸、护墙板和银器上排着队欢快地嬉戏着。

在上主菜前，两位新人就已经喝醉了。下楼之前，迪娜就喝了葡萄酒，认识了这东西后，她就像掉入了一场新游戏里，甜滋滋的味道留在她的舌尖。

凯伦嬷嬷只好左看右看，躲闪着目光，约翰看见这一幕则觉得恶心。

尼尔斯斜眼偷偷看着迪娜，他觉得很好奇，饭也吃得很香。

安德士看上去好像是不情不愿地进了这个房间，被迫坐在这张桌子上和陌生人一起就餐。不过他面对这样的情景，却是得心应手。

迪娜学会了新游戏。雅各布成了她的玩具。一见到他，她的眼睛就像玻璃一般，发出锃亮的光彩。

第六章

你必酩酊大醉，满有愁苦，喝干你姐姐撒马利亚的杯，就是令人惊骇凄凉的杯。

——《圣经·以西结书》第23章，第33节

一八三八年的三月五日，"古斯塔夫王子号"蒸汽船完成了从特隆海姆出发的处女航。那时候，许多人觉得这样的船是专给疯子坐的。但奇迹的是，这艘船后来成为了一条固定的航线。

上帝在关于海浪的事情上有发言权。但是平静的海面下也会有危险的暗礁。那些峡湾的通道，湍急的水流还有海底的漩涡都不简单。大风从四面八方吹米，乘客没有在规定的时间上岸。在福尔德海和西部峡湾上，除了离心力和地球的自转，没有什么东西是按照预期来的。

就算是现在，处女航都过了好几年，也不是航线上的所有人都确信，这艘又冒火、又吐烟的"古斯塔夫王子号"就是一件好事。

逆风逆流行驶可能要出事。据那些熟悉鱼类的人说，蒸汽船如果把周围的鱼都吓跑了也不是好兆头。这个结论很少出错。

好在人们最后还是抵达了目的地。那些经常坐船的人对蒸汽船赞赏有加。和露天的诺德兰式船，或是小艇上那种拥挤的小船室比，蒸汽船肯定是天堂。

贵族和上层阶级的人坐头等舱，男士舱里有十张板床，女士舱里有五张。二等舱里没有隔离，十二张床放在一块儿。三等舱就是露天的甲板，住在那儿的乘客必须尽全力和船上的箱子、水桶还有其他货物挤在

一起。

天气好的时候，三等舱里的普通人也能像贵族一样旅行。船票很贵，分别是每英里二十先令、十先令和五先令。但在那时候，夏天从特隆海姆到特罗姆瑟只要花上一星期。

过去的那些年里，有了蒸汽船的服务之后，各个贸易中心也跟着走运，那儿的生意蒸蒸日上。让人讶异的是，为了展示诺德兰省的热情好客，旅馆对登陆的上层阶级不收伙食费和住宿费。

尽管如此，那时的旅馆仍然可以赚取相当可观的利润，这不免有些令人费解。诺德兰省的生意就像在下象棋。

棋盘上的棋子都是公之于众的。吃饭喝酒的时候，可以定下心来思考该怎么走下一步棋。直到最后才发现，原来你的对手一边在攻击你，一边却在演戏。一不小心，诺德兰的热情好客就会把自己将死。

雅各布在雷斯尼斯学会的第一件事，就是长期规划。当"古斯塔夫王子号"带来一票生意上的伙伴时，雅各布装作天使耐心地等着他们，就像骨头边已经烤成粉红色的小羊羔。他准备了深口高脚红酒杯、上乘的雪茄烟草，还有从地窖拿来、用高雅的水晶托盘摆放的大份野生黄莓。

蒸汽船对雅各布的恩情，他心里一清二楚。

在雷斯尼斯待了一个礼拜后，迪娜头一次看见这么大的轮船。

一听到船的汽笛声，她就马上从床上蹦下来。五月的阳光滤过遮阳帘洒在房间里。

奇怪的嘶哑声也同时从大海和山川传来。

她匆忙跑到窗边。

一坨乌黑的东西伴着响声滑入港口。红色的轮子冒着泡沫在那儿咆哮。轮船看上去像一个巨大的烧饭炉子，样子古怪透顶，像是漂浮在峡湾上、放大好多倍的镀镍铜质火炉烟囱和蒸煮锅。

漂浮在水面上的黑色炉子像是浇了油，发挥了它应有的价值。炉子在拼命地煮，水面上沸腾翻滚，很可能随时爆炸。

她使劲把窗子开大，没有用钩子把窗口固定住。她半裸着身体，把整个上身靠在窗外，就好像地球上只有她一人。

屋外的人忍不住盯着窗口衣不蔽体的年轻太太看。她裸露的肌肤对他们有种无法抗拒的惊人效应，就算隔着很远的距离也是如此。

他们像望远镜似的编织着内心的想象，每一个毛孔和每一处细微的颜色变化都在他们的脑海中放大。远处的身影变得越来越近。

最后，她终于猛地意识到那些看着她的人了。他们已经对蒸汽船完全失去了兴趣。

雅各布站在花园里，也看着她，感受着她身上的香气。阳光、微风还有在春天里簌簌作响的嫩叶。一种挑逗的刺痛感伴随着无助的惊奇，让他屏气凝神，不能呼吸。

尼尔斯和商店的店员已经划船去迎接蒸汽船的客人了。尼尔斯严令禁止周围农场的船只"破坏航道"，这四个字是他说的。除了他自己，其他人都不允许发出任何骚动声。

当蒸汽船在雷斯尼斯鸣笛的时候，这里的噪音和欢庆的气氛要比任何地方都热闹。

雅各布不想干扰尼尔斯给隔壁牧场和宅子里的年轻人定的规矩，他知道正是由于尼尔斯禁止其他船只，人们才会聚集在雷斯尼斯的停泊码头，看看究竟是谁来了，又有哪些货被装上了船。这就等于是给他们家的财产增添了利润和帮手。

今天要卸的货并不多。只有一些给商店的糖袋子和两个给凯伦嬷嬷的书箱。一名满脸疑惑的男子从梯子上爬下来，站在小船上，那模样像是站在客厅的地板上似的。这艘小船一时间晃动得很厉害，感觉挺危险的。

尼尔斯让他坐下来，只有这样他们才能安全上岸，把糖给带回去。

这名访客原来是从伦敦来的鸟类学家。他经人指点，特地在雷斯尼斯下船。

"蒸汽船刚刚是在雷斯尼斯停靠吗？"迪娜惊讶地问道。

凯伦嬷嬷正巧来帮迪娜快点穿衣服，这样她就能下楼去见客人了。

"这栋房子是家，也是一栋旅馆，这点我相信雅各布已经和你说过了。"凯伦嬷嬷耐心地说道。

"雅各布和我从来不聊这种事。"迪娜的语气很轻松，一边说话一边摸索着紧身马甲上的纽扣。

凯伦嬷嬷想走过去帮她，但是迪娜却往后退，好像怕被火烧的棍棒砸到。

"我们得聊聊这个家的职责该怎么分配。"凯伦嬷嬷没有理会她的反应，继续说道。

"什么职责？"

"嗯，这个取决于你平时在家经常做什么。"

"我平时会和托马斯待在马厩里。"

"在室内的时候呢？"

"室内有达格妮。"

凯伦嬷嬷暂停了一会儿，继续问：

"你的意思是，你没学过怎么打理家务事？"她尽量克制自己不悦的情绪。

"没有。家里有很多其他的人帮忙干这个活。"

凯伦嬷嬷匆忙揉了揉额头，然后朝门口走去。

"那我们就从小事情开始，亲爱的。"她的语气很和蔼。

"比如?"

"比如给客人表演音乐。能弹奏一种乐器是莫大的天赋……"

迪娜又连忙走到窗边去。

"蒸汽船常常来这儿吗?"她一边问一边看着远处的黑烟。

"也不是,大概三个礼拜来一次吧。五月到十月期间,会定期来。"

"我想坐那艘船!"迪娜说道。

"那在你旅游之前,你必须学着做一点打理家务的事情,你得学会责任。"凯伦嬷嬷这会儿的语气可不那么友善了。

"我高兴的时候会做的!"迪娜一边说一边关上了窗户。

凯伦嬷嬷开着门站在过道里。

她的瞳孔像火焰中慢慢枯萎的虫子。

没有人对凯伦嬷嬷那样说过话。但她毕竟是一位有教养的人,所以她也就没有做任何回应。

迪娜像是在履行两个女人之间的承诺,她妥协了,吃过晚饭后,她给全家人还有家里的客人拉了大提琴。

凯伦嬷嬷说他们打算买一架英国的三角钢琴。不只在警长家,在雷斯尼斯,迪娜也可以继续发挥自己的才能。

尼尔斯抬起头说道,买这样的乐器要花费大价钱。

"我们的小艇还有大艇都很费钱。"她回答得很平静,然后把这番话翻译给了英国人听。

这个英国人很高兴,小艇和音乐的高昂代价给他留下了深刻的印象。

***

天气暖和的时候,约翰会在花园里散步,他把书捆在一起,有时候会坐下来读读，或是躺在夏日度假屋里睡觉做梦，总把迪娜当瘟疫一样躲着。

他遗传了英格伯格瘦削的脸孔，还有她的方下巴，以及会随着天空和大海变色的眼睛。他的发色很深，像雅各布，发丝倒是像英格伯格一样直。虽然他很瘦，样子也不太好看，但是却让人觉得很有前途。

他的脑袋是他身上最关键的东西，这一点雅各布毫不掩饰他的骄傲之情。

除了想做一名牧师，这位年轻人没有特别的雄心壮志。他不像父亲，对女人和船都没有兴趣。从心底里说，他不喜欢家里始终聚集着这么多游客，除了吃饭、抽烟、喝酒，他们没带来任何好处和利益。这些人的教养和文化水平也不高，读的书甚至都塞不满一个书包！

约翰对他们的鄙视，可以从他们的行为方式和衣着蔓延到一举一动，非但不留情面，还很强硬。

对他而言，迪娜就是荡妇的化身。他读过一些有关荡妇的书，但是从来没有和她们有过正面的接触。迪娜是一个不害臊的女性，不仅让他的父亲在众人面前贻笑大方，还玷污了他母亲的回忆。

他第一次见到她是在那场丢脸的婚礼上。这之后，他遇到当时在场的人们总是会盯着他们的眼睛，不停思考着究竟他们知不知道，或者记不记得那件事……

尽管他对父亲娶回家的这个女人有许多想法和意见，但他偶尔会在夜晚恍恍惚惚地醒来，然后一点一点拼凑起梦中的情景，梦中有人骑着一匹黑色的马。好几次了，梦的内容可能有些不一样，但是结局却总是回到同一个画面。梦中的马甩了甩头，接着马的脸就变成了迪娜那张黝黑的脸，她的表情目中无人，飘动的鬃毛就是她乌黑的头发。

每次醒来他总是非常震惊，继而感到羞愧。他下床之后会用冷水洗个澡，冷水储存在瓷水罐里，他用一个蓝色镶边的纯白色大碗往水罐里慢慢地舀，泼在自己的身体上。

洗完澡，他会用凉爽的毛巾认真地擦干身体，毛巾熨烫过，因而非常柔顺。洗完澡就继续睡觉，直到下一个梦让他醒来。

对雅各布来说，新婚丈夫是一份全职工作。人们再也不能在码头、商店或是酒楼里看到他了。他只会和自己的妻子喝酒，陪她玩多米诺骨牌或是下国际象棋。

起初，每个人只是笑笑，点点头，问声好。但过了一阵，雷斯尼斯的居民开始对此有些不太放心，心情变得十分沉重。

第一个不放心的人是凯伦嬷嬷，她的不满像是星星之火，很快就蔓延到所有人心中。

这个男人是不是被下了蛊？他还会用自己的双手勤劳致富吗？还是说他会把时间和精力都浪费在四柱床上？

凯伦嬷嬷训斥了雅各布一番。她低垂着眼睛，但声音却显得更加坚定。他当然不希望雷斯尼斯就这样垮了吧？现在的他，比亲爱的英格伯格突然离世之后还要糟。那会儿的他总是待在酒楼里，要不就是在航道上游荡。但这一次，他的所作所为却成为了整个教区的笑柄，大家都在笑话他！

"他们确实应该笑我。"雅各布避开凯伦嬷嬷的话题，嘲笑起自己来。

凯伦嬷嬷没有笑，她脸上的肌肉绷得很紧。

"你已经四十八岁了。"她责备道。

"上帝也好几千岁了，可他还是活着！"雅各布一边咯咯笑着，一边吹着口哨上了楼。

"这些天来我的心情特别舒畅，亲爱的妈妈！"他冲楼下的她大喊道。

没过多久，楼上就传来了大提琴的声音。可外人并不知道，迪娜身上只穿了束腹，下半身光着。她把大提琴夹在她结实紧绷的大腿中间。她弹奏得非常认真，好像在演奏给牧师听。

雅各布合着双手坐在窗边欣赏着她的人和她的音乐。他看见的是一幅圣徒的画卷。

在许多光年以前，无所不在的太阳打算用阳光分离开他们之间的空气。在锥形的光束中，灰尘中的颗粒像一道沉睡的墙，他们不敢躺下，也不敢睡觉。

雅各布对众人宣布，他要在夏天带迪娜去卑尔根。第一艘货船已经起航，雅各布最新的一艘货轮是用凯伦嬷嬷的名字命名的，那是他的骄傲，这艘船会在六月底出发。出行的准备从婚礼时就一直在进行中。

凯伦嬷嬷再一次把雅各布拉到一边，对他解释道，这种航海的旅行不适合年轻妇人，船上没有她待的地方。除此之外，迪娜还需要学习一些有关家务的基本知识，顺便教她怎么为人处世。雷斯尼斯的女主人不能只会拉大提琴！

雅各布认为这些事情都可以缓一缓，但凯伦嬷嬷非常坚决。

雅各布把这些扫兴的话告诉了迪娜，朝她做了个无助的手势，仿佛凯伦嬷嬷说的话就是律法。

"那样的话，我就要回法格尼斯去！"迪娜大声宣布道。

雅各布已经领教过迪娜说话算话的本事。

他又回去找凯伦嬷嬷，又是解释又是哀求，终于凯伦嬷嬷心软了。

很快，雅各布、凯伦嬷嬷还有府邸的所有人都清楚了一件事，那就是迪娜根本没有打算操持这么大一个家。她只会骑马，拉大提琴，吃饭，睡觉。有一回，她用一根桦木条插着一条黑鳕鱼回来了，没有人注意到她坐船出去。

凯伦嬷嬷叹了口气。迪娜唯一一件称得上表现好的事，就是她会在货轮靠岸时举旗子。

大家只能寄望于凯伦嬷嬷，但愿她能身体健康，那么生活就能和往常一样继续下去。

没过多久，有传言说雷斯尼斯的年轻媳妇居然爬到花园最高的那棵树的树顶，她想用望远镜更清楚地看一眼蒸汽船，或是勘探一下整个山林。过去从没有听说过这等事。

人们开始质疑她的家庭背景。她的母亲在脱离了苦海，离开了被扒皮的肉身，逃离人世间之后，成了一名圣人。所以大家不把她纳入这不幸特质的来源内。

但警长一家人一直是众人密切关注和调查的目标，所有最疯狂的事情都是在他们家发生的。据说他的祖先混合了拉普兰人和吉卜赛人的血统。数年前，遭遇沉船事故的意大利人和他们家族的某个女人有过一段风花雪月的往事，这件事也历历在目。大家都在猜测，这些事情会不会在后代身上显灵。果然，报应来了，经过了数代人后，终于来了。

这些人和地方对警长的女儿造成了致命的影响，虽然没有人能具体说清楚这些人名地名，但那不重要。

对于一个结了婚会爬树，在婚礼上只穿了内衣就大摇大摆走出房间，十二岁除了《圣经》的《诗篇》什么书都不会读，不用马鞍就骑在马背上的女人——她一定是替祖先造的孽来还债的！

不管怎么说，她平时极少和其他人交谈，常常出现在一些意想不到的地方，这些都足以证明她是一个"吉卜赛人"。

***

这些故事约翰都听过。因为这些烦心事，他特别希望能离开家，出去学习。

凯伦嬷嬷帮他整理了一些他可能需要的东西，这可不是一件小任务。所有物品都是她亲手打包的，还对上上下下都吩咐了一遍。

她花了两个月时间把各种各样的东西都给小伙子备好了。最后，一共有三个大大的木箱子抬到码头去了，准备放到大艇上，然后再送他上蒸汽船。

有天晚上夜深了，约翰正坐在夏日度假屋里，他在花园的树丛间看见一个人影在走路，整个身体冒出一股冷汗。

一开始他以为自己在打盹，后来才发现她是真实存在的。

那天下过了雨，枝条都在滴水。她的衬衣底下渗了水，罩在身上很沉，粘在臀上。

他被困在这里了！没有一丝逃跑的机会。而她正朝夏日度假屋径直走来。仿佛她知道他躲在啤酒花和丁香花丛里。

她走到长凳旁，在他身旁坐下，一言不发。

她的香气让他的大脑无法运转。就在这时，他却恶心地打起了哆嗦。

她光着腿在花园的桌子上荡来荡去，嘴里哼着一首不熟悉的曲调，她一边哼着一边对他做了一个认真观察的表情。六月的光线在夏日木屋中变得很昏暗。他发现自己没法隐藏对她的反应。

他本想起身离开。但她把长腿搁在桌子上，挡住了去路。他咽了咽口水。

"晚安。"他终于开了口，希望她能把脚放下来。

"我才刚到这儿。"她轻蔑地说道，丝毫没有想让他过去的意思。

他成了别人遗忘的一个包袱。

突然她伸出手来，抚摸起他的手腕。

"去了南方之后要给我写信！把你看到的一切都告诉我！"

他呆呆地点了点头，又跌坐在长椅上，回到了她身旁，就好像被她用力推了一把。

"你为什么要成为一名牧师？"她问道。

"因为我妈妈希望我这么做。"

"但她已经死了。"

"所以我才要……"

"你自己想成为一名牧师吗？"

"想。"

她深深地叹了口气，靠在他身上。他能隔着湿嗒嗒的薄衬衣感觉到她的乳房，全身顿时起了鸡皮疙瘩，好像动弹不得。

"没有人让我去做一名牧师。"她满意地说着。

他清了清喉咙，好不容易才振作起精神来。

"女人不用做牧师。"

"嗯，幸好不用。"

天又开始下雨了。细小的雨珠胆怯地化作游丝般的波浪，掉在翠绿的草地上。鼻孔里充满了泥土和雨水的气味，还混合着迪娜身上的香气。不管哪里有女人的香味，那里一定深深地沉淀着迪娜的味道。

"你不喜欢我。"她突然说了这么一句话。

"我从没那么讲过！"

"是没有，但我说的是事实。"

“不是……”

“哦？”

“你不是……我的意思是……父亲不该娶这么年轻的妻子。”

她轻声地笑了，好像在想一些她不愿意说的事情。

“嘘，”他说，“你这样会把人弄醒的。”

“你想去海湾游泳吗？”她一边小声说着，一边摇着他的手臂。

“游泳！不！现在是夜里了！”

“那有什么关系？外面很热。”

“但是外面在下雨。”

“那又怎么样？我已经湿了。”

“他们会醒过来的……然后……”

“会有人惦记着你？”她轻轻地说着。

她的低语似乎对他有莫名其妙的控制力，不让他从地面离开。听她说话，他仿佛被带入空中，只身在山川之间。突然一个猛拳将他再一次击倒在长凳上。

后来他开始分辨不出，究竟什么是真实发生的事情，什么又是梦中的情节。

“但是父亲……”

“雅各布在睡觉！”

“但是灯都灭了……”

“来呀！难道你是一只胆小的小白兔？”

她站起来，从他身边经过的时候朝他靠得很近。她转过身，在原地停了一两秒。

她的脸上有一种失落的表情，和她的声音或是动作不太相称。她走入一片雨水的帘幕中，身体被雨包围着，慢慢看不见了。不过，不用猜都能知道她会往哪里走。

等他走到插了旗的小圆丘前的海湾时，他的皮肤已经湿透了。她光着身体站在海滩的岩石堆里，朝海面蹚了几步。她弯下腰，从水底捡起什么东西，仔细地打量着。

就在那时！她仿佛能感觉到有人在凝视着她的臀部，她转过身，笔直地站着。她脸上的表情仍然那么失落，和在屋子里的时候一模一样。

他想告诉自己，这就是他想过去找她的原因。他褪去衬衫和裤子，显得既尴尬又兴奋，然后慢慢蹚着水朝她走去。水很凉，但是他却感觉不到。

"你会游泳吗?"

"不会，你是怎么游的?"他说，知道自己的话听起来有多么傻。

她向他走去。太阳穴处感到一阵雷鸣般的压迫力，逼得他只能往下沉，尽管水位只到他膝盖的地方。

这时候他才忽然意识到，自己穿着白色的内裤，看上去好滑稽。他一边想着一边在瑟瑟发抖。

她走到他面前，抱住他的腰，把他往水深的地方拖。他也不反抗，就让她拖着自己，拖到很远的地方，让身体浮在水面上，甚至逾过潜水点继续往外拖。

她带着他一起游，用脚和低位的身体有韵律地缓慢游动着。而他则软绵绵地任她摆布，她能让他浮起来，能让两个人都浮起来。

水很冰凉，海面上有一层蒙蒙的雾气。她的手换了地方扶住他的身体，抱着他。

她可是他梦中的那匹马！迪娜，她是父亲娶回家的女人。她睡在主人的卧室里，睡在父亲的床上。但她同时又是另外一种存在。

他急不可耐地想对她说教堂墓地上的黑洞。是黑洞吞噬了英格伯格。他还想告诉她，葬礼之后，父亲总是半醉半醒地在墓地周围游荡，脚步有些虚浮。

可惜他还没有掌握一定的词汇来表达这些意思。这些词在他脑海中是模糊的，像这个夜晚一样，模糊却又温暖。

他本来可以告诉她，在英格伯格去世前，他想对妈妈说的事。他想说雷斯尼斯的圣诞节。每年圣诞节，母亲都会闹哄哄地忙前忙后，脸上总是红扑扑的。父亲进门后，母亲总会把注意力都投在父亲身上，那时候的他，心里总是有种刺痛的感觉。

他本想对她描述，自己离开家时，涌上心头的忧伤感。虽然是他自己想离开，逃离这个家。

迪娜像是凯伦嬷嬷神话书里的瓦尔基里。她能让他浮起来，这些他说不出口的秘密，她都懂。

游到靠海的地方时，水深了，约翰松开了手。他对迪娜的憎恶随着大海沉入水底。她光着的身体像一层薄膜，缠绕在他周围。

我是迪娜，手里正抓着一条发光的鱼。那是我的第一条鱼。我必须把鱼取下来，把自己挂在钩子上。钩子弯了。但是我的鱼并没有受很重的伤。我会把它重新扔回水里。它必须要靠自己了。今天真是忧郁的一天。

他们没有带别的衣服用来擦身体。他犹豫着是否要扮演一回绅士的角色，最终决定把自己的衬衫拿来当毛巾。

可她没有接受。

他们在雨里穿上衣服，身体冻得发抖，但表情很严肃。

突然，她说了一句话，仿佛他就要登上蒸汽船去上学了一般：

"给我写信！"

"我会的。"他答应了，眼神焦虑地往回家的路上扫了一眼。

"我以前从没有和其他人出去游过泳。"

她说完这一句，就朝小径上跑走了。

他想叫她，但是不敢。她已经消失在树丛间。

每棵树都在滴水，树上挂着他的绝望。所有东西都被湿润的雨珠包裹着，掉落在地上。

"你是怎么学会游泳的，如果你从来没和其他人出去游过泳？"一滴又一滴雨珠在说话。

雨珠在说，可他却没说，因为他不敢对她大叫，万一有人听见……

他沉浸在这个疑问中，沉浸在对她的好奇和兴趣中。他的疑问藏在潮起潮落的海滩上，随着海草一起漂浮，不停地问着："你是怎么学会游泳的呢？"

最后，他终于忍不住了。他爬到一块巨大的岩石下，那是他整个幼年时期的秘密藏身地。他在那里尽情释放自己的欲望，这一刻他想不到上帝。

从那一天起，约翰就开始憎恨自己的父亲，他对他咬牙切齿，恨之入骨。

迪娜走进卧室的时候，雅各布醒了。

"看在上帝的分上，你去哪儿了？"他看着她湿嗒嗒的身体问道。

"游泳去了。"

"大晚上吗？"他难以置信地大声说道。

"晚上附近没什么人。"她一边说话，一边把衣服脱在地板上，然后爬到床上。

他的体温可以融化两个人。

"好吧，我的小巫婆，"他半睡半醒地嘲弄着她，"你看见德劳格了吗，那个可以预知一切的无头鬼魂？"

“没有，但是我看见了德劳格的儿子！”

他轻轻地笑了笑，叹气道她的身体怎么这么冷。雅各布并不感到悲哀，也不知道她会游泳。

第七章

人若怀里搋火，衣服岂能不烧呢。

人若在火炭上走，脚岂能不烫呢。

——《圣经·箴言》第6章，第27—28节

那年夏天迪娜去了卑尔根。

凯伦嬷嬷意识到要训练好迪娜终究不是一朝一夕的事。等到货船开出去，她也不得不承认，这份安宁和平静她也期待了多时。但让她难受的是，迪娜没走多久，约翰也马上就走了。

迪娜是一个不受控制的孩子，需要人照顾。

她不止一次打扰船员，因为自己一时兴起的想法打断他们的工作。

安德士觉得这一切特别正常，他表现得很平静。

迪娜最先是从船尾的小船舱里把羊皮带到了甲板上。她坐在羊皮上打牌，和一个外国人唱着一些通俗歌曲。这个外国人是新雇来的船员，他漫不经心地用一把短小的弦乐器弹着音乐，这乐器是典型的俄罗斯水手爱用的。

这个外国人皮肤很黝黑，说着一口结结巴巴的瑞典话，声称自己在满世界游荡了多年。

有天他坐上一艘俄罗斯的大船，从北面出发，然后在雷斯尼斯上的岸。他在那儿等到了一艘货船，想坐船带他去更靠南的地方。

雅各布对舵手大叫了几次，让他把开船的声音弄轻一点，可是实际

上并没有什么效果。他感觉自己整天绷着脸，老爱发臭脾气，他受不了这样的角色。

最后，他终于还是加入到吵闹的人群里去了。

雅各布下令让大船在第二天晚上登陆格洛特伊。那儿的人热情迎接他们的到来，并给他们安排好了上等的住处。

格洛特伊的住宅区最近成了古斯塔夫王子的歇脚处，那儿的主人制订了宏伟的计划，他打算造一幢新房子，开一家新商店，再办一个新邮局。

客人当中有一名艺术家，他为主人和他的家人画过肖像画。迪娜立即把注意力集中在画架上。她像只动物一般四处逃窜，嗅着油画颜料和松节油的味道，眼睛密切注视着画师的一举一动，然后直接挨着他的膝盖近距离观赏。

她极其自然的表现让在场的人感到尴尬。仆人们开始窃窃私语，讨论这位雷斯尼斯的年轻太太，然后对雅各布·格洛奈夫摇了摇头。他一定出了一手的汗……

迪娜对艺术家的友好和随便让雅各布显得像一只鬼鬼祟祟的看门狗。他为她的不雅之举感到惭愧。

为此他想在床上努力地扳回比分。他骑在她身上，用所有的力气表现他的正义，扮演一名受伤吃醋的丈夫的角色。

隔着薄薄的墙壁，旁边的房间传来咳嗽的声音。咳嗽的声音很响，雅各布不得不停下来。

迪娜把手按在他的嘴巴上，低声说道，"嘘。"然后她提起睡袍，又开腿坐在满腹狐疑的丈夫身上。然后安安静静地，让彼此沉浸在无比美妙的世界中。

第二次上船后，迪娜安静地待在船舱里。雅各布的世界一下子变得明亮了。

他们朝卑尔根出发，一路上也没有了争吵。

卑尔根的码头上挤满了人！看看这里的堡垒、房子和教堂。还有小型马车，上面坐着穿着得体的男人，还有打着太阳伞的女人。

迪娜的脑袋像是被安上了轮子的轮轴，她穿着新的旅游鞋走在人行道上，发出咔哒咔哒的声音。路上的车夫只要坐得挺拔，膝盖上安放着一根鞭子，表情还很骄傲的话，她都要聚精会神地凝视一番。

马车看上去像涂了奶油的蛋糕，上面堆满了浅色的夏季连衣裙，还有斗篷和带褶皱的衣服，以及蕾丝阳伞。阳伞把主人的脸和头整个遮得看不见了。

路上也有很多绅士。他们身着深色西装，戴着圆顶礼帽。一些年轻时髦的绅士则喜欢着浅色西服，额头上套个草帽，看上去优雅极了。

一位老军官穿着红色翻领的蓝色外套，倚靠在镇里的抽水机上。他的胡子上抹了蜡，看上去像是画在脸上似的。迪娜走上前去，摸了摸他。雅各布尴尬地清了清喉咙，抓着她的胳膊，把她拖走了。

往前走远点，咖啡馆的窗户上写着"马德拉酒和哈瓦那雪茄"的字样。透过窗帘，他们看见一间安放着红色长毛绒沙发和流苏灯罩的房间。

迪娜想走进去抽根雪茄。雅各布也跟着进去了。他说起话来像是一个担心的父亲，他清清楚楚地告诉她，女人是不能够在大庭广众下抽雪茄的。

"总有一天我会回到卑尔根抽雪茄的，我向你保证！"她生气地对雅各布宣告道，说完便喝了一大口马德拉酒。

雅各布买了一件双排扣的天鹅绒翻领蓝色羊毛夹克，样子很是雅致，然后配了一条格子裤。他戴上一顶帽子，好像这是稀松平常的打扮。

他在理发店里待了很久，剃得干干净净后回到了住处。他确实有很大的必要去修修胡子了。

旅馆的老板之前问他需不需要两间单人房：一间给格洛奈夫先生，一间给他的女儿。他还记得，大约一年前，迪娜观察过，他的头发都变白了。实在不能让白头发继续往外长了。

迪娜试了帽子和裙子，她的神情非常严肃，和她在离开法格尼斯之前，偷偷穿耶特路德的裙子时一样。

卑尔根设计的服装真的是奇迹，不仅让迪娜看上去老了，还让雅各布显得年轻了。

他们像两匹无用的马，每回路过橱窗和泥潭，都要欣赏自己一番。

安德士听见他们孜孜不倦讨论服装的时候，总是好脾气地微笑着。

每回遇到买卖，迪娜都会在那估算价钱，把数字进行加减乘除，充当起雅各布和安德士的真人计算器来。她的举动吸引了别人的注意。

有天晚上雅各布喝醉了酒，因为他嫉妒。嫉妒迪娜之前和一位教养极好的绅士聊了天，她在酒馆的钢琴上弹奏了贝多芬，令那位绅士对她大为景仰。

她和雅各布单独待在一块儿时，雅各布曾对着她大声叫骂，说她如果不把头发用别针固定住，看上去就像个婊子。

她一开始没有回应。但是在他的一再坚持下，她用力往他身上踹，雅各布忍不住呻吟起来。她说道：

"这些都只是雅各布·格洛奈夫的自私在作祟！你受不了别人看到我的长发。上帝不像你那么自私。要不然他不会让我的头发长长！"

"你这是在卖弄风骚！"他一边斥责她，一边搓着自己的腿。

"那如果我是一匹马呢？或者我是船上的梁呢？我有没有权利让人看？还是说我就应该像鬼魂一样不让人看见？"

雅各布放弃了，不想再多说什么。

在卑尔根的最后一天，他们路过一片木制的篱笆，上面用钉子钉着很多张告示。

迪娜就像一只能嗅到糖碗香的苍蝇。

告示中有一张寻找扒手的赏金通缉令，上面写着，这个扒手可能是个危险的人物。还有一些小告示是女裁缝给自己打的广告，以及宗教集会的宣传单，介绍了一些鼓舞人心且具有感召力的集会。

另有一位来自小康之家的老年男子要招一名管家。

在所有告示的中间，贴了一张白纸黑字的大告示，上面写着一名男子因谋杀情人即将被绞死。

这个男人的画像已经被泥土溅得无法辨认。

"这对他的家人来说是幸运的。"雅各布伤感地评论道。

"我们去那儿看看吧！"迪娜说道。

"去绞刑台？"雅各布惊愕地问道。

"没错！"

"等等，迪娜！他们要绞死一个男人！"

"我知道。告示上就是这么写的。"

雅各布愣愣地看着她。

"绞死是很可怕的！"

"又没有血。"

"但是他会死的。"

"每个人都会死。"

"迪娜，我觉得你应该没有真正理解……"

"屠宰比这可怕多了!"

"屠宰的对象都是动物。"

"不管怎么说,我想去。"

"这场面不适合女人去。再说了,那里很危险……"

"为什么?"

"那儿的暴徒可能不怀好意,对因为好奇而来看热闹的有钱女人处以私刑。这是真的。"他补上了最后一句话。

"我们租辆马车过去。这样我们可以迅速离开。"

"可是我们根本找不到愿意把我们带到那儿去消遣的车夫。"

"我们去那儿不是去消遣的,"迪娜愤怒地说道,"我们是要去看看这究竟是怎么一回事。"

"你吓到我了,迪娜。在那种地方你想看什么?"

"眼睛!我想看他们把绳子绕在他脖子上的时候……他的眼睛……"

"亲爱的,我亲爱的迪娜,你不是说真的吧。"

迪娜的目光从他身上飘走了。就好像他根本不在那里。他拽着她的胳膊想带她离开。

"我想看的,是他的反应!"迪娜坚定地说道。

"一个充满悲剧色彩的可怜人,有什么值得去看的呢……?"

"那不算是悲剧!"她不耐烦地打断道,"那是生命中最重要的时刻!"

迪娜不愿放弃。雅各布意识到如果他不陪着她的话,她会一个人去。

第二天凌晨他们租了一辆马车,来到了行刑的地方。与雅各布的预期恰恰相反,马车夫倒没有表现出一丝不情愿的样子。不过他要了一大笔钱,在绞刑实施的时候他会候在旁边,这样只要雅各布一有指示,他就会驾车走。

人们源源不断地聚集在绞架周围，一个个挤得前胸贴后背。空气里弥漫着期待的声音，像是鳕鱼肝油的蒸汽，令人作呕。

雅各布打了个寒战，偷偷瞥了一眼迪娜。

她苍白的眼睛死死地盯着晃荡的绞索，接着拉了拉手指，指关节发出噼里啪啦的声音。她张着嘴，齿缝间的呼吸声嘶嘶地响着。

"别这样。"雅各布把手按在她的手指上，命令着她。

她没有应声，但手安安静静地放回了大腿上。她的额头上慢慢冒出几滴汗珠，从鼻孔的缝隙中流下来，像两条迸发有力的河流。

人们的谈话都不太正常，窸窸窣窣地交头接耳着。大家都在期待行刑的那一刻。而雅各布则宁愿这一幕不要到来，他会对此万分感激。

当那名男子被推车推到绞刑架下的行刑点时，他紧紧握住迪娜的手。

这个命运已定的男人头上什么遮挡都没有。他很愤怒，浑身污垢，头发和胡子都没有剃过。他戴着手铐，一会儿攥紧拳头一会儿松开。

他是雅各布见过的最落魄潦倒的人了。

囚犯张狂地盯着黑压压的人群。神父走到他面前，对着这位可怜人说了几句。现场时不时有人对推车吐痰，还大声叫骂着侮辱性的词汇，"杀人犯！"就是其中一句。

起初，这个男人想躲开人群的痰液，但是没过多久他就像已经死了一样。他无动于衷地站着，手上和脚上的铁具被拿走了，脖子上套了绞索。

许多人在迪娜和雅各布坐着的马车旁挤来挤去，想冲到绞刑架围栏的前头。

迪娜站起身来。她把手搭在小马车的车顶，身子往前倾，越过底下观众的头。

雅各布看不见她的眼睛，没法和她有任何眼神交流。他只好站起来，护着她，怕她万一摔下去。

但是迪娜并没有摔下去。

刽子手在马的胁腹上轻轻地抽了一鞭子，这个男人就被挂在了空中。雅各布把手罩在迪娜身上。她的身体跟着杀人凶手一起痉挛起来。

然后一切就结束了。

他们驾车去港口的时候，迪娜什么话也没说，只是安静地坐着，坐得和将军一样挺拔。

雅各布的围巾被汗水浸湿了。他无处安放的手只好搭在腿上，他不知道行刑和迪娜对绞刑强烈的好奇心，哪样更糟。

"他十分镇定，我说那个家伙。"车夫评价了一句。

"没错。"雅各布六神无主地回答道。

迪娜出神地望着前方，像是被扼住了喉咙，然后她深深叹了口气，好像完成了一件巨大的任务，一件积压在她身上许久的任务。

雅各布觉得不舒服。接下来的一整天时间里，他都密切关注着迪娜。他想和她说话，但她只会用微笑回应他，像是陌生人一般，微笑后便转过头去。

第二天早晨，迪娜在船上把雅各布弄醒，她说：

"那个人的绿色眼睛在看着我！"

雅各布把她紧紧抱住，然后轻轻摇晃着她，把她当做一个从来没被人教过该怎么哭的孩子。

往北的航程中，他们停下来去看望了雅各布住在老特约塔庄园的朋友。那个地方仿佛国王的宫殿一般。庄园富丽堂皇，他们得到的招待也像皇室一般高级。

雅各布很担心迪娜的表现。这时候不得不展现出他大男子的一面。否则，万一她有什么过分的反应，大家都会认为，是因为雅各布对她不够体贴。

这片地区曾经住过地方大警长，还有皇家政委会的成员，繁荣的程度可以匹敌两三个合并的教区。住在这样的宅子里，迪娜似乎并没有觉得特别震撼。面对这些装修考究的房间，她并没有发出惊呼声。就算庄园有两层楼高，六十八英尺长，她也没有作任何评价。

但是每次他们经过主院入口惹人注意的老旧石碑时，她都要停下脚步。这块石碑很高，做工很粗糙，每次经过她都几近崇拜地注视着它，希望了解一段关于它的故事。夜晚的灯光打在石碑上的时候，她总是赤着脚跑到屋外。

他们在特约塔的第一晚，大家喝着潘趣酒，愉快地聊着天。画室里挤满了老老少少，酒桌上谈论着各色各样的趣事。

主人介绍说，诺德兰省曾在十七世纪一度落入一个叫约胡姆·约尔根的丹麦人手中，大家也叫他伊尔根斯，当时的他可是位高权重。

坐落在尤特兰的这份皇室资产，它的管理者过去是克里斯蒂安四世的侍从。这个人极度狡猾，给皇室家族推销了数不胜数的莱茵葡萄酒和珍珠首饰。但国库里没有这么多钱买下全部的东西，据说国王在一六六六年一月十三日把海格兰德、萨尔塔、罗福滕、韦斯特洛伦、安德尼斯、森尼亚和特罗姆斯的皇室不动产都给了他，来抵消一千四百四十沃格的债务。

这些资产超过了挪威北部一半的土地。除此之外，伊尔根斯还拿到了博多高德的庄园和斯泰根的不动产，外加整个地区上交给国王的教区税。

迪娜听得非常入迷，她想让雅各布立即安排船只，带她去那几个为了莱茵葡萄酒和珍珠而缴税的地区。

她还想为宅子里的姑娘解决一些算数问题。比如伊尔根斯的财产价值多少瓶或者多少桶葡萄酒？一个酒桶有多大？

但是既然没有人能告诉她十七世纪六十年代珍珠和莱茵葡萄酒的价格，她就没办法把这个问题解开来了。

雅各布是偏向第二天就离开的，但是主人怂恿他再多待两天，这也是客套。

迪娜和安德士想留下，所以他也就同意了。只不过他的伙计，安东，倒是和他的想法一致。

整个旅途中，雅各布始终警惕着迪娜的表现。这让他白天费了不少神，晚上的活动也对他的身体透支不少。

迪娜和府上几个年轻的女儿连续两夜都在等待鬼魂的出现，这让雅各布放松不少。

鬼魂通常都是在夜晚出现，迪娜听到过别人的告诫。府上有几个人亲眼见过，他们谈起这件事的时候，口气就像是平日里邻居来探访一样。

但是迪娜知道之后，眼睛看起来很忧愁，眉头也皱了起来，像是要演奏一首很难的曲子。

第二天晚上，一个小孩子从大厅里穿过去，跑到一座老钟的背后，不见了。特约塔府上的女儿们对此有一致的看法，她们都见到了这个孩子，而且不是第一次了。

迪娜沉默着没有说话，几乎显得无礼了。

雅各布很高兴，这次拜访终于结束了，不过他并没有表现出来。他们在特约塔住了三个晚上。

回家的旅途中，雅各布说起特约塔的鬼故事，他觉得特约塔的人如此笃信鬼魂一说，非常奇怪。

迪娜别过头去，眺望着大海，没有回话。

"它长什么样子？"他问道。

"就像那种走失的孩子。"

"那走失的孩子又是什么样？"他不耐烦地问道。

"这你应该知道。"

"我为什么要知道？"

"你自己家里就有好几个！"

她像一只嘶叫的猫咪，下一秒就要展开攻击。这个动作警醒了他，便不敢再继续往下说。

雅各布和凯伦嬷嬷说了迪娜对特约塔所谓的鬼魂的反应，但是他没有说带她去卑尔根看绞刑的事。

凯伦嬷嬷有自己的想法，但是她并没有对雅各布直言。她意识到，这个女孩儿要比看上去聪明得多。

"你自己就有好几个"这句话，雅各布应该要认真想想，不需要任何人告诉他，他自己应该要明白。

雅各布向凯伦嬷嬷坦言，这次旅途比以往都要劳累。

她并没有说出，这是因为他把迪娜一同带去的缘故。事实上，她从来不干这种事后聪明的事。

除此之外，凯伦嬷嬷还对那年夏天迪娜去卑尔根旅行的事情称赞有加，她认为那次旅行很有意义。

高个子女孩儿的举止和神态在旅行后变得不一样了，好像她有史以来第一次发现，这个世界要比她在雷斯尼斯或是警长府邸见到的大得多。

悄悄发生变化的还有她的脸，虽然凯伦嬷嬷没法准确说出是哪里不对了，但总觉得她的眼睛有一些……

凯伦嬷嬷不会把所有的心事都说出口。在雅各布兴高采烈地宣布迪娜·候姆成为雷斯尼斯的女主人时，凯伦嬷嬷并没和他反复唠叨她当时说的话。

她只是把手轻轻地放在儿子的肩头，同情地叹了口气。她发现，尽管换上了新衣服，剪了新发型，仍然藏不住雅各布头上越来越白的头发，他原来的大肚子也开始缩水了。

马甲像是借了别人的衣服，额头上长了深深的皱纹，眼眶下面有很深的黑眼圈。然而，他还是那么英俊逼人。

现在的他多了一份顺从和疲惫，少了一些当初迪娜头一回来雷斯尼斯时的傲慢，这个模样似乎更配他一些。

他站直的动作平缓而沉重。这具高大却脆弱的身体完全丧失了这个年纪的多金男士应有的笨重体型。

凯伦嬷嬷把这一切都看在眼里，这些都是她心里的感受。

欧林在厨房里进进出出，她也看到了这些变化。她不知道自己是否喜欢这个新的雅各布，他的身上背着这么重的担子，一前一后的变化太明显了。对于迪娜，欧林也不怎么喜欢，她希望一切还是照老样子过，尤其是雅各布。

迪娜想坐小船去环游诺德兰省，看看克里斯蒂安四世为了这些微不足道的珍珠和小木桶装的莱茵葡萄酒，到底付了多少代价。

她对此非常困惑，因为这些事情摆在今天是绝不可能的。

雅各布的语气很温和，但是态度非常坚决，他不同意！

面对她的愤怒，他表现得像一位平静的父亲，并且接受了她的惩罚。那便是意味着他将从主人房搬出来，一个人睡在壁龛里。

　　说句实话，在去卑尔根的一路上，他时刻提心吊胆，那段日子折磨得他精疲力竭，现在能在壁龛的大沙发上睡觉，虽然不舒服，却睡得很香。他心中一直坚守着一个信念，他坚信暴风雨终将过去，一切都会好起来的。前提是他得健康，有朝气。

第八章

妓女是深坑。外女是窄阱。

他埋伏好像强盗，他使人中多有奸诈的。

——《圣经·箴言》第23章，第27—28节

看见两条有力的大腿夹着大提琴，是这场婚姻的开始。从树上把新娘戏剧化地解救下来，是这场婚姻的延续。而卑尔根之旅，则让这场婚姻变得失去了光彩。

雅各布总是显得非常疲惫，他好像总是需要出现在迪娜的世界里，一分一秒都不能让她离开视线，不能让她在别人面前展示太多风采。

他还没有意识到自己这样的行为就是嫉妒，他只知道如果他太久不管迪娜的话，那悲剧就在附近潜伏了。

总有东西会把她从他身边偷走！特约塔的鬼魂、画家、艺术家，甚至是一个他们出于好意雇来的船员，看他没有钱坐蒸汽船让他上船，竟然也成为侮辱人的威胁，这根本不可能。

迪娜和那位留着胡子、邋里邋遢的年轻人打过牌，还抽过烟斗！

雅各布心底有一丝微弱的感觉，这位他生命中最后的爱人，将要耗费比他原本预料更多的代价。最要命的，就是晚上的休息时间。

他甚至不得不放弃和他年轻时的兄弟一起出海喝酒畅饮的旅行机会。他没法离开迪娜，也没法把她带在身边。只要想到男人，只要她在场，就够烦心的了。

她粗鲁起来，可以像仲夏节夜仆人堆里最粗鄙的流氓，复杂起来又

像一个警长。

她的女性特质完全不值一提，因为她和正常的女性不沾边，她的行为和得体不沾边。她的体型很大很结实，动起来就像年轻的将军，端坐或是骑马都这样。

她的身体散发出马厩和玫瑰水的混合香氛，发间弥漫着一股对世事不感兴趣的冷淡，这些都让男人们像苍蝇似的围在她周围。

对于这些，雅各布在卑尔根之旅的过程中已经受够了，为此他每天大量出汗，头疼得痛不欲生。

然后还有音乐的折磨……

对雅各布来说，观看迪娜演奏会令他性欲高涨，一想到还有其他人看到她夹着双腿拉大提琴，他就妒火中烧。

他甚至会走过去要求迪娜把两条腿放在乐器的同一侧表演，这样对观赏者来说就没有那么挑逗的意味了。

如果迪娜笑过，那次数也是极少的。但当雅各布给她展示女人的坐姿，脸红得像八月的西伯利亚罂粟花时，迪娜的笑声会响彻整栋房子。就连在货仓和商店的员工都能听到她的笑声。

就在光天化日之下，她会在没上锁的门后引诱他。

有时候雅各布会想，她的第一次并不是完完全全处女的模样，这个想法让他非常痛苦。因为她一点都没有害羞的样子，她全身发抖，非常放纵。不仅如此，她还会有条不紊地检查他毛发浓密的身体，这些特点以他的经历来看，更接近专业从业者，而非一个十六岁女孩的表现。

这个念头甚至会在梦里出现，折磨着他。他试过询问她这件事，还刻意用很随便的口吻把这席话抖了出来……

但她却用像银镜般犀利的双眼回答他。

雅各布从八月集市上回来后，凯伦嬷嬷和养子们允许他做几天新郎。但他们的意思也表达得很明确，口头和行动都清清楚楚地告诉他，雷斯尼斯需要他。

一开始，雅各布没怎么花心思在意这件事。

凯伦嬷嬷把他叫进自己的房间，直截了当地告诉他，对于像他这样的一个成年男子，现在过的生活，她不知道是该笑还是哭。

上一回他为英格伯格伤心欲绝已经够糟糕了，这一回恐怕更让人担心。从现在起，他必须早晨及时起来吃早饭，晚上准时上床睡觉，过基督徒的作息时间。要不然的话，她就会走。她这么说也是因为自从迪娜来了雷斯尼斯之后，所有的事情确实都完全失控了。

雅各布像一个儿子似的全盘接受了凯伦的批评，惭愧地弯着腰。

他之前把农场和生意上的事都甩在一边，迪娜占据了他所有的精力。这些日子在不经意间就一溜烟过去了，像圆圈一样围着迪娜心血来潮的主意和需求打转，有时也掺杂着他的一些突发奇想。

唯一的区别就是她还是个孩子，除了做雅各布的小新娘，她没有任何其他责任。

这么久以来，雅各布总觉得自己既疲惫又无用。迪娜的想法已经成了他心头的负担。不管是她在四柱床上像动物一般的交配，还是她想在其他地方别出心裁地制造新鲜感，都剥夺了他大量的睡眠和休息，而这两样是他急需的东西。

凯伦嬷嬷和他说话的那天晚上，他拒绝了往常半裸着在卧室壁炉前喝酒下棋的游戏。

迪娜耸了耸肩，把两只葡萄酒杯倒满，把除了衬衣外的所有衣服都脱光，坐下来开始玩游戏。

她自己和自己玩，一个人倒两杯酒。把壁炉的门重重地关上，然后柔声细气地哼唱到深夜。

雅各布没有合过眼，他过一段时间就会温柔地问她要不要上床休息。

但她只是噘起嘴巴，也不回答。

在天亮之前，他就起床了。他舒展了一下自己僵硬的身体，然后慢慢走近她，用天使般的耐心和蛇般的狡猾劝她。

过了很久她才服软，她要雅各布陪她下三盘棋。几个小时前红酒就喝完了，他从床头柜上拿来一个水晶瓶，把水倒进空玻璃杯里，打算自己喝，然后向她做了一个询问的表情。

她点了点头，让他也给她倒了点水喝。他们碰了碰杯，然后抿了一口温水。他知道，她的眼睛已经随着酒精肿胀，这时候的她是不会说话的，但他还是尝试与她沟通。

"迪娜，这样子下去不行，我必须晚上睡会儿觉，像我这样的男人有很多事情要做。我的意思是白天，你应该理解我的，亲爱的……"

她坐在原地，稍微笑了笑，但是没有看他。他走近了一些，把手臂缠在她身上，抚摸她的头发和后背，非常温柔。他实在太疲倦了，也不敢做什么可能会吵架或是翻脸的事情，何况雅各布是一个不喜欢吵架的男人。

"晚会结束了，迪娜。你要理解，主人和他的家人都必须为这个宅子工作。而且我们要像其他人一样，晚上应该睡觉的。"

迪娜没有理睬他，只是把身体沉沉地靠在他身上，安静地躺着，任他爱抚。

他坐在那里一边喝着温水，一边温柔地抚摸着她，直到她慢慢入睡。

一开始她像是一根绷紧的弦，但渐渐就放松了下来，慢慢像个孩子似的缴械投降，哭哭啼啼地睡着了觉。

他把她抱到床上，她的身体很厚重，而且很沉，对于像雅各布这样的男性来说都非常沉。仿佛像是大地抓着她，想把他俩都拖到床边坐下。

他放她下来给她盖被子的时候，她呜咽着说了几句话。

是时候起床了。他觉得自己的身体僵硬，人也老了，着手做起所有被他忽略的工作时，竟然还有那么一些孤单寂寞。

雅各布让欧林去准备一下卧室的壁龛，那里直到现在都还像是一个衣帽间。壁龛里头有一张干邑白兰地颜色的长沙发，地毯的流苏有些都掉了，里面的装潢有些破旧。他叫人拿来床上用品，再加一个夜壶。他现在在这里睡觉了，他解释道。因为他打呼的声音会吵醒迪娜。

欧林对雅各布说的话表示惊讶，但是她没说什么，只是把嘴唇抿成一条薄薄的线，嘴角周围浮现起几条意味深长的皱纹。雷斯尼斯如今居然落到了这步田地！一家之主居然要睡一张不舒服的长沙发，却让年轻女孩躺在四柱床上！欧林哼了哼鼻子，派女仆去楼上拿床单、被子和羽绒枕。

雅各布搬进衣帽间的那天，迪娜在半夜拉大提琴，这时候大家都睡得很香。

雅各布震惊地醒过来，还没彻底醒来他就怒不可遏了。他大步冲进卧室，眼睛瞪出了火，然后大声吼道：

"够了！你现在太过分了！你把整栋房子都给吵醒了！"

她没有回应他，继续拉。然后他跟跟跄跄地走到房间里，抓着她的手臂逼她停下来。

她用力挣脱自己的手臂，然后站起来，他们俩的身高似乎一模一样。她小心地把大提琴靠在椅子边上，然后把琴弓放下来。然后她把手放在臀上，直勾勾地看着他的眼睛，微微笑着。

这让他感到恼火。

"你究竟想怎么样，迪娜？"

"我想拉大提琴。"她冷淡地说道。

"夜里？"

"当所有事物都死了的时候，音乐的生命力才是最强的。"

雅各布意识到这样下去没有好结果。他本能地像前一天黎明时一样，把手缠在她身上，充满爱意地抚摸着她，然后感觉到她身体开始慢慢变沉，沉到可以让她上床休息去。他躺在她身边，一直不停地安抚着她，直到她睡着。

他很吃惊，这居然如此简单。但他同时也意识到，随着时间的流逝，家里养着这么大一个孩子是件很沉重的负担。

欲望！在去卑尔根旅行之前，他的心里不管白天黑夜始终燃烧着欲火。所有事情和他起初料想的都不一样，一切变得比原本想的复杂得多。一想到这些事，他就觉得疲惫不堪。

但是他没有回到衣帽间去睡。

他身心俱疲，茫然地躺了下来。他让迪娜的头枕在手臂上，就这样睡到天亮。他盯着天花板，想起了英格伯格温柔的样子。

过去的生活非常和平，互相之间也非常克制，给彼此带来了许多快乐。但他们分开睡，他很想知道，他是否应该用回他过去的老房间，不过很快又打消了这个念头。

迪娜会做一些可怕的事情来报复他的。他从那时起就已经慢慢了解她的脾气了。她的生存法则就是占有，却不让自己被占有。

在一片黑暗中，他只能看见她身体的轮廓线。但他闻得到她身上的香气，感觉得到她裸露的肌肤。

他深深地叹了口气。

宅子里发生了几件事。

先是凯伦嬷嬷得了春病，大家是这么叫的，但这时候还是十月份！

春病的意思就是失眠。凯伦嬷嬷的房间有两扇大窗户，只要春天的光线照到房间里，她就会犯病。她抱怨说，三月份的光实在太亮了。

欧林什么也没说，但是她的嘴角浮现出一丝鄙夷的表情，然后转过头去。就是这类南方佬！就算是从特隆海姆来的人，也总是爱抱怨这那的，到了深秋和冬天也不例外，上帝轻轻翻转一下北南半球，他们也要抱怨，就没一天觉得好的！欧林年幼的时候住在特隆海姆，那儿的春天阳光也很明亮。

但是她们总要抱怨几声。这些从特隆海姆来的女人，搞得自己像是从意大利来的似的！

大家都以为凯伦嬷嬷的病像公鸡打鸣一样可靠，会准时发作，可这次偏偏错了时机，居然在十月就发病了。

夜晚的时候，楼上的地板又开始了嘎吱嘎吱的声音。平底锅里有一圈牛奶，放在柜台上，等厨房女佣早晨来收拾。

热牛奶和蜂蜜是给凯伦嬷嬷用的。她在空空的厨房里，坐在桌边，看着墙上斑驳的铜锅影还有蓝色的护墙板，不小心注意到碎布地毯要洗了。

凯伦嬷嬷刚过午夜就醒了。她轻轻地走到厨房，给自己准备了一杯牛奶，用来助眠。大房子里静悄悄，所有人都在沉睡。

但现在这时候不行，她不得不带上蜡烛一起去。

当她走过大厅的窗户时，却意外发现夏日度假木屋里的灯居然亮着！她起初以为是月光给她开了个玩笑，只是月光打在彩色玻璃窗上的反光而已，但她清楚地看见了灯光。

她的第一个念头是想叫醒雅各布，但是她振作起精神，把皮草外套罩在自己的睡裙上，准备只身走过去一探究竟。

就在门口的台阶前，度假屋的门开了，一个穿着狼皮外套的高个人影出现了。是迪娜！

凯伦嬷嬷匆忙往门厅跑，想偷偷上楼，拖着衰老的双腿加速往上走。

她可没工夫去听迪娜大声嚷嚷的解释，但是她默默决定，第二天要和这个女孩子好好聊一聊。

出于某些原因，这场谈话一直被耽搁着。

凯伦嬷嬷失眠的情况比以往更严重了。因为她还得一直侦查迪娜的动向。一个年轻妇人，就算穿着皮草外套，这么凉的夜晚，坐在夏日度假屋里也不合适。

不知怎么地，她一直没去和雅各布谈这件事。

她发现迪娜出去散步有一个固定的模式。如果夜空晴朗干冷，天空里有星星和北极光的话，那她就会去度假屋里坐坐。

有回她们俩独自在客厅里坐着，她终于开口了。她的提法非常随意，但实际上却在仔细观察着小妇人的神情：

"你现在时不时晚上睡觉也有问题了，是吧？"

迪娜迅速看了她一眼。

"我睡得和猪一样死！"

"我想我好像听见了什么……礼拜四晚上你是不是醒了，然后出去走了走？"

"我不记得了。"迪娜说道。

对话到这里就结束了，凯伦嬷嬷没有继续问下去。她不想和对方争吵，也不想把不睡觉变成一桩大事。但迪娜对这件事守口如瓶，令她觉得有些奇怪。

"毕竟，你习惯了长时间黑灯瞎火的生活。"

"是啊。"迪娜说完便开始吹口哨。

听到口哨声，凯伦嬷嬷离开了房间。她觉得这是最粗鲁无礼的挑衅，家世背景好的女人从来不会吹口哨。

不过她没愤慨多久，很快又回到了客厅。她俯视着迪娜的肩膀，迪娜正巧在翻看一些曲谱，她说：

"那，要不给我弹奏点音乐吧。你知道我受不了口哨的声音，这个习惯特别龌龊，而且不符合你的身份。"

她的声音听上去相当温柔，但是她话里的意思可是直言不讳的。

迪娜耸了耸肩，走出了房间，然后慢慢地走上楼，进了主卧后，她把门敞开着，弹奏起了圣歌。

凯伦嬷嬷清理了一些家里要用的东西还有装饰品，窸窸窣窣的声音和以往一样。

她费了好大劲才走进楼下潮湿的地窖，虽然难受，但活儿还是得干。她检查了一些架子，上面放着罐头食品和腌制鱼肉的罐子。她又检查了一些时间放久了和容易变质的食品，确保这些东西都清理好，或是转移到别的地方去。她的手强壮有力，做起事情来特别从容。她总是知道每年春天还剩多少罐葡萄干和覆盆子，然后给下一年度的采购定好分量。

她每年要给酒窖里的酒补四次货。直到现在，这些酒一直都能满足家里人的需要。几年前，即使在雅各布伤心欲绝的那段时间里，雷斯尼斯的酒精消耗量也一直保持得十分合理。

圣诞节前的一个星期二早晨，她去地窖里清点存货，发现每瓶要花费六十八先令的马德拉干邑白葡萄酒居然一瓶不剩！六十六先令一瓶的豪客海默白葡萄酒也没剩多少了！至于红佐餐葡萄酒只剩下四十四先令一瓶的圣祖利安葡萄酒，存货也少得可怜，只有两瓶了！

凯伦嬷嬷毅然决然地离开了酒窖。她围了好几遍肩上的围巾，然后冲到仓库里，和雅各布单独聊了聊。

他是唯一有酒架前门钥匙的人，她应该那天早晨就让他把钥匙拿过来的。

凯伦嬷嬷此时心烦意乱得很，但当雅各布听到她要去清点货物的时候，他却没有一丝良心不安的迹象。

欧林向来对自己很严苛，只要是开过的酒，她都会在总账簿里记一笔，如果没错，这些数目应该能看得到。

妈妈到的时候雅各布正在抽雪茄。他的脸一片绯红，身上没有穿衬衫领，以前和尼尔斯一起检查账簿的时候他都会穿，这不是一件他喜欢的差事。

他看见凯伦嬷嬷出现在门道里的时候，他意识到哪里出了问题。她套着皱皱巴巴的围巾，这个轻快活泼的小个子却在瑟瑟发抖。

"雅各布，我要和你谈一谈！单独谈！"

尼尔斯非常识趣地离开了房间，并顺手把门带上。

凯伦嬷嬷等了几分钟，然后迅速打开门，确保尼尔斯从仓库去商店了才开口。

"你的坏习惯是不是又犯了？"她的语气咄咄逼人，说话很冲。

"你这话是什么意思，母亲大人？"

他把账簿放在一边，烟斗也放了下来，不想让她的火烧得更旺。

"我去过酒窖了！马德拉葡萄酒一瓶不剩，圣祖利安葡萄酒也几乎都喝光了！"

雅各布似乎吃了一惊。他一边坐着，一边捋着胡子，以前那种愧疚的感觉再次袭上心头，他几乎都相信是自己把那些酒给喝了。

"这不可能，母亲大人！"

"事实就是如此!"

凯伦嬷嬷的声音在颤抖。

"自从我去南方之后……我很久都没有不告诉欧林自己下去酒窖了……"

他像一个不乐意的小男孩,他并没有捣乱,却被不公平地扣上了这顶帽子。

"哎,酒瓶子也不见了。"她斩钉截铁地说道。她跌坐在大书桌旁专给客人坐的椅子上,深呼吸了一口,然后望向他,仔细看着他的表情。雅各布表示自己是无辜的,他们讨论了各种可能性,但是没有一个能解释得通。

迪娜骑着马回家的时候,她发现厨房里吵吵闹闹的动静很大,大家都在匆匆忙忙地检查厨房。

欧林在哭,每个人都有嫌疑。

迪娜循着兴奋的声音走过去,她站在餐具室的门口,却没人注意到她。她穿着每次骑马时穿的旧皮裤,头发有些蓬乱,外面风刮得很大,还飘着雪,一路骑下来,她的脸有些潮红。

她细细观察了每个人,过了一会儿,她平静地说:

"是我把酒拿了,反正这些酒凯伦嬷嬷没有非要给多少人要留着。"

房间里顿时鸦雀无声。

雅各布的胡须微微颤动了几下,他不知道怎么维护自己在家里的地位。

凯伦嬷嬷的脸色变得比以往更苍白了。

欧林不哭了,她厚重的下巴猛地向后一收,牙齿止不住地在打架。

"你干的?什么时候?"凯伦嬷嬷惊讶地大声说道。

"我分了好几次拿的,具体记不得了。最后一次的那个晚上,我记得是满月，还有北极光，心里很焦躁，必须找点东西帮我入睡。"

"钥匙呢?"雅各布定了定神，然后朝迪娜走了几步。

"钥匙一直存放在剃胡须的用具箱下面，这每个人都知道啊。要不然女仆不可能一有需要就能拿到酒。你现在是要在厨房里审问我吗?要不我们可以把警长请来。"

迪娜踩着鞋跟飞快离开了房间，她给雅各布留的脸色不太好。

"我的上帝啊!"欧林大口叹道。

"上帝来帮帮我们!"厨房里的女佣补充道。

凯伦嬷嬷立即理解了这个场面，及时挽救了家族的面子。

"嗯，这件事非同一般，"她平静地说道，"请原谅我。欧林!还有每个人!我是一个年老又多疑的女人，却没停下来想想，女主人迪娜可能去过酒窖了，她是为了这栋房子还有客人们的幸福和安宁着想。"

她把身体挺直，双手交叉放在胸前，像是一种保护自己的手势，然后跟着迪娜走了过去，步伐非常庄重。

雅各布站在原地，半张着嘴巴。欧林的脸上浮现出难以置信的表情，女仆们也睁大了双眼。

没有人知道，迪娜和女主人凯伦·格洛奈夫之间说了什么。

但后来，等到再清点葡萄酒和烈酒的时候，这个年轻妻子得到了专属于她的份额，这些份额的酒可以任她随意处置。

但老太太一直悉心留意着，发现她的库存需要更新的频率很高，还特别留心了她定了什么酒。

每次满月的时候，也包括很多其他时候，迪娜会睡到很晚才下楼。

凯伦嬷嬷一直把担忧藏在心底，没和别人说。

既然只有迪娜会在冬天使用夏日度假屋，除了凯伦嬷嬷，没别人会去数长凳下面喝了一半已经冻成冰的酒瓶。

可是当迪娜唱着圣歌，声音很响，不管是主屋还是仆人的住处都能听见。家族的尊严很难继续维护下去，更不可能当做什么事情都没发生过。

她还会自言自语，自问自答。

不过话说回来，这种情况并不多见。

很明显她的状况和月相有关。

雅各布和凯伦嬷嬷焦虑地目睹这一切的发生。他们知道，那几天里，迪娜既不讲道理，也不肯答应上床睡觉，这时候他们就更焦虑了。

如果有任何人想接近她，她可能会暴跳如雷，样子非常吓人。

凯伦嬷嬷暗示说，半夜天气很凉，坐在外面会让迪娜生病的。

但是迪娜却摆着一副老女人的脸，无声地哈哈大笑着，露出一口白牙，样子很是粗野。

迪娜从来没生过病，自从她来了雷斯尼斯后，身体状况极好。

到最后，迪娜爱去夏日度假屋里喝酒的事情成了秘密，被整个家庭保守得很牢。既然每个家庭都有自己的独特之处，大家也就认定，这或许就是格洛奈夫家族古怪的地方吧。

第九章

马是为打仗之日预备的。得胜乃在乎耶和华。

　　　　　　　　　　　——《圣经·箴言》第21章，第31节

　　迪娜在码头的两个大仓库里进进出出地闲逛着，像是在寻找什么东西。她时常来这里拿那把大的铁钥匙。

　　人们听见她走来走去的脚步声，起先是在一楼，接着在二楼。有时候他们会看见她在山墙下，待在起重机的卸载门里，一动不动地，凝视着海天交界处的地平线。

　　我是迪娜。雷斯尼斯会把人生吞活剥了。这里的人就像树，我数过。人越多越好。我远远地数着，但并没有坐在房子里隔着窗数。然后所有东西都变黑了。

　　我绕着雷斯尼斯走，开始数数。跨在海湾两侧的山一共有七座峰。小道的两侧各有十二棵树。

　　在特约塔的时候，耶特路德在我身边。她就是那个藏在钟后面的小女孩。因为我身边有人，她才把自己变得这么小。她需要找个地方躲起来，毕竟在法格尼斯的海滩上过冬实在太冷。

　　你是什么，你是永恒的存在。不管你是不是必须从房间里走出去。

　　码头的木板下面有耶特路德的呼吸声。我打开卸载门的时候，光线里传来她的口哨声。耶特路德总是会回来看我。我手里拿着闪闪发光的珍珠母贝。

白天，迪娜就围着巨大的货仓转悠，里面放着有凹口的木材。有几次天黑之后，她会提盏灯来转悠。大家对她的做法也已习以为常。

"只不过是年轻太太在走路……"他们听到仓库里的声音，或是看见窗外有灯光在闪烁的时候，就会这么说。

***

每一次的回声并不都一样。声音取决于她站在哪层楼上，里面放着什么机器，还有风飘来的方向。这一切和永恒不变又不停流动的拉力混合在一起，风吹过的海面潮起潮落。

在仓库的一个角落，稀疏的木结构用圆木牢牢地加固住。那些不能抗寒、抗潮或是抗热的机器都存放在这里。每个隔间里放着专属的一些东西，像腌制鲱鱼、干鳕鱼、盐还有沥青的橡木桶。

面粉还有一些待研磨的谷物也放在仓库的这个地方。此外还有动物皮毛和各种各样的嫁妆箱和旅行箱。沥青味道没有楼上那么重。

桅杆和船帆放在二楼的横梁上，根据年份和储存的条件颜色各异。

在长木杆做的房顶支架下堆着一些空心的线圈，船帆就像灰色的寿衣，用线圈绑着，或是挂在中央的大横梁上晾干，帆布上的水珠有节奏地滴在斑驳的地板上，听上去很有魔力。船帆染了杂七杂八的颜色，有沥青，鱼油还有血的颜色。

大一点的仓库叫做安德利亚斯码头，这名字是仓库以前的主人的，他就是在那儿上吊自杀了。仓库的墙上堆满了渔具还有数不胜数的小拖网，里面还放着家族最自豪的物品。那是一张新的深棕色鲱鱼专用围网，就挂在面朝大海的双开门里，仓库很高，通风不错。

仓库里的气味非常鲜活，闻着很刺鼻，但有咸咸的海风经常清洗。这可让鼻孔舒服了不少。

阳光从建筑的框架里钻进来，斑驳地照在房间的每个角落。

耶特路德在安德利亚斯码头找到了迪娜。正值深秋，她在雷斯尼斯恰巧待满了一年。

她突然站在三束阳光的交叉点上。这三束光从三面墙的孔里透出来。

她看上去很健康，皮肤也未见脱落。眼睛很警惕，但目光瞧着很友善。她手中拿着一个看不见的东西。

迪娜开始说话，她的音调很高，像孩子似的：

"爸爸很久以前就把洗衣房拆了。雷斯尼斯这的洗衣房不危险……"

然后耶特路德就消失在鲱鱼网的折痕里，她仿佛受不了这话题的刺激。

不过她又折了回来。安德利亚斯码头就是约定见面的地点，这个地方经常刮风。

迪娜和耶特路德聊了聊藏在特约塔加钟后面的小女孩，还说起自己坐在夏日度假屋来打发时间的新习惯。

但至于那些她不得不自己解决的琐碎之事，她没有说，因为不想让耶特路德烦心。

好比说，雅各布和凯伦嬷嬷对她不喜欢做家务事而闷闷不乐，还有他们希望她把头发盘起来，和欧林一起商量菜单之类的事情。

她把在卑尔根遇到的所有奇人异事都讲了给耶特路德听，但没提那个上刑场的男人。

耶特路德听了以后咧开嘴笑了一阵，牙齿也露了出来。

"他们把东西捆在衣服里四处走动，嘴里一边哈着气一边说话。彼此也不会去听对方说了什么。他们只关心怎么把自己的商品快点卖出去，卖个好价格。那边的女人连最简单的数字也加不来！她们也不知道从哪里去雷斯尼斯，不知道要走多少路。走路时她们看不见四周的人和物，因为她们头上不是戴着帽子就是撑着阳伞。她们居然害怕阳光！"

起初耶特路德用一些单音节词回答她。但渐渐地，她暴露了自己的问题，原来她对时间和空间非常敏感。她不喜欢从小小的卧室被拽到法官的府邸去。

大多数时间里，她聊的都是一些开心愉悦的事情，只是偶尔会冒出一种苍白的调调来。她还说起盘旋在这个小小地球周围的星空，那简直超乎想象。

迪娜静静地听着面前她非常熟悉的这个柔和的声音。她半眯着眼，晃荡着双臂站在一旁。

耶特路德的香水味穿过货仓还有盐和沥青那种死板的味道。就在香味浓烈到快要冲破面前的空气时，耶特路德消失在渔网的折痕里。

我是迪娜。耶特路德走了之后，起初我像一片漂浮在小溪上的树叶。我的身体孤单地在原地发抖。但就一会儿。过了那一会儿，我开始细数起光线、窗玻璃和地板上的裂缝的数量。我感觉到血液在血管里流动，一根接着一根。身体慢慢暖和了起来。

耶特路德还在这个世界上！

雅各布害怕迪娜不高兴，在货仓里找到了她。

但是她却把手指放在嘴唇上说道："嘘！"仿佛打扰到了她重要的思考。让他万万没有料想的是，他来了之后，她看上去非常恼火，一点也不开心。

后来他就不再跟踪她梦游了，他选择在家里等她。最后他睡得很沉，便也注意不到梦游的事了。

和迪娜婚后的第一年里，雅各布是四柱床上的主人和领导。尽管有时候局面让他有些难以承受，又有几次他感到尴尬和害怕。

但随着时间的流逝，他悲哀地发现，自己最初用强力促成的夫妻之事，他曾经享受寡妇的欲求不满，现如今却成为他无法如愿以偿的重担。

雅各布自成年后就一直享受男欢女爱的闺房秘事，可当他不得不承认自己心有余而力不足的时候，他终于认清了现实。

迪娜一点也不同情他，丝毫不体谅他。有时候他觉得自己像是配种的种马，然而主人和他交配的对象都是同一个人。

他经常透支自己的体力，但她依旧贪得无厌，毫无节制，甚至还贪恋狂野的动作和场景。

雅各布适应不了这样的生活。他开始衰老，身体也精疲力尽了，对曾经自豪的狩猎本能也渐渐失去了兴趣。

他开始期待过几天安宁的日子，渴望有一位端庄有责任感的妻子，比以往更思念亲爱的英格伯格。有时候，他在波涛汹涌的海面上划船会默默抽泣，水花打在脸上，才没让别人看出来，其实是泪水被风吹在了船上。

很长一段时间，他和凯伦嬷嬷都相信，只要迪娜怀孕了，一切都会好起来的。

可惜迪娜始终没有怀孕。

雅各布买了一头年轻的黑色种马，它看上去狂野不羁。他们给它取名叫小黑，这是挪威人用来骂人的词语，因为它就是马厩里永恒诅咒滥骂的对象。

迪娜在圣诞节后给警长发了一条消息，没有问询过雅各布的意见，意思是让托马斯帮她来训练这匹新来的马。

这件事让雅各布火冒三丈，他扬言要把这个男孩子遣送回家。

迪娜坚持说这是约定。人不能今天把佃农家的男孩招过来，明天又送回去。他这样难道是要让家里蒙羞吗？还是他或许供养不起一个马夫？或者他根本没有像他和父亲所说的那般富有？

他当然供养得起……

托马斯留了下来，他和仆人们睡在一个地方，但是没人理他，也没人和他开玩笑，甚至还有几分嫉妒他。因为他是迪娜的玩伴，他陪她一起在山里骑马，只要她出门，他就会跟着她。当她穿着紧身马甲，套着流苏披肩，走上甲板的时候，他会低垂着眼睛站在她身旁。

雷斯尼斯的迪娜没有养狗，她没有任何闺蜜，只有一匹黑色的马——还有一名红发的马夫。

第十章

人在世上岂无争战么。

他的日子不像雇工人的日子么。

像奴仆切慕黑影，

像雇工人盼望工价。

——《圣经·约伯记》第七章，第1—2节

婚姻就像吃着泡过甜到发腻的盐水的腌黄瓜，只有混合着新鲜上市的美味肉品一起吃，才能忍受这股味道。

欧林确信自己想得没错，虽然她从来没结过婚，但她一直都在近距离地观察着婚姻的模样。她觉得自己对婚姻已经了若指掌了，从第一场订婚宴开始，她就全都看透了。包括嫁妆箱子，还有房子里没有预兆的愉悦声响，以及嘎吱嘎吱的床和尿壶。

她对婚姻的理解始于她自己的父母，而她却从未提起过父母的故事。她的母亲是一个富农的女儿，下嫁之后，她殷实的家庭与她断绝了来往。多年来，她居住在佃农的农场上，和数不清的孩子们一起生活，靠一艘小小的划桨船过活。

她的丈夫在出海的时候遇难了。他们的婚姻就是这么一回事。没错，小船飘到了岸上，已经无法修复。家里没有了划船的男人，只有船该怎么过下去？

她的母亲去世得早，孩子们就被领到各户人家去了。欧林是最小的孩子。还没轮到她继承家业的年龄，她父母仅存的一些小额财产早就不见了。

"如果你身体健康，有副好牙齿，你就什么都可以嚼！"这是她经常说的话。她一边说一边变戏法似的拿出最鲜嫩的熊果，涂着酸奶酱啃了起来，除此以外还有压碎的刺柏果、花楸浆果果冻，不仅有吃的，她还要配上烈酒，享受美食带来的纯粹快乐。

但这并不是厨娘欧林的全部性格。

她在特隆海姆做厨师助手的时候，靠着"奇迹"学会了烹饪的手艺。连她去特隆海姆的路途也如传奇一般。

欧林不太聊有关自己的事情。然而她却对周围其他人的生活知根知底。

有一天她在特隆海姆的时候特别想家，她决定采取行动回家去。当然了，她想家是和一个男人有关，结果却发现这个男人并非是什么正人君子……

她找了一艘北上的货船。作为女人，像她这样的情况，自然成功求到了人让她免费搭船回家。她提着一个很大的椭圆形木箱子，里面装满了土豆面包，或许这就是她用来交换船票用的东西。

这是一艘雷斯尼斯的货船，也是她注定的宿命。

欧林在很多情况、很多条件下，一直留在蓝色的厨房里帮忙。

英格伯格赞赏过她的厨艺还有她粗壮有力的手掌。

但是凯伦嬷嬷来了以后，家里算是来了一位真正的美食家。

她曾经在汉堡和巴黎的高级餐厅里用过餐！她明白，食物是需要用爱和细致入微的精确测量才能制作出来的。

凯伦嬷嬷和欧林讨论"菜单"的时候非常严肃认真，就像在念上帝的祷告词。

这位老妇人的书箱里有许多法国的烹饪书籍，她准确无误地把书中的词语翻译成欧林能听懂的语言，这些书成了指导她们烹饪的工具书。当卑尔根和特隆海姆都找不到所需要的食材时，她们会一起研发替代的食材。

凯伦嬷嬷花了许多时间和精力，小心翼翼地呵护着她的草本花园。雅各布会从旅途中带回来一些罕见的种子。

在这座花园的帮助下，欧林烹饪出一道道完美的作品，让雷斯尼斯的客人不管是在风和日丽还是暴雨交加的日子里，都不愿离去。

欧林对主人和家庭的忠诚在烹饪上得到了充分的体现。上帝乐意帮助那些在教区里让别人相形见绌的人，以及会为后果买单的人。欧林兼具了这两种特质。她所听到的一切都是值得去听的东西。

雷斯尼斯的仆人们没有收到任何警告通知，他们只是接到吩咐打包自己的行囊然后离开。即使现在是屠宰的时候，或是前往卑尔根的旅程已经在准备中，都必须要离开。

在可怜的雅各布把四柱床搬到花园里，放在死去的英格伯格身边后，一对年轻男女被下令离开宅子。对欧林来说，这个故事并不陌生。

"在上帝和我的帮助下，人们凭借各自的天赋坐在现在的位置上。如果你在雷斯尼斯，你就不能把鼻子放在腋下走路，也不能把舌头伸出来做腹泻的表情。"这就是她给那些人的提点。

她目睹了已经离世的亲爱的英格伯格的第一场婚姻。她没有孩子，生活得很安全，但脸色灰白，像没完没了的深秋，没有落叶，没有白雪也没有果实。当她的丈夫死在海上时，她只是滴了几滴体面的泪水。

但她做了寡妇之后，日子却过得如宝石般闪耀。无眠的夜晚，她用棕榈酒抚慰自己，棕榈酒是用黑色的无核小葡萄干配上肉桂色的枝条酿制而成的。她把火红的石头用羊毛衣服包好放在四柱床上，从没有人过问这件事。

欧林一听到雅各布来这儿的消息，脸上立马浮现出怀疑的神情。这个男人可比英格伯格小十五岁呢。

她第一次听说这个男人的名字是女主人说起自己在特隆海姆出席听证会的事，那次女主人找到了一名合适的舵手。寡妇当时和一个佃户对鸟岩有些争执。这份资产的抬头不见了，佃户声称这是他的东西。

英格伯格打赢了官司。舵手也就一起跟着来到了雷斯尼斯。他穿着自制的靴子和原本属于莫瑞姐夫的羊皮裤。头上戴着一顶皮帽，帽里是绒线材质，上面有灰色的斑点。他把帽子夹在腋下时就像提着一只死公鸡。

他活脱脱就像一个穿着船员衣服的舵手，丝毫不在意航海的服饰。

刚开始的几个晚上他睡在小客房里，但棕色鬈发和褐色的瞳孔让他魅力四射，他所到之处无不为其倾倒。过了这么久，雷斯尼斯才住进一位真正的美男子。

抛下他刚来时穿的那身皮装后，他看上去身姿轻盈，体格强健，在人群中脱颖而出。他套上布裤子，裤腿很宽，剪裁很有异域风情。上身穿着一件红色绸缎的短马甲，还有一件做工精良的白色亚麻衬衫，衬衫没有领子，脖子处的扣子敞开着，仿佛进入了夏季。

雅各布攻下了许多重要的堡垒。他首先要做的其中一件事情是提着两只温顺的野兔子，踏着轻快的节奏，大步跨进欧林的大厨房。兔子皮是他自己剥的。

他送给厨房的礼物还不只这些，有些是直接从外面的世界里带回来的。例如小帆布袋和粗麻布袋子里装着的咖啡、茶叶、西梅干、葡萄干、坚果还有用来做饮料的柠檬酸及布丁。

他送这些东西的时候很从容，神情特别自然，仿佛从来没有质疑过雷斯尼斯的主人是谁，对于欧林那张擦得干干净净的桌子，他感到特别惊讶。

就在他站在厨房给兔子剥皮的时候，事情发生了。欧林对他付出了无条件的爱。往后的日子里，她将继续鲜活地把这份爱的余温保存下来，就像六月底出生的小松鸡那样暖。她的爱就是《圣经》里形容的那种爱：爱，能忍受一切。毫无疑问地忍受一切！

女主人英格伯格也坠入了爱河。牧师看得出来，在婚礼和在婚礼晚宴的演讲中他都谈到了爱这个字。

英格伯格甚至还同意让雅各布的母亲搬进雷斯尼斯。尽管她对这位婆婆一无所知，唯一的交集便是在三周前发结婚通知时，这位婆婆回信说没法来参加婚礼。这位婆婆住在国外，书架上摆着许多书，架子上还镶着锃亮的玻璃门。她在第一封来信中写道，她要把这些书一起带到诺德兰省。

在凯伦·格洛奈夫女士到达雷斯尼斯前的很长一段时间里，人们就已经对她形成了一种印象。她是一名特隆海姆商货托运人的遗孀，拥有许多书柜，这些书使她获得了人们的尊重和景仰。但这么多年来只身一人旅居国外的事实却告诉人们，她和任何一个特隆海姆的女性都不一样。

婚礼过后的第七个月，英格伯格就当上了母亲。结婚没多久，她就要给儿子洗礼了，为了封住牧师的口舌，她解释说，她一分一秒都不能浪费，因为自第一段婚姻以来，她就一直没有子嗣。当初嫁人时她只有十八岁，现在却已年过四十。上帝会理解她热切的心情。

牧师点了点头。他心里想，在上帝看来，她的这份急切与其说是渴望做一位母亲，不如说是因为出现了这位年轻的新郎。这些不合时宜的话，牧师没有说出口。

不只是牧师，任何人都不会对雷斯尼斯的英格伯格说闲话。她平时慷慨接济穷人。教堂唱诗班的两个银制烛台上也骄傲地刻着她的名字。

牧师非但没有批评什么，反而还祝福她将为人母，愿她走入上帝的安宁中，把主嘱托她的通通教给她的儿子。

这个孩子的命运已经决定了，他即将成为家族的第一位教士。

尼尔斯在父母沉船遇难时只有十四岁，安德士才十二岁。这两个男孩子是英格伯格的远亲，也就顺理成章地住了过来。

过了一阵子，这两个孩子与雷斯尼斯的缘分似乎是上天注定的，因为雷斯尼斯一直没有真正的继承人，他们俩在这里如鱼得水。

但是当这个叫做雅各布的家伙让英格伯格怀孕后，这个即将出生的孩子便成为了整栋宅子的继承人。继子们原本想要接管雷斯尼斯庄园的青春梦想，像打翻的船沉入了大海。

就算是英格伯格在家的时候，欧林对这两个孩子也照顾有加。她全心全意地为这两个孩子付出，不知疲倦地教他们规矩。

她不介意家里有两个女主人，只要孩子们能安分守己，不要挡道就行。

雅各布最终还是成为了她生命中最重要的人。但如果有谁暗示这层意思的话，那他的下场就是被立即解雇。

英格伯格去世的时候，她带着强如对永恒生命的信念般的骄傲和地位，真诚地在一旁哀悼，因为流泪而红了眼眶。

再没有比这更美的死亡了。周围的一切都呈现出吉兆。丁香花在葬礼那天开出了花朵，云莓也到了采摘的时辰。

雅各布的第二场婚姻对欧林来说是痛苦的警示，不只是因为迪娜从来不会到厨房里来给兔子剥皮而已。

首先，在餐桌礼仪方面她就像一个男孩。喜欢爬树、喜欢入夜后待在夏日度假屋里喝酒，这些还不算是最糟糕的行为。

让人无法原谅的是她根本就对欧林"熟视无睹"。

欧林想不明白这么一个疯狂的女孩子怎么会出现在雷斯尼斯，尽管她是候姆警长的女儿。

雅各布拥有如此一段可笑至极的婚姻，实在是对欧林的一场灾难。

但有许多次，在其他场合下，她什么也不会说。自从她睡在厨房后的小房间里，也就是主卧正下方的那间房后，她能听到四柱床上传来的一切声响和振动。

如此无耻又伤风败俗的行为令她感到困惑不解，这比英格伯格的死还要让她心痛。

所有令她反感的事情却拨动了她的心弦。她觉得好奇，好奇原本普普通通的雅各布为何会做出如此失常的行为，好奇一个年纪轻轻的姑娘是如何不费吹灰之力就能控制住整座庄园的。

第十一章

你要喝自己池中的水，

饮自己井里的活水。

你的泉源岂可涨溢在外。

你的河水岂可流在街上。

惟独归你一人，

不可与外人同用。

要使你的泉源蒙福。

要喜悦你幼年所娶的妻。

——《圣经·箴言》第5章，第15—18节

雅各布开始"出于必要"搭乘桨船出行。他拜访了一些老友，在斯特朗德斯泰德做了些生意。

一开始，迪娜想和他一起去，不过他以旅途太过无聊为由拒绝了她。他说天气寒冷，会很快回来。

他练习了几遍应该怎么回答她。但奇怪的是她并没有生气，只是闷着。

第二天早上，他看见台阶上放着厚重的狼皮外套。这只原本被施了魔法、躲在人皮底下的动物，好像变回了人形一般。

她从来不问他去了哪些地方，就算他整晚不在家也不过问，也不会在门口迎他回来。

她常常入夜后在夏日度假屋里坐着，这样总比拉大提琴好。

那天夜里，雅各布从斯特朗德斯泰德回来，时间有些晚了，他看见货仓办公室的窗户里透着光。

迪娜坐在办公桌前翻着账簿，她把书架上所有的分类账簿都拿了下来，在桌子和地板上铺开。

"你在干什么？"他口气很冲。

"我在想办法把这些数额算出来。"她只应了一句，看也没看他。

"这么多你看不懂，我们得把这些东西放回去，否则尼尔斯会大发雷霆的。"

"我觉得尼尔斯不是次次都能把账算对。"她一边咕哝，一边咬着自己的食指。

"你这话的意思是？他做这份工作很多年了。"

"可是他算的数字看不见。洛奇会说这算数是错的。"

"迪娜，不要随便去管这个。过来，我们回家去。现在已经很晚了，我给你带了一种很特别的糕点。"

"我想把这些数字算出来。雅各布，我想到这间办公室工作！"

她的眼睛闪闪发光，鼻子里传出呼吸的声音。每回难得喜欢上什么东西，她都是这副模样。

尼尔斯对此很固执。要留只能留一个人，他或是迪娜。雅各布想好好协调一下，他建议迪娜可以做帮工，负责整理办公室的书。但实际上，一提到算数或是和算数有关的事情，她绝对是一个天才。

但尼尔斯却不同意，他可是从来不会在不该开口的时候发一点声音的人！

迪娜走到他跟前，带着她奇怪的笑容。她比他差不多要高半个头，说话的时候像是拿着一把利剑在他面前得意地炫耀着。

"才不是，你是不想让人看见，你根本不会算账！你账簿上消失的数字就像草甸上的水珠。难道我说错了吗？数字自己是不会消失的。

只有对那些不懂的人才会发生这种事……"

办公室里一片寂静。

尼尔斯随后跺起地板，大步朝外头走去，背后传来他的声音：

"这种事情从来不会在英格伯格在世的日子发生！记住，要么选我，要么选那个人！"

迪娜后来没有被留在办公室。但是吃饭的时候，她总是时不时瞥一眼尼尔斯。

他只好躲到厨房去吃饭。

这件事上雅各布站在了尼尔斯的一边，他想做点什么来弥补对迪娜的亏欠。从外面出差回来时，他都会给迪娜带些小礼物，比如香皂和胸针。

他想努力让她融入到自己的生活中，希望她能开口同自己多交流交流。

有天夜里，晚餐后大家都坐在客厅，他转过身，问迪娜对新国王奥斯卡一世有什么看法。

"或许我可以请求国王，允许我把雷斯尼斯办公室失踪的数字找回来！"她冷笑着答道。

尼尔斯从椅子上站起来离开了客厅，凯伦嬷嬷叹了口气，雅各布则慌乱地点起了烟斗。

雅各布认识斯特朗德斯泰德的一名寡妇。她的外形比较笨重，但并不让人觉得难受，灰白的头发挨着颈背盘成一个结，看上去十分庄重得体。紧身胸衣下束着她充满吸引力的身体。她受人尊敬，在一栋小房子里独居，平时会收一些房客，平时在家做做女红。

和她在一起的时候，雅各布感到一丝慰藉，可以敞开心扉地和她聊聊天。

英格伯格在世的时候，他过去会坐桨船出海找点社交活动——跳舞、消遣，偶尔会左拥右抱一两个姑娘。但现在的他，离开雷斯尼斯的目的是为了让自己清静清静。

一个男人的需要！神秘莫测，难以捉摸。

一八四四年的夏天来了。那年夏天有很多蚂蚁，太阳很刺眼，生活依旧乏味无聊。

凯伦嬷嬷给了迪娜一本民谣集，是一个叫做约尔根·莫伊的人写的歌，此外还有阿斯比约恩松和莫伊合著的异教徒民间故事集。

耶特路德书里的故事比那写得更好，因为你永远猜不到结局，而对于民间故事你总是能料到故事的结尾。

"民间故事的寓意不一样，亲爱的迪娜。"凯伦嬷嬷说道。

"这是什么意思?"

"民间故事是依据人世间的道德准则所创作的故事。"

"那区别在哪儿?"迪娜问道。

"上帝的话非常神圣，讲的都是关于罪和赎罪的故事。其他的故事集说的都是普通老百姓的故事，恶人会得到惩罚，好人会有好报。"

"但耶特路德的书也是人写的。"迪娜说道。

"上帝有他的传教士。他的先知们会把上帝的话带给我们。"凯伦嬷嬷解释道。

"我明白了。嗯，至少上帝的故事比阿斯比约恩松和莫伊的要生动!"迪娜把自己的态度摆明。

凯伦嬷嬷微微一笑。

"那好吧，亲爱的迪娜。但是你不能把它说成'耶特路德的书'，应该把它叫做《圣经》。你也不能把上帝的话和民间故事集作比较!"她用平和的语气安抚道。

"耶特路德的书,《圣经》,赢了这场评比。"女孩干巴巴地说着。

凯伦嬷嬷觉察到,有关神学的哲学性话题不是训练迪娜的好方法,便立刻打消了这个念头。

迪娜平时爱拉大提琴,也常和托马斯一起骑马。她会在安德利亚斯码头那儿碰见耶特路德。

每天早晨,葡萄酒杯大小的红色圆印会留在夏日度假屋的桌子上。

她爬到稠李树上望着航道,蒸汽船上的乘客寥寥无几。那些上岸的人都是从四面八方远道而来。

迪娜对雅各布和斯特朗德斯泰德的密切往来有了定论。仆人们说话时,隔墙有耳,这些话会零碎地传到她的耳朵里,随意飘来的微风也会把一些小道消息带给迪娜。她总会时不时听见一些风言风语,譬如她一进房间,或是靠近人群时,交头接耳就立即停止,甚至在通往教堂的山路上也能听见别人议论纷纷。

她把只言片语组合在一起。

就这样,秋天到了。

漆黑的海面上浮起白色的泡沫,雪像冰针一样从布洛弗拉格山峰飘来。皎洁的白色月光像是北极光穿过星云密布的天空,追逐着邪恶的黑暗势力。

雨雪交加的天气让人和马都没法走山路。有船的人这时就成了幸运儿。虽然海面还是风起云涌的模样,这奇异的现象让人看不明白。

声音一开始是从北方传来,然后从西方混合着厚重的海浪声和蓝黑色羽毛的鸬鹚叫声。

迪娜整晚都醒着，但她没有遵循以往的习惯去夏日度假屋里坐着，也没有下床披上她的狼皮外套。

宁静的夜晚被狂风暴雨吵醒。北极光顽强地扫过无云的天空，抗议这暴风骤雨的天气。

她躺在四柱床上，帘子打开着。她直直地注视着高高的窗户，直到微弱的光线将天空变为淡蓝色，渐渐遥不可及时才肯入睡。

雅各布突然打开房门走了进来。他径直穿过走道，躺到床上，走路一跛一跛的。

他沧桑的脸上透着倦意。接着他伸出双手，仿佛在请求宽恕。

他脱下一只靴子，摩擦的吵闹声足以把整栋屋子的人叫醒。

她呼唤过他回家，但是他却没有听。现在，一切都晚了。一直缠绕在他心头的恐惧感又出现了。她的眼睛盯着吵闹的声响处望去，期待早晨来临后斯特朗德斯泰德的消息。

我是迪娜。雅各布这个人说一套做一套。他就是一匹不想被人骑的马。他知道他是属于我的。但他害怕我发现他想逃的心思。为了逃跑他对我撒了七次谎。

现在已经来不及了。人就像季节一样有朝气蓬勃的时候，也有万物安息的时候。雅各布的冬天很快就要来了。一开始我能感觉到风吹的刺痛感。但每天要扛着这么重的东西，刺痛的感觉消失了。

我从一个房间漂浮到另一个房间，穿梭在家具和人群中。我能让他们互相绊倒。他们的演技实在拙劣，对自己的能力没有一点把握。我只要说一个字，他们的眼睛就开始闪烁不停。这些人根本就不存在，我不会再把他们当人算。

一个浑身湿寒的年轻小伙灰溜溜地跑到宅子里，说船出了事。雅各布因为事故受了伤，只好被送到斯特朗德斯泰德附近的劳斯奈特，现在躺在那儿的寡妇家里。

迪娜对此并不意外。她只是默默地披上围巾，命令小黑挂上雪橇。

安德士希望他们坐船去接。作为女人，不应该走山路。

迪娜像一只咆哮的山猫，已经准备好纵身一跃去逮她的猎物。

安德士耸了耸肩。她听见水流的湍急声，或许骑马走山路也不失为一个好方法。

那天早晨，她看上去像是忘记了梳妆打扮这回事，只要披上皮草外套和围巾，跳上雪橇，就能直接出发去接雅各布。

雅各布这次出事让凯伦嬷嬷和欧林大为叹气，相较之下，迪娜此次危险的行程也是无奈中的选择。

所以，把雅各布从寡妇家的小卧室接回来的人就是迪娜自己。

他本打算开开心心地在他时常去的庇护所里度过一个愉快宁静的夜晚。

但不幸的是，路面的冰块太滑，他从台阶上摔了下来。他的腿像一根干枯的树枝，被风一吹就折断了。骨折的情况很严重，他的骨干突出得很厉害。

幸运的是，医生出现在斯特朗德斯泰德。他用了一整瓶朗姆酒才将疼痛抑制住，然后一边清洗伤口，一边给腿上夹板。

迪娜同往常一样，穿着皮裤和高靴，活脱脱像个男人。她在这栋小屋子里显得气势逼人，眉宇间皱起如山谷一般深的鸿沟，说出口的话也像冰刀一样尖锐。

她对待寡妇就像对待一名仆人，大家诚恳地建议让雅各布留下来，等到风平浪静再起航回家，但她连这也听不进去。

她命人帮她把雅各布牢牢地绑在雪橇上。雅各布浑身裹着羊皮躺在雪橇上，看上去像一块硬邦邦的羊肉卷。

"看医生的费用，还有我的住宿费，一定要补偿给这位女士。"雅各布温顺地说道。

可是迪娜既没有对这位女主人说声谢谢，也没有任何道别的示意，只是用鞭子抽着小黑，让它快跑，然后自己跳到雪橇上就走了。

这匹马跑起来像是魔鬼，雪橇像一名跑步选手，以闪电般的速度从山中掠过。

迪娜则是凌驾在雅各布上方的一头猎鹰。

在往冰雪覆盖最陡峭的坡道上极速俯冲时，雅各布感到死亡般的恐惧。

这条路被秋天的洪水冲刷了一部分。雪橇必须嵌在冰雪覆盖的深车辙里奋力行走，剧烈的颠簸让他的腿又开始发疼。

这是他第一次觉得自己完全受迪娜掌控。

雅各布对骑马和走陆路的经验不足，海洋才是他的本命。

他抱怨了一番，为何不带船队来让他坐船回家。但是她连看也不看他一眼。

雅各布不只是腿上受了重伤，现在连迪娜的心也弄丢了。他明白要治好这两个伤口，需要的是时间，可他却没什么耐心。

骨折的情况很严重，骨头接得也不妥当，这条腿看来是治不好了。

这条无辜的腿像是住进了恶魔，这一摔之后雅各布便卧床不起。他又是嚎叫又是抱怨，有时候还会低声喃语，乞求同情。

大伙把他搬进了客厅，把床和所有东西都抬了出去，好让他觉得自己周围还有生气。

迪娜眉宇间的褶皱比以往更深了。面对这位病夫，她却没有表现出丝毫的同情。

当雅各布天真地问她能否不要喝这么多酒，给他拉拉琴可好的时候，她从优雅的皮椅上站起来，鲁莽地把酒杯碰倒。杯脚断了，红酒洒在蕾丝桌巾上。

红酒像一朵红色的花，在桌巾上盛开，尽情绽放。

"叫斯特朗德斯泰德的寡妇，把小腿安在你以前的身体上吧。"她嗤之以鼻，说完便冲出了房门。

凯伦嬷嬷和欧林还是不辞辛劳地伺候着他。安德士也把桨船带回了雷斯尼斯。

迪娜勃然大怒过后，雅各布明白了几件事情。但是他还不清楚，眼下的状况已经无法修缮了。

对他而言，只要是涉及女人的事，没有什么是不能挽回的。即使这两年来，迪娜已经摧毁了他原本心中按捺不住的乐观，他也仍然坚信这一点。

雅各布的伤势非但没有好转，还长了坏疽，从腿的外观上一目了然。坏疽的臭味像恶魔的谣言一样，立刻传到四面八方，似乎无情地宣告，审判日快要到来。而恶魔则惶惶不可终日地把自己包裹起来。

时间变得弥足珍贵。

凯伦嬷嬷意识到雅各布需要专家医治才行，而且得尽快！

而迪娜则是唯一一个对专家治疗真正有概念的人。

她过去曾经看过坏疽。警长手下有一个拖网的渔夫，曾经脚上长了冻疮，后来生了坏疽。他活了下来，但是只能坐着，腿被换上了假肢，靠接济过活。过了几年，由于身体和心里的双重苦痛，外加对外界的敌意，他整个人也变得毫无生气、皱皱缩缩，连女仆也害怕给他送食物。

迪娜出于好奇曾经拜访过他。

现在就算站在门廊，都能闻到雅各布腿的臭味。凯伦嬷嬷坐在窗边，欧林则整日以泪洗面。

大海像是恶魔亲手导演的作品，海浪快涨到船屋的门口了。

迪娜向大家宣布，她和托马斯会驾雪橇走山路，带雅各布去看医生。这一次，安德士还是妥协了。

既然上一回她和这头强壮的黑马能够独自完成旅途，这一次有马夫的帮忙，或许她也能成功。

这应该是最好的办法了。事情便照计划办了下去。

唯独一件事例外，临行前，托马斯并没有跟去。

在她飞身跳到雪橇上，想要独自驾雪橇走时，雅各布露出了怀疑的眼神。

雅各布脸色苍白，对她点了点头，仿佛在念祷告词一般。

托马斯绷紧身体，也准备跳上雪橇。

"不用！"她一边咆哮一边用鞭子抽打着他的关节。然后她冲马儿吼了一声："快跑！"接着便像尖叫的跑步选手从庭院里疾驶而去。

托马斯摊开四肢躺在冰雪覆盖的地面上，大口喘着气。他的右手裂开了一条条血口子。

他对大伙为迪娜开解，说雪橇承受不起三个人的分量。如果要及时看医生，不能耽误一分一秒的时间。

托马斯说的话一向很真，这一次大家也都觉得挺有道理的。他看到了雅各布眼中的害怕，但不知为何却没有记在脑海里。

托马斯就是一条训练有素的狗，不到最后一刻，他都能坚持不嚎叫。

他把所有的念头都沉进庭院的水桶里。他用结了冰的水冲洗了手和脸，被抽打的疼痛感蔓延到他的手臂，侵入他的腋下。然后他用湿手轻轻地擦了擦脸，便走进厨房去找欧林了。

洗了冰水后，他的面色非常红润。他对欧林郑重说道，雅各布真的病得很重。

欧林擦干眼泪，小心翼翼地嗅了嗅空气的味道。雅各布腿伤的气味是他唯一留给大家的东西了。

三个小时后，托马斯接到了迪娜和马，还有空空的马车架。

第二卷

第一章

心中的苦楚，自己知道。

心里的喜乐，外人无干。

——《圣经·箴言》第14章，第10节

雅各布入葬那一年，雷斯尼斯的人们没有庆祝圣诞节，也没有人想主动去拜访雷斯尼斯的两位寡妇。糟糕的道路一直没有得到修缮，这似乎是为那些远离雷斯尼斯的人特意设计出的借口。

欧林和大家说，墙壁的湿气害得她很惨，臀部总觉着很潮，让她不得安宁。

一月中旬开始，路面情况终于有所好转。雷斯尼斯的人们全都赋闲在家，没有方向。

托马斯找了托辞，刻意路过主卧的窗户。他抬起一只蓝色一只棕色的眼睛，对心里的想法全然不知。

偶尔上楼送柴火的时候，他的手总是抖个不停，把木柴掉在楼梯上。

每次他把篮子里的木头放在勒达和天鹅画像的屏风后侧时，迪娜总是背对着他坐在房里。

他朝着她的背影虔诚地念道"愿上帝保佑"，然后便默默离开。

没有人知道迪娜何时入睡。她爱穿着旅行靴在地板上踱步，靴子的后跟上有铁板，就这样没日没夜地走。

耶特路德的《圣经》摊在房里，精致的书页随着窗户飘来的小气流微微颤动着。

凯伦嬷嬷像是一只可爱的送信小鸟，弥留在冬季里。

悲伤让她变得憔悴，脸色如透明的精致酒杯。她原本温和的生活，如今却留下了冬天的黑影。

她想念雅各布，想念他的鬈发和笑眼。想念他生前在雷斯尼斯意气风发的样子。

到了她这个年纪，跨过生死边界成了一件易事。仆人们都觉得她已步入老年期，不仅走路跛着脚，还总是自言自语。

实际上这些是极度孤独的症状，她只是无望地期待着，渴望着过去的生活而已。

所有的人和动物，包括谷仓、棚屋还有仓库，都被这种孤独所笼罩。

整栋房子屏住呼吸，等待着某个人来填补雅各布的位置。

雷斯尼斯成了一艘没有船长也没有船员的空船，漫无目的地四处飘荡。

迪娜虽然一步不离她的卧房，夜里穿着靴子来回在房间里踱步，却也丝毫无济于事。

她不说话的样子让人不安。

安德士从家里悲伤的气氛中逃出来，打算去罗福滕岛钓鱼。

凯伦嬷嬷给约翰写了一封信，说他虽然没了父亲，但是家还在。她花了一周的时间，斟酌合适的词汇，多余的细节她暂时没有说明。

她只说他们用尽了一切的办法，来挽救他父亲的生命。但即使如此，上帝还是把他带走了。或许上帝看到，对雅各布来说，做一个只有一条腿的瘸子来说太艰难了，上帝是出于仁慈才把他带走的。或许上帝用他的智慧，发现雅各布不适合这样的生活罢了。

给约翰写完这封带去悲痛消息的信后，凯伦嬷嬷费力地爬上楼梯，敲了敲迪娜的房门。

老妇人进去的时候，迪娜正站在房间的中央。

正当凯伦嬷嬷用温和的语调准备开口时，迪娜刚好想转过身看一眼窗外：

"你一直在房间里来回踱步！但那么做无法挽回任何事！"

或许是凯伦嬷嬷颤抖的白色鼻孔。或许是她紧抓着披肩边缘的不安的手指。

迪娜像是躲在自己的保护壳里，没有露出任何交谈的兴致。

"生活必须继续下去，亲爱的迪娜。你现在应该下楼来，主持一下家事。然后……"

迪娜冲凯伦嬷嬷做了一个手势，让她坐在房间中央的椭圆形桌旁。桌子上盖着一块金色的绒布，绒布的流苏随着门外吹来的气流轻轻地摇荡。

老妇人羸弱渺小的身躯端坐在高背椅上。

这张桌子和配着的四把椅子是从卑尔根运过来的，这是迪娜住在雷斯尼斯的第一年买来的家具。为了小心呵护这昂贵的家具，迪娜当时亲自监督了搬运的过程。

老妇人的思绪忽然飘入了另一个世界。她仿佛从来没有走进过迪娜的房间，对她来说，孤独和忧虑已经难以独自承受了。

她坐在桌旁注视着雕花的桌腿，好像有什么不同寻常的地方。然后她自说自话地开始絮叨起家具的故事来。

迪娜穿过房间，把连着大厅的门关上，然后拿起石板，坐在老妇人的身边。一开始她用微笑做盾牌，渐渐地，她放下戒备做回自己，静静地聆听着。她仿佛等了一辈子，为的就是这个故事。

凯伦嬷嬷开始讲述起这套橡木家具的渊源，桌椅上放着优雅的坐垫。过去，雅各布把它们比喻成女人的身体，像穿了低胸的紧身马甲，臀部的曲线非常优美。

她的手指划过椅背上小小的心形切割口，然后用长满皱纹、皮肤近乎透明的手轻轻抚摸着厚厚的桌布，伤心地在雪茄烫坏的地方来回摩挲。

"这是雅各布成为鳏夫以后，在那些不开心的日子里留下的。"她叹着气说。

她的故事没有开头也没有结尾，讲述了她和雅各布父亲精彩的生活，讲述了她在巴黎和布莱门度过的年岁，还有她和心爱的丈夫数不清的航海之旅。

直到有一次，她在特隆海姆等他从哥本哈根回来，发现他再也回不来了。

他的船在西南海岸的某个地方沉没了，像被下了某种咒语。

那年雅各布只有十二岁。他一长大就坚持要出海。

不过凯伦嬷嬷说的最多的是大宴会厅里闪闪发亮的桌子、洛可可式的镜子还有梦幻般的书架。她还提到装着可拆除托盘和秘密隔层的旅行箱。整段叙述像是前后脱节没有逻辑的独白。

每次说到她从卑尔根带到雷斯尼斯的家具时，她总是会把话题带到别的地方。

说到这张椭圆形的桌子和带坐垫的椅子时，她又提起了迪娜和雅各布的婚礼，因为在婚礼上，椅子换了新的坐垫。

雅各布当时决定要把家具从客厅搬到主卧去。因为他想让迪娜坐在房间的中央，天气好的时候可以俯瞰窗外的景色。他希望她看见雷斯尼斯光彩耀眼的沙滩！

迪娜面无表情地听着。楼下客厅里的大钟突然敲了三下，把老妇人给惊醒了。她温柔地看了迪娜一眼，似乎忘了自己刚才不停的絮叨。然后她又回到孤独的状态中，对这些家具感到惴惴不安。

"你要找点有意义的事情去做！不能在这里整日悲伤下去。庄园没人打理。我们的下人不会自己干活，可时间却在不停地流逝。"

迪娜凝视着天花板上的光束，她的脸上像是有人画了一道笑容，但还没画完，他就把这差使给丢了。

"你是想让我来主持家里的事务吗？"她在黑色的石板上写道。

凯伦嬷嬷迷惘地看着她，眼神充满了渴望。

"毕竟，这个庄园是你的。所有的一切都是你的！"

"哪里写着这句话？"迪娜写道。

她握着石笔的手指慢慢发白。

一天下午，迪娜套上她的骑马装，然后像个小女孩似的从栏杆上滑下来。她走到马厩里，周围没有人，谁都没有发现她的行踪。

小黑低垂着头，听见了她的脚步声。当她走近畜栏时，马儿猛地扬起头上的鬃毛，跺着前蹄，夹着肩膀，兴奋地咬着牙齿。

马和女人很快就要成为一体。

直到他们沿着通往海滩的马路飞驰，而后消失不见时，才有人注意到她。

人们看见她紧紧握着自己的手，接着朝离自己最近的人问了一句："你看到了吗？迪娜重新出门活动了！她骑着小黑！"

起初他们把这当成一种充满希望的信号，但后来发现不太对劲。现在，只要迪娜不待在卧室里，事情就变得十分蹊跷。

为此，托马斯被派去监督她。他给马上鞍的速度比以往还要快。走运的是，他没有选择山路，而是选择沿着黑漆漆的海滩一路骑过去。当他追上她的时候，他竟然选择躲在一旁。迪娜快马加鞭地疾驰，可他并没有大吼大叫喝住她，这样反而会误事，他选择小心翼翼地和她保持一段距离，在后面悄悄跟着她。

他们就这样一前一后地骑了一段时间的马。

但突然她觉得够了。马儿已经大汗淋漓。她回到马厩，把小黑用缰绳勒好。她的动作非常鲁莽，马蹄上的冰渣子溅到托马斯的身上，打得托马斯发出一声吼叫。

他一言不发地把两匹马拴好，擦干马身上的汗渍后，他又拿干草和水给马食用。

她的目光紧随他的一举一动，眼神在细窄的臀部、强壮的手掌、红色的长发和宽扁的嘴巴间流连。

然后，她遇上了他的目光。他的眼睛一只棕色，一只蓝色。

她自信地面对他的审视，用双手把头发梳到一起，然后让头发像瀑布一般洒落在肩膀上。接着，她转过身，快步走出马厩。

雅各布·格洛奈夫写过一份遗嘱。但由于他从未料想到这么快就会派上用场，所以这份文件既没有盖章签名，也没有见证人，更没有寄给当局归档备份。

好在他和警长说起过这份遗嘱，不仅是出于警长女婿的身份，更因为他们本就是打猎的好拍档和好朋友。

这份遗嘱不论多么没有效力，它一定放在某个地方，这个念头让警长坐立难安。毕竟雅各布有一位成年的儿子和两名继子。

虽然他是迪娜的父亲，但他好歹是警长。让一切显得合乎情理也是他的职责所在。

天气好转以后，警长来了雷斯尼斯一趟。他此行的目的是和迪娜秘谈一下雅各布的临终遗嘱和遗愿。这份遗嘱一定藏在庄园的某个地方，可能是在仓库的办公室里。

迪娜漠然地听着。她对雅各布的遗嘱一无所知，也从未见过那样的纸。她在黑色的石板上写道，告诉警长雅各布和她从来不会去聊这些事情。

警长点了点头，然后说他们要快点行动起来。在决定其他任何事情之前，他们必须达成一致，要不然什么也做不成，只会惹来一身的麻烦。对于遗嘱这类事，他这辈子见过太多了。

警长走了之后，迪娜去了仓库的办公室。

尼尔斯自然已经重新归位了，他继续坐在坚实的橡木书桌后。看到迪娜的时候，他的嘴角显示出惊讶和不悦。他的脸像一本打开的书，上面长着黑黑的胡茬和粗硬的小胡子。

迪娜隔着桌子看着他。过了一会儿，发现他并没有要帮她的意思后，她在黑色的石板上写道："把大铁箱的钥匙给我。"

他勉强站起身来，走到两扇窗户间的钥匙房里。

等他转过身来，她已经占下了他的那把旧转椅。一瞬间，他觉得自己是多余的人。

他把钥匙放在柜台上，死盯着不放，随后她温和地朝门点了点头。

他只好不情愿地离开。他大步走过商店里的所有箱子，把商店里的售货员当作空气一般，直直地望着前方。

接着他赶忙跑到庄园，像乌云一样惹人讨厌地四处诋毁迪娜。无论走到哪儿，他逢人必说："这些还活着的年轻女人在庄园里整日阴魂不散，以为自己懂生意懂算账！这种打扮精致的女士就爱自以为是地坐在办公室里，好像自己有多重要似的！"他当然不会打扰她了！大家很快就能看到商店变成什么模样。她本可以向他咨询一些账目的事情，或是提前告诉他她想检查账簿和生意上的合同，那他一定会把所有东西找齐放在桌上给她看。他当然会这么做！

尼尔斯性格中阴暗拘束的程度同弟弟安德士轻快敞亮的程度一样高。如果安德士不是在罗福滕岛上的话，他一定会给弟弟出点好主意，因为安德士总有许多主意。

迪娜有条不紊地开始搜寻起来，遏制住心中的怒火。放旧书的小房间，铁箱子，抽屉里，还有书架上，她翻箱倒柜地找了好几个小时。

终于所有人都离开了商店，整幢大楼安静了下来。有位店员跑来问，是否需要把商店的灯熄了。迪娜看也没看就点了点头，然后继续在纸张和文件夹里搜寻。她时不时舒展一下肩膀，用拳头往后背搓一搓。

正当她准备今晚到此为止的时候，碰巧看见其中一个挤满书的架子上，放着一只旧桦木写字盒，盒面上涂过油漆。箱子半掩在一沓订单和一堆鼻烟盒的中间。

她迅速站起身，有目的地穿过房间，仿佛雅各布站在那儿给她指明了方向。这只木盒子上了锁，但迪娜用折叠式小刀把它撬了开来。

盒子最上面放着"凯伦嬷嬷"号货船的素描，还有一捆约翰以前写来的信。当她把这捆信提起来的时候，一个黄色信封从里面滑落出来，笨重地在桌上立了一秒钟，然后姿态优美地躺倒在桌上。

她从未见过这封信封，但却不知为何十分肯定，那一定就是雅各布的遗嘱！

她把办公室全部整理干净，再把写字盒锁上，放回原来的位置。接着她把信封藏在披肩里，熄了灯，穿过黑暗的仓库，笨手笨脚地摸索着往外走。

皎月和点点繁星挂在屋外的高空中。北极光好像鲜亮的碎布条洒在天空，仿佛在庆祝她的大发现。

她轻轻地穿过冰雪覆盖的庭院，走进门厅后上楼回到房间，一路上没有碰见任何人。

但整个房子里的人却窃窃窣窣地交头接耳着。迪娜居然离开了自己的房间！这位年轻的妻子居然视察了商店！尼尔斯觉得她把所有账簿和东西都检查了一遍！

"上帝是善良的！"凯伦嬷嬷欢欣地对欧林说道。欧林点了点头，迪娜走过的时候，她侧耳朝门的方向听着。

迪娜爬上大大的四柱床，把所有的窗帘都拉上，用僵硬的手指把雅各布的遗嘱从大腿间抽出来。

他的声音缓缓地从墙壁里钻出来，侵入房间的各个角落。她都忘记他曾经有一副好嗓子了。他像是一个唱歌不着调的男高音，音色却很悦耳。

他给她读的时候，她笑了起来。

没有见证者的签名，也没有官方的盖章。只是一个人在一个孤独的夜晚，写的临终遗愿和遗嘱罢了。一八四二年十二月十三日，像是突然出于本能，闪过了立下遗嘱的念头。

但话说回来，这份文档如果给合适的人看见，还是很难不招人口舌。因为其中有一部分，雅各布的遗愿是这样写的：

他的妻子，迪娜，以及他第一段婚姻的儿子，约翰，应该合法地管理他的遗产，前提是他们不能将财产分给其他的子嗣，必须维持庄园的现状。

雅各布·格洛奈夫希望他的妻子在直至约翰完成学业前，尽力打理好家庭和生意上的事务，为了维护她的地位，她需要的服务都可以满足。他的儿子约翰应该继续修习神学的课业，在继承家业之前，可以先从经济上给予帮助，支持他的学习。在他结婚之前，或是结婚后仍想继续留在雷斯尼斯，都可以一直住在这里。他可以按自己心意，随时接管这栋庄园，继承不动产。

他的妻子迪娜，和母亲凯伦·格洛奈夫应负责管理家庭、牲畜和仆人相关的日常事务。

凯伦嬷嬷将享有一份养老金，在临终前可继续享受一切权利，包括特权和舒适的生活。

他的继子安德士将负责照料货船，以及一切从属于货船的事务。

两位继子为庄园赚取的收入，无论多少都将获得其十分之一的利润。

任何未还清雅各布·格洛奈夫借款的人，不允许强制拍卖其财产来偿还债务。

遗嘱中还提到一笔钱，是专门留给穷人的。

接下来的时间里，迪娜开始着手对雅各布的遗嘱进行公正化的处理。于是，便有了这份新"遗嘱"。

她并非想篡改真实的遗嘱，她承认，自己确实给"挚爱的已故丈夫"亲笔写下的遗嘱，整理了一份符合她口味的"精编版"。

倘若不细看，这份新的遗嘱和雅各布本身的遗嘱似乎没有区别，唯独有几点例外：继子所享的十分之一利润被略去不表。如果他们能为雷斯尼斯带来利润，并且能与他的妻子迪娜共事，则可以保留现在的位置。

约翰可以随时按自己心愿来接管庄园这条也找不到了。

其他部分她都逐字逐句工整漂亮地誊下来了，一个标点符号都没有错，并且还仔细地把给穷人的钱也囊括了进去。

接着她给火炉生火，点亮牌桌上七根蜡烛组成的烛台。

雅各布最后的遗嘱和遗愿就这样在黑色的铁肚子里被烧成灰烬，燃烧的过程中，迪娜的脸上一直挂着微笑。

她把写好的一页新纸放在抛光的胡桃木书桌上，然后把遗嘱摊开，好让所有进屋的人看见。

　　然后她往硕大的四柱床一躺，身上一件衣服也没脱。

　　忽然，她感到雅各布压在自己了身上，他强行把自己推进她的身体。这股熟悉的味道是他的，没错，他的双手非常强硬。她生气地拒绝了雅各布，于是他提起裤子，穿好丝质马甲，消失在墙壁里。

　　我是迪娜，我感觉自己的肋骨下面藏着一条鱼尾巴。她一直在捉弄着我。即便如此，它仍旧属于大海，属于星辰。此刻，它在我体内游泳，当它想要啃噬我的时候，它便与我分开了。只要有需要，我会一直带着这条尾巴。毕竟，它的分量不重，不过也没有耶特路德那么轻。

　　这一切究竟如何发生的并不重要，重要的是人们对这份遗嘱的看法。

　　她站起来望着火炉。添了点木块后，眼睛继续盯着火炉看，她必须确保这把火把雅各布的遗嘱烧得一干二净，烧成黑焦再化成灰烬。

　　那一晚，人们没有听见迪娜穿着带有铁夹板后跟的靴子踩在地板上的声音。

　　警长第二次来的时候带了一个法庭的办事员，还有两名见证人。

　　两位寡妇，一老一少，直挺着背坐在主卧的椭圆形桌旁，四周围着一圈男士。

　　那份写着迪娜删改过的雅各布的临终遗愿书被送到了所有相关人士的手里，一旁有公证员为证。

　　约翰人在哥本哈根，好在凯伦嬷嬷是他的监护人，可以代为处理。

　　迪娜打扮得很合体，她穿着为葬礼缝制的黑色套装。房子里上上下下的人都被传唤过去。

他们全都站在桌旁，低垂着头，听警长念着雅各布的遗嘱。警长的声音像轰鸣的贝斯低音，庄严而隆重。

没有人会想到曾经有一份遗嘱被弄丢了。毕竟这是一场意外，而且来得这么快。愿上帝保佑这栋房子的主人！保佑他们的恩人。

每个人都得到了一些小小的纪念品。雅各布能考虑这么多人，着实让人钦佩赞赏。

***

警长觉得，特意声明约翰会在完成学业的同时收到部分遗产有点没必要。每个父母都有义务根据自己的能力和地位去资助和扶持他们的孩子，不用把这想成是提前预支自己的遗产。

但是迪娜笑了笑，摇了摇头。

"我们没有权力去漠视他父亲去世这个事实。"她在石板上写道。

警长困惑地看着自己的女儿，眼神中流露着尊敬。然后他专断地把迪娜的意思吩咐给办事员。凯伦嬷嬷也点了头。随后，遗嘱被盖了章。

警长发表了一段讲话，内容关于他死去的女婿，同时也是他的朋友，最后还提到他的女儿，希望大家能友善地对待她，支持她，这个家需要有人能坚强地撑下去。

凯伦嬷嬷如释重负地叹了口气。生活还要继续，迪娜也已经从房间里下楼来了。

太阳爬得越来越高，很快，午夜里就能看见北极光的绚丽色彩了。

海鸥在尖叫，松鸡在下蛋，稠李树的花开了。

凯伦嬷嬷收到了约翰的回信。

他在信中吊唁了去世的父亲，有礼有节地表达了自己心中的悲痛之情。他打算等一门重要的考试结束后再启程回家。毕竟，父亲的葬礼也已经举行完了。

凯伦嬷嬷从字里行间读到了自己心中原来就想过的事情。约翰对做生意或是经营牧场没有一丝头绪。他不想终日被打发到仓库里消磨时间，对记账的事情他也知之甚少。不过在学习成为神职人员的这段时间里，能提前领取一部分遗产，他非常乐意。

如果他心中真有悲伤之情，他是不会表现出继承父亲遗产的迫切心情的。

"代我向迪娜致以诚挚的问候和深切的慰问，愿她能走出这段艰难的时期。"约翰在信末写道。

第二章

雅各便在那里立了一根石柱，在柱子上奠酒、浇油。

雅各就给那地方起名叫伯特利。

他们从伯特利起行，离以法他还有一段路程，拉结临产甚是艰难。

正在艰难的时候，收生婆对她说："不要怕，你又要得一个儿子了。"

她将近于死，灵魂要走的时候，就给她儿子起名叫便俄尼，他父亲却给他起名叫便雅悯。

——《圣经·创世记》第35章，第14—18节

有一天凯伦嬷嬷出乎意料地走进主卧里，门也没敲。迪娜完成了梳妆，正站在房间的中央。

很明显她怀孕了。阳光穿过高高的窗户，所有事情都瞒不过凯伦嬷嬷的慧眼。迪娜守寡有五个月了。

老妇人小小的身子很虚弱，她站在迪娜庞大的身躯旁，看上去像一个总被放在玻璃箱子的罕见瓷娃娃，倒不太像是一个有血有肉、头发齐整的活生生的人。

她走到窗户旁，想离我们的主更靠近一些。她在感激上帝的恩赐，此时此刻，她脸上的皱纹交织成一张精致的蜘蛛网，在阳光下瑟瑟发颤。

她朝着这位年轻的妇人伸出双手。但迪娜的眼睛像是两根冰川里的

冰柱子。

"愿上帝保佑你,迪娜。你很快就要有小家伙了!"她深受感动地小声说道。

迪娜很快拉起衬衫,下意识地护住身前的衣服。

老妇人没有任何要离开的意思,这时候迪娜便威胁性地往前迈出一步。她的步子很小,但很坚决。

凯伦嬷嬷还没反应过来是怎么回事,她已经站在了黑漆漆的门廊里,面前就是关着的房门。

迪娜的眼神一直盘旋在老妇人的脑海中。不仅是在白天,就连晚上睡觉也能梦见。她不知道自己该怎么接近这个将自己与世隔绝的孩子。

到了第三天,她想和迪娜交流的尝试还是无疾而终。无奈之下她跑到厨房去找欧林吐吐苦水,希望能得到一些安慰和建议。

欧林站在桌子最靠里的一头,身上叠穿着两件围裙。

她丰满的胸脯和结实的身体从来没有喂过奶,还不如一只母猫哺育得多。然而,欧林开口说话的样子却如同全世界的母亲一般。

她没有意识到自己盘算的一切都只是自己的臆想罢了。她耷拉着嘴角,粉色的额头上布满了皱纹,脸上洋溢着善意和友好。

欧林觉得这位小媳妇只是想一个人静静。她需要滋补的食物!还需要一双有内衬,能让脚暖和些的拖鞋,在漏风的地板上穿那种可怕的鞋子走来走去可绝对不行。

在欧林看来,迪娜对怀孕这件事生气是相当正常的反应,毕竟丈夫不在身边。

"这么大的喜事,放现在这节骨眼,根本喜庆不起来,作为女人沮丧也是难免的。"她一边说,一边对着天花板眨眼,仿佛她还知道其他类似的故事。

你不能对经历了这种变故的小妻子有要求，不能期望她会因为延续了香火而感到光荣或是庇佑。

欧林把这一切简化成时间的问题，通过时间和关怀，一切都会好起来的。

迪娜那天去办公室搜了东西，大伙原本以为她从房里走出来会是件好事，没料到大家全都想错了。

她不仅去了马厩。让凯伦嬷嬷绝望的是，她竟然还骑了马。现在可是有孕在身的情况！不骑马的时候，她就待在房间里。吃在房间里，日常起居也在房间里。

凯伦嬷嬷偶尔想劝说她去楼下餐厅吃饭，尤其是有客人来访的时候，但迪娜最多只是笑笑，然后摇摇头。有时候还假装听不到。

看来迪娜又恢复了孩子气的模样。她总是一个人吃饭。连父亲也不想见到她，或者陪陪她。尤其是在吃饭的时候，他最不想看见饭桌上有她在。

***

迪娜牵小黑出马厩的时候，托马斯拼命想引起她的注意。她刚准备上马，他便把手搭起来，做成她上马的踏板。自从家里传言她怀孕起，他就开始这么做了。

"你应该用一个马鞍……等事情都结束了。"有一回他害羞地看着她的肚子说道。

自从她变哑了后，别人说的话她也经常装没听见。

大家开始明目张胆地讨论起女主人迪娜怀孕的事情，说她不仅哑了，还离所有人远远的。

他们都同情凯伦嬷嬷，尽管她已经七十多岁了，腿脚也不灵活，可还是得撑起这个大庄园。

人们说，有一回庄园里请来了一名医生，想给她治疗抑郁症，但迪娜却冲他丢了一把椅子，原因是他没敲门就进了她的房间。

据说他威胁迪娜，如果她不乖乖听话，会把她送进疯人院里。可她完全没有理睬他的意思。她对医生做了一个非常可怕的表情，致使他完全没有了想治疗她的欲望，最安全的选择还是离开。

后来，凯伦嬷嬷请医生喝了一杯烈酒，又盛情招待了一顿有野松鸡、红酒还有雪茄的晚宴，为了替她这位年轻的儿媳妇赔不是。

迪娜一个人待在房间里，对着衣柜的抽屉又踢又打。因为她发现所有衣服都穿不下了。

肚子和胸部都在长。如果她走到公众的视线里，她年轻的身体和曼妙的曲线会让所有不如她天生丽质的人们嫉妒。

不过她终究只是在卧室的地板上来回踱步，与所有人事隔绝开来。

最终，她还是向凯伦嬷嬷妥协了，她允许凯伦到房间里坐一会儿。家里还从斯特朗德斯泰德请了一位女裁缝师傅。

时光如梭，白天和漆黑的夜晚浇铸在一起，沉重地往前走着，就像照料不善的炉膛里冒出来的酸烟味。

我是迪娜，我读着耶特路德的书，穿过耶特路德的放大镜，一步步走进书里。我之所以走进去是因为我觉得基督不幸福，他需要我的帮助。他永远都不可能救他自己。他虽然有十二位尽心尽力的门徒，但他们实在太过愚笨，没有一次成功救出他。他们不止胆小懦弱，还孤立无援。犹大至少还算是个人物……他敢于成为真正的恶人。但他似乎也是被迫才成为了叛徒，其实他只是不懂拒绝吧。因为只要他做了叛徒，其他门徒就不需要做恶人了……

因为迪娜没法说话，人们都以为她耳朵也聋了。

他们坐在大厅里，在她背后说着闲言碎语。既然她没发出任何声音来证明自己能听见他们说的话，嚼舌根便成了一种习惯。可事实上，迪娜对事态的发展还有人们的想法全都了若指掌。

她把自己需要的东西和想买的东西都简要地用石笔写在黑石板上。然后把订单寄到特罗姆瑟的书店里。

蒸汽船载着她的一箱箱书回来了。她用火炉旁的铁棍把板条箱撬开。

专门清理炭灰和送木柴的女仆发现火炉旁有这么一个工具，心里感到非常不安。

不过，这把死沉死沉又不太吉利的东西要是不在平常的位置，反而更糟。

这些书讲的都是会计和农场管理。有时候，迪娜读书会让欧林特别生气，她觉得这位小媳妇用铁棍生炉子，那炉子已经被她通通砸坏了。

迪娜请来了一个懂会计的行家。她每天要在仓库的办公室里坐上好几个小时，听这个行家完整地解释一下仓库的整个记账系统。

这件事让她和尼尔斯之间的关系又变得紧张起来。这个年轻的会计行家在庄园待了一个月，每天像一只看门狗似的在主屋和办公室之间来回。

"还有一件事你要知道，夫人可能会从商店里采购商品。"尼尔斯对这个叫佩特·奥尔森的年轻会计咕哝着。奥尔森对这种挖苦可也没兴趣回应。

他从来没体验过雷斯尼斯这么舒适的生活。事实上，他非常乐意未来继续留在这里工作。

晚上他会坐在吸烟室里，拿着雅各布最高档的海泡石烟斗吞云吐雾，仿佛这是他自己的家伙。

但他只能趁迪娜不在身边的时候做这件事。教迪娜算账的时候例外。她喜欢待在房间里。不骑马，不写订单，不问问题的时候，她就在房间里，这规矩相当清楚。

没有人会称她是一个有礼貌的人。但是自从她开不了口后，她嘴里也就再没有吐出过任何冒犯的词来。

凯伦嬷嬷看到迪娜展现出来的活力，心中万分欣喜。但这位小妇人却对自己的"状况"不够上心，这让凯伦嬷嬷心中不悦，只好责备两句。

迪娜听到责备，哭得非常可怕，房间的镜子还有画室里的窗台都发着咯咯的声响。

如果有一件事，是雷斯尼斯所有人都害怕的，那一定就是迪娜靠在扶手上，发出巨大的声音，那分贝能传到所有避之不及的人的骨髓里。

"这一点迪娜像谁是毫无疑问的。"欧林说。

但大多数的时候，生活还是非常平静的。凯伦嬷嬷会坐在客厅里，盖着羊毛长袍打盹儿。她把约翰定期写来的信读了又读，信的内容非常枯燥乏味。有时候，她会大声把信读给迪娜听。她选择扮演着老年人的角色是因为她意识到，尽管自己不操心家事，但庄园依旧在运转。

好几个月里，客卧一直都空空的。雷斯尼斯的情形不仅让人悲伤，还非常怪异，这样的地方没法吸引人们前去拜访。庄园浩大的旅馆和贸易行都笼罩着一股冷漠的气息。

然而，从罗福滕岛回来的"凯伦嬷嬷"号却满载而归。多亏了安德士。雅各布能获得人们的信任，很多方面都是因为有安德士在，这一点是显而易见的。

所有人都在等待着新生儿的降临，每天都讨论这个话题。

当然了，迪娜不想讨论这件事。只不过她没有在石板上写出这句话来。

两名女仆，提亚和安奈特会在闲暇时给孩子织点小东西。欧林有点担心接生婆的事情，毕竟她住得实在太远了。

终于，在雷雨交加的日子里，事情发生了。这是凯伦嬷嬷一直以来担心的。

迪娜从马上摔下来了。

幸运的是，托马斯当时正在田野里悄悄盯着她。他飞快地奔过去，快到能感觉到肺部的疼痛，舌头上尝到了铅的滋味。他在一片萌芽的覆盆子草坪上找到了她。她四肢舒展地躺在地上，像被钉上了十字架。她的脸朝着天空，双眸睁得很大。

托马斯在她身上只发现了两处伤痕，额头上有个口子开了，还有一条划痕在她腿上，应该是干松树枝弄的。

他朝夏日谷仓走去，那里是最近的一个室内场所。更何况我们的主突然让天空打雷下雨，雷声仿佛是充满恶意的袭击，雨水则像倒灌一般。

小黑被头几回的雷声吓到了，迪娜想要安抚它，可它却把迪娜摔了下来。

托马斯半背着她跑进了漏雨的谷仓里，然后帮她躺到陈旧的干草堆上，草堆里都是灰尘。这也是情势所迫，因为她已经开始有分娩的阵痛感，即将诞生的小生命掌握在他的手中。

不过托马斯倒是帮他母亲分娩过一回，那一次的情形和现在很相似，当时他们是在遥远的佃农农场上，有了这份经历，他大致知道需要做点什么。

小黑是没法骑了，所以托马斯奔回主屋请求援助。

主屋的人立刻忙活起来，准备柴火、热水还有床单。女佣们搓了搓手，按照欧林的指示快速分头行动。

现在不可以搬动迪娜，托马斯一边对她们说，一边用手转着帽子，像轮子一般。

欧林摇摇晃晃地往山上的夏日谷仓方向走，步伐快得惊人。托马斯在后面追着她，手里推着装好东西的独轮车。

天空打开了一条缝，又密密麻麻倒下像洪流一般的雨，眼看就要将独轮车和油布伞下的东西通通淹没。

"够了！"欧林上气不接下气地朝着天空大喊道，"发大水和生孩子，这两件事情我们可不能同时进行！"

她向老天宣示着主权，自然之力现在掌握在她的手中。

整个过程不到一个小时就结束了。

迪娜的儿子很健康，但是个子很小。他出生在一个夏日谷仓里，天空正下着雨，滋养所有生长着的事物。

小黑站在谷仓的门边，一刻不停地甩着头，摩擦着褪色的牙齿。

要不是整件事情像一个奇迹，要不是雅各布在十一月就去世了，欧林会说这孩子是个早产儿。

但她把这件事怪在母亲的头上，"那种情况下"居然还表现得像个小姑娘似的。

迪娜分娩的时候没有尖叫，她只是躺在地上，双眼睁得很大，盯着下身，一边呻吟两句。

但孩子出来后，在大家等着剪胎盘的时候，她发出的尖叫声是所有人听过最可怕的。

迪娜的双臂在空中抽打，她张开嘴巴，毫无禁忌地怒嚎着。

我是迪娜，我听见脑袋里有尖叫声，它在我的头部建了一个巢。它把我的耳朵给堵住了。法格尼斯的洗衣房里，蒸汽从耶特路德身上冒出来，她在地板上挣脱自己，然后倒了下去。她的脸孔四分五裂。一遍又一遍地。我们一起往远处漂，漂向远方……

迪娜呆滞地躺在草堆上，沉默不语。

凯伦嬷嬷也在谷仓里，绝望地低声说了什么。

欧林选择振作，她往迪娜脸上抽巴掌，力气大到脸上留下的手指印差点成了疤痕。

那股尖叫又从她身体里迸发出来，像被锁了千年的哀号，和新生儿纤细的哭声混合在一起。

她们把孩子放在她的胸口。这个叫本杰明的小婴儿，他的头发很黑，眼睛很老气，黑色的眼珠犹如大山里的煤矿。

世界在此刻屏住了呼吸，像是突如其来的沉默，代表着解放。

过了几分钟，血迹斑斑的床单上冒出一句意想不到的命令：

"关门！外边冷！"

是迪娜在说话。欧林紧锁的眉头终于舒展开了，凯伦嬷嬷双手合拢。雨水从铺草皮的屋顶上滴下来。这位小心翼翼、浑身湿漉漉的客人也在张望这里的新生命。

托马斯坐在树下的一只箱子上，得到消息的时候他已经浑身湿透，但自己却一点也没有察觉。为了表示尊重，托马斯与夏日谷仓之间刻意保持了一段距离。

知道消息的他浑身上下洋溢着惊奇的笑容，笑意仿佛弥漫到他的手臂。他伸开双臂，手掌马上就盛满了雨水。

"你说什么？"欧林告诉他的时候，他开心地哭着说。

"关门！外边冷！"她一边笑道，一边用泛着粉色的裸臂抱住自己。

笑声回响在他们之间。老妇人也震惊地笑了起来。

"关门！外边冷！"她一边喃喃自语，一边摇了摇头。

迪娜被抬上担架，扛回了屋子，这担架的分量可不轻。四角分别是尼尔斯、一个牧牛的农民、商店里的一个顾客，还有托马斯。安德士还在卑尔根。

他们沿着庭院的小道走，穿过双开门，上楼走到主卧，然后把她放到四柱床上。

直到这会儿，接生婆才来，她要确保一切万无一失。不过，她对目前的结果十分满意。家里招待了她两杯用银制托盘端上的酒，厨房一杯，主卧一杯。

其他人小口啜饮的时候，迪娜选择大口大口地喝。随后她让女仆从柜子的抽屉里找来肥皂。她的话音似是在哀嚎，嗓子里好像卡住了什么东西。

她把香皂围成一圈，放在胸口的孩子周围。十三块薰衣草和紫罗兰味的香皂，组成一个神奇的香氛圈。

很快他们俩一起睡着了。

迪娜的奶水有些出不来。

起初他们用糖水来喂孩子。但是这办法用不了多久。

听着孩子不停地在哭，所有女人都出了一身汗。过了四天，孩子开始呼哧呼哧地喘息，偶尔哭累了，睡着了，才能不哭。

迪娜的脸色很苍白，但始终保持着警惕，生怕这些女人会做出什么不愉快的事情来。

最后，托马斯提议让教区南部的一个萨米族女孩来喂奶，她刚刚分娩完，可惜孩子却夭折了。

她叫斯缇娜，长着一双大眼睛，身材纤细，金色的皮肤显得十分漂亮，颧骨有些高。

欧林明着抱怨她的不足之处：首先，她长得瘦；其次，这一路过来可不得淋湿了；第三，她是萨米族人，这点是最糟的。

但事实证明，她小小的乳房却拥有源源不断的生命之泉。她的身体瘦削但非常强健，造物主赋予其从内而外的静谧感，仿佛天生就是用来哄孩子入睡的。

虽然她数天前才失去了自己的男婴，但她对此闭口不谈。起初她表现得非常警觉，喂奶水时有些疲惫不堪。

大家都知道她还没结过婚，不过没人会提这件事。

七月的夜晚很沉，空气中飘着香气，斯缇娜的到来让家里恢复了原来的宁静，一切变得更加祥和了。

斯缇娜小小的房间里散发出婴儿和牛奶混合在一起的香甜气息。香味透过墙壁渗透到隐藏在最深处的角落。即使是在仆人们休息的地方，人们也能捕捉到女人和孩子的香气，让人觉得有些不同寻常。

迪娜在床上躺了七天。然后又恢复了在房间里踱步的习惯，她像一只好动的山羊，在不停地攀爬山坡。

"不是婴儿的哭声就是女主人的声音。"欧林叹道。

这一年夏天很热，屋子和庭院不外如是。庄园里的所有人都渐渐变得自信起来，他们相信一切会和以前，和雅各布主人活着的时候一样。家人、朋友以及从五湖四海来这里旅游的文人墨客都能捧一杯酒喝。

斯缇娜负责给孩子喂奶，她在房子里滑步似的走路，似影子一般，像地下的水和夏天的风一样无声无息。

欧林嘱咐所有人不许提孩子在夏日谷仓里出生的事。

凯伦嬷嬷认真地说，主也是出生在马厩里的，这说不定是一个暗示。

但欧林不这么认为。她不希望别人听见关于谷仓的事情。然而隔墙有耳，所有人都知道了这件事。雷斯尼斯的迪娜曾经在她婚礼的当天只穿着灯笼裤就出现在宾客的面前，这次又是她，居然在干草堆上生产！

夏日里，迪娜会在房子周围转悠。

有一次她走进厨房，特意点评了欧林肩膀上的头皮屑。

欧林为此受伤不少。好歹当初是她帮这位颓废的寡妇在谷仓里接生的呀？迪娜离开以后，她怒目瞪着搭着横梁的天花板，那样子像是一只被链条锁在门口的恶狗。

斯缇娜和迪娜之间有种默契。

她们会时不时一起靠在摇篮上，无需多言。况且这个萨米族姑娘天生就不是多嘴的人。

有一天迪娜问起：

"你孩子的父亲是谁？"

"他不是这个地方的人。"

"他有老婆孩子的事情是真的吗？"

"谁说的？"

"那些商店里的人。"

"他们说谎!"

"那你为什么不能说他是谁呢?"

"这已经不重要了。孩子已经夭折了……"

生活的艰辛似乎打动了迪娜。她看着斯缇娜的双眼说道:

"你说的对。这不重要了。父亲是谁不关别人的事。"

斯缇娜用力咽了下口水,感激地凝视着面前的这个女人。

"我们的孩子会取名叫做本杰明。到时候,你来把他抱到洗礼池!"迪娜一边说,一边抓住在空中乱踢的小赤脚。

他身上没有穿尿布。这个夏天,待在二楼的人都快被烤窒息了。无论白天还是黑夜,房间总有一股被太阳烤焦的味道。

"这样合适吗?"斯缇娜目瞪口呆地问道。

"当然合适了!你救了这个小家伙的命。"

"其实你可以给他喝牛奶……"

"胡说!你需要一件新的衬衫,新的外衣,新的束身胸衣。牧师到时候会主持洗礼仪式。"

警长听说自己不能把他第一个孙子辈的孩子抱到洗礼池,再加上孩子不是跟着父亲取名后,已经愤怒到快要发狂了。

"他应该叫雅各布!"他大发雷霆地说道,"本杰明是你从《圣经》里读来的怪名字,全都是妇人之见!"

"《圣经》里,本杰明是雅各布的儿子。"迪娜固执地回答道。

"但是我们两家都没有人叫本杰明!"警长大吼道。

"过了下个星期天,就有人叫了!现在请你去吸烟室,让我们静静。"

警长没有挪动身子。他的脸烫得快要冒火了。厨房和客厅的人听到了整场对话。他到雷斯尼斯来，本想安排有关孩子的事情，这难道就是她对他的感谢吗！

他被安排和斯缇娜，这个生下一个非婚生子女的萨米族女仆，并列站在教堂里。

警长气急攻心，好像有团火被堵在身体里出不去，当这股怒气终于迸发出来的时候，没人说得清这到底是什么声音。

最后，他只好抬起脚跟走路，宣布自己要离开这个疯癫的家庭。还说本杰明这个名字，还不如圣母马利亚更像是男人的名字。

"意大利的男人都会取名叫马丽亚，"迪娜面无表情地点评了一句，"如果你要回家，别忘记你的烟斗，在另一个房间里。还有，他的名字是本杰明，现在是，以后也是！"

斯缇娜站在楼上的门廊里，听着两人说的每一句话，静静地抽泣了好久。

欧林喃喃自语着，但是没有人注意她。厨房里坐着季节性的农场帮工，他们正吃着晚饭的粥，听到这场对话，都觉得有些不太自在。

可一回到仆人休息的地方，他们立即恢复了欢声笑语的模样。这个年轻的女主人一定是个固执的家伙！他们止不住地这么想。整个教区没有一位女主人会让自己的仆人把孩子抱到万能的主面前，仅仅是因为那个女仆给孩子喂奶！

候姆警长生气地跺着脚，踩着沉重的步伐朝桨船走去。

但当他慢慢将碎石子路抛在身后的时候，心情似乎平静了不少。他的步伐开始变缓，叹了一口气，然后停在了船坞的前面。

他抬起脚跟，又沿着刚才来的路走了回去。随后，他在台阶上故意发出咯咯的脚步声，在敞开的门外大声叫道：

"行吧，就让他带着罪活下来，本杰明就本杰明！看在上帝的分上！"

这对达格妮来说是一个沉重的打击。因为她连站到洗礼池旁的资格也没有，没有人请她这么做，简直是赤裸裸的羞辱，为此她饱受日夜的折磨。

洗礼的那一天，她感冒了，头疼得厉害，而且还染了红眼病。

没有她陪同，她的儿子们也没法去教堂，一共有两个儿子。

看着她责怪的眼神，警长内疚了一会儿。但是他打起精神，叹了口气，然后申明道，这是他第一个孙子辈的孩子。他有义务去教堂！

他的口袋里装着给孩子洗礼的礼物，然后就走了。他是这场洗礼中一个非常重要的角色。逃离了达格妮满腹的牢骚和反对的眼神，他如释重负。达格妮的表情不停地对他说着：

"看看你养的好女儿，我的好先生！真是丢人。"

说得好像他不知道似的！

达格妮意味深长的眼神让他心烦，她还不停夸赞那位从"大南方"来的年轻女子端庄大方，这在他听来是最刺耳的声音。每次面对这两件事，他几乎都怒不可遏，好几次他只能憋着怒火，忍住用大手掐断她脖子的冲动。

但是警长既不会掐人脖子，也不会打人。他只会用那双深蓝色的眼睛注视着对方。有不愉快的事情发生时，心里火冒三丈或不高兴时，都是如此。

即便这样，他依旧完成了许多心愿，无论是法庭还是其他场合，他总能既吵吵闹闹又好声好气地达成自己的目标。至少，在迪娜去雷斯尼斯过上安定的生活以后是这样。

他不止一次对自己已故的朋友还有凯伦嬷嬷心怀感恩。但面对雷斯尼斯的状况，他不敢去追求自己的想法。

很少有人敢对流言发表意见。所以，只有当达格妮正好出于某种原因想刺激他的时候，他才从她嘴里听到有关雷斯尼斯糟糕的处境。雷斯尼斯的女主人白天不待在自己的房间，晚上居然还要出去骑马，交的朋友不是男孩就是女仆。

有时候他会回想起迪娜的成长历程。曾经的她没有教养，直到洛奇那个怪人出现。达格妮说过，他非驴非马，不伦不类。

无法名状的刺痛感拂过警长的良心。可他觉得这是对他的侮辱，痛只是为了伤害他，他完全有权拒绝这种良心不安的感觉。

第三章

玛挪亚说，愿你的话应验。我们当怎样待这孩子，他后来当怎样呢。

——《圣经·士师记》第13章，第12节

婴儿和母乳混合在一起的酸甜味对每个人都有一种神奇的效果。尤其是雷斯尼斯，那儿已经二十三年没有闻到过这股味道了。

有时候欧林会做一些比较。

"他长得像约翰！"或是"这样看像小约翰！他把尿布弄脏的时候，那表情一模一样！"

她为家族前进的每一步感到发自内心的高兴。她会饶有兴致地看着小本杰明脑袋上装着的两只耳朵。她喜欢它们微微往外凸的样子。这可不是家族遗传的特质。她看了眼迪娜，那双耳朵可都一直藏在头发里。

欧林想调查清楚，孩子耳朵外凸，并且没有耳轮的两个特点是否遗传自母亲，但她必须小心翼翼地进行才行。

但迪娜不会允许任何人走到她跟前去碰她的耳朵，欧林只好去观察警长的耳朵了，她为自己想到这出妙计感到非常满意。

"警长的耳朵小时候被砍下来了，因为长得很丑。"迪娜没礼貌地说道。

这句话惹欧林生气了。她知道迪娜话里的意思。从那时起，只要迪娜在场，她再也没有提过孩子的长相了。

可面对斯缇娜，她会滔滔不绝。首先，她说孩子的头上没有头发，这让她担心极了。接着，她又说他左边的肩膀上有一个大大的胎记。

年老的欧林不停纠缠斯缇娜，她问是不是对方的奶水营养不够，孩子才长不出头发来。

凯伦嬷嬷和斯缇娜都向她说明了这个问题，却始终无法消除她的疑虑。她们告诉欧林，有些孩子甚至开始学步走了，脑袋上还是光秃秃的。她们还说，人类的孩子在自然的情况下就是这么生长发育的。

***

本杰明度过的第一个夏天热得让人无法忍受。

斯缇娜的胸衣很快就会发酸，洗衣房后的晾衣绳上始终挂着一打一打的胸衣。

丁香花花期很短，短到人们几乎察觉不出它的香味。这一年庄稼歉收，天气太热，人们也变得懒散和易怒。

与此同时，小小的本杰明正在哭笑和吃睡中度过，他睡觉的时候像是品种优良的小狗。他全身上下都在长，可就是头发没有长。

他确实地把这位纤弱娇小的奶妈的奶水给吸光了。她的臼齿开始发疼。尽管欧林给她灌了奶油和黄油，丰富了她的奶水，但她的身形却日渐消瘦。

迪娜最终还是成功地让斯缇娜把本杰明抱到了洗礼池，这件事情让这位萨米族姑娘在雷斯尼斯有了一种不成文也不用明说的卓越地位。

洗礼一结束，迪娜就好像把整件事给忘了。

夜晚的照看、喂奶、换尿布还有讲故事都是斯缇娜在负责。她喜欢受人尊重的感觉。面对流言蜚语，她有了底气。现在的她腰杆挺直，享受着在床上吃早餐、在工作日吃涂了厚奶油的云莓的待遇。为了改善她的食欲，刺激味觉，她还可以享受到新鲜搅拌的黄油和用蜂蜜增加甜味的牛奶。

有关孩子断奶之后的情况，她一想到就觉得害怕，所以宁愿抛在脑后不去想。到最后，只有斯缇娜把孩子抱到迪娜手里，迪娜才会抱孩子。斯缇娜才是那个把孩子从摇篮里抱出来又抱回去的人。

有一天，凯伦嬷嬷和欧林正弯着腰看斯缇娜给孩子喂奶。这时候迪娜宣布道：

"只要斯缇娜愿意，她可以一直住在雷斯尼斯。我们需要她，不只是喂奶而已！"

迪娜没有事先询问凯伦嬷嬷的意思，这让她有些失望，不过很快就恢复了过来。

事情就这么定了，斯缇娜即使没有了奶水，她在雷斯尼斯也会有个安定的位置。

从那天起，她开始笑了。还鼓起勇气，让铁匠把她的臼齿拔了，这下，牙也不疼了。

***

托马斯记得雅各布的葬礼，那是无比疯狂的一天。

他看见迪娜从栏杆上滑下来。硕大的个子，赤裸着身体，双腿跨在栏杆上，靠抛光的木头帮助她滑下去。

有时候他觉得自己曾经梦见过这个情形，其他的他不确定。

突然间，他梦见的东西成真了。他，托马斯，竟躺过主卧的羊皮垫。

他偷偷地成为了一个有身份地位的人，上天注定了这一切。他不再属于原来的阶层。尽管只有他自己知道这件事，但这无妨。

因为这件事，他站得更挺，表情显得有些傲慢，似是在自我反省，这可不是一个佃农的儿子或一个马夫应有的样子。

很多人都注意到了这一点，但是没人知道其中的原因。他成了雷斯尼斯的一个怪人，一个迪娜带来的陌生人。

然而，农场的帮工们是不会想要捉弄托马斯的，因为没人能比得上他在田地里干活的速度。割草的时候，大家都选择躲着他。

他们和他说过，让他放慢一点速度，但他似乎置若罔闻。他总是在割草时和伙伴隔开几米的距离。

最后，他们找到了让他留下来的办法。他们让他站一整天，拿着干草叉，把干草叉到推车上面。到了晚上，再让他一个人去割整片田最难割的草。休息的时候，还要运磨刀石和一桶桶的酸牛奶。

托马斯从未对此有过抗议。因为他的脑海里充满了那些画面、那段经历还有那些气味。不论是连续几个小时抬手臂，把重重的干草举过头顶；还是在田里和庭院间穿梭奔跑；还是找新的磨刀石，转动砂轮；又或是往欧林的厨房里倒一桶桶的酸牛奶，他都一直在想。

那年夏天迪娜生了孩子，因为出汗和日晒，她的身体又油又黑。

每天晚上，她把头和胸一同扎进马厩附近的水槽里，和马群一起摇头晃脑。

他心中的火焰开始熊熊燃烧。和她骑马是最能扑灭火焰的方法。她脚下沉沉的马镫始终横在他们中间。

只要能把那块铁镫拿走，托马斯愿意将自己卖给魔鬼。

***

迪娜常常会在小土墩后的海湾里漂游。海湾的水很深，藏在山巅和桦树林中间，非常隐蔽，从田野和航道过来也要走好长一段距离。

水很凉，她喜欢让水位保持在下巴的位置，然后浮起胸部，像是两只在努力自学游泳的动物。

有时候她会上岸，因为耶特路德站在树林的外围，半举着手臂朝她挥舞。

这时候迪娜会停下来，用衣服或是毛巾裹在身体上。耶特路德对她说话或是消失了以后，她再继续下海游泳。

分娩后，迪娜隔了一段时间才开始下床走动。托马斯使出浑身解数，想要弄清楚她洗澡的时辰，却发现迪娜总是在最奇怪的时候洗澡。

他有一套自己的警觉系统。只要他不在田里，这套系统总能成功预测到他想知道的事情。

他常常在夜里醒来，偷偷溜出去。他能在仆人休息的地方旁边的草丛里沙沙地蹿出去，然后一路来到小海湾，对于这一系列的动作他非常谨慎。连狐狸也会嫉妒他的敏锐。

有天他充满敬意地偷看迪娜穿衣服，等迪娜要走上小道的时候，他突然站在迪娜面前。

小鸟的影子在树丛间掠过。

它们能听见农场传来的晚餐铃。

夜晚的布洛弗拉格山巅罩着新制的深蓝色礼服，空气中回响着昆虫的哼鸣声。所有的东西都散发着一股石楠和晒焦了的海草的香味。

迪娜停了下来，犹疑地看着面前的这个人，好像在思考他是谁。她皱起眉头的样子让他有点不确定。但他最终还是决定冒这个险。

"你说你会派人给我捎话儿的……"

"捎话？捎什么话？"

"想要见我的话。"

"我为什么要见你？"

他感觉身体里的每根骨头都被她的声音捏得粉碎。然而，他还是坚强地挺直着身体。

"嗯……因为……雅各布那天……因为那天在你的房间里……"

他轻声细语地说着话，一副快要哭叫的模样，像是一只准备献给她的待宰羔羊。

"那天的情况比较特殊！"

她把话说得很明确，像在账簿上反复强调最终的数字。这些那些的利润，还有许许多多要收的账，以及因为渔业歉收遭受到的损失等等。

"没错……但是……"

迪娜的脸上浮起一抹微笑。所有人都会误解这个微笑的意思，但托马斯不会。

因为他经历过另一个迪娜，看见过躺在主卧床上的她。自那时起，他就不喜欢她笑。

"现在局面不同了。每个人得做他该做的事。"她一边说，一边直直地看着他的眼睛。

她的瞳孔开始放大。他看见她左边的虹膜里藏着琥珀色的斑点，感觉到浅灰色的眼睛传来的冷漠，这给他造成肉体上的痛苦。他似乎变成了残疾人，没法移动。尽管她已经清楚地表明不想和他再有牵扯，他还是不敢用手去碰她，就算他们之间的距离只有皮肤和衣服，他也不敢。

忽然间她似乎又想起了什么。她抬起手，放在他绒绒的脸颊上。他的脸因为害羞和兴奋变得很烫，摸上去很湿润。

"是时候停航了，别去做一时冲动的事情，"她心不在焉地说道，"不过你还是可以和我一起骑马。"

没等迪娜的头发干透，那天晚上他们便一起骑马穿过思嘉关隘。

好几次她都引导小黑靠近他，她的靴子近到可以踢到他的腿。

秋天已经来了。叶子开始发黄，从远处看，山杨树像是着了火，闪耀夺目。

他害怕打扰她或是对她要求什么。那一天，他无法再承受更多的拒绝了。

但在他体内燃烧的火焰却没有被浇熄。托马斯的睡眠变得断断续续，梦中发生的事情让人感到困惑，这些梦都无法和其他仆人交流。

他会在干活干到一半时，停下来嗅一嗅她的气味。他以为她正站在他的身后，迅速转过身去才发现她从没来过。

与此同时，草地和路边开满了柳草紫红色的花朵。

雏鸟学会了远距离的飞行。只要有人提着鳕鱼上岸，燕鸥和海鸟就会克制哭叫，转而发出一长串咕咕的声音。庄园的井水渐渐开始干枯。

第四章

> 拐带人口，或是把人卖了，或是留在他手下，必要把他治死。
>
> ——《圣经·出埃及记》第21章，第16节

凯伦嬷嬷发现，自从迪娜开始躲着人后，她的言行举止就又变得反复无常了，凯伦嬷嬷对此一天比一天焦虑。

迪娜总能吸引陌生人的注意力。她有一种有钱有势的男人的腔调。每次吃完晚饭，有机会她就会静静地抽起雪茄，像是存心要让周围的人大吃一惊，非要让他们心烦意乱才好。

当绅士们吃完饭都去吸烟室的时候，迪娜很自然地跟着他们。

她跷着腿躺在躺椅上，放松地舒展着身体。一只手搭在毛绒坐垫上，慵懒地握着雪茄。

她甚至会踢走自己的鞋子。

她话不多，很少会参与讨论，但只要她觉得错的，她都会简明扼要地纠正一下。

男人们觉得自己像被她审查一般，感到很不自在。无论是抽根雪茄，或是喝一杯潘趣酒，都没法像以往那样放松了。

迪娜的在场和她脸上的表情，让男人们感到焦躁疲惫。她既然是这栋房子的主人，不可能对她说不欢迎的话，就连委婉地暗示也不行。而且她还特别不喜欢被人冷漠忽视。

这感觉和牧师在身边的时候很像。不知为何，你就是无法昂首站

直，或是说一些真切的故事。

迪娜微笑着站在旁边听，这让他们有种不舒服的感觉，仿佛自己是傻瓜一般。

当她突然打断谈话，纠正有关数字、日期、预期利润或是报纸上的什么条目时，尤其让人丢脸。

起初他们以为，如果房子里的某个地方传来本杰明的声音，她就会离开，可她竟然连眉毛也不抬一下。

过了一阵，尼尔斯实在受不了了，他把晚餐后的潘趣酒搬到了自己的办公室，在角落里营造出一个小客厅的氛围。

但迪娜不愿意就这样被赶走，她非常警觉地检查着账目，一边坐在办公室里喝着潘趣酒。

本杰明差不多一岁的时候，迪娜发现斯缇娜竟然会对着胸前的男孩默默啜泣。

眼泪止不住地往下流，但一点声音也没有。男孩吮吸的时候会注视着他的奶妈。时不时地闭上一只眼，出于本能，他不想让眼泪滴在自己的脸上。

他的吮吸事实上只是为了得到安抚和保持这份亲密的感觉，因为斯缇娜的奶水已经开始干枯了。凯伦嬷嬷认为，是时候断奶了。

犹豫再三之后，斯缇娜把自己的故事告诉了迪娜。

她被人引诱并夺取了身体。她觉得自己在哺乳期是不会怀孕的。可没想到这个古老的法则显然不适用于像她这样的人。

起初她不愿意把父亲的身份说出来。但是迪娜坚持要她说。

"如果你不告诉我他是谁，不让他赔罪的话，那我是不会让你继续留在雷斯尼斯的。"

"但是我不能告诉你。"斯缇娜哽咽道。

"为什么不能？"

"因为他是一名绅士。"

"所以他不是雷斯尼斯这儿的人？"

斯缇娜继续流眼泪。

"他是斯特朗德斯泰德的人？"

斯缇娜吸了下鼻子，摇了摇头。

"他是桑德托耶的人？"

迪娜继续用这个方法往下问，直到最后，她发现这个人她其实早就认识。尼尔斯是孩子的父亲。

等到夜晚仓库关门之后，尼尔斯待在客厅里可不只是喝潘趣酒。

"我听说你要当父亲了！"

迪娜走进办公室后关上门，然后把手搭在胯部。尼尔斯正坐在大大的橡木书桌后。

他抬起头，不过只维持了一会儿，和她对视让他觉得有点困难。

然后他突然变换脸部表情，假装是第一次听到这句话。

他的嘴巴像糖袋被戳了一个洞似的，上气不接下气地编造着各种借口。

"这简直荒唐！"他严正地说道。

"你这个年纪，应该知道自己在做什么，不用我来告诉你。孩子是不可能被圣灵栽种出来的。至少在这儿不是！这件事非同小可。所以，这里就是你和斯缇娜睡觉的地方？就在这里？"

迪娜说完话，尼尔斯开始为自己申辩。有几分钟，他们两个几乎同时在说话。

迪娜的眼神从他面前掠过，愤怒、鄙视，还掺杂着一种喜悦。

她慢慢地穿过房间，走到书桌前，紧盯着他的眼神。然后冲他斜靠过去，把自己的手臂轻轻地放在他的肩膀上，随后像一只趴在洒满阳光的窗台上的猫咪，柔声细气地对他说话。

"尼尔斯，你的年纪不小了，可以做选择了。今天，你可以在两件事情中做选择。可以立刻带着斯缇娜走向婚姻的神坛，也可以拿着半年的工钱永远离开雷斯尼斯。"

尼尔斯的脸像霜一样白。或许他曾经怀疑过，迪娜只是一直在等待时机把他赶走。自从她翻箱倒柜地找账簿开始，他就应该明白这一点。

"你想把我从英格伯格妈妈的庄园里赶走！"他的声音完全失去了理智。

"英格伯格是很久以前的事了。"迪娜轻蔑地说道。

"约翰会听说这件事的。就今天！"

"别忘记告诉他，你要在六个月后当父亲了，而你却让斯缇娜独自蒙受这份耻辱！我很肯定，学成之后要做一名牧师的约翰，会觉得对一个绅士来说，这是一桩高贵和无愧的事情！"

说完，她平静地转身，准备离开。

"你可以在今晚告诉我你的决定。"她转过身背对着他，接着小心翼翼地关上门，对着一名商店的工人和蔼地点了点头。这名工人一直竖着她的耳朵，站在门边上。

黄昏时分，尼尔斯走到主卧去找迪娜，迪娜正坐着拉大提琴。他们彼此都做好了准备。

他不可能娶一个萨米族的女人！这个女人还和别人生过孩子，虽然这个孩子已经死了。迪娜应该非常理解这一点。

说实话，他脑子里装着别的人。他看上了一个家庭背景很好的女孩子。他一边说一边提到了这个女孩的名字和其他特征，然后试探性地朝迪娜微微一笑。

"但你把她推倒在办公室地板上的时候，却可以忽略你内心的感受，不顾及你精致敏感的一面，忘记她是一个萨米族女孩的事实！"

"她自己也愿意的！"

"是的，当然。她当然愿意，她的子宫里有东西在生长。你反倒是唯一一个不情愿的人，尼尔斯。"

"如果我被逼离开，雅各布不会开心的。"

"你根本不知道雅各布的心愿是什么。我知道！"

"你是在威胁我离开自己的家！"

他瘫坐在椅子上。

迪娜走过去，抚摸起他的手臂，然后把结实的身体靠在他身上。

"我们只需要你在结婚当天出现就可以。结了婚你可以离开，也可以留下来，"她温柔地说道，"如果你留下来，你的年薪会翻倍，看在斯缇娜的分上。"

尼尔斯点点头，擦了擦额头上的汗。他输了。

那天夜晚，一个悲剧的人影徘徊在雷斯尼斯的碎石路上。他不想吃晚餐。尼尔斯学到了这一课，当自己的位置不安全的时候，一定要保护好自己。不同的主人有不同的规则。

迪娜的规则是和其他人最不像的。

尼尔斯多年来行事一直很聪明。在为自己夺取利益的时候，他有一种商人的精明嗅觉。他赚来的这些钱从不出现在任何账簿上。

有时候渔夫和农民会找凯伦嬷嬷或安德士抱怨，说尼尔斯得知他们没法还清债务的时候，对他们的态度非常恶劣。

凯伦嬷嬷偶尔会为这些可怜人结清欠款，好让尼尔斯放过他们。

尼尔斯却坚持认为，他不能让雷斯尼斯赊账的风气传出去。那样的话，以后每个人都会跑来抱怨自己遇到了麻烦，然后要求得到相同的待遇。

可凯伦嬷嬷还是付了钱。

迪娜不插手这件事，只要债务能记清楚就行。

不过有时候，尼尔斯收了钱却不记在账上。用尼尔斯的话说，这只是口头协定。

迪娜抿紧嘴唇，然后说道：

"不写在账簿上的数字不是数字！这笔钱就不可以收！"

尼尔斯妥协了。

他只是确保，下一次别人没有理由再来投诉他。

付过的账并不就像天堂里的宝藏一样存下来了。

所有看见这件事的人，立马把尼尔斯曾经修过办公室地板的烂木头的事情给忘了。他蹲在笨重的洗手台下，洗手台上铺着厚重的大理石，占据着门后的角落的位置。

女仆们没有搬动洗手台，因为太沉了。她们只是把周围的部分清洁了一下，然后把抹布挂在刷了蓝色的底座上。

几年下来，底座上出现了一些擦洗的条纹，木头上刷过的油漆已经开始慢慢褪色。现金安全地放在松动的地板下，镶嵌在一个精致的锡盒子里。这笔财富的长势非常可观。

只要这笔买卖有利可图，不管是周日还是工作日，尼尔斯是不会区别对待的。

本杰明应该被抱去上床的时候，斯缇娜不在身边。他在仆人的休息处玩了一整天的亮色纱线球，女仆们则在一旁踩织布机。

孩子玩累了便开始闹腾，这让她们觉得有点恼火。斯缇娜本应该很早就接他走的。

于是她们就和欧林说了这件事，然后大家开始找斯缇娜。

就连迪娜也加入了搜寻，可是全都无疾而终，到处都没有这位年轻的萨米族姑娘的踪迹。

到了第三天，迪娜在一个渔夫的小棚里找到了她，那是她家人居住的地方。

托马斯和迪娜用一艘有两副船桨的小船把她带回了雷斯尼斯。

迪娜走进小屋的时候，斯缇娜正站在火炉旁，搅拌着里面的晚饭粥。她的脸被煤烟和眼泪弄得满是灰尘，

起初她不想说话，她只是害羞地盯着坐在自己旁边的家人看。这个小小的棚屋只有一个房间。没有可以让人说悄悄话的地方。

她的父亲骨瘦嶙峋，还患有关节炎。他清了清喉咙，恭敬地看着她。这时，她终于开口了。

"我不想嫁给尼尔斯！"

她宁愿背负通奸的耻辱和惩罚，也不愿意和一个为了留在雷斯尼斯，而被逼娶她的男人共度一生，她受不了这种痛苦。

"打他十四岁成了孤儿起，他就一直生活在这里！"她说道。她的话里透露着一种控诉。

我是迪娜，我不想哭，因为一切必须就是它本来的样子。斯缇娜哭了。不管她是轻是重，我会像带着耶特路德那样，带她一起走。

房间里的人都听到了雷斯尼斯的女主人迪娜道歉的声音。她一遍又一遍地在道歉。

斯缇娜的老父亲坐在一个角落里，妹妹把食物准备好了。半大不大的男孩子走进走出，给火炉里添一点柴火。

没有人打断她。最后，大家都被邀请到桌子前就餐，有鲱鱼汤和没有发酵过的脆面包。桌子是用比较粗糙的木头制成的，木头被擦得很白，就像风刮过的鲸鱼骨。汤碗上冒出来的蒸汽承载着深厚的

情意。

消息像干松树上点燃的火花，传到了四面八方。尼尔斯本应该高兴的，他不需要到仆人的休息处去找斯缇娜了，那边的人也不会给他好脸色看的。

斯缇娜居然拒绝了尼尔斯！这算是什么故事！尼尔斯蹑手蹑脚地想要找回尊严。可女仆们都对他避之不及，农场上的帮工也躲着他。他像是麻风病人，得到的完全是麻风病人的待遇。这是上天为受压迫的人们讨来的公道，对他而言则是毁灭性的打击。

斯缇娜还是回到了雷斯尼斯，而且胖了。病痛消退的第一个早晨，她的脸颊恢复了粉红色的光彩，看上去活力十足。

她不仅会给本杰明唱歌，连吃饭也吃得很好。

凯伦嬷嬷常和五湖四海来的客人一起聊天，并且会说说自己在欧洲游历的事迹。虽然重复的都是相同的故事，但她觉得无妨。

那些真正受人敬仰的名流们通常只会来这里一次，故事也总是新鲜的。而那些常客们，也已经习惯了这种庄重的叙事手法，就像人习惯自然的四季一般。

凯伦嬷嬷会为不同教育背景和不同脾气的客人配上不同的故事，而且她每次都能恰到好处地收尾。

晚餐后的潘趣酒一上，她就会优雅地叹口气，然后说，真希望自己能再年轻一些，活跃一些，整个故事就结束了。

接着便是迪娜掌控全局的时刻，她用无情的手指拨动音乐的开关。解放和狂热的气息传遍庭院，穿过田野，沿着海岸，一路飘到躺在仆人休息处的托马斯心里。音调落在哪儿，曲子就带来什么样的感受，有悲，也有喜。

第五章

**我们都是必死的，如同水泼在地上，不能收回。神并不夺取
人的性命，乃设法使逃亡的人不至成为赶出回不来的。**

　　　　　　　　——《圣经·撒母耳记下》第14章，第14节

　　有一天，斯缇娜的弟弟出现在雷斯尼斯的厨房里。他穿着萨米族人的渔夫服，那是一件简单的驯鹿皮衣，头上戴着一顶蓝色的半球帽，上面绣着一条带子。他脚上已经穿旧了的莫卡辛软皮鞋被水给浸湿了。

　　他们家已经没有面粉了。他本想去雷斯尼斯的慈善所寻求帮助，走山路的时候却迷了路，竟然还遇上了艾德山脉上的一头熊，被吓得不轻。

　　这头熊把他吓得一只脚上的滑雪板也给滑落在山地上，一直往下掉，再也找不着了。之后的路途，他只能踩在厚厚的雪地里，趟着走。

　　男孩伸出双手的时候，仿佛手已经不是他身体的一部分。他个子很矮，身板很单薄，像他姐姐。虽然前一年就确认过了，但他仍旧没有长出胡子来，只有一些散乱的绒毛，睿智的眼睛上顶着一头蓬松的炭黑色头发。

　　欧林立马就反应过来，他的手上长了冻疮。斯缇娜二话不说，立刻开始在厨房里忙活着为弟弟准备东西。她在羊毛布上涂抹了一些鳕鱼肝油。

　　斯缇娜用绷带包扎弟弟的手指的时候，迪娜走了进来。空气里弥漫着鳕鱼肝油、汗液还有湿衣服的臭味。男孩无助地坐在厨房中央的一个

凳子上，任由别人照顾着。

"发生了什么?"迪娜问道。他们解释的时候，雅各布带着一身发臭的腐肉味从大厅里走进来，和里面的味道别无二致。

迪娜抓住门框，重重地靠在门上，慢慢地才把脚跟站稳。然后她走到男孩跟前，看着他可怜的双手。雅各布的气味渐渐消失了。

斯缇娜抹油上绷带的时候，迪娜在一旁看着。男孩子在咕哝着什么。有蓝色护墙板装饰的厨房里一片沉寂，除了斯缇娜走动时地板发出的嘎吱嘎吱声什么都听不见。

多亏斯缇娜的照顾，男孩的手痊愈了。他得等到手完全恢复之后离开雷斯尼斯，这之前便一直睡在托马斯的房间里。

他当然也没法帮什么忙了，但是几天之后他开口说话了。

这突如其来的友谊并没有让托马斯感到特别欣慰。但他发现，如果他照顾男孩，他和迪娜之间的距离会变得更近，这时他才有些欣喜的滋味。

因为托马斯照顾斯缇娜的弟弟时，迪娜会询问他那孩子的状况，还会让他转达她的问候，希望孩子早点康复。

托马斯曾经用一把萨米族的来复枪教过迪娜射击，这是在她去雷斯尼斯很久以前了。他们偷偷地跑到法格尼斯的山上，检查了一下松鸡诱饵。山下的人还认为是托马斯一个人在练习射击。

警长对这个男孩很有信心，相信他绝不会浪费弹药。

后来，警长把这把来复枪作为礼物送给了托马斯，因为他帮警长成功地猎到了一头熊。这头大怪物吃了好几只警长的羊。

托马斯把这份礼物看成是祝圣礼。他将来要成为一名捕熊猎人。

这把来复枪是萨朗格制造的，一个懂射击的萨米族人。这是托马斯所拥有的最为珍贵的东西了。

每一次有捕熊的计划，托马斯总能成功加入捕猎队伍。他还没有单独猎过一头熊呢。

迪娜对于射击技术已经入门，但是还没有实战经验。

警长能够接受他的女儿手持一把萨米族来复枪，只要她不当着客人的面提起就行。

另一方面，雅各布觉得女人拿弹药开枪射击不太像话。弹药可是和黄金一样贵重的东西！

但就像他无奈地接受了迪娜抽雪茄的习惯一样，他也不得不接受她来雷斯尼斯之后，用萨米族来复枪练习射击的事情。

这把枪很短，枪膛很漂亮。枪闩很简单，稍微有点瑕疵，这对射手的技艺要求就更高了。

点火盘没有盖子，所以开枪的时候，弹药会在射手的耳朵周围飞过。

但迪娜已经掌握了窍门。她的眼睛和与生俱来的技能可以配合开枪的模式。她开枪的时候又快又自信，就和她面对数字的时候一样。

斯缇娜弟弟说的熊的故事一定是真的。因为已经有好几个人看见过那只熊。很明显，它当时正在山林里漫步。不管怎么说，它现在绝对没有冬眠的打算。看来这是一只杀手熊了，虽然个头不大，爪子却非常强壮，足够杀死两只在秋天里放牧时下山的羊。

一天夜晚，迪娜去仆人的休息处找托马斯。她发现房间里只有他一个人。

"我们明天去打猎，托马斯。我们要抓到那只在四处游荡的熊。"她宣布道。

"我也一直在想那头熊。但是你不能跟去，迪娜！"他说，"我会找几个男人来……"

"安静！"她打断了他，"没有人会知道我们要去干什么。就你和我去抓那只熊！你听见我说的话了吗，托马斯？我就说我们去布一些陷阱。"

房间里安静下来。

于是他做了一个决定。他点了点头，能和她单独从黎明到黄昏待上几小时，单手射一头熊，他非常乐意。

陷阱布好了。托马斯把来复枪藏在麻袋里。

他们在庄园不远处布陷阱。这一年的松鸡特别多。鸟儿们都喜欢待在森林外面，似乎不急着回归山林。

雪来得比往年早，大地上已经一片雪白，不过还不到用滑雪板的时候。地势岩石较多，要在雪地里长途跋涉会比较困难。但是他们并不在意。

松鸡还没有来得及变色，在一片白茫茫中特别清晰可见。

然后他们就出发去猎熊了。

迪娜一边走一边往前微微倾着身子，她的目光集中在树林上。托马斯扛着枪往前走。

他们花了好几个小时在大熊最后出没过的地带反复搜寻，但是看不见任何它行走过的踪迹，也没听见任何动静。最后，他们不得不掉转方向，因为黄昏就快要来临，人也有些精疲力竭了。一点熊的迹象都没有找到，托马斯忍不住流露出失望的表情来。

他们走到松鸡的陷阱处，准备把它带回家，至少这也算是一份猎物。

托马斯把生禽从陷阱上移走，挂在自己的腰带上。

有一只松鸡在挣扎逃跑的时候，弄伤了自己的翅膀，深红色的血滴在硬邦邦的雪地里，立马就被吞噬进去。托马斯在取猎物的时候，另一只还活着。两只圆鼓鼓的炭黑色眼睛对着他们眨了两次，然后托马斯便抓住它的脖子，把小小的头颅一拧，一切就结束了。

雾凇笼罩在沼泽上，呼吸的时候，他们能看见一团结成霜的空气。

即使他们走了很远的下山路，但并没有放弃捕熊的念头，两人始终保持在同一条水平线上，彼此间隔着一段恰到好处的距离。

当他们来到为狐狸设置的陷阱处时，意外发现了一只野兔。它的一条后腿受了重伤，迪娜把它从陷阱里抓出来的时候，它却成功跳走了。它漫无目的地在桦树树干间横冲直撞，然后在冰雪覆盖的草丛后滑倒。两个人同时追过去，最后是迪娜找到了它。

她捡起一根棍子，想要用棍子来敲野兔的头。但没想到一阵风从它背部袭来。

这只动物猛烈地抽搐了一下，随后靠着三条腿在雪地上逃窜。过了一会儿，它回过头，像个一岁的孩子喃喃自语着。接着，它无助地拖着后半部分的身体，靠着两条前腿朝她爬去。它在一片白色中大叫着，雪地慢慢转为红色。

"开枪！"野兔趴倒在迪娜脚上的时候，托马斯说道。

她站在原地用枪对着它。迪娜的头像倒映在野兔的眼睛里。

我是迪娜，当蒸汽无法遏制住耶特路德的尖叫时，我正站在法格尼斯的洗衣房里。尖叫声传到外面，在各个房间里回响着，震动着所有人。水桶里的厚冰块发出碎裂的声音。整个世界变成混合着蒸汽和尖叫的粉白色。耶特路德的皮肤被一股巨大的力量慢慢剥落下来，像波浪一样。

"开枪！"托马斯又说了一遍。

她转过头注视着他，仿佛看不见他在哪里。托马斯惊讶地看着她，嘴巴慢慢弯起一个淡淡的微笑。

最后他占了上风。他头一次瞄准目标，开了枪。子弹的威力很大，野兔整个身体从地上弹了起来。它小小的身躯在他们面前扭曲，然后砰的一声轻轻摔在地上。

然后一切归于平静。弹药的粉尘落在他们身上。迪娜转过身。白色的兔毛星星点点地散落在红色的血肉中。托马斯把来复枪扛在肩上。血的味道非常辛辣，久散不去。

当她转过身，面前的男人正注视着她，脸上露出一个心照不宣的微笑。

她像一只扑向硕大猎物喉咙的山猫。

山隘里开始响雷，男人结实的身体摔在地上，身上压着一个大个子的女人。

他们不停地在山坡上滚，一边滚，她一边摩擦着他的衣服、咬着他的脖子。等回过神来，托马斯才开始意识到要保护自己。他们两个人都上气不接下气地大口喘着气。

最后，他安分地躺在她的身下，向她屈服。她嘴里同时还呢喃着一些他听不懂也没有逻辑的话。一开始他弓起身子来，脸上做着痛苦的表情，随后他闭上眼睛，开始试着接受。

他的脸上露出兴奋和期待的表情，迎面看着她。她的衣服太多，要全部褪去有点麻烦。最后她从刀鞘里拔出刀，把衣服割开。

刀光让托马斯突然一惊。但她只是把身体沉沉地压在他身上。接着，她便疯狂地在他身上骑动。

她跪在膝盖上，把身体抬起来，然后突然团成一团，放松双脚，把所有的重量都压在他身上。

他感觉到她温暖的腹股沟拥抱着自己。她抬起身体的时候，结了霜的空气会时不时钻进来。像指甲盖一样大的冰片在他身上戳出洞来。

他用沾了兔血的双手紧紧地抱着她。紧紧地。

她的头发像一片黑森林洒落在她的脸上。他想看看她的脸，可夜色让他看不清任何东西。身形破碎的野兔是唯一的见证者，而它已经血肉模糊。

结束后，她的身体彻底瘫软在他身上。

温热的水珠缓缓地滴在他的脸上，一直淌到他的脖子处。他没有动，直到她哭出声来。于是他笨手笨脚地拨开她的头发，看见一只眼睛，像是冰川中的一条航道。

他用手肘支撑着自己坐起来，然后用嘴巴亲吻她的额头。接着又倒了下去。

他身下的积雪已经融化，衣服也湿了。他突然觉得四面八方的冷空气打在自己的身上。

他开始发抖，她也跟着一起打了很久的寒颤。太阳在好几个小时前便已坠入山中。碎雪在他们的手套里结成冰钉。

他们手握着手往家的方向游荡过去，在离家不远的地方，怕是万一不巧碰见人，他们才把手松开。一路上两人都默不作声。

他提着松鸡。她扛着枪。枪膛平静地对着地面，和她的脚步有节奏地一同起伏。

他们进了庭院后，托马斯清了清喉咙，说他认为对外说碰见了一只狐狸比较合适。他在去年给一只黑狐狸设过陷阱，逮到狐狸之后，他卖给了俄罗斯来的商人。他卖了十先令，这价钱很不错，算是外快。

她没有回答。

月亮升起来了，时候不早了。

耶特路德那天不在，就连最短暂的一瞬也不在，角落里变不出她的影子。

但雅各布却像磨坊一样在不停地嘎吱嘎吱地磨牙。大约在早晨五点钟的时候，兔子原本挂在仆人休息处的屋檐下，她把兔子取下来，用磨好的刀把兔子身上剩下的一层皮剥了下来。没有别的办法了。

她把兔子的身体撕开，让膈膜破裂，然后皮就自然脱落下来。即使兔子不愿意这么做。她放手后，兔子没有生气的泛蓝色的四肢蜷成一团。

她把腿砍断，然后开始肢解它的尸体。因为不太熟悉这项工作，所以进展有些慢。兔子身上的肉一片片落下来，捏在手中的东西看上去越来越像一片片平淡无奇的动物肉，究竟是什么动物已经看不出来了，震耳欲聋的尖叫声开始慢慢消失。

房子的角落里飘来风的呼啸声。刀片砍在软骨和骨头上发出嘎吱嘎吱的声音。尖叫的声音也随之越来越轻。耶特路德站在她身边。最后，她的头恢复了正常的状态，一切重归受到祝福般的宁静。

最后她把兔子放进冷水里。它的身体被泛蓝色的膈膜包在一起，径直穿过水面，在她眼里撒出一道彩虹来。

她把装着兔子的水壶盖上盖子，然后放在入口处的木桌上。接着把桌子的表面清干净，再把血迹和兔皮盖住，不让动物或是鸟禽靠近。

因为用力干活和触碰冰水，她的双手非常吃痛。于是她把手擦干，捂暖，然后在快要破晓的时候，去屋外闲逛了一会儿。接着，她慢慢脱下衣服，等整个庄园苏醒后，她才入睡。

第六章

所以你们要怜爱寄居的，因为你们在埃及地也作过寄居的。

——《圣经·申命记》第10章，第19节

雷斯尼斯已经度过了它的昏睡期。虽然你无法说出具体的事件，但是凯伦嬷嬷觉得，迪娜最终还是掉入了责任的网兜里。为此她特意表扬了迪娜。

"你现在已经是一位能干的商人寡妇了，迪娜！"她也许会这么说。但她忘记了一点，一个家里还需要一位家庭主妇。

凯伦嬷嬷的年纪一点点增长。她搬进了主客厅后面的卧室里，没法再跑楼梯了。

他们请了一位很好的木匠，把两个小房间的墙给打通了，这样凯伦嬷嬷既有地方放床，也有地方放书。

床和书柜都是她需要的家具，此外她还需要一把老式的巴洛克风格高背椅。

书柜的钥匙一直插在锁孔里，不过除了凯伦嬷嬷，没有人碰过钥匙。

凯伦嬷嬷的房间里贴着墙纸，墙纸上刷着一些亮色油漆。在布置房间时，迪娜给凯伦嬷嬷帮了许多忙。事实上，那段时间，这两个女人的关系非常亲密。

迪娜的性格以及能快速把工作做好的能力让凯伦嬷嬷很高兴。她又想起过去好多次所期盼的事：

但愿迪娜在雷斯尼斯能变得强大起来，对一切都能上手就好了！

又或者她会自言自语地说：

"要是迪娜嫁给一个合适的人就好了！"

本杰明慢慢长大，也开始探索雷斯尼斯起来了。他会沿着自己的小道，一路走到仓库和商店，甚至把路线延伸至荒野的夏日谷仓。他像驴一样固执，执意要和斯缇娜的小汉娜一起走，就算吃力也要坚持探索白色庭院外的世界。脸上永远深皱着眉头。

他一直没学会叫妈妈或是母亲，然而也没有机会叫父亲。倒是有很多萨米族人欢迎他。

每个人都有自己的名字和特有的气味。

他可以闭着眼睛，大口呼吸空气，然后分辨出气味来。所有人似乎就是为他存在的一般。就算人们有别的事情做，他也不用感到焦虑，总有人在他需要的时候空下来。

斯缇娜的味道最好闻，像是撒了盐的海草和熟透的蓝莓。她的身上有衣服整夜挂在门外的香气。她的手像是温和的动物的手，很平静，棕色的指甲修剪得很整齐。

她细长的棕发平坦地搭在太阳穴上，出汗的时候，额头上的头发也不会卷起来，但迪娜会。斯缇娜的汗味也是最好闻的，就像打开的香料抽屉，比花园后的野草莓还要好闻。

凯伦嬷嬷的眼神很慈祥，眼睛里藏着许多故事。她的话像是一阵和煦的风，像她养的花。那些花养在窗台上的花盆里，冬天会枯萎一些。

迪娜则似远海上的风暴那般遥远。本杰明很少会找她。但是她的眼神告诉他，他是属于她的。

她不会说故事，但是偶尔会搂住他的脖子，紧紧地搂住，感觉很好。

她把他放到马上，但只有在她空下来的时候才行，然后她会走在他身旁帮他握住缰绳。她对小黑说话的语调很平和，说话时眼睛会一直看着本杰明。

他们说汉娜是斯缇娜的孩子，但是实际上她只属于本杰明。她的手指肉嘟嘟的，眼睛像是烫熟的杏仁。眨眼的时候，又长又直的睫毛会在脸颊上微微颤动。

本杰明看着汉娜的时候，胸口会时不时地犯疼，那感觉仿佛有人在他身体里撕开一道口子。他不确定这是好是坏，但他有这种感觉。

有天，一名画家上了岸。他带着自己的画架、柳条箱，还有一个装满颜料管和刷子的帆布包。

他是来问候雷斯尼斯女主人的，数年前他们在海格兰德见过。船还在前后摇晃的时候，他让船长等等他，只要几分钟就好……

在出发时间过了一个小时后，当所有人都迫不及待想要起航时，船长传话给这位艺术家。

船长要求他把行李提上岸。古斯塔夫王子号冒着蒸汽往北走了，画家不在船上。因为他正坐在吸烟室里，聚精会神地听着迪娜演奏大提琴。

去年，迪娜在客厅里为客人拉过好几次大提琴。

夏日的夜色如冰雪一般，演奏声凝固在岛的半空中。

画家将雷斯尼斯的夜色称为星光闪烁的奇迹，似是一种视觉上的幻象。他必须留下来等到下一班蒸汽船来再走，因为雷斯尼斯的光就像丝绸和雪花石膏一般。

等许多班蒸汽船开走后，画家才画完最后一笔。

这个特立独行的男人成了新的洛奇先生，虽然他和洛奇的性格完全相反。

他的到来仿佛是六月里将要喷发的一座火山，操着一口异国口音的瑞典语，提着一个带塞子的陶壶，里面装着朗姆酒。

他的头发和胡子像粉笔一样白，黑褐色的皮肤上布满了数不清的皱纹。凸在脸上的鼻子像是一座耸立在地球上的山脉，令人印象深刻。

他褐色的双眼靠得很近，目光深邃，似乎想拼命地把它们从这个世界的邪恶和愚蠢中挣脱出来。

他的嘴巴如年轻姑娘般鲜红，厚嘴唇非常性感。嘴角总是微微往上翘起。

他的手看上去像被涂过沥青一般，不仅颜色很深，而且还很有力，又很敏感。

他平时戴一顶黑色毛毡帽，穿一件皮马甲，然后在烈日下漫步。马甲的右上方没有口袋，但有一个很长很窄的切口，里面放着画画的刷子，需要的时候会放一根雪茄。

佩德罗的笑声回响在整栋房子内外。他会说六种语言，至少他自己对外是这么宣称的。

凯伦嬷嬷发现，他的德语和法语说得非常一般，但是她并没有揭穿他。

他自我介绍时称自己为佩德罗·帕格里。没有人相信他说的有关自己出身的事情。因为他故事中的人物以及家庭所经历的悲剧都是根据月相和坐在桌旁的座位位置所决定的。虽然没人信，但他真不愧是一个讲故事的好手！

有时候他的血统来自罗马尼亚的吉卜赛人，有时候又成了高贵的意大利军人。有时候他是一个塞尔维亚人，他的家庭因战争和背叛而四分五裂。

迪娜试过用灌醉的方式让他吐出真言，但这些难以置信的故事似乎已经彻底进入了他的思维，就连他自己都深信不疑。

他们喝了很多瓶酒，有时候在吸烟室里喝，夜里也会去夏日度假木屋里喝。但是从没有人从他嘴里套出过话来。

不过，他们都拿到了佩德罗的画。每个和他喝过酒的人都拿到了一幅画像。他按着照片给雅各布画了一幅画像。因为画得非常逼真，凯伦嬷嬷高兴地拍起手来，还开了一瓶马德拉白葡萄酒。

有一天，佩德罗和迪娜跑到安德利亚斯的码头去取一些跟蒸汽船来的帆布，顶楼的卸货门开着，圆锥形的光束洒进门里，让他迷失了方向。

"耶特路德进了那儿。"迪娜冷不丁地说道。

"谁是耶特路德？"

"我的母亲。"

"她死了吗？"他问道。

迪娜颇为震惊地看着他，不久脸色慢慢明亮了起来。她吸了一口气继续说：

"很长一段时间来，她喜欢去海滩走走。但是现在她到这儿来了！她进了起重机房的门，穿过挂在一楼的捕鱼渔网走了。我们要赶在她消失前，一起下楼……"

佩德罗迫切地点了点头，他还想听迪娜继续说。

"她长什么样子？高吗？有你高吗？她过去穿什么颜色的衣服？"

那一晚，迪娜给他看了耶特路德的素描。她向他介绍了耶特路德裙子上的褶皱，还有她右侧翘起的一绺头发……

他对耶特路德非常着迷，为了她，他还搬到仓库里去住，睡在大如天网的渔网堆里，细致地捕捉耶特路德的脸部特征，用帆布为其作画。

他一边画，一边和她聊天。

佩德罗完成耶特路德画像的那天，迪娜出乎意料地出现了。

"你的眼睛里，是一个正在保卫自己灵魂的女人。"他满意地对着画像自言自语道。

起初，迪娜像根柱子似的站在他身后。他都没有听见她的呼吸声，以为这是一个好征兆。

忽然间，他的背后响起犹如雷鸣般的声音，连地板都在摇晃。他惊恐地转过身。

迪娜坐在年久失修的地板上咆哮着。

她像一头孤立无援又怒火中烧的狼，没有节制、没有羞愧地咆哮着。这头狼坐在腿上，明亮的阳光打在她身上，呜咽地唱着令人毛骨悚然的歌曲。

后来，她意识到自己的行为已经完全不是受过文明教育的人所为，便收起了哭声，开始大笑起来。

佩德罗知道每一个真正的小丑会做些什么。在悲剧中，幽默是推动情节发展最可靠的要素。因此，他便任由迪娜完成哭和笑的两个阶段。他什么都不干涉，只是朝她扔去一块染了颜料的布匹，给她擦眼泪用。

他镇定地继续作画，直到抹完最后一笔。这时，蓝色的黄昏已经转为模糊的白雾，庭院里的嘈杂也渐渐变为微微的哼鸣。影子将角落幻化成老羊皮纸上的几笔素描。所有的东西都散发着浓浓的气味。

这是耶特路德的香水味，它会附着在所有东西上。现在她的脸庞又回到了完整的模样。

耶特路德的画像就挂在主客厅的墙上，每一位来雷斯尼斯的宾客都会对此评头论足，甚至连达格妮也不例外。

"这真是一件了不起的艺术品！"她亲切地说着，顺便还请佩德罗画一幅警长家的全家福。

佩德罗鞠了一躬，感谢她的邀请。他很乐意给警长夫人画肖像，只要他有时间……

他画了一幅迪娜拉大提琴的画像。画中的迪娜没有穿衣服，身体有些泛绿。而大提琴则是白色的……

"这是光影的效果。"佩德罗解释道。

迪娜吃惊地看着画像，然后她点了点头。

"总有一天，我会把这幅作品摆在巴黎的大画廊里展览，"他神情恍惚地说着话，"这幅画就叫：'平息忧伤的孩子'。"

"什么是忧伤？"她问道。

他迅速扫了她一眼，然后回答道：

"对我而言，忧伤就是没法看清楚……却又必须带在身上的一幅幅画。"

"没错，"她点点头，"是人带在身上的画。"

我是迪娜。雅各布总是走在我旁边。他的个子很大，安安静静地拖着永远没机会走动的脚。他的臭味闻不到了。雅各布没有消失，有时候耶特路德也这样。他就是一艘没有了蒸汽的蒸汽船，跟随着我，拖着沉重的身体，安然地飘浮着。

耶特路德是一轮新月，有时月盈，有时月亏。她自在地漂游，不跟着我。

佩德罗和迪娜没有向任何人提起"平息忧伤的孩子"这幅画。他们猜测，对世俗的好人来说这也许不太合适，怕会伤了他们的眼睛。

他们用旧纸把画包了起来，然后放在雅各布过去常常就寝的壁龛里，就在睡椅后面。

佩德罗没法忍受冷冬和寒雪。他的身体日渐憔悴，变得衰老虚弱，萎缩得像一匹病马。

春天来临时，大家都害怕他会因为发烧和咳嗽而挺不过去。斯缇娜和欧林只好采取行动，硬把有营养的食物喂下去。

起初，光是这些食物就差点杀了他。但是就这么一丁点一丁点地，他活了过来，而且还能从床上坐起来画画。这下大家都知道，最难的一关已经过了。

凯伦嬷嬷会为他读点报纸上的新闻，还会念约翰的来信和她找来的其他东西。

但是，只要是《圣经》上的文字，他一点也不想听。

"《圣经》是神圣的，"他阴沉地咆哮着，"既然房间里有人不信上帝，就别念！"

他没有明讲谁是那个异教徒。凯伦嬷嬷想了想，决定还是不要对号入座为好。

本杰明常常站在客房的门廊里，注视着面前的那位男子，那人的手里总是拿着块彩色调色盘。然后，他入迷地把目光转向烟管里的烟，烟气朝天花板上盘旋缠绕，中间夹杂着男人咳嗽的声音。

男孩就这么目不转睛地看着，直到有人重重地拍他的脑袋，叫他去上床睡觉为止。

一双活泼的眼睛与他对视时，本杰明期待地微笑着。

男人一边咳嗽，一边从烟管里弹着烟灰。他在画上用刷子抚了几笔后，开始说起故事来。

本杰明最喜欢佩德罗躺在床上的日子，这样他就能一直守着佩德罗了。

就连迪娜也偷不走佩德罗，因为迪娜不喜欢去有病人在的地方。

佩德罗一直待到次年的九月底，然后坐蒸汽船走了。

一声响亮的口哨声后，他便走了。他戴着毛毡帽，穿着皮马甲，提着画笔颜料和柳条箱，带上他那有盖子的酒壶走了。他在雷斯尼斯的地窖里把酒壶灌到壶口的边缘，对于这点旅途的补给品，他们丝毫不吝啬。

我是迪娜。所有人都走了。"平息忧伤的孩子"也走了。我把耶特路德的画像从墙上摘了下来。她的眼睛已经离开了。我没法看着一幅缺了眼睛的画。忧伤就是看不见却又必须背在身上的一幅幅画。

第七章

蒲草没有泥、岂能发长？

芦荻没有水岂能生发。

尚青的时候，还没有割下，

比百样的草先枯槁。

——《圣经·约伯记》第8章，第11、12节

像两个逃跑的孩子一般躺在干草谷仓里休息是一个孩子气的秘密。

托马斯把面包屑收起来，从来不会扔。他喜欢在仆人的住处过这种孤单的生活，周围的男人和他没有任何共同话题可聊。

他有薪水，在旺季的时候，他要干两个人的活。他这么做似乎是为了故意表现给她看，证明自己是一个男人，并且对此乐此不疲。年复一年，他或陪她骑马，或在田地里忙着收割。

随着时间的流逝，托马斯渐渐担负起许多责任，包括下田、照顾牲畜、谷仓还有马厩。原来看牛的任务没有了，这个差事托迪娜的福被取消了。

托马斯梦想回到和迪娜在一起的时光，身旁有马跟着，但是不驮东西，没有雪橇也没有男主人。这是他发自肺腑的梦想。

后来，小黑有几天像装上了雅各布的眼睛，一直在打探本杰明的消息。看来，托马斯不得不背负所有的一切了。

迪娜有很长一段时间没有朝他的方向看了，每次迪娜从他身边拂

过，他都像是闻到一种女巫的香气。他把她和他见过的一些更苗条的女孩比较过，那些女孩子的手腕更细，眼神也更害羞。

但是他的梦想成真后，他所有的防备通通被摧毁。他把她硕大结实的身体紧紧压向自己，这样他就可以将自己的脸沉溺在她的双峰之间。

每次听见她在仓库里来来回回地走上几个小时，他总有种近乎亲切的感觉。

有一次，他偷偷溜进安德利亚斯码头，叫唤她的名字。但是她恼怒地把他赶走了，就像在驱赶一个鲁莽的马厩男孩一般。

每次看本杰明，托马斯都忍不住仔细端详一番他的模样，包括他的肤色，他的手势。这到底是雅各布的儿子吗？

这个问题让他沉迷不悟。他的脑海中始终盘旋着一个念头。他的眼睛看到了男孩苍白的眼神，还有乌黑的头发。这些都遗传自迪娜没错，那么其他特征呢？

有一件事是肯定的。男孩的个子永远不会像雅各布或迪娜那样魁梧。

但是约翰的块头也不大，虽然他也是雅各布的儿子……

托马斯努力吸引男孩的注意力，终于慢慢赢得了他的信任，成为了男孩生命中不可或缺的人。他告诉男孩不要怕小黑，因为他出生的时候，小黑就站在旁边注视着一切。

本杰明常常来看马，因为托马斯在马厩里。

迪娜有条不紊地调查所有失踪的款项。这些数字不会自己消失，她说过。它们永远存在于某个地方，即使看起来没有人发现。

数字可能就像在山中迷路的羔羊。但是它们永远在那儿，或许形态有所改变。尼尔斯迟早会揭开这些失踪数字的秘密。他知道这些无家可归的数字究竟在哪里。

但是她开始停止唠叨这件事了。她选择用自己的鹰眼查阅旧账簿和纸片，躲在背后辛勤地搜寻。

同时她还密切监督着尼尔斯的转账记录，她仔细审阅他支付过的钱，包括一些免费的东西。

直到现在，她没有查到一条账目漏记。尼尔斯在穿衣上的花销节俭得可笑。他就像和尚一样过着斯巴达式的生活。他有一个银质的鼻烟壶，还有一个带银把手的拐杖。这两样都是英格伯格送给他的礼物，是在迪娜来这里很久之前就有的。

即便如此迪娜仍不放弃。

似乎对她而言真正重要的并不是钱，而是那些数字和这份搜寻的工作。

雅各布去世后，迪娜之前从特罗姆瑟雇来的会计教过她管账的精髓。

其他细节是在她慢慢熟悉工作后一点点靠自己摸索的。尼尔斯会给每天的生意记账，但是她一直会来检查数量。

这套模式好像发挥了作用，但后来她开始对商品存货产生了兴趣。不只是货船出去打鱼，以及去卑尔根航行需要的货品，还包括每天在商店里售卖的货品。

到最后，迪娜干净的笔迹出现在各式各样的账簿里。她的字体很大，略微往左斜，字母上带一些简单的卷和勾，这字迹别人模仿不出。

上面清楚地记着要订购的盐、面粉、糖浆和酒，还有些家用的小东西。绳索和钓鱼装备的供应要充足，这些必须计算出来，不只是他们用，也是给佃农用的。

最后连安德士也把船舶和传动装置的数字报给了迪娜。这个举动成了两兄弟之间的心结。

尼尔斯会看准时机，只要迪娜在办公室，他尽量不过去。

有天他以为办公室里没有人，没料想她坐在办公桌后。

"你可以照常把所有的记账工作干了。"他阴沉地说。

"那我们的好好先生尼尔斯到时候做什么呢？"她问道。

"负责监管商店，给店员搭把手。"他回答得很快，仿佛把这句话练习了好一阵子。

"尼尔斯从来不给任何人提供帮助。"她一边大声陈述，一边重重地把账簿合上。然后她改变了主意，又把账簿打开，叹了口气。

"你在生气。很长一段时间里你都在生气。我想可能有什么不对劲的地方……"

"噢？那会是什么呢？"

"新来的女佣暗示说，你一直在缠着她……骚扰她……每次她来你房间铺床打扫的时候。"

尼尔斯把眼睛转向别处，脸上浮现出发怒的神情。

"你应该结婚了。"她缓缓地说。

这句话将他身体里的恶魔唤醒，他的脸变得阴沉起来，展露出平时鲜少展示的勇气来。

"这算是求婚吗？"

他甚至还用鄙视的眼神看着她的眼睛。

她瞬间有种被怔住了的感觉。然后，一丝微笑在她脸上浮现。

"我求婚的那天，被我求婚的男人不会问任何事情。他只会一口答应！"

迪娜在签什么东西，牙齿在右边的嘴角咬着自己的舌头，接着她抓起一直摆在书桌上的印章，拿起银色把手，在"迪娜·格洛奈夫"的签名上压了下去。

我是迪娜。尼尔斯和我在给雷斯尼斯的东西算账。不管这些数字在哪儿，它们是我的。尼尔斯注定和这些数字过不去。"奴隶数数。主人负责看看就好。"尼尔斯从来不赠予任何人任何东西，甚至连自己也不舍得给。他就像出卖耶稣的犹大。上天注定了他会成为这样的人。犹大最后走出去，上吊自杀了。

尼尔斯不再骚扰那些女仆了。他孤独地待在她们中间。

有时他会在小汉娜从他身边踱着步子经过的时候看着她。他不碰她，也不叫她的名字，但是会急急忙忙地从抽屉里塞红糖给她吃，像是怕给别人看见似的。

汉娜遗传了斯缇娜的金色皮肤和褐色眼眸。但当她觉得自己被欺负的时候，所有在场的人都看得出，她后退的姿势和尼尔斯一模一样，像一只被自己吓坏的小狼崽。

警长听说了迪娜的事情。

平常听见的都是一些旧闻，所以他也受之坦然。但有一天，他耳边传来一些只言片语，说雷斯尼斯的女人斯缇娜和迪娜像结婚的夫妇般在一起生活。

警长勃然大怒，为此他跑去了雷斯尼斯。

迪娜听得出他咆哮怒吼的声音，像是冬天里布洛弗拉格山峰上刮来的西北狂风。

当他走进客厅里，要求和她单独说话的时候，他狂暴的吼叫声慢慢平息了下来，竟然忘记了要说什么。

这个话题极其微妙，他一时找不到合适的词。最后只能用粗俗的语言一股脑说了出来，然后一拳头捶在桌子上。

迪娜的眼睛里闪着光芒，仿佛尖刀一样戳着他。警长很熟悉那种眼神，立马转移了视线。

他可以看到她大脑运转的画面，甚至在他把话说完前就看到了。

她对他说的话没有做任何点评，只是把餐具室的门打开，让女佣把尼尔斯带来。然后她又把斯缇娜、欧林、凯伦嬷嬷和安德士一起叫了过来。

尼尔斯来了，出于对警长的尊重。

他平静地走进客厅，和客人们握过手后，非常有礼节地把手放在背后。

他的袖套始终在腰间滑来滑去，有点心里没底地脸红了。

迪娜几乎是温和地端详着他，一边说道：

"我听说你对我和斯缇娜的事情非常了解。觉得我们是在过着夫妻般的生活！"

尼尔斯开始喘起气来，但站姿还是特别稳。他的领口太紧，显然把他压得太难受了，只好忍住不说话，一副仅仅是为了忍受而忍受的样子。

警长露出十分窘迫的表情，房间里的其他人低垂着目光。餐具室和厨房的门都开着。

这场谈话并不简短，尼尔斯对所有指控都一一否认。迪娜很确定她的判断没错。然而，她还是耐心安静地听完他说的话，他说这整件事只不过是有人存心想在迪娜和他之间挑起矛盾，故意嚼舌根罢了。

迪娜突然用呆滞的眼神看着他，接着慢慢靠向他，然后朝他的鞋尖上吐了口水。

"这就是嚼舌根的那位！"

他的脸变得惨白，不自觉地往后退了一步，本想说点什么，但是又改了主意。他不停地用无助的眼神，在迪娜和警长身上来回扫视。

尼尔斯之前曾经在各处的小酒馆里喝酒聊天。那里的人把他评头论足的内容当成了千真万确的事实，消息便这么传了出去。

警长动用全身的力气，开始将炮火对准尼尔斯。他要把这个男人的罪行昭告天下。作为商店的经理，他毫无竞争力，而在男女之事上他又胆小如鼠。不止如此，他还贪婪，做梦都想占有雷斯尼斯，甚至想通过和迪娜结婚来夺取所有庄园的权力。可惜遭到了迪娜无情的拒绝。

事到如今，尼尔斯已经神形俱损。没有人明白他为何还留在雷斯尼斯。

但是迪娜和他之间的矛盾已经彻底平息了。他不再是一个有资格的对手了。

迪娜让欧林做一顿烤羊肉，外皮泛棕，咬上去非常脆，内里的肉是粉红色的。她从地窖里带了一些好酒，还邀请了整个庄园的人，以及法格尼斯的一些亲戚，来参加这场讲和的晚宴。

尼尔斯无声地拒绝了，他没有出现，这就是最简单的回答。他坐在办公室里抽雪茄，不愿加入这场庆祝的晚会。

给他在桌边留的位置空空如也，这就向所有人宣告，这事可怪不到迪娜身上了。

斯缇娜偷偷给他带了一篮子菜，都是晚宴上拿来的。尼尔斯不准她进来，她只好把所有东西留在了门外。

当她想在睡觉前把篮子取回来的时候，发现吃的和喝的都不见了。只剩下一些肉汁和几块干配菜，酒瓶子里只有些许沉淀物。她偷偷把空盘子带回厨房里。欧林什么也没问，只是从侧面扫了她一眼，然后叹了口气继续干活。

客厅里传来钢琴的演奏声。胜利的音符从客厅飘到厨房。

有一天，迪娜和本杰明帮凯伦嬷嬷把汉娜团起来的一团丝线捋直，三个人一起坐在凯伦嬷嬷的卧房里。

本杰明指着墙上的画，问起在雷斯尼斯停留过的这名男子，还有其他几幅画上的人。

"他寄了两封信，"迪娜回复道，"他的画作展出了，过得不错。"

"那他现在在哪里？"

"在巴黎。"

"他在那儿做什么？"

"他在努力让自己成名。"迪娜说道。

凯伦嬷嬷把雅各布的画像从墙上取下来，让本杰明拿着。

"那个是雅各布。"她严肃地说道。

"是在我出生前就死了的那个男人吗？"

"他是你的父亲，"凯伦嬷嬷深情地小声说道，"我过去给你看过这幅画……"

"他长什么样子，迪娜？"本杰明问道。凯伦嬷嬷情绪一激动就变得有点吓人，所以最好还是去问迪娜。

"他过去是这个地区最英俊的男人。他是凯伦嬷嬷的儿子，即使他长大成人。后来我们结婚了，在你出生前他坠入了湍急的河流。"

这些话本杰明过去就听过。他见过他父亲的一些衬衫和马甲，闻着有些烟草和海洋的味道，和安德士几乎一样。

"他去世得很早，是个不幸的人。"凯伦嬷嬷一边说，一边用蕾丝镶边的小手帕擦了擦鼻子。

本杰明的眼睛看着她。每次她像一只小鸟做出这样的动作时，他也有想哭的冲动。

"死去的人并没有不幸。不幸的是活下来的人。"迪娜说道。

凯伦嬷嬷对死者的不幸没有再多说什么。

但是本杰明意识到，凯伦嬷嬷有更多的话要说。于是他爬上祖母的大腿，安慰她。

他觉得迪娜像是一间非常阴暗的阁楼，这天他都躲她远远的。

本杰明在地板上玩玩具的时候，迪娜从来不会和他说话。他在花园里玩的时候，迪娜也不会把他带进屋。就连没得到允许去海边玩的时候，她也从不会冲他叫唤或是对他大吼。

夏天的一个夜晚，在凯伦嬷嬷和本杰明说完雅各布不幸的遭遇过后没多久，他看见迪娜坐在花园的一棵花楸树上。

他已经醒了，本来决定看看母鸡有没有生蛋，因为他以为天已经亮了。

可她决意一动不动地坐着，并没有看他。

这让他把鸡蛋的事情给忘了，于是他站在栅栏旁，注视着她。

然后她挥了挥手。但他发现，那时的她有些怪怪的，和平时不像。

"你为什么爬树，迪娜？"他在她下来的时候问道。

"我一直都爬树。"

"为什么？"

"爬到高一些的地方……可以和天堂靠近一些……感觉很好。"

本杰明听出来迪娜的声音有些不一样，那是一种类似夜晚的声音。

"凯伦嬷嬷说，雅各布住在天堂里，是真的吗？"

迪娜终于看着他的眼睛了。他也意识到自己一直在寻找这个问题的答案。

她牵起他的手，领着他朝屋子走去。她衬衫底部的露水非常沉，把她拽向了地上。

"雅各布在这里。他无处不在，他需要我们。"

"那我们为什么看不见他？"

"如果你坐在台阶上……没错，就在那儿！那样你就能稍稍感觉到他一些。有了吗？"

本杰明把自己褐色的小手放在膝盖上，试着去感受雅各布。然后他充满力量地点了点头。

迪娜在他身旁坐了一会儿，一副十分严肃的样子。

一阵惬人的风在他们之间拂过，仿佛人的呼吸。

"只有在这个台阶上吗，迪娜？只有在这里才能感觉他吗？"

"不。他无处不在。他需要你，本杰明。"她说。这个想法好像把她自己也给惊到了。

接着她放开他的手，慢慢地走进屋子，也没有说他一定要跟着她或是叫他回去睡觉的话。

这个动作让本杰明再一次确认，自己一直在思念着她。

于是他光着脚，从庭院里走到母鸡的房子。房子里有股干草和鸡粪的味道。他看见母鸡站在自己窝里，才明白现在仍旧是晚上。

那天下午，他站在厨房的窗边，望着田野，突然用很响的声音自豪地对欧林说：

"迪娜在那儿骑马！迪娜骑马真他妈的快！"

"雷斯尼斯的小男孩不会说'他妈的'。"欧林对他说道。

"雅各布不说'他妈的'吗？"

"雅各布是男人。"

"他一直是一个男人吗？"

"不是。"

"那他不是男人的时候会说'他妈的'吗？"

"哎呀，亲爱的！"欧林说话的时候一脸茫然。她一边说一边用围裙轮流擦干两条丰润的手臂。"有太多人抚养你长大。你这辈子都会是一个异教徒的！"

"什么是异教徒？"

"就是那些说了'他妈的'这个词的人！"

本杰明从凳子上滑了下来，镇定地跌在地板上。他在房子里转来转去，终于找到了凯伦嬷嬷。他对她严肃地宣称，自己是一个异教徒。

这件事引起了相当大的骚动。

不过欧林没有改变她的观点。要说正规地抚养一个孩子，他得到的教育太少了，性子已经有点野了！和他母亲如出一辙。

她斜视着他，脸慢慢变成一个皱缩的土豆，每一面都荡着白色的老芽。头巾下总是漏出几撮头发。

***

月圆的夜里，迪娜没有睡意的时候，就会一直在夏日度假屋里坐着，直到海天一色，世界慢慢朝无边无垠的地方飘散，一切回归平静。

她一边坐着，一边抚摸着雅各布凌乱的头发，仿佛他们之间从来没有发生过任何变故。她和他聊着跨越大洋之旅的事情。她的心里藏着深深的怒火，他能明白。

第八章

神为大，我们不能全知，

他的年数不能测度。

他吸取水点，

这水点从云雾中就变成雨。

云彩将雨落下，

沛然降与世人……

他将亮光普照在自己的四围，

他又遮覆海底。

——《圣经·约伯记》第36章，第26—28、30章

凯伦嬷嬷把信件标上一八五三年的字样。现如今，整个世界变得近了一些。报纸会跟着蒸汽船一起来，上面写着"路德维克·拿破仑·波拿巴"已经成了法国的皇帝。报纸还报道说，拥护君主制度者加入了波拿巴党的自由派和保守派，在拿破仑这位强大领袖的带领下，一起同"红色幽灵"战斗。革命浪潮从一个国家传播到另一个国家。

凯伦嬷嬷担心约翰还没到家，世界就已经硝烟弥漫。过去的几年里，她担心了好多约翰的事情，因为他离开家的时间也太长了。她都不知道他在做些什么，是否参加完了考试，是否还会回来。

他的信里也没有交代任何她渴望知道的内容。她只好大声念给迪娜听，换取一些安慰和建议。

迪娜直率地陈述了自己的观点。

"他只有需要钱的时候才会写信来！他花的钱是他继承遗产所得的两倍。你把自己的钱给他，这么做对他太过宽容了，凯伦嬷嬷。"

约翰曾经承诺过会从哥本哈根给她写信，但是这一点她没有提。这件事已经差不多过去九年了。约翰这个人不再属于她需要考虑的范围，他的名字只会出现在亏损的一栏里。

***

四月底的时候，冬天的手一松，冰雪开始融化，他们又将要承受一场新的进攻。就在短短七天里，一场劲风把一米厚的雪还有其他松散的东西全都吹到了大海里。

这场暴风让许多寡妇只好待在沿线的家里。大地还是结冰的状态，厚重的积雪像隔开一片片农场的墙，那些尸体就这样光秃秃地躺着，直到六月才能入坟。

大地紧抱着厚厚的霜，雨落不下来，这年冬天成了人们记忆中最漫长的一个冬天。

整个春天都见不着耶特路德。迪娜在仓库里来来回回地踱步，能走上好几个小时。等到寒意钻进她的羊皮外套，冰凉的感觉从脚底传来，她才肯回去。这时她的双脚已经麻木，唯一的念头就是走回自己的老路，进到有壁炉的屋子里去。

春天要比冬天来得严峻，不管是对人还是对动物。教堂的讲坛上甚至能听见为求天气晴好的祷告词，在家里诵读的布道也加上了乞求大雨降临和冰雪融化的语句。

祷告词少有这么真诚的，语句组织也鲜少这么规范过，平时的祷告都会带上一些对邻居的攻击。

六月中，夏天总算来了。烈日当头，突然一切有生命的物体都被照耀得闪闪发光。桦树笔直的树干还有一半藏在雪地里。新叶变成一张保护膜，自负地盖在纤细的纸条上。

山上的雪丘一开始还只是轻微地晃了晃，等到夜里西南风刮来的时候，它们便彻底瓦解了。一个接一个地，雪丘东摇西晃地把凝雪震松了。松开的雪堆便混成一股巨流，充满活力地沿着山坡往下淌。所有的一切都发生得非常迅速，让人目不暇接。

接下来发生变化的是积雪和洪流。水面覆盖在田野上，从峡谷里涌出来，经过山隘里的小路，震动了雅各布曾经坐着雪橇跑过的路线。

然后，一切缓和了下来。一点一滴地改变着严冬的模样。晚春战战兢兢地滋养着嫩芽。

人和动物不再被困在屋子里了。夏天的声音令人安心，看来夏天真的来了。成天都是太阳、沥青还有丁香花的香味，快要腻了。虽然来得晚，但是这感觉出奇的好。

我是迪娜。这些声音像是远处的嚎叫，或是恼人的耳语飘进我的心房。又像是打雷的嗡嗡声，快要吞噬我的耳膜。

我站在餐厅的窗边，看着本杰明在花园里玩球。我被拽进了耶特路德的领地，像一阵旋风，让我无法抵抗。

我看到了洛奇先生的脸！他的脸填满了整扇窗户，延伸到峡湾所及之处，甚至更远的地方。本杰明就是洛奇瞳孔里一个渺小的影子，飞速地回旋着。

洛奇在害怕！我让他进屋里来。今天是七月七日。

快过花期的丁香花还没谢的时候，来了一封哥本哈根的信。这封信是寄到警长家的，收信人是迪娜。信的字迹很干净，稍稍有一些倾斜。

警长派了一个雇农把信送过来。信的内容很短，像是要把每句话凿刻到山上，写得十分费力。

亲爱的迪娜！

我生病了，在皇室所在的城市。或许最后会死。我的肺已经被吞噬了。我也没什么要留下来的，唯一剩下的就是对你的美好祝愿了。离开法格尼斯，我每一天都很后悔。

我现在身体不行，也没有足够的钱回来。不过我的大提琴还妥善保存着。迪娜，你能帮我把它运回家吗？请小心一点！那可是一把尊贵的乐器。

你的洛奇

迪娜不停地走来走去。她从三座仓库的一个走到另一个，每层楼都走遍了。

这一整天，她无暇顾及耶特路德。雅各布的地位只是一缕灰尘。

她轻柔地对自己嚎叫着。走了几个小时，鞋子都被蹬破了。阳光似乎没完没了，从铅制的小窗户里照进来，洒在地板上。

她走进死人的领地，在光束中进进出出。那是一场噩梦，也是一场美丽的梦。

最后，洛奇先生倚在她的额头上。

***

这之后，每次她想安安静静一个人待着的时候总能遇见洛奇。

不管是生还是死，洛奇先生总是那么害羞，动作总是那么笨拙。

每一年的丁香花季，他总会在花园的小径上漫步，地上撒了新的碎贝壳。花床边铺了鹅卵石。这些鹅卵石在大海里搁浅，慢慢成形，在海浪的舔舐下，被遗落在岸上。

洛奇在那儿。她把他们通通带回了雷斯尼斯，所有的东西。包括洛奇，都属于她。海洋中爆发出一阵响声，像大提琴里飘来的忧伤曲调。岩石堆和山里传来重低音的贝斯声。内心的欲望就在此刻迫切不羁地释放出来。

第九章

巡抚有一个常例，每逢这节气，随众人所要的，释放一个囚犯给他们……巡抚对众人说："这两个人，你们要我释放哪一个给你们呢？"他们说："巴拉巴。"

——《圣经·马太福音》第27章，第15、21节

《特罗姆瑟快报》上刊登了一份从特隆海姆出发的"古斯塔夫王子号"乘客名单，一等舱的名字里包含神学毕业生约翰·特罗奈夫。

凯伦嬷嬷喜不自禁，开心的泪水从眼里奔涌而出。前些日子鲜有信件到来，但是他们知道，终于他还是完成了最后一门考试。

这些年来，他都不着家。但是他写信给凯伦嬷嬷说，他会回雷斯尼斯来，在这里他能进入纯粹的思考，获得启迪，也能在多年埋头苦读后休息一下。

如果说，一想到约翰回来就会让迪娜感到不自在，那么在这一点上，迪娜掩饰得非常好。

在他写的最后一封信里，这位年轻的神学家附带地提了一句，他已经申请了海格兰德地区的一个教区，打算担任那儿的神父，他也不避讳自己略显自负的口吻，不过对这件事他心存疑虑。信中他没有提具体的地方。

迪娜认为他去南部的教区更好。那边的人更富有，她一边说，一边直直地看着凯伦嬷嬷的眼睛。

不过，凯伦嬷嬷倒不担心富有与否的问题。她只顾着拼命回忆约翰

的模样，想记起来上一次见他的时候，他长什么样。可惜她的记忆力已经减退了。雅各布的死对她来说是更大的打击。她叹了口气，翻了翻约翰的来信。她必须做好充足的准备，来迎接现如今长大成人的约翰。他已经不是过去的那个他了，如今的他是一名神学家。

＊＊＊

我是迪娜，我认识一个男孩，他的眼里充满恐惧，脑门上刻着"义务"二字。他长得不像雅各布，乌黑蓬乱的头发里有盐水的味道，腰身很细。我喜欢他的下巴。他的下巴分成两半，全然不知额头上的义务。他来的时候，会戴起一张陌生人般的面具，面对我的时候，习惯将自己隐藏起来。

凯伦嬷嬷和欧林开始精心策划欢迎约翰的晚宴。牧师一家、警长一家还有所有重要人物都会一并请来！

到时候他们会宰一头小牛，然后端出上好的马德拉酒。然后把银器都擦得锃亮，桌布和石器都要好好洗洗。

欧林不仅要吩咐下人干活，还要做好晚餐的安排计划。她乐在其中，心想雅各布的儿子一定会受到国王般的欢迎礼遇！

她抓起本杰明的手，教他如何对着自己的兄长有礼貌地鞠躬。

"像这样！"她一边对他说，一边像个将军般把脚跟咔哒一声并起来。

本杰明非常认真地模仿着她，一丝不苟。

凯伦嬷嬷则负责监督约翰房间的布置工作。她之前已经把南边的卧房给清空了。可惜要把她想到的所有修缮工作都完成怕是没时间了。

尽管迪娜眉头紧锁，但凯伦嬷嬷还是坚持把主人房里的两把金色皮椅搬到约翰的房间。然后把她房里的桃花心木书柜也一并搬到这位年轻的神学家卧房里，这口柜子的门把手上雕着象牙白的玫瑰花结。

托马斯负责前头，几个年轻小伙子在后头帮忙，一起把这件沉沉的家具扛到了屋子里，凯伦嬷嬷坐在大厅的椅子上，欢欣雀跃地发号施令。

她的出现像是给满头大汗的男士们一道温柔的鞭子，让他们上气不接下气。

"小心点，亲爱的托马斯！不，不，留神护墙板！慢慢转过去！看好玻璃门，别让它滑开来！"

一切终于按照她的指示摆放妥当，迪娜扶着她上楼，让她好好检查一下房间的布置。

"要不就是年龄给我开了个玩笑，要不就是这间房缩水了，长度和宽度都不太对。"她说道。

迪娜直白地回答她说，凯伦嬷嬷认定这些优雅的家具适合一名牧师，这没错，但却没考虑到雷斯尼斯南侧卧房的面积大小。看来他们得扩建整栋屋子了。

凯伦嬷嬷把本想说的话咽进肚子里，靠着门旁的椅子坐下来，然后轻轻地说：

"本就应该给他住主人房的……"

迪娜没有吱声。她把手搭在髋上，看了看四周，沉思了一会儿。

"我们帮他把主人房的书桌和配套的椅子一起搬过来。这两样东西和书柜比较搭。然后把这些大椅子搬回到原来的地方……"

凯伦嬷嬷的眼睛无助地盯着四面墙。

"这个房间显然太小了……"

"他不会在这间房里待一辈子的。他以后会住到一套大房子里，不是吗，凯伦嬷嬷？他需要的是一个书柜、一把椅子、一张书桌和一张床。我的意思是，他一个人独处的时候只需要这些就够了。"

一切便遵照着迪娜的嘱咐安排下去。但凯伦嬷嬷觉着一个神学毕业生回家后，应该把主人房给他住。

西南方向飘来了雨水。

四棵落叶松中间有一个老鸽棚，柔软的枝条被大风刮得呈水平线飞了起来。

墙壁附近和夏日度假屋周围的玫瑰花丛是英格伯格的，大雨可让它们遭了不少罪。百合花床原本是凯伦嬷嬷的骄傲，现在看上去像是被人用碱液浸润了好几个小时。

欧林用力甩了三次烤箱门。这天对她来说是名副其实的世界末日，又是苦苦哀求，又是鬼哭狼嚎，像是忍受着炼狱之苦。

女仆们在房子里来回奔跑，不足一分钟就忘记了自己该做些什么。因为欧林虽然发狂的日子不多，但每次她这样，总是能达到前所未有的程度。

安德士刚刚监督好伙计把码头上的船都系牢，这会儿到厨房来喝杯咖啡，休息片刻。

他看到这幅乱七八糟的情景后，好脾气地点评道：

"有一天，欧林一定会生气到把自己劈成两瓣儿。不过那样也没关系，因为无论哪一边，体型都足够了！"

"没错，不过每边都只有一只脚和一只手来伺候你了。给我出去，我的好伙计！"她一边反驳，一边用木头鞋踢他。

不过咖啡还是拿到了。规矩就是规矩。两大捆桦木枝条就是付的咖啡钱。

***

码头的伙计们把船系牢后，把所有东西都捆得紧紧的。

一面像碎布条似的旗子仍旧挂在旗杆上。旗面上的蓝色部分大多都看不见了，像是有人故意轻蔑地举起一面海盗旗。

最糟糕的事情莫过于下雨。这场雨很大，不停地拍打在屋顶和屋檐的排水槽上，折磨着凯伦嬷嬷的神经。

仆人的住处发现有漏雨的情况，为了不淋湿床榻和箱子，女仆和雇农们提着水桶和澡盆来回奔波。

托马斯冲上了屋顶，他本想用新的石板盖在出问题的房顶上，但很快便不得不打消了这个念头。

屋外的雨声中，古斯塔夫王子号已经费力地开了好几个小时，但就是没能靠岸。

大伙儿一边忙着自己的活儿，一边瞄着蒸汽船的方向。现在是不是有一些进展了？没错，还真是，好像比之前要好一些了。

有关是否取下碎布条旗的事情在人群中议论纷纷。这是家里唯一一面旗子。凯伦嬷嬷坚决不同意撤下！如果这场雨把一半的旗子刮走，他们也束手无策。但如果旗杆上光秃秃的，那可是莫大的侮辱。

尼尔斯想派托马斯去内陆找佃农借一面旗子来。

但是迪娜不同意。托马斯回来前，约翰可能已经到家了，再拿旗子来没有任何意义。

本杰明往屋外跑了两次打探蒸汽船的情况，雨衣也没有穿，身上的衣服看来是不得不换了。

第二次跑出去的时候，欧林的叫声响彻整栋屋子，她嚷嚷道这位小伙子彻底野了，吩咐斯缇娜好好看管他。

但是本杰明用响亮的声音兴高采烈地叫道：

"不，欧林。本杰明是一名异教徒！"

汉娜神情凝重地帮他解下那么多纽扣，一边还点点头。他们之间的爱是不容置疑的。不管他带汉娜去哪里，就算疲惫她也愿意一同跟随。如果他掉进小溪里，汉娜也掉进小溪里。如果他把膝盖擦破了，汉娜会哭。如果欧林认为本杰明是一名异教徒，那她会气呼呼地哭得很大声，直到欧林被逼无奈，承认汉娜也是一名同样优秀的异教徒才罢休。

* * *

大提琴的音乐声从门缝、窗缝还有地板的缝隙里奔涌而出，夹杂着几阵大风。

雨水像是水做的竖琴，弹奏着属于自己的旋律。

整栋房子的人忙得一团乱，府上的人像是搅拌着的奶油，十分焦虑不安。而此刻迪娜坐在这些乱糟糟的人群中，丝毫没有被牵扯进去。纷扰杂乱似乎不能打扰到她。

她演奏的时候需要聚精会神。等蒸汽船抛锚泊船了，大伙儿会叫她。他们会蹬蹬蹬地踩上楼梯，嘎吱嘎吱地压在粗硬的砾石上，当啷一声用力捶开厨房和餐具室的门。

然后当他们在岸边和雅各布的儿子问好时，整栋屋子则万籁俱寂。即使船鸣声和激动的欢迎声隔着暴风雨，距离太远，迪娜仍旧能清清楚楚地听见。

她仿佛只是在静心等待着那一刻的到来。等到那一刻，她会沿着宽阔的林荫道走出来，挥手欢迎。她会离所有人远远的，或许她只是想单独见他，好看看他现在是什么样子。

但一切并没有如大家所预料的那样发生，尽管大伙儿已经把暴风雨和延误的情况考虑进去了。

古斯塔夫王子号发出了熟悉的汽笛声，准备再次起航。安德士和尼尔斯划着小船，到码头处把归来的少爷接回家。小船靠岸时，一个年轻的雇农蹚着水过来，他抓住船头，在岩石中用力往前拉。

雨停了。迪娜站在前门口，低头看着小道。

约翰站在一堆行李箱后面，微笑着扬起自己的帽子。人们紧挨着彼此站在岩石堆和仓房里欢迎他的到来。他的身边站着一个穿皮衣的男人，个子很高，发色很深。

岸上的头巾、方巾和随风起伏的衬衫都被大风朝东北方向用力撕扯着。头顶的天空似怒气冲冲，云朵以目眩神迷的步伐舒卷张合。

突然天空打下一道闪电。巨大的红色火焰，猛烈地扑面而来。

"干草堆的谷仓着火了！"一名雇农大声尖叫道。

这句话引起了一阵骚乱，大家伙都不知所措。

神学家还是非神学家，古斯塔夫王子号还是非古斯塔夫王子号——那都不重要！

人们一拥而上，朝谷仓跑去。手腿都不听使唤似的，犹豫着不知该怎么办。

托马斯立刻抢起一把有浮雕的斧头冲上了屋顶。他的身体被煤烟熏成黑色，带着怒气把着了火的圆木砍松后，扔到地上，仿佛一场带火花的阵雨。没人清楚他哪里来的这份勇气和决心，竟然会这么做。毕竟没有人让他这么去做。

迪娜忽然站在人群的中间，迅速地指挥起来。

"安德士：去看好动物！先去看看马！尼尔斯：把湿的帆布放在干草上！艾福特：再多弄点斧头来！古德蒙德：把篱笆打开！姑娘们：每人拎一个水桶过来！"

命令声在狂风巨火中啪啪作响。她双腿叉开站着，黑色的头发盘成一团。

她的平纹细布裙有六幅宽，像一张帆用力把她的身子推向风口。

迪娜的眼神充满了寒意，全神贯注地盯着托马斯，好像光凭她的目光就能让他直起身子来。

她说话的声音像一只乌鸦，既低沉又充满进攻性。

过了一会儿，几个男人爬上托马斯靠在谷仓旁的梯子，上去帮忙。

这场曾经在陆地和大海上放肆的史诗级大雨如今却见不着踪影了。只有大风仍旧在肆虐。

他们不得不马不停蹄地把湿的船帆和麻袋盖在火上抑制火势的蔓延，可溅落的火花碰到干的东西便立马将其吞噬。

烧着的木梁和木板好几次都砸落在易燃的干草堆上，眼看就要引燃整片土堆。

"安德士！去干草棚里头看看！找点湿的帆布来！"迪娜尖叫道。

人们迅速聚集到需要帮忙的地方去。他们把那天早晨在仆人住处接的几桶漏下来的雨水递过去。厨房和地窖里还有更多桶需要有人提过去。

幸运的是，屋外的东西基本都非常潮湿。谷仓外的杂草和外墙几乎湿透了。这才把四处喷溅的火花给盖了下来。

"我们的主今天似乎没有很好地保护我们的屋顶。"安德士经过迪娜身边时，气喘吁吁地说道。他的肩上扛着一卷湿过水的帆布。不过迪娜丝毫没有在意。

古斯塔夫王子号很快便抛下船锚，把小船降到海上。船员和一些男性乘客划着小船，沿着主干道顺流而上，帮忙一起扑火。

谷仓离海滩有些距离，要经过主要的农舍和农房。把海水运来灭火的话，路太远了。

有些男士跑到谷仓和主庭院中间的水井去打水。但这个办法比较慢，一次只能接一桶水，帮不了大忙。

男男女女连成了一条传输线，一直从海滩到谷仓。因为人数太少，这条链子不够紧，每个人都不得不跑个几米才能到下一个连接口。

但很快，田野上的水桶就从一只手飞到另一只手，最终到达干草谷仓。

水手们帮了不少忙。他们声嘶力竭地大吼着，有时还能听见"干得好"的欢呼声。

船长和大副也加入了灭火斗士的队伍中。他们扯开海军大衣，丢下帽子，立马和船上其他乘客一起加入波浪起伏的人潮里。

机械师是英国人，虽然他的话令人费解，但声音像大炮一样隆隆作响。他的肩颈长得像一头海象，看来已经干惯了苦活累活。

这三个男人配合托马斯一起上了屋顶。他们的腰间缠着一根绳子，像一道奇怪的波浪在房顶上移动，靠着仁慈的劲风和脚上的力道居然站得挺稳。两个人用斧头砍，还有两个提着水桶。

斧子被证明是最有用的一个工具。很快，朝东边有四分之一的屋顶被砍了下来，掉在地上闷燃着。

大风竟然刮到了没有被破坏的房顶下，下面的干草没有湿帆布罩着。

没过多久，干草堆像是被一根魔杖碰到似的，草秆呈漏斗状向上飞抬。每一缕稻草都仿佛在同一时间收到了讯息，不停地往上攒动。干草从没有房顶的谷仓中往上冒，一直升到半空中。飞舞的干草慢慢形成一条细小的弧线，断断续续地朝着大海的方向，在田地上往南飞。

"尼尔斯！干草！再来些船帆！"

迪娜的命令声冲着大风清晰地传达到船长的耳朵里，船长惊讶地抬了一会儿头。

尼尔斯在别的地方忙着，没有听见命令。但是其他人听见了。船帆到了，干草堆这才沉下去。

***

好几个小时过去了，没有人注意到。古斯塔夫王子号孤零零地停在港口，被这片人声给抛弃了。

汉娜和本杰明四处奔跑，张着嘴巴，瞪着好奇的眼睛观察着周围的一切。他们的腿上蒙了一层厚厚的泥土，最好的衣服弄得肮脏不堪。不过没人注意这事。

火势被控制住后，只有一点余烟偶尔从地上的圆木桩子上升起来，形成一条细细的气流柱，提醒大家这里曾经爆发过一场灾难。迪娜把目光从谷仓的屋顶上移开。她转过劳累酸痛的身体，慢慢放下自己的水桶。

她放松了肩膀，背部一垮，仿佛刚才有人掐着她的喉咙，不让她呼吸似的。

接着，她漫不经心地把头发从脸上往后一甩，宛如一匹渴望见到阳光的骏马。在头顶上方的云层中，她发现一道宽宽的口子，透过那道裂缝，可以望见蓝色的天空。

就在这时，她的眼睛遇上一道陌生的目光，那目光从刚才到现在一直凝视着她。

我是迪娜。我的双脚像是地里的桩子。我的头轻飘飘的，什么都能往里塞。不管是声音、气味还是颜色。

四周的画面在移动。有人，有风，还有一股刺鼻的煤烟味，混合着烧焦的树的味道。起初只有眼睛，没有头也没有身体。如同一点疲倦的感觉，想找个休息的地方。

我从来没见过这样的人。是海盗吗？不！他是从耶特路德的书里来的！他是巴拉巴！

这段时间我都去了哪儿？

第十章

巴不得你象我的兄弟，

象吃我母亲奶的兄弟！

我在外头遇见你，就与你亲嘴，

谁也不轻看我。

我必引导你，

领你进我母亲的家，

我可以领受教训，

也就使你喝

石榴汁酿的香酒。

——《圣经·雅歌》第八章，第1—2节

他的眼睛非常绿，脸上的线条特别明显，蓄着胡子，估计今早没剃。他自信地扬起鼻子，使劲嗅着周围的空气，把大鼻孔当犁一样使。

她不必低下头来与他对视。他的脸有些晒黑了，左边的脸颊上有一道长长的白色疤痕。有人或许会说，这疤痕好丑，还非常瘆人。

他的嘴巴很大，样子很严肃。嘴角微微上扬，咧开来的样子很美，好像造物主故意赏给他一个整体上较为温和的面部表情。

他的棕色及肩发有些油腻，发丝已经被汗水打湿。衬衫本来肯定是白色的，但被水淋湿，再沾上煤灰后，就看不出颜色来了。一只袖子的缝合处撕开了，犹如乞丐的服装，耷拉在他的手臂上。

腰间的粗皮带捆在他的宽腿皮裤上。这名男子瘦骨嶙峋得像一名罪犯，左手握着一把斧子。

这是被释放了的巴拉巴。现在他正看着她，似乎打算砍下来……

托马斯和这名陌生男子曾一起抢着斧子拼命扑火。其中一人知道那时正是成败的关头，所以无比卖力。为了雷斯尼斯，为了迪娜，他必须得这么做。

另一人则是因为碰巧被滞留在这片狭长的高地，既然这里着了火需要帮忙，不如就搭把手，恰好他也享受这种与火搏斗的过程。

"我们成功了！"他说道。一场激战后，他仍旧气喘吁吁。宽广的胸脯像是铁匠敲打时发出的吼叫声，不断起伏着。

迪娜盯着他看。

"你是巴拉巴吗？"她非常严肃地问道。

"你什么意思？"他提问时的口气也一样庄重。从口音上，她可以判断他不是挪威人。

"我想你应该刚被释放。"

"那我一定就是巴拉巴了。"他一边说，一边伸出自己的手。

起初她并没有想握手的意思。但既然他一直伸着。

"我是迪娜·格洛奈夫。"迪娜最后还是握了他的手。干完活儿之后，他的手上沾满了汗水，而且还很脏。他的关节很粗，手指很长。但手掌却和她一样柔软。

他点了点头，仿佛知道了她的身份。

"确切地说，你应该不是铁匠吧。"她一边说，一边冲着他的手点点头。

"不是，巴拉巴不是什么铁匠。"

人群中传来欢欣雀跃的嘀咕声和说话声，大家聊的都是一件事。这场大火！

迪娜松开他的目光，慢慢看向人群。这里总共有大约三十个人。她带着满满的惊讶，大声宣布道：

"谢谢你们！谢谢你们中的每一个人！现在是吃肉喝酒的时候了！我们会在用人的大厅和餐厅里准备好桌子，邀请在场的每一位前来用餐。请大家尽情享用！"

就在这当口，约翰从人群中绕到迪娜面前。他张开嘴巴，笑得很欢。

"这样的还乡之行太棒了！"他说完，把她往自己身前稍稍抱了一会儿。

"可不就是！欢迎你回家，约翰！如你所见，我们都还活着。"

"这位是久科夫斯基。我们是在船上相遇的。"他指着这名男子说道。

这位陌生人再一次伸出手来，好像忘记了他俩刚刚才握过。不过这一次，他面带着微笑。

不，巴拉巴绝不是什么铁匠。

夜里晚些时候，风势逐渐减弱。人们进了屋子。只是古斯塔夫王子号还停在抛锚的地方。船期已经耽误好多个小时了。

晚宴还准备了一场烟火表演。对于火这个东西，还是小心为好。希望夜里别下雨，看在干草堆的分上。

安德士和托马斯第二天要去斯特朗德斯泰德买一些建筑材料，再聘用一些短期工人。谷仓很快就会有一个新屋顶。

火势得到控制之后，警长和达格妮才匆匆抵达。警长心情很好，他开玩笑地指责道，这火之所以烦人，主要还是因为他们没给宅子和器具买保险。迪娜非常镇静地回答道，她之后会考虑保险的事情。这一次他们没有吵架，因为牧师和神学家都在场。

凯伦嬷嬷像一只松鸡似的踮着脚尖四处走动。她的臀和脚明显比之前很长一段时间内好多了。

欧林之前突然被所有事情排除在外，女仆们都忙着在屋外头递水桶。另一方面，她瞬间多了好几个小时来忙厨房里的事。

欧林习惯了自己一个人负责厨房里的大小事务。

虽然她常常焦虑地在屋内厨房和屋外厨房的大烤箱间穿梭，但她做出来的牛肉唇齿留香，色味俱佳。小牛肉就是在屋外的大烤箱里烤出来的。

牛肉是用一个桶在雨势最大的时候提进主屋里的，恰好在古斯塔夫王子号鸣笛前。

等烧起熊熊大火的时候，只有犯关节炎的凯伦嬷嬷有闲工夫帮欧林把肉再拿回屋外的烤箱去。

接到宴请指令后，她俩几乎同时意识到一个问题：家里估计要过上一段时间，才会再举行这类喜庆的宴会了。

欧林用动物油和烤肉汁不停涂在牛肉上，这样肉排就不会烤干，然后她小心地把烤箱的火拨旺，动作中充满了爱意。

一定要等到最后一分钟她才会淋上调味的肉汁。在这之前她必须要先让自己的内心平静下来。毛毛躁躁可是没法把肉汁给浇匀的。

烤小牛前，她把肋骨折断，然后把肚子切开，再绕着腰子把腹部扎紧。这对腰子可是她最自豪的地方，同时也是菜品的一部分。她用一把非常锋利的刀把腰子切好，然后再做成一道精致可口的菜肴端上餐桌。

揉碎的杜松子放在一块薄薄的板上，这给屋子里增添了不少香气。杜松子其实应该是配着喝酒打牌的时候上的，不过欧林的烤肉可不只是一般的烤小牛肉。她的烤肉上加了杜松子和一些绝妙的香料。

餐具室里放着水晶碗，碗上有柄。里面盛满了云莓和加仑子果冻。它们的湿度和咬上去的松软度正正好好。她已经颤颤巍巍地把食物表面的坑都挖走了，两条腿不停地在窗台和桌子间奔跑。

新买来的土豆很小。前一个晚上女仆已经削了皮，在地窖的淡水水桶里放了一整夜。晚餐前，这些土豆会用四个大锅煮开。

在这之前，好长一段时间里女仆们都在提水灭火，这些土豆就被急急忙忙地扔进了木头的烘烤槽里。

既然危险的时刻已经过去，欧林便开始嘟哝起这件事了。她觉得烘烤槽是个神圣的存在，除了生面团，任何其他东西都不能放。如果你对面团不够上心，山精说不定会对它施咒语，让野酵母或是更糟糕的东西钻进面团里。

"但是毕竟，这儿起了一场火嘛！"她无可奈何地叹了口气。然后把新土豆猛地扔回原本属于它们的水桶里。

火势被渐渐控制住以后，约翰的欢迎仪式才得到妥善的安排。人们纷纷赶回家换衣服，准备赴宴，这可是同一天里第二次更衣。

有些男士只有一件衬衫，等反应过来的时候，已经来不及从大火中抽身了。不过，大火把他们身上最脏的污垢都搓光了，剩下的炭灰不如就留着吧。只要在洗澡时，把身体上的煤灰和灰尘洗冲干净，这件染了污渍的衣服反倒成了他们的荣誉勋章。

欧林往作品上抹了最后几笔，然后吩咐大家把桌子摆好，迎接来自古斯塔夫王子号上帮忙灭火的船员和乘客。

凯伦嬷嬷决定让船长、大副、机械师，以及在旅途中与约翰相识的朋友坐在餐厅里享用晚餐。其余人则到农舍里就坐。他们会在锯木架上放几张长凳子，然后用洁白的床单盖在上面，用一些田里采来的花点缀一下餐桌。

欧林的额头上滴着汗珠，心情绝佳。她的双手精心地忙着准备餐点，动作飞快。

菜肴端上桌的时候，气氛已经达到高潮，原来桌子上早就摆好了朗姆酒。这些船员格外慷慨。他们把一些大家提到名称的酒一起划船送了过来，还有一些则还没来得及说名字就默默地喝完了。

没有人提起蒸汽船之后朝北面航行的事情。

***

男人们帮着一起布置桌子，好像他们之前什么都没干过。

凯伦嬷嬷没有给农舍的客人们点红酒或是其他烈酒。很显然，朗姆酒已经够了。朗姆酒就像萨雷普塔投手的寡妇，周到地缓缓流进腹里，饮后永远不会口干。

这艘备受祝福的蒸汽船承载了许多人的旅途使命，这些男士都穿着工作衫和夹克，从繁重的工作中抽身而来。

过了一会儿，晚宴的气氛到达了高潮。饭桌上谈笑风生，故事末了，宾客哈哈一笑或是嘟囔几句。

牧师坐在饭桌的一端，他为妻子身体抱恙，没能陪他一同前来感到遗憾。

虽然夏日炎热，但达格妮还是穿着一件天鹅绒的套装，里面搭配了紧身胸衣，领口是镶蕾丝的高领。这件衣服是刚刚从卑尔根运过来的最新款。

迪娜反复看了几次领子上的胸针，这枚胸针曾经是耶特路德佩戴的饰品。

凯伦嬷嬷坐在饭桌的另一头，约翰则坐在她和迪娜中间。

一对出身贵族的瑞典夫妇正乘坐蒸汽船来诺德兰省度假。他们是一定要从船上请过来的，即使他们没有出力一起帮忙扑火，但这点消遣不能漏了他们。丈夫坐在凯伦嬷嬷旁边。由于船上还来了其他官员和客人，原定的座位发生了变动，久科夫斯基最后坐到了迪娜的对面。

水晶吊灯下的银器和水晶交相辉映，闪着炫目的光芒。

这是八月里的暮光时分。白色的桌布上撒了一些小雏菊、圆叶风铃草、常春藤还有花楸叶子。高脚杯里装着尊贵的食物。鲜花给人们抹上一种诱人的芳香味，大家都表现得非常客气。虽然彼此并不都认识，但有两件事情在他们身上是共同的。那就是食物和大火！

凯伦嬷嬷脸上浮现出和蔼可亲的模样，脸上的皱纹纵横交错。她一边微笑一边交谈。这本就是雷斯尼斯曾经的模样！雷斯尼斯的宴会就该如此！这儿曾经有过宴会桌，也有过小牛排的香味。重新体验到这种感觉，凯伦嬷嬷意识到自己对此感到满意的心情。她很高兴自己把斯缇娜调教成了雷斯尼斯的女主人。有关家务方面的事情，想要指导迪娜是不现实的。雷斯尼斯也确实需要一个不只会玩音乐、抽雪茄的女主人。这天夜晚，凯伦嬷嬷看得出结论，斯缇娜做得非常好。

不得不承认，萨米族裔的女孩子既聪明又伶俐。如果说迪娜给人压迫感，那么她则是通过温柔的方式赢得了人们的信任。

迪娜看着巴拉巴。他换上了干净的衬衫，但头发还是湿的。在灯光的照射下，他的眼睛更绿了。

迪娜邀请久科夫斯基入住家里的一间客房。他鞠了一躬，接受了迪娜的邀请。

每当她听见他和约翰下楼的声音时，她就偷偷溜进他的房间，里面有一股剃须泡沫和皮革的味道。

他的旅行包很宽敞，母牛皮的用料，包半打开着。起初她只是想看看里面有什么。她把衣服和小物件提起来的时候，不小心发现了一本书。书用厚厚的牛皮裹着，皮子磨损得挺厉害。她把书打开，里面写的好像是俄语。扉页上写着一行字，笔迹有点偏斜，样子有棱有角：

利奥·久科夫斯基

扉页上还印着一个人名：**亚历山大·普希金**。印刷的字体很大，装饰相当华丽。可能是这本书的作者。书名看不懂。

这跟装着俄罗斯商品的箱子和货柜上写着的俄语一样奇怪。

"我看不懂。"她大声嚷道。看不出来这是哪种类型的书，似乎有点让她生气。

她把书凑近鼻尖嗅了嗅。书的纸张有种潮湿的气味，看来是在箱子里放了很长一段时间。这个男人的气味真怪。有点微甜，可又酸酸的。那不就是烟草、灰尘的味道吗。啊还有大海！

雅各布从墙里钻出来。今晚他需要她。她自言自语地咒骂了几句，想让他离开。但是他偏不听，一边哀求着她的同情，一边绕着她跑。他的气味弥漫在整个房间里，她把手挡在身前，想让他消失。

然后她把书放回到原来的位置上。她直起身子，气喘吁吁的，像是刚刚干了重活。

她仔细听着楼梯上的步伐，心想若是他回来了，得有一个不在场证明。就说她原本想给夜里的烛台放点新蜡烛好了。他不会知道这其实并不是她常负责的活儿。她进屋后正好在地板上摆了一筐蜡烛。

雅各布等到她把篮筐提起来准备离开房间的时候才从她身边走开。大厅的灯光映射成一团光圈，光圈下的他松开了她光裸的手臂。他拖着无用的双脚，后退到亚麻布橱柜旁的阴暗角落里。

"我们救下了谷仓的屋顶！没有靠你帮忙！"迪娜龇牙低吼道，下楼进了餐厅。

我是正在漂浮的迪娜。我的脑袋自行在房间里移动。墙壁和天花板已经打开。天空是一幅灰暗的、天鹅绒和碎玻璃组成的巨画。而我就在这幅巨画中漂浮。我既想漂浮！又不想漂浮！

第一道菜上来的时候，来自瑞典的伯爵夫人评价说，在靠近北极的地方居然能看见这如此美丽的花园，这实在让人诧异。花床旁的小径迷人可爱，上面竟还撒了碎贝壳！她在晚宴前已经注意到了这一点。在如此恶劣的环境下要布置这样的花园一定十分费工夫，还很耗时间。

凯伦嬷嬷绷紧了嘴巴，礼貌地回复说，或许是有一点困难，严冬里玫瑰花丛有时会结冰。她很乐意明天带伯爵夫人去逛一逛植物园。那可是雷斯尼斯的专长。

随后他们为年轻的神学家祝酒。结束以后，他们又为谷仓和干草各敬了一杯。在上帝的仁慈关怀下，他们把谷仓和干草从大火中救了下来。

"还要敬一敬动物们！愿上帝保佑这些动物！"凯伦嬷嬷添了一句。

于是他们便为庄稼和动物举起酒杯。要知道这还只是第一道菜！

瑞典的贵族先生赞赏了欧林烹制的鱼汤，还坚持要让欧林来餐厅接受他的致敬。这鱼汤是他尝过的汤里最好喝的。这么多次旅行，他已经尝遍了天下的鱼汤。

法国的鱼汤！有谁尝过法国的鱼汤吗？

凯伦嬷嬷尝过。她还能从鱼汤引申到她在法国待的三年。她一边陈述一边用双手微微做着手势，让金银丝胸针发出有韵律的叮当声。

她突然引用起法语的诗歌来，脸颊上泛出年轻人的红晕。

她灰白的头发梳洗得很整齐，为了这次的晚宴，她特意用杜松子水冲洗，还用卷发的铁器精心打理了一番，发丝像银器和烛台一样闪闪发亮。

欧林把自己整理了一番，脱下围裙后终于来到了餐桌前，这时大家讨论的话题早就不是鱼汤了。

即使是对那位瑞典的贵族绅士，鱼汤现在也不具有多大吸引力了，不过他仍旧夸奖了几句鱼汤的美味。既然开了口，他还点评了几句主菜。他的溢美之词滔滔不绝。他说完后，欧林行了屈膝礼，说自己必须先暂时离开一下。

这个停顿让人不免有些尴尬。

久科夫斯基松了松蝴蝶结领结，虽然院子里的窗户开着，但室内还是有些炎热。

夜里的飞蛾迷了路，钻进了精致的蕾丝窗帘后，被光线抓了个正着。一只飞蛾在迪娜面前扑火。可怜的小东西，它的生命终结了。烧焦的尸体像是桌布上的一粒灰尘。

她举起酒杯，四周的人声渐渐平息下来。于是他也举起酒杯，并点了点头。两人相对无言。然后大家齐刷刷地拿起刀叉开始享用美食。

小牛排粉嫩多汁，肉汁酱料像是白色瓷瓶上的天鹅绒。黑加仑果冻在盘子的边缘上摇摇晃晃。

迪娜把果冻稳稳地放在肉排上。新土豆的皮去得很好，一点碎皮都没有剩下，只留下松软的粉状圆土豆。她把银制的叉子插入土豆，切下一小块，顺着肉汁慢慢地滑过，再混上一些果冻，最后举到自己的嘴边。四目相对时，他正好也做着相同的动作。

他的唇间夹着一块粉色的肉排，牙齿间闪着光。过了一会儿，他闭上嘴巴开始咀嚼。坐在桌对面的他，眼睛像死海一样宁静。

她把他的一对眼球放在叉子上，然后送进嘴巴里，让舌头慢慢舔舐。她细细品尝，眼球有一些咸咸的味道，既不能咀嚼也不能吞咽。她只是让它们在她的腭下静静地滚动，用舌尖轻轻拂过。接着她把眼珠送到嘴边，张开嘴唇，把它们再放出来。

眼睛找到合适的居所后，便重新安顿下来，而他的嘴巴则静静地享受着唇齿间的美味，脸上散发着一种强烈的光芒。沉醉的气息从他的皮肤里倾泻而出。眼睛回到眼窝后，他对着她眨起了眼！

随后她也庄重地眨了回去。接着两人继续咀嚼，细细品尝彼此的滋味，沉溺但并不过分贪婪，因为谁先失控谁就输了。

她叹了口气。有一阵，她忘记了咀嚼，但自己并未意识到这点。她微微一笑，笑容有些陌生，似乎已被埋葬了多年。自从她坐在耶特路德的大腿上，让耶特路德抚摸她头发的那天起，她就不再那么笑了。

他的脸一边很英俊，另一边则很丑陋。脸上的疤把整张脸一分为二，疤痕的曲线在脸颊刻下一道深深的坎。

迪娜的鼻孔微微颤动着，好像有人用稻草在给她呵痒。她放下刀叉，把手抬到面前，用一根手指往上嘴唇擦了擦。

警长的声音打断了这一切。他问约翰是否已经申请了某个地方的教区。

约翰尴尬地低头看着自己的盘子，回答说，他的生活对爱旅行的人而言可能毫无吸引力。但是警长对此完全不赞同。

幸运的是，甜点在这个关头来了。云莓表面覆了一团螺旋形的生奶油，这可是当季最好的云莓，是托马斯为了这顿晚宴特意从附近的沼泽地上采来的。

赴宴的各位都十分陶醉于这场晚宴的饕餮。大副告诉大家，他曾经被迫去参加了一场巴尔迪的婚礼。可主人家却连一块肉都没有招待他，更别提有什么甜点了。每餐都只有一个盘子，上面装着牛奶、面包还有奶油布丁。除此之外就只有干羊肉。羊肉咸得不像话，只有那家主人才切得下来。他们生怕有人会把刀给弄坏了！

凯伦嬷嬷的脸部表情十分僵硬，她说巴尔迪那儿不像会是在吃的东西上克扣的人。

不过这句话也无济于事，就连牧师也忍不住哈哈大笑。

托马斯没有品尝过海员们带来的桶装啤酒。

他，包括其他少数人，都没来得及在晚宴前换衣服。他需要把动物赶回谷仓，然后安排一场烟火表演，还要确保守门的都清醒着。

安德士和尼尔斯很快就消失在主屋里。从那以后，托马斯就没见过他们俩。所以一切的活儿都落在了他的肩膀上。

***

等到他回到农舍以后，晚餐已经被收走了，人们坐在一起抽雪茄、喝咖啡，品着朗姆酒消遣。

他瞬间觉得自己要处理的实在太多了。他已经筋疲力尽，透支了太多。

迪娜在烟火表演后绕过人群去看了看他。不过只是很匆忙的一面。她还是一如既往地暗中朝他竖起一个亲切的大拇指。"托马斯！"她说。然后就没了。

这一刻，他觉得已经心满意足了。但只要她不再出现，不再和他说话，不再当着别人的面感谢他，一切又变得复杂起来。一切的一切。

他知道，在给谷仓扑火时，他做的比任何人都多。他是第一个拿着斧子爬上屋顶的人。如果不是他，那现在的情形可要糟糕多了。

他顿时觉得自己对她的情感掺杂着点说不清的恨意。还有那个帮他一起把着火的屋顶砍下来的高个子陌生人。

托马斯向水手们打听了这个人的情况。不过他们也只知道他说话带口音，还有就是根据乘客名单上的名字，可以判断他不是基督教徒。他的名字像汉语一样难懂！他原本是在特隆海姆上的船，平时总是坐在船上看书抽烟，或者和约翰·格洛奈夫聊聊天。听说他要去东北部的某个地方。说不定他是一个萨米族人，又或许他是从遥远的东方来到这里的？但他却能说一口流利的挪威语。

托马斯从屋顶上下来的时候，正巧看到这个男人站在迪娜身后。她居然和他握了两次手，这令托马斯不禁伤心起来。当他得知这个陌生人被邀请和上流社会的宾客一起到主屋里用餐时，他更加伤心了。毕竟从外表来看他顶多只是一名海员罢了。

托马斯紧抿着下巴干着活儿。他跑去欧林那儿，问她是否需要帮忙。然后给厨房提了一些木头和水，接着就待在厨房里。

他坐在桌子的一头，等着她给他端菜。他把没能去农舍和大家一起吃饭怪在自己身上，说是太累了。

他吃得很慢，咀嚼得很彻底，好像在吞咽时，故意控制着每一口的动作。

"汤喝完了，"欧林嘟囔道，"那个瑞典伯爵喝了整一小桶的汤！"

她从来没听说过，像这样的上等人，居然会额外要一份主菜，从没见过饭桌礼仪差到如此地步的人。她说这对瑞典夫妇撑死就一座宅子。

托马斯无精打采地点了点头，在桌前缩成一团。

欧林在给客人吃的云莓喷生奶油的时候，从侧面扫了他一眼。最后一道甜点准备完以后，她小心谨慎地用毛巾把手擦干。一只手指一只手指地擦，好像这奶油是什么危险品似的。

然后她踮着脚尖快步走到食品储存室，带了一杯最好的红酒回来。

"给你！"她打破了沉默，一边把杯子草草地放在托马斯面前，接着又回去忙她的活儿。

托马斯品了一口酒，他不想表现出自己被欧林的周到感动的模样，于是便脱口而出：

"该死的！"

欧林咕哝地抱怨道，她一直都知道，本杰明到底是从哪儿学会这些亵渎神灵的口头禅。

托马斯听后对她淡淡一笑。

厨房既温暖又安全。锅炉的蒸汽、食物的香味，还有客厅里的嗡嗡声让他有些昏昏欲睡。

但他的头脑里有一个地方确实无比清醒，始终提着十二万分的警备意识。

可惜迪娜并没有到厨房里来……

斯缇娜离开陪孩子们去了。起初一段时间里，能听到本杰明固执的说话声，其中还混合着汉娜发脾气的声音。但渐渐地，楼上安静了下来。

达格妮、凯伦嬷嬷和伯爵夫人在客厅里喝咖啡。

迪娜舒展地躺在吸烟室的睡椅上抽着雪茄，她给自己倒满了酒。一开始，伯爵对此感到十分惊讶，后来便也和男士们继续聊天了。

过了一会儿，牧师向迪娜投来温和的目光，并说：

"迪娜夫人一定得过来帮我们调一调风琴了！"

他有一种强大的能力，总能看出迪娜身上哪里不太对劲。正如他也能看出迪娜身上更珍贵的品质。

他经常说，对待诺德兰的人，要像面对无常的天气一般去接受他们。如果你无法忍受，那你应该在家待一段时间，好好定定神。

牧师的妻子选择了后一条规矩。这次雷斯尼斯为约翰举办的回家喜宴，她就没这个勇气前来。

"牧师知道，我并不是风琴的专家，但是我可以试试看。"迪娜回答道。

"上一次你做得很好。"牧师接着说道。

"这要看调试人的耳朵好不好使了。"迪娜冷冰冰地说道。

"说得没错。你是不可多得的有音乐天赋的人！这一点你要特别感谢……他叫什么来着？就是那个教你爱上音乐的导师？"

"洛奇。"迪娜说。

"是的，就是这个。他现在人在哪里？"

"他在来雷斯尼斯的路上。带着他的大提琴一起。"她说话的声音几不可闻。

"这消息真是有趣！真是好消息！"牧师继续说道，"他预期什么时候到？"

迪娜没有回答，因为伯爵夺走了牧师的注意力。

约翰坐在一圈长辈面前，自然成了人们的焦点。但他并非刻意让自己受众人关注。他说话的声音轻轻的，令人感觉有趣又专注。有时，他会下意识地用右手不停把额头上杂乱的深色头发往后捋。过了一阵子，这些头发又会重新跑回他的额头上。

这些年来，他变了，不只是外形上的变化。他的措辞多了一种外国的韵味。他会用一些丹麦语的词汇和语调，像是借宿在一个不知名商人家的住客，仿佛这里的一切都已经认不出来了。他不会动手乱碰东西，也不会从一间房冲到另一间，急急忙忙去找原来看过的东西。在大家忙着扑火的时候，他也是一副置身事外的模样。除了主屋，他好像附近哪儿也没去过。

安德士问起约翰在丹麦的情况。问他有没有牵涉进哥本哈根学生组织的政治集会？

约翰似乎有点惭愧，他说他并没有参加。

"自从伊斯泰德那一仗后，丹麦人肯定欣喜若狂。他们终于尝到了打败德国人的胜利滋味！"久科夫斯基说道。

"没错，"约翰说，"但是把石勒苏益格划给丹麦不太合理。那个地方和丹麦简直是两种语言，两种文化。"

"但这是弗雷德里克国王一直以来的梦想，不是吗？"这个俄国人继续说道。

"是的，同时也是民族主义者的梦想。"约翰答复道。

"我听说这是沙皇尼古拉斯做的决定。"迪娜说道。

"确实，他威胁普鲁士人，如果他们不离开日德兰半岛，俄国就准备打过去，"久科夫斯基说，"不过丹麦的新武装部队也发挥了不小的作用。"

他们继续讨论着丹麦政治的繁荣发展。

"你对于政治相当了解。"警长对久科夫斯基说道。

"我只是道听途说。"俄国人微微一笑。

"许多丹麦人不如你这么博学。"约翰敬佩地说道，表情很认真。

"谢谢你的夸奖。"

他们在交谈的时候，迪娜一直注视着他们，

"凯伦嬷嬷原本很担心，害怕约翰还没到家，就已经卷入了战争或游行的是非之中。"

"我对这类事情不是特别感兴趣，"约翰淡淡地说道，"一位神学家是没法鼓舞任何人去行动的。"

"别那么说，"牧师说道，"不管怎么说，你现在回到这儿了。"

"不是所有的神学家都是一个样，"约翰的口气有些懊恼，"我几乎不可能被群众看成是什么政治领袖。但你当然就不是这样了。"

"嗯，"牧师的心情很好，"我也不想要什么世俗的权力。"

"可事实上，你想要。如果让我说的话？"迪娜打断道。

"你这是什么意思？"牧师问道。

"当掌权者做了一些你认为不公平的事情时，你会站出来。即使这件事与你无关。"

"那是，这种事确实发生过……"

"而且你总能让事情依照你的想法发展下去，对吧？"迪娜谦和地继续说道。

"也确实有这样的情况。"牧师一边回应，一边露出满意的微笑。

对话再次被拉回安全地带。警长讲述起最近一次议会上，大家争议的内容和讨论的法律行动，讲得滔滔不绝。

安德士是看见约翰后最为吃惊的人。他发现这个男孩已经不再是他曾经在雷斯尼斯认识的那个男孩。但因为他离开的时候年纪还很小，外加在场还有这么多人，安德士也就没有多表态。

在饭桌上，安德士注意到，凯伦嬷嬷好像和这位担任神职的孙子没法像家人一样相处。她一直努力地在找话题和他聊。

约翰非常彬彬有礼，态度也十分友好。但他却已经变成了一个陌生人。

牧师抽了一支短雪茄后准备动身回家，他一边道歉，一边为在场的各位送上几句祝福语。他说，音乐就留到下一次再听吧。

迪娜把牧师送到门口，然后从主客厅里折了回来。她在钢琴上试探性地敲下几个琴键。

那个陌生人立刻出现在她身旁，靠着钢琴静静聆听着。

迪娜停下弹奏，疑惑地看着他。

突然他唱起一首悲伤的俄国民谣来。

迪娜很快就抓到了旋律，开始给他伴奏。如果她弹错了，他就会重复一遍曲调。

这首异域情调的歌曲充满了悲伤。突然间，这名高个子男人竟然开始跳起舞来。俄罗斯的海员只要微有醺意，就会这么做。他伸展开双臂，轻盈地抬起臀部，弯起膝盖。

曲调变得越发狂野愉悦。男人跳得离地板很近，简直没法站直。他把长腿朝侧面伸直，然后再弯下来，一遍一遍越来越快。

他的舞蹈释放出巨大的活力。他跳得很认真，全神贯注，同时又跳得十分调皮。

一名调皮的成年男子！那道疤痕在他泛着红晕的脸上闪耀得异常白亮。他是杰纳斯，神话中的两面神。他不停地旋转，一边的脸颊破了相，另一边则完好无损。

迪娜一边在琴键上舞动手指，一边看着男人的动作，她弹得很稳，但很轻。

凯伦嬷嬷、达格妮和伯爵夫人也停下了她们文雅的谈话。吸烟室里的男人们一个接一个地站起来，注视着他和迪娜的表演。斯缇娜带着身后的四个孩子站在门边。

本杰明的眼睛和嘴巴张得老大。他未经允许溜进了客厅。

汉娜和警长的两个儿子则一脸害羞地站在门廊里。

房间里的人们洋溢着满脸的笑容。明媚的笑容像是毛茸茸的小动物，从一个人身上跳到另一个人身上。雷斯尼斯的客厅里弥漫着欢快的气氛，这太让人吃惊了。过去的几年里，开心的时间总是间隔那么长。

厨房里，甚至整栋屋子都能听见音乐的声音。

一个低沉的男声跟着流转的旋律吟唱着一首奇怪的歌曲，歌词大家都听不懂。

托马斯不安地换下衣服。欧林张着嘴巴仔细聆听。客厅里的女佣走到厨房来，兴奋地咯咯笑着。

"他们还要潘趣酒！那个外国佬在唱俄罗斯歌曲，跳起舞来像个疯子，膝盖居然还弯着跳！他用的是约德尔唱法，不只是真假音互换，还会猛拍鞋跟！我从来没见过这种舞蹈！听说他要睡在南面的客房里。迪娜吩咐我们把洗手台上的花瓶和水罐里倒满水，还要准备铺上干净的毛巾。"

托马斯感觉自己被人用拳头猛地捶了一下，喘不过气来。

久科夫斯基停下舞步，他意外的结束就如同他意外的开始一般。所有人为他鼓起掌来，他勇敢地鞠了一躬，做了几次深呼吸后，便回到吸烟室，重新点上自己的雪茄。

他的额头上布满了汗珠，但并没有要擦拭的意思，只是稍稍抬了抬眉毛，松了松自己的领结。

雅各布奋力地搓着迪娜的胳膊，他显然心情不太愉快。

迪娜把他推走，可他仍旧牢牢地抓住她，不让她走到久科夫斯基身旁去。久科夫斯基早已在睡椅旁的空椅上坐了下来。

她和他握了握手，感谢他为大家跳舞助兴。他们之间的空气在黑暗中发着光，这让雅各布都要发疯了。

过了一会儿，一切回归正常。当游客们开始谈起诺德兰的奇妙夜晚时，久科夫斯基明目张胆地把身子往前一倾，轻轻地把手放在迪娜身上。

"迪娜·格洛奈夫弹得很好。"他简短地说道。

雅各布憎恨的眼神被迪娜逮个正着，她把自己的手移开。

"谢谢。"她说道。

"她不仅擅长组织消防队灭火……还有一头秀发！"

他的声音非常轻柔，游客讨论诺德兰天气的说话声会时不时穿插在他的言语中。

"大家都嫌弃我不用发夹把头发别起来。"她回应道。

"嗯，这我相信。"说完这句，他沉默了起来。

孩子们和斯缇娜又重新上楼去了。

时候不早了。但灯光仍然透过蕾丝窗帘和一盆盆的植物隐约照在房子里。

"你说你的继母通晓音乐，她今天晚上露了一手。不过你说的是她会拉大提琴。"久科夫斯基对约翰说道。

这是头一回有人把迪娜叫成继母的。她张开嘴，仿佛想说什么，但又闭了起来。

"没错，"约翰热切地说道，"给我们拉一拉大提琴吧，迪娜！"

"不拉了，今天先不拉了。"

她点燃一根雪茄。

雅各布对她的表现十分满意。

"你什么时候对他说我拉大提琴的？"她问道。

"在船上的时候。这是我回忆起你的时候唯一想到的。"约翰回答道。

"也是，你对我的记忆也不可能很多。"她低声嘟囔道。

利奥·久科夫斯基轮流看着在场的宾客。尼尔斯抬起头。整个晚上他一句话也没有说过。但好歹他出席了。

"你这话是什么意思？"约翰的语气有些不太肯定。

"噢，没什么。只是想说你离开家有好长一段时间了……"她挺直肩膀问道，是否有人想在就寝前出去散散步，这会儿天倒是放晴了。

所有人都困惑地盯着她看。只有利奥·久科夫斯基从椅子上站了起来。他从安德士递来的盒子里抽了一根雪茄，然后走了过去。

这是他今晚的第一根雪茄。

托马斯比原先安排的多放了五场烟花。

从农舍走到谷仓的时候，他看见迪娜和这个陌生人正在夏日度假屋附近的白色碎贝壳小路上闲荡。

起初这位陌生人把两个大拇指挂在马甲的袖孔上，和迪娜保持着一定的距离，这没错。但过了一会儿，他们一起进了夏日度假屋，然后便消失了。

托马斯很认真地在考虑是否要去当水手。但他还有太多事情要顾及。就拿烟火一事来说，这是他的责任。况且他的父母都已上了年纪。家里还有几位妹妹。

最后，他跪坐在干草堆上，任由稻草戳着他的衣服。他做了一个决定，必须找她聊一聊这件事。或许他只能逼她来看望自己，无论如何要让她陪他一同打一次猎才行！

牧师的小船已经驶到了很远的地方，码头上的舞蹈无拘无束地开始了。

托马斯走到安德利亚斯的码头去找下一个人放烟花。

然后他走回厨房，帮欧林把剩饭剩菜藏到地窖里，再带了几瓶酒上来，之后把水桶和木柴提回去。

欧林好几次停下手上的活儿看着他。

"提亚和安奈特在码头那儿……跳舞。"她试探地说道。

可他没有回答。

"你不太跳舞，托马斯？"

"我不跳。"

"你有什么烦心事？"

"噢，我就是太累了。"他说得很轻松。

"我们这一天也忙完了，你想不想和我聊聊？"

"啊。"他的声音听起来有些尴尬。

他一边清着喉咙，一边提着空水桶走到水缸那儿。他把水桶的水灌满，然后把火炉背后的容器里也灌满。木头整洁地堆在角落里。引火盒里装满了枯树枝。

"过来，坐下来。"欧林说道。

"你不上床睡觉吗？"

"今天不急。"

"我猜也是。"

"让我想想，你要不要喝一杯加白兰地的咖啡？"

"嗯。"

他们靠在厨房的大桌旁坐着，沉浸在各自的思绪里。

天空放晴了。曾经的狂风化成了一份回忆和一声轻柔的低语。八月的夜晚飘着浓郁的香料味，洒着一道道蓝色的光线，它们透过开着的窗户一点点渗透到屋子里。

托马斯把杯中的糖完全搅开。

第十一章

求你将我放在你心上如印记，

带在你臂上如戳记；

因为爱情如死之坚强，

嫉恨如阴间之残忍。

——《圣经·雅歌》第8章，第6节

夜光下的他，比灯光照着时看上去好多了。迪娜毫不羞怯地审视着他。他们沿着嘎吱嘎吱的贝壳路走。他身穿无袖衬衫和马甲，而她则在肩上披了一条红色的丝巾。

"你不是出生在这个国家的吧？"

"不是。"

两人沉默了一会儿。

"你不太想谈论你的国家吗？"

"并非如此。这个故事说来话长。我属于两个国家，会说两种语言，俄语和挪威语。"

他表情有些窘迫。

"我母亲是挪威人。"他简短地说道，语气十分自豪。

"不旅行的话，你会做些什么？"

"唱歌跳舞。"

"能靠那两样过日子吗？"

"有时候可以。"

"你的家乡在哪里？"

"圣彼得堡。"

"那是一个非常大的城市，对不对？"

"非常大，而且很漂亮。"他说完这句话，便开始介绍起圣彼得堡的教堂和城市广场。

"你为什么要去这么多地方旅行？"过了一会儿她问道。

"为什么？因为我喜欢。除此之外，我一直在搜寻。"

"搜寻什么？"

"搜寻每个人都在搜寻的东西。"

"什么东西？"

"真相。"

"什么的真相？"

他惊讶地看着她，惊讶中带着一丝轻微的鄙弃。

"你从不寻找真相吗？"

"不。"她爽快地回答道。

他后退了几步，雅各布出现在他们之间，一副相当满意的样子。

"会有时间去做这些事情的，我保证。"高个子的男人温柔地说道。他牢牢地抓住她的手肘，把雅各布从时空中挤了出去。

他们漫步经过失过火的谷仓，只闻到一股烧焦的干草和木料的气味。牛群在谷仓里大声叫唤着。除此之外，周围的一切都静悄悄的。

然后他们沿着白色的街道慢慢走进花园。她想带他去看看夏日度假屋。度假屋布置得像是满眼青葱中点缀的一根蕾丝。白色外墙上装饰着华丽的蓝色雕刻。这是一栋八角形的楼房，每个角上都立着刻有龙的尖顶。这么久了，房子一直修缮如新。去年冬天的时候，掉了几扇褪了色的玻璃。

看到他不得不低下头才能进门，她乐得不行，因为她正好也是高个子。

屋内的灯光有些昏暗。他们肩并肩坐在长凳上。他向她询问起雷斯尼斯的往事。于是她娓娓道来。两个人的身体挨得很近。他的手放在她的膝盖上，神色平静地看着对方，像是睡着的两只动物。

尽管坐得很近，但他的举止十分得当。雅各布仔细监视着他的一举一动。这个俄国人似乎察觉到了这点，他对迪娜说，天色不早了。

"这可真是漫长的一天。"迪娜说道。

"也是非常奇妙的一天。"他说。

他站起身，捧着她的手吻了下去，嘴唇既温暖又潮湿。

第二天早晨，他们站在二楼门廊最高的台阶上。

早上的阳光并不很充足，空气里仍旧弥漫着睡意，还有一股尿壶和肥皂的味道。

他是最后一名离开房子的游客。其他人已经在去蒸汽船的路上了。

"我会在冬天前回一下南部。"他一边说，一边向她投去征询意见的眼神。

"欢迎你过来。"她的回答像是把他当做了一个普通的游客。

"到那时，我能有机会听你拉大提琴吗？"

"或许吧。我几乎每天都会拉。"她说。

"但昨天没有？"

"嗯，昨天没有。"

"你是不是心情不太好？毕竟今天失了火……"

"今天确实着了火。"

"你现在是不是想确认屋顶有没有妥善地修缮好？"

"这是件必须要做的事情。"

"你身上是不是背着很多责任？手下的仆人有很多？"

"为什么你要问我这些事情……而且偏偏是现在？"

他抬起有疤痕的面孔，竟露出了微笑。

"我只是在打发时间。没话找话挺难的，因为我要想办法追求你，迪娜·格洛奈夫。"

"对巴拉巴来说，这样的场景难道不熟悉吗？"

"也不是完全不熟悉……所以我就顺理成章地成为巴拉巴了是吗？"

说罢，他们朝彼此大笑，都能看见牙齿和喉咙，好像两只在阴影里嬉笑打闹的狗，互相打量着对方的实力。

"你是巴拉巴！"

"可他是一个小偷。"他一边靠近，一边小声低语着。

"他被放了出来！"她一边说一边急忙吸了口气。

"但基督却不得不为此而死。"

"基督一直都这样……"

"和我挥手告别。"他柔柔地说着，有点不够坚定地站在原地。

她什么也没说，只是飞快地做了一个手势。然后，她用双手抓起他的一只手，咬了他的中指。他似乎受到了惊吓，发出一声疼痛的惨叫。

今晚的一切让他感到十分困惑，于是他一把将她拉到自己面前，把头埋在她的胸脯上，做了一次深呼吸。

他们保持着那样的姿势站了一会儿，浑身一动不动。过了一会儿，他挺直身体，亲吻了一下她的手，随后便戴上自己的帽子。

"我会在冬天前回南部的。"他沙哑地说着。

他走下一级级台阶，好几次转过身来，抬头看着她，然后砰的一声关上了外门。

他走了。

蒸汽船已经耽搁了一整天了。

利奥·久科夫斯基站在桥上，举起手以示告别。他身上只穿了一件衬衫。剩下那些穿得整整齐齐，紧闭双唇的人们在一旁显得有些滑稽。

她从卧室的窗户里监视着一切。他知道她就站在那里。

我是迪娜。我们紧挨着，一路沿着海滩闲荡。那道疤像水草中的一把火炬。而他的双眼就是绿色的海洋。灯光打在沙子做的底上，像是要给我看什么东西，或是隐藏什么东西。他渐渐飘远，离我而去飘到了海岬，飘进了大山。因为他还不知道耶特路德的存在。

约翰站在海草散落的沙滩上，他立在一块石头上面，冲着蒸汽船大声呼喊。利奥·久科夫斯基点点头，朝他挥了挥帽子。

汽笛声响了。螺旋桨开始搅动。人声被慢慢淹没。她把绿色的眼睛挂在脖子上。

警长一家早在黎明时分就离开了。安德士和尼尔斯同凯伦嬷嬷道了别，兄弟俩要去一趟斯特朗德斯泰德，置办一些修建谷仓屋顶需要的材料。从自己的森林里砍的木头根本用不上。他们需要的是符合尺寸的干木材。

他们决定开货船出去，走海路把所有的材料运回来。如此一来，警长的雇农只能独自一个人，在烈日下的山隘里骑马穿梭了。

凯伦嬷嬷试图和约翰交心，谈一谈有关生活的真谛，有关死亡，有关约翰的未来和假期的事情。

迪娜则独自一人骑马出去了，直到傍晚才回来。

托马斯觉得这是一个不祥的征兆。他决定另找一天和她好好谈谈。

起火一事把家里弄得团团乱，外加约翰回家探亲，所有人都忘记了和迪娜提起，蒸汽船上岸的时候捎来一只长方形的大箱子。

家里的雇员把这消息带来的时候，她一路往安德利亚斯码头赶，步子跨得很长，声音很轻。

她在原地打开箱子，这东西在仓库里放了整整一天。

洛奇觉得自己被出卖了，但是他并没有因此训斥她。靠大提琴越近，洛奇的气味就越来越明显。琴本身打包得非常妥善。

她小心地把提琴从箱子里抬起来，打算在原地调音。

琴弦对着她哭泣，不愿意让她碰。她和洛奇聊了这件事，心里特别慌乱，同时还很气愤。接着，她把琴弦拧紧，再试了一次，但琴弦继续流着眼泪，让人感到十分困惑。

星星点点的海浪溅在她脚下的岩石上，无忧无虑的模样让人气恼。地板的缝隙里有什么东西在闪闪发光。

她愤怒地吼叫着，因为没能把大提琴调好音，心情十分失落。

她准备把琴带到主卧去，琴必须一路跟她回到家才能调音。

当她走进阳光的时候，她突然明了了一件事。大提琴早已在路上放弃了自己，现在的它已经死了。最可怕的事情发生了！大提琴开裂了！

凯伦嬷嬷努力安慰她，把责任归咎为漫长旅途中的极寒气候以及因环境而多变的湿气。

迪娜把大提琴放在卧室的角落里，一旁是她自己的琴。死者与生者，挨在一起。

第十二章

我白日受尽干热，黑夜受尽寒霜，不得合眼睡着，我常是这样。

——《圣经·创世记》第31章，第40节

干草季和挖土豆的时节，工人几乎没有喘气的工夫。在下地挖土豆前的这段时间里，还必须先把屋顶修好。

渔夫也在大约这个时候上岸了，他们带来的干鳕鱼必须要妥善地储存好，约有四十公斤重的鱼需要压成捆装，然后放在货仓的顶楼，等去卑尔根的船来了，再把它们送走，销往海外。

和干鱼一起带上来的还有鱼肝，这些鱼肝会在秋天烧成鱼肝油，到时候每个人身上都会散发出一股鱼腥臭。这股气味像是瘟疫一般弥漫在整个宅子里。就连头发和干净的衣服上也有。那些烧鱼油的工人们就更不走运了，这股味道就像恶灵般，在他们身上安营扎寨。

所有这些农活都需要时间，也需要人手。虽然费力，但能给所有人提供经济和安全的保障。

问题总是出在这位新来的挤奶工身上，她年纪轻轻的，看到牛铃就害怕。

家里已经失了火，现在又出了奶牛和挤奶工的事儿，所有人都被搅得心烦意乱。牛奶洒在牛棚里的事儿几乎每天都会发生，完事儿后，这位挤奶工总要跑到欧林那儿去抹眼泪。

有天晚上，迪娜无意中听到了这杂乱的一幕。

　　她走到厨房，听了牛奶洒在谷仓地上的事情，终于明白为何这件令人不快的事情会一次又一次地发生。

　　"你知道怎么挤奶吗？"迪娜问道。

　　"嗯。"女孩抽着鼻子说道。

　　"我的意思是，你知道怎么给活奶牛挤奶吗？"

　　"嗯。"挤奶工行了个屈膝礼，然后回话。

　　"好吧，那你是怎么做的？"

　　"我坐在凳子上，把桶放在我的膝盖中间……"

　　"我是说奶牛？你是怎么处理奶牛的？"

　　"我……会用毛巾擦拭一下乳头……你懂的……"

　　"除了这些呢？"

　　"除了这些？"

　　"是啊。你是觉得自己在给凳子挤奶吗？"

　　"不啊……"

　　"奶牛是奶牛，你必须把它看成一个有生命的个体。你明白了吗？"挤奶工非常局促地蠕动着身体。

　　"可是它太暴躁了。"

　　"是你给它挤奶的时候，它才变暴躁的。"

　　"可一开始它不是那样子的。"

　　"自从起火了以后才这样？"

　　"起火和它有什么关系呢？"

　　"因为你非常没耐心，一心想回到仆人的住处去，看看那里发生了什么。对奶牛来说，你就像一把火。"

　　"可是……"

　　"这就是事实。来吧！我带你去谷仓。"

迪娜在仆人的住处找了一些合适的衣服，然后和挤奶工一起去了谷仓。

迪娜把提桶和凳子留在牛棚外。她绕过其他奶牛，走到那头低着头的奶牛前，把手放在它的脖子上，表情很平静，手部力量非常坚定。

"别那样！"她一边轻声说，一边开始抚摸起奶牛。

"小心点，它很暴躁的！"挤奶工焦虑地提醒着。

"我也一样。"迪娜一边回复一边继续抚摸。

挤奶工瞪大眼睛看着眼前的画面。

迪娜走进牛棚里，吩咐挤奶工跟着她。女孩犹犹豫豫地一步一步往前走着。

"你现在试着对奶牛温和一些。"迪娜命令道。

这名挤奶工起初有些担心地在奶牛身上拍了拍，渐渐地，她开始试着放轻松。

"看着它的眼睛。"迪娜下了命令。

挤奶工尽全力去做了。慢慢地，奶牛平静了下来，在食槽里吃了几口干草。

"和它说说话，把它当普通人！"迪娜继续下令，"和它聊聊天气还有往年的夏天。"

女孩开始和奶牛对话。起初她有些不情不愿，显得很不自在。说着说着，她变得越来越自信，到最后，她能够真诚地和奶牛进行交流。

"让它看看提桶和抹布，一直和它对话不要停。"迪娜一边说，一边从牛棚里撤出去，但眼睛始终盯着女孩看。

最终，奶牛转过它大大的头，朝挤奶工做了一个理解的表情，饶有兴致地看着她挤奶。

女孩面露喜色。一连串白色的奶汁强劲地喷射到提桶里，桶边泛着好大的泡沫。

迪娜在一旁等她挤完牛奶。

然后她们拎着奶桶穿过庭院走回去。迪娜非常严肃地给了女仆几条建议：

"和奶牛说说你的伤心事，说说你的爱人。奶牛们喜欢听故事！"

挤奶工刚准备要感谢迪娜帮了她的忙，听到这句话立马警觉了起来。

"万一有人听见怎么办？"她尴尬地问道。

"那么他们一定会被雷劈死的。"迪娜说话的时候表情非常凝重。

"但是万一他们在打雷前，就去教区说这事怎么办？"

"不会发生这种事的。"迪娜说得很有把握。

"你是怎么学到这些的？"女仆问道。

"学？我从小就在警长家的谷仓和牛棚里长大。但这件事不必刻意和别人提起，因为警长比任何奶牛都要暴躁。"

"你是在那儿学会挤奶的吗？"

"不是，我是在一个佃农的农场上学会的。他们家只有一头牛。"

女孩用吃惊的表情看着她，把本来要问的问题吞了下去。

年轻的挤奶工止不住去思考，这么一位漂亮端庄的女主人，究竟经历过什么。她对所有愿意聆听的人叙述了女主人耐心教她挤奶的事，还夸赞女主人懂得如何处理动物，除此之外她是个十分友善的人。

故事讲得十分详细，慢慢从一户人家传到了另一户人家的耳朵里。故事的主题是迪娜帮助挤奶女工战胜奶牛。

很显然，雷斯尼斯的迪娜要比其他人都了解《主祷文》。她和下层阶级的人们一起并肩工作过。人们过去记住了马厩男孩托马斯的故事，他曾经和她一同长大，现在在雷斯尼斯干活，雷斯尼斯的人都尊敬他。

之后的故事与萨米族姑娘斯缇娜有关。她生了两个非法的孩子，一个夭折了，另一个活着。她现在成了家族的一分子，并且在本杰明洗礼时抱着他！

人们爱在细节上添油加醋，美化故事，不仅突出了迪娜对普通百姓的体恤之情，更强调了她的正义感和一颗慷慨的心。

那些没有过分谄媚的故事不但没有对迪娜造成负面影响，反而还增加了一条铁证，证明迪娜身上有着与其他女主人都不同的品质，这让她显得更为坚强，也更特别。

秋天的石楠给骑马的小道染上了偏红的紫色。他们在树林里骑马的时候，一颗颗大水珠像阵雨一般往地上洒。太阳只是头顶上的一个小点，既没有力量，也没有热度。凤尾草冷漠地拍打着马蹄子。

数月里来，托马斯都感觉迪娜的眼睛看不见他，他仿佛一团空气，能被径直穿过。现在正好是机会，他便开口说道：

"你是不是希望我去别的地方找个差事做？"

迪娜手里紧握着缰绳，回过头看着他。她的眼神里透露着惊讶。

"你为什么这么说？"

"我不知道，但是……"

"你到底想说什么，托马斯？"

她的声音很轻，并没有一丝他一直担心的拒绝的痕迹。

"我想……我常常想起那一天。出去猎熊的那天……"

托马斯没法再继续往下说了。

"你是觉得很抱歉吗？"

"不是！不是，我从来没那么想过！"

"你想和我再一起出去猎熊？"

"是的……"

"在主卧里？"

"是的！"他的语气很坚定。

274

"如果人们在二楼的大堂里和你撞见，你觉得你还能在雷斯尼斯待多久？"

"我不知道，"他沙哑地说道，"但你是否愿意，是否能够……？"

他伸手够到了她的缰绳，满怀渴望地看着她的眼睛。

托马斯。虽然他是一匹害怕大蹶子的马，但他还是选择跳了起来。

"你能否？"他又重复了一遍。

"不能，"她残忍地说道，"我是雷斯尼斯的主人。我很清楚自己的身份。你的胆子很大，托马斯！但你也要搞清楚你的身份。"

"如果不是因为身份的话，那么迪娜你会不会……？"

"不会。"她一边说，一边把头发漫不经心地从脸上拨开。"如果是那样，我会去哥本哈根。"

"你去那里做什么？"

"我要去看房顶。还有那些塔楼！我要去那边学习，探究一切有关数字的学问。我要知道当自己看不见这些数字的时候，它们都躲去了哪里。数字是永恒不变的，托马斯。但说出口的话就不一定了。人总是在撒谎。不管是说话，还是一动不动地待着……但数字！却是真真切切的。"

她的声音和话语，像一条鞭子，无情地抽打在他的身上。

但始终……她至少对他开口了！至少她说出了自己的想法。如果他不能进她的房间，那么他至少能试着去了解她的想法了。

"那本杰明呢，迪娜？"

"本杰明？"

"他是我的孩子吗？"他小声说道。

"不是。"她厉声说着，随后用鞋尖对着小黑用力戳了一下，急忙骑着马走了。

我是迪娜。活着的人也需要人陪伴。就和动物一样。需要有人来抚摸他们的侧腹，和他们说说话。托马斯就是那样一种动物。

我是迪娜。谁来轻抚我的侧腹呢？

插旗子的小土丘是个好地方。那儿一直刮风刮个不停。没有什么东西是永恒存在的，所有事物都是流动的，从不停歇。青草和大树，小鸟和昆虫。还有雪花和飘雪。以及住在那个小土丘上的风。

但土丘岿然不动。狂风扫过，杂乱的草叶洒落在土丘上。很多年前，雷斯尼斯的主人在那儿竖起了一根旗杆。沿着航线能看见许多旗杆，这根旗杆比大部分的旗杆都立得稳。尽管这个地方四面都有狂飚雨雪，位置有些戏剧化，但旗杆就是牢牢站着不动。

通常情况下，破损的旗面可以缝缝补补，但也有很多时候不得不订购一面新的，也没有人会对这笔费用说三道四。因为雷斯尼斯的旗，可以从很远的距离就看见，不管船是从南面还是北面来。

迪娜总是不由自主被刮风的土丘吸引。这个秋天，她实际上就一直住在那儿。有时候，她会带上她的大提琴。琴弦大声尖叫着，人们堵着自己的耳朵。凯伦嬷嬷跛着脚走进大厅，唤她下楼来。

有时候她会爬到花楸树上，靠着想象把雅各布变出来，给她提供一个发泄的对象。

但是每次她心情很糟的时候，这些死人都会躲着她。他们似乎明白，自己其实并不属于她的世界。在她的心里，只有巴拉巴这个男人的位置。

***

"我会在冬天前回南方的。"迪娜等不及冬天。耐心这种品质不属于她。她比往常更频繁地牵着小黑出门，有时也会在树丛中陪汉娜和本杰

276

明荡秋千。但每回她一看见往南航行的船靠岸，第一时间的反应就是去旗杆的小土丘那儿。

她站在那儿目送蒸汽船发出向南航行的信号。

她试过从约翰那儿套出利奥的目的地。

但他只是摇了摇头，向她做了一个奇怪的表情。这一问把她自己出卖了。然后他走过去，把手放在她的肩膀上。

"别等利奥那个家伙了。他就像一阵风。从不会回来。"约翰傲慢地说道。

她猛地从座位上站起来。在两人都还没意识到发生什么的时候，她一拳把他打倒在地。

她站在原地注视了他一会儿，然后跌坐在地上，把他的头放在她的大腿上。像一只被鞭打的狗在一旁啜泣。

"作为一名牧师，你绝对不能出去胡说八道。这你都不懂吗？你不懂这些道理吗？任何事情都……"

她把他流血的鼻子擦干净，让他清醒一下。幸运的是，房间里没人闯进来。

他们都没有向任何人透露过这一段插曲。但是约翰养成了一种条件反射，这让周围的人有时觉得非常怪异。只要迪娜突然做了意外的举动，他就会立刻回避，脸上浮现出难为情和焦虑的表情。

约翰找教区找了很长一段时间。他已经对诺德兰和南部提出了申请。但是对方似乎已经忘记了他的存在。

迪娜把这份困扰留给凯伦嬷嬷和约翰自己去烦恼。雅各布还是离得很远，身子也比较虚。耶特路德在线圈中一言不发地滑脚了。这种事时有发生。

本杰明让迪娜把他抱上大腿，他蓝色的眼睛里流露出一种惊讶的神情。很快，他就厌烦了她笨手笨脚又非常苛刻的礼仪，便从她大腿上滑下来，跑出门外。

她在夜里会梦游。拿着耶特路德的那本黑书，阅读正义与非正义的文字。

这对她是个猛烈的打击。她用力抚摩这些文字，发誓要报仇。

***

换季后的第一晚霜冻来临了。泥水坑和被人遗忘的无核葡萄干被霜上了一层釉。一天夜里，这些东西上面附着一层薄薄的雪，像是村舍附近挤牛奶的地方。凌冽的寒风气势逼人地紧随其后。看来"冬天前"的岁月已经过去了。

迪娜耽搁了欧林一贯的吩咐，没来得及在正确的时间段内把床单和羊皮床罩从仓房里拿出来。

"现在用冬天的床褥太早了！"她固执地坚持道。

这类事本属于欧林管辖的范围，但未料遭到了如此难忘的挑衅，让她在整个宅子里丢了脸。

迪娜和欧林就是两片冰川。彼此之间隔着一条深不见底的峡湾。

一天夜里，冷气穿过棉质的床罩和床单，径直钻进人的身体里。

第二天早上，迪娜去看了马厩的托马斯。她靠在他正在清洗的马匹上，像往常一样重重地往他身上捶了一下。

他们的眼睛里传递着不同的讯息。他的眼里装着惊讶、紧张和询问的情绪。而她的眼里则载着愤怒、威严和严肃的感觉。她对他龇牙怒吼着，命令他去把仓房的阁楼清理干净，把冬天的床褥搬到房子里，好像对他某个地方特别不满意似的。

他问有谁帮他一起做这事，她清楚地回答道，这份差事他一个人做。

"但是，迪娜！这可要花上一整天，还要一整夜的时间！"

"按我说的去做！"

他只好把想说的话咽回去。

冬天已经龇牙咧嘴地来了。

托马斯提了一盏灯，低着头往前走，不知道她也在那儿。他盯着脚下的每一级台阶，说不定有人在地板上放了东西，不注意的话，他这个可怜的家伙的鼻子就会摔在布满灰尘的地上。

突然，她从角落里大步走出来。

横梁上挂着的羊皮像一面面巨大柔软的墙，把周围的声音都吸收进去，永远封存在里面。

屋外的地面上已经盖了一层霜，一轮满月藏在一刻不停飞掠而过的白云后面。任何人都难以辨认它们的轨迹。

她积了整整一肚子的怒气。

"我会在冬天来之前回南方。"月亮透过云层和老仓库房顶吟唱着。

她像一条饥饿的狗猛地一口咬住托马斯。还没来得及让他知道她是谁，他们就一起躺在了羊皮上。

过了一会儿，他才意识到发生了什么。当他感觉到她的牙齿咬在自己的脖子上，发现她的手臂抱着他的时候，他才痛苦害怕地喘息起来。他任由迪娜把自己拖到两张泡沫颜色的羊皮上，这两张羊皮晒了一整个夏天。他好不容易才把灯给护住，让它贞洁地在一旁注视着他们。

迪娜既是痛苦的来源，也是使他高兴的人。无论是在她卧室的黑色炉子旁，还是在仓库的阁楼里，对他来说没有分别。如果天堂像一头黑鹰突然飞扑到他的身上，那么，这就是天堂的模样。

她把头巾撕扯下来，解开束身马甲的纽扣，把裙子撩到肚子上。她毫无预兆地把自己强壮硕大的身体朝他伸展。

他跪在羊皮上，在昏黄的灯光下注视着她。然后他把最要紧的衣物从身上褪下，因为速度太快，衣服全都缠在一起，她只好动手帮他一起脱。

好几次，他想开口说些什么。因为他觉得他有必要为她做一次祷告，觉得自己应该复述一遍《主祷文》。

但是她摇了摇头，和他一同坠入黑暗。她的身体像是月光中光秃顺滑的斜面岩石。她的香气占满了他的大脑，将所有东西全都驱逐出去，并且让他的每一寸肌肉都为之张开颤动。巨大的欲望就连一整个教堂都无法填满！开始就是一场雪崩，一把巨浪，泛着泡沫，震天动地地混合着湿气。

他沉迷在其中无法自拔，自愿被带入这片骚乱欢腾的海洋，任由海浪冲刷他的头。

他时不时浮出水面，看看是否能够驯服她。

她顺从了他的心愿。然后再把他拖到下面，一路拖到巨藻森林。那儿的海草很咸，大海的波浪瞬间就变得汹涌澎湃。她拖着他跨过长长的沙滩，海浪已经退潮，墨角藻的香味令人倍感兴奋，充满他的鼻腔。她把他骑到浅滩上，成群结队的鱼儿在他们四周熙来攘往，贴着彼此的肚子。他能闻到鱼的气味，能在臀上感觉到鱼儿散发的气味。就像这样！

然后他被推入深渊，什么也不知道了。当她把他骑上岸后，他体内的空气和液体奔涌而出。他的腹股沟和胸部上扎了大鱼钩和鱼刀，肚子成了一个有裂缝的漂洗水槽，这样还不如死了的好。他本就属于这个地方。

但他没有死。她小心翼翼地让他躺在高水位线的地方。他像一根鲜嫩的桦树树枝，被一场巨大的暴风雨从树干上折断了。树叶和树枝的颜色都还在，但除此之外没有别的东西了。只有这一根树枝，既是能给予的全部，也是收获的所有。

屋里没人说话。屋外的空气是蓝丝绒的颜色。海鸥在房顶上磨爪子。怒气已经慢慢消失殆尽，虽不美丽，却和德劳格一样健壮。

他们伸展着四肢，大口喘着气，耶特路德突然从角落里走出来，想要把灯熄灭。

她倚着身子把灯里的火焰给吹灭了。然后慢慢地靠近迪娜的手臂。她的裙底擦到了这位年轻妇女的手臂。

"不！"迪娜大叫道。她迅速抽出身来，把灯拉到自己面前。

耶特路德往后退，然后便消失了。

她走后留下迪娜待在原地，手指不小心烫伤了。

托马斯坐起来想看看怎么回事，他抱住她，嘴里呢喃着安慰的话语，一边给她的手指吹气，像把她当成了本杰明那样呵护起来……

她想抽回自己的手。他并没有看见耶特路德！也不知道她是为了他们才把周围弄黑的。

迪娜慢慢地穿起衣服，一件不落。她没有看他。两人准备离开阁楼的时候，他把手臂缠在她身上，而她则把额头靠在对方脑门上，两人就这样站了一会儿。

"托马斯！托马斯！"这就是她说的所有的话。

那一年，羊皮和其他东西还是照旧搬进了房子里。

托马斯身上扛了一大坨东西，有干草堆那么高，他把全身上下每一分力气都用上了，没有抱怨一个字。他赶在晚餐前把这件任务给完成了，然后去庭院把水桶上的薄冰块敲碎，把头和胸一起沉浸在冰水里，反反复复。最后，他穿上一件干净的衬衫，去欧林的厨房里喝了点做宵夜的粥。

天开始下雪了，像一条条破碎的白布，小心翼翼地抖落着。我们的主是个考虑周到的人，非常善良。人们犯的罪通常没有自己想得那样严重。托马斯是诺德兰最幸福的罪人。

他的身体因为经历了一番不太习惯的动作开始犯疼，他躺在羊皮上，扛着羊皮卷。每一寸肌肉都是一个伤口。他尽情享受着这种感觉，纵然疲惫却无比快乐。

第十三章

> 我的良人哪，求你等到天起凉风，日影飞去的时候，你要转
> 回，好像羚羊、或像小鹿在比特山上。
>
> ——《圣经·雅歌》第2章，第17节

斯缇娜用一些简单可控的小任务，来教汉娜和本杰明控制自己兴奋的欲望。

有时他们会厌烦她慈母般的手，踢踏踢踏地走进主卧里。

迪娜很少会把他们赶出去，但有时她会命令他们安静点，或者不和他们说话，有时也会叫他们在房间里开始数数。

本杰明讨厌这个游戏。他照着迪娜的话去做，希望等他数上一段时间后，迪娜能看看他。虽然讨厌，但是他能把数字猜出来，并且记得上一次数了多少，包括画像、椅子还有桌腿。

汉娜不知道怎么数数，每次尝试都以痛苦的失败告终。

既然约翰始终没有得到任何教区的邀请，他们决定让他留在雷斯尼斯过冬，正好可以当本杰明的老师。

汉娜倒是约翰最忠诚的跟班。而对于这个即将要教他一辈子的成年哥哥，本杰明并不完全信赖。

离圣诞节只剩下十四天了。这是一年中最多事的季节。欧林吩咐着仆人们要做的事项。安德士、凯伦嬷嬷和约翰都在斯特朗德斯泰德，为

即将到来的假日忙碌着。

本杰明和汉娜走进迪娜的房间，他们在抱怨，很久以前就决定好今天他们要去做第十二夜的蜡烛，可约翰还是让本杰明去学习。

"今天一天有很多时间。本杰明既能读上书又能做好蜡烛。"迪娜说道。

汉娜在房间里一刻不停地蹦蹦跳跳。她像一条小狗，总能撞着所有挡着她去路的东西。当她从洛奇的大提琴旁匆忙跑过的时候，她把盖在上面的毯子拉了下来。

迪娜盯着这把琴看。上面的裂痕居然消失了！大提琴的状态堪称完美！

汉娜哭了，毯子滑下来的时候，她听见迪娜发出了一声大叫，以为自己做了什么可怕的事情。

斯缇娜听见哭声，赶紧跑了进来。

"洛奇大提琴上的裂缝消失了！"迪娜吼叫道。

"这可能吗？！"

"不管怎么样，反正不见了！"

迪娜把大提琴抬到最近的一张椅子上，开始专心致志地慢慢给乐器调音。

当音符清楚地回荡在整栋房子的时候，人们纷纷抬起头，汉娜也停下来不哭了。

这是雷斯尼斯第一次听见洛奇的大提琴声。他的大提琴比迪娜的琴更有一种阴郁的感觉，音调更为狂野，也更有力量。

在这几个小时里，其他任何声音都不值得去听，即使是朝南航行的蒸汽船到岸了，也提不起人的兴趣。

只有尼尔斯做好了迎接船客的准备。外面的雪已经下得很大了。船比航期晚了几个小时。

年末了，来的游客并不多。只有一个皮肤黝黑、个子高高，手里提着皮质旅行袋的人，他的肩上扛着船员用的麻袋。这位船员穿着一身皮外套，戴着一顶做工考究的狼皮帽，在基督降临节的这一天，一切都黑压压的，很难辨认出他的模样。

当这位男子和尼尔斯从沙滩走回家的时候，托马斯正站在马厩的门廊里。他们穿过庭院一直走到大门口。

托马斯看见这个男人的左半边脸上有一道疤，他僵硬地和这个陌生人打了个招呼，然后就回马厩去了。

利奥·久科夫斯基礼貌地请求在这里短住几天。他在暴风骤雨的芬马克待了几天后，深感疲惫。他不想给任何人添麻烦，却不经意听见了女主人弹琴的声音……

楼上不停传来洛奇大提琴弹奏的声音，琴声深沉而响亮，好像琴面上的裂痕从来不曾存在过。

欧林应利奥·久科夫斯基的请求，招待了他一些简单的食物。

他听说了大提琴的事，也知道这琴之前裂开过一道缝，现在又奇迹般地恢复成原来的模样了，还了解到这把琴是迪娜从她可怜的导师洛奇手里继承下来的老乐器，迪娜为此高兴不已。

尼尔斯本来兴致勃勃地和这位访客聊了一会儿，可一听见斯缇娜带着孩子走过来的声音，他便以工作为由离开了。

斯缇娜想告诉迪娜家里来了一位客人，但是利奥·久科夫斯基不愿意她这么做。他只是提了一下，如果能把大厅的门打开，音乐声能听得更清楚一些……

这位来客吃了粥，喝了欧林自己酿的覆盆子果汁。他感谢欧林让他坐在她的厨房里享用美食，这是他的荣幸，说完他轻轻弯了弯腰，亲吻了一下她的手。

　　自从雅各布去世之后，就没有人会再对欧林这么殷勤了。这让欧林格外高兴，又有一丝生气，她热情地介绍起房子和工人的事情，还聊了关于农忙的事情，就这样啰嗦了一个小时。欧林一边聊天，一边认真完成每天的日常工作，在厨房里忙前忙后。

　　利奥在一旁听着。他不停地向门边张望，鼻孔轻轻翕动着。但他的想法全藏在思维缜密的脑袋里，谦恭地不露声色。

　　欧林惊奇地发现，他能按照自己的节奏给火炉里加柴火，一点也没有自降身份的感觉。不过她并没有表现得大惊小怪，只是对他敬佩地点了点头。

　　洛奇的大提琴在哭泣。托马斯没进主屋去吃晚饭。因为他发现那名俄国佬正坐在厨房里！

　　迪娜下楼去取点酒来庆祝洛奇的大提琴的事，一时没认出放在台阶下方椅子上的狼皮。

　　但她认出了那只皮质旅行袋。旅行袋的出现和气味让她有些招架不住，必须牢牢抓住某个东西才能站稳。

　　她强壮的身体靠在铁栏杆上，弯着身子的模样像是在忍受某种剧烈的疼痛。顺滑的圆木立刻就被汗水沾湿了。她坐在楼梯上，在雅各布出现时开始狂吼乱叫。

　　但是他也无能为力，顶多只能和她一样感到吃惊罢了。

　　她撩起裙子，岔开双腿坐在楼梯上，然后把脚搁在下一级台阶上。她的坐姿很稳，脑袋仿佛被砍了下来，耷拉在手上，被小心地保管着。

　　等到她的眼睛慢慢习惯了昏暗的门厅和玻璃桌上微弱的烛光后，她才慢慢站起来，走下楼梯。她贪婪地摸着旅行袋，像是在确认它是否真的存在。她把旅行袋打开，用手摸了摸袋子里都有些什么东西。她找到一本书，和上次一样。接着，她叹了口气，把书裹在披肩里，然后把包合上。

她离开的时候，烛光在一旁闪烁，这本书算是她收的罚金吧。

然后她继续爬上楼梯，声音非常轻，因为她不想给火炉添木柴，也不想让任何人听见壁炉门砰地关上的声音。

她一件衣服也没脱就躺到床上，目光一直盯着门把手。有时候她会撇撇嘴，但是不会发出任何声音，也没有任何人进来。

雅各布坐在床沿端详着她。

斯缇娜带这位客人去了客房。他不想让她为自己点火炉。他说自己感觉挺好，热得和一块烧着的木炭一样。

于是她默默地把毛巾还有装着热水和冷水的大水罐放进房间。

他环视了一圈房间，像是期待着墙壁里能蹦出什么东西来，然后对她鞠了一躬以示感谢。

斯缇娜派一名叫提亚的女仆上楼去拿点东西。她站在放亚麻布的橱柜旁，显得有些犹豫，往房间里扫视了一眼。希望自己也能为这个陌生人做点什么。

这个男子身上莫名有种让斯缇娜感到害羞的特质。她轻声对他道了一句晚安，然后匆匆穿过开着的门退了出去。

"迪娜·格洛奈夫已经休息了吗？"正当她要走开的时候，他问了一句。

听到这句话，斯缇娜有些心慌。

"她刚刚在拉大提琴……要不我去看看？"

利奥摇了摇头。他跨了几步，站到门廊里。

"她是在那儿睡吗？"他一边轻声说着，一边朝黑漆漆的主卧方向点了点头。

这句话问得实在太不合时宜，斯缇娜心里的震惊超过了受冒犯的感觉。她只是点了点头，行完屈膝礼后便朝着她和孩子们休息的小房间走去，消失在一片漆黑中。

大房子渐渐安静下来。夜里的温度不算太凉。漆黑的夜晚显得特别沉重。屋里则是昏暗的门厅和两扇紧闭的房门。

迪娜卧房的灯光从仆人的住处那儿也能望见。对托马斯而言，夜晚就是地狱，像一条贪得无厌的水蛭黏附在他的身体上，直到白天来临。

提亚早上去主卧里点炉子。她说，前一天晚上，那个脸上有疤的俄国人已经坐蒸汽船到了。

"那次谷仓房顶着火时在这里的人！"她补充道。

"我知道了。"迪娜把脸深埋在枕头里说道。

"他带了一个船员的麻袋和一个旅行袋，说是不想给女主人添麻烦。让我们把门廊的门打开，这样好听见大提琴的声音……然后在厨房里坐了几个小时。欧林都给累死了。炉子里的火都烧完了，还有做不完的事情！"

"尼尔斯不在吗？"

"在，他待了一会儿。他们一起抽了一两支雪茄，但是没喝潘趣酒……"

"在厨房里？"

"没错。"

"他有交代此次来访的计划吗？"

"没有。他只是提了伙食和住宿的要求。好像北面的天气很差。他没说什么，只是问了点问题，几乎什么都问。欧林一直叽里咕噜兴奋地说个不停！"

"让欧林消停消停！他是准备一直待到下一班蒸汽船来吗？"

"我不知道。"

"斯缇娜也在那儿吗？"

"嗯。她带他去看了房间，还提着大水罐……我还听见他问主人你是不是在这里休息，然后……"

"别说话！别让火炉噼里啪啦地！"

"我不是故意……"

"我知道。"

"我只是以为他……他或许想聊聊……"

"你爱怎么想怎么想。但是别再那样用力往炉子里扔东西。"

"对不起。"

提亚的工作完成了，几乎听不见任何声音。

黑色的炉子发出隆隆的咆哮声。房间里的热气迅速蔓延。

迪娜仍然躺在床上，身上的衣服还穿得整整齐齐的，直到提亚走了，接着听见客房的门上有女孩敲门后，才准备起床。

她起身把衣服从里到外，一件一件地脱在椅子上。然后往赤裸着的皮肤上洒了点不温不火的水，逼着雅各布退到一段距离之外。

梳头穿衣花了她很长时间。她选了一条黑色布料的裙子和一件红色的束身胸衣，没戴胸针或是其他任何配饰。只是像女仆那般，在肩膀和腰部缠了一根青苔绿的针织披巾。然后她深吸一口气，慢慢地下楼吃早餐。

凯伦嬷嬷刚刚从斯特朗德斯泰德回来，听说前一晚有客人来家里，她为自己没在家感到抱歉。

欧林不知为了什么事情十分恼火，嗫着嘴说了一些不吉利的话。

迪娜一边打呵欠一边说这没什么打紧的。毕竟，他既不是政府官员，也不是什么先知。他们只要在降临节期间准备一顿像样的晚宴，就能弥补上了。

凯伦嬷嬷赶紧开始下命令，要把早餐准备妥当。

欧林对着老妇人的背影做了一个愤怒的表情，然后开始琢磨那天早上她要准备的所有东西。烤面包的女师傅明天会来。所有事情都没赶上进度。教区里爆发了麻疹和其他疾病，许多人都因为这事卧床了好多天。她原本找了其他人来帮忙，但都耽搁了。新来的挤奶女工虽然挺乐意干活，但还不是很有经验。带孩子的活儿已经全交给了斯缇娜，所以她也没空，而迪娜在家里又帮不上什么忙。

这个可怜的女管家还能做什么？准备一顿可口的早餐！唉！

"所以，利奥·久科夫斯基会在夏天前拜访我们吗？"迪娜的声音听上去非常冰冷。

听见他下楼的声音后，她走进了大厅。

他看着她，脸上的微笑显得有些僵硬。

"或许，你不会留客人一起过雷斯尼斯的圣诞节吧？"他一边发问，一边伸出手朝她走去。

"在雷斯尼斯这儿，我们一直有客人，有些人承诺过回来，其他人……"

"那我不会来得不合时宜吧？"

"你从哪儿来？"

"北方。"

"北方可是一个大地方。"

"没错。"

"你打算在这儿常住？"

他用双手抓住她的手，像是要焐热的样子。

"住到下一班蒸汽船来，不知是否可以？我不会打扰你们的。"

"这次有没有带上次那种上等的雪茄？"

"嗯。"

"那我们要不在吃早饭前抽一支吧！顺便提一下，我把印着看不懂的俄语字母的书带回了房间。昨晚拿的。"

他的眼睛微微笑着，但神情很严肃。

"你可以留着那本书……一直在海上颠簸，书都受潮了，装订线也老松。不过我很乐意把里面的诗翻译给你听。它们是这个疯狂的世界上仅存的珍宝。我会把诗的翻译写下来，你可以把它和书放在一起。知道普希金吗？"

"不知道。"

"如果你有兴趣，我倒是挺想为你介绍一下他。"

她点了点头，目光中始终倒映着愤怒的情绪。

"迪娜……"他温柔地说道。

玻璃窗上的霜冻像是糊了一层花边。吸烟室里慢慢渗出一股淡淡的雪茄香气。

"巴拉巴绝不是什么铁匠。"她一边轻声嘀咕，一边用大拇指搓着手腕。

第十四章

他打开磐石，水就涌出。在干旱之处，水流成河。

　　　　　　——《圣经·诗篇》第105章，第41节

尼尔斯成了利奥的影子，像是要寻求这个俄国人的庇护。他甚至跟着他一起去主屋吃饭，到了晚上他就在吸烟室里打发时间。两个男人压着嗓子彻夜深谈。

安德士忙着准备圣诞节后去罗福滕岛捕鱼的行程。他的一条大划艇载着鲜美的鳕鱼从安德尼斯回来了。过去的一年里，他被称为著名的"鳕鱼之王"，这个美名甚至传到了教区以外。他已经买好了新的渔网，围网和拖网都有。

有天警长携家人正好来雷斯尼斯做客，刚打算坐下来享用晚餐，安德士拿了几幅素描走过来。他像只公鸡般昂首挺胸，把素描发给餐桌上的每位客人。

冒着蒸汽的腌肉只能等所有人看完这些绝妙的画作。

安德士想在大艇上造一个船舱，里面放一个火炉，这样他们就不用每次都非得上岸才能生火做饭了。如此一来，他们便能够整日整夜地待在海上，而且头上有个房顶，大家可以轮流休息。

警长点了点头，捋了捋胡子。他心想，有了船舱可能会显得比较拥挤，这个主意应该是可行的。不知他有没有咨询过迪娜的意见？

"没有。"安德士一边回答，一边扫了迪娜一眼。

尼尔斯觉得这简直是疯了。大艇如果这么改装肯定会非常危险！不仅开船的人站得高，驾驶起来变得困难，而且根本不可能让人拖拽。

利奥倒是挺喜欢这个主意的。俄罗斯的轮船虽然也一样笨重，但却非常适合出海捕鱼。他仔细检查了安德士画的素描，表示支持地点了点头。

凯伦嬷嬷拍了拍手，对这项艰巨的任务表示赞赏，但她呼吁在座各位还是先享用美食，如果凉了就可惜了。

迪娜往他肩膀上捶了一拳，雀跃地说道：

"你是一个非常优秀的伙计，安德士！大艇上会有船舱的，我保证。"

他们互相对视了一会儿。然后安德士折起素描坐了下来，他的目标达成了。

我是迪娜。夏娃和亚当有两个儿子。该隐和亚伯。哥哥杀了弟弟。出于嫉妒。

安德士不会杀任何人。他是我想留着的人。

尼尔斯也出现在餐桌旁，他一刻不停地转向利奥，像昆虫般寄生在迪娜的食物上。起初，她会露出淡淡的微笑看着他，接着她便转而同安德士和利奥聊天，吸引他们的注意。

只要尼尔斯在场，斯缇娜总会战战兢兢，时刻提防着。必要的时候，她会用低沉而富有穿透力的声音对孩子们说话，用温和却专断的方式对待他们，和平时同成年人坐在桌边时传统居家的庄重得体感完全相反。吃完饭，他们就可以离开了。

哄孩子睡觉是件难事，但是雷斯尼斯从来不用棍棒或鞭子。这是迪娜的决定。如果给马儿看一看皮鞭，就能驯服一匹野马，那么只要板起脸，根本无需皮鞭，就能对付两个小孩子。

斯缇娜不总是同意这个观点，但是这想法她藏在心里不说出口。当她觉得必须得扯一下本杰明的头发时，她会偷偷地进行，不让第三个人知道。

本杰明能够认可斯缇娜惩罚的方式，因为斯缇娜从来不会过分。除此之外，斯缇娜歇斯底里发脾气的时候，身上会分泌出一种特别的气味。从本杰明孩提时起，这个气味就一直保佑着他。

他接受了她的规矩，不管她是生气还是冷静，他就像对待多变的天气和季节一样接受了这件事。他不会产生任何恨意，而是一下子把所有情绪都哭出来。

汉娜就不一样了。如果不告诉她原因就惩罚了她，一系列的声响、焦虑和报复的情绪就会像雪崩一样从她身上爆发。除了本杰明，没人能安抚得了她。

警长同家人特意赶在圣诞节前来雷斯尼斯做客，可那天本杰明偏偏在餐桌旁表现得特别坐立不安。

警长愠怒地叨咕了几句，他说，雷斯尼斯的这两个小家伙没有父亲的管教是不对的。

斯缇娜低着头，她的脸因为羞愧而发着红光。尼尔斯盯着墙看，像是在严冬季节突然看见了一只罕见的昆虫。

但迪娜却哈哈大笑，她让本杰明和汉娜跟欧林去厨房吃饭。

他们带着自己的盘子离开了饭桌，显然根本不在乎去厨房吃饭，反而显得特别高兴。

"我自个儿长大的时候，父亲也不一直在我身边。这点我们都清楚。"

这句话像是往警长的脸上吐了一口烟液。

凯伦嬷嬷惊恐地看着在座的人，一个接一个，但她找不到合适的话开口。房间里的气氛像是陈腐发臭的脂肪肝，这时迪娜又补充道：

"小迪娜寄住在海勒的佃农家的时候，她的父亲并没有参与多少她的抚养工作。而她现在成为了雷斯尼斯的女主人。"

警长的脾气已经处在爆发的边缘。达格妮紧紧抓住他的手臂，毫不隐晦地给了他一个警告。如果在他们拜访迪娜时，警长不能和迪娜和平共处，那么她将永远不再踏足雷斯尼斯。

对于警长的训斥，迪娜的回答充满了恶意和报复，这一点也同样影响了达格妮的想法。事实上，她才是唯一一个感到羞辱的人。因为每次家里争吵打闹，警长就像交配季节的海象一般不知羞耻。

他努力克制自己的情绪，把整件事当作笑话一般，咯咯地笑着。接着他便主动和安德士慷慨激昂地聊起大艇的船舱来。

接下来的就餐过程中，利奥的眼睛像两只猎鹰，始终盘旋在每个人的上方。

迪娜的回答有些伤风败俗，所有人都被她的吼叫吓呆了。

斯缇娜在房间里待了一个半小时，在彻底离开房间前，她始终没抬过眼。夜里的时间不长，大家都早早地上床休息去了。第二天早晨，警长同家里人便回去了。

凯伦嬷嬷试图弥补对警长一家的伤害，于是托人给他们送去了许多礼物，在他们走之前，还特地对达格妮说了许多好话。

迪娜喜欢晚睡，所以警长一家准备长途跋涉到码头的时候，她只能从卧房的窗口对外头大叫一声再见。

"祝你圣诞节愉快！"她一边假惺惺地大声说道，一边挥着手。

***

圣诞节前的那几天里，早晨总是一片漆黑，到了下午，街道就变成昏暗的海市蜃楼，马路上堆满了积雪，路面都结成了冰。忙碌的一天结束，天色慢慢融入了夜晚，伴随着沉重的呼吸声进入梦乡。就连很少会看见阳光的动物们也受到了这种节奏的影响。

夜深时主卧里传来大提琴声，那是洛奇的琴，所有的窗户都闪着烛光。最近这段日子的蜡烛不限量了。冬日里的工作日期间，客厅用蜡烛的正常额度是六根。每次点两根。外加四盏大灯。

房子里有一股绿肥皂、烘焙、桦木木块和香烟的味道。欧林雇了一个妇人来帮她烘焙，厨房和食物储藏室里弥漫着美妙的芳香。但有些任务她谁也不信任，坚持自己来，比如做黄油面团。她会在入口处放一张大桌子，然后手里粘着面粉，小心地揉着黄油面团。十二月的夜晚非常寒冷，但她就这样任由门敞开着，毫不在意。

欧林往身上套了件皮草外套，然后系上一条烘焙围裙，看上去像一只闹哄哄的动物，在厨房里称王称霸，寒气把她的脸颊吹得粉红。

船屋阁楼的木盒子里装满了堆成山的扁面包。饼干储藏在巨大的食物储藏室里。腌制肉放在地窖的报纸里。这一整天，欧林都在准备香肠肉，露天厨房里不断响起刀子剁肉馅的声音。凝乳奶酪被放在碗里，上面撒了肉桂，盖了一层亚麻布。至于长条面包，早已经在盒子和箱子里备好了，这点吃的对罗福滕之旅足够了。

雷斯尼斯有很多房间，大小兼备。如果迪娜开口，她一定可以单独招待利奥·久科夫斯基。但是房子里有很多扇门，一会儿打开，一会儿关上，从没有人会敲门。利奥也就自然而然地成为了大家的客人。

蒸汽船没有如预先设想的那般，在圣诞节后那周抵达港口。或许要过了新年都不一定！

这位客人常和约翰讨论政治和宗教的话题。碰到凯伦嬷嬷，他就会将话题转为文学和神话学。他会翻几页她给的书，但他承认，比起挪威语，他对俄语和德语的理解力更强一些。

就这样，利奥·久科夫斯基渐渐成了大家口中的利奥先生。提亚每天早上给利奥拨旺火，利奥会给她几枚硬币。不过，没有人知道他从哪来，也不知道他要到哪去。当有人问起时，他会非常简短地答上两句。虽然他通常不会提到具体的日期和地点，但不知为何，他的回答却让人心悦诚服。

雷斯尼斯的人们平静有礼地接受了这位客人，因为他们本来就习惯陌生人的来来往往，每个人会根据自己的眼界见识去解读这位俄国人身上的一切。

迪娜觉得，自上次来访后，他一定去过了俄罗斯，因为他的房间里放着好多俄语书。当她得知他去仓库之后，她先后两次故意找托辞，偷偷潜入他的房间。进房间后，她深吸了一口气。空气里弥漫着他的气味，有烟草味、皮质的衣料味和旅行袋的味道。

她急匆匆地翻阅着他的书。他爱在书里划线，但没有像约翰那样的笔记，只有略显苍白的铅笔线而已。

利奥回来后没多久，安德士便问他上次去卑尔根是什么时候。

利奥只说了一句话：

"去年夏天我到过那儿。"

说完他便把话题引到对大艇的赞赏上，这艘船正停在岸边，等待起航开赴罗福滕的旅行。

"诺德兰的大船才是真正的大船！"他说。

听闻此言，安德士眼里发光，好像这艘货船是他自己花钱买的似的。

夜晚的时候，利奥脱下外套和马甲，在屋里载歌载舞。他低沉有力的嗓音回荡在整栋房子里。客厅的门开着，厨房和隔壁房子里的人都能看到他的舞蹈，听见他的歌声。到了冬天，一双双斜睨的眼睛朝着温暖的炉火和美妙的歌声闪烁着光芒。

迪娜靠耳朵学会了旋律，用钢琴弹了出来。

洛奇的大提琴从来没有搬下楼过。迪娜坚持说，这琴经不起折腾。

圣诞节前夜，天空被大雪染成了奶白色。之前本已慢慢融雪回温，这变化对圣诞节期间的走亲访友和各项庆祝活动不是什么好征兆。一天之内，积雪就能阻断雪橇的去路，海面也颇不平静。冬季的暴风雪声在屋外肆意翻腾，似乎不愿表明身份，没人知道它的威力有多大。

迪娜骑着马沿着退潮的海滩走，在透水的雪地里，如若碰上尖锐的地壳，马蹄会受伤的。

迪娜注视着云彩密布的水平线，小黑挂着松弛的缰绳往前小跑。

她曾想邀请利奥和她一起骑马，但是他却去了仓房。她的本意是想让他表露自己的情感。因为他这次来，闭口不提上次失火后在二楼门厅说过的话。

她皱起眉头，眯着眼看向庭院周围的一圈房子。

黄色的光束从一排排的窗户里洒向屋外。冰冻的花楸浆果和大捆大捆的谷物被天堂里插着翅膀的小贼飞快地掠走。在一片白茫茫之中，动物和人类走过的足迹，连同垃圾和肥料在房屋周围形成一块块灰色和棕色的补丁。屋顶上挂着一根根冰柱，看上去像凶猛贪婪的牙齿，在雪堆上留下影子。

迪娜的表情看上去不太高兴。

但是一小时之后，当她骑马奔去马厩的时候，她笑了。

这让托马斯感到不自在。她下马的时候，特意在马的侧腹上拍了拍，然后把缰绳和小黑交给托马斯。

"多给它一点吃的……"她说。

"那其他的马怎么办？"

"你看着办。"

"我能不能在圣诞节后的那一周休息几天？"他一边问，一边把包了马粪的大冰块踢进马厩里。

"保证谷仓和马厩里有人看着就好。"她冷漠地回答完便转身离开。

"他会在这里待很久吗？我是说，利奥先生。"

这个问题出卖了他的心思，等于是在直白地告诉她，他要好好算这笔账，并且自认有权过问关于他的事情。

迪娜像是要爆发出怒吼，但她立刻控制住了自己的情绪。

"噢，为什么雷斯尼斯的人们要制定这样的律法呢，托马斯？"

她的身子朝他倾斜着。

他在思考初夏时分咀嚼过的第一口酢浆草的味道。原始的夏味……

"人们来来去去的……"她继续说道。

他一时找不出合适的回答，只能心不在焉地拍打着马。

"圣诞快乐，迪娜！"

他的眼睛轻轻扫过她的嘴巴和头发。

"一定要在回家前一起吃圣诞晚宴。"她轻描淡写地说了一句。

"我更情愿回家的时候多带点东西，如果可以的话。"

"这两样事情我都同意。"

"谢谢你。"

突然她变得愠怒起来。

"别闷闷不乐地站在那边，托马斯！"

"闷闷不乐？"

"你简直就像扫帚的完美化身！"她绘声绘色地说道，"不管发生了什么，你都像要去赶赴葬礼一般。"

这席话让场面安静下来。男人深吸了一口气，像要一下子把所有的牛油蜡烛吹灭。

"葬礼，迪娜?"终于，他说了一句话，每个字都说得很重。

他直直地看着她。眼神中满是嘲讽。

对话就此结束。他耷拉着结实的肩膀，按照她的吩咐，把马儿带进马槽，给它喂燕麦吃。

她上楼的时候，利奥刚巧离开自己的房间。

"过来!"

她的话像是一道命令，没有任何伏笔和铺垫。他虽然一脸吃惊，但还是照着她的话去了。她打开主卧的门，邀请他进去。

这是他下船后，第一次和她独处。她指了指桌边的椅子。

于是他在椅子上坐下来，打了个手势，让她坐在靠他最近的一张椅子上。不过雅各布已经事先在那儿坐下了。

她开始脱骑行穿的外套。他站起身来，帮她把外套小心翼翼地放在威风凛凛的四柱床上。

她无视雅各布的存在，在桌边坐了下来，她和他像舞台上静止的两个人物。而雅各布则是他们的观众。

两人相对无言，就这样静坐着。

"你看上去很严肃。"利奥先打破了沉默。他交叠起双腿，观察着两架大提琴，然后把目光滑向窗户、镜子和床，最后才回到迪娜的脸上。

"我想知道你是谁!"迪娜清楚地说道。

"一定要在今天，在圣诞前夜说吗?"

"没错。"

"我一直努力想找到自己的身份。我也想知道我究竟属于俄罗斯还是挪威。"

"还有，你靠什么为生呢?"

300

一刹那间，他绿色的眼睛里闪过一道光。

"和女主人迪娜一样，靠我父母留给我的遗产和资源。"他站起身，鞠了一躬，又坐了下来。

"你是想马上要我把这儿住宿的费用付了吗？"

"如果你明天就走，那我才会这么要求。"

"一天天过去，我欠你的越来越多。还是说，你想要我付保证金？"

"我已经有保证金了。普希金的诗歌就是！除此之外，问客人收取费用不是我们的习惯。所以这也可能是我们一再坚持要弄清楚他们身份的原因。"

他在盘算着什么。下颚骨的一处结节在他的侧脸上移动着。

"你看上去不太友善，而且好像不太开心。"他直白地说道。

"我也不是故意的。但是你一直在躲着我。"

"和你沟通交流，并不是那么简单轻松的一件事……除了在你弹钢琴的时候。那个时候不用和你说话。"

她完全没有理会这句话的讽刺意味。

"你说过——在离开前对我说过一番话——那段时间你一直在向我献殷勤。难道那些都只是胡说八道的吗？"

"不是。"

"那你是什么意思？"

"你这样盘问我，我很难对你解释。你已经习惯了从人们嘴里讨答案，是吗？客观的事物有客观的答案。但是对一个女人献殷勤不是一件客观的事情。这是一种情感上的挑战。需要策略和时间。"

"那你在办公室坐着和尼尔斯聊天的时候也用了策略，花了时间吗？"

利奥大笑出声，露出所有的牙齿。

"我想知道的就这么多。"她愤怒地叫嚷，然后起身从椅子上站起来。"你可以出去了！"

他低下头，像是想藏住自己的脸，然后突然抬起头，恳求道：

"不要这么生气。不如给我弹首曲子吧，迪娜！"

她摇了摇头，但却不知怎么地走到两架提琴面前。她用手轻轻滑过洛奇的大提琴，眼睛一直盯着他看。

"你和尼尔斯都在聊什么？"她的发问有些突然。

"你想知道一切是吗？你喜欢拥有绝对的控制权？"

她没有回答，只是继续让手随着提琴的线条，在乐器上慢慢滑出一个个大圆圈。房间里传来一阵柔和的声响，远处飘来一声窃窃私语。

"我们聊雷斯尼斯的事情，聊店铺，聊记账。尼尔斯是一个谦虚的人。但他很孤独……这点你肯定是知道的。他说女主人迪娜刚愎自用，每件事情都会检查一遍。"

说完，他沉默了片刻，迪娜也没有回应他。

"今天早晨我们讨论了在商店外再盖一栋楼的想法，这样能让商店看上去比较现代化，里面的灯光可以布置得好一些，腾出更多的空间做生意。然后还讨论了和俄罗斯建立生意往来的事，这么做可以填补国内目前还没法提供的一些商品。"

"你要谈雷斯尼斯的事情，居然不找我，反而去找我的手下？"

"我本以为你的兴趣点在别处。"

"什么兴趣？"

"孩子还有家务吧。"

"这说明你没有深入了解旅店老板的责任！我更希望你能和我聊有关雷斯尼斯的事务，而不是同我手下的人去聊！对了，你为什么对雷斯尼斯这么感兴趣！"

"这里的社会形态很吸引我。这里就像一个完整世界，这是好事也是坏事。"

"难道你的家乡没有类似这里的地方吗？"

"没有，没有一模一样的。老百姓没有自己的资产，日子也没这里自由。大家伙也没理由要对主人怀有的强烈的忠诚度，总之和这儿的人不一样。现在的俄罗斯正面临着艰难时期。"

"这就是你来这儿的原因吗？"

"也有其他因素吧。但是自从我帮雷斯尼斯一起扑火后……"

他的身体慢慢靠近，微弱的光线照在他昏暗的脸上，刻下几道皱纹。

他们站着的位置中间放着一架大提琴。他伸出一只手，放在琴上。像被太阳烤熟的石头般，重重地落在琴面上。

"为什么你隔了这么久才回来？"

"对你而言，像是很久吗？"

"不只是我觉得过了很久。你亲口说过会在冬天前回来。"

他一脸自得的模样。

"你把我的话记得那么清楚吗？"

"是的。"她愤怒地嚷道。

"既然我现在回来了。"他把头靠近她的脸，低声说道。

他们对着彼此的眼睛凝视了许久，专心致志地打探对方的心思，掂量彼此的能耐。

"一个人要好到什么程度，才能和巴拉巴在一起？"她问道。

"不需要花很多……"

"比如说？"

"友善一点即可。"

他把大提琴从她手里拨开，小心地靠在墙上，然后紧紧抓起她的两只手腕。

房间里的某个地方先是传来东西折断的声音，随后是本杰明的哭声。

他看见她的眼睛萌动起短暂的几秒激情，两个人一起靠着墙滑下来。他从未想象过她的身体是如此强壮。她的嘴唇、明亮的双眸，还有她的呼吸和一对呼之欲出的乳房。这让他想起家乡的女人们。但她要更难对付一些。因为她比其他人更坚定，也更没耐心。

昏暗的墙板上有个节疤。这是一个固执地移动着的节疤，是雅各布给这一幕设计的节疤。

利奥把她从他身边抱开，在耳边低语：

"弹琴吧，迪娜！这样你就能拯救我们了。"

她轻柔地低语着，像动物一般。然后躺在他的胸口依偎了一会儿。接着她伸手去够大提琴，把它搬到椅子旁，岔开双腿去接受它。

琴弓冲着灰黄的日光慢慢升起。

一个个音符联合成快速的旋律，刚开始并不觉得优美。慢慢地，她的手势显得更为自信优雅，渐渐地，她沉醉在音乐声中，雅各布见状便也退下了。

利奥把手臂放在两侧，注视着她抵压在乐器上的双峰。为了使出全力弹奏音符，她纤长的手指会时不时颤抖。利奥的目光再转向她的手腕，还有让她结实丰腴的大腿一览无遗的皮质长裤。最后再慢慢扫到她的脸颊，以及撒落在额前、遮住脸孔的秀发。

他穿过房间，走出房门，他并没有把门带上，也没有关自己房间的门。在客卧和主卧中间的宽地板上，画着一条看不见的线。

第十五章

我向你举手，我的心渴想你，如干旱之地盼雨一样。（细拉）

——《圣经·诗篇》第143章，第6节

要带去三个佃农农场和其他有需要的人家的箱子和篮子，凯伦嬷嬷都打包好了。

她找骑马和坐船的人给送了过去，或是当对方来雷斯尼斯商店买圣诞假期需要的东西时，她会特地派人捎个话。

欧林在厨房把茶点都准备好了，那里温暖又舒适，最细枝末节的地方都能布置得井井有条。

用鹿皮做的拉普高靴和大衣，还有厚重的雪地靴都放在黑色的大铁炉子旁。这些东西在踏上回家的旅途前必须先融雪、晒干、弄暖和了才行。炉子后面有一个刷了新漆的水缸，里面一直有热水。当咖啡壶直接放在火上煮，铁炉的铁环被移到咖啡壶下面的时候，水光洒在水壶和木质碗上。

整个星期里都有人进进出出，大吃大喝，或是沿路走到商店，在火炉旁的箱子、水桶、凳子上坐下来等待运货。

营业时间已经不再成为任何问题，只要有人，商店就会一直开着，就是如此简单。

尼尔斯和商店里的员工忙得跑前跑后，一刻不停地把铁环放在咖啡壶上。水煮了一会儿，接着就从水管里咕嘟咕嘟地往外溅。听闻水飞溅和冒蒸汽的声音，应该有人意识到要把咖啡壶从火面上拿开，再添点磨碎的咖啡粉。

火炉旁的地板上有一块扁平的石头，上面就放着咖啡壶。咖啡慢慢泡开的时候，所有从严寒漆黑的海浪飞沫中来到这屋的人，鼻子里都充满了香气。

镶着金边的咖啡杯上画着蓝色的花朵，一共有六只杯子。上一拨客人离开后，杯子稍加冲洗又再装满新鲜的咖啡。如果有哪位冻僵的可怜虫用杯子捂了手，正想把这杯苦涩的神水递到嘴边，一些没有研磨开的咖啡豆可能偶尔会像一条棕色的树皮船浮在咖啡杯的边缘。通常情况下，还会一并提供红糖和饼干。

一小撮客人进门后会有威士忌喝，但是烈酒在雷斯尼斯是不免费提供的。尼尔斯说，本就应该这样。

欧林的蓝色厨房里有烈酒，但除了自己，她谁也不会招待。为了稀释血液，她时不时会在咖啡中加固定分量的一小杯白兰地来放纵自己。

只有小部分客人会去客厅喝凯伦嬷嬷的雪莉酒。

迪娜鲜少亲自接待客人。雷斯尼斯来客人的时候，她总是把表现殷勤好客的机会留给其他人。

尼尔斯喜欢圣诞节前的几周。那段时间，商品的周转更替是全年的最高峰。他的习惯是生意越好，眉头越紧。

而在今年的圣诞节前夜，当他检查完商店和仓库里半空的货架时，他的眉头却一反常态蹙得很深。他从空气的味道中想到一位已经不名一文的男子。

安德士穿着一件假日衬衫，吹着口哨走了进来，尼尔斯悲痛地对他说，剩下的面粉恐怕不够支撑他的罗福滕之旅了。

安德士大笑。哥哥为了空罐子和空架子忧心忡忡，安德士也表示关切。但有时他也会思考，为什么这么用心，商店里的利润还是平平淡淡没有起色。相比之前，店里的顾客人数已经十分庞大，资质都还可信。那些雇来帮忙出海捕鱼的人，也几乎无一例外都是值得依靠的伙伴，回程的时候，他们都会如约把鱼和钱一起送来。

等最后一位客人离开，所有店面都关门以后，尼尔斯一个人做了弥撒。仓库房的办公室里，上了锁的门和拖地的窗帘围成了他弥撒的地方。

桌子上放了两个厚厚的信封，他手脚麻利地把准备好的供品装进里面。然后，他把煤油灯上的蜡烛芯拧下来，拿着其中一个信封走向祭坛。

洗手台是用坚硬的橡木制成的，台面是厚重的大理石。上面放了一只珐琅碗，里面盛着汤。

他庄重地靠整个身体的重量，用力把洗手台挪到旁边去。松动的木地板忠诚地躺在那里，同木面上的节疤和凹痕一起注视着他。

片刻之后，他将一个锡制小盒子举在昏暗的光线下，打开，把新的供品放在里面。

然后他把一切复归原位。

之后，尼尔斯把记录在总账里的钱拿出来，然后把它锁在角落里的铁箱子中。

最后，他站在房间的中央，抽了一口雪茄，环顾着四周。一切都很顺利。何况现在是假期。

但只有一件事情让他放不下心。原来那张美国地图消失了。本来一直好端端放在桌子上，现在却不翼而飞了！

他找遍了所有地方，还问了商店的店员彼得。对方坚持说自己从没见过，也未曾听说有这幅地图。

尼尔斯知道只要斯缇娜和孩子还在这里，他就永远没法带其他女人进门。在意识到这个悲惨的事实后，他被逼无奈，只能做出一个重大决定。他要搞到一张美国地图远走高飞。但现在地图却消失了。

圣诞节前夜的五点钟，饭桌上总是会准备好未发酵的脆面包，事先用肉汁软化，再用糖浆增加甜味。佐餐的还有烧酒和啤酒。每个人都会在那个时间点以前完成自己的任务。

今年的圣诞晚宴，尼尔斯也参加了。多亏了这位俄国佬，他也有与其他人一起表现热情款待的机会。

除此之外，还有地图的疑问，或许他可以根据其他人的面部表情来推测究竟是谁拿走了地图。

餐厅里已经为所有人都摆好了桌。任何人都不必在圣诞夜这天去厨房用餐。这是凯伦嬷嬷来雷斯尼斯之后引入的一项风俗。

但在餐厅里，大家的感觉却不那么舒服了，不仅鲜少敢于和彼此交流，还得担心自己是否举止失礼，或是说错了话。

直到利奥和安德士同孩子们扮小丑说笑，气氛才活跃起来。大家也找到了欢笑的契机和彼此的共同点。

大浅盘被端进端出。蒸汽从热腾腾的食物渗入人们的皮肤，不仅滋润了味蕾，还和体内的汁水混合在一起。

凯伦嬷嬷坐在点亮的圣诞树旁。假日的香气弥漫在整栋屋子里。编结的纸篮子里装着葡萄干、姜饼和糖果。这些东西只有等凯伦嬷嬷发话才能碰。

晚餐过后，她首先用挪威语读了圣诞《福音书》，为了讨利奥开心，又用德语读了一遍，然后坐在桌子首席位的扶手椅上。

本杰明和汉娜吵嚷着，迫不及待地要打开圣诞礼物和糖果。对他们而言，念两遍《福音书》不只花了很久时间，还是上帝对他们的一项不合理的惩罚。

以后，他们俩就会有一句新的口头禅了："她现在还得再用德语读一遍！"

迪娜像是流经房间的一条大河。她穿着皇室蓝的丝绒长裙，搭配了一件花缎护胸。她径直看着大家，神情还算友好。当她弹奏起圣诞节颂歌时，击打琴键的动作犹如爱抚一般。

利奥给颂歌起了头。他穿着一件黑色马甲和白色的亚麻布长袖衬衫，袖口是蕾丝做的，领部别了一枚银色胸针。

和以往的圣诞夜一样，钢琴上竖着三叉状的主显节蜡烛，烛光闪烁不定。烛台下的银色大浅盘闪闪发光。整个夜晚，盘子上会铺满融化的蜡油，给蜡烛创造出一片小小领土。

主显节的蜡烛是斯缇娜负责的。一对蜡烛给汉娜，另一对给本杰明。凯伦嬷嬷斩钉截铁地说，这些蜡烛都是为了庆祝耶稣的诞生。

圣诞节前，雷斯尼斯来了一位鞋匠，既然如此，今年雷斯尼斯主人们的圣诞礼物也就不难猜了。很快所有的仆人们都会试穿新鞋。

利奥站起身来，唱了一首俄罗斯的圣诞短歌，歌词讲述了全世界忙忙碌碌的鞋子们。

本杰明和汉娜也跟着一起唱，他们的俄语有些乱七八糟，不仅跑调，还特别严肃，显得十分痛苦。

凯伦嬷嬷穿了一件上浆蕾丝领的衣服，带花边的头饰非常漂亮，整体看去十分优雅。她这会儿有些乏了。耶特路德突然从房间里横穿过来，她轻轻摩挲着凯伦嬷嬷苍白皱缩的脸颊。这位老妇人半阖着眼睛，打了会儿盹。

这天晚上，欧林就让其他人来伺候她。她脚踝上长了疮口，因为忙着准备圣诞节，疮口已经开始恶化。斯缇娜给她敷了煮熟的蜂蜜和香料药膏，但似乎不起什么作用。

利奥建议她坐下来，让其他人服待她，等她身体康复了再说。自从那句话后，欧林的眼睛一直都在利奥身上，就像从前看雅各布那样。

斯缇娜的神情洋溢着一份从容和平静。她会时不时看着尼尔斯，好像他是一块新擦过的地板。她的表情仿佛若有所思，对现状感到十分满意。比起以往，她的眼睛显得更暗了一些，但面容却更有光彩了。她的辫子扭成了一个小圆髻，但这并不能掩盖斯缇娜无比漂亮的脖子。

约翰对圣诞夜的回忆全都与雷斯尼斯有关，除了他做神学学生的那几年。他的脑海中充满了与这里有关的回忆。英格伯格点亮蜡烛，凯伦嬷嬷大声地朗读着《圣经》。在夜晚的庆典之前，雅各布和工人们一起喝了酒，他的脸也因此涨得通红。

今晚，当凯伦嬷嬷把本杰明和汉娜抱上大腿的时候，他感觉到了孩子的幸福和脆弱，也为自己感到羞愧，所以他刻意对所有人，尤其是这两个孩子，表现得特别友好，希望以此作为弥补。

他看见在自己离开的这些时间里，迪娜的灵魂已经扎根在了雷斯尼斯的土壤上，并且对安德士和尼尔斯都产生了影响。他们俩在她的凝视下成为了两个傀儡木偶。留给他的人，只剩下凯伦嬷嬷了。

今晚的安德士扮演了一个微笑的兄长形象。大部分时间里，他会倾听凯伦嬷嬷、约翰和利奥说话。时不时地他会扫一眼迪娜。他还对她点了一次头，仿佛他们之间有什么秘密。很显然，这个男人没有任何良心不安的感觉。

尼尔斯在主客厅里稍稍停留了几次，他间或的离开是因为有其他事情要做，但也无人问起他的行踪。有时，他会走过抽着雪茄或灌满酒杯的人身旁。他的嘴巴闭得很紧，一双眼睛焦躁不安地看着房间里的每个人。

我是迪娜。今晚，耶特路德流着眼泪站在警长家的客厅里。她挂起了花环和天使，读了那本黑色的书。但这无济于事。假日里的庆祝会让某些人难受。所以耶特路德流下了眼泪，她把那张毁容的脸藏了起来。我把双臂环在她身上，数着鞋子。

迪娜的目光会时不时与利奥相遇。她眼中的坚硬和冷酷不见了，仿佛她忘记了他迟来的事情，忘记了那天早些时候和他在主卧里的谈话。

凯伦嬷嬷上床睡觉了。孩子们也睡了。他们吃完了所有的蛋糕和糖果，在音乐声中吵吵闹闹地拆完了礼物，听完了所有圣诞精灵的故事，握了所有人的手，爬了所有人的大腿，就这样喜忧参半地长成了六岁和八岁，在庆祝完雷斯尼斯的圣诞夜之后，满头大汗地一个个睡了过去。

仆人们早早地完成了工作，纷纷歇息去了。女孩们睡在厨房楼上的房间里，男性则统一睡在仆人的休息处。欧林坚守着厨房的过道，以防有人在夜里求婚。她半开着厨房的门，慢慢也睡着了。

欧林夜晚的呼声像是一种夜间乐器。呼声安静的那一天，雷斯尼斯便失去了它最重要的一件钟表计时器。

尼尔斯离开了屋子。他在农舍有两个房间，没有人能想到他究竟是去了那儿还是办公室。

除了斯缇娜。但她没有露出任何迹象，她只是不想麻烦任何人，选择将这份念想藏在她乌黑顺滑的发丝下。孩子们睡在硬实的板床上，她拉下床前的帘子，然后在镜子前慢慢地脱下衣服，在昏暗的烛光下审视着自己的身体。

这个夜晚并没有给她的生活带来任何新的改变。除了一件事情。她已经开始为孩子们将来争夺遗产做好了准备。过程虽然漫长，但她的心十分坚定。这张美国地图，她暂时放在梳妆台的抽屉底下保管着。

通过观察迪娜，她学会了一些东西。不管做什么，要做就得坚定地去做。如果你能一个人应付过去，就不需要询问他人的意见。

安德士、约翰、利奥和迪娜还留在吸烟室里。

迪娜背靠在躺椅上，拨弄着扶手上的一条丝质流苏，分量有些沉。她抽着一根味道较淡的哈瓦那雪茄，吐烟的样子不太像一位女性，但吐出的烟圈却非常专业。

安德士描述了自己去罗福滕岛捕鱼行程的准备工作。他最初打算只派一艘船去。如果捕鱼的情况良好，他会再配备另一艘船过去。他有把握能找到足够的船员。根据目前所有的预测，捕鱼计划应该会十分成功。利奥有兴趣一起加入吗？

利奥像是在考虑，回答得很慢。他觉得自己并不适合那样的工作，此外，他节后必须要回特隆海姆一趟。

迪娜端详着他。

"我可以问你去那里是为了什么吗？"

"我要把一名囚犯带到瓦尔多。他会在瓦尔多要塞服刑。"

"你要和囚犯一起旅行吗？"迪娜问道。

"是的。"他简短地回答道，随后啜了一口潘趣酒，转而取笑地看着在座的每一个人。

"这算是好差事吗？"安德士怀疑地问道。

"和普通工作一样，不好不坏。"

"那些可怜的人呢？"

迪娜耸了耸肩，把身子坐直。

"这活儿真新鲜。"安德士说。

他试着掩饰自己听见俄国佬的工作而发颤的样子。

"你经常和囚犯一起旅行吗？"迪娜问道。

"不。"他的回答简短精炼。

"是什么让你决定要做这个的？"约翰问道。

听闻此事后，他一直坐在椅子上，显得有些震惊，安静地一言不发。

"懒惰吧，还有就是渴望冒险。"利奥自我调侃道。

"你难道不喜欢做些正规的生意……宁愿要揽囚犯的活儿吗？"安德士很疑惑。

"这不是生意。我对生意不感兴趣。这是和不同生活境遇的人打交道。只有人才能吸引我。他们教我了解自己。"

"我不明白。"安德士的回答有些尴尬。

"那你从囚犯身上学到了什么呢？"

"人的行为不总是能真切地揭露这个人的真面目！"

"《圣经》上说我们的行为决定了我们是什么样的人。这难道不是真的吗，约翰？"迪娜说道。

她的背挺得相当直。

"是真的，"约翰同意迪娜的说法，清了清喉咙，"但当然了，不幸命运的背后，或许有许多是我们所不了解的。"

"举个例子，尼尔斯做的事情都不是他真正想做的，因为他在雷斯尼斯是一个陌生人。如果他能在这里有家的感觉，那他做事就会很不一样。"利奥说道。

安德士打了个呵欠，注视着他。

迪娜把身子往前一倾。

"比起我，尼尔斯肯定不算是什么陌生人。"安德士反驳道。他快速瞥了一眼迪娜。

迪娜又靠回到躺椅上，说：

"和我们说说看，利奥·久科夫斯基。"

"我已经听说过尼尔斯和安德士是怎么来雷斯尼斯的了。我听过他们的故事。他们的身世差不多。但这栋房子却把尼尔斯拒之门外，又拥安德士入怀。"

"你的意思是？"迪娜把话问得很明白。

"我想是因为女主人你做了示范，其他所有人都会跟着你照做。"

屋里能听见雪嗖嗖刮在窗户上的声音，很慢，像是警告的沙沙声。

"我为什么要把尼尔斯拒之门外？"

"我不清楚。"

"或许在这件事上，你应该问他，或是听听其他人的意见呢？"

"我已经问过尼尔斯了。"

"他说了什么？"

"他说他并没有注意到这一点。"

"他这么说，难道不正是在告诉你，尼尔斯他良心不安吗？就像是干净的床上出现的一只脏虱子。"

"你或许是对的。"利奥说道。

安德士觉得有些不自在，这场谈话让他觉得丢脸。

"他把斯缇娜弄怀孕了，却不承认父亲的身份！"迪娜轻蔑地脱口而出。

"男人一直都会做这种可耻的事情。但现如今，他们不必为此经常蹲监狱。"

"是不用蹲监狱，但如果他欺骗别人说他想结婚，这样的人就该坐牢了。"迪娜说道。

"或许吧。但那样的话，监狱里就会挤满了人。到时候我们该如何处置杀人犯呢？"

"杀人犯？"

"没错。就是那类被我们看来很危险的人。那类无论如何都应该与其他人隔绝开的人。"

她从身体里的某个地方笨拙地伸出手来。耶特路德竟不在那儿！洛奇！他出现在一片漆黑中。

"时间不早了。"她轻轻地说完便站起身。

约翰拉了拉外套上的翻领。他认为这场谈话和圣诞节的关系不大。

"我并没有发现，雷斯尼斯的人有对尼尔斯不恭敬的表现。我们充分信任他……给他工作、住房还有食物。我同意他确实有些奇怪。但这不能怪在迪娜身上。"约翰总结道。

他清了好几次喉咙。

"我想，他有很强烈的被排斥感，以至于他已经考虑起要去美国的打算了。"利奥对着稀薄的空气说，仿佛并没有听见约翰刚才说的话。

"美国？"安德士难以置信地喘了口大气。

迪娜的脸上面无表情。

"就在圣诞节前的某一天，我发现他在看一份美国地图。我问他是否在考虑出门旅行。从他的反应来判断，我的想法应该没错。"利奥解释道。

"但是他对此只字未提！去美国的旅程很昂贵！"安德士支支吾吾地说着。

"或许他一直都在为此努力攒钱呢。"利奥说道。

这一刹那，迪娜的眼睛开始闪耀起光芒。她重新坐了下来。本来穿了一半的鞋子，很快又歪歪斜斜地躺在了脚趾下。

那些数字吗？一列列数字在护墙板上浮现。沿着丝质挂毯从阴影中爬出来。真相已经如此清晰！

迪娜坦率地看着利奥，听他继续讲下去。

"攒钱？他怎么可能存下钱呢？"安德士问道，"自从我能分到一定比例的货船利润后，我的收入比他多，连我也存不下任何钱来！何况尼尔斯，他只有一份普通的薪水可以领……"

他抱歉地看着迪娜和约翰，不确定他们是否会觉得他过于口无遮拦了。

"他的生活开销不如你那么大，安德士。他可能已经攒了很多年的钱了！"迪娜的语气非常粗暴。

然后她穿上鞋子，得体地把蕾丝鞋带系上，这样就不会被鞋带绊倒而摔断腿了。

接着她整理了一下衬衫，站起身来。

她和利奥之间的横沟已经远过她和北斗星的距离。

"时间不早了。"重复完这句话后，她穿过房间走向门边。

"如果你的仓库和商店需要尼尔斯，你必须让他感觉自己是雷斯尼斯的一份子。否则你会失去他。"利奥朝着迪娜的后背，清清楚楚慢条斯理地说道。

"或许你说得对，"约翰含糊地说道，"我大概知道他出了事。我不在家的时候他给我写了很多奇怪的信……"

迪娜转身的时候太唐突，把衬衫底部给扯开了。

"那些没有高贵人格操守，不懂得承担责任的人，无论去往何处，都没有安宁的日子好过。"她突然上气不接下气地说道。

"但这轮不到别人去评价。"约翰点评道。

"没有人在评价！"她的口吻很坚定。

"这不是事情的全部真相，"安德士反对道，"尼尔斯不懂得怎么把事情调整过来。现在的局面已经不可能转好了。他不可能仅仅因为孩子……娶斯缇娜的。"

"为什么不可以?"她愤怒地叫喊道。

"噢，看在上帝的分上……"安德士吞吞吐吐地说着。

"他做错了事，这点很明显。但是我们都会犯错，或早或晚，"约翰轻声说道，"毕竟，斯缇娜现在在这里过上了好的生活。"他又添了一句。

"斯缇娜并没有过上好的生活！她在这里慢慢消殒她的青春。而他却在做去美国的计划！但我觉得这样也好！为了所有人着想。他走了后，大家就能呼吸新鲜干净的空气了。"

"那仓库怎么办？"

约翰不知道怎么提出反对意见。他只知道自己必须说点什么。

"不用担心，我们还会找到人的，"迪娜自信地说道，"但话说回来，他还没走！"

"我听见仓库那儿有人传言，尼尔斯更愿意娶女主人迪娜。"利奥说道。

这个男人貌似还不死心。迪娜本应该已经走出门外了。可现在太迟了，她只能在这里越待越久。

"我明白了！那利奥·久科夫斯基先生希望我嫁给尼尔斯，让他不再有被排斥的感觉吗？"

她的微笑在身体周围构筑起一圈屏障。

"原谅我！我刚才有点失礼了。"利奥说。他站起身鞠了一躬，然后匆匆忙忙地穿过房间，帮她抵住门。道了一句晚安后，他便把他们身后的门关上。

过道很暗。蜡烛燃尽了自身，将全部的油脂留在铜质的烛台上。透过落地窗户，月光形成一根根光柱，将小窗格中的方框变成一片片晶格。

月光在他的脸颊和肩膀上留下一道道横杠，在同一个格栅中移动。

上楼梯的时候，他从身后环住她。地板吱呀作响，和往常一样。彼此的臀部会不小心碰到。他刚刚说的话，还有那之后发生的一切，都消失了。像是再也不存在了一般。

他的分量很敦实，深深地，落在她的大腿上。

"原谅尼尔斯。"走到二楼的时候，他轻声低语道。

"这件事不是我说了算。"她生气地回答道，不明白他怎么又提出此事。

"原谅他能带给你平静。"

"我不需要平静！"

"那，你需要什么？"

她用双手紧紧捏住他的臀部，用力将他向自己拉近。然后她打开他衬衫的前襟，将手放在衣服里。

他颈带上的胸针压着她的手，一遍一遍戳在手指上。

突然，她奋力扭动着挣开身体，溜进了自己的卧房。这一切发生得太快了。夜色如此幽暗，本可以发生一些他们分别梦想过的情节。

第十六章

普天下当向耶和华欢呼！

你们当乐意事奉耶和华！

当来向他歌唱！

你们当晓得耶和华是神！

我们是他造的，也是属他的。

——《圣经·诗篇》第100章，第1—3节

圣诞节这天他们一起坐大艇去教堂做礼拜。因为牧师生病了，约翰不得不匆忙替他布道。

这是一个重要的场合，所以他们把凯伦嬷嬷仔细地包得严严实实，像一个包裹般搬上了船。

她对每个人反复微笑点头，自豪地谈起约翰。

牧师卧病在床，但是他的妻子参加了布施。

凯伦嬷嬷同她坐在第一排。迪娜和其他从雷斯尼斯来的人都在第二排就座。

利奥选择坐在教堂的后排。

教堂里有一面面巨大的石墙，周围点着蜡烛。那儿的角落里生活着永不见天日或火光的影子们。人们哼唱着赞美诗。在上帝巨大的天穹下，人类是如此渺小。他们紧挨着彼此，坐在木质的靠背长椅上，帮彼此取暖。

约翰在传播福音："光明照亮黑暗，黑暗无法抵抗……他来到自己的家，而他的人民却不接受他。"

约翰在圣诞节前几天认真准备了这场布道，特地同凯伦嬷嬷练习了几遍。此刻，他的脸颊无比苍白，眼神中渴求着怜悯。但他的声音却十分洪亮。

他在讲述信耶稣后得到的恩惠，讲述着接受启示和救赎的准备，讲述着当一个人把光放进来后，罪恶如何失去了它的力量。人类所知晓的两个最伟大的奇迹便是耶稣基督和恩惠。

凯伦嬷嬷点点头微笑。她由衷地熟悉他说的每个字。这些语句和她的年纪一样大，像一排抽屉在她的脑海中运转。只要她把东西放进那些抽屉，有需要的时候她就能找到它。

大家喜欢他的布道，礼拜结束后，教众聚集在教堂的墓地上，簇拥在约翰周围。

"这些话着实能给人安定感。"牧师的妻子一边说，一边用力握了握约翰的手。

热气不停地从大家嘴里往外冒，在头顶上形成一团云。这场集会慢慢地从教堂过渡到了牧师的住所，大家喝着咖啡聊了一个小时。

迪娜并不着急，她一个人先去了屋外的厕所。

墓地最终渐渐安静了下来。她沿着教堂侧面，朝着大海旁一条被踏坏的细窄小道走去。然后她爬上雪堆，抓住扶手。这座教堂能用于军事防御，不仅有厚厚的石墙，还有一览无余的水景。

迪娜望着峡湾对面山脊上的耶特路德，她正朝地上撒着上千万颗珍珠母贝。这些珍珠母贝闪烁着耀眼的光彩，湮没了牧师住宅的吵嚷。停在退潮岸边的小船，是被施了魔法静静等待的幽灵。

迪娜站立的位置不容易被别人看见。她和教众之间隔着这座巨大的石教堂。

就在这时，他的脚步声闯入了耶特路德绚丽的光芒中。

他们穿过圣器储藏室，走进空荡荡的教堂里。从牧师住宅处看不见那儿的门。既然现在已经没有任何蜡烛，教堂内部也就变得相当阴暗了。

他们的脚步声在石墙上回响。从唱诗班到主门，他们走完了教堂的全长。两个人肩并肩，相对无言。上楼梯后是管风琴的阁楼。那儿比楼下要更阴暗。笨重的管风琴靠在他们身旁，沉默不语。

"我觉得我们需要祷告一下。"他说。

"嗯。但我们要自己拿灯来。"她回答完，便把嘴唇覆在他的脖子上。

唱诗班本应有丝质的床单和点亮的蜡烛。现在本应该是夏天的季节，插着桦树叶的花瓶排成一列，靠在中间的过道上。至少，这硬邦邦的木头地板应该拖一遍。但现在没时间做这些准备工作。

他们虽然没法看清对方的具体模样，体内的血液却在剧烈膨胀，涌入每一根细小的血管。时间非常有限，但要完成一场完整的入会仪式也足够了。

他的疤痕成了她最炙热的狂风暴雨中的地标。现在已经没有回头路了。

利奥看到教堂司事离开了墓地，这才出现在扶手面前。证人可以放到以后再安排。地点虽然不是预先计划好的，但既然全诺德兰也没有比这更好的教堂，索性就选在这里。

众人满怀敬意地在牧师住宅里，同牧师一起度过了下午茶的美好时光。

警长和约翰坐在一名卑尔根商人的两侧，他已经在这片教区安了家，也拿到了旅店店主的经营执照。因为他，现有的生意可能会受到威胁，这件事也因而激怒了许多人。

　　他们闲聊着有关冰川的事。这位从卑尔根来的男子好奇为何北部这边的冰川如此之少。这里好歹也有那么多高山。全年都弥漫着海面飘来的湿气！在韦斯特兰，尤其是他过去居住的松恩地区，气候虽说温和一些，但反而有许多大块的冰川。

　　警长的言谈显得知识渊博。他说这儿的海并不像人们想象的那般寒冷。反而还会带来温暖的洋流。

　　约翰同意警长的观点，并补充道，在挪威更南部的一些地区，为了采摘云莓和匍生桦，必须要走到森林深处才行。但在北方，这些繁茂的冠状桦木能一直生长到海边。云莓甚至能在小岛和海滩上结果。

　　但至于为何会出现如此复杂的自然现象，他们无一能给出合理的解释。

　　凯伦嬷嬷认为，上帝是依照他自己的智慧，才把人与人创造得各不相同。他可能觉得让云莓和桦树灌木丛一路沿着北方的海岸生长是有必要的。鉴于北方人已经有很多棘手的问题了，他就不再让烦人的冰川来困扰我们了。这儿的天气终年寒冷，秋天会起暴风雨，庄稼的收成也将遭殃！想在大海捕鱼，鱼儿的路线偏又深不可测！上帝能把所有事物都考虑周到，实在是睿智！

　　牧师的妻子慈祥地点着头。听到这句话，那些住在附近农场且文化程度较低的人们也纷纷点头表示同意。如果连牧师的妻子都赞同这个观点，那真相就一定是这样没错了。

　　约翰不想讨论凯伦嬷嬷对自然和冰川分布作出的神学解释。他只是温柔地看了她一眼，保持着沉默。

　　这位商人非常侮慢地无视了老妇人的说法。他说，山顶的最高峰竟然不总能找到冰川，实在太奇怪了。这些冰川像是没有计划也没有法律管束。

迪娜安静地走进了房间，穿着一身细白围裙的姑娘给她端来咖啡和扁面包。大家在桌边给她腾出一块地方，她却选择坐在门边的高背椅上。

警长说，他无法接受冰川是由湿润的海洋气息所形成的理论。因为据他所知，尤斯特达尔冰川位于松恩地区最干旱的土地上，而从海边升起的罗姆斯达尔和诺德兰山脉，却鲜少有冰川覆盖！

说到这里，发生了一件事，和挪威冰川无关。大家的表情显得非常不安。很难说究竟是从哪儿开始的。但很快，一种微妙的香味弥漫在房间里。起初小心翼翼地漫延。一种扎在土地中的独特蒸汽。让人焦躁不宁。

利奥过了几分钟才到，他赞扬了这座气宇轩昂的教堂。但这些话未能减弱大地和咸咸的海风混合成的独特气味。只是到那时为止，祭坛上的蜡烛已经觉察到这股香气有一会儿了。

这股味道让他们想起曾经的某种感觉。是在遥远的过去？是在早年的青葱岁月里？是灵魂深处某种处于长期休眠状态的东西吗？

当这位身材高大的俄罗斯人朝人们靠得太近的时候，有些人的鼻孔还会颤抖。在迪娜的发丝和双手从身旁擦过时，他们也会有如此的反应。不知怎么地，这三个男人没法继续刚才的话题。他们低下头，看着自己的咖啡杯。

警长心不在焉地询问起牧师的状况。这个可怜人因为咳嗽一直躺在楼上。牧师的夫人非常震惊地点了点头。这已经是警长第二次问到这个问题了。她之前已经告诉过他，牧师目前仍在发烧，咳嗽也没好。所以任何人都不能上楼去看望他。但她可以代为转达大家的问候。

再次听到这个问题，她简洁地回答道："他身体很好，谢谢你！"随后掸了掸袖子上的一小块灰尘。

他们一遍又一遍把饼干托盘传来传去。咖啡一杯接一杯。一种心满意足的困意席卷在每个人的身上。每喝一口咖啡，他们的鼻子都会用力吸取空气。

即使人们的想象可以聪明到辨识出这股气味，他们也没有足够的勇气去追寻它的源头。这种想法根本不会出现在正义之人的心中。

但它却实实在在地发生了。不仅影响了胃口，还将人们的交谈意想不到地打断，本要说出口的话只能咽回去，万分欣喜地将凝视着彼此的目光变得遥远。这气味像是一块刺激性的软膏，伴随茶歇慢慢溶解。只有在很久以后，当人们好奇圣诞节这天，牧师住宅为何会出现如此曼妙而不可思议的气氛时，它才会重新浮现在记忆里。

牧师的妻子也感受到了香味的作用。在教区大众纷纷走上回家的路时，她轻轻地嗅了嗅空气。

这真是一场神圣的茶歇集会！

她走上楼去探视生病的丈夫，给他的内心带去安慰和平静。

迪娜坐在小船中，自由地享受着微风的吹拂。

利奥！他的皮肤径直穿过她的披肩和衣服，直烧进她的内心。她的身体是一根神圣不可侵犯的枝条，是隐蔽的山泉上一条紧绷的弧线。

她把身上的羊皮裹得很紧实，同约翰及凯伦嬷嬷说着话。她感谢约翰做的这场布道。即使最近身体欠佳，凯伦嬷嬷坚持去教堂做礼拜，对此她也称赞有加。

她灰色的双眸仿佛两座闪耀的溪谷。利奥迎上她的目光。在一望无际的海平面上眺望远方。

迪娜的左右两边分别是约翰和利奥，前者周到体贴，后者则为她挡去海上的浪花。

第十七章

他带我入筵宴所，以爱为旗在我以上。

——《圣经·雅歌》第2章，第4节

家里的气氛变了，这感觉无法掩饰。就像对于成天要出门转悠的人，无法掩饰季节的变化一般。

约翰是第一个看懂利奥和迪娜眉目传情的人。他回想起这位俄国佬第一次来访后离开雷斯尼斯的那段时间里，迪娜对利奥的行踪充满好奇心的样子。

在约翰做学生的日子里，每每回忆起他父亲的这位妻子，总是令他十分恼火。她就像《圣经》上一页顽皮的插画，又像是童年时期欧林做的饼干罐头，放在架子上，高不可攀，充满禁忌。想起她是一件罪孽深重的事。

不论是梦是醒，他都会梦想她。想她赤着身子，在月光下闪着白光的模样，想冰冷的水珠从她身上往下滴的模样。她站在大海里，水位齐腰，皮肤上起了鸡皮疙瘩，乳头高高耸立着。

他回到雷斯尼斯已经过去九年了。他以为自己已经准备好了。但每回见到她，他仍然能感觉到痛苦和兴奋。不论是上帝的教诲，还是世俗人伦的规定，迪娜终究是属于他父亲的。尽管雅各布已经逝世，离他远去。而她也早已为他生下一个同父异母的兄弟，像一位母亲操持着他们的家。

凯伦嬷嬷看到利奥和迪娜之间的互动后，感到忧心忡忡。但她却被他俩感动了。她带着对儿子的思念，很快将事情安排妥当。她为迪娜找到一位新丈夫而感到满足。

诚然，她质疑过这位俄国佬名下是否有任何财产。她觉得，他应该不太可能会操持旅馆或是商店之类的产业。

但每想到这儿，她都会告诉自己，雅各布在来雷斯尼斯前也只不过是一名水手……是，家里有了这么一个人后，不仅能同她交流艺术人文，会说德语法语，还曾到过地中海。她已经喜欢上了这种感觉。

尼尔斯发现他俩公开传情的时候有些惊慌失措。出于某种他自己也懒得分析的原因，这件事让他很不安。仿佛爱情对他而言是一种独特的威胁。

安德士震惊地目睹着这一切。但他不敢相信，这种异性间的吸引是否会带来真正的改变。

斯缇娜依旧保持冷静和期待，对于她知道什么、在想什么，一点痕迹也没露出来。对她而言，只要迪娜心情好，能活蹦乱跳地坐立不停，那就根本没有担心的必要。

另一方面，每当利奥进厨房的时候，欧林就会开始大声赞颂已故的雅各布先生。他彬彬有礼地在一旁饶有兴致地听着。时不时点点头，询问一些有关这位过去的雷斯尼斯主人，同时也是她口中的英雄的细节。

欧林会长篇大论地列举雅各布的优点。他有一张俊俏的脸，精力充沛，可以跳整夜的舞，对仆人和穷人相当关心。不止如此，他还有一头鬈发，天性热情洋溢。

利奥假装乐意倾听的样子，完全骗过了欧林的眼睛。她终于有机会表达三十年来压在心中的感情。最后，她靠在利奥的胸前，轻轻抹去悲伤和思念的泪水，无论如何不愿从他身上挪开。

圣诞节过后的第四天，托马斯回来了。他看见利奥在厨房里唱着伤感的俄罗斯民歌，安慰欧林悲痛欲绝的情绪。现在，托马斯连最后一个能说话的人也没有了。

他立刻开始暗中监视这些人的一举一动，以此折磨自己。入夜后，当厨房和大厅的门开着时，他会偷听迪娜含情脉脉的笑声。他在夏日度假屋外的积雪中寻找足迹，因为这天晚上正巧快要满月，得到的却是令人心痛的证据。在夏日度假屋里，他发现长凳的白霜中，有两摊已经融化的大雪。看来曾经有两个裹着裘皮的身体在长凳上坐过。裘皮大衣的正面有开口。

看来她已经带俄国佬去过夏日度假屋了！那里是她在月光下献祭的地方！

他还会偷偷潜入主屋的正面，隔着一段距离去监视主卧里的人影，他要弄清楚窗帘背后究竟有几个人的影子。但厚重的天鹅绒帘布把所有的秘密都围在了背后。当他看不见屋里有几个人影的时候，他会责怪光线不够明亮，始终不肯放过自己。

在他的想象中，他看见迪娜雪白的身体正投入另一个男人的怀抱，房间里点着火炉，镜子旁的桌上放着火光摇曳的烛台。四柱床的形象一直折磨着他，日日夜夜，圣诞的饕餮大餐他几乎一口都没碰过。

除了吃饭时间，只要确定俄国佬在餐厅，托马斯基本都离厨房远远的。

果然不出所料，主卧里确实有两个人影。在圣诞节后的第七天，她把他带到了那里。尽管这么做可能会冒着被整栋房子的人，被约翰以及凯伦嬷嬷发现的风险！

发情的本性就如同狼群中的领袖。它有着灰色的毛发，或许能对其他人隐形，但对迪娜，它有着红色的下巴，长着一副锐利的尖牙，身上有股刺鼻的气味。这种本性会带人走向死亡，让人饥渴、嗔怒。

她走下床，把衣服穿上。梳好头发，偷偷潜入夜色，走在没有窗户的过道里。她找到藏在亚麻布碗橱后的雅各布，堵上他的嘴巴，然后把住门，用力按下刺耳的铜质门闩，溜了进去。

他像一个忠诚的保镖，坐在里面守候着她。没错，他身上既没有穿靴子，也没有穿衬衫，唯独穿着一条裤子。他好像一直在看书，同时竖着一只耳朵，留神着任何风吹草动。

这两个人没法待在客卧里。因为客卧的墙壁很薄，任何动静都会出卖他们，隔壁就住着安德士和约翰。但主卧的两侧都有空房间，她用两根手指把蜡烛熄灭。舔也没舔，速度飞快。

"来！"她低语道。

一切好像都在计划之中，男人跟在她身后。

只要进了她的卧室就安全了，她一边叹气一边转着钥匙，然后把这位高大的男子带到床上。他刚开口，便看见她在他的嘴唇前做了一个无声的"嘘"的手势。

绿色的眼眸在笑声中绽放光芒。他严肃的微笑像是一位正在祷告的菩萨。

他数次闭上双眼，露出喉咙。她贴耳俯首地紧靠着他，但起初他并没有让她到达高潮。

雅各布的四柱床看来并不适合他们，所以他们不得不转战地板。反正他们有凫绒被子和最好的锦缎床单。

他挑逗而贪婪地索要，以满足自己的饥渴。他的笑感染了她。寂寞无声的笑容，挑动着她的情欲。像是一座为了不惊动太阳而掩抑着回声的古老山川，也像是为了不惊吓到越橘上的夜露或山缝中的离巢雏鹰，而飘浮在空中的白云。

她则是一条为小船破浪开路的河流，激流澎湃。一个转弯便能让小船躲开岩石和险滩。她的河床能吞噬一切，甚至将他的两侧擦破。

就在到达最后一处险滩前，瀑布从他头顶倾泻而下，爆裂的河床将他带入河底。

沙洲只是一声低语。但水流却发出震耳欲聋的轰鸣声，她的河岸也同样如饥似渴。他奋力让小船扶摇直上，船的龙骨在空中翻转，船桨也毫无影踪。他只是凭着力量和意志，终于让这只大型动物跃上了河岸。船身的伤口很深，简直是致命的。

然后他便陷在瀑布下不能动弹。

四柱床平静地矗立在地板的中央，它对自己年事已高、弱不禁风的模样也默认不讳。

过去它从未见过这样的情景，为这一刻的到来，它献出了毕生的精力。它经过罕有的深思熟虑，默默地用它的四根柱子和结实的床头板，努力掩抑着房间里的回声。

不过四柱床并没有把雅各布排除在外。他就像一个孤单寂寞的孩子，出现在他们中间。即使把他赶走也无济于事。

直到谷仓里的动物开始吵闹着渐渐苏醒，早晨变成布洛弗拉格山巅后的一道冬天之墙，雅各布才从他们身边消失。

白天和夜里的天气都非常寒冷。天空的内里倾洒下来。绿色的极光线条分明，边缘带有红色和蓝色的绒毛，朝着黑色的星辰大海连绵起伏。

"古斯塔夫王子号"像一条令人嫌弃的海神鳐，抵达了港口。

迪娜又开始在楼上踱步了。

第三卷

第一章

有施散的，却更增添，

有吝惜过度的，反致穷乏。

——《圣经·箴言》第11章，第24节

圣诞节前雇来的缝纫女工留在了雷斯尼斯。她做完自己的工作后，发现竟然无处可去。

斯缇娜不小心看到她哭泣的样子。当时她正穿着自己带来的冬季外套，手里抱着纸板箱，盒子外系着绳子。她已经把针线外的所有绒毛和线轴都清理干净，还把休息处的工作地儿给打扫了一遍。领完工资后，也就到了她离开的时候。

斯缇娜并不想把这个悲伤的故事泄漏给别人。但有一点她很肯定。他们绝不能在圣诞夜前的夜晚，把这个女孩赶出去。这个消息会传遍整个教区，最后给雷斯尼斯抹黑。

女孩本已接到任务，要去打扫商店和办公室。布满烟草污渍的地板高低不平，很难洗刷。但她并没有任何怨言。

有一天迪娜经过食物储藏室时，她听见这位缝纫女工在和安奈特闲聊。女孩说的话里提到了尼尔斯。

"我在打扫办公室时，他出现了。"女孩说道。

"别害怕，好好训斥他。反正他不是什么绅士。"安奈特说道。

迪娜站在敞开的门旁，静静听着。

"噢，我不是害怕。但我不喜欢那样。当然了，他一看就不是头脑正常的人，"她认真地说道，"我有一次看到他像个疯子般把那个重重的洗手台搬来搬去。"

"洗手台！"

"没错，就是办公室里那个。就在圣诞夜那晚，欧林叫我去办公室检查火炉。她怕谷仓的屋顶万一碰到打雷闪电会起大火，担心那儿的人反应不够迅速。就那次，我看见了他！他把窗帘都拉起来了，但我看见了。他把洗手台拖出来，嘎吱嘎吱的，动静很大！然后他弯下腰，对着角落的什么东西看了一会儿。随后又把洗手台拖回去，点上烟管。任何一个有理智的人都不会那样做的！"

二月的天已经慢慢变成耀眼的蓝色。

她走进办公室，并没有提前敲门。尼尔斯在看文件，几乎头也没抬地和她打了个招呼。房间很暖和。火炉被安放在角落的宝座上，熊熊燃烧的火焰发出噼啪的叹息声。

"看来你和往常一样，周末也工作？"她开口问道。

"没错。我想在安德士回来前，把这笔数字先记一下。我有很多事情要做……"

"这我相信。"

她走到厚实的书桌前，双手交叉放在胸前。他的身体开始冒汗，黏腻的不适感让他语无伦次，头脑一片混乱。

"我要说什么来着……？噢，对了……我听说你考虑去美国？"

他低下头，动作小得几乎察觉不到。长在太阳穴旁的灰色头发微微竖起。他穿着一件无袖衬衫，马甲上的纽扣没有系。他脖子上的肌肉虽然瘦削但很发达，和他的双手一样。

他的样子算不上丑陋，而且上半身强壮得惊人。作为商店经理，他的身段非常灵活。挺拔的鼻子和其他面部特征则带有贵族气质。

333

"谁和你说的？"他一边说，一遍舔了舔嘴唇。

"这不重要。我先知道这是否属实。"

"是你把我书桌上的美国地图拿走的吧？"

他终于鼓起勇气进行了一次攻击，那片刻里，他感觉相当满意。

"不是。你已经有地图了？你的计划已经进行得这么深入了吗？你打算去哪里呢？"

他的眼神表示他并不信任她的回答。两人各自站在书桌的两侧。他把手掌撑在桌面上，好让自己站稳，然后看着她。

他突然冒失地挺直后背，差点把墨水台打翻。

"地图不见了！完全没了踪影！圣诞夜前的那天夜晚还在这儿的！"

他停顿了几秒。

迪娜一言不发地看着他。

"好吧。去美国也只是随便的一个念头……"他好容易才说了这么一句话。

"这会是一次昂贵的旅行。"她轻声回答道。

"归根到底这只是一个念头。"

"你是否已经打算从银行贷款了？你需不需要担保人？"

"我没有想过这类事……"

尼尔斯的脸色变了，他用手一次次捋着头发。

"不然呢，你自己有钱？"

"没，并没有什么钱。"

尼尔斯在心里默默咒骂着自己，他恨自己居然没有为现在的场景早做准备。他在心中牢牢记下这一刻的心情。

和迪娜相处总是这副模样。她像一条大比目鱼，向四面八方肆意摆动，往往出现在你最意想不到的地方。

"有些事情，我以前就应该和你聊的，尼尔斯。"迪娜的语气很动人，像是要转变话题。

"什么？"他如释重负地说道。

"有关数字的问题。应该有的数字，可我却找不到……我指那些不出现在账簿上的额外数字。当我清点我们装卸的酒桶和货物时，才会出现的数字。还有在我和客人谈债务和信用时，我得出的数字。我做了挺多记录。这些东西并非是要给警长和法官看的，但我现在找到这些数字的藏身之地了，尼尔斯。"

他用力地吞咽着口水。这下，他终于遏制不住怒气，气势汹汹地瞪着她看。

"这已经不是第一次了，你老怀疑我对账簿动了手脚。"他发出鄙视的嘘声。他正好用三秒钟说完这句话，速度飞快。

"没有，"她的声音几乎像是耳语，用手抓着他的胳膊继续说道，"但这一次，我很肯定！"

"你有什么证据呢？"他怒吼道，心里隐约意识到这可能是认真的。

"现在我先不透露，尼尔斯。"

"因为你根本就没有证据。你就是想刁难我。要我恼怒，还撒谎，整件事情就是如此！自从招惹了斯缇娜的孩子……"

"是尼尔斯的孩子。"她纠正了他的说辞。

"随便你怎么叫。不管怎么说，自那时候起，我在雷斯尼斯就没有家了。现在你还要骗全世界，说我是一个无赖！你的证据去哪儿了呢！"他尖声叫道。

灯光下，他的脸色非常苍白，下巴在不停颤抖。

"我相信你应该明白，我不会告诉你我的证据在哪儿，没必要这么做。我要先知道你有没有好好做事。"

"你这话什么意思？"

"告诉我那些数字去哪里了，我要看到现金！然后我们才能谈一谈剩下的事情，还有你去美国的担保人的事。"

"我一分钱也没有！"

"你有！而且，你还诈取了你弟弟在卑尔根百分之十的合法利润。你动用的金额，和安德士南行的开销完全不符。这是你犯的最大的错误。你把错误牵连到了你弟弟身上。这样一来，即使东窗事发，他才会是大家眼中的骗子。但是你忘记了一点，我了解你的为人。我更了解他！"

他愤怒地冲她扬起拳头，用力捶在桌子边缘。

"坐下，尼尔斯！"她说道，"你难道希望我把警长和警官带来，把所有事情都摊开讲吗？回答我！"

"不，"他说话的声音几乎轻到听不见，"但你说的话都不是真的……"

"你现在就把这些钱拿出来，最好是现金，给我动作快一点！你把钱都用完了，还是都埋起来了？这钱肯定不会放在银行里的。"

"你怎么能这么说？"他问道。

她微微一笑，露出不详的表情。这让他全身直打哆嗦。他把身上所有的开口都闭上，唯恐她会钻进他身上的气孔，从里到外将他摧毁。

尼尔斯又重新坐回书桌后的位置。他极不情愿地朝着洗手台的方向望过去，眼神有些飘忽。他就像一个小男孩，偷了玩伴的木马，从眼神就可以看出他把东西藏在哪里。

"你是把钱都埋了吗？还是都放到你的床垫子下了？"

"我一分钱也没有！"

她的眼睛像一把铁犁，将他的心思一点点挖出来。

"我懂了。好吧，我让你考虑到今天晚上。如果你不拿出来，我就会派人送信给警长！"她粗暴地说完便转身离开了。

突然她一时心血来潮，又转了个圈回来。

尼尔斯正盯着洗手台看！

他意识到自己的动作被发现了。

"我来其实是要检查账簿的。你现在可以离开了。"她说得很慢，像一只突然又把爪子伸出来的猫。

他站起身，故意把背挺直，走出了房间。

***

第二天早晨，迪娜出发准备去跨山。她给自己和马儿都带上了雪地靴，挂在驮鞍上，垂在旅行袋外侧。

正当她经过铁匠铺的时候，尼尔斯从仓库里走了出来。

当他看见这位个子高大的女人骑在马上，正朝着山区出发时，他的眼前一片漆黑。他知道她要去哪里。

自从他听说她要仔细搜查办公室的时候，他的头脑就开始停止转动了。这件事来得太突然，他几乎没法走出那栋房子。最后，他不得不靠在墙边呕吐，把胃里所有的东西都清空。

过去的那个夜晚，他好几次朝主卧走去，希望能得到宽恕。但他最终还是没能办到。

夜晚就如同空虚的地狱，梦里充满了魔鬼和沉船的恐怖情景。

早晨醒来的时候，他用泡沫盖住胡须，将灰色的胡茬剃干净，仿佛这是世界上最重要的事情。

他当时仍然有思考过，是否要去主屋找铁石心肠的迪娜·格洛奈夫，恳求她的宽恕。

但是他一直没能做出决定。时间一分一秒被耽误了。在看到她骑着马出了庭院时，他其实想着她跑，一把抓住马的缰绳。

他曾感受过她的力气。也知道只有他彻底投降，卑躬屈膝，她才会宽容待他。

但他最终还是没有这么做。

趁现在还有时间，他其实可以逃走的！他不应该等到圣诞节过了才行动，不应该因为雷斯尼斯来了唯一一个可以让他像普通人一般聊天的人而迟迟不走。

还有地图！他为什么幼稚地觉得，要去美国必须有地图才行呢？他现在既没有地图也没有了钱。

他找了个借口，去了一趟厨房，正好听欧林说起迪娜骑马去法格尼斯的事情。

"真是奇了怪了，她居然说有事情要找警长谈。"欧林干笑着说道。

黑色的头巾将他的脑袋捆得很紧，他什么东西也看不清楚。只听到警长正对着他发出雷鸣般的吼声。

他婉拒了欧林给他泡好的咖啡。

厨房的光线很明亮，温度有些燥热难耐。去农舍的一路上，他的呼吸都不太畅快。

这天之后的时间里，大家都没有看见他的踪影。夜晚的时候，当女仆给他送饭时，他说自己不太舒服，不想让任何人进屋。当女仆再次回去收盘子时，她发现盘子上的食物一直放在门边没有动过。

她耸了耸肩。尼尔斯过去也装过病。在那方面他就像个孩子。

迪娜骑马翻过山岭，提着沉甸甸一大捆钱，准备存到银行里。

她和马都时不时需要换上雪地靴才行。爬山路的时候，她选择顺着马儿的节奏，那儿的路被冰层覆盖，甚至还会有很厚的积雪。

她在山顶上歇了一会儿，大部分时候，这儿都有一条奔流不息的河流，从峭壁上翻滚至深渊中。而今天，只能看到一条细细的小溪。绿色的冰柱细腻精巧地悬挂在山崖边。

她站在地上，低头看着雪橇曾经摔下的陡坡。

我是迪娜。雅各布并不在深渊中。他同我在一起。他的分量并不是特别沉。只是有些烦人，因为他老把气息打在我身上。耶特路德不在覆盆子的灌木丛中，那里只有法格尼斯的老铁匠铺。尖叫声犹在耳后。当我把手中的莓子压碎时，尖叫声响彻整片大地。耶特路德的脸又重回完整的模样，就像洛奇的大提琴一般。我为他们所有人数数、做决定。他们需要我。

她纵身一跃，跳到小黑的背上，并没有像往常那样给动物做任何准备。马儿受到了惊吓，在那儿嘶鸣。它不喜欢去悬崖峭壁。脑海中有关那件事的记忆挥之不去。

迪娜狂笑起来，拍了拍马脖子。

"吁！"她一边大声吼叫，一边勒紧缰绳。

这一路并不轻松。直到黄昏她依然没有到。有时她必须下马，带着马走，积雪很软，一脚下去沉得很深。

当她抵达第一个农场时，佃农们纷纷走出家门盯着她看，那个地区的人总是这么大惊小怪。

他们立马认出了雷斯尼斯的迪娜。黑色马背上没有马鞍。一个上流社会的端庄妇女竟然穿着男人的裤子。女农们对这幅情景感到十分嫉妒厌恨。但最重要的是，他们都很好奇，她为什么要在严寒隆冬之际，骑马去父亲家。

她们给孩子和男性雇工都派了点差事，故意和她在小路上相遇。但这么做没有任何明智之处。迪娜对所有人都礼貌地打了招呼，接着便策马离开。

她停在警长府邸的对面，想找找以往都在的松鸡。

这只鸟看到她和小黑气喘吁吁地出现在家门口时，并没有飞走。它的眼睛闪闪发光，以为别人看不见自己。

她骑着马靠近了一些，故意让这只鸟振动着翅膀从雪地上掠过，离开了一段距离。她笑得像个孩子似的，跟着这只鸟。因为靠得太近，鸟终于开始咕咕叫了。

冬天的时候，她和托马斯曾经在这儿玩过这游戏。他们还放了一些诱饵。

冬天的时候，有许多乖巧如家养鸡的松鸡躲在法格尼斯周围的灌木丛里。如果你追着它们跑，它们也不会害怕。

到了春夏时节又是另一种景象。松鸡会生下刚长出羽毛的雏鸟来。它们把小小的身子蜷缩在灌木丛里，或者在人们的头顶上低空飞过，把人们赶走，好让雏鸟逃出去。

有些还会声嘶力竭地大声叫嚷着。"咯吓咯吓！"如此渺小的生物居然能这么勇敢，实在太让人惊奇了！

她知道艾德山脉上有熊出没。为了安全起见，她在大腿上绑了托马斯给她的来复枪。但是这种季节，熊不大会从冬眠中醒来。

警长惊觉到了屋外的动静。听到马叫声时，他眯着近视的眼睛透过办公室的窗户往外看。他停下手中的事情，伸开双臂朝大厅的楼梯跑去。

他一边打招呼，一边不停地数落着迪娜。先是斥责她竟然没有事前通知要过来，又说她赶了这么长的路途，路面情况又糟糕，为何没有安放马鞍，最后又怪她，作为母亲、作为寡妇，她没意识到自己的穿着一点不像个女人！

对于他上一次去雷斯尼斯，离别时一点都无牵挂之情的事，他只字未提。

但有关她独自骑马夜行，给家族丢脸的事情，他却小题大做。还问她，有没有在路上碰到人？都碰到了谁？他们有没有认出她来？

最后，为了终止他的喋喋不休，她大叫道：

"家里有没有棕榈酒？把酒好好热热！我现在都冻死了！"

达格妮和孩子们也来了。奥斯卡像一根细细长长的豆茎，摆出一副兄长的模样，俨然是家中得到照料最多、寄予希望最多的孩子。他的脸上已经露出一种被吓坏的表情，不敢直视别人。

迪娜捏着他的下巴，仔细看着他。他的眼神不断闪烁，希望挣脱她。但她抓得很紧，严肃地对他点了点头，然后把目光转向警长：

"你对这个孩子太严苛了，"她说，"他有天会逃离这个家的。你等着看吧。"

"如果遇到什么困难，来雷斯尼斯。"她对男孩大声耳语道。

说完便跌坐在门边的椅子上。

叶齐是警长的小儿子，像只小狗般蹦蹦跳跳地来到哥哥和迪娜中间。

"你好，叶齐·候姆先生。你今年几岁啦？"

"很快就十岁啦！"他笑容满面地说道。

"好，不要站在那儿傻愣着看！把我的靴子脱下来，看看冻僵的脚上有没有长坏疽！"

叶齐努力像大人一般用力拉。靴子脱下来了，他跌跌撞撞地朝墙壁走去。他的个子很矮，皮肤很黑，而他的哥哥却是高个子，金发碧眼，两者形成鲜明对比。他对喜怒哀乐的表达形式与哥哥截然不同。

他对迪娜的喜爱坦率且固执，盖过了对其他任何人或任何事的感情。每次和本杰明在一起，总是免不了争吵，甚至打架。

迪娜从来不会让自己牵涉到这些琐事的争吵中。

叶齐对迪娜的喜爱非常明显，这让达格妮不乐意了。不过她也只是礼貌地嘟囔了几句，他们不知道迪娜要来，这事儿确实很不好办，本来可以准备一顿特别的晚餐招待她的。

"我过来不是享用精致的晚宴的。我过来是有正事要谈！"迪娜反驳道。

听到如此桀骜不驯的口气，达格妮有些受伤，但什么也没说。每次迪娜嘲笑她，觉得她愚蠢时，她都不太好受。

迪娜拿着棕榈酒和警长一起进办公室时，羞辱感让她的脸颊滚滚发烫。

关上门后，迪娜开始解释此行的真正原因。她希望父亲帮她把这笔钱存在储蓄银行里。

警长双手交叉，叹了口气，看着她清点一大捆钞票。

"我能问一下这些钱的来源吗？"他上气不接下气地问道，摆出一副庄严的警长模样。"是所有货物交款后的盈余吗？罗福滕捕鱼之行还没结束的时候就有钱了？不需要再派一条货船去卑尔根？都这么现代化的年代了，警长的女儿还要把现金藏在柜子的抽屉里吗？"

迪娜大笑着，但她拒绝回答这些钱的来源。她只说这些是额外的钱，至于是谁的、从哪里来的，她现在还不清楚。

她不想自己去银行。带着一只装满钞票的信封去，有损她的颜面。这件差事可以让父亲去办。把银行回单留到下次来雷斯尼斯的时候给她就行。三分之一存在汉娜的名下，三分之一存在本杰明的名下，还有三分之一存在她自己的名下。

警长被委托了一件正经的差事，他对此非常认真。不过，起初听到迪娜说，要把这么多钱捐给一个带着罪恶出生的萨米族孩子，他很不乐意！

"你已经把这孩子还有她的萨米族妈妈留在雷斯尼斯了，这还不够吗？不是已经给他们吃的、住的了吗，所有生活必需品不都给足了吗？现在，还不知足，你是准备把这些钱都挥霍了？"

迪娜微微笑着，她的眼睛却愠怒地看着他的胡子，像是要把它们一根根扯下来。

警长意识到自己还是温和些比较好。他像圣诞节前的孩子一般，非常好奇迪娜是从哪里拿到这么多钱的。

在他们入座晚餐桌旁时，他说：

"你有没有，意外地，卖掉过一艘货船或是一部分产业？"

"没有。"她简洁地回答道，并且对他做了一个警告的表情。他们已经说好，这件事要严格保密，不能让他们俩以外的人嗅到任何细节。

"你为什么这么问？"达格妮很好奇。

"噢，没什么原因……人总是爱想东想西的嘛。"

"因为我问他，他觉得雷斯尼斯值多少钱。"迪娜平静地回答道。她用手背擦了擦嘴巴，这个动作是用来逗孩子们玩的，正好又能气到达格妮。

迪娜的出现让警长情绪十分高涨。他讲到自己目前在特罗姆瑟法庭上处理的一桩案件。警长认为，陪审团把太多的注意力放在那些受过法律教育的警长，尤其是那些从南部来的年轻人身上，他们对诺德兰的生活形态一无所知。而那些上了年纪兢兢业业的老警长，他们对教区人民的精神生活了然于胸，却不再受法庭重用。

"受过教育难道有什么错吗？"迪娜用一种取笑的口吻说道。她知道，这对警长而言永远是一个伤痛的话题。

"是没错，但是他们为什么对其他人视而不见，其他人也有知识，这些知识是凭经验和智慧得来的！"警长听起来像是生气了。

"或许，等你们说完，这案子就没了。"迪娜对达格妮眨了眨眼暗示着什么。

"他是想努力调解这件事。"达格妮说。

"是关于什么的案子？"迪娜问道。

"这是一个完全非基督徒的审判，"警长咆哮着，"有名佃农，他的寡妇在特隆海姆被判处两个月的有期徒刑，仅仅因为她从干活的宅子里拿了一条绣花的围裙，还有几块奶酪和钱！我对伊布斯塔德的首席法官投诉过。判决和证人都有问题。但法官总是和陪审团一个鼻孔出气。"

"当心点，父亲大人。他们可都是有权有势的敌人。"她大笑着说道。

警长朝她做了一个受伤的表情。

"他们对待普通人像动物一般。对待受人尊敬的老警长们，就像看见了虱子！都是这个时代造的孽，我告诉你。这个时代人和人之间没有尊重可言。"

"没错，这个时代人和人之间没有尊重，"迪娜同意父亲的话，张着嘴巴打了个呵欠，"那我的父亲呢？摸着良心说，没有错判过案子吗？"

"没有，看在上帝和国王的分上！"

"包括他对迪娜的审判？"

"对迪娜？"

"没错。"

"什么审判？"

"耶特路德！"

所有人嘴里咀嚼的动作都停了下来。女佣从厨房的门里退了出去。墙壁和天花板拥抱着彼此。

"迪娜，迪娜……"警长的声音有些沙哑，"你又提这件再古怪不过的事情了。"

"没有，我对怪事向来保持缄默。"

达格妮命令孩子们离开餐桌，亲自跟着他们出去。警长和雷斯尼斯的迪娜独自坐在水晶灯下。房门紧闭着，往事的伤疤被掀开了。

"孩子是没法责怪的。"警长沉重地说道，眼睛并没有看着她。

"那为什么她受到了责备？"

"没有人责备她。"

"你责备了她！"

"噢，迪娜……"

"你把我送了出去。我根本就不是你的孩子。最后你把我卖给了雅各布。还好，他算是个人。但我却成了一头狼崽子。"

"你这说的什么话！卖！你怎么能……？"

"我说的是事实。我挡了你的路。没有任何教养。要不是牧师的建议，今天我可能会在海勒给牛羊挤奶！你以为我不知道吗？可你却同情偷绣花围裙的陌生人！你知道耶特路德的那本黑色书是怎么说你这种人的吗？"

"迪娜！"

警长生硬地从座位上站起来。银器发出叮叮当当的声响，他的玻璃杯被撞翻了。

"你就这么生我的气吧！但你却连耶特路德那本书上怎么写的都不知道。你是警长，可你却一无所知！你对付那些不了解你的人，可以把他们关起来。用你的表链把他们吊起来。让所有人都知道，法格尼斯的候姆警长是一个公正的人。"

"迪娜……"

突然，警长弯下身子，脸色十分苍白。他稳稳地晕倒在椅子上，然后扑通一声摔在地板上。他的双脚和身体像是一把折刀，握柄处非常松动。

达格妮从过道里冲进来。她边哭边抱起地上的人。迪娜把他扶到椅子上，给他喝了一口水，然后离开了房间。

警长恢复得很快。他的心狂跳着，一边面带愧色地解释着。

差不多过了一小时，所有人按捺着心中的想法，安静地在一起吃了甜点。

警长扶着栏杆，一边下楼，一边用恳求的语气大声叫着迪娜。他的身体很不舒服。

当迪娜在餐桌旁入座时，男孩们略带害怕又崇拜地看着她。小孩子是不应该听见，也不该看见迪娜对父亲生气的报复样的，但今天，他们又一次目睹了这个场面。他们学到了一点，无论父亲如何发怒，这根本制止不了她。恰恰相反，倒在地板上的是警长自己。

只要迪娜在家，达格妮的脸部表情就会不停地变化。她看警长时，就像一朵长在小溪旁的金凤花。但转头面向迪娜时，她就变成了凋谢的海草。

我是迪娜，当我在寒冬之夜赤脚走在地板上时，我的双脚仿佛与地板生长成了一体，我能看见月亮滚过耶特路德的天堂。它有一张脸。有眼睛、嘴巴和鼻子。它有张微微空洞的脸颊。耶特路德以为我熟睡的时候，她仍旧站在我的床旁。但我没有睡着。我走过天空，数着星星，好让她看见我。

迪娜拜访法格尼斯时，喜欢通过搬东西来自娱自乐。她会把东西都放回老位置，恢复达格妮来这个家以前的模样。

达格妮对此不做评价。她深谙迪娜的行事方式，不会露出恼怒的表情，那样正中迪娜的下怀。她只会咬牙坚持到迪娜离开为止。

这一次，她等待的时间并不久，第二天早晨迪娜便离开了。然后她急匆匆地穿过各个房间，一边怒吼着，一边噼里啪啦地把所有东西恢复到之前的位置。缝纫盒从吸烟室拿到客厅里。耶特路德家族的画像从餐厅移到二楼的大厅。

迪娜把画像换成了奥斯卡王子的蓝色浅口镶金大瓷盘。

所有挡住达格妮去路，或是对她的行为评头论足之人，上帝总是格外开恩。

迪娜走后，正当警长抽着晚餐后的雪茄，享受平静和安心时，她再也抑制不住心中的怒气：

"我想，要成为迪娜这么厚颜无耻、不懂分寸的人，可是要拿出不少智慧的吧！"

"现在，现在……几点了？"

他已经厌倦了女人们发泄的方式，完全无法理解她们的想法。也不想知道她们在想什么，更不想站谁的边。但他始终还是得问一问。

"她责骂你！把晚餐都给毁了！家里的东西全搬动了一遍，好像自己还住这儿一样。她强调耶特路德家族的目的就是羞辱我。"达格妮尖声说道。

"迪娜的脾性是比较难相处……但我相信她不是有意要伤害任何人的。"

"那她这么做是想要表达什么？"

他叹了口气并没回答。

"我很高兴，我只有一个女儿。"他喃喃地说道。

"我也是！"她嘘声说。

"够了，达格妮！"

"嗯，等到下次她穿成马夫，从教区那儿骑马过来，马背上连个马鞍也不放就跨上去，还要表现得像是法格尼斯的主人时，你的心脏会跳得更疯!"

"但毕竟，她来的次数不多……"

"谢天谢地!"

他挠了挠头，拿着烟管走进办公室。对于家里的规矩，他已经没力气再坚守下去了。他为自己没能把妻子放在一个受人重视的位置上而感到内疚，导致现在家里一直不得安宁。他觉得自己已经开始衰老了，脾气也没那么好了。与此同时，他还不得不承认，迪娜的到来犹如一缕清风，给家里带来了新鲜空气。他在帮她的忙! 帮一个无论谁都无法代替的忙! 不管发生了什么，她毕竟是警长的女儿。他当然要帮她! 而且，他挺享受对着一个人，稍微吼叫几下，时不时发发脾气的感觉。大部分人都有这种错乱微妙的情感体验!

他叹了口气，坐在一张大高背椅上，把烟管放在桌上，转而去找鼻烟盒。

吸鼻烟总能让他的思维变得清晰。此时此刻，他的脑子里盘旋着他孜孜以求的几件事。但是他不知道从哪里开始思考。

可怜的耶特路德……迪娜说了什么? 耶特路德的书里写了什么?

第二章

他从我旁边经过，我却不看见；

他在我面前行走，我倒不知觉。

他夺取，谁能阻挡？

谁敢问他，"你作什么？"

　　　　　——《圣经·约伯记》第9章，第11—12节

迪娜骑到庭院时，周围鸦雀无声。

小屋折射的光线焦躁不安地闪烁着。白色的光线照在泛蓝的雪地上。窗边挂着床单。死神已经来到了雷斯尼斯。结霜的窗户下有一个人影。托马斯把他的绳子切断。剩余的线团有节奏地晃了好久。

尼尔斯之前发现横梁和天花板之间有一道裂缝。他一定是把裂缝刺破或捅破之后才把线穿过去的，因为这道裂缝非常细。

然后他便上吊自杀了。

他刻意没有打乱住在温暖农舍的农夫们这个季节里最平常的生活节奏，因此选择在船屋里了结自己。那边很容易就能找到有空地的横梁。

在他生命终结的时刻，他选择靠在温暖的火炉边上。船屋的屋顶高处不胜寒。拱形的横梁下有充裕的空间，如有必要，再多尸体也够放。

所以尼尔斯就在火炉旁边上吊了，天花板的高度很低，一个正常的成年人很难挂在上面。

尽管场面有些可怕，但他吊着的样子并不骇人。他的眼睛和舌头都

没有肿起来，但面色已经变了。

他的头部和身体的其他地方没有太多的接触。下巴朝着地板凸出，身体微微左右摇摆着。看来一定已经晃了很久。

托马斯破门而入，他的心脏像蒸汽机一般剧烈跳动着。

这栋老房子渐渐被注入活动的细胞，尼尔斯随着它一起晃动。他乌黑的头发耷拉在额头上，仿佛喝了很多杯烈酒。他闭着眼睛，双臂垂直往下荡着，稍微有些优柔寡断。

这一刻，是他人生中第一次揭露自己的身份。他其实是一个非常孤单的商店职员，曾经有许多看不见的梦想，而最终他做了这个决定。

在大家给尼尔斯张罗来一口好棺材前，他的尸体就躺在餐桌的木板上。

安德士在罗福滕，不过大家已经派人给他送信去了。

约翰陪着斯缇娜一起给尸体守夜。两人照料了蜡烛一整夜。

斯缇娜一次又一次地扑倒在尼尔斯的身体上，完全不在意房间里还有别人。即使凯伦嬷嬷跛着脚走进房间，把瘦削的手放在她肩膀上，然后默默哭泣时，她也依然无动于衷。每隔一段时间，约翰会给死者朗读《圣经》里的段落，可这也没法抚慰斯缇娜的心情。

斯缇娜黝黑似绒鸭般的眼睛望着大海。她的脸颊失去了往日金色的光泽。她不愿同任何人分享自己心中的想法。在他们把汉娜父亲的绳子切断的那天，她对约翰说了几个字：

"你和我是与他最亲近的人，应该要帮他洗个澡。"

迪娜走进房间后，若有所思地看着尼尔斯的脸庞，像是在给一头不打算买的动物估价。但眼里没有任何勉强之意。

宅子里的人慢慢聚集在一起。他们的脸上挂着无助和难以置信的表情，隐隐透着浓浓的恐惧和良心的不安。

迪娜沉默地对尼尔斯临终的心思点了点头，人都去了，这点心思只能在房间里徒劳地东奔西跑。迪娜的点头是对他最后的认可。

约翰必须竭尽智慧去说服凯伦嬷嬷，尽管尼尔斯在生前对上帝和人们犯下了罪行，但他的躯体一定会埋入神圣的土壤中。

"如果教堂的墓地不接受尼尔斯，那我们就把他埋在花园里。"迪娜唐突地说道。

约翰听了这话不寒而栗，凯伦嬷嬷则在一旁沉默不语，虔诚地抹着眼泪。

出于各种原因，尼尔斯最终被埋在了神圣的土壤中。首先，在安排一场葬礼前，不论是埋入上帝的土壤还是平民百姓的土壤里，都要花上六个星期的时间去准备。因为今年的冰霜是记忆中教区遭遇过最严峻的一次。土壤各处都像是花岗石。

其次，官方的说法只是尼尔斯去世了。约翰和牧师之间的对话，以及他们和上帝的谈话，在这件事中非常关键。

再次，等墓穴挖好了，再难听的言论也已经随着时间烟消云散。在一片沉默中，教堂后边的墓地已经为尼尔斯准备好了。

所有人都知道他用雷斯尼斯小屋的一道细缝上吊自杀了。用的绳子是安德士从俄罗斯还是特隆海姆，或是其他什么地方带来的全新麻绳。大家也知道，雷斯尼斯的人有自己的办事逻辑和能力。

斯缇娜开始常对汉娜说："你父亲是三周前去世的……"要不就是"你父亲是在冬天前去世的。"

尼尔斯活着的时候，她从来不会对汉娜提有关父亲的事，但现在她

351

抓住所有机会来强调这一点。这件事起到了令人惊叹的效果。

不久以后，所有人都接受了这个说法。一件不幸的事。汉娜的父亲已经去世了，而斯缇娜则抚养着丧父的孩子。

尼尔斯的死，反而重建了生前未能给她的尊严。

迪娜会断断续续透露几句。宅子里的人们听见后，便自行将这些话拼凑成一个完整的真相：

尼尔斯最后改变了主意。他把一部分存下的钱给了迪娜，让她存在银行里，作为给汉娜的年金。这消息比五月的草原之火传播得还要快。罗福滕的渔船回来后，教区的所有人都听说了这件事。

大家意识到，尼尔斯其实也没那么坏。尽管他的双手曾偷藏了这么多东西，但他也算有资格和上帝住在一个地方。

＊＊＊

货船带着丰厚的战利品从罗福滕岛满载而归。但安德士却面如灰土，神色憔悴。

他直冲进迪娜的房间，想听听这究竟是怎么一回事。

"他根本不可能做出这样的事情来，迪娜！"

"不，他会的。"迪娜说。

"那是为什么呢？我可以为他做点什么？"

他用双臂抱住迪娜，把头埋在她身上。他们就这样站了很久。这一幕过去从未发生过。

"我想，他是不得不这么做。"迪娜低沉地说。

"没有人会想做这种事！"

他的涕泪像是一条涓涓流淌的小溪。

"有些人会！"迪娜说。

她拍拍他的头，久久地注视着他的眼睛。

"我本应该……"他开始说道。

"嘘！是他本应该！每个人都要为自己的生命承担责任！"

"你太严厉了，迪娜。"

"有些人需要上吊自杀，有些人需要严厉一些。"她一边让自己脱出身来，一边回复道。

第三章

好施舍的，必得丰裕；

滋润人的，必得滋润。

——《圣经·箴言》第11章，第25节

凯伦嬷嬷的书柜上有一本特别的书，是德拉门的一位政府工作人员写的，名叫古斯塔夫·彼得·布罗姆，他的姓名前缀着一个令人尊敬的称谓：首席土地税务官。他在书中描写了一段穿越诺德兰省的旅行，提供了有关诺德兰各地方人，尤其是拉普人的信息，非常有启发性。

"拉普人从来不会感觉到痛苦或是失落，"还有"诺德兰人很迷信，可能是源自他们对自然之力的倚赖。"他在书中声称。

凯伦嬷嬷不理解，把自己的命运交给上帝之手，比起相信人类不可靠的承诺而相信自然，这究竟有什么迷信的。但她也没机会去讨论这件事，只好接受作者的言论。

根据布罗姆先生所言，住在北极附近的人，很少有受过文化熏陶或是经过启蒙的。此外，他对拉普人的长相也非常不满意。

他未曾见过雷斯尼斯的斯缇娜，凯伦嬷嬷沉思道。但这个想法她也只是放在自己心里。看完后，她只是把书立在其他书后面，以防斯缇娜打扫时看见。

凯伦嬷嬷曾经和丈夫游历了全世界。他们去过地中海，到过巴黎和布莱门。她知道，不管血统和家世如何，每个人在上帝面前，都是光着身体、背负着各自的罪名。

当凯伦嬷嬷发现，斯缇娜明显不会阅读写字时，她把这个错误归咎在自己身上。于是她开始教斯缇娜这两样技能，斯缇娜学得很快，知识就像杯中的酒，她把玻璃杯放到嘴边，一瞬间就可以喝进肚子里。

有天凯伦嬷嬷同欧林之间爆发了一场唇枪舌剑。在她不懈的炮火攻击下，却意外发现斯缇娜有操持一个大家庭的天赋。

最终，和欧林与托马斯不同，斯缇娜在雷斯尼斯有了不可撼动的地位，她也因此受众人尊敬。

但在家宅外，她只是一个和迪娜交朋友的拉普女孩。即使迪娜在本杰明洗礼时，让她站在洗礼盘前，大家对拉普女孩的印象也不会改变。

现在大家都说，尼尔斯的死是因为斯缇娜对他下了一个咒语。雷斯尼斯的动物和财富在成倍增加，但把斯缇娜从谢德颂德放逐来的女主人却死了。这一定是这位萨米族的仆人对她曾经受到的待遇的报复。

斯缇娜很少会离开雷斯尼斯出远门。她的肌肉很发达，浑身带劲地默默穿梭在各个房间中。

她的心里似乎充满了悲伤，只有不停地工作，才能没有空闲去想别的，能让身体不垮下来。

萨米族的基因渗透在她的肌肉里，平静的性格和流畅的动作都影响着她训练的年轻女仆们。

她很少会透露自己在想什么。有时，她的脸孔和眼睛会阴郁地流露出一些情绪：和你待在同一个房间里，我可以忍，但是我对你无话可说。

她高高的颧骨和音乐方面的天赋清晰地表明了她的血统。他们的脸像高山上的平原，他们的嗓音拥有河流的韵律。

夏天她不再穿皮衣，冬天不再穿裘皮。但她的腰带上始终悬挂着一套短刀剪，装在晒成棕色的皮质护套里，还有一个铜制的针线盒和一些铜戒指，同她来到雷斯尼斯给本杰明喂奶时的装束一模一样。

有一天，迪娜问起斯缇娜的身世。她给她讲了一个简短的故事。她的祖先是瑞典的拉普人，在一场雪崩中没了所有的驯鹿。多年来，他们流浪在瑞典的拉普兰省，靠放牧野驯鹿群、打猎和捕鱼为生。

但在那时，有关她父亲和祖父的谣言却在四处散播。据说，他们曾经偷过其他放牧人的驯鹿。

整个家族被迫逃向南方。

他们历经千辛万苦，终于在斯孔兰省的茅草小屋里安顿下来，设法弄到了一艘船，靠捕鱼维持生计。但没有驯鹿的拉普人，只是当一介小渔夫的拉普人，是没有尊严的。

在瑞典人的眼中，他们只是可怜的"田野上的拉普人"，人口普查都不会将其计算入内。

十二岁后，斯缇娜不得不离开家，自己养活自己。她在谢德颂德的农场上看护谷仓，直到有一天她生下一个死婴，这份差事也就结束了。他们没法控告她的杀婴之罪，有的只是人们对非法通奸的罪恶之谈。

主人试着为她辩护，但女主人一看到这个拉普女孩就受不了。她不得不离开农场。她的胸脯装满了奶水，大腿间的衣服已经被鲜血染红。

"女人们通常会把人撕成碎片，让风吹散。撕完了再去教堂做礼拜！"迪娜评论道。

"你是从哪儿听说这句话的？"斯缇娜犹犹豫豫地问。

"从警长嘴里。"

"雷斯尼斯的人都不会那样做的。"斯缇娜点评道。

"确实不会，但这里的男人也不像警长那样儿。"

"你母亲像那样吗？"

"才不！"迪娜说完飞快地离开了房间。

每个季节对斯缇娜来说都有特定的例行事务。编制桦木篮，做玩偶，收集药草和织布染剂。她小小的卧房里闻起来有股昆虫、羊毛和孩子们健康体魄的味道。

食品储藏室里有专门属于她的架子。她煎好的药可以在那儿冷却，在液体灌入瓶子前，药渣可以沉淀下来，等需要的时候再取。

当尼尔斯的绳子从小屋的天花板上切断后，很长一段时间，斯缇娜成了勤劳的工作机器。

有天傍晚，迪娜派人找她。等其他人都上床睡觉后，斯缇娜才去敲了迪娜房间的门，递给她一张美国地图。

"我应该早早就把他的地图给你的，但是我没有。"她说。

迪娜把地图在桌上摊开，弯着身子仔细地查看着。

"我不知道你拿了尼尔斯的地图。这不是我想要谈的……你要和他一起走吗？"

"不！"斯缇娜的声音很刺耳。

"那你为什么要拿地图？"

"我拿是因为觉得他不可能不带地图就走！"

斯缇娜挺直脊背，对上迪娜的视线。

"你不想他走吗？"

"不想。"

"你为什么想他留在这里？"

"为了汉娜……"她小声低语道。

"那如果他问你，你会和他一起去美国吗？"

房间里安静了下来，剩下的声音像是锡桶上松了的盖子，安稳地落在她们身上。她们就坐在水桶的里面，不仅锁住彼此，连自己也给困住了。

斯缇娜开始慢慢明白，这场对话，并不只是几个问题而已。

"不会。"这是她最终的回答。

"为什么?"

"因为我想待在雷斯尼斯。"

"但那样你可以过上舒服的生活。"

"不。"

"你想过吗,为什么事情会发展成这样?"迪娜问。

"没有……"

"你觉得他为什么这么做?为什么要上吊自杀?"

"我不知道……所以我才把地图带来。"

"我知道他为什么这么做,斯缇娜。但这件事和你一点关系也没有!"

"别人说我在他身上下了咒语,才让他死的。"

"这些人都是在用屁股说话。"迪娜怒骂。

"或许……那些人是对的。"

"不对!"

"你怎么能这么肯定?"

"还有其他原因,只有我知道。所以他没法留在这里了。"

"是因为他想要你?"斯缇娜突然问道。

"他想要雷斯尼斯。这是我和他唯一的共同之处。"

她们的眼神交汇在一起。迪娜点点头。

"你会施咒语吗,斯缇娜?"

"我不知道……"她回答的声音几不可闻。

"那或许我们中有几个人会,"迪娜说,"每个人都要活得当心点,难道不是吗?"

斯缇娜盯着她看。

"你是认真的吗?"

"是!"

"你知道的，世界上有种超能力……？"

"世界上真有超能力！那我们应该如何驾驭？"

"我很害怕这种能力。"

"害怕？为什么？"

"因为那是……魔鬼的……"

"魔鬼不会这么空来管这些小事情的。问凯伦嬷嬷。"

"尼尔斯上吊自杀不是小事情。"

"你在意尼尔斯吗？"迪娜问。

"我不知道。"

"就算上吊自杀了，活着的人还是会关心他们。"

"不，我不这么想。"

"我想，如果你在意尼尔斯的话，能让他免受很多苦，包括他自己的困扰。那样他也不会徒然地上吊了。"

"你真这么觉得？"

"是的。尼尔斯至少做了一件事。这就是我派人来找你的原因。他在银行给汉娜存了一小笔年金。你是她的监护人。这些钱足够抵上一次去美国的路费。"

"天哪，"斯缇娜一边喃喃自语，一边低头端详着身上格子花纹的围裙，"我从别人那儿听说了这件事，但我以为那只是谎言，就像他们说我的时候一样。"

"我应该用这些钱做什么呢？"她用耳语的声音问。

"你们俩不用再乞讨求人，就算魔鬼搬到雷斯尼斯来住。"迪娜强调说。

"恶魔从来没有在雷斯尼斯出现过。"斯缇娜严肃地说完，又恢复了平时的样子，从椅子上平静地站起来准备离开。

"他一定是想到了汉娜……才这么做的。"

"我相信他也想到了你。"

"他本不应该这么做的！"斯缇娜的语气里透着一股意料之外的力量。

"你是说给你钱？"

"不，他不该上吊的。"

"或许，只有这样做，他才能为你俩留下点什么。"迪娜冷冰冰地说。

斯缇娜咽了咽口水，然后露出高兴的神情来。大门上庄严的洛可可镶板和沉重的铜把手在她们俩之间小心地关上。

凯伦嬷嬷把那件事称为"春奇"。

自从斯缇娜不喂奶以后，每年春天都会发生。这一切是从斯缇娜看见大批栖息在岛上和航道的孤岩上的绒鸭开始的。接着她听说聚集的绒鸭在过去曾是一笔可观的收入来源。

斯缇娜身上有种家的归属感。她用自己的双手给鸭子们搭了一个棚，又用杜松的枝条缠成一个天然的帐篷，一边喂鸭子一边和它们交流。

最重要的是，她不允许其他人来打扰它们，也不准有人偷蛋。

成百上千的鸭子们返回这片海滩和这里的房子，而且年年春天都来。她把鸭子胸脯上掉落的羽毛一根根收集起来，把它们的巢排整齐。

全教区的人都在流传，雷斯尼斯的拉普族女孩照顾绒鸭的事。通过收集绒鸭抛弃在鸟巢里的绒毛，她一点点积累着财富，最终形成了一笔巨款。

这份收入的数字现在已经大到要存银行才行了。她显然要去美国，走在全世界的前面了。

其他女性偶尔也会试着效仿斯缇娜的做法。但却一无所获。因为这个拉普族女孩会给教区的绒鸭施咒，让它们都飞去雷斯尼斯！她一定懂这种魔法，那些了解事情的人们说。

在繁殖季节，绒鸭会出现在任何你想象得到，甚至意想不到的地方。有一年春天，一只鸭子从开着的门进了露天厨房，在大烤箱里安顿下来。

后来的几个礼拜，欧林和斯缇娜之间爆发了一场激烈争辩，讨论到底哪件事才更重要：用烤箱还是让绒鸭安详地住在里面。

欧林输了这场战争，她基本没说上几句话。

她派了一个男孩去露天厨房把鸟巢搬走，当他在给烤箱生火时，斯缇娜像一道闪电出现在他面前。她用力抓住这位伙计的胳膊，眼神闪烁，嘴里念着拉普话。

光这样就够了。男孩吓得脸色苍白，逃回了厨房，不停地摇着头。

"我不想让她在我身上下咒语！"他表明自己的立场。

这就是整件事的结尾。

露天厨房和烤箱的门也就这样一直敞开着，好让绒鸭能够进出取食。

每个小丘后面和每个小小屋檐的下面都有绒鸭的动静。

她不会一下子把所有绒毛都拔下来，而是这里一些，那里一点地摘。

有时候，她深棕色的双眼和绒鸭黑色的圆眼睛会撞见彼此。她在鸟巢里捡掉身上的绒毛时，鸭子会平静地坐着。

她走了之后，鸭子会稍稍舒展一下翅膀，继续孵蛋。然后它会迅速地把胸脯上的绒毛拔一些下来，放在斯缇娜刚刚抽羽毛的位置。

每年的四五月，她一共照顾了成百上千只绒鸭。它们年年回来。那些在雷斯尼斯孵蛋的绒鸭也会回来。"春奇"的规模变得越来越大。

蛋孵好以后，斯缇娜会立刻把这一只只像蓬乱毛球的雏绒鸭装在粗麻布的围裙里，带到海上，帮助它们保护自己的雏鸭，免遭乌鸦的侵袭。

这些鸭子平静坦然地接受了迪娜的护航。它们左摇右摆地跟着斯缇娜的鞋跟走路，一路上喋喋不休，好像在咨询她抚养雏鸟的意见。

她坐在倾斜的岩石上，守护着绒鸭的小家庭，直到家庭成员重新团聚，安全地游到水下，才离开。公鸭会先朝着大海和自由的方向飞走。母鸭子又落了单，和斯缇娜一起分享孤独。

长满绒毛的小雏绒鸭慢慢长满羽毛，身体也换了一种颜色，开始学着自己觅食了。秋天的时候，它们会离开这里。

这时，装鸭绒毛的篮子先要清空，再冲洗一下，缝合好装在麻纱袋子里，接着再运往卑尔根。

鸭绒是非常受欢迎的商品。尤其是在同汉堡和哥本哈根的商人打交道时。

安德士对斯缇娜担心的份额问题，并不是特别在意。说实话，他做中介和运输全都分文未取。

斯缇娜的眼睛越来越圆，神情却越来越沮丧，就和在公鸭朝着辽阔的海洋起飞后，被抛弃的母鸭子一样。

她担心那些冷笑的乌鸦会飞到小鸭子身旁，把它们的小身体叼走，她可是对小绒鸭的生命负有责任的。

斯缇娜并不知道凯伦嬷嬷的那本书里写着："拉普人从来不会感觉到痛苦或是失落。"

第四章

因为冬天已往，

雨水止住过去了。

地上百花开放、

百鸟鸣叫的时候已经来到，

斑鸠的声音

在我们境内也听见了。

——《圣经·雅歌》第2章，第11—12节

迪娜把办公室那块松动的地板给钉好了。她还吩咐女仆每周三来打扫的时候，把洗手台搬动一下，作为一项新加的预防措施。

只有偶尔几次，尼尔斯会让她感到困扰。常常是在她好奇货品单子究竟是否完整，或者是否有其他重要的东西给遗忘的时候，以及当她看见汉娜光着脚丫子吃力地走在庭院里，后头还跟着本杰明的时候。

这些时候，尼尔斯会突然站在她面前，不肯挪动。她只好再去审核一下商品的条目。直到她完全确定，商品的细节和各列数字都准确无误后，再离开。

有时候他会让她把这位没有父亲的小女孩抱在她的大腿上。

尼尔斯坐在办公室的转椅上时，确实能派上用场。但他并非是不可取代的。

迪娜对订单和日常的簿记很快就熟悉起来。她把这么多年积累下来的垃圾通通处理掉，然后给架子和碗橱都编好序列，将所有没有支付的账目全都清理完。

对于那些有能力还债的人，她派人送了封告知信过去。对于那些因为欠了旧债而心感愧疚，因此不再去雷斯尼斯购买农活和捕鱼用品，转而投向谢德颂德的人，她则用信警告他们。

她警告的内容很清楚，只要她在雷斯尼斯看见他们，无论任何时候，只要他们要买东西，她保证，如果他们身上没有钱，她绝不会让他们挨饿。但如果被她发现，他们的身上有裘皮和鱼，无论在任何地方，她都会采取合法行动，让他们偿还欠她的债务。

这个警告非常奏效，而且十分迅速。

主屋里挤满了人。每堵墙后，每个接待室里都人头攒动。

不论是白天还是夜里，迪娜都会去外屋、厨房或是其他什么地方会见客人。

最可怕的就是那些女人。她们总是兴奋地四处走动。那些吵吵嚷嚷、一边编织一边闲聊，情绪千变万化的女人们让人深感困惑。但与此同时，她们又是不可或缺的存在。

这让迪娜颇为恼火。

她决定把小屋重新装潢一下，改善一下那里的生活状态。

"这样约翰就能把所有的书都搬到主卧里来了。"迪娜对安德士说。

他是第一个知道这项计划的人。也是迪娜非常重要的盟友。

安德士去纳姆索斯置办他计划要建在大艇上的船舱的材料。

令所有人惊愕的是，他拖回来一个救生艇，上面装满了施工材料。他在生意上的人脉很广，可以低价买入高品质的木材。

由于只有安德士了解迪娜的计划，当所有人听说，她想重新装修一下遭遇过天灾、又让尼尔斯上吊自杀的小屋时，无不感到震惊。

　　欧林哭了起来。她觉得这个地方确实应该拆除，最好让人遗忘。但她一直也没这么说。直到今天。

　　"你难道想让活着的灵魂住进那个不吉利的地方吗？肯定不能让凯伦嬷嬷去！她在主屋里有充足的空间！"她斥责道。

　　迪娜和安德士一边解释，一边把图纸给她看。他们长篇大论，介绍起面朝大海的封闭露台。在初春的早晨，牡蛎会大摇大摆地爬到田地里捕猎蚯蚓，当农夫出来抓牡蛎时，大家可以休闲地坐在这个露台上静静欣赏这一幕。他们还介绍了要修缮的烟囱，以及将被迁到西南墙的窗户。

　　不止如此，他们清清楚楚地讲到，迪娜也会住在那儿。

　　但欧林仍对此感到不安。想到迪娜，她流下了眼泪，何况还有可怜的小本杰明，他即将要和母亲一起住在死亡之宅中。

　　"我真希望雷电能劈中那栋房子！让它消失！"她热切地宣布道。

　　话说到这个点上，凯伦嬷嬷站出来了。她是不会允许这种言论出现在家里的。欧林只好撤销她这种非基督徒的愿望，许诺勒住自己肮脏的舌头。如果迪娜想要住进小屋，她可能确实有非要这么做不可的理由。年轻人总需要一些自己的时间和空间。毕竟迪娜的责任很重，需要思考的事情也很复杂，包括宅子、商店还有账目。

　　凯伦嬷嬷说了很多理由。

　　欧林继续嘟囔着。她摆明立场说，迪娜可以坐在仓库的办公室里思考数字和责任的问题。

　　最后，迪娜终于失去了耐心，她直率地说，对于装潢和修缮工作，她根本没问仆人的意见。这句指责像是在欧林的胸脯里插入一支毒箭。她立刻弯下了头，但对这件事她始终耿耿于怀。

几个月前，迪娜已经从特隆海姆订购了彩色玻璃窗，准备装在露台上，另外又从汉堡订购了一个白砖火炉。

她动用了一部分尼尔斯的存款，让警长适时从银行里取了出来。

她也同样给尼尔斯翻新了一下小屋，这样他就没有理由抱怨了。

接着她又派人把天花板和横梁中的缝隙给堵上了。这是凯伦嬷嬷给的建议，她说得非常直截了当。每当她走进小屋，她都会想起可怜的尼尔斯，想起他临终的模样，这让她不堪重负。

仆人和雇农需要食物和监督。这对欧林意味着很大的工作量。

但是她按照自己的节奏来，不慌不忙。对吃饭这件事，与其吃得将就或是吃剩菜，不如饿上半个小时，吃一顿好饭好菜，她始终坚持这个观点。

欧林把早餐时间定在早上五点。

餐铃发出三下短的叮当声后，如果还不就位，那就没有食物了。

"桌子清干净以后，不会再有任何吃的端上来！"她反复说着这句话，对着一位不得不带着空肚皮去工作的可怜虫做了一个严厉的表情。

凯伦嬷嬷和迪娜从来不会干涉欧林的严格纪律。因为这样一来，大部分工作都在傍晚前早早就完成了。

有时候他们雇来的工人不太喜欢如此严苛的管理体系，最后请求离开。

欧林的回答十分粗率：

"风把发霉的干草吹走是好事！"

有天，当迪娜站在插旗杆的小丘上，同汉娜和本杰明一起数山顶时，古斯塔夫王子号船正往北经过此处。为了把信和商品带上岸来，新来的商店店员已经划船出去了。

是他！穿着像一名水手。扛着他的麻袋和旅行包。他的脸并不非常清晰。

桨船朝码头划得很慢，这时蒸汽船鸣笛了——旅程将继续下去。

迪娜猛揪本杰明的头发，她数着北部山顶的个数，声音回响在山间。她对着山一一报出它们的名字，速度极快，然后拉着两个孩子一路沿着岩石小道走回家。到家以后她便撇下他们，仿佛当他们像陌生人一般。

她走到主卧，却找不到任何裙子。就连梳子和镜子也找不到。于是，她踮着脚尖在毛毯上走来走去。

小屋还没有准备好接待客人。但这个人她想占为己有！

与此同时，他已经跨进了欧林的蓝色厨房。他的声音飘荡在楼梯井和敞开的大门里，突然在她的耳道里安顿下来，像是耶特路德书中的没药树。

她当着所有人的面，像对待家族的老朋友一般欢迎他的到来。但欧林和女仆都心知肚明。能让迪娜上前拥抱以示欢迎的客人可不多。大家转过身各忙各的，但都刻意留在附近。

斯缇娜和客人打了个招呼，开始给晚餐摆桌。约翰和安德士来到大厅把利奥的水手麻袋扛上楼，他们把袋子扔在楼梯上，然后走到客厅里。

安德士把脑袋探进厨房，询问有没有迎客酒之类的东西招待。

约翰一边把他的披肩挂在钩子上，一边从大厅里叫着。他在询问航行途中的天气和利奥的身体情况。

孩子们也跑到客厅里，一眼认出了这个陌生人。他们像两只在洞口乱蹦乱跳的小老鼠，始终警惕着猫是否在追捕他们。

饭桌上的对话十分活泼。

"囚犯去哪儿了？"迪娜突然问道。

绿色的眼睛和像冰一般透亮的眼睛碰在一起。

"他原来的判决被撤销了。"他专心致志地看着她答道，对她还记得这个囚犯的事显得好像很吃惊。

他坐在附近，闻上去有股沥青和咸咸的海风味。

"为什么？"她问。

"因为他表现得像一个疯子，抱着一捆生火的木柴追着警卫。"

"他伤害了警卫吗？"

"嗯，不过只有一点点。"利奥一边回答，一边朝本杰明眨了眨眼。小本杰明坐在一旁，张大嘴巴听着他们的交谈。

"他属于哪一种囚犯？"本杰明大胆地问道，渐渐往这位客人的膝盖上靠。

"嘘！"迪娜温柔地说。

"这个人，原本是要在我上次北上时，带他去瓦尔多要塞的。"利奥回答。

"他做了些什么？"

"可怕的事情。"利奥说。

"比如？"尽管迪娜的脸看上去像是碰了滚烫的火炉，一点就着，但本杰明仍不愿放弃。

"他用一把斧子把自己的妻子杀了。"

"用一把斧子？"

"一把斧子。"

"该死！"本杰明说，"他为什么这么做？"

"他内心一定非常愤怒。或是在某方面妨碍到了他。谁知道呢？"利奥不确定怎么回答才能满足少年的好奇心。

"如果他没有用木头击打警卫，你会把他带到我们家吗？"本杰明问。

"不会，"利奥严肃地说道，"我不会把那种人带到这里。如果我带着他，我想我会坐船经过这里，不下来。"

"所以他打了警卫对你来说也不是太坏的事？"

"确实，对我来说不是太坏，但对他来说，那就糟了。"

"他长得和其他人差不多吗？"孩子好奇得不得了。

"嗯，洗完澡，刮完胡子，看起来差不多。"

"杀人之前，他是做什么的？"

"我不知道。"

"那他现在会怎么样？"本杰明很想知道。

"他要在现在待的地方过一辈子。"

"那地方要比瓦尔多要塞还糟糕吗？"

"他们是这么说的。"利奥说。

"你觉得他还会再犯同样的罪吗？杀人？"

"不会。"利奥的语气依旧非常严肃。

"尼尔斯上吊自杀了！"本杰明望着这位高个子先生的脸庞突然说道。

疤痕在苍白的棕色皮肤上洒下蓝色的光。

"但托马斯说，自从上一次雷斯尼斯有人死掉，差不多过了十年了，"本杰明继续说，"上一次是雅各布。"他补了一句，以显示自己的博学多识。

男孩站在房间中央，看着一个个成年人。好像在等待什么解释。沉寂的空气在他们的耳朵里重重地呼吸着。

迪娜的眼神透着不祥的征兆。她的衬衫发出沙沙的响声，气势汹汹地走到他面前，像一艘迅速滑过的货船。

"带汉娜出去玩！"她声音很温和，却令人害怕。

本杰明抓着汉娜的手，两个孩子渐渐消失在大家的视野中。

"没错，尼尔斯不再与我们同在了。"凯伦嬷嬷说着。没有人察觉她进了房间里。她抓住手杖的银把手，小心翼翼地将背后的门关上。然后她转过身，费力地走到房间里，握住利奥的手。

他像一名梦游患者，站起来把自己的椅子给她坐。

"但我们剩下的人必须继续生活下去。欢迎回到雷斯尼斯！"

大家全都用自己的话在讲这件事，像是空气里弥漫着的一层灰，打在人们的脸上。

凯伦嬷嬷承担起描述这个故事的责任。停顿的时候会时不时听见叹气声，或是一句："我的上帝……！"

"为什么……？"利奥难以置信地问道。他直直地看着迪娜。

斯缇娜默默地在房间里窜进窜出。安德士把晒成深褐色的手放在脸上，像两只打翻的船体。约翰的嘴巴紧闭着，眼神迷离地坐在一旁。凯伦嬷嬷为可怜的尼尔斯援引了一段祷告词。

"他为什么要这么做？"利奥重复了一遍问题。

"上帝的指示总是高深莫测。"凯伦嬷嬷说。

"这不是上帝的旨意，凯伦嬷嬷。这是尼尔斯自己的意志。这点我们不能搞混。"约翰静静说道。

"但即使是一只麻雀掉在地上这样的小事，上帝也都知道。"凯伦嬷嬷坚持着自己的想法。

"你说得对。"约翰顺从地说道。

"那他为什么要这么做？他是哪里出问题了吗？为什么不想继续活下去？"利奥问。

"或许，他的生活已经没有任何目标了。"安德士说。他的声音非常沙哑。

"每个人都有自己的视野，一定有什么东西阻挡了尼尔斯的视野。"约翰说。

利奥看着在座的人。他并不打算掩藏自己的情感。突然，他站起来，抓着餐桌的边缘，清了清喉咙，仿佛准备进行一场演讲。然后他开始唱起歌来。

他用小调唱着陌生的外国旋律，歌声里飘扬着悲伤的气息，像来自一名儿童。他把头用力往后仰，大声地吸着气，继续歌唱。副歌部分一遍又一遍地重复了好久：

这一天即将结束，
夜晚的蓝色枕头落在海上。

叹气，服从命令继续航行，
脚下的岩石，深沉的海洋。

他们从未见过或是听过这样的歌曲。蒸汽船送他来此地，是要帮助在座的各位，坦诚面对数礼拜前掩藏在内心的情感，大家默默地问着同一个折磨人的问题："我有错吗？"

晚餐过后，迪娜和利奥坐在马背上，策马远去，托马斯无助又无奈地望着他们。

春光像架在他们身上的一把利刃，直到深夜才离去。

"你和托马斯一起骑马吗？"利奥问。

"嗯，方便的时候会。"

一片片碎雪时不时出现在身旁。她负责领路，朝着上山的方向走。

"托马斯在这儿待很久了吗？"

"是啊，你为什么这么问？"

"他的眼神像狗一样。"

"噢？"她边笑边说，"他的眼睛有一点点反常，一只蓝，一只棕。不过他很有活力，也很可靠。"

"这点我相信。但他看你的时候，迪娜，他的眼睛就像尼尔斯那时候一样。"

"不要谈有关尼尔斯的事！"她气喘吁吁地说着，驾着马往陡峭的斜坡上疾冲。

"你总是把男人逼到极限！"他在她身后大吼道。

她没有回头，也没有回答。

他追上她，抓住缰绳。这个动作吓到了小黑，它发出狂暴的嘶嘶声，站在后腿上。

"放手！马不喜欢这样！"她说。她的嗓音听起来像是被压抑了好几个小时。

"你知道尼尔斯为什么死了吗？"他急切地问道。

"我知道。他自己上吊自杀的！"她颓废地咆哮道。

"你真是一个铁石心肠的女人！"

"你希望我说什么？说因为我不想接受他，所以把他逼死了吗？你得以为这是他上吊的原因吗，利奥·久科夫斯基？"

他没有回答。

两人默默地发着愣，不与对方说话。

我是迪娜。为什么我要把耶特路德的口信带这儿来？让他看到时间和空间？看到深渊中的雪橇？当他看见这些时，他会不会变成哑巴？

当他们来到雅各布和雪橇飞下悬崖边的峡谷时，迪娜勒住马的缰

372

绳说：

"你一直都待在特隆海姆吗？"

"不是。"

"那你在哪儿？从不捎个信儿来。"

她从马背上滑下，任由它在四处漫步。利奥学她的样也从马上下来，然后回答道：

"我本来预计会比现在早些去北方。"

"从哪儿去？"

"卑尔根。"

"你在那里做什么，利奥？难不成你在那儿也有个寡妇吗？"

"没有。卑尔根没有，特隆海姆没有，阿尔仙格也没有。只有雷斯尼斯有……"

她没有回应。

小黑紧张地发出嘶嘶声，一路小跑到迪娜面前，把口套戳进她的发丝。

"马为什么如此不安？"利奥问。

"他不喜欢这个地方。"

"啊？为什么？是被瀑布的噪声给吓到了吗？"

"雅各布就是在这儿的悬崖边摔下去的。我和马死里逃生。"

利奥给了她一个疑问的表情。

"这件事是否如本杰明所言，大概发生在十年前？"

"没错。马儿老了。我很快得找一匹新的马了。"

"那件事一定……非常可怕。"

"确实不是什么有趣的事。"她简洁地说，把身子往悬崖边探了探。

"你爱雅各布吗？"过了一会儿他问道。

"爱？"

"嗯。我知道他比你大得多。"

"比我父亲年纪还大。"

他看着她，眼神里充满好奇和惊讶，直到她问说：

"每个人一生会遇见许许多多的人，他究竟会爱谁呢？你一定知道答案，你走过那么多的路。"

"只有很少一部分人……"

"既然你都能没有负担地来问我是否爱过雅各布，那你一定能告诉我，你见过这么多人，你爱谁。"

"我爱过我的母亲。但是她已经不在人世了。她一直没能适应俄罗斯的生活，心里始终思念着卑尔根，思念那儿的海。我想……还有，在我二十到二十三岁之间，我曾经有过一位妻子。不过她也走了。"

"你现在还会看见她吗？"

"如果你问的是我会不会想她……会，偶尔会。就像现在……从你开口问我这个问题起。但我并没有像一位丈夫该做的那么爱她。我们家里人都只觉得我和她门当户对。而当时的我只是一个没什么责任感的医学生，比起她的想法，我更想做一名激进分子，甚至是一个讨好沙皇法庭上的艺术家和有钱的假行家。我想一边喝红酒一边读书。平时做一些有关政治的演讲……"

"你现在几岁了？"

"三十九岁，"他微笑着说道，"你觉得老吗？"

"这不是年龄的问题。"

他痛快地笑道。

"你是出生于上层阶级家庭吗？法庭承认你了吗？"她问。

"我试过。"

"为什么没有成功？"

"因为普希金死了。"

"那个写诗的人？"

"是的。"

"他是怎么死的？"

"他在一场决斗中被开枪射死。一场由嫉妒引起的争斗，老百姓说的。但事实上，他是政治阴谋的牺牲品。俄罗斯从里到外都腐败透了，糜烂透了，影响了我们所有人。而普希金是一个伟大的艺术家，许多的普通百姓都支持他。"

"他听起来也确实有些'普通'。"她坚定地说。

"在爱的话题上，每个人都很普通。"

她匆匆扫了他一眼，然后说：

"你能想象，因为爱恨嫉妒而把一个人开枪射死吗？"

"我不知道。或许吧。"

"子弹打中他什么地方？"

"他的肚子。"

"枪法很臭。"她冷漠地说。

"你好像没有什么同情心，是吧，迪娜？"他突然愤怒地说。

"你这话什么意思？"

"作为一个女性，你可以坦然接受苦难和死亡。当你说起你去世的丈夫……说起尼尔斯……还有刚刚谈到的普希金时，所有的反应都很反常。"

"我并不认识那个叫做普希金的男人。"

"对，但其他人……"

"你希望我怎么样？"

"我希望你稍微有点同情心，用女人的声音和我说话。"

"我毕竟是女人，多少都会在乎死者。但那些男人只会躺倒在地，默默死去。如果是因为肚子受了枪伤死去，这种愚蠢的事并不令人感到悲伤。除此之外，我们这儿的人也从不会这样丢了性命，他们顶多只会溺死。"

"也可能是上吊自杀。但至少诺德兰的女人们会哭泣。"

"这不是我顾虑的点。"

让他感到厌恶的并不只是这几句话。

"你母亲也死了对吗？很惨烈的死法？"他问道，仿佛没有听见她最后说的那几句话。

迪娜弯着身体，捡起一块大小刚好的石头。她把手臂往后甩，然后把石头用力扔到悬崖对面。

"一大团沸腾的碱液倾倒在她身上。"她坚决地说着话，眼睛并没有看他。"这就是警长把法格尼斯的洗衣房拆了的原因，也因此希望我可以在雷斯尼斯度过余生。"

她把两根手指放在牙齿上，吹着口哨让马儿回来。

利奥的双臂无力地垂在身侧。他绿色的双眸里，浮现出一股浓烈的柔情来。

"我知道有些事情……我看到圣诞节你父亲在你家的场面。你和父亲的关系并不是很好，是吧，迪娜？"

"他是唯一一个和我关系不好的人！"

"你这个态度有些孩子气了。"

"好吧，但我说的是真的。"

"和我说说看你的情况。"

"先说说你自己。"她愁眉不展地说。

过了一会，她倒先开了口：

"如果你的孩子碰到了把手，把碱液倒了出来，你会怎么做？如果数年来，你一直都伤害自己的妻子，还没来得及给予她分毫的关爱，她就撒手人寰了，你会怎么办？"

利奥走到她面前，拥住她，紧紧抱住。然后闭上眼睛狠狠地亲吻她。

瀑布像是教堂里的管风琴。天空将马儿遮住。雅各布成了一个天使。因为耶特路德的新信差在那儿。

"你在书里划了线。看上去不漂亮了。"当他们顺着斜坡往下骑的时候，她突然谈到这件事。

他有点吃惊，但很快便若无其事地说：

"你会暗中观察别人。翻别人的书和旅行包。"

"是的，如果别人不告诉我他们是谁，我就会这样。"

"我和你说过……"

"说过那个叫做普希金的男人，你像神明一样崇拜着他。你答应过我要给我翻译的。"

"你会拿到的。"

"一定要你给我的那本书的翻译。"

"我没有给过你。是你自己拿的！我给你的是另一本书。"

"你有两本一模一样的书。一本里面标了下划线，一本没有。我更喜欢有下划线的那本。"

"她很聪明。"他仿佛在自言自语。

她跨在马背上，挑逗地看了他一眼。

"那你得更小心才行！"

"没错，这件事之后。那本书很重要，事实上……"他说到一半，突然硬生生地停了下来。

"在挪威这儿，是谁给你俄罗斯的书？"

"比如你咯。"

"我得把我要的那本书拿回来。"

"你脸皮真厚。"他冷淡地说道。

"这话不假。"

"你为什么要那本划了线的书?"

"因为这说明它对你最重要。"

和她的对话让他精疲力竭,让他没有力气再继续说话。

"你现在身上还带有其他的书吗?"

"没有。"

"那你把书留在哪里?"

"有个寡妇偷了我的书。"

"卑尔根?"

"卑尔根。"

"你在生气。"

"没错,我生气了。"

"你想不想今晚到我房间来,和我讲讲普希金书里你最喜欢的部分?"

"这么做合适吗?"

她大笑起来,身子在马背上前仰后合。她骑在小黑两侧,大腿牢牢夹在马的侧腹上,并没有用力,臀部随着马儿有节奏地来回摆动。

男人好希望现在是夏天,天气炎热的话,他就能把马儿系在树旁了。

第三天,他走了。迪娜又在夜里开始踱步了。春天的活儿很多,每天都得奋力挣扎。

第五章

不可露你继母的下体，这本是你父亲的下体。

——《圣经·利未记》第18章，第8节

雷斯尼斯的女人就像雷斯尼斯的货船，搁浅在同样的岸边。起航时，却有各自不同的目的地，载着不同的货物，有不同的航行特点。

但货船有船长把持，女人们则需要靠自己将船帆扬入风中。她们头脑发达、脾气倔强，能力卓著。

有些人相信斯缇娜可以蛊惑风的走向。还有些人觉得迪娜已经加入了魔鬼的队伍。否则，她为什么能够裹着狼皮，喝着红酒，在冬夜的月光下，坐在冰雪覆盖的夏日度假屋里。

其他人却始终觉得，雷斯尼斯的正邪两股力量一直都保持着平衡，直到凯伦嬷嬷离世，这给雷斯尼斯带来犹如灾难般的打击。

老妇人顽强地撑到生命的最后一刻。她的皮肤看上去很柔软，像发着光的桦树皮，一片白色中有几处黑色的斑点。斯缇娜每天都给她悉心梳头。用了几个礼拜的杜松后，发丝上附着一层金色的光彩，如丝般顺滑。

她凸出的鹰钩鼻能够稳稳地架住单片眼镜。她每天要阅读三小时，包括报纸、图书和各个年代的信件。"年纪大了，头脑要时刻保持清醒，这点很重要。"她说。

下午的时候，她会在翼状靠背椅上打个盹儿，膝盖上盖着一条羊毛围毯。晚上和农夫们同时上床休息，早上则与公鸡一起醒来。她的腿是个不小的困扰，为此还特地搬到餐厅后的卧房住，自从不再需要爬楼梯后，她便没有埋怨过腿脚的毛病。

凯伦嬷嬷一直都很反对迪娜重新装修小屋的计划。但当迪娜调整了语气，甚至连木匠也到达府邸后，她便也改了主意。

小屋经过修修补补，最终看上去像块抛光过的宝石。

等工程结束，迪娜的东西通通都搬进去后，凯伦嬷嬷穿过院子进去瞧了瞧。

她早已想好了，房子要涂成褐黄色，切边部分用白色。

迪娜同意了。小屋将被涂成褐黄色！宅子里有一栋白色的房子就够了。红色也不适合，看起来像个谷仓似的。

这栋房子最美的地方就是那个新造的封闭式露台，那里正对着大海。露台有着飞龙般的尖顶和彩色的玻璃窗户，配备了双开门和宽阔的台阶。不仅可以坐在露台上，进出的时候，都不会被其他房子里的人看见。

"一间封闭的露台，装了双开门，东南朝向！这意味着要耗费很多木材和钞票，"欧林的口气很生硬，"室内的蕨类植物还有玫瑰花丛在冬季里一天也熬不过！"

"好狂妄自大的房间，"当警长看见露台时，他这样点评道，"这房间不适合放在草皮屋顶的房子里。"说完他却笑了。

安德士支持迪娜的想法，他说这是一个非常舒服的地方。

"到了冬天，比起夏日度假屋，坐在这样一个封闭的露台上肯定要舒服多了。"他一边说，一边向迪娜眨了眨眼。他的话明目张胆地指出了她平时的陋习。

凯伦嬷嬷给新客厅的窗户贡献了几盆坚强的天竺葵插花。

搬家那天，她坐在摇椅上，微笑地观察着所有美好的事物，只字未提尼尔斯曾死于这栋小屋的话。

"我的上帝！雅各布真应该看看这一切，迪娜！"她高兴地抓着迪娜的手大叫道。

"雅各布会看到他应该看到的东西。"迪娜一边说，一边往两个小玻璃杯倒着雪莉酒。

搬家结束后，工人们陆续离开。小屋里只留下女人。安奈特负责给炉子生火。烟囱里飘起烟，优美地漂浮在声音的上空，像无边无垠的天空中一抹小小的石蕊。

"我们一定要把欧林和斯缇娜叫来！"老妇人说道。

迪娜打开新窗户，冲着院子对面大声叫嚷。很快她们都来了。四个女人在小屋里绽开了笑容。

欧林鬼鬼祟祟地瞥了一眼横梁，那是尼尔斯上吊的地方。

"这个地方现在闻上去没什么不同吗？"她一边发问，一边拿手指用力地拧着小玻璃片。

"有点像刚砍下来的木材味。新的火炉闻上去略微有些苦。"斯缇娜说。

"这太棒了！白色的火炉！教区里任谁都没有白色的火炉！"欧林自豪地说。

迪娜并没有从主卧里搬来很多家具。她婉拒了四柱床。这张床她预备留给约翰。但是她把镜子还有银制的大烛台拿过来了。原本由凯伦嬷嬷带到雷斯尼斯的椭圆形餐桌和配套的椅子现在占据了迪娜新客厅的荣耀之地。配上浅白色的亚麻墙纸和翠绿的护墙板，看着非常适合。

今年夏天她会从卑尔根再定一些新家具。

迪娜告诉过汉娜和本杰明，她要买一张带秘密抽屉的书桌，里面放些金子、银子和珍贵的宝石。

她已经决定要买张宽一些的寡妇床放房里，质量要上乘。

厨房的必需用品都配齐了。大家都觉得迪娜是不会在那儿干活的，但并没有说出口。

两把大提琴放在客厅里。全都拿了过来。那天，她自己扛着它们从院子里一路搬了过来，表情特别狰狞。

酒杯空了后，她打开露台的门，把洛奇的大提琴放在大腿之间，坐了下来。

她背朝着其他人，面朝着大海，开始弹奏波兰舞曲。她的面前是新露台的彩色玻璃窗。海面时而深红，时而金黄，偶尔会变成淡蓝色或绿色，这要看她是透过哪扇玻璃望出去的。整个世界不停地在更换着颜色。

雷斯尼斯的女人们坐在她身后的客厅里，双手交叠倾听着琴声。这是第一次，她们都停下手头的工作，简简单单聚在一起。

我是迪娜。他穿过我刚刷完油漆的房间，在餐桌旁低着头，听着洛奇的大提琴声。左侧额前蓬乱的鬈发非常多，让他的头发看上去像是从某个地方喷出来，在脸上坠落成一条棕色的瀑布。他的发丝像是冰川的水，当它流入大海，便会变成丝线，溅在我的脸上。

利奥！

他就像不断循环往复的陈旧思考。像是站在海勒的草皮顶谷仓的外面，在深秋时节，用牛粪温暖着我的光脚丫。当他走过房间，我很惊奇自己居然能够移动，能够发出声音，能感觉到微风吹拂在头发上，或是把一只脚放在另一只脚前面。这股力量从何而来？树液？湿气？所有这些起初都新鲜无比，但渐渐却沦为恶心、黏腻、发臭的甲壳。至于石头呢？是谁给了石头如此笨重的力量？让它永生永世躺在地上！还有大自然不停的重复。是谁决定这些无休止的重复？音符不断用同样的方式重复着。无休无止的数字遵循自己的规则不断重复。追越天空的北极光！我永远不明白它们的路径。但它们拥有自己的体系。这是一个谜。当这个额前披着蓬乱鬈发的大个子男人走过我的房间时，这些问题似乎没那么难承受了。他把这些问题通通赶走。因为他看见了悬崖，听说了耶特路德的故事。却并没有因此成为哑巴。

他会回来吗？

我是谁？是谁思考了这么多的问题？我是迪娜吗？又是谁实现了她的心愿？

到了夜里，她们仍旧能听见小屋传来的洛奇拉大提琴的声音。迪娜像是一块霜冻过的冬土豆，开始渐渐皱缩起来。

第一个发现这一幕的是欧林的鹰眼。她非常直率地说：这就是那栋死亡之屋的诅咒。在那些沉甸甸的横梁下，没有人能逃过惩罚。再多的硬麻布、墙纸和涂料都无法藏匿可耻的罪恶。这个诅咒将持续永生永世。阿门。

每个人都注意到，这个诅咒在迪娜身上还有一种额外的效果。她开始变得像雇农一样辛苦劳作。黎明之前她就起来了。午夜的钟声过了很久，你依然能在她的窗户后看见人影，听见露台传来的音乐声。

工作日的时候，托马斯被束缚在雷斯尼斯。即使隔着鲱鱼桶、煮沸的鳕鱼肝油和欧林烘的面包味，他依然能闻到迪娜身上的香气。俄国佬走的那天他做了祷告，迪娜也从那天起像牛马一样地干活。

托马斯能闻见她的气味，看见她的臀，发现她的手腕居然变细了，这让他很吃惊。她的头发失去了往日的生机与活力。

她出去骑马时不再让他同行。往昔爱开玩笑、爱嬉戏的性格也不见了。她的表情和拉网捕鱼的行家一样精明，像雷暴雨一样鲜少发出声音，但一出现便很难错过。

当她搬到小屋里住时，他期待她能派人传他过去。

露台的门只有从面朝大海的那一侧才能看见。

***

有天家里来了一封厚厚的盖了蜡封的信。信是给约翰的。

春天充斥着海鸥的嘶鸣声和人来人往的喧闹声，人们也在此时准备着发船前往卑尔根的旅途。

在一片熙熙攘攘中，约翰手里拿着信，站在仓库房里。此刻只有他一个人。所以他拆开了信封。来信说他终于有教区可以接管了。教区在海格兰省岸边的一个小乡镇。

他走出仓库，凝望着码头、农舍、主屋，还有人们渐渐称之为"迪娜之地"的小屋。他听见海岸上熙熙攘攘的人潮，那儿有很多船都在做着出发的准备。他听见宅子里的大人、小孩还有平时会经过的路人的声音，听见观察员和帮手们的声音。听见安德士和他的伙计正在下命令的声音，非常威风凛凛。

朝着森林和山腰那边的土地，视野所及之处已经成了一片绿色。在牛奶般的薄雾后，坐落着一座座山峰和蓝绿色的沃格山巅。

他打算离开这里的一切吗？

当他转过头看着这栋主屋，主卧的窗户像闪闪发光的眼睛嵌在墙面上。迪娜沿着绿树成荫的小道朝他走来。她穿着一件深红色的紧身胸衣，头发在风中飞舞。

他竟没有预兆地湿了眼眶，不得不转过头把眼泪藏起来。

这封原本他已几乎不抱希望的信，现在突然成了世界末日。

"你在闷闷不乐什么?"她走到他跟前问道。

"有教区收我了。"他的声音非常沉闷,试图迎上她的目光。

"哪儿?"

他说了地名,把信给了她。她读得很慢,然后合上信看着他。

"你不必答应这个邀请。"她一边说,一边将信纸递给他。

她了解他。她看到了他对她做的所有手势。这些信号恐怕连他自己也不知道。

"但我肯定不能待在这儿了。"

"我们需要你。"她说。

他们的眼神交汇在一起,女人希冀的眼神和男人寻觅的眼神。男人的眼神中充满了问题,而她并没有回答。

"孩子们需要一个老师。"她继续说。

"但那并不符合凯伦嬷嬷的期望……"

"你的母亲看不见未来了。她不知道谁需要你。她只知道你应该成为一个有用的人。"

"你觉得她会因此感到遗憾吗?"

"不。"

"那你怎么想的,迪娜?一个没有教区的牧师!"

"有个牧师对咱们来说是好事,"她干笑着说,"再说,教区给你的薪水也太少了,简直是对你的侮辱。"

晚些时候,迪娜检查了卑尔根航行需要的设备清单。她在仓库四周走了走,看看还有什么没做完的事。

雅各布突然从一道墙里光着身子出现。他巨大的阴茎像把茅一般向外突出。

她嘲笑他献身的举动。但他倔强地站在原地引诱着她。

她是否已经忘记他的长相了？忘记他曾经能如此优美地滑进她的身体，滑得那么深？忘记他是如何让她撕咬起床单，将欲望排挤到空气中，发出那欲仙欲死的声音来？忘记他是如何爱抚着她？多么愚蠢的俄国佬，惯于独处的他，和雅各布挺立的阴茎相比，他那玩意儿简直像无网的铅锤，四处迷惘地游荡！她能否把这些告诉他？她能否证明这个俄国佬有更了不起的装备？有比雅各布还要温柔的双手？

她的身体里迸发出某种东西。

"你是什么女人……竟然会等一个不知道去雅倩格尔还是卑尔根的低能儿？"雅各布鄙夷地说。

他的下体已经胀得非常大，就快要碰到商品的清单了。她手里的纸在轻轻晃动着。

我是迪娜。约翰和我一起下了海。我们在海上漂流。但是他并不知道。我漂浮着。因为耶特路德托着我。我们用这种方法来惩罚雅各布，惩罚巴拉巴。

那天晚上，迪娜从酒窖里拿来一瓶红酒，借着讨论雷斯尼斯和约翰未来发展的事由，她邀请约翰去她的露台欣赏午夜的月光。

她想带他看看整个房间，让他瞧瞧她把这儿装得多舒服。

他一定要看看面朝大海的那个小房间，她就睡在那儿。

他跟着她。起初他想知道怎么能在不伤害她情感的情况下，推拒她的想法。毕竟，他不确定她想的正是他在想的事情……迪娜是个如此直接的人。即使光天化日下，她也能作出极其不合适的事情来。比如带她的继子去参观自己的卧室。在单独的情况下。还比如和他站得非常靠近，让他不知所措。在这段时间里，他连最简单的词语都忘记了。

她像一只小猫，抓住他这只小鸟，给了他晕眩的一击。她把他当做一个玩具，用猫爪抱了几分钟后，她扯着蕾丝窗帘将他裹好，然后甩在床上。她慢慢靠近，终于发出攻击。

"迪娜！不，迪娜！"他坚定地说。

她没有回答。只是面朝庭院细细听了片刻。然后贪婪地合上他的嘴巴。

雅各布从墙里走出来，试图保护自己的儿子。但却为时已晚。

他继承了雅各布的下体。虽然在其他方面，他的体格相对小一些，也单薄一些。

她引导着他。

除此以外，他并没有多少东西能给予她。即使在她给他褪去衣服前，他的灵魂里也有一种巨大的空虚感。他试图将下体隐藏起来，这让他感到害羞。

但他很乐意去学。与他有关的人不只是雅各布，还有古老的亚当。一旦他放开自己，任人索取，他便乐意继续。

过后，他躺在白色拖地窗帘后的一片微光里，大口喘着气。他知道他背叛了上帝、他的职业还有他的父亲。他觉得自己举重若轻，像一只飘浮在海面高空的老鹰。

起初，他为自己如此彻底地暴露在别人面前感到羞愧，这感觉压得他喘不过气。他不只将自己掏空于她，他还半裸着身体沉浸在抱歉的情绪中。他不知道如何才能喘上一口气来。

他从她的表情中看出来，他必须独自背负这项罪名。最终，他明白这么多年来，只身生活在陌生的哥本哈根，对家乡无穷无尽的思念究竟是为了什么，明白自己不敢回到雷斯尼斯是为了什么。

她穿着内裤坐在床上，大腿裸露在外。她抽着一支大雪茄，微笑地看着他。然后她平静地开始对他诉说第一次和雅各布共枕的画面。

约翰起初觉得有些恶心，这感觉太不真实了。她所使用的词汇，她谈及父亲时候说到的细节。但逐渐地，这个故事让他感到兴奋。他可以透过父亲的洞眼窥淫。

"你做牧师是浪费时间。"她一边说，一边靠回床头。

他狂暴地向她发起攻击，抓起她的头发，把她的底裤扯开，抓挠起她的手臂。

然后她将他拉到自己面前，将他的脸孔藏在双峰之间，来回震晃着他。她一句话也没说。毕竟，他在自己家里，应该没有比这更糟的事了。

最糟糕的事情已经做了——这种情况下不可能不做。

最后，当他离开房间时，他并没有从后门走。即使家里人都醒着，他这样可能被别人看见。迪娜对此非常坚持。

"从后门走的人都是躲躲藏藏的。你没有什么好躲藏的。记住这一点。只要我乐意，你有权利进出这个房间。雷斯尼斯以及有关它的一切，都属于我们。"

他像遭遇船难的人，虽然裸着身体安全上岸了，却付出了很大的代价。

太阳已经在海里沐浴过，现在正一路奔跑穿过田野。

约翰不懂孩子们，甚至从来没了解过孩子们的心思。

他不只是缺乏经验，而且从来没时间见他们，和他们联系感情。

孩子们始终在不停地运动。等你反应过来，他们已经不在原来的地方，想法也早已改变，鞭长莫及。

约翰觉得他教的课没有取得多少效果。

本杰明很快就摸索到让老师转移注意力、让汉娜分心或是大笑的法子。

他们坐在主客厅的餐桌前，随便学了一些书本知识，对怎么耍诡计或是做秘密暗号倒是颇有心得。

一来一去的眼神，冒失调皮的恶作剧和肆意的搞破坏，成了房间的主旋律。

孩子们同教义问答和戒律诚命做着斗争。

"'不可贪恋他人的房屋；也不可贪恋他人的妻子、土地、仆婢、牛驴，并他一切所有的。'"汉娜一边欢快地吟诵着，一边将大拇指在字母下划着。

"你为什么没有妻子或是土地呢，约翰？"汉娜念完喘口气的时候，本杰明问道。

"我没有妻子，但是我有土地。"他回答道。

"哪里是你的土地，约翰？"

"雷斯尼斯就是我的。"约翰心不在焉地说着，然后对男孩点了点头示意他继续往下念。

"不，雷斯尼斯是迪娜的。"本杰明很坚持。

"是，雷斯尼斯是迪娜和我共同拥有的。"约翰粗率地指正他。

"你们没有结婚！"

"没有，她嫁给了雅各布，也就是我的父亲，同样也是你的父亲。"

"但她并不是你的母亲，对吗？"

"不是，但是我们共同拥有、共同管理着雷斯尼斯。"

"我从未见过你管理雷斯尼斯的任何东西。"男孩简洁地说，然后把教义问答书砰的一声合上了。

约翰往孩子脸上打了一耳光，他还没来得及意识到自己究竟在做什么。本杰明的脸上出现了一条红色的印子。他的眼睛变成了两颗黑色的纽扣。

"你这么做会付出代价的！"他一边咆哮一边冲出了房门。汉娜从椅子上滑下来，跟着他像影子一般追了出去。

约翰站在原地，右手仍然因为刚才的掌掴感到刺痛。

约翰意识到这样的生活没法继续。他拿出盖了皇家印章的信，忧愁地思考起自己的处境来。

旁人向他投来质疑的神情和问题，很好奇他为何迟迟没有拿到教区。他有这么聪明的脑袋，也取得了神学学位，人们不止会纳闷他在雷斯尼斯是如何消磨时光的。

警长坦言道，对于出身名门的成年男子，在家里安定下来担任继母的导师，并不十分合适。约翰的面部肌肉抽搐着，没有回答。英格伯格的儿子和他的父母一样，都没学会怎么为自己辩护。

约翰回信写道，接受教区的邀请。他一直谨慎地留意着家中的动向，除了不去办公室里当差，还要避免和迪娜在一个房间内独处。

约翰在雷斯尼斯的最后几天里，迪娜和他像陌生人一般对待彼此。最后一天晚上，他站在门边，朝着客厅的每个人含糊地说，明天一早，他希望大家能和他道别。安德士和凯伦嬷嬷显得有些迷茫，约翰接受邀请的决定实在太过突然。空气里弥漫着凝重的气氛。

斯缇娜站起来，走到这位穿着黑色服饰、脸色苍白的男子面前，双手抓起他的手，深深地鞠了一躬。

约翰被这个动作感动了，他转过身走了出去。

迪娜立即跟着他走出去，也未和大家道声晚安。她在上楼梯的半途中赶上了他。她一把抓住他的外套，将他牢牢扣在原地。

"约翰！"

"是。"

"有些事情我们还没有讨论。"

"或许。"

"来！跟我过来……"

"不。"他一边低语，一边窥探着四周，以防隔墙有耳。

"约翰……"她恳求道。

"迪娜，这是非常可怕的罪行……"

他迈开步子准备朝前走。当他走上楼梯，踏到最上面的一节台阶时，他转过身看着她。虽然他走得汗流浃背，但是他得救了。

从那时起，她就成了他心中的圣妓，是他欲望的保护人。不知为何，她让他显得像一个即将启程的客人。

约翰登上蒸汽船，扬起帽子和大家告别。他走后，商店经理便划船返回岸上。

本杰明想要拜访迪娜的时候必须敲门。这是斯缇娜说的。母亲把所有东西搬到小屋去的头几个晚上，他又哭又闹，不肯睡觉。后来他又改用狡猾的策略。他的计划是使出所有花招伎俩，制服主屋里的所有女人。第一个目标便是斯缇娜，不巧斯缇娜看穿了他的心思，耐心平静地教育他好好守规矩，要听话。

第二次出击，他黏上凯伦嬷嬷，爬上她单薄的膝盖。她可是他的祖母，难道不是吗？她可是他一个人的祖母！凯伦嬷嬷和汉娜无关，是他的私人专属。因为这件事，汉娜曾嚎啕大哭。他拿祖母的银把手拐杖，玩头发上的圆髻，和她的蕾丝领口，以及胸针等一切事物。汉娜再一次明白，她在家中的地位取决于其他人心情的好坏，而至于她是谁，她有什么权利，他人根本无暇顾及。

凯伦嬷嬷为此训斥了一番本杰明，但她也不得不同意，她只能偶尔算是汉娜的祖母而已。

接下来轮到了欧林。关于家族或是地位的任何事情都不能影响到她。但如果她忘记了自己的打算，要迷惑她并不难。这就意味着，即使本杰明早几个小时就应该上床睡觉，但他依旧可以坐在厨房里喝蜂蜜茶。只要他光着脚丫子，能轻轻地走到厨房，站在门外竖起耳朵，确保欧林一个人在里面，他就可以成功，并且屡试不爽。

要摆布托马斯也并非不可能。但这只有在他照看动物的时候才行。对托马斯而言，因为他要去很多地方，找到他并不总是那么容易。他可以用黯淡的黑色双眸看着托马斯，等马儿被带到马车轴或是拉到田野里奔跑时，他再礼貌地问他能否骑马。如果这还不够，他只需把自己的手指滑入托马斯的大手中，呆在原地即可。

本杰明慢慢养成了一种习惯，先爬到面朝小屋的小房间窗台上，然后打开窗户。他坐在横木背后，可以一动不动地低头望着迪娜的窗户。

但很快斯缇娜会过来，只要看到他坐在窗台上，她便会一言不发地把窗户关上。

"我只是想和迪娜说话。"他可怜巴巴地说，想要再爬上窗台。

"迪娜不会在这么晚的时候和孩子说话。"斯缇娜一边回复，一边带着他上床休息。

一时间，他觉得自己太累了，没力气表现出愤怒的情绪来。他只是抽了一会儿鼻子，听着她念完睡觉前的祷告词，等她给他拉上毯子，便沉沉地躺下去。

月光下，海鸥的尖叫声回荡在整个夜晚。他和哥布林还有妖精孤独地待在一块儿。他不得不让自己快快睡着，好结束这一切。

第六章

我夜间躺卧在床上，

寻找我心所爱的；

我寻找他，却寻不见。

我说：

我要起来，游行城中；

在街市上，在宽阔处，

寻找我心所爱的。

我寻找他，却寻不见。

——《圣经·雅歌》第3章，第1—2节

光线对迪娜造成的困扰比往年更厉害一些。他们听见迪娜走进走出的踱步声，像动物一般。

这踱步声从利奥离开后便开始了，成了一个固定的习惯，只要有什么信来报说利奥今年夏天不回来就会出现。俄罗斯的一艘大艇出乎意料地安全停靠。船长和大副提着盒子和水桶，准备到岸上分发。起初所有人都以为，这些东西是用来实物交易或是用来卖的。但那实际上是一位匿名朋友寄来的礼物。

迪娜对寄件人的身份没有疑虑，她知道一定是他，因为他自己没法来。

礼物中包含了给安德士的上等麻绳，还有给凯伦嬷嬷的一箱子德语书，箱子是用结实的木头制成的。欧林收到了一枚精致的法国蕾丝领子。一份写着迪娜名字的羊皮卷里装着大提琴和钢琴的琴谱。上面印着俄罗斯民族歌曲和贝多芬的曲子。

迪娜将自己锁在房间里，把俄罗斯客人留给凯伦嬷嬷和安德士招待。

俄罗斯人喜欢雷斯尼斯，决定在当地待上几天。大副会说一些挪威语，他们的故事和问题把所有人都给逗乐了。

他知道北部和东部的政治局面和贸易行情。俄罗斯和英国起了矛盾。起因是土耳其，不是吗？事实上，那些土耳其人骚动了很长一段时间。但是他并没有解释其中的原因。

安德士听说了俄国沙皇对土耳其实施独裁统治的事。

"你不能按照自己的喜好想做什么就做什么，即使你是沙皇。"他说。

第二天晚上，迪娜和他们一起吃饭。她在钢琴上弹了几支新曲子。房子的椽子随着俄罗斯的歌声一起回响。当晚，潘趣酒卖得很好。

大副的眼睛活灵活现，长着一张带胡子的俊脸。他已经过了青年时期，但仍然是一个精力充沛的男人。他大得不寻常的耳朵将他华丽的头发和胡须格外倔强地向外推。而他触摸酒杯和银器的样子像是对待玩偶餐盘一般。

晚会充满生机。在凯伦嬷嬷说了晚安后，雪茄的烟雾依然在客厅里经久不散。

海鸥穿过敞开的窗户对着他们大声尖叫。灯光像羽毛一般落在粗制朴素的衣物上，照出水手被太阳晒黑的皮肤，同斯缇娜黝黑的双眸和金色的脸颊嬉戏着。当迪娜的双手在键盘上移动时，光线跳到了这双手上，爱抚着她左手无名指上雅各布送的金色婚戒。

斯缇娜的绒鸭抬起它们的脑袋，眨巴着亮晶晶的眼睛，颤抖着布满绒毛的胸脯，侧耳听着人声和酒杯碰撞的声音。现在是五月份，南部的天空宛若新生。

迪娜试着向俄国人询问，他们是在哪儿把利奥的这些礼物搬上船的。但他们中无人能够理解她的问题。她只能一次又一次努力解释。

最后，大副说，礼物是在哈姆菲斯特上船的。从一辆往东航行的俄罗斯大艇上搬运过来的。这些俄罗斯人都说不出是谁把礼物寄过来的。但是把这些商品往哪儿卸，他们却得到了非常精确的信息。还听说他们会在那儿受到皇家般的礼遇。他们举起酒杯，祝贺雷斯尼斯生意兴隆，感谢主人的热情好客。又过了一会儿，大家为能喝到可乐树麦粒酿成的酒干杯，这种酒的品质高得罕见，比其他地区麦粒酿的成熟得快。

最终，晚宴的宾客纷纷移步室外，一起欣赏午夜的阳光。光线一路蔓延至临近雅各布消失的悬崖峭壁。

迪娜转过身，朝着会说一些挪威语的大副，试着再询问一些有关利奥的问题。

但是他遗憾地摇了摇头。

她把路过的一粒石子儿踢飞，然后整了整裙摆，手势相当愤怒。她让他代为向利奥问好，转达他们期盼他在圣诞节前回来的口信。如果他不能来的话，别忘记寄礼物回来。

大副突然顿了顿，握着她的手。

"耐心点，雷斯尼斯的迪娜。耐心！"

接着，迪娜立刻回复了一声晚安。然后她朝着马厩走去，把小黑的缰绳松开。小黑有些闹情绪。

她找到一截绳子，把裙摆系起来，接着纵身一跃，骑到马背上，小跑着走进了桦树林。她用尖头皮靴踢了踢马，小黑伸长着脖子，嘶嘶地叫着。春风吹拂在它的鬃毛上，随风飘荡。

***

水手们站在船只着陆处周围的岩石堆上，望着雷斯尼斯的女主人。

"她比我们的女人更像俄罗斯人。"大副一边说，一边捋着胡子。

"她有一点过于男性化了，"船长评价说，"不仅抽雪茄，连坐姿也像男的！"

"但她的指甲很漂亮，粉色。"二副一边说，一边打了个饱嗝。

接着，他们坐上小船，朝着巨大的俄罗斯大艇划过去，大艇正自豪地漂浮在宁静的死海之上。

他们在海平面上唱着歌，歌声回响在空气中，飘到远方的海面。歌声充满了哀怨的气息，异域的情调节奏鲜明。柔声细语地，似是在为孩子歌唱。

五月的夜晚，一切都已成定局。迪娜要坐货船前往卑尔根。她用一个夜晚的睡眠换来了这个决定。

她掉转马头，朝家而去。

沼泽地就快要开花了。水沟旁的桦树长出了老鼠耳朵。

主屋的厨房烟囱飘出一缕细细的烟。欧林马不停蹄地准备着给工人吃的早餐。

她正脱下靴子的时候，雅各布来了。他的出现唤醒了卑尔根旅行的回忆。那时他们一路向北，在海格兰德的客床上一起策马奔腾。

但他对这次的新航行显然表现出明显的焦虑。毕竟卑尔根有男人在。沿着航道的全程都有男人。除了男人，还是男人。

在货船约定出发去卑尔根的三天前，迪娜宣布，她也将随船同行。

凯伦嬷嬷对这则消息感到惊慌。

"像那样说走就走是不负责任的表现，亲爱的迪娜！店里新来的员工经验还不够，既要管账又要处理货物，怕是没这能力。现在托马斯也要跟着一起去卑尔根，谁来照看甘草和谷仓呢？"

"一个能够在每周六翻山越岭走路看望父亲，再从周日赶回家，如此风雨无阻的男人，一定能够管理好货柜和橱柜里这些死气沉沉的东西。至于托马斯……他不同去。"

"但，迪娜，他最近嘴里念叨的都是这趟行程的事儿。"

"我说什么就是什么。一旦我去了卑尔根，这里就比往常更需要托马斯了。他得留在家里！"

"但为什么你要如此急匆匆地去卑尔根呢？为什么之前你什么都没有说呢？"

"我在这里快要憋死了！"迪娜愤怒地说着，看样子是要准备离开。

凯伦嬷嬷把迪娜叫到她房里说话。老妇人靠坐在窗边，夜光柔和地洒在屋里。但她的心情却不平静。

"你要做的事情太多了，需要好好放松一下。这我能理解……但去卑尔根旅行并不是什么放松的好方法。这你知道，迪娜。"

"我在雷斯尼斯只会慢慢腐烂，我不能年复一年坐以待毙！我得看看别的东西！"

这些话像是断断续续的轻声哭喊，似乎只有现在，她头一回意识到麻烦的真意。

"我看得出，家里有点不对劲。但我没料到，事情到了这个地步。"

迪娜走向门边，她的脚步像是踩在大头针和细针上，有些犹豫。

"你年轻的时候经常旅游是吗，凯伦嬷嬷？"

"是的。"

"而我却要一辈子都困在同一个地方，这对我公平吗？我想做的事，我一定会做到，否则别怪我干出什么可怕的事情来。你明白吗？"

"我明白，你可能还没有好好体验过生活的酸甜苦辣。或许你应该给自己找个男人？多去去斯特朗德斯泰德？去警长家里坐坐？或者去谢德颂德那儿探望朋友？"

"那些地方没必要去。能符合我要求，而且还要让我带回家的男人不可能生长在谢德颂德或是科瓦峡湾的桦树林里！"迪娜冷淡地说，"别忘了，自从你来这里以后，作为一名寡妇，你可没脱单过呢，凯伦嬷嬷。"

"没错，但我不需要照看农场、旅馆和货船。这里的员工、动物还有生意上的事情，不需要我担责任。"

"我没兴趣跑到各个地方，找个人和我辩论应该做什么，不应该做什么。只要这儿有足够的工人，我宁愿出去旅游消遣……"

"但你为何决定得如此突然，迪娜？"

"如果某件事必须去做，那么一定要在产生怀疑前就去做。"她说。

说完她离开了房间。

***

托马斯把他的行李箱打包好了。过去他从未出过教区，这次旅行让他满是兴奋和期待，就像躺在杜松树林里一样。

他不只是和来店的客人们讲了这趟远行计划，还特地回了趟海勒老家，蒙受父母的祝福，姐妹们专门为他准备了很多干粮，可以带在路上吃。欧林和斯缇娜依次检查了他的行李箱，确保所有居家出行的必需品都装进了箱子里。

他一边梳着鬃毛，一边和马童重新审核了一下管理马厩的规则和步骤。

这时候迪娜走了进来。

她观察了他一会儿，然后用一种友好的语调说：

"这边结束以后，托马斯，你到阳台来一下，我给你准备了一杯覆盆子汁。"

"谢谢你！"托马斯一边说，一边放下手中的马毛木梳。马童肃然起敬地注视着他，心想他竟然被迪娜邀请去阳台一坐。

托马斯以为，允许他去阳台参观是承认他的意思，他们即将在阳台邂逅。未曾料想，迪娜只是陈述了他无法跟去卑尔根的事实。毕竟，家里需要他。

"但是，迪娜！你怎么能这么说？我都做好了计划，任务都安排下去了，还雇了一个新的男孩管理谷仓，他对马厩也很了解。我父亲也准备过来帮忙割草，卡尔·奥尔撒打算从尼塞特的农场过来，他会把他的两个儿子带过来，他们干的活要比原来佃农家的分量多多了。我不明白！"

"没有什么需要明白的，"迪娜粗率地说，"我自己去。这就是说你不能去！"

托马斯坐在敞开的阳台门附近，面前的桌上有半杯覆盆子果汁。

阳光滚烫地照在他的脸上。他感觉到粗布衬衫下的身体正在流汗。

他从椅子上站起来。紧紧攥着帽子，把杯子放到桌子的中央。

"我懂了！你要去旅行了！而我不可以去？有我在，你什么时候办不成事？说说看！"

"你不是无法替代的。"迪娜静静地说。随后她从椅子上站起来，看着比他高半个头。

"你这是什么意思？那我为什么要……？"

"只有做好自己的本分，才能体现你的价值。"她坚定地说道。

托马斯转过身，走出门外。他走下阳台的楼梯，靠在白色的扶手上，旁边是黄褐色的栅栏。他的眼神像是要把敌人压得窒息而死。随后，他径直走向仆人的住处，在小床上坐下，仔细回想着整件事。他思考着，何不背上行囊，把所有家当带着，去斯特朗德斯泰德找份差事做。可他连最基本的理由也没有，谁会接受一个从雷斯尼斯离开的年轻小伙呢？

他匆忙地走去厨房，想和欧林简单聊聊。看来她已经知道了，什么问题也没有问，只是给他倒了一杯咖啡，里面加了一点白兰地。正中午的时候，居然喝这么烈的饮料。这名一只棕色眼、一只蓝色眼的男子，看起来不太舒服。

他坐在厨房里一言不发，欧林正好在这段时间里准备了一个小麦面团，她评论说：

"我必须要说，你是个非常有耐心，做事相当明智的红发小伙子。"

他看着她。这番话可真是及时雨。然而他却大声笑了起来，声音很刺耳。这其实是苦笑，是从双腿间最深处发出的苦笑，声音慢慢将自己吞咽，从身体里爆发出来。

"迪娜突然决定要去卑尔根旅行！她去了，我就没法去！你听说了吗？"

"我知道。这些天我听到各种说法。"

"究竟发生了什么？"他急切地问道。

"现在尼尔斯已经不在了，迪娜开始折磨你了。"

托马斯的脸色变得惨白。此时此刻，厨房也待不下去了。他谢过欧林便走了。不过他并没有去斯特朗德斯泰德。

货船朝南开走的那天，托马斯在树林里。

第七章

我给我的良人开了门，

我的良人却已转身走了。

他说话的时候，我神不守舍。

我寻找他，竟寻不见；

我呼叫他，他却不回答。

——《圣经·雅歌》第5章，第6节

人们纷纷谈论着打仗的事情。就连烤箱槽里也钻进了战争的气味。白海被封锁的那年，俄罗斯大艇没法出口面粉。长久以来，战况被渲染得十分严重，许多特罗姆瑟的商人都在考虑是否要去东边买面粉。人们百思不得其解，为何克里米亚的战争要惩罚诺德兰地区的人民。

与此同时，雷斯尼斯的凯伦嬷嬷号大船正准备南下卑尔根。这艘大艇整整花费了雅各布三千先令，代价不菲。船是他在法格尼斯见到迪娜拉大提琴的那年买的。

雅各布过去一直对这条新购入的萨尔塔货船非常满意。船体长四十八英尺，能载三万三千六百七十三磅重的鱼。

大船通常配有十名船员。

日月如梭。凯伦嬷嬷号的颜色蒙上了岁月的阴影，但船的质量不错，在暴风雨天载货绰绰有余。船的横梁被加宽过，接搭木板上的铁钉子非常牢。满载的大船停在港口，等待着船员和最后一轮装着铰链盖的木头食品箱子。

正交割口的船尾柱上，有一个白色的小船舱，装着圆形窗户。雅各布曾经从拉纳雇了一个人，给这个船舱设计了比较传统的居室。雅各布不喜欢摩登的正方形式样。正方形不属于船，他说过。但在信奉上帝和海中幽灵的事情上，他的态度却截然相反。

安德士并不反对这次航行。他主要的顾虑是帆布的伸展性，由谁掌舵以及载货的容量。这些方面都没有变化。小船室里放了两张板床和一张桌子。每张板床都有帘子，必要的话床宽够躺两个人。

这就是迪娜和安德士睡觉的地方。大副安通马上就要搬到靠船头拥挤的船员室去了。但他对此毫无异议。

小船室和船员室的上方是一块小型的后甲板。这艘船的其余部分都是露天的，当初的设计就是用来装货，而不是为了考虑舒适度。

凯伦嬷嬷号已经由一批娴熟的工人装满了货物。

货物的最底层是一桶桶鳕鱼肝油和皮草，非常沉重。鱼干高高地耸立着，比横杆高出不少。这些东西得好好罩起来，免受浪花和潮湿的侵袭。

一批结实的板材从船头排到船尾，夹在小船室和船员室中间，起着遮蔽货物的作用，无论暴雨巨浪都不必担心。

桅杆曾是雅各布的骄傲。光秃秃的一根树干耸立在甲板上。这是他亲自去纳姆索斯挑选回来的木头。桅杆的底部一直延伸至内龙骨，周围堆着巨大的木块，将它安全地固定住。

横帆有十二米宽，十六米高。不需要那么多船帆时，就解开阀盖。天气恶劣时，必须把船帆彻底降下来。

如果有必要，也可以升桅帆。这样整船船员都得用力拉，把龙骨墩固定住。

船尾的旗杆仍然挂着旧丹麦国旗，旗面上画着挪威狮子，这是在丹麦于一八一四年把挪威割让给瑞典之前所使用的国旗。这面旗是为了纪念凯伦嬷嬷。她永远不会屈服于瑞典的新国王，奥斯卡。他太年轻了，她只说了这一句，没有更多细节。有关这件事，她和安德士讨论过好几次。不管怎么说，沿着航道前行的凯伦嬷嬷号仍旧飘扬着丹麦国旗，尽管一路上遭到了不少人的嘲笑。她对旗帜的这份心受人尊敬，因为当初以她的名字给船命名的事把她惹恼了，她觉着这么做会走霉运。

大副名叫安通·顿斯，是一个身材矮胖的男子，判断力非常强，脾气更是不错。但从未有人管过他的闲事，因为他一旦发怒可就成了另一个极端了。他一年一次的脾气，正好都遇上去卑尔根的旅途。如果有哪位船员对他开玩笑或是欺骗他，那他的火气就更一发不可收拾了。

在海上喝烈酒是不可饶恕的大罪。如果有必要，大副会亲手把这位罪大恶极之人揍一顿。他从不会等这位可怜人清醒过来，给他防守的机会。礼拜一登船时，若是安通·顿斯心情疲惫，那糟糕的程度就和礼拜一靠岸时，岸边候着马儿和女人一样。

能干的大副不会从树里长出来，所以要好好呵护安通·顿斯。人们总说，他对航道的熟悉程度就同牧师对《圣经》通晓的程度一般。

微风的时候，他非常安静，呼吸平稳，可一旦遇上暴风雨，他就会使出浑身解数，团结所有善恶的力量克服过去。

他年轻时曾驶入一处暗礁，在那儿憋足力气，坐了三天三夜，才被人找到。有过这段经历，他后半生也无憾了。

万吨货船体型笨重，绳索繁多，掌控它对技术的要求很高。尤其是船帆遇上强风时，借耶稣之名恐怕也不能让船转向顺风。这时候就需要一位经验丰富的大副，对暗礁和残岛了若指掌，能够准确地把握风向。

大家常说，安通曾经用六天时间把一条货船从卑尔根带到特罗姆瑟。可不仅是靠顺风那么简单，安德士边说边咯咯地笑着。

本杰明站在小屋的床边，看着凯伦嬷嬷号周围的骚动，既愤怒又伤心。

迪娜的大箱子已经用小船划出海面，安放在小船室里。她要坐船出海，去很远的卑尔根！想到这儿，他就静不下心来。

迪娜应该待在雷斯尼斯，否则一切事务都会出差错。

他已经试过一百种方法来制服她，哭也好，咒骂也罢。一听见她离开的消息，他小小的身躯就坚决地缩成一团。

面对他发狂的模样，她并没有笑，而是用右手紧紧抓住他的脖子，一言不发地用力捏着。

起初他并不知道这意味着什么。但后来他才明白，这么做的目的是想安慰他。

她没说给他买礼物，也没有说会很快回来，不得不走之类的话。

当他宣告说，女人从来不去卑尔根时，她只是轻描淡写地说：

"没错，本杰明。女人不去卑尔根。"

"那为什么你要去呢？"

"因为这是我决定的事情。你可以待在小屋里，在我离开的时候照顾好大提琴，还有其他东西。"

"我不要。小屋里有鬼！"

"谁说的？"

"欧林。"

"那你可以告诉欧林，小屋里的鬼最多只有她顶针那么大。"

"尼尔斯可是在天花板上吊自杀的！"

"没错。"

"所以那里一定有鬼。"

"没有。他们把他上吊的绳子砍断了，然后把他放在棺材里，埋到教堂的墓地里了。"

"是真的吗？"

"当然。你记得这件事。"

"你怎么知道鬼不会过来？"

"我日日夜夜都住在那儿。"

"但是你说过，雅各布在这儿，一直在，即使他死了……"

"这不一样。"

"怎么不一样？"

"雅各布是你的父亲，我的孩子。你性格这么粗暴，他不确定天使能独自照顾好你。"

"我不想雅各布在这儿！他也是鬼！告诉他，让他和你一起去卑尔根！"

"他跟着去或许会添麻烦。但是为了你，我会告诉他。带他一起去！"

男孩用干净的衬衫袖子擦干眼泪和鼻涕，他忘记了，这样做并不会让迪娜恼火，会对这类事情生气的人是斯缇娜。

"你为什么不改变主意待在家呢！"当他发现谈话的方向已经出乎意料地转了向，便不自觉地大声吼叫起来。

"不。"

"那我要去告诉警长你离家出走。"

"警长不关心这种事。卷好你的袖子，帮我把这个帽盒搬一下，本杰明。"

"我要把它扔到海里去！"

"你这么做没什么意义。"

"我就要这么做！"

"好好好。"

他用两只手捡起帽盒，穿过房间，压抑着愤怒的心情把盒子扔在门外。

"或许，你回家的时候我已经离开这儿了。"他耀武扬威地说。

"那你会在哪儿？"

"我不会告诉你的！"

"那我就很难找到你了。"

"或许我死了！"

"你的一生可真是相当短暂。"

"我不在乎。"

"每个人都在乎自己的生命。"

"好吧，但我不！我不会做鬼来找你的。这点你放心。"

"我真心希望如此。可我不想你消失。"

两人朝着码头漫步时，他不断地抽着鼻子，流着眼泪。

走到熙熙攘攘等着挥手再见的人堆前时，他可怜地问：

"你什么时候回家？"

她探过身子，再次紧紧抓住他的脖子，用另外一只手抚弄起他的头发。

"八月底前，如果你能帮我一起祈祷风向顺利的话。"她兴高采烈地说。

"我不会和你挥手告别的！"

"嗯，要你那样做确实要求有点高。"迪娜沉重地说着，把他的脸转向自己。"你可以去石头上跳跳，这样会好受一些。"

就这样，他们和彼此道别。他没有拥抱她，只是一路朝山上跑。衬衣的下摆像是他背后的一对翅膀。

这一整天他都不愿意见汉娜。

那天晚上他玩起了躲猫猫，躲着所有人，大家只好挨处搜寻。他不仅挨了骂，看管得也更严了。最后，他依偎在斯缇娜的大腿上寻找慰藉。

"可恶！可恶的迪娜！我一点也不在乎她！"直到睡着，他的嚷嚷声才停止。

那年，雷斯尼斯的凯伦嬷嬷号已经出过海了。之前安德士开船去过罗福滕岛，从海格兰到萨尔塔，一路上他都配备了许多渔夫。

他把货物派发给二十位捕鱼的船员，把一大批鱼、鱼子和鱼肝带回了家。为了交换一份捕鱼的战利品，他给一些船员租了索具和帆具。

到家后，迪娜满意地往他肋骨上捶了一拳。他们都了解彼此的手势。

*****

安德士会给他的顾客准备一份合同，保证货船寄送的物品无误。如果他的船上没有足够空间来保障物品的安全运输，他会安排另外一位船长来接手货物。

通过迪娜的帮助，顾客们履行了谈判中自己应负的责任，有任何航运需求，也不再寻找其他船队。

安德士曾经被耍过一回。那是一位来自斯特朗德斯泰德的顾客，他并没有携带承诺好的船货，而是从科瓦峡湾带了许多鱼干上船。不过迪娜为他这种误导性的行为罚了他一笔钱。

她的举动给了许多不怀好意之人嚼舌根的机会。大家都说，拿下这么一大笔罚金，作为警长的女儿，她干起来要比别人容易。

他们加入了一支南下的船队，队伍里有四条去卑尔根的货船。随后有两艘从更北部来的轮船加速追上了他们。西部峡湾处又有三艘船前来汇合。海面很平静，风从东北方向吹来。

大家的心情都很亢奋。每个人都有自己要干的活儿，分别负责看管一部分货物。午夜时分太阳依然悬在空中，这样的话，日夜都能航行。所有船员二十四小时轮流值班。

雷斯尼斯装来的货品沉甸甸的，放在船的肋拱之间。四十大桶的羽毛和羽绒，由斯缇娜清洗好，打包整理。五小桶的云莓是农场工人采摘的，由欧林加糖煮熟后，储存在桶里。为了确保货物不受霉斑和害虫的侵害，整个冬天这些货物经人细心照看，存放在地窖里。五十张驯鹿皮和两个圆桶装着的驯鹿肉，是来雷斯尼斯找东西吃的拉普人送来或是交换得来的。托马斯派人送去松鸡和狐狸毛皮。除此之外还有七十五桶鳕鱼肝油，以及一万六千八百三十六磅的鱼干。

迪娜常常站在甲板上，望着远处的山和滑过的小岛。她身上已经褪了一层皮。曾经嘲笑她的风，以及雷斯尼斯所有让她生气大怒的东西都随着轮船的尾波变成沉入大海的猫咪。

"人们应该像你这样生活，安德士！按你的生活方式过日子，能让人有好心情！"迪娜在船舱门廊里大声喊道。眼前的西部峡湾豁然开朗，突然就汇入了大海。

安德士转过头，在明亮的阳光下眯着眼看她。他硕大木讷的下巴看上去比以往更加突出。然后他继续干手上的活儿。

他和迪娜共享船舱和桌子，俩人会一起喝上几杯。他们之间有一种恰到好处的从容感。即使船室里有一个女人，他也不会显得特别拘谨，从不表现出任何大惊小怪。但他对女性的生活模式特别留心。进门前他总是先敲门，等到屋里的人有了回复才进屋。此外，他还会特意把工作服挂在船室外的屋檐下。

迪娜和安德士第一次一起远航时，他被降了级，住进了船员的房间里。而她则和雅各布在舒展开阔的海域中翻腾，她甚至没有注意到西部峡湾的强劲风力。这一次，雅各布不得不留在甲板上。而迪娜则带着母狼般敏锐的嗅觉，渴望地端详着安德士愚钝的下巴和柔软的双唇。

第八章

神借着困苦，救拔困苦人，趁他们受欺压，开通他们的
耳朵。

——《圣经·约伯记》第36章，第15节

雾气像盖在七座山顶上的羊皮帽四处弥漫。安通知道哪座仓库房是
他们的目的地。熟悉的气味和迷人的风景慢慢接近他们。在过去的几个
月里，船员们已经把这些气味从身上抹去，而现在，眼前的诱惑再一次
朝他们逼近。旧时激动的心情和令人愉快的回忆夹杂在春潮中扑面而来。

男人们一边欣赏着眼前的乐土美景，一边干着活儿。多么壮观的码
头！多么繁华的都市！小船和货船紧紧依偎着彼此，卑尔根的港口传来
生机勃勃的呼喊声，码头工人指挥着船员装卸货物，即使是鹅卵石上辘
辘行驶的马车也能听见他们的大嗓门。

垫头木和索具时不时在敞开的仓库卸货门上发出肃穆的哀叫声。古
老的建筑物肩并肩屹立在一起，像古代的乡村风景画沿着港口一栋栋
挨靠在一起，气派不凡，充满了自然的气息。灰色的卑尔根要塞宛若躺
在大地上的一位巨人，他将在此度过余生。高低错落的房屋被他尽收眼
底。而他则与山峰特别亲近，保持屹立不倒的姿势。

在凯伦嬷嬷号找到下锚处前，许多小船从她侧面掠过。

卑尔根的妇女莽莽撞撞、兴高采烈地拿着自己的油酥糕点和椒盐卷
饼来港口售卖。欢声笑语中，水手们帮助她们登上了甲板。

410

她们两手紧紧抓着篮子，似乎连一个椒盐卷饼的钱也不能放过。对她们而言，不收钱情愿投身大海。但一旦做成了买卖，她们便会躲在头巾和无檐帽下偷偷地咧嘴笑。许多人订了酥饼后，还会礼貌地奉承几句。

　　人群中有一位碧玉年华的女士，她身穿浅绿色棉质长裙，头戴一顶庄重的蓝色丝质无檐帽，用紫色的公鸡羽毛作为装饰，落落大方地大步跨过栏杆。她的出现让卑尔根的优雅淑女顿时黯然失色。

　　此情此景令迪娜不寒而栗。当安通对这位年轻的酥饼摊贩献殷勤时，她和安德士交换了一个冷笑的表情。

　　阳光像一枚崭新铸作的硬币，装在闪闪发光的荷包中。男人们都换上了白色衬衫。他们用水把头发捋平，摘下原本的水手帽。

　　来到卑尔根就像是来度假。

　　迪娜头戴一顶宽檐帽，身穿一袭绿色旅行装。这一次，她终于把头发盘了起来。不过还是有一些发丝从帽子里钻了出来，略显杂乱地荡在帽檐下。

　　安德士对她的华服发式开了个玩笑。

　　"你现在看上去很像一名标准的船东寡妇！"迪娜走到甲板上时，他嘉许道。

　　"你这样打扮，我们的鱼会卖个超级高的价格。"他继续补充说道。

　　她给了他一个明快的眼神，匆忙跨过木板，登上隔壁的货船，然后独自走上岸。当他们沿着码头散步时，她却把手牢牢地藏在他的手臂下。

　　一股陌生的气味扫过她的鼻尖。即使是海味，这里的味道竟也与众不同。海洋中混合了腐烂发臭的排水沟的气味，还卷入了鱼肉和腥腻了焦油的船味。港口边的小商店装满了各式各样的物品。所有东西都偷偷散发出这座城市狂放不羁又包罗万象的迷幻气息。

在一家马车作坊门外，一位衣着得体的男士在热辣的太阳下倚着一把遮阳伞，对着店主大发雷霆。他愤怒地用手指着他的马，大声呵斥马车店主，指责他给自己的马具是假货。而马儿则站在松开绳子的马车旁，大口咀嚼着喂食袋里的干草。

迪娜用力拽着安德士的手臂，随后她停下脚步，仔细听着这位男士严厉的责骂。这时店主开始为自己辩护。但是他的口才显然不及对方老练。

迪娜突然移步到他们俩面前。

"你应该用黄花柳做的马具。"她打断道。

两位男士像是受了指令，齐刷刷抬起头盯着她看。迪娜的打断让这位绅士深感困惑，一时间有些发懵。

另一方面，店主倒是清了清喉咙，他微微鞠了一躬，然后客气地说道，她说的正是我意，先生毋庸置疑。

"那种木头有弹力。我说的是，黄花柳。"迪娜评论完便走到一旁观察马车系结物上的马具。

男人的眼睛冷冷地盯着，他想反驳，却不知如何开口。说话的本能似乎随着凉爽的空气一同蒸发了。

"马具背带的枝干部分断了。"刚说完，她便把裂成碎片的马具抽出来，递给店主。

他一把接了过来，双手上有沥青的斑点。迪娜点了点头，便头也不回地走回安德士身旁。

即便她走了，那两人依旧沉默不语。

码头附近有几家客栈，还有酒店和出租公寓房。

巡夜人在街上游荡，大声叫喊着他心目中最好的住宿点。他一边做着夸张的手势，一边用低沉诱人的声音念着一长串名字。很显然，他这么吆喝应该是值几枚先令的。

鱼市就像一个蜂房，聚集了一大群人。现在正值春季，门一打开，这儿的气味比粪肥地窖外还要浓烈。卖鱼的妇人吼着价，声音十分尖锐，脸盘涨得通红。尽管天气炎热，她们依旧在饱满的胸脯上盖着一条条羊毛丝巾。

这儿的阶级特征要比老家做礼拜时看得更加明显。鱼市里的妇女和未婚少女通常身穿色彩鲜艳的礼服，令其他人相形见绌。宽檐草帽下轻轻摇曳的白色蕾丝裙摆随处可见。帽檐上有丝带、玫瑰花形和一些廉价珠宝作装饰。娇小整洁的丝质或皮质鞋履与木质鞋底组合在一起，连同拖着地走的露趾皮拖鞋，一起在鹅卵石上发出咔哒咔哒的响声。

往前走几步路，便听见有人大声重复吆喝着吃烟熏三文鱼和晚饭的好去处。

再走远一些，他们来到了林荫大道，马路两旁坐落着雄伟奢华的住宅，屋子旁边配备有宽敞舒适的车道和精心修剪过的篱笆。

迪娜边走边流露出鄙夷的神情。安德士不太明白，究竟是什么让迪娜如此嗤之以鼻。每次碰上行人经过，他不免觉得有些尴尬。

路过街边精美的洗脸瓷盆时，他俩忍不住开起了玩笑。那脸盆的大小还及不上一个土豆盆，类似这些蓄意诽谤的话把他俩给逗乐了。这里的咖啡店，添奶油竟然不是从罐子里直接倒，而是用勺子小小地挖一块，这么讲究的做法也让他们不禁捧腹。

店主从未听说蛋杯这样东西。

他们的抱怨虽然有礼有节，却显得十分高傲自大，厨房里的人都传言他们是从英国来的。

但安德士绝不允许任何人这么想。于是他大步流星地走到酒吧女招待面前，解释了他们的身份。

酒店的员工立刻变得更为八卦。最后一天早晨，他特地在咖啡旁放了一罐牛奶。

这则故事中间还有一段插曲，那天一位马车夫将马车停在他们面前，报了个价，打算载他们一程。她摇了摇头，于是安德士婉拒了对方。

离开酒店后，他们在陡峭的街道上随性漫步，脚下的路渐渐变窄。迪娜的鞋子很硬，穿久了有些发热，两人便在树荫下的长凳上歇歇脚。坐在这儿能将整座城镇的风光尽收眼底。安德士一边用手比划，一边给迪娜介绍。这边的建筑物是卑尔根要塞，里面由塔楼和皇家宫殿组成。往那边看则是沃根港口，所有的货船都聚集在此，象征着卑尔根繁荣的航海业。数不胜数的船只停泊在港口外的下锚处。两艘蒸汽船飘着黑烟，拖着漩涡般的桨轮，吃力地朝着明亮的天际驶去。一条货船滑入港口，收下船帆后，静静地溜进一排大船停靠的位置中。

他们慢慢地下山，找了一辆马车，让它捎他们去码头。他们必须得计算好时间，因为安通约好在那儿和他们碰头，然后一起去克雷夫司徒恩吃点心，那里是商人最钟爱的会晤地点，彼此都打着特别显眼的手势。

"入乡随俗很重要。"安德士说。

到达港口后，安德士指着从谢林约、胡思比和特罗托来的货船。

码头后方径直坐落着一座双塔教堂，天空映衬出它锯齿状的轮廓。

"那是马利亚教堂。"他说。

四目相对时，他们才发现，原来这竟是他们第一次与彼此对视。

"我过去从没有和任何人一起出远门旅行过！"他困惑地说。

"你的意思是，你从来没有同任何女人出过远门？"

"是的。所以我现在的感觉和之前很不一样。"

"怎么不一样？"

"你会发现一些过去我并没觉得特别有意义的东西。而且你会提一些我虽然不确定、却能回答的问题。"

"你这个人好古怪!"她坚决地说,"不过尼尔斯有你做兄弟真是幸运。"

***

生意人和店家成了卑尔根商人和许多来此地运货的人的中间商。

尽管卑尔根的物价很少会急剧上涨或是暴跌,但船员们带回家的消息对不出海的人来说仍有悬念。有意思的是,这儿的人做生意,都不太愿意讨价还价。

在计算方法和价位上,渔夫被骗得团团转的事情肯定发生过不止一次。

另一边,商人同货船船主却由此学到了贸易的门道。他们有足够的时间和老到的经验来等待最优出价。他们心里很清楚,哪些卑尔根居民值得长期往来。

克雷夫司徒恩酒店给搬运工提供小食招待。一碗含糖浆的粥,几根陶烟斗,酒店里便热闹地聊开了。

商人往往大腹便便,比起上帝创造的一般人,他们都长了双下巴。做手势或大笑时,他们的下巴会把带饰边的衬衫胸衣向外翻。

迪娜认出了那个人,上次和雅各布出门时她见过。回雷斯尼斯后,他们时常提起他的名字——拉什先生。她在总账里也曾写过好多次他的名字。

迪娜上一回见到他时,他身旁站着一个身材丰满、盛气凌人的女人。

他告诉他们说，她后来死于一种非常神秘的疾病，无人能医。她无端端就像一只被人遗忘的夏日苹果慢慢枯萎皱缩。有人说是因为情绪紧张，或是有家族精神病史。但是这位商人并未听说此种情况，他强烈声明，外界之所以得出这种结论，多半是诽谤和谣言所致……他个人认为这和她的胆汁分泌功能受损有关。不管怎样，迄今为止他已经做了四年的鳏夫。他的亡妻出身于哈当厄尔的富庶家庭，留有一笔非常可观的遗产。不过据这位商人说，人们把遗产的数额夸大其词了。

迪娜、安通和安德士都未曾听说过有关遗产的事，但他们倒是很热切地想听听，这年头一个穷困潦倒的卑尔根居民会遭遇些什么事。

可这个地方的人似乎对世界上任何事物都不抱有尊崇心。聊起悲伤痛苦之事时，人们仿佛像看到污垢一般！这么做显然太不厚道了！

商人自言自语了很长一段时间后，面色潮红，无比激动。他的双下巴忧愁地瘫在有饰边的领口上。先是倒向一边，然后是另一边。

迪娜不加掩饰地盯着他的下巴看，脸上竟慢慢流露出了喜欢的眼神。

他倒是记得这位年轻的夫人，迪娜·格洛奈夫。

"没什么好聊的了。"他边匆忙说着，边向她抛了个媚眼。

最终，拉什先生从所有客人中单单挑出安德士、安通和迪娜三人，邀请他们去他家做客。

正如安德士所预言，他们一到他家，仆人立马端来了潘趣酒。这位大商贾给女士点了马德拉，但迪娜婉拒了这项特殊服务。她只想喝一小杯潘趣酒，再配上一根烟。

商人对此大为吃惊，但很快恢复了镇定。他给自己的烟管装满烟丝，同大家聊着年轻时候认识的一位丹麦贵妇。那妇人爱抽烟，还偏喜欢戴男人的帽子。

"我这么说不存在任何比较的意思。"他一边和颜悦色地聊着天，一边朝迪娜的帽子点了点头。"你不会是从遥远的北方买的这顶帽子吧？"他问。

"不是，我是根据素描画中的细节买的这顶帽子，信使帮我从布莱门寄回来的。我们常在那儿采购帽子和手套，书或是乐谱就从汉堡买。画作一般会去巴黎挑。都是为了迎合凯伦嬷嬷的口味！"她微微一笑道。

安德士向她投去一个不安的眼神。可她非但不收敛，竟走到商人面前，欢欣地将手臂塞进他的胳膊下面。

过了一阵，他没把握地笑了笑，然后为她点上烟。接着他邀请大家在客厅里就座，这样就能讨论一些他所说的"紧急事件"了。

当安德士在商量数量和价格的问题时，迪娜特别细致地在一旁观察。他一一描绘了打算出售的鱼干、鱼子、皮草和鸭绒的品质及数量。

迪娜只是旁听，并没有直接参与到这场谈话中来。

安德士的眼神流露出一种真诚的气息，任何商人都不会对他说的话感到怀疑。不过这两位男士本身也有过生意往来。

安德士报价时，他脸上的皮肤如月光一般丝滑。由于商人的出价实在太低，他摇头的同时，有些后悔自己之前太过老实的做法。他用对牧师那般恭敬的态度与对方交谈，口吻却十分坚定，像是在对船员下达某个重要命令。

商人口齿伶俐，他叹了口气，说想先看看货……最终两人达成了一致。这段对话像是某种惯例。年复一年，无一例外。商人拍了拍安德士的肩膀，对迪娜鞠了一躬，然后友好地说：

"或许，当你把一切都计算完就会发现，迪娜·格洛奈夫要比我更富有。"

"我们谈的不是财富，是生意。"迪娜提醒他。

安德士又一次不自在地挪动了下身体。

"财富是一个复杂的概念。有些人甚至会把爱当做一份免费的礼物。"她边说，边深深地看着商人的双眼。

他的目光在闪烁，不知如何把控局面。对于和年轻妇人谈生意，他不太有经验。但他却不由自主地喜欢上了和少妇谈生意的感觉。他不了解这位来自诺德兰省旅馆老板的寡妇。可直觉告诉他情势不太妙，总有种自己被愚弄的感觉，想到这里他便汗流浃背，尽管他无法证明这一点。好在最终双方还是做成了买卖。尤其是鱼干这一块，正如安德士预料的那般顺利。

谈完生意，他们在商人推荐的熟人那儿，为斯缇娜定了一台缝纫机，折扣非常可观。

作为回报，他们为商人运了一整桶云莓果酱上岸，供他私人享用。"童叟无欺，两不相欠。"安德士对此评论道。

当货船卸完货再装货时，迪娜一个人在城里转悠。

她想去看看麻风病患者住的医院，这地方凯伦嬷嬷过去提过几次。

她在入口处来回走了三次，终于踏了进去，像是为战胜自己，同时为向凯伦嬷嬷证明她能说到做到，也为替这些病人向上帝祈祷而做出的选择！

可惜她的祷告词一直都不太令人满意。

我是迪娜，耶特路德的书上写道，约伯为见到上帝对人类如此严厉而感到惊讶，毕竟人类的生命是如此短暂，一刻不得闲。约伯遭受了许多苦难，他不理解上帝为何惩罚正直的人，却不管作恶的一方。约伯的一生中，大多数时间都在同命运挣扎。人们带着伤痛在墙壁间缓缓踱步，却没有人像约伯那般关心自己的命运。

卑尔根每栋房子前面都放着一桶水。迪娜终于忍不住找了一位杂货店女孩询问这项风俗的来由。

"是因为今年春天的火灾，"女孩说，"人人都怕火灾。"

"你不是卑尔根人吗？"女孩补充了一句。

迪娜微笑着说不是，她显然不是卑尔根人。

"我的上帝，如果起火了，光靠着这几滴水就想救你，这想法未免太天真了！"

女孩噘起嘴，没有作任何回应。

迪娜买了斜纹织袋、蕾丝、纽扣还有其他斯缇娜给她随身带着的清单上的东西。

接着她租了一辆马车，带她去五月三十日，一百二十栋房屋被大火烧成灰烬的地点。那个地方现在已经满目疮痍，但她却倍感兴奋。

它就像一个麻风病伤口，在这座健康城市的边缘地带有节奏地跳动着脉搏。衣衫褴褛的乞丐在周围游荡，寻找宝藏。他们弯下腰，用木条挖着废墟，然后时不时挺直背脊，把东西放进自己的包袱里。

"这里的可怜人好多！不只是麻风病人！"那天夜晚，迪娜在小船室里对安德士说。

"妓女也很多！"她补充道，"男人们上岸或是上船后就去那儿闲逛。"

"从事那种职业一定过得很辛苦。明显没多少利润可赚。"安德士说。

"至少约伯不必做妓女！"迪娜说。

安德士对她做了一个奇怪的表情。

"你今天都去哪儿了？"他问。

她对他细数了在麻风病院里做祷告，以及去参观火灾现场的经历。

"你不应该去那片区域的。那儿可能会有危险。"他说。

"对谁危险？"

"对独自去那儿闲荡的年轻妇女。"他回答道。

"对男人就不危险吗？"

"对男人也一样。"他和蔼地说。

"谁会去干这事？"她开始发问。

"干什么事？"

"光顾妓女啊。"

安德士局促地伸了伸脖子。

"欲望得不到满足的家伙儿吧。"他吞吞吐吐地说道，仿佛从未想过这个话题。

"你的意思是，那些身边没有女人，以为这么做就可以轻易拥有女人的人吗？"

"嗯。"他尴尬地说道。

"除了女人之外，男人们还有什么想猎取的？"

他搓了搓自己的脖子，然后用手穿过发丝。

"因人而异吧，我猜。"他憋了一会儿后说出这句话。

"那你的渴望是什么？"

他看了她一眼，同看那个卑尔根商人一样的眼神，径直望着她的眼眸。

"我什么也不想！"他平静地说。

"从来都不？"

在她的密切关注下，他的脸缓缓浮起一道红晕。

"你为什么要问这些问题？"

"我也不确定，安德士。我猜我只是好奇男人们心里装了些什么。他们在想什么……"

他没有回应，只是怔怔地看着她。

"你会找妓女吗？"她问。

这个问题给了他迎面一击。不过他很快缓过神来。

"有过几次……"他想了想才说。

"那是什么样的感觉？"

"都是不值一提的，"他用低沉的嗓音说道，"我想我不是好那口的人。"他的声音变得更加沉静了。

安通敲了敲门，想和安德士聊两句。一阵细雨轻柔地打在房顶上。迪娜坐在原地，她的脑袋里又萌生了一个新问题。

装货非常顺利，他们的鱼干价位是这几年里最划算的。大部分货品都按最优质上等的品质发售。

男人们都非常满足，上船的时候，大家兴致勃勃地互相聊着天。

那天晚上，迪娜、安德士和安通几乎睡在船上。其余时间他们则在岸上租了房间，如安德士所说，他们完全把自己看成了这座城市的居民。

货船上传来的都市之音有些不同，声浪中伴随着细波的拍打声和小船入睡后的嘎吱声，它们会钻进你的血液里，让你像发烧一般悸动兴奋，然后守在原地，待你下次驶入卑尔根港口时再次苏醒。

第九章

我要向山举目，我的帮助从何而来？

——《圣经·诗篇》第121章，第1节

向北面航行时正巧遇上顺风，大家的心情都非常平静，气氛轻松。

在舵柄处，有一个戴着羽毛装饰头盔、全身裹着制服的人影，他是这艘轮船的骄傲。"舵手"径直往前方眺望着。旗杆上挂着旧的丹麦国旗，指着西北方向，旗面和熨烫过的桌布一样柔滑。

在绕过斯塔德兰德后不久，迪娜突发奇想，要在特隆海姆停靠一下。迪娜宣布这个打算时，安通和安德士就站在小船舱外。

"特隆海姆！"安通一边大声叫着，一边难以置信地盯着她看，"我们有什么要在特隆海姆办的事吗？"

迪娜说她在那儿有事要办。除此之外，她还想参观一下大教堂，要求大家在那儿做一个短暂的停留。

安通和安德士同时说起话来，前者的音量越来越响。安德士的声音虽然不高，却深邃遥远，具有穿透力。她意识到自己引起的这些麻烦了吗？非得把船开进那长得讨厌的特隆海姆峡湾里，眼睁睁看着其他货船乘风而归？为了去那儿，船必须费力地在峡湾的死水里挣扎，既没有风也没有船帆可以帮他们航行，只能靠自己驾驶操控！她应该清楚这一来一回至少要多花十天时间吧？

"现在已经是八月底了！"安德士说道。

"哦，我没有仔细算过日子。但其实也没有任何特别的理由要回家。反正最后我们总要回雷斯尼斯的！"

安通忘记了他当初和迪娜兴致相投的事，这会儿的他气急败坏。风吹在他造型僵硬的胡须上，眼看就要把他的皮肤给划破了。

安德士对待所有的事情都显得比旁人冷静。他见过迪娜比安通脾气更大的时候。

"我们就去特隆海姆！"迪娜简短地说完，随手整理了一下衬衫，然后走回船舱里。

安通整晚都站在船舵旁大发雷霆。就连安德士来找他换班，安慰他去上床休息的时候，他都差点拒绝。

"你没必要陪她一起丧失理智！"安德士冷淡地评价道。

"去你妈的，想带女人上路的人就是你！"安通冲空气怒吼道。

他光着头，穿着一件过去在卑尔根买的深蓝色海员扣短领上衣。领子被翻了起来，垫肩把肩膀衬托得和谷仓大门一样宽。当太阳在清晨升起时，眼前的铜质纽扣仿佛熔化了一般。

"船和我们都是迪娜的。"安德士唐突地说，一边接过船舵。

安通嘴里骂骂咧咧，吐出的话像是浇在滚烫的铁砧上的水。不过他最后还是回到了自己的硬板床上，整个早晨，他的呼噜声震得船员室里嘎吱嘎吱作响，痛苦地在海上翻滚着。

在抵达特隆海姆之前，他们接到了一则消息，奥兰德上的俄罗斯海军基地，布玛颂德，被法国和英国的海军战舰给袭击了。芬兰海岸线上的造船厂和风干的木材也被一并烧光。

芬兰人据说对俄国向来忠诚。他们像发了疯的怪兽般捍卫着祖国和俄罗斯的利益。据知道实情的人所说，瑞典-挪威联合王国的国王即将卷入这场纷争。

安德士为芬兰人感到忧虑。因为他的家族里有芬兰人的后裔。他觉得芬兰人这么做并非出于对俄罗斯的同情，更像是因为西方海洋强国烧焦了芬兰人的庄稼，没收了芬兰人的船，这才激起了他们的愤怒。

"如果一个疯子在自己家门口烧了一把火，有谁不会出去拼命的？"他气呼呼地说。

至于英国人和法国人为什么会把炮火引入波罗的海区域，迪娜百思不得其解。

安通的情绪已经平复下来，恢复了往日友好的一面。但是对这件事他没什么兴趣。他只会聊一些他能理解的事情，他说。女士们和水手们不应该讨论国际政治。他们应该完成自己的任务，早日返乡。

"利奥曾经说过……"迪娜忽略安通，自顾自地回想着，"他说过，法国人和英国人在那场旷日持久的土耳其—俄罗斯大战中，始终站在土耳其人的一边。那样子对全世界来说都很危险……他说过，芬兰人永远不会和瑞典人为伍，不管发生什么。但瑞典国王很愚蠢，根本意识不到这一点。他还说，尼古拉斯沙皇还未能发明火药。那场战争始于两个修道士之间荒谬的争论。一名修道士信仰希腊东正教，另一个则信奉天主教。"

"他们争论的内容是什么？"安德士问。

"争论谁是巴勒斯坦圣地的主人。"迪娜大笑。

"但是这和战争有什么关系呢？"安通听上去很不耐烦。

"圣座总是和某场战争相关，"迪娜平静地回答道，"《圣经》，基督还有圣母马利亚，巴勒斯坦神庙……"

突然，她弓起身子，像是有人往她肚子上打了一拳。

"你生病了吗？"安德士问。

"没有！"她的回答简短有力，"那他们是如何让国王和沙皇卷入这一系列的纷争中的呢？"她继续说着，挺直了背。

"战火纷飞的年代，总有人会隔岸观火，坐收渔翁之利，或是想办法躲开这些破事。"安通说。

"你为什么觉得利奥知道是谁发动战争的呢？"迪娜问安德士。

"他的足迹遍天下，你知道的，一定听到过很多事情。"

迪娜从他们身边飘走，战争比所有人预想的更近了。

几百年前，有一位国王，他把国王街和爱林夏客街之间的区域给了这个镇。目的是要把麻风病人、穷人、疯癫病人、老人和孤儿都聚集起来，要不然这些人就会没精打采地窜进小巷和密室里。

特隆海姆的好市民接受了这份馈赠，确保要让这些同胞在穷困中恢复秩序。

这里的建筑群都是木结构，样子让人心安。房子里面都是被遗弃的人和可怜虫。从外面看让人肃然起敬，但是篱笆围得很高，门口有人把守着。

迪娜陈述了自己要办的差事后，被准许进入这个地方。这里是一个自成一体的小世界，隐匿在普通人和出于某种原因不得不去这儿的人之外。

这是一处两层楼的木质建筑群，中间却矗立着一栋砖房。红色的瓦片顶将所有楼房绑在一起，分担共同的命运。

"罪犯收容所"或是叫"教养所"的地方是一栋两层的大楼房，安着法兰西帝国风格的窗户和房门。

迪娜被安排进入一楼的一间椭圆形房间。临近的几间房里传来刺耳的声音。她的呼吸有些急速，仿佛期待的事情即将来临，抑或是灾难爆发的前兆。

除守卫以外，她见到的第一个人是一个男性身型的人，身材十分魁梧，拿着装着破布的盒子闲荡。他不停地戳着墙里的某样东西，自言自

425

语着是否要进城一趟。他用不同的声音提问和回答，仿佛完全沉浸在两个不同的角色中。其中一人的声音十分沙哑，由于气愤，音色略微有些颤抖，另一个则显得温和有礼。他时不时用力地在空中挥舞拳头，一边说着："咻！咻！"他攥紧拳头，作出一副把什么东西击倒了的样子。

他的头发刮得很干净，一副刚刚接受过野蛮除虱的模样。但在他凹陷的灰色脸颊上却长着胡须，看样子应该有两三天没有剃过。

迪娜站在原地。一股凶险的欢乐气氛笼罩在她四周。她的身体紧张起来，准备好迎接那位男子见到她的那一刻，结果却什么都没有发生。

守卫折返回来，告诉她典狱长正要出去，但是他可以在这儿和她聊一聊，过几分钟典狱长就会回来。这显然是拒绝了她的请求。他并不认识迪娜·格洛奈夫，可能根本不知道，她曾经说过她想知道利奥·久科夫斯基什么时候来这件事。

在等典狱长过来的当口，她询问了一些有关这所罪犯收容所的事情。门卫很乐意承担介绍的重任。住在一楼的人有自己的工作室、餐厅，还有一间祷告室。上二楼的话，牢房里关着"犯人"，或者叫"那些人"。

"有些牢房黑如坟墓。"门卫说。他一笑起来，两排稀疏的牙齿尽显眼前，不过笑容特别明快和善。

"对于那些住在二楼的人，我们没什么可以做的，"他继续说，"不过每个人都有自己的铁炉子。这一点我们可以保证！"

楼上的声音在他们脑袋上方翻腾。有打斗声，重击声，还有一个响亮的人声，听上去十分愤怒。

"楼上的情况说不太清楚。"门卫嘲弄地咧嘴笑着说道。

这个墙边的可怜鬼仍旧在捯饬他的破布衣服，完全不在意他们俩的存在。门卫一直瞄着迪娜的眼神，说：

"班迪克今天情绪不太好。不过他不危险，不管他心情好不好。"

"他为什么进这儿来？"她问。

"他是疯子！不过他没什么危险。他们说他在诺德兰有过一段伤心往事。和一个被烧死的女人有关。从那件事以后他就疯了。但他在这儿的表现，倒不像受折磨的疯猫那么夸张。只不过他不和任何人交流罢了。楼上黑牢房里的那些家伙完全是另一副模样。我可不想和他们面对面，什么屏障也没有地四目相对！"

迪娜听完便开始在包里翻找什么东西。她的包像一块沼泽，灰暗、深邃，永不见底。

"你是从诺德兰省一路过来的！到这样的地方来一定是有重要的差事办。"

迪娜抬起头，解释说她是搭乘自己的货船来卑尔根的，所以开到特隆海姆处理一些生意上的事情不是什么问题。

"你自己有货船？"他带着尊敬的眼神注视着她，热情地大声说道。事实上，他原本认识一位拥有明轮蒸汽船的女士，这让他不禁斜着脸向迪娜投去一个质疑的眼神。

当她对此不做任何评论时，他继续说：

"她是这座城市里最富有的寡妇！"

迪娜扫视了四周的墙壁，明确表现出不想讨论有钱寡妇和明轮蒸汽船的样子。她冷淡地问了一句：

"你在这里的工作是什么？"

"我要确保这些暴民不能从这里逃出去！"他轻快地答道。

"他们都做了什么呢？我是说那些被关在这里的人……"

"杀人放火，要不然就是疯了，或者偷东西。"他说话的样子仿佛在背诵心底的一首颂歌。

"他们都是哪里来的？"

"大部分都是这座城市周围水湾地区的人。还有一些是各个省份的人！"

就在这时，这个可怜鬼突然冲向他们，拖着他的破衣服。

说时迟那时快，没等门卫来得及反应，这个大家伙就一把抓住迪娜的胳膊，盯着她看。门卫这才把他给拉走。

可怜鬼伸着双手站在那儿。灰暗的云堤在他眼中飘过。他的眼底深处有面镜子，迪娜在镜子中看见了自己。

她一时冲动，竟抬起戴着手套的手，放到了这个男人的肩膀上。

他的眼中闪过一丝微光，仿佛记起了某件很重要的事情。他的脸上亮起光彩，然后张开没有牙齿的嘴巴，对她微笑。他硕大的后背被某个无形的负累压弯了，这件东西他很有可能已经背负了许多年。

"你……你终于来了……"他支支吾吾地说，同时把手再次伸向她，仿佛一道闪电。

门卫用力推他，说了几句凶狠的话。

迪娜站在原地。她的下巴抽筋了，脸色慢慢变得惨白。她从男子的手下挣脱出来，却逃不开他的目光。

门卫把这个疯男人带去了庭院。

我是迪娜。这里有一个洗衣房的炉子，上面烧着一壶开水！我站在蒸汽中，这就是我出这么多汗的原因。我的皮肤不停地脱落，蒸汽清洗着我，慢慢将我溶解。耶特路德的尖叫声不绝于耳。

典狱长不知何时出现了。他仿佛就是从空气中冒了出来。他庄严地迈过一间间房，伸出了他的手。

他身材纤长，留着精心修剪的小胡子，像是用胶水粘在脸上似的，表情有些严肃。

没有一丝友好的气息或是微笑的迹象。他握手的动作和身体其余部分一样冷淡，点到为止。

浓密的黑发光亮地洒在圆鼓鼓的脑袋上。这是一个为头发而活的男人。

他客气地点了点头，然后把走路用的拐杖放回右手。他可以协助做点什么事呢？他看着她，蒸汽的残迹通通消失不见了。他的嗓音平静而低沉，像是点火前火炉里的木头碎片。

反感的表情从迪娜灰色的眼睛中一闪而过。他没有对她做过任何事，却把她从蒸汽中救了出来。

她把此次拜访的原因告诉了他。她手中有一个包裹，里面放着普希金的书，还有一封封好的信，是给利奥的。她稍稍犹豫了一下，过了一会儿才把东西从包里拿出来。

典狱长有些过快地流露出吃惊的表情来。据他所知，他们并没有雇佣过任何叫利奥·久科夫斯基的人来运送罪犯。绝对没有。他在这儿的时候也就运输过几次而已。而且还是俄罗斯人？更加没有！

迪娜听完他的回复之后，便问到他在"这个地方"担任典狱长一职有多久了。

"三个月。"他漠不关心地回答道。

"那真正说来也不算很久……"

这位男子清了清喉咙，好像说谎被抓了个现行一般。

"你不能把那位利奥·久科夫斯基先生称呼为俄罗斯人，"她说，"他会说挪威语！"

她的声音像结在房间里的一层霜冻。

我是迪娜。屋外的大桦树窸窸窣窣，声音很吵。它们把枝条夹在我的脑袋周围，让我无法思考。附近教堂的钟声像雷鸣一般。我数着这间房子的出口。楼上牢房里传来的声响把所有数字通通抹杀干净。这个疯人院监狱的典狱长是人吗？他为什么不愿意承认自己认识利奥呢？

典狱长说她可以去调查监狱，或是去找监狱的主管咨询。他可以亲自把她带过去，如果她需要的话。大楼就在附近，不过最好还是由他陪同她穿过庭院，走进入口。

迪娜选择和这名男子一同上路。他们百无聊赖地漫步穿过厚重的拱门和硕大的房门。询问的门卫无不露出空洞的眼神，没有人能提供任何关于利奥的进一步消息。没有人认识这位叫做利奥·久科夫斯基、会说挪威语、护送罪犯往返瓦尔多要塞的俄罗斯人。

当他们再次站在椭圆形的房间里时，她拿出包裹，然后用力按压在典狱长柔软的手掌中，直到他不得不收下为止。

她注视他的眼神仿佛像是在注视着雷斯尼斯的某位雇农，然后对他下了一道坚决的指令。除非摆出对女人极其不恭敬的态度，否则是无法拒绝她的请求的。

"等利奥·久科夫斯基来了以后，就把这个包裹给他。如你所见，这包裹是密封好的……"

典狱长摇了摇头，但还是把手指合拢在包裹周围，不让它掉在地上。

她把帽子摆正，随后调整了一下胳膊上的包的位置，然后戴上右手手套，向他道谢。说完再见，她便轻盈地朝门口走去。

***

马车沿着街道越走越远，经过了一栋十字交叉形状的建筑物。它的表面嵌着宽大的窗户，房顶搭得很厚实，入口上方有一道优雅的拱形桥。三层高的主翼上有一扇形如半月的大窗户。

迪娜往前探了探身子，对车夫问：

"那栋楼是什么楼？"

"是特隆卡。精神病医院。"他无精打采地回答道。

"为什么要叫特隆卡？"

"他们说是因为原来入口处放过一个救济金的盒子。特隆卡就是法语中的救济金盒子。"

车夫一边说一边兴奋起来。

"为什么医院要放一个法国的救济金盒子呢？"

"因为大家就是喜欢用一些高雅的词汇。我肯定这个盒子是从特隆海姆来的。就算它有了一个上档次的法语名，现在里面住的也都是痞子和疯子！"

说完他用马鞭抽打了几下马，让放慢步伐的马儿跑得快一些。不知从什么地方飘来像风声一般沉重的叹气声。车夫好几次回头，不知为何女士没有继续问下去。她弯着身子坐在马车上，随着路面前后颠簸。

很快，他把马车停下来，询问她是否病了。

两只苍白如玻璃的眼睛是她唯一的回答。但她下车时给的车钱倒是很足。

我是迪娜吗？一个真正会做噩梦的人？由班迪克锻造的做梦者？为什么所有能想象的东西我全找到了，唯独找不到利奥？我是迪娜吗？是那个把心脏切下一块，放在疯人院典狱长手中的迪娜。我为什么在这里，我又是何时长出了一个不会出血的伤口？耶特路德现在在哪里？

这天剩下的时间里，迪娜一直待在自己的小船室里。

那天夜晚，安德士被迪娜帘子背后传来的呻吟声吵醒了好几次。他对她说话。

但她却没有回答。

第二天早晨，她脸色发灰，沉默寡言。

但他们依旧雇了马车，前往尼德河附近的一家工厂，准备给小屋买一个新的铃铛。

旧的铃铛已经裂开好长一段时间了。去年春天的时候，铃铛掉了一半，给屋顶造成了很大的损坏。

工厂老板曾经是雅各布的一个朋友。

迪娜事先通知了他们要来的消息，所以老板招待得十分得体，面面俱到，不仅提供了茶点，还带他们转了一圈。惠特菲尔德先生遗憾地说，他的那位工程师伙伴，由于人在前往英国的旅途中，因此无法来招待她。

这个男人忽略了安德士的存在。特隆海姆的市民显然不如卑尔根商人那般遵循圆滑的生意规矩。

安德士对此表现坦然。他过去遇到过这类人。这些人不明白，把船推上岸来显示自己的价值是不可行的。

工厂老板滔滔不绝地讲述着他的传奇发家史，不仅做过火炉和农场的土钟，还生产过一些机器零部件。

"我喜欢新时代的到来。"他边说边笑。除此之外，他还负责给尼德温号蒸汽船供应机器零部件，这可是一项要求苛刻的任务。

安德士和迪娜坐回马车里后，互相交换了一个眼神。

"我不觉得这些话有多重要。但特隆海姆的人在许多方面看来都古里古怪的。"安德士评价道。

"即使特隆海姆的人不全是从特隆海姆出生的。"迪娜说。

说完俩人大笑起来。

迪娜突然用鞋子的尖头踢了踢他的腿。

"你为什么要让这样的妄想自大狂碾过去？"

"噢，我不知道……或许从长期看。这样做是有回报的。"

"你真是彻头彻尾的商人，是不是，安德士？"

"或许吧。不过即便我是，我也没有资本啊。"

"你希望有资本吗？"

"不。你看到了那些人的吃相。我是说那些有资本的人。"

"我也是那样吗？"她匆忙问道。

"不。不过你也有你棘手的一面，"他真诚地回答，"既然你问了。"

"这话是什么意思？我很吝啬吗？"

"不。但有些小气，固执。就拿这次绕路来特隆海姆说好了。"

迪娜没有回应这句话。

车轮在鹅卵石上颠簸前行。城市的喧嚣声在他们周围经过。

"昨天你自己走掉了……我能问问你去哪里了吗？"

"我稍微拜访了一下避难所。"

安德士转过头看着她，不只是脸，他的整个身体都侧了过来。

"你在开玩笑！你为什么要去那儿呢？"

"我给利奥送了一个包裹。他之前落下一本书……他这人有丢书的习惯。"

"他在那儿？"

"不在，不过他会去那儿的，我肯定。"

"你怎么能确信这一点？"

"因为他们说他还没有来……"她若有所思地回答。

"既然他们说他没有来……那你为何确信他之后会去那儿呢？你到底想表达什么。迪娜？"

"我感觉有点不对劲。典狱长不太喜欢我去那儿。他听说我知道利

433

奥会去他那儿显得不太高兴。"

"这次出门你有点古怪。"

"你记不记得利奥说过,他要运送一位囚犯到瓦尔多要塞?"

"我记得……你这么一问还真有。但这也只是他说的而已。"

"不管怎么样,他会来特隆海姆这儿的避难所。"

"你怎么知道?"

"我就是知道!"她坚决地说。

他们坐下来,一句话也不说。车夫加入了一长串的马车队伍里,马车挡在前面,纹丝不动。

安德士专注地打量着周围的动静,然后说:

"你是打定主意看上这个俄国人了?"

"你的问题真是不加一点修饰,我亲爱的安德士。"

"是没有修饰。那你的回答呢?"

"我不会在公众面前透露我的决定。"

"但你很想他。我看得出来。"

"你虽然看到了,但没必要打听到底。"她反驳道。

他双手环胸一言不发。

"我们聊过资本……"过了几分钟她开口说道。

"嗯。"安德士欣然说道。

"你知道你弟弟做了什么吗?"

"尼尔斯?你是说他是怎么……去世的吗?"

他惊讶地注视着她。

"你和我都清楚他是怎么死的,"她坚决地回答,"我说的是另一件事。"

"你什么意思?"

"他挪用公款好多年了，这就是你弟弟干的好事！"

她直直地看着前方。

"什么……你在说什么？"他睁大双眼盯着她看。

她没有回应。

过了一会儿，他抓住她的双手。他脖子上的血管鼓得通红，脸色却十分苍白。

"你为什么要说那样的话，迪娜？"

"因为我说的是真的。"她粗率地回答，一股脑地把地板下藏钱的事情说给安德士听。

安德士的手紧紧抓着她，用力按着不放。

"多少钱？"他声嘶力竭地问道。

"足够去美国一趟了。"

"那现在在哪儿？钱在哪儿？"

"在银行里。"

"他究竟为什么要……"

"他想要资本。"

安德士瞪起眼睛。

"难以置信！"

"从某种方式来看，他的这个决定是对的。"她吞吞吐吐地继续说。

"对的？！"

"他的名声被毁了。因为他和斯缇娜的那件事。"

"我的上帝啊！"

"他不得不走。走得远远的。但他没法像个流浪汉一样走。利奥确实说过他要去美国。后来斯缇娜找到一份地图……所以他当时一定打算离开这里。他没法坐牢。耶特路德不会允许他……"

"耶特路德？亲爱的迪娜……但那时候，他为什么不走呢？为什么……?"

"他上吊自杀是因为他得知我清楚了他的行径。"

"你清楚?"

"我给过他机会,让他把钱还回来。"

"你的意思是他了结自己的性命是因为……?"

"是因为羞愧。"

"他是不是以为你告发了他?"

"要不然他没道理会想到自杀。"

"迪娜!是你把他逼死的吗?!"

他的脚步重得根本无法移动。双手攥得越来越紧,指甲掐进她的皮肤里。

而她则靠回座位上,似是放弃辩论的模样。

"我不知道。"她生气地说,然后闭紧双眼。

安德士把双手绕在她身后,紧紧抱着她。

"原谅我!"他乞求道,"这当然不是你的错!那些干了见不得人事情的人必须自己承担后果。但一想到尼尔斯……想到他竟然会做这样的事情!他可是一个字都没对我说过。"

他叹了口气,但依旧没有放开她。

他们好像两个孩子,分担着一桩不幸的陈年旧事。

"特隆海姆的街道要比卑尔根的宽。"迪娜评价道。

"但是卸货更麻烦了,在峡湾进进出出真要命!"

安德士很高兴话题变了。

"港口的水位太浅了!"他加重语气强调说。

两个人望向蒸汽船上升起的滚滚油烟,悠悠地冲着港口喷发。

他们坐着车沿一条狭窄的支路前行,经过一栋栋外形可怜逼仄的房子。一个水手摇摇晃晃地在马车前穿过巷子，另一个形容歇斯底里的妇女正对着身穿紧身夹克的肥胖男子大声吼叫，对他说蒸汽船已经悄悄驶入码头了，要他抓紧时间。这名男子慢吞吞地咆哮了一声，弄掉了一个帽盒。他们一起急奔到马儿的后臀前，仿佛示意马车从他们身上压过去。

马车停了下来，安德士把车费付给马夫。然后，他们徒步走向港口的最后一段路。

这对争吵不休的夫妻又在船坞旁出现了，妻子凶神恶煞地对着船夫，威胁他把他们带上蒸汽船。说完，两人便跌跌撞撞地跨过横坐板。某一瞬间，这条摇晃的小船看上去要被他们俩给弄翻了。整个过程中，两人从未停止过争吵，不停地朝对方吼叫。

人们往六十英寸的卸船码头和狭小的船运办公室里鱼贯而入。除了刚才那对夫妻，其他人也渐渐靠近小船，恳求船夫把他们划出海岸，赶在蒸汽船离开前登船。考虑到火灾的危险，这个码头不允许巨型万吨轮驶入。

安德士很高兴能有地方让他发泄绝望的情绪。

"这里只不过是港口的一个茶碟！"他不顾其他人的想法，自顾自地嘟哝道。

迪娜侧着脸瞥了他一眼，没有说话。

这时，一名举着屠刀的男子，沿着码头赤脚追着一个紧抱朗姆酒瓶的男孩。警察赶了过来，一边大喊一边将两人双双逮住，引起了现场一阵骚动。人们退到边线后，避免卷入这场麻烦，有些人甚至被失手推下了码头。

安德士的心中充满了伤感。而迪娜的伤口是不会流血的。它们就像天空中的裂缝，深邃却不见光，思绪如雨点般坠落。

第二天早晨，船起航了。

尽管风势有利，即便如此，安通的心情却并不高涨。

"暴风雨要来了。我用屁股都能感觉得到。"他抱怨道，像一只站在舵柄旁被血腥屠杀的奶牛。

他们只好留下他一个人阴沉着脸，小心不给他惹麻烦。

但安德士和迪娜还有别的麻烦要解决。他们之间的关系好坏参半。这种紧张的气氛从未有过，也未曾经历过考验。马车中的对话并没有结束。这更像是他们不得不坐在同一个船舱里，要克服接近这一困难的序曲。

安德士的眼睛像是放大镜下的一篇《圣经》诗篇。仿佛在说："我们可是兄弟姐妹！现在有事情扰乱了我们的角色。但我们应该清楚各自站在什么立场。"

他把心事藏在心底，多年来他一直渴望迪娜能够对他吐露真心，能够向他征询意见。

而现在她确实吐露了秘密，原来尼尔斯是一个无赖。安德士觉得非常迷惘，但他同时又非常惭愧，听到这件事，比起担心尼尔斯最后的岁月，他反而为迪娜的自信感到高兴。

而迪娜则像一只老鹰，栖息在树上，躲避着日光。

第十章

那时，耶和华从旋风中回答约伯说：

"谁用无知的言语使我的旨意暗昧不明？……

"我立大地根基的时候，你在哪里呢？

你若有聪明，只管说吧！

你若晓得就说，是谁定地的尺度？

是谁把准绳拉在其上？

地的根基安置在何处？

地的角石是谁安放的？

那时晨星一同歌唱，

神的众子也都欢呼。"

"海水冲出，如出胎胞，

那时谁将他关闭呢？

是我用云彩当海的衣服，

用幽暗当包裹他的布，

为他定界限，

又安门和闩，

说：'你只可到这里，不可越过，

你狂傲的浪要到此止住。'"

"你自生以来，曾命定晨光，

使清晨的日光知道本位，"

——《圣经·约伯记》第38章，第1—2，4—12节

439

他们绕着特隆海姆峡湾前行，把船头调至朝北方向。安德士看到一团暴风雨正在前方集结，这场面反而让他如释重负。

等到他们既看不见可以右转舵的平坦的约尔兰，又看不见可以停靠的阿格丹尼斯，只能孤零零地和暖气相依偎时，舱外是薄雾和强风。

宽横梁制造的轮船在海浪的波谷中颠簸，仿佛一只没有手柄、在水面漂浮的咖啡杯。海浪剧烈冲刷着右船舷。

珍贵的货物捆扎得更加牢靠，尽可能地包裹好，免受水浪冲击。

雷斯尼斯佃农农场上来的男孩已经在自己的板床上躺下了。这个可怜虫在床单上吐了一地。这让睡在他隔壁床位的男子暴躁不已。但没有人掺和他们俩的矛盾。大家手上都有许多活儿，够自己忙的了。

结实的大船船底深处传来嘎吱断裂的声音。船帆和横梁似在呻吟哭泣。

过了几个小时，船的吃水线已经漫过半腰线。可安通仍然寻不着港口的踪影。他驾着船驶入福尔德海，这似乎成了一场比拼力气的个人考验。

所有的一切随即从束缚中挣脱。

迪娜一个人坐在小船室里，依靠在餐桌旁。

四处的墙壁一刻不停地改变着方向。

看见地板上的血时，她把一个枕头夹在大腿间。随后摇摇欲坠地在餐桌上倒了一会儿。

这摊可怕的血渍随着晃动的地板不停地改变着流淌的方向。根据轮船倾侧的方向，朝东南西北四处蔓延。木板的裂缝中渐渐形成一条黏糊糊的浅棕色河流。

我是迪娜吗？是昨夜那架管风琴。那么多首赞美诗从我的身体中涌出来！以为那就是我要的！今天，一把把刀子猛地一下下砍下去。我成了一条不知道要流向何方的小河。甚至连小溪也看不见。我寂静无声地漂浮着。耶特路德在哪儿？

凯伦嬷嬷的肖像刻在船上，画中是一个庄严肃穆、胸脯高耸的妇女，浓密的头发束成一个宽松的结，渐渐消失在狂怒的巨浪中。

但是她又骄傲地浮出了水面。她一次次地将泡沫和长峰波甩下。她的双眼是由维福森的一名当地艺术家所雕琢，仿佛交替地注视着海洋深处和天空。

现在是福尔德海展露自己疯狂本性的时刻。来得至少比以往要早两个月。

安通命令船员们把阀盖和四个帆桁拿走。安德士用鹰一般的眼神，透过浓浓的雾气，注视着海面上的大风。

在这样冷酷的天气下，想要朝岸边航行无疑是件荒唐事。暗礁和孤岩无处不在。

安通准备朝公海航行，他别无选择。

风力有些反复无常，但终将平息下来。多年的经验让安通和安德士对它的一举一动都深谙于心。

每次将轮船控制平稳时，安德士总感觉有人在背后咬他的脖子。迪娜！

一次又一次与暴风雨的战斗让他全身充满欲望。在这几个小时里，他能感觉到身体里的呼唤，每当他们征服海浪，征服狂风，征服船与帆的时候，他都能感觉到。

过去他从未经历过此般迎风而上的航行。他低垂的下巴向前挺出。沾了盐沫的眉毛显得特别浓密。表面上看，他像一个海上的弱者，系在一根线上，伴随暴风雨而来。而在他的内心，他就是一根铁棍。即使所有事情都出了差错，他也知道如何航行！

迪娜躺在她的帘子后面，透过雾气升腾的窗户，什么也看不见。

所有松开的物件都踩着自己的旋律跳着舞。她把一张油布雨衣垫在身下的板床上，在一次次阵痛来袭时用双手紧紧抓住。

亚历山大·普希金从窗外走进来，同她说着死亡之事。此时，可怜的她，正感觉子宫受到猛烈敲打的痛苦！他带来了他的诗集，作为利奥送给她的礼物。他的笑声回响在整艘船上。然后，他砰的一声把书用力捶在她的肚子上，从小船室圆圆的窗户中走进走出，每次进来，他都会带一本新书。书的分量越来越沉，边角也越来越锋利。

到最后，她的大腿变得血迹斑斑，像一片片撕成薄片的肉垂在床边。

她努力把血肉合在一起，但无济于事。这个肤色很深的男子，手中捧着一本本边角锋利的书籍，他的速度非常快。

他用银铃般绝望的嗓音呼喊着他对女性强烈的憎恨，或是用哆嗦打颤的牙齿叫她"青铜骑士的婊子"和"亲爱的娜塔莎"。

他的声音和利奥一模一样，冲破了阵阵狂风。他说得很大声，仿佛使用了扩音器一般，将她的脑袋破成成千上万条微小的碎片。

他俨然就是一个海中幽灵！他不仅拥有铁匠的双手，脸颊上还附着利奥的疤痕。最后，他从披肩中抽出了托马斯的来复枪，瞄准她后，砰的一声！

可是他打中的人是耶特路德！耶特路德站在角落里，她的脸上裂开一个巨大的口子！怎么会这样呢？

***

温热的液体从迪娜的两腿之间流下来，渐渐变成结冰的鞭子。

风势较刚才稍稍减弱了一些。

迪娜站起身来，高度正好足够她把床单抽出来，夹在两腿之间。随后踉踉跄跄地走向门边，大声呼叫安德士的名字，肺几乎都要从喉咙里冲出来。她的叫声仿佛一群正在前往布罗肯山的女巫，穿过大风和涡流的大海，参加由来已久的会议。

毋庸置疑，一定发生了什么情况。

安德士又冷又倦，视线也变得模糊。但是他找到了能缓解他疲劳的人。他挣扎着撑到了小船室，迪娜在屋子里气急败坏地大吼着他的名字。

他一走进房门，便屏住了呼吸。水滴有节奏地从他的油布雨衣下落在地上。

几小时前，西南风狂飚着扫过海面。河水从他咸咸的金发上往他的脸颊和脖子下淌。河水黏附在他的脑袋上，让他整个人看上去像一只愤怒的海豹，就连下巴也比以往突出得更厉害了。

他注视着坐在床上的女人。起初他不敢相信眼前的情景。

日光蔑视地穿过窗户上的盐层，照在迪娜裸露的大腿上。白色的床单被血液浸湿了。她的呻吟像是在狂风骤雨中释放出的隆隆响声。她向他伸开双臂，眼神中满是请求。

"我的天哪！"他跪倒在她身旁。

"救我，安德士！"

她没有试图遮掩自己的身体。恍惚间，他冲到她面前，绝望地低喃着。

"我被撕成碎片了。我身体里，撕成了碎片……"她轻声低语着，目光飘向了远方。

安德士站起身，准备去甲板找人帮忙。因为这件事他一个人应付不来。

但她张开双眼，目光锐利地看向他，从牙齿缝中发出嘶嘶的声音。

"嘘！安静！什么也别说！帮我！"

他转过身，困惑地凝望着她。片刻后他明白了这项指令的含义。他回想起有关女人的各种故事，女人的麻烦，女人的宿命，女人的难言之隐。

他愣愣地站了很久，随后脸色苍白地点了点头。打开船舱的房门后，他清了清喉咙向大家宣布，福尔德海上的暴风雨将持续六小时，随即向安通大声下达了指令。

"迪娜生病了。这事让托雷夫做我可以放心点！告诉那小子，弄点热水来！"

出了门，走在大风中的安通有些生气。出海带女人真是活见鬼了！不只晕船呕吐，还特地绕路去特隆海姆！现在又遇上暴风雨这种恶劣天气！这真是一出悲剧，莫不是上天对他们的惩罚！

那位晕船的佃农儿子提了一桶盛满热水的木桶过来，可惜一路上水已经洒了一半。安德士在门口接他，两个人都脸色煞白、浑身发抖。

安德士已经把迪娜板床的帘子拉了下来，他脱去了油布雨衣，赤着胸膛接过了水桶。他不允许男孩子进屋，只是言简意赅地让他再拿点水来。

小伙子有点累了，因为呕吐，身体难免虚弱无力，心情也有些害怕沮丧。他的脸颊像是黑漆漆的严寒中，一只与铁器打交道后光秃秃的手。

"快点，伙计！"安德士大叫道。他的声音完全不像平时的自己，男孩嗖地一下跑开了。

现在，她一动不动地躺着，任由他将她翻转过去，好把弄脏的床单移走。床上到处都被血渍浸湿了。

小舱室里弥漫着甜到发腻的香气，有一阵他特别想吐，但最终还是把冲动吞了下去。

"哪个恶魔在迪娜身上种下了这玩意？"他问自己，"是谁干的？那个俄国佬？"

安德士一边清洗、照料她，脑海中一边盘旋着这些疑问。他从未与一名女性如此靠近过。从没有经历过这样的亲近……难免有些笨手笨脚，他不只害羞，还觉得十分恼火。

他在迪娜的木箱子里找到一条干净的床单，然后放了一件旧的裘皮大衣在上面，随后把她抱到大衣上。她已经没有意识了，连眼睛也睁不开，只剩下沉重的呼吸声，但双手却紧紧攥着他的手腕。他不得不从她手里用力挣脱才能帮她。

她的身体里已经没有血液继续涌出来了，只是平稳地缓缓向外流。他用靴子把弄脏的床单踢进角落里。

突然，在一片鲜红之中，他看见一个块状的蓝色物体，有点像膈膜，这让他浑身发颤。到底是哪个该死的家伙种下的恶果？他咬紧牙关，不让心底的疑问从嘴里大叫出来。

她已经完全没了意识，肯定是出了很长时间的血。只是她还不至于……他没空继续想下去，只好把下巴往前挺，将粗糙的工人衬衫团成一团，放在她的大腿之间。羊毛把各种材质的纺织品吸在一起，他用力把衣服往她身体上按，一边按压一边默念着他知道的所有祷告词。

她时不时从昏迷中苏醒过来，呆滞地望着他。恐惧和孤独爬上地板，笼罩在整张床上。

于是他大声念出了祷告词。

风力减小了，凯伦嬷嬷号漂泊在波涛汹涌的海面上。

安德士注意到，没有他的帮忙，他们居然也能控制住船的航行，但这只是稍稍减缓了他的压力，因为她还在不断出血。

船员们一个接着一个回到了小船室里。但他在门口挡住了他们的去路，下令让他们去准备热汤和热水来。

安通终于忍不住大吼起来，他觉得安德士最好还是把雷斯尼斯的女主人抬到甲板上，这样她就可以像其他人一样吐到海里去。

安德士快速地把门拉上，并且朝着安通的下巴挥了挥拳头。他砰的一声关上门，由于速度太快，大副的高鼻梁险些被夹进门里。

舱外的一切都静悄悄的。轮船费力地在海浪中航行。递给小船室的汤准备好了，热水也已经就绪。男人们把钳子等工具也搞定了。所有人终究明白过来，迪娜的问题远比晕船要严重。很快大家伙儿便开始忙起自己的日常工作来了。

忙碌了几个小时后，新的一天也来临了。太阳出现在空中，风朝南面扫荡而去。

小船室里，迪娜一直打着瞌睡。出血的情况终于止住了。

安德士已经放弃给她擦洗干净的念头了，不过现在终于可以把她挪到一边，往旧的裘皮大衣铺上干净的床单。他把她抬起来的时候，她的手环在他的脖子上。他不停地审视着迪娜的情况，看是否还有继续出血。

她并不介意暴露自己的裸体，在血泊中躺了几个小时，这根本无关紧要。

实际上，迪娜的尊严也与这些琐碎的细节无关。她把一切交到了这位男士的手中，时不时陷入晕厥。当她恢复意识后，她轻柔地呼唤着他的名字。她喃喃地说着什么，可他听不清楚。好像是在叫《圣经》中那位小偷的名号。巴拉巴！

他扶她起来喝口汤。她咕咚咕咚大口地喝着水，水珠从她的嘴角边流下，在床单上留下几处湿点。她的头发蓬乱不堪，浸满了汗水。但既然他也不会梳头，也就让它去了。

他会时不时轻轻摇晃她几下，确保她还活着。当他发现她不适应刺眼的光线时，便把窗帘拉了下来。即使是在半明半暗的舱室内，他依然可以看到她苍白的脸庞。阴影罩在她的眼睑上，一路延伸至她的脸颊。鼻子朝外突出，鼻孔处白晃晃的。

安德士不能用魔法让某个人健康起来，他也不是很擅长祈祷。但这个星期天的早晨，他坐在一摊血水里，为迪娜的生命祈祷。

与此同时，船员们将货物重新保护起来，凯伦嬷嬷号经过了维嘉，已经踏上启程回家的路了。

不知是因为祈祷还是别的原因，迪娜的呼吸变得平稳了。她修长白皙的手指放在毯子上。他能看见皮肤下的血管，在粉色的指甲处分叉。

他温柔地摸着她的眉毛，看看她的眼睑是否会有反应。她睁开眼睛看着他，一点点靠近着他的脸庞，好像从迷雾中出现似的。

他以为她会哭泣，但她只是深吸一口气，随后又闭上了双眼。

他很好奇，她现在这么平静，会不会是因为之前已经哭过了。

初次涉足女人的生活让他有些不知所措。在某种程度上，他感激她没有哭泣。

"小船室里他妈的在闹什么疫情？"安通问道。他的情绪已经和风势一起平稳了下来，现在他只想知道发生了什么。

安德士关上门，和他一起站在甲板上。

"她病了，病得很重。一直在呕吐，还出血得厉害。她的肚子不舒服。她的肚子里……有东西反胃。现在她浑身没力气。可怜……"

安通清了清喉咙，向对方说了声抱歉，他并未意识到事情会如此严重。但正如他一贯说的那样：女人上船……

"她差点死了！"安德士一边说，一边踢了一脚酒桶，只见它沿着甲板四处翻滚。

"告诉那小伙子让他闭紧嘴巴，不能让他们口无遮拦四处乱说。把你那该死的意见吞进肚子里。这事和你没半点关系！"

"我不知道……事情会如此……"

"那你现在知道了！"

安德士回到小船室，仿佛甲板上的工作已经不再需要他的帮忙。

最脏的几条床单已经被暗中扔下了船。安德士特意等到天气转好，甲板上不需要所有人都来帮忙的时候，趁着四处无人，将床单抛入海中。

尽管有蕾丝花边刺绣，他仍然把床单通通扔了下去。那一丛泛蓝色的东西永远消失了。

他们彼此都没有提到那个蓝色的块状物，一个字也没说，可他们都看见了那东西。

她用她那双水彩色的双眼注视着他。他坐在她的板床上，因为床沿很高，坐起来有些不舒服。床上的索具吱吱呀呀地发出吵闹的响声。

他已经打开了一扇圆窗，用来呼吸新鲜的海洋气息。

汗水沿着她乌黑的发际线细细地流至她的脖颈。她的眼睛周围有些阴影，瞳孔一闪一闪地发着光。

她黄色的双颊上各有一个愠怒的红点在燃烧，看上去不太吉利。

安德士见过太多世间的生老病死，坏血病、天花还有麻风。他知道迪娜脸上的红点是发烧的迹象。但是他没有开口，只是用湿布擦了擦她的脸颊和头颈。

她的眼中闪过刹那的感激之情。但他不确定自己想的对不对。和迪娜有关的事情，没人能够肯定。即便如此，他仍试探地握着她的手。

"你什么都没有问过。"她低语道。

"嗯。现在不是说这种事情最恰当的时机。"他一边说，一边把目光转向别处。

"但你应该不傻，不会不明白吧？"

"嗯，我确实没那么傻……"

"我们到家以后你准备怎么办？"

"先带你上岸，然后去照看一下轮船和货物的事情。"

他特意让自己的声音带上几分抚慰。

"然后呢？"

"你的意思是？"

"如果他们问你我出了什么状况呢？"

"我会说，你闹肚子了，然后吐了许多血出来。血从两个地方冒出来。但现在已经好了，而且我肯定不会传染人。"

说了这么一长串话后，他清了清喉咙，然后握住她的另一只手。

一股温暖的战栗感传遍了整张板床，蔓延到他身体的每个角落。她好像哭了，比起眼睛，更像是身体在哭泣。像一只动物般静静地哭泣。

安德士感到自己仿佛置身教堂，领受了圣餐仪式。仿佛有人送给他一份礼物。

多年来，他同一位除了愚笨或愤怒，没有任何其他情感的人待在一个屋檐下。那个人从来不会向他流露任何温暖的感情。他们对此都习以为常，甚至从不觉得有何古怪，毕竟他们对她知之甚少。

他将双臂环在她背后，认清了自己内心的感受。这种感觉让他变得更为坚强。

无论风平浪静还是波涛汹涌，只要是伟大的上帝派给他的使命，他都能航行自如。他也因此成为了雷斯尼斯货船的队长。尽管他憎恨这受了诅咒的大海，毕竟是大海吞噬了他的父亲母亲，是大海给了他毕生的噩梦，而噩梦中的大海更将最终吞没他们所有人。他不免想为上帝哭泣！因为他坐在每一条倾覆的船底，除了自己他谁都拯救不了。

他抱着她，直到她不再发抖为止。一阵遥远无谓的回声从甲板上传来。八月的太阳挂在低空中，硕大无比。阳光闪耀在小船室的屋顶时，海鸥也变得顺从起来。

"你帮我省下了教堂里丢脸难堪的审判，不需要当众为乱伦的行为解释了。"她伤心地说。

"噢，你对自己的惩罚应该已经足够了。"

"斯缇娜免不了面包和水的审判。因为那是第二次了。"

"谁会记着第几次呢？告诉我，以上帝之名，有谁可以纯洁到有资格去数这些次数？"安德士问。

"尼尔斯否认了自己的罪行。所以他们不会对他进行任何审判。"

"尼尔斯已经死了，迪娜。"

"可斯缇娜仍旧活在羞辱之中！"

"现在已经没人记得那件事了。别再去想了。一切都过去了。"

"还有些人被送进了监狱。"她继续说。

"如今这年头不会了。"

"噢，没错，科斯滕·尼尔斯达特·格拉姆在特隆海姆坐了三年牢，因为她剪了邻居家十九头羊的羊毛，还对放在小木屋里的面粉和腌肉顺手牵羊……尼尔斯自己私藏了一大笔钱……却让斯缇娜独自背负这份耻辱。"

安德士意识到她现在的状态还没有完全恢复理性。

"尼尔斯是我仅有的……"他几乎是在对着自己自言自语。

她突然又是一副头脑清醒的模样了。

"你还有我。"她一边说，一边抓着他的手，力气大得惊人。

"你不要为任何事……感到抱歉，安德士！"

他们彼此交换了一个眼神，仿佛签下了一份契约。

当一行人抵达谢德颂德时，大家都不敢打扰他们。之前他已经把意思传达给了所有人，死神确实短暂来访过，但后来还是转身跨出了门槛。

唯一可以探望迪娜的人是厨师，他送去了热汤壶和热水，回来后欣然同大伙儿确认，迪娜身子实在太虚了，病得没法开口说话。

靠近小船室的时候，男士们都会刻意把步子踩轻。看到蒸汽船朝家的航道驶去的喜悦之情，还有男人们粗哑的谈话声都被刻意压低下来，以免打扰到她。有关怎么把女主人送上岸的事儿，他们也已经计划好了。

安德士已经扶她从床上坐了起来，好让她瞥一眼窗外的风景。

夏末时分的大地铺满肥沃的土壤。迪娜却没有结下任何果实。

轮船驶过一栋仓库，架在大海的桩子上保持平衡。

"那是克里斯滕森的停泊处和商店。他把冬天的麦子从这儿一路运往巴黎的国际展！这家伙了不起！他在一张小标签上写道，'来自北纬六十八点五度的冬季小麦'。"安德士对迪娜说。

迪娜淡淡地露出一抹微笑。

船靠近桑德托耶时，安德士想上岸请一位医生来，但迪娜喝住了他。

"他这人嘴大漏风，最喜欢把自己病人身上的问题散布出去。"她说。

"可万一你死了怎么办，迪娜？万一你又开始出血了呢？"

451

"死了就一了百了，什么都解决了。"她说。

"你这是对上帝的亵渎，迪娜！一个医生当然没有权利把这种事说给别人听吧？"

"不管有权无权，人们就是爱说很多事情。"

"你这么说太刻薄了，迪娜！你不担心自己的身体情况吗？你不害怕死亡吗？"

"现在问这个问题太傻，安德士……"

他站在船舱的中央，注视了她一会儿，以防她临时改变主意。可惜她连眼睛也不睁开。他只好走出去，将身后的房门关上。

轮船驶过沃格峡湾时，她的身体状况开始好转。虽然她想继续坐在床上，但发烧的红点并未褪去，眼珠像未经抛光的玻璃一般。

栽满桦树的山脊被晒干的白色沙滩包围着。逍遥自在的岛屿和山峰从一旁游过。细小的海浪拍打着轮船的侧腹。

她会时不时打个瞌睡。可每次醒来的时候，耶特路德的头颅和她的惨烈尖叫声就在她的脑门上冻结。那股令人恶心的浓重蒸汽将整张板床笼罩，所以她努力让自己保持清醒。

我是迪娜。我能看见新长出的桦树叶子上的叶脉。但现在是秋天。欧林用我的血做成了一种甘甜的饮料，然后倒进瓶子里保存。她密封得很好，还说一定要运到地窖里，等冬天的时候喝。绿色的瓶子全都装满了，一个个沉甸甸的。女仆一次最多只能搬一瓶。

男士们各个心情激昂，每个人都沉浸在自己的世界中。看来这次回家赶上了好天气。海面泛起层层涟漪，天空洒满了厚厚的奶油。白色醇厚的奶油在山川周围飘浮，却未曾遮挡一束阳光。森林沿着海岬和河湾慢慢探出脑袋。下过雨之后，大地上闪着绿色的光。在劳什奈特旁的斯特朗德斯泰德，生活的节奏很慢。那儿的教堂就是万点蓝绿中一位安详的白色巨人。

轮船绕过海岬，瞥见雷斯尼斯的时候，家族的旗帜端庄地飘在空中。一定是有人长时间观望着海面，看见他们进了海湾。

安德士尝试着帮迪娜梳头，但实在太难了，最后不得不放弃。他只好把头发掖进她的帽子里。

男士们想把她放在运鱼的货盘上抬上岸，但她拒绝了。

当她将手臂重重地绕在安德士脖颈上，跌跌撞撞地从船舱里走出来，大家这才意识到她之前的状况有多严重，因为从未有人见过迪娜这般模样。

她就像是一只被困在网中很久的海鸟，好不容易才挣脱出来。她的帽子有点歪了，而且特别大，造型倒是十分优雅，如果要让帽子的主人被抬上大艇，像一个没有生命的物件那般运上岸，这份羞辱确实难以忍受。

迪娜用尽全力让自己尽可能显得有尊严一些，努力减轻脸上痛苦的表情。但这么做的结果是她又昏了过去。男士们纷纷侧过脸去，好让她感觉自在一些。

石子上面盖着水草，走起来很滑，安德士搀着她小心地走过去。人们默默地注视着一切，她只好停下脚步歇一歇。岩屑堆的远处有三根如刀片般的绿色草叶，她望着那儿，眼神如山羊一般呆滞。过了一会儿，她继续往前走。

凯伦嬷嬷坐在花园的长椅上冲他们招手。斯缇娜面朝太阳站着。本杰明的双手被太阳给晒黑了，一直抓着迪娜裙摆的褶皱处。安德士则在她身侧走着。

只有托马斯待在马厩里。

欢迎的叫喊声从船的栏杆外飘来。船队上岸了。不过这次的场面显得比平时低迷一些。每个人都盯着迪娜看。

出了什么事？

安德士自信满满地向众人解释，他抓住经过沃格峡湾的每分每秒，不停地练习。他的双臂围在迪娜身上，说话时，他手臂上的肌肉在微微颤抖。

说完，大家便伸开双臂准备拥抱迪娜。先是斯缇娜，随后是女仆们。不过，拥抱后的迪娜显得更虚弱了。她的脚有些支撑不住身体的分量，不小心摔在地上，轻轻的叹气声在水草覆盖的岩石上飘散。

她终于到家了。

迪娜在斯缇娜的监督下被抬上了床。男士们可以撤了。

安德士感觉自己肩上的重担被卸了下来。这个包袱好沉，他扛过暴风雨，还帮船员们躲避溺水或是其他惨痛的命运，却从未经历过这次航行中遇到的事。

安德士并未聊起自己付出的一切，所以对于这件事，保持沉默对他来说并不困难。他反倒忙于扮演迪娜的商人和船长的角色。毕竟她现在躺在自己的农舍里，什么都不能干。

他用船拉来很多昂贵的礼物。尽管遭遇了暴风雨，所有东西也都保护得非常妥当。全是卑尔根和特隆海姆带来的礼物。有打包装的，也有装箱的。

斯缇娜的缝纫机受到了众人的艳羡。装饰华丽的铸铁上标示着威尔考克斯·吉博斯的字样，镶嵌在最上乘的胡桃木里。她曾经在报纸的广告上看过这样东西，价值十四先令。

斯缇娜欣喜万分，她从一个房间走到另一个房间，不停地拍手。她面色绯红地走到迪娜的小屋里，前前后后感谢了她四次，坚持说这东西实在太过贵重了。

雷斯尼斯的客厅里洋溢着喜悦的欢迎气氛。酒杯闪着光，发出叮叮当当的响声。薄页纸发出劈啪的声响，门锁处传来咔哒声，衣服布料沙沙作响。

大家惬意地品尝着咖啡和红糖，带长穗和红色玫瑰的方巾及披肩受到众人的喜爱，成了大家争相抚摸的样品。戒指和胸针被大家轮流试戴取下。

佃农的儿子经历了这次处女航，在卑尔根停留时下巴冒出了胡须，也因此受到了大家的全面搜查。他有些难为情地脸红了，本想挣脱，但奈何女孩儿们把他牢牢抓住，往他口袋里翻箱倒柜地搜，为的就是一块卑尔根椒盐卷饼。

汉娜脸色惨白地手里紧攥着玩偶。娃娃身上穿着红色天鹅绒连衣裙，披着斗篷，戴着童帽。它木质的脑袋和四肢可以转动。无论汉娜何时游荡，玩偶衣服下的脑袋和四肢总是兴高采烈地发着吧哒吧哒的响声。

本杰明的礼物是一台固定在板上的蒸汽机。在安德士专业的帮助下，可以往房间里吐蒸汽和烟雾。但迪娜并不会在这台机器上烧火做饭，本杰明对它一下就失去了兴趣。

装着卑尔根椒盐卷饼的罐子在大家手里传来传去，直到饼干被吃光为止。男士们在屋外的庭院里把木屑包装的新晚餐铃铛取出来，挂在砂轮轮轴上测试声响。

本杰明一遍一遍地摇着铃铛。人们站在他四周，脸上挂着微笑。凯伦嬷嬷成了客厅窗边的一片蕾丝。不管大家忙什么，她总是显得坐立不安。

"铃铛的声音有点尖。"欧林说。她对这个铃铛有点疑问。

安德士认为，如果铃铛挂在储藏室的屋顶下，声音听起来会不一样。"铃铛挂在木质横梁上，发出的叮当声更好听。"他说。

侧眼扫过迪娜的房间时，他注意到房间里的窗户开着，白色的蕾丝窗帘轻柔地垂在窗边。精致的布料卡在了房子粗糙的木质外墙上，正在努力挣扎摆脱束缚。

他突然萌生出一个奇怪的念头：如果风把窗帘撕成碎片，那窗帘就太可怜了……

这一天托马斯不见人影。他为自己做了长达数周的准备，准备不再承受痛苦。事实上，每次货船远行归来，情况一贯如此。

货船船员出海去卑尔根和特隆海姆后，偌大的庄园需要有男人待在家里的农田上干活。但当船员们都回来以后，家里的男人顿时多了许多！

托马斯在马厩和谷仓里都有重要的活儿要干。直到别人问起庄园里的状况时，他才开口说话。他的内心犹如有铁爪和尖锐的鱼钩在搅拌着。

整场欢迎庆祝宴会上，不论斯缇娜碰巧出现在什么地方，托马斯总是如影相随，他想打听有关迪娜的情况。到底出了什么事？她晕船晕得非常厉害，船航行到福尔德海时遭遇了暴风雨，她的肚子像绞肉机一样疼，这些都是真的吗？

斯缇娜点了点头。这些事情不言自明，当然是真的了。但好在最糟糕的时候已经过去了。她准备用刚刚挖的根茎给迪娜泡壶茶。这样她的身体过段时间……一定能痊愈。

她深色的瞳孔有些湿润，径直穿过他的身体注视着前方，仿佛没有看见他。她把所有思绪都隐藏在过去七度出海的记忆里。

第十一章

看哪，义人在世尚且受报，何况恶人和罪人呢？

——《圣经·箴言》第11章，第31节

这些天来大家都忙忙碌碌的。大家伙把货拉上岸后，分别发给了对应的收货人，或者就储存起来，要不然就搁在一边。

安通留宿了几天，帮他们一起发货，顺便再把货轮拉上岸。直到去罗福滕出海捕鱼时，才会用上小货船。趁现在有充足的青壮劳力在，最好还是把小货船拖到干燥的陆地上，留在海面上不是一个明智的选择。不止蛆虫会大批出没在浸水的货船里，由于天气恶劣，无人照看的轮船只会成为大众嘲弄的对象。

这年秋天，借助男士们的力气和白兰地的催化作用，大伙儿花了两天时间才把货船拉上岸。早在一七七八年，尊敬的区域长官纳根西姆斯就已颁布法令，船长遇到这种重要的活儿，可以比其他船员多享用几口白兰地。不过安德士却待船员们如兄弟般，把这份特权分享给大家。

虽然没有春潮助他们一臂之力，但不论如何，大家一边连哄带骗地祈祷祝福，一边拿起实用的器具如垫头木、索具、绳子和起锚机，一点一点地靠手把货船拽到了岸上。

欧林负责照料男士们的饮食，确保他们不会因为吃过多的海上专用饼干或是卑尔根椒盐卷饼而变得虚弱，现在这天吃卷饼太干了。她煮了好几锅腌肉，还用洗衣房的炉子生火烤面包，同时还为他们准备好热水洗澡。

腌肉会让男人口渴，这点她知道，但她并不担忧这个问题。她向来对果汁饮料和咖啡非常慷慨。

大伙儿一个个骑着马、走着路或是划着船回来了。给卑尔根送货或是知道今天在雷斯尼斯帮一天忙会有好吃的人，都来了。

参加宴会或许会受益良多，但如果不说明白理由就置身事外，迟早会受到惩罚。这是做人的道理，也是从古至今浅显易懂的规矩。

不过也不全是工作，今天这一顿本身也是为了庆祝。任务完成后，安德利亚斯码头上的人们开始跳起舞来。

跳完舞还有饕餮的美食可以享用！欢乐的气氛令人感到愉悦。

雷斯尼斯的女仆有些特别，和其他女仆比起来，雷斯尼斯对女仆看管得更细致。人们这么评论，她们像阳光下的黄油，浑身柔软，令人喜悦。

安德士来回走动着确保一切万无一失。迪娜则躺在新制的寡妇床上。

当大伙儿发现，今晚她应该不会在场时，庄园里的气氛显得有些诡异。没有迪娜，就没有人来弹钢琴，也没有人对牵引垫头木和索具发号施令，更没有人会在东西摔破时把眉毛皱得像个老鞋匠。

这些故事要搁在其他地区那肯定是奇特极了。一个女人，个子高高的，站立时喜欢把手搭在臀上，对家里的工作指手画脚。哪个庄园都不会发生这样的事情。

迪娜的病情令凯伦嬷嬷心急如焚。她每天迈着僵硬的步子穿过庭院，去迪娜房里陪她几小时，说说话，或是给她读读书。

迪娜的眼睛一眨一眨的，表示接受凯伦嬷嬷的做法。但对于不能碰酒这件事，她忍不住要对凯伦嬷嬷和斯缇娜抱怨几句，这可让她难受极了。

斯缇娜心想，既然迪娜都想到喝酒了，那这应该是个好兆头。但凯伦嬷嬷却说，病得这么重还对这种事发牢骚，这是亵渎神明的行为。

欧林负责给迪娜准备鹅肝、奶油和新鲜的蓝莓，为的是不让热度重新升上来，同时给她的血管补充血量。

凯伦嬷嬷本想找个医生到家里来，但迪娜对这个提议却抱以大笑。她自认已经度过了最艰难的时期，现在唯一需要的就是时间。

斯缇娜每天帮她梳两次头发，和她为凯伦嬷嬷做的一样。比起嘴上说的，她对迪娜的病情实际上了解得很深，但这些话如果说出来，仿佛会受到惩罚。这个房间的墙壁以及所有物品可都长了双耳朵。

斯缇娜心里清楚，她在雷斯尼斯的地位是谁给她的。她从浓密的黑色眼睫毛底下快速地望了望迪娜，目光如湖泊般闪着金光。她的眼神里透着柔软，仿佛九月山中沼泽里成熟的云莓。

当迪娜让她把以前跟雅各布进城时存放的几块肥皂带来时，斯缇娜把纸箱子抱了过去，然后把盖子移开。肥皂的芳香像花开遍野的田地迸发在屋子里，洒满整个房间。

斯缇娜把枕头抚平，然后拿来老水晶罐子装的蓝莓果汁。

她吩咐欧林用上了光的覆盆子装点在托盘上，还告诉汉娜怎么在牧场上找到野草莓。随后，她把这些草莓用麦秆穿在一起，放在镀金边的盘子上，递给迪娜享用，身上还盖了一条白色的亚麻餐巾和一杯马德拉酒。

迪娜曾经在集市上看到一名女孩儿，因为她歌喉出众，便把她带回了雷斯尼斯。女孩儿在农舍里待过一段时间，给迪娜帮忙。

现在她被安排在欧林的手下做事。斯缇娜本能地清楚一件事，农舍里若有一位身强体壮的女性走动，对迪娜来说会有些承受不住。女孩浓厚的女性气质，她身上散发的香氛和她的一举一动都让整个房间为之屏住呼吸。这恰恰是迪娜现在不需要的东西。斯缇娜将这位女孩儿的气味从房间里彻底清除。

这样一来，卧房里只有雅各布的肥皂味儿和斯缇娜带来的安抚花香。斯缇娜身上混合了石楠、晾干的床单、绿色肥皂以及各种各样干草本植物的味道，只有当其他味道散去时，才会被注意到。

过了几天，迪娜派人找安德士来。安德士穿着长袜走进她的卧房，完全像一个陌生人，他仿佛从未见过别样的迪娜，只认识现在躺在挂有德国蕾丝帷幔和配套床罩的大床上的她；也仿佛从未帮她清除身上一丁点儿的血渍，更未在航行过福尔德海遇上暴风雨时，拼命帮她清理身上的污垢。

他没有戴帽子，双手放在背后，不知为何显得惴惴不安。

"你身体开始恢复了吧？"他问。

"嗯，好点了。"她一边说，一边打手势让他坐到床边。"坐下来，安德士。我有些公事要和你商量。"

他的肩膀释然地沉了下来，急忙拉来一张椅子坐下，和床保持着合适的距离。然后叹了口气，对她露出开朗的笑容。

"自出发去卑尔根前那段时间起，我就一直没能去核对商店里的账目。"她说。

他表示理解地点了点头。

"你能否帮我过一下账目？我没法做这么多事，你明白的。"

他再次点了点头，模样和凯伦嬷嬷晴雨匣里的可怜虫像极了，每次碰上坏天气，这个家伙就会跳出来，把腰弯得很低。

"我很快就能下床走路，可以自己对账了。但现在我们要为冬天准备下订单了，还需要给欠账的客户发通知，不然就没法继续供货给他们。这种情况不多。但是你知道的……"

她把身子靠回到枕头上，用疑惑的表情径直看向他。

"佃农不用付，或者可以让他们在圣诞节忙季时通过白天干活来付……"

她的嘴唇在发抖，眼神里透着犹豫。过了一会儿，她伸出手来。

他并没有回应，似乎不太确定她的意图。随后把椅子往床边挪了挪，然后握着她的手。

"安德士?"她突然低声说道。

"我在。"他也用低声细语回应道。

"我需要你，安德士!"

他咽了下口水，眼神飘向远方。他仿佛是一个长着呆滞下巴和外凸下颌的小男孩，蓝色的眼睛看来十分严肃。小男孩头一回受到允许，可以走向神坛，一窥所有点燃的大蜡烛。

"我在这儿。"他一边说，一边用力捏着她的手。

"你一定要请警长过来。我想为自己写份遗嘱。"

"迪娜，你在想什么? 你不会是觉得你要……你会好起来的。"

"对这儿的人来说，死亡从来不会根据年龄或是这个人的价值选择它降临的时辰。"她说。

"你这话说得太可怕了!"

"别担心。我只是想把我对属于我的东西的愿望写下来。"

"好，好……"

"我希望你做凯伦嬷嬷号的主人，安德士。那艘货船是你的! 它活的时间一定会比你和我都要长。"

他深吸了几口气。

"你真要这么做吗?"他思前想后，还是把这句话说了出来。

"当然了，我说到就会做到。"

光线打在陶瓷洗手台上，在边缘画着的玫瑰花上制造出一片氤氲。

朦胧的光线钻进安德士金色的鬈发里，太阳穴周围的银发露了出来。

他已经不再是凯伦嬷嬷晴雨匣里的小男孩了，而是她书签上拿着火把的小天使。

"你听说了吗？"停顿了很久后，迪娜开口问道。

"听说？听说什么？"

"没有人觉得古怪吗？"她的声音非常生硬，"没人好奇我到底出什么状况了吗？"

她抿了抿下嘴唇。

"没有。一个人都没有！我和他们解释过你的情况，我说了你是怎么生病的，病了多久。"

"那如果说，即便你解释了，还听到有人……"她低声说道，语气有种强迫他看着她的意思。

"那我可以赌咒发誓。"他坚定地说。

突然，不知哪儿冒出来的一股力量，她整个人坐了起来，身子往前倾，双手用力抓着他的头，往自己身体的方向拉扯，像老虎钳一样有力。然后她直直地凝视着他的眼睛。

这一刻，他们之间似有什么东西在疯狂地颤抖，像是第二次签署公约，两个人对彼此的行事风格已经十分了解。

公约签完了。

他在门口套上靴子，走入暮色中。

他的下嘴唇今天有些柔软，或许是剃了胡子的缘故。每次出远门后回家，他都会这么做。晒伤较轻的脸部皮肤起了微微的红晕。

当他路过庭院时，肩膀比平时挺得更直了。

第十二章

殷勤人的手必掌权，

懒惰的人必服苦。

——《圣经·箴言》第12章，第24节

到了十月底，桦树上一片细叶也不留。大雪先从海面吹拂而来，随后在陆地上铺天盖地，撒下厚厚的一层。洗衣房门前的大水桶里结了一层冰霜。火炉从大清早一直烧到上床休息。打猎的季节要告一段落了，越橘也被冰冻了起来。

但迪娜终于能下地走路了。

凯伦嬷嬷收到了约翰的一封信。信的内容令人遗憾，原来他在海格兰德过得并不开心。牧师的住宅修缮不佳，首先是房屋漏水，其次是缺少最基本的生活必需品。即使出金子，也不可能雇得到女仆。无论是经济还是其他方面，教堂的集会都帮不上什么忙。如果凯伦嬷嬷能或多或少省一点钱，补贴他每年从遗产中拿到的生活补助，那么他就能买一件十字塔和几条床单。

凯伦嬷嬷走到迪娜跟前，大声把信的内容读了出来，神情十分忧伤。她握紧自己的手，靠在白色火炉边上坐着，头上包着头巾。

"你的发髻松了，凯伦嬷嬷。"迪娜平静地说着话，也慢慢坐了下来。

凯伦嬷嬷显得有些怅然若失，迷茫地盘着发髻。

房间的门开着，砖炉里的火焰在屋内不停跳动着，像是在寻找可以被它燃烧的消耗品。

"他在那个教区不太走运。"凯伦嬷嬷哀伤地说着，朝迪娜投去哀求的表情。

"看来确实如此，"迪娜表示同意，"那现在他开始觊觎凯伦嬷嬷这点可怜的养老金了？"她一边说，一边从侧面朝老妇人瞥了一眼。

"我也没剩多少养老金可以给他的了，"她的语气中透着失落，"他过去读书的时候，用了大部分的养老金。哥本哈根的生活开支很高，实在高得离谱……"

她的身体前后摇晃，嘴里叹了口气。

"要负担知识很容易，只不过这位朋友的价格昂贵了些。"她补充道。

"或许约翰想多要些遗产。"迪娜好脾气地说。

"嗯，那样可能是最好的解决办法。"凯伦嬷嬷如释重负地说道。迪娜这么快就把问题给摆平了，如此一来她也无需为约翰求人了。

"我会和警长说，让他计算好数额，然后找几个可靠的见证人。"

"我们一定要这么精确吗？"

"没错。涉及遗产，再精确也不过分，凯伦嬷嬷。雷斯尼斯的子嗣可不止一个。"

凯伦嬷嬷扫了她一眼，颤颤巍巍地说：

"我以为可以作为一份小礼物送给他……不需要从他继承的遗产中扣除。"

迪娜的眼神仿佛看穿了她的身体，把她逼进角落。

"你是想让本杰明将自己继承的遗产分一部分给这位已经成年，并且当了牧师的同父异母的哥哥吗？"她说得很轻，但是吐字非常清晰。

凯伦嬷嬷弯下了头。白色的发髻温顺地直指天空。灰白的鬓发在耳旁微微颤抖。

她用手指触摸着一直戴在颈部的十字架。

"不，不。我不是那个意思。"她边说边叹气。

"我知道。我们可能是误解了彼此的意思，"迪娜轻描淡写地说道，"我会让警长安排好见证人，让他们签字。这样约翰就可以提早拿到属于他剩余部分的遗产。"

"那样子的话，要切分土地和遗产对他来说可能有点困难吧。"老妇人哀伤地说。

"要过超越自己经济能力的生活，从来就不会简单。至少以后不会简单。"迪娜粗率地说。

"但是，亲爱的迪娜，约翰肯定从来没有……"

"噢，他啊，他肯定有！"迪娜打断道，"他过去读书的时候，有固定的生活补助拿。除此之外，你还把所有的养老金都寄给他！"

房间里沉默了一会儿。老妇人的坐姿像是被人击了一番。她冲着迪娜举起自己的手掌，做出保护自己的姿势。然后，她的手又重新落回大腿上。她双手紧紧交叉的时候，手抖得厉害。

"亲爱的，亲爱的迪娜。"她嘶哑地说。

"亲爱的，亲爱的凯伦嬷嬷！"迪娜回答道，"约翰有生之年必须做点活儿。我说这话是认真的。虽然我也非常喜欢他。"

"但是他现在为教区工作……"

"当他在这里享受精神生活，满足肉体饱腹感时，我担负起了雷斯尼斯所有的责任！他一根手指头都没有抬过！"

"你现在真的特别辛苦，迪娜。我几乎认不出你了。"

"辛苦，和什么时候比？"

"那时候你刚新婚不久，整个上午都赖在床上，一丁点儿工作都不做的时候。"

"这都去世了好几个人了!"

突然间,凯伦嬷嬷从高背扶手椅上站起来,颤颤巍巍地朝迪娜的椅子走了几步。她俯身抚摸着这位高个子女人的头发。

"你有太多顾虑了,迪娜。太多责任。我知道你说的都是真的。我比任何人都懂。但是我也知道……你应该会再嫁的吧。像你这样一个人生活不容易。你还年轻……"

迪娜的笑声很刺耳,不过她并没有把凯伦嬷嬷推开。

"难道你有合适的人选了?"她说话的时候眼睛看向别处。

"原来那个俄罗斯来的游客倒是挺合适的。"

迪娜脸涨得通红。

"你怎么说到这个了?"

"因为我注意到你会跑到旗杆的小圆丘那儿,望着大海,像是在等候一个人。而且我还发现那个俄国人一来,你的眼睛就像去年圣诞节点了蜡烛的圣诞树一般闪亮。去年春天,他走的时候,恕我直言,你的脾气有点坏。"

迪娜的身体开始颤抖。

"是的,是的……是的,是的,"凯伦嬷嬷一边喃喃自语,一边抚摸着她的头发,"爱情总是令人疯狂。这句话是永恒的真理。爱情来了就停不下来,无论暴风骤雨还是日常生活,爱情都不会停下它的脚步。而且还会令人痛苦。有时候……"

这些话她像是在对自己说,又或是在对着壁炉说。当她将身体的重量从一只脚转移到另一只脚上时,双眼迷迷糊糊地在房间里打转。

终于,她跌坐在座椅的扶手上。

迪娜突然将自己的双臂甩在凯伦嬷嬷身后,然后将她虚弱的身体拖到自己的腿上,前后来回地摇晃着她。

老妇人像个小女孩儿一般坐在这双丰腴的大腿上。

她们摇晃着彼此。两人的影子在墙壁上舞蹈，壁炉里的火苗渐渐变得微弱。

凯伦嬷嬷觉得自己犹如一位年轻女子，正坐在一艘划桨的小船上，载着她前往一艘远航的巨轮。她即将和挚爱的丈夫登上前往德国的处女航。她戴着遮阳帽，穿着旅行套装，当轮船驶出特隆海姆峡湾时，她重新呼吸起充满大海和薄雾味道的空气。

"他的嘴唇相当敏感，我是说我丈夫。"她的言语像是在梦呓，任由迪娜摇晃着她。

然后她闭上眼睛，让双脚微微地荡起来。

"他长着一头金色鬈发。"她继续说着，朝着她眼睑中的血管笑了笑。血管的颜色赋予这场梦泛着红色的心跳感。

"我第一回和他乘船去汉堡的时候，正好有两个月身孕。但这件事我任谁都只字未提。我担心说了就不能随行了。看我的症状，大家都猜测是晕船病。"她说话时脑海中翻腾着记忆里的欢声笑语。

迪娜靠着凯伦嬷嬷的脖子，把她往自己大腿上拉了拉，让她靠得更舒服些，然后用有力的双臂有节奏地摇晃着她。

"继续说下去，凯伦嬷嬷！说给我听！"她说。

阵阵大风将农舍推来搡去。冬天已经来了。扶手椅上的两个人影渐渐融为一体。雅各布耐心地坐在那儿，本本分分地不惹麻烦。

与此同时，爱情的气息却沿着俄罗斯的马路，蜿蜒地穿梭在俄罗斯的森林和大城市中，漫无目的、无休无止地搜寻。

"但是我不能向他求婚啊，凯伦嬷嬷！"老妇人的故事正讲到一半的时候，她突然绝望地插了一句。老妇人告诉她，他们是如何抵达的汉堡，当雅各布的父亲得知她怀孕时，便把她像饲料袋一样抛入空中，然后仿佛对待一只精致的玻璃杯一般将她接入怀中。

凯伦嬷嬷已经迷失在自己的思绪中，对着迪娜眨巴了好几次眼睛。

"求婚？"

"是的，我是说如果利奥回来的话。"

"雅各布的遗孀想同谁共度一生，要求婚是理所当然的。这点没任何问题。她要求婚完全可以！"

老妇人脱口而出的这句话让雅各布听得不太自在，于是便消失进了墙壁里。

"那如果他拒绝我呢？"

"他不会拒绝的！"

"可万一呢？"

"那他一定有很充分的理由，我可能有所不知。"她说。

迪娜把头朝老妇人垂了下来。

"你觉得我能得到他吗？"

"能啊。你不能连手指也不抬一下就眼睁睁让爱情从你的生命中消失吧？"

"但是我已经找过他了。"

"哪儿？我以为你一直在等待他的某种信号。所以才会表现得像一只关在笼子里的动物一样。"

"我找过他，卑尔根和特隆海姆都找过……"迪娜卑微地说。

"如果你当时见到他，那就是喜鹊落到头上的运气了。"

"是啊……"

"你知道他或许在哪儿吗？"

"或许在瓦尔多要塞，也可能在更远的东部……"

"他在那里做什么？"

"我不知道。"

屋子里安静了一会儿。然后凯伦嬷嬷用坚定的语气说：

"我相信这个俄国人一定还会回来的！伴着他强有力的歌喉和扭曲

的脸一起回来。我很想知道他脸上的那道疤是怎么来的。"

约翰收到了一大笔钱，比遗产继承早了一步。这笔钱当着见证人的面记录得一丝不苟。

凯伦嬷嬷写了几封绝密的信，派人定位利奥·久科夫斯基的所在地。但却遍寻不着他的踪迹。

她代表迪娜和雷斯尼斯干起了侦探，这份差事让她觉得自己身心健康，又成为一个有用之人。她还承担起了教本杰明和汉娜阅读写作的工作，算术则让迪娜去负责。

冬天的雪花继续在天空舞蹈，家里点起了蜡烛，一边忙着准备圣诞节，另一边忙着准备去罗福滕群岛的航行。

有天迪娜到马厩去找托马斯。

"今年你可以和安德士一起乘船去罗福滕。"她的宣布让人出乎意料。

窗户上罩着一层雾凇，马厩的门内侧蒙上了一圈冰霜。狂风呼啸着鞭打在房子的角落里。

托马斯哪里都不想去。他的眼神径直凝视着迪娜，一蓝一棕的眼睛，继续给马喂草吃。

"托马斯！"她温和地说着，仿佛被凯伦嬷嬷附身了。"你不能就在雷斯尼斯的这个地方自暴自弃！"

"你觉得我是在自暴自弃吗？"

"你哪里都不去。什么都不去看看……"

"我本来去年夏天就应该去卑尔根的。可惜。"

"所以你现在就不想去罗福滕了吗？"

"我不是渔夫，不适合去罗福滕。"

"谁说的？"

"我说的！"

"就为了没能去卑尔根，你为这事要生气多久？"

"我没有生气。我只是不想让你觉得把我留在这里很麻烦，所以就把我送走！"他的声音几乎快听不见了。

她皱着眉头离开了马厩。

安德士出发去罗福滕的那天，迪娜有些坐立不安。她焦虑地在农舍四周踱步，身边没有人能陪她喝瓶酒，或者抽根雪茄。

她渐渐习惯在黎明破晓时分开始工作。或者坐在灯下读耶特路德的书。她断断续续地读着，像秋天里牧羊人把羊群赶下山，或是让羊群沿着陡坡往上爬一样，都是完成使命。

耶特路德很少来。但每次一来，都会伴随着可怕的尖叫声，像一阵飓风将整间卧室撕扯开。窗帘直直地撒向窗外，玻璃杯子都在瑟瑟发抖。然后迪娜会穿上衣服，一路走到安德利亚斯码头，和耶特路德两人互相慰藉。

她把那颗闪着光的小珍珠母贝带在身上，当灯光将耶特路德从东边两侧天花板上挂着鲱鱼渔网的角落里吸引而来时，她便让它从指缝中慢慢滑落，像一股哀愁静止不动。海浪冲刷着身下的地板，汹涌澎湃的波涛发出有节奏的冲击声。

她会时不时坐在门紧闭着的阳台上喝酒。直到月盈后才摇摇欲坠地慢慢倒下。

***

当太阳苏醒时，约翰也回来了。他说，比起待在冻死人的地方，对着一群没有教育背景也没有虔诚信仰的陌生人，还是喜欢在雷斯尼斯教孩子们读书。但看见迪娜的时候，他的嘴唇开始颤抖。

凯伦嬷嬷知道他如此仓促地离开了主的召唤，心情有些失落吃惊。

约翰说，他这次的离开有合法的理由，那便是他病了。他已经连续咳嗽了好几个月，没法住在四处漏风的牧师住宅里。房子里只有一个火炉是好用的，而那火炉原本放在厨房。难道一定要他和女佣一起坐在厨房里，准备他的布道，作为国家神职人员履行他神圣的责任吗？

凯伦嬷嬷了解了他的状况后，给主教写了一份信，交代了这件事，然后由约翰签了字。

本杰明刻意让自己逃出大人的视野。他的脸上一直浮现着令人生畏的表情。他这般郁郁寡欢、似乎什么都懂的态度让约翰十分恼火。但这个孩子很聪明，只要他想好好表现，还是相当得体的一个学生。只有在碰到斯缇娜、欧林和汉娜这三个人时，他才会一展笑颜。这三代人对他而言意义各有不同，但组合在一起，却能拼成完整的生命。

有天，斯缇娜发现趁着汉娜闭上眼睛，安静地躺在两个孩子合睡的床上时，本杰明正如痴如醉地摸索着汉娜的下身。

斯缇娜立刻决定，以后让本杰明独自睡一间房。他痛哭流涕，比起大人们强加于他的羞耻心，他更难接受的是和汉娜的分离。

这件事斯缇娜没有做任何解释，但她对此十分坚定，必须让本杰明一个人睡觉。

迪娜并没有听见这场骚动，便由斯缇娜说了算。

那天夜里，迪娜从办公室走出来，她看见了月光下的男孩。他赤着身体站在二楼的窗边。

窗户打开着，窗帘像横幅一般裹着他的身体。她走上楼，站在他身后喊着他的名字。他不想上床睡觉，也不想有人来安慰他，更不想任何人跟他说话。和往常一样，他也不会愤怒地咆哮。

他把自己最好的一双鞋子的鞋底扯开，然后把用钩针编织的床罩上的玫瑰花和星星都剪开。

"你为什么这么生气，本杰明？"

"我想和汉娜一起睡。就像以前那样。"

"但是你对着汉娜动手动脚。"

"动什么手脚？"

"你脱了她的衣服。"

"她上床休息的时候我必须得给她脱衣服。我一直都这样做的。她太小了！"

"但是现在她已经不小了。"

"不！"

"本杰明，你现在和汉娜一起睡觉的话，年纪太大了。男人是不和女人一起睡觉的。"

"约翰和你不是一起睡的吗！"

迪娜往后退了一步。

"你在说什么？"她嘶哑地说着。

"他睡在你的床上。他也不喜欢一个人待着。"

"胡说八道！"她一边严厉地说着，一边抓住他后脖子上最敏感的发丝，直到他从窗台慢慢爬下来才放手。

"不！我自己亲眼看见的！"

"嘘！给我现在上床休息去，否则我就动拳头了！"

听见她的嗓音，他有些震颤，直愣愣地注视着她，以闪电般的速度往头顶上举起双手，像是在迎接重拳的袭击。

她放开他的头发，匆匆忙忙地走出了房间。

整个夜晚他都一动不动地站在窗边，注视着农舍。

最后，她走回他身边。把他打着哆嗦的身体从窗台拽下来，抱到床上去休息。然后她把身上的裙子撩起来，平静地在他身边躺下。

床很宽，足够躺两个人。但对于习惯和暖乎乎的汉娜睡觉的人来说，这会儿旁边躺着的人无疑有些大得可怕。

这是那些年来迪娜第一次看着本杰明熟睡。她抚摸过他微湿的额头，然后悄悄地下了楼，穿过庭院，走回自己的房间里。

那天夜里耶特路德来找她，所以她整夜都坐立不安地在地板上踱着步子，直到清晨时分，看见窗外有一艘灰色的帆船靠近才停下脚步。

第十三章

列国的人民哪，任凭你们喧嚷，终必破坏。远方的众人哪，当侧耳而听。任凭你们束起腰来，终必破坏。你们束起腰来，终必破坏。

——《圣经·以赛亚书》第8章第9节

克里米亚战争创造了良好的经济契机，促进了航运、贸易和渔业的发展，但是却中断了和俄罗斯的日常贸易往来。去年夏天白海就已经被封锁起来了。今年看情势应该也会进行封锁，这样俄罗斯的小艇就没法离开了。

刚过去的秋天里，特罗姆瑟的小艇要绕一个大圈子，去阿尔仙格运粮食。

安德士和迪娜从卑尔根回家后，本打算坐船去东部。但因为要负责给罗福滕渔夫配装备，只好改主意，要不然他只会做他眼中"适合"自己的活儿了。

整个春季，迪娜都在不停翻阅报纸，她想看看这次战争需不需要再派小艇去俄罗斯。她尝试过联系特罗姆瑟的船长，询问有谁想采购一些日用品，但他们的样子像是已经吃惯了苦头，并不觉得现在的日子有多难熬。

尽管这次教区的几块农田迎来了谷物庄稼大丰收，收获了二十到二十五倍的产量，却仍旧帮不上大忙。

雷斯尼斯不种谷物，只有一小块农田，这是凯伦嬷嬷坚持的做法。托马斯发现经营这生意所带来的麻烦比赚的钱还多。每年他会独自待在自己的房间里，狠狠地将凯伦嬷嬷的庄稼地炮轰一番。

但今年的好收成触动了凯伦嬷嬷，她努力使其他人相信，增加粮田的面积是有好处的。尤其是在亲眼目睹可怕的封锁后。

今天她神采飞扬地对着迪娜和托马斯大声朗读了一篇报纸上的文章。莫兹菲尔德首长写道，战争让所有人意识到了自己的天赋，并且强调唯独沿海农田才有收成的不足。对于他们能不依靠俄罗斯谷物而英勇活下来的伟大成就，他表示质疑。如果真是这样，那我们的人民一定对面包这东西十分吝啬，首长写道。他们能做的就是在自己的土地上收获谷物，用辛勤的汗水换取食物。

"这就是我一直所说的。我们应该有一片面积更大的粮田。"凯伦嬷嬷评价道。

"雷斯尼斯不适合种谷物。"托马斯谦卑地说。

"但我们要自给自足，能做多少就做多少。那可是首长说的。"

欧林已经走到了门边，她睨了一眼报纸，冷淡地提了一嘴：

"那个莫兹菲尔德说要用汗水换取食物，他洒下的汗水可没有我们雷斯尼斯的人多。这点我可以肯定！"

"我们这儿没有人对种庄稼在行，"迪娜说，"但如果凯伦嬷嬷认为，我们确实应该扩大粮田的面积，我想我们可以找农业协会要点好的建议。然后努力按照我们希望的那样去做。但种更多的庄稼意味着这栋宅子里的佃农必须承担更多的工作。你觉得这样公平吗，凯伦嬷嬷？"

"我们当然要请人啊？"凯伦嬷嬷回答道。她显然没有考虑太多实际操作的细节。

"我们必须得计算一下这是否有利可得。我们不可能在同一时间，给这么多牲畜养干草，还要种庄稼。大家都清楚，北部这儿不是每年庄稼都有好收成。但这不妨事，造一片更大的农田当然可以。比如南边的土地，可以去那儿犁更多的地出来，即使面向海风也没事。"

"要让靠近桦树林的那块地产下一颗籽儿，可要干好多的活儿。"托马斯说。

"雷斯尼斯是一个贸易中心。根据统计数据，这儿才是赚取利润的地方，"迪娜说，"我知道凯伦嬷嬷是好心，但她并不是一个种庄稼的农民，她只是见过首长，非常喜欢他罢了。"

"他根本不会明白，我们不可能指望老天爷让第一层霜冻的时间来晚一些！"欧林说道。

凯伦嬷嬷觉得自己无话可说，但她并没有为此生气。

当安德士坐着大艇，带着船员和货船里装着的海味从罗福滕回来时，迪娜已经做好了去特罗姆瑟的决定。

她声称，看形势这场仗还要打一段时间，所以她不得不安排一次去阿尔仙格的旅行，购置一些面粉。

去年的时候，特罗姆瑟的商人对俄罗斯面粉开的采购价贵得离谱，今年应该不会和去年一样。今年她要把野熊从冬眠的状态中引诱出来，然后在剥皮时分一杯羹。

她可不想再过一次黑麦卖四到六先令，大麦卖三到六先令的冬天了。安德士同意她的观点。

为此他们浏览了一遍卑尔根的业务，并计算了一下罗福滕捕鱼的利润额。接着，他们粗略地估算了一下采购阿尔仙格面粉的数量。毕竟他们有足够大的储存空间。

迪娜预计购买的面粉数量要比给船员供应的量和放在商店出售的合计总量多。她希望这些面粉能给来年春天留有余地。毕竟面粉很可能会成为稀缺品，不仅是斯特朗德斯泰德，整个海峡沿岸都有可能。

安德士说，如果迪娜在特罗姆瑟商人亟需现金购买生活必需品时，恰巧用现金来买面粉的话，那砍价就会更容易一些。

好几个商人都从阿尔仙格进了谷物，交易都很顺利。所以最好的办法就是找这些生意上的老朋友联系一下卖家，这完全就是动动嘴皮子的活儿。

他深信迪娜在这方面的能力比他优秀。她唯一需要的是注意控制自己的毒舌。对于她的一套套辞令，特罗姆瑟的商人要比卑尔根的商人理解力强多了。这点她必须记牢。

剩下的任务似乎就只有买单了。她没有提她打算北上瓦尔多要塞的事。只有凯伦嬷嬷知道这件事。虽然不知道怎么才能从汉姆菲斯特到达瓦尔多要塞，但航道上总归会有船往东航行。

＊＊＊

迪娜把卑尔根货船的利润分给安德士一部分，同时还允许他在纳姆索斯做浮木的私人生意。这两件事引起了大伙儿的猜测，也招来了许多人的妒忌。

他们之间会不会有什么大伙儿不知道的秘事？而且还是见不得人的事？

类似这样的谣言愈演愈烈。这阵风言风语在安德士被纳姆索斯的木材商人骗了钱，并最终由迪娜善尾后，变得更加凶猛。这年春天，他给对方打了木材的款，心满意足地坐船回家，没料想这位木材商人濒临破产，木材早改了姓。新老板要求他重新支付费用。偏偏安德士在结款的时候，身旁没有带任何见证人。这事闹到最后，除了再付一次钱也没别的法子可想。

这则故事像春天里一坨热气腾腾的牛粪，四周始终旋着嗡嗡的苍蝇。人们尽情发挥想象力，把故事越描越黑。

他们俩之间一定有某种特殊的关系，迪娜·格洛奈夫在生意的事情上向来铁腕，这次居然分担了这位船长的经济损失，这其中必有蹊跷。似乎这些事情还不够招人口舌，她又起草了一份遗嘱，里面写着死后将把她最精致的那艘货船赠予他。

令人发指的谣言终于传到了凯伦嬷嬷的耳朵里。这位老妇人急匆匆找到迪娜，攥紧她的手，询问这些谣言是否属实。

"如果这些都是真的呢？有什么关系吗？谁有本事来改变这一切？"

凯伦嬷嬷对这番回答并不满意。

"你是在考虑和安德士结婚吗？"

迪娜愤怒地昂起了头。

"你想让我同时嫁给两个男人？你之前不还祝福我去找利奥吗？"

"你必须要明白，这些流言蜚语对你不利。所以我才来问你。"

"既然那些人没其他要紧事情做，那总得给他们聊天的权利。"

有关安德士将成为雷斯尼斯男主人的说法，在地方上不胫而走。

迪娜在尼尔斯上吊的横梁下来回踱步，终于把他逼了出来。

他的模样很谦卑，像有满肚子的话要解释。但她并没有接受他的说辞，只是把他挂回绳子上，轻轻用手肘推了推他，导致他像一个没有钟面的钟摆在那儿干摇晃。

她提醒他，即使他已经不住在雷斯尼斯，他的处境仍不算安全。因为她把他的名誉牢牢抓在了手掌心里。在她上床休息前，她清楚地给他撂了话，如果他不阻止这些谣言，那她就会把他的话变成事实，她不只会嫁给安德士，还会当着所有人的面，举行盛大的婚礼庆典。

尼尔斯听罢立马跛着脚消失得远远的。

不论安德士是否听见了这些传闻，他只管继续做自己的工作，整个人显得相当冷静，丝毫不受打扰。

他给迪娜推荐了采购面粉时需要接近的几个人，还给迪娜报了一串不论处于何种情况都不应与之做生意的人名。他俯下身和她一起捋了捋货物和数字，下意识地搓了搓她的手。

他们商量了一下商店目前的盈利能力，以及对俄罗斯面粉的最高承受价格，并约定好绝不能过分抬价去牟取利益。

他一边说话，一边将手快速掠过浓密的棕色头发，时不时冲对方兴奋地点点头，强调自己的观点。他的双目清澈敞亮，一副刚领受完圣餐的样子，所有罪行似乎都已得到宽恕。

讨论完工作，迪娜端来两小杯朗姆酒，她直率地问他是否有听到宅子里流传的谣言。

他咧开嘴笑了起来。

"我在斯特朗德斯泰德和佃农的农场上听说，大伙都拼命地要为雷斯尼斯的单身汉娶亲啊。不过这种话没什么新意。"

"那你是怎么回复的呢？"

"我觉着我没必要做任何回答。"

她吃惊地看着他，然后一言不发地合上账簿。

"你觉得这些谣言好笑吗？"过了一会儿她重新问起。

"不，"他开口道，"但听上去也不算什么丧气事。"

他边说边对她做着一个戏弄的表情。她放弃继续提问，于是两人放声大笑起来。房间里传来朗姆酒杯发出的叮当响声和两个人的笑声。不过这场对话却在彼此心里留下了无法抹去的痕迹。

"'古斯塔夫王子号'长得像个女人。"本杰明粗野地发表着自己的看法，他把自己的手指钩在吊杆上，同之前看见安德士时做的动作一样。

"那只是艏饰像，不是真正的古斯塔夫王子。"汉娜一边解释，一边伸展着脖子，她好奇得像一只白貂，不管发生什么都要瞧一瞧。

她本想拖住本杰明，但无奈还是让他挣脱了自己，飞速冲向迪娜。迪娜换上了旅行装，正站在码头上。

"'古斯塔夫王子号'是一个女人！你要和一个女人出门旅行吗？"他气急败坏地对着她大吼，踢出的石子儿差点飞到斯缇娜的头上。

迪娜沉默不语。

尽管有许多人前来同她道别，他还是不依不饶。

"你下次回家还会和这次一样搞得像乌鸦那么惨吗？"他对着她大声叫嚷。

"给我安静。"她把话说得很轻，虽然看着很友善，但其实很危险。

"这次你回家后，在床上躺了好几个礼拜。"

他开始嚎啕大哭。

"下次不会发生这种事了。"

"你怎么知道？"

"因为！"

他投向她的怀抱，大声地哭泣着。

"你这孩子可真吵！"她紧抓着他的后脖，坚定地说着。

"你为什么要去那儿？"他愤怒地叫喊着，"凯伦嬷嬷说，那儿一年四季都是冬天。除了海鸥的粪便和吵闹声什么也没有。"他盛气凌人地补充道。

"因为我必须要走，我想去。"

"我不想你去！"

"我知道。"

他用力撕扯着她，一边哭一边挣扎，直到她登上桨船才放手。托马斯把船桨放在桨架上，然后慢慢把船推出岸。

480

"那小家伙从来都不怯于表达自己的情感。"她对托马斯说。

"他只是希望自己的母亲能待在家。"托马斯一边说，一边看向远处。

"我想应该是这样吧。"

迪娜用手按住自己的帽子，桨船正逆风而行，靠近蒸汽船时，一股强有力的长段气流朝她飘来。

"你会照看好这里的一切吧？"她的语调几近温柔，仿佛在同一位远方的熟人聊天，迫不得已才请他来帮忙。

"我希望能搞定。但安德士去了卑尔根，现在你也走了，总归有点难。割草季节有许多人要监督，而且……"

"你过去干得很棒。"她坚定地说。

"是。"

"我就指望你了。好好照顾马，"她突然加了一句，"时不时骑一骑它。"

"除了你，它不让任何人骑。"

她没有回答。

"坐在床边的那位不是凯伦嬷嬷吗？"她一边问，一边朝主屋挥了挥手。

这艘宽敞的巨轮是根据王储奥斯卡王子最小的儿子取的名，叫做古斯塔夫王子号，轮船上吸烟吐痰都不是禁忌。这也是把那位圆脸艏饰像做成鞠躬形态的原因。人像的模样并没有太自命不凡，五官轮廓倒是清晰可见。王子的姓名被刷在桨轮上。字母排列得相当整洁，上面还画着一顶皇冠。

桨轮开始剧烈搅动起来。岸上的人们把帽子和手绢扔向空中，仿佛在打着某种信号。岸两边传来一片嗡嗡声。迪娜举起戴着白手套的手。

虽然空气里几乎感受不到一丝风，但花园里的大稠李树却在前后摇摆着。

本杰明站在那儿怒号着。他一边咆哮一边晃动着树干。他不停地捶打树干，拳打脚踢，肆意破坏。然后他用手扯下小树枝，脚下狠狠踩踏着大树枝，为的就是让她看看他都做了什么，非要她觉得伤心痛苦才罢休。

迪娜微微笑着。清风拂过泛着涟漪的海面。蒸汽船踏上了开往北方的旅程。凯伦嬷嬷曾为她祈福过。会有用吗？

就在船开到哈温维肯时，她和船长打了招呼。本以为会碰见那个体型彪悍、鬓角花白，人称罗斯的船长大人。

没料想，与她碰面的是一个身材修长，容貌举止颇像粗工的男子。他的鼻子赫然耸现在一张被拉长的大脸盘上。嘴唇似枪口，不仅肥厚异常，而且还止不住地四处嚅动。两唇间夹着一道暗黑裂缝，仿佛老女人的胸脯。两颗含有善意的圆眼藏在浓密的眉毛下。

当她请求同老船长说话时，他优雅地表达了自己的遗憾。他踢了踢鞋跟，向她伸出手。只见这手轮廓优美、手指纤细，怎么看都不像一般男人的手，实在与众不同。

"我叫大卫·克里斯蒂安·吕斯侯姆。"说话的时候，他蓝色的眸子迅速地把她从头到脚扫了一圈。

介绍轮船的时候，那口气好似他是船的主人一般。他对诺德兰省的溢美之词，让人不禁产生一种错觉，莫非这地方是他的私有财产，而她只是一位过客。

"时光没有给北方带来什么变化。上层阶级仍然可以体面地出行。远处可怜兮兮的南方就不可能这样了。"他说。

他抚摸着抛了光的铜质桅杆，边说边自顾自点了点头。然后询问她，是否可以在女士的身边点一根烟斗。

　　迪娜回答说当然可以。她本身也挺享受吸烟的乐趣。他对她微笑以示感谢，微微上扬的嘴角像一轮新月。一抽烟仿佛断了聊天的话题。迪娜并没有走到船舱里去取自己的烟斗，没必要让自己在他面前出洋相。

　　他们仍然站在铜质的桅杆区域内，这根桅杆将一等舱和"其他乘客"区分开来。

　　乘客的活动空间是根据身份来匹配的，和他们皮夹里有多少钱没干系，船长说完突然一把抓起她的手臂，显示出一副再平常不过的表情。

　　在哈温维肯时，他们遇到了几艘满载年轻人的小船。

　　船长聚精会神地站着，热烈欢迎唯一一位新上船的乘客——执政官。他提着猪皮箱登上船，浑身散发着一股威严的气息。

　　他们像两位老相识一样问候了对方，接着船长向他介绍了迪娜。

　　与此同时，邮局局长正站在梯子旁，和一位当地的商人讨论着两封贴有不匹配邮票的信件。他坚持要对方付四先令的邮资。

　　这时候，船上的铃敲了第三次。桨轮开始搅动起来。大船在水面上滑过。岸上的人们成为一只只蚂蚁。山川从身边默默漂过。

　　乘客们鬼鬼祟祟、面面相觑。有些人的表情比较克制，另外的人则显得非常好奇，像在搜寻什么。每个人都有各自的理由，不得不在船上走动一番。

　　"是什么风把执政官吹来了？"船长有些好奇。

　　俄国佬显然已经向挪威和俄罗斯拉普兰之间的两三处边境地区逼近了。北部的居民一直抱怨外国佬霸占了挪威的领土。那帮俄国佬甚至还坚称，这块土地是属于他们的！现在入侵者已经攻占塔纳了。当地人曾试图把他们驱逐出去，但并未成功。所以执政官这次才准备北上。

"俄罗斯人的性格属于暴力型还是和平型？"迪娜问道。

"他们就和马蝇一样令人讨厌——瞧他们那德性！"执政官说道。

邮局局长若有所思地咀嚼着，八字胡跟着嘴巴微微晃动，随后他把帽子朝额头后面推了推。他过去听说过，俄国佬把芬马克北部区域当成沙皇统治国土的样子，还听说很多芬马克人竟也希望这事成真。毕竟克里斯蒂安尼亚的政府在这件事上的表现令人不敢恭维。精明的俄罗斯外交官将一切都安排地妥妥帖帖，当地的政府官员闲得连一根手指也不用抬。他们什么事情也不知道，更是从来都没去芬马克那儿亲自视察过。

邮局局长说话的时候朝执政官鞠了三次躬，好像他才醒悟过来，自己还摸不透执政官的立场，究竟是偏袒政府还是同情芬马克人，他不敢确定。即使说出了自己心里的观点，但表现得客套一些也没什么不妥。

船长显得有些尴尬，不过执政官倒很从容。他慈眉善目地看着邮局局长，然后说道：

"我们国家的地形狭长。很难对每处地区都了若指掌。住在北方的人们，尤其是芬马克地区，特别倚赖俄罗斯，两地交好实属正常。俄罗斯地产丰富，比如谷物和绳子，需求量居高不下。不过话说回来，凡事都得有个度。不能因为有贸易来往就容忍自己的国土遭受侵占。"

执政官转向迪娜，询问了有关她所在地区的情况，顺便问候了几句警长大人的身体状况。

迪娜的回答简明扼要。

"警长这辈子从来没生过一天病，只不过有时候他的心脏会漏跳几拍。今年春天下了大雪，食物也开始短缺，简直就是一场噩梦，不过好在这个坎儿已经过去了。"

执政官似听得入神，两根眉毛皱成一团，那模样特别引人注目。接着他对迪娜嘱咐道，若是她比他早一步碰见警长，请代他转达一声问候。

"前阵子有海盗掠夺拉夫特海湾，他们后来的下场是什么？"迪娜问。

"这种案子要上法庭才能知道。但他们现在已经戴上手铐，坐在特隆海姆的监狱里了。"

"说是其中还包括两位女性？"她对这件事相当好奇。

"是，这伙人当中确有两位女性。应该是吉卜赛人，我敢打包票。"

"这么危险的犯人，你们一般怎么把他们转移到特隆海姆呢？"

"那要靠身材魁梧的同事帮忙了。我们会用铁链子拴住犯人。"他一边说，一边针对她的发问露出惊讶的神情。

迪娜没有继续追问，男士们很快将话题转移到天气上。

除了三等舱里的女仆和两位年纪较轻的姑娘，迪娜是船上唯一的女性。

她返回头等舱的女性舱室，这个房间现在为她专享。她打开旅行袋，小心翼翼地挑选了一件裙装和搭配的首饰。然后用发饰束起头发，套上紧身胸衣，不过这次她没有戴帽子。转了一圈后，她满意地对自己点点头。

如果有执政官的帮忙，转乘朝东部开的交通工具应该不成问题！她将这个夜晚看成是一局弈棋比赛。

船上有两名引航员，但只有一名保持清醒。"一个就够了。"船长好脾气地说。另外一位躺倒在板床上安心地打着呼。船上只要有一名引航员站在驾驶台，哪怕另一名睡在甲板下，那么这趟旅行也能安全无忧。

船上的语言多到眼花缭乱。除了挪威语，还有人说德语、英语和丹麦语。

三等舱的乘客们已经聚集到了黑色的大烟囱周围。他们坐在盒子和箱子上。有些人在晴天里打盹儿，另外一些人把自己随身携带的野餐盒打开，安逸地品尝着食物。

烟囱里的油烟慢慢飘散在身上，但大家却不以为意。有位女孩娴静地坐在人群中，织着棕色的纱线。一团红发从她的头巾边缘钻出来，落在她的额头上。

她姐姐看护着一个装着好多盆栽的盒子，盒子被抬上船的时候，引起了一阵尖叫和骚乱。盆里栽的是康乃馨和天竺葵。花朵从盒子的边缘探出脑袋，生命力相当惊人。致命的绿色旁衬以一束束红色的花朵，它们将三等舱变为一个隐秘的窗台。

迪娜站在驾驶台上凝望了一会儿。然后她走进餐厅，里面已经摆好了一张桌子。晚餐提供的是鱼肉，具体来说是用大浅盘装的三文鱼和鲱鱼。此外还有火腿、芝士、面包和黄油。饮料有咖啡、茶和啤酒。

桌子中央放着一大瓶白兰地。雷斯尼斯不喝这玩意儿。迪娜过去在卑尔根被招待过白兰地。这酒的口味对她而言太甜了。

整个过程中有三位仆人会悄悄地进出餐厅，他们负责装填空盘、更换空酒瓶。

迪娜在门廊处犹豫着，着实停了很长时间。船长站起身来，邀请她入座。

她欣然接受，就由他来保驾护航吧。在座的大多数男士都要比她矮半个头，大家只好僵硬地在桌旁保持立正姿势，直到她就座才敢坐下。

迪娜不慌不忙。她看见雅各布也在这儿，他跑到她耳畔低语，提点她该如何在这种场面下行事。她挨个向在场的其他人伸手打招呼，眼睛不忘行注目礼。

一位满脸横肉的丹麦人自我介绍说他拥有伯爵头衔，握着迪娜的手迟迟不肯松开。看样子灌了不少桌上摆的酒。

他的皮草外套搁在身旁的椅子上，入席后还有仆人陪着。

迪娜点评说，这件体型庞大的外套在这种季节穿起来，一定非常暖和。

不过这位丹麦人倒挺"谦虚"，他觉得要是往偏远的北方航行，指不定会遇上各种天气。短短几分钟，他成功剖白了自己身兼哲学博士和哥本哈根文学会成员双重身份的秘密，速度真叫人印象深刻。末了他不忘点评一番诺德兰居民，说那里民风淳朴，待人友善，并未如他之前担心的那么平淡无奇。只可惜鲜少有人能让他用英语交谈。

他说话的时候，身体也不闲着。几番飞舞的手势让大家一眼就看见他手指上的一群戒指。

迪娜的眉头皱得像新耕过的土豆田，但这么做并没有任何效果，丹麦伯爵的手依旧咬定青山不放松呐。

一位年岁较长的男士适时地向她伸手弯腰，这才将她解脱出来。这人的脸上散发着年轻小伙的光彩，好像在天寒地冻里玩耍了一天刚进屋似的。

绅士的身材矮壮结实，操着一口德语。他一边对着身旁椅子上的素描画板点头，一边自我介绍。原来他的身份是贵族家庭的管家兼画师。整个夜晚剩余的时间里，他一直密切关注着迪娜的动向，不管他在与谁说话，眼神始终关切着她，这举动让他顿时降格成某位来自汉堡的斜眼商人。不过依照他的言谈举止，他在许多方面确有天赋。

桌上的最后一位宾客是来自英国的三文鱼渔夫，然而他的真实身份却是一名房地产代理商，声称自己云游四海，足迹遍布天下。

迪娜说她知道英国人游历四方的喜好，平时总是能在航道上偶遇他们。

船长当起了临时翻译，房地产代理商听完咯咯笑了，一边点头致意。碍于语言不通，整场饭局他的脸上始终挂着不自然的笑容。其他男士则挖空心思，用上流人的方式同迪娜传情卖俏。

现在，晚餐可以开始了。

我是迪娜。我能感觉得到衣服上的褶皱。甚至感觉得出所有接缝。就连身体里空虚的地方也不例外。我能感觉到骨子里的力量，能感觉到皮肤的柔韧性。我还能感觉到脑袋上每根头发的长度。自我从雷斯尼斯漂浮远去，真是过了好长一段时间！我拖着大海向自己慢慢靠近，乘着风和燃烧的煤炭，小心地将耶特路德携在身侧。

晚餐时，男士们发表的大多数评语都是向着迪娜说的。整场对话夹杂着各种语言，听起来很费劲。但大家都竭尽所能地跟上其他人说的话题。

丹麦伯爵很快就脱离了聊天的队伍。原因很简单，他睡着了。执政官问迪娜，他是否应该将这位绅士从晚宴桌上搬走。

"睡着的人很少会胡闹。"她回复道。

得知这位女士对此类事情持宽容态度后，大家显然都松了一口气，继续神情自若、滔滔不绝地聊着天。

船长开始聊起特罗姆瑟的事情。那是一座充满活力的城市，不同品位的人都能在那儿各得其所。在他眼里，那是航道沿线上最好的一个地方。

"你真应该拜访一下霍尔斯特先生，英国的副领事，"他建议道，"这个男人手上可是握着各路资源。他名下还有一座跨海峡的山谷……"

对于这番话，所有人都聚精会神地听着，了解特罗姆瑟地区的名流可是重要信息。

"有些商人会订阅英国报纸。"船长继续说，他把目光转向来自英国的房地产代理商。

"路德维格森家的酒店从来没有任何不舒适的地方。一点儿也没。

那儿有一间桌球房！"他一边补充一边朝在座的各位点点头。毕竟他们可没拜访英国副领事家的福分。

"路德维格森还是一名船长，会讲英语。"说完，他再一次将目光投向那位英国绅士。

起初其他人还是相当礼貌地听着船长的叙述，后来便开始窃窃私语起来。

他们轻轻地用肘子推着丹麦人的胳膊，试图把他叫醒。他睁眼环顾四周，神情有些尴尬，只好道了声抱歉。他解释说自己是因为一大清早上甲板才会这么困，都怪昨儿晚上的光线太亮把他给弄醒了。

迪娜说他可能误把清晨当成了半夜，伯爵一脸严肃地辩称，那可是他见过最美的午夜阳光。凌晨四点，世界美得令人难以置信，平静的海面波光粼粼，群岛的轮廓倒映水中。"干杯！"

大家举起酒杯纷纷点头。

我是迪娜。今晚他们都睡在我的床上。所有人一起。利奥靠我最近。但托马斯偷偷藏在我的胳膊下面，硬把其他人推开。我两腿分开躺在床上，双臂径直朝两侧舒展。我没有触碰到他们的身体。他们也只是纺锤和烟灰做成的人而已。

雅各布的身体过于潮湿，让我忍不住打起了哆嗦。安德士躺在一簇羊毛上，靠着我的头发取暖。他虽然一动不动，但我仍能觉到他结实的臀部压在我的耳朵上。

约翰背对着我，悄悄缩小着我和他之间的距离。最后，我们的肌肤、手臂通通交叠在一起。不知为何他要把头藏在利奥身后，不愿看我。

当其他人都和我躺在一块儿时，安德士却像小鸟般栖息在我的头发里。他的呼吸像一阵轻柔的耳语。

利奥开始坐立不安，难道他想再次从我身边逃离。我伸手够着他，牢牢揪住他的胸毛。

然后他用力把其他人挤到一边，像盖子一般把身体挪动到我上方。我身体里的每一处细胞都能通过床感受他体内的韵律。他强力的节奏让安德士从我的头发里掉出来，其余人等如同碗里的玫瑰花瓣，渐渐枯萎凋谢，安静地掉落在甲板上。

从利奥体内奔涌而出的音乐犹如风琴的琴声，此起彼伏，连绵不断。他的声音像一阵微风在我的皮肤上沉淀，然后滑过我的毛孔，流入我的骨髓。我找不到力气来抵抗他。

牧师站在圣坛前，木质人像和一幅幅画作将我同利奥包围起来。我们困在管风琴里，听着铁钟一记记如雷贯耳的隆隆声。

太阳从海面上徐徐升起，霜雾从身边飘去，了无影踪。我们如同搁浅在海滩上的残败海草，奋力往山坡和教堂的墙壁上攀爬，涌上高窗，钻入裂缝。

四处飘摇的我们仍旧活着。到最后我们只会是一抹色彩。棕红色的色彩。如烙铁和土地一般的色彩。

之后再慢慢进入耶特路德的怀抱。

第十四章

爱情，众水不能息灭，

大水也不能淹没。

若有人拿家中所有的财宝

要换爱情，

就全被藐视。

——《圣经·雅歌》第8章，第7节

迪娜用两枚帽针固定住自己的帽子，特罗姆瑟海湾上正吹来一股凉爽的风。她把紧身胸衣调整到能让自己舒服呼吸的紧实度，胸部往上挤了挤。如果遇到讨论激烈，必要的话这装扮可以分散对方的注意力。

她在舱室的小镜子前站了一会儿。

然后她走到甲板上，和同行的旅伴以及轮船上的工作人员道别。

一名水手负责将她的大旅行袋提上岸。她转了好几次身，似乎是想帮这个瘦弱的伙计分担点重量。

现在要紧的是数字、操控和策略。女人的身体配上对数字敏感的脑袋，应该能把驾驭不了这盘棋的人逼出个将军。

过去在卑尔根和特隆海姆的日子并没有白费。每出把戏都像音乐符号般闯入大脑，剩下要做的只是将它们分类整理，再一一填充到现实的场景中。

"谈生意的时候，最必要的就是说清楚底线。如果你没有话说，就让对方开口。他迟早会说漏嘴。"

这些是安德士临行前对迪娜说的话。

耳听为虚，眼见为实，特罗姆瑟簇拥着一座白色建筑，地理位置相当方便。无数条淙淙溪流从绿色的山坡上涓涓流下，形成坡与坡之间的自然边界。走高点可以看到一片桦树林，葱翠欲滴，仿佛来自天堂。

但毫无例外地，自人类在这里栖息后，天堂便不复存在。

迪娜租了一辆马车，带她在大太阳下四处转转，以便适应当地的情况。在靠近海滩，几乎贴着城市南部边缘的地方，坐落着两三排小农舍。

这位年轻车夫戴着一顶压过耳朵的红色针织帽，面对与这座城市有关的问题，他一字一句耐心地解答着。

沿海的主路穿过普罗斯特标地，绕过牧师住宅后便和湖畔街连起来。斯特朗德街是历史最悠久的一条马路。格洛尼街和它平行，但到集市广场路就断了，因为县政府大楼安在那儿，夹在药房和霍斯特庄园中间。

集市的南边有条小溪，从万斯雷塔一直流经 L·G·彼得森的宅院，最后汇入海洋。它有一个自命不凡的名字，彼得森河。

过了药房，会路过个恶心的泥坑。车夫说，彼得森家开舞会时，男人都得穿高靴，把女伴抱过这个泥粪堆。但或许正是出于这个原因，受邀去彼得森家参加舞会反倒成了一件很有趣的事。

今年夏天气候炎热，风一吹，泥坑就干了，走走过去就行。

迪娜的住宿安排在路德维格森城北酒店或是贝尔维尤酒店。这些地方显然是为迎合绅士贵族而建。

J·H·路德维格森戴着一顶大礼帽，手里的一把长柄伞是拐杖。"乐意为您服务。"他边说边鞠了一躬。路德维格森鬓角的头发很浓密，宽大的脸庞彰显着自信。头发梳成高高的波浪卷，样子很得体，从遥不可及的高度往下垂。

他提了好几次，若是迪娜·格洛奈夫太太有什么需求，只需告诉他一声就行。

迪娜写了一张问候的纸条，分别给两位商人捎信请求约见。这些都是安德士建议她做的。

第二天早晨，她收到了一张邀请卡片，上面留言写着在彼得森办公室等候见面。此外还有一封信，简短地通知她去穆勒先生家见面约谈。

彼得森先生接待了迪娜。他的情绪十分高涨，刚刚才被梅克伦堡州授予副领事的头衔，过会儿就要前往该处接手公务了。他的妻子会陪同他一起去，但因和兄弟共有一条船，因此也有做私人生意的打算。

迪娜对此事毫不吝惜赞美之词，张口问起他的新职务来。

在他一番礼貌的社交辞令背后，透着一股浓烈的精明商人的味道。

终于，迪娜有机会陈述此番前来的理由了。她询问了一些有关资本和条款规定的事，包括船员、份额和船主享受的比例。具体还问到运一次面粉他开价多少？放在甲板下面的话，他一次能运多少货？是否能保证储藏的安全性和干燥度？

彼得森喝了一杯酒，给迪娜点了一杯茶。

他显然对这宗生意有不小的兴趣。但嘴上却说着这么做有些操之过急。仿佛还没等她表露任何需要，他就开始极力消除她的疑虑。除此之外，他无法保证一个确定的面粉价格。

她直瞪瞪地看着他说，作为副领事竟然不知道价格，这也太离奇了。

他没有在意她说话的语调，只是问她会在城里待多久。因为过几天，他必定可以给她一个更好的答复。这段时间内，俄罗斯大艇随时可能出现。

当他邀请她在家里留宿时，她经过仔细权衡回复说，目前已经定下的借宿她不好推拒，因此对于他的这番盛情只好心领了。如果她能接受从他手里，用非组合价向阿尔仙格买面粉、运面粉的话，她会再写信给他。

汉斯·彼得·穆勒是她清单上的第二个名字。

隔天迪娜便动身前往斯奇伯街，那儿有栋房子，金碧辉煌的面板装饰、地上摆着的桃花心木家具，还有琳琅满柜的瓷器，尽显雍容气质。

一位操着特隆德地区口音、面容憔悴的年轻妇人走进办公室，和迪娜打了个招呼。她的眼神和海格兰德的幽灵儿童一样悲伤。当她在房间中穿梭时，仿佛被固定在带滚轮的底座上，靠着一根看不见的弦拉着她走。

这艘名叫哈贝特的货船停在穆勒海滩上，平时会把自家鳕鱼肝油厂生产的货物运到摩尔曼斯克。穆勒给了迪娜一个能够保证的最低价，不过他也承认，如果是他自己进货运货，价格会更低。

迪娜用力和他握了握手。竟然能谈到自己的生意，说明同她打交道的这个人已经把她看成了合作伙伴。这种情况下，她不需要鼓起胸脯，和他玩什么博弈游戏。面对一个已经拥有维多利亚式完美妻子[1]的男人，完全可以在商言商。迪娜喝完一杯便签下了单子。

屋子里的空气闻起来很舒服。她接受了对方的慷慨提议，答应在他们的客房里住上几天。

穆勒家也有一匹黑马，这动物和客厅的桃花心木家具一样散发着耀眼光芒。马背欣然接受了迪娜的丰臀壮腿，仿佛它们是由同一片木头雕

---

1 原文直译成中文是"屋里的天使"，又译"房中天使"，是诗人考文垂曾发表的一篇诗歌名。诗歌赞美了其妻的顺从娇媚，主要体现了维多利亚时代受社会推崇的女性形象，与当今社会的职业女性形成对比。

刻而成。

迪娜和这位来自雪达尔的年轻太太，朱莉，相处得很融洽。她不会无休无止地在那儿喋喋不休，也不会直瞪瞪地看着别人，但迪娜不明白，为何她的双眼总透着一股悲伤。

迪娜这一留，超过了预计的天数。

执政官已经前往他旅程的下一站，所以迪娜必须找其他交通工具才行。穆勒见状便提出帮她在下周往东航行的轮船上留个位置。

迪娜住在穆勒家的第一天，便和男主人坐在客厅里吸烟，而朱莉太太则独自休息去了。

他聊起今年冬天的严峻形势，还分析了古海湾冰川的形成原因，他认为正是海峡上的冰山把古斯塔夫王子号拒之门外。五月十日那天，他们看见海峡上开了一条一百二十英尺宽的航道，这才让蒸汽船通过。幸运的是，结冰并没有影响到货轮的生意。

穆勒自己有两艘船，刚刚从北冰洋安全返回。他顺口附带了一句，还有艘船目前正在南部海湾漂着，差点都忘了这茬子事。

前一年碰到的问题是没有去阿尔仙格的靠谱地图。然而那些对当地了若指掌的人又不会凭空从树上长出来……

迪娜承认，她的货船之所以能赚大钱，全凭安德士和安通的辅佐。但话说回来，和去阿尔仙格的航行比起来，他们之前去卑尔根遇到的问题不值一提。

男主人慢慢打开了话匣子，他告诉迪娜，五月十七日从南部抵达这里的蒸汽船，几乎所有的船桨都损坏了，必须拿到造船厂维修。这事倒是提供了几个工作机会，也算是上帝保佑了。

他和十二名手下在莫芬岛丢过一艘双桅纵帆船，连同一整船鱼全给赔了。但靠着过去几年的打拼，他从北冰洋那儿足足赚了一万四千五百先令！

迪娜若有所思地点点头，嘴里吹出一个大师级的烟圈，久久飘浮在脑袋四周。

过了会儿，他介绍起特罗姆瑟的社会情况，在尼古拉斯沙皇咽下最后一口气后，这里的生活经过了翻天覆地的变化，光贸易量的增加就超过了所有人的想象。

迪娜觉得，这与其说是归功于沙皇之死，不如说是托了战争的福。

穆勒回答得很和气，但依旧坚持两者存在关联的说法。

迪娜对此持保留意见，她认为只有不寻常的处境，例如战争和封锁，才是真正创造盈利的源头。

男主人沉思后点了点头，无论如何他都得同意这个观点。但涉及沙皇的部分，他并没有放弃自己的看法。

聊着聊着，男主人拿出最好的雪茄与迪娜共享。

迪娜渐渐融入了这栋房子的节奏中，像是一只突然寻获被太阳烤热的石头的猫咪。令人费解的是，面对这位入侵了自家房子、还与丈夫志趣相投的女人，朱莉太太没有表现出任何嫉妒吃醋的迹象。恰恰相反，得知迪娜想去瓦尔多要塞附近走走看看后，她还劝迪娜不必如此匆忙地赶去东部。

虽然不出门，迪娜却一直留意着南部和东部往返船只的信息。

穆勒先生询问她是否已经下定决心要去瓦尔多要塞，因为她同时打听了南北两个方向的轮船班次。

对于这个问题，朱莉太太知道答案。

"迪娜在等一个人。"她说。

迪娜注视着她，两人的眼神充满理解地交汇在一起。

我是迪娜。朱莉很安全，她的眼睛中住着死亡，总是喜欢以一个永远无法解答的问题开启对话。她说完以后会看向我，等待我去回答那个问题，并且要求我把耶特路德带给她看。但现在还不到时候。还早着。

***

迪娜骑着那匹黑马出了城，身上穿着穆勒先生的皮裤。

朱莉本想借她一套优雅的骑装，黑色羊绒裙配白衬衫，下身套一条内搭的白色裤子，鞋子下面绑着皮带，可惜被迪娜拒绝了。

迪娜喜欢在皮裤外再套裙子，她乐意用这种肥肥鼓鼓的打扮示人，裙子则是前后分叉。用女主人的话说，这裙子只是用来遮裤子的。

迪娜回来后，朱莉端着一杯美味的马德拉酒等她。酒是给迪娜的，她自己还是喜欢喝茶。换好衣服就该到晚餐时间了。

朱莉用淡淡的口气对她讲述起特罗姆瑟的生活。因为是旁观者，她才能站在客观的角度，看得更透彻。

如果迪娜觉得有疑问，或是认为这儿的风土人情有些好笑，她大可不必担心女主人会有任何不悦。

有关路德维格森这人，迪娜忍不住起了好奇心。

"他可有钱了，和杂志上剪下来的那种富人一模一样。"朱莉饶有兴致地说着，言语中透着暖意。

两个人像小姑娘似的，凑在一起咯咯笑着，剩下富丽堂皇却没有生命的摆设在这孤独寂寥的客厅里形影相吊。

十九世纪四十年代，当市议会刚设立供应酒精饮料的指定地点时，喝酒却成了特罗姆瑟最不济的选择。所以现在整个城市只有一个船用杂货商和一个售酒商，生意非常抢手。

"有社会地位的都会去路德维格森家的店。坦白来说，他们去那儿的目的就是想给普通老百姓看看。"朱莉告诉迪娜。

她看着像位天使，事实上她本就是天使，总爱穿些锦缎或丝质锦缎。耳朵旁的一绺天使款鬈发，同讽刺的嘴角以及肃穆的眼神形成了鲜明对比。

平日里，她会聊一些邀请政府官员和杰出市民到家里参加舞会的趣闻轶事，毕竟让身世背景千差万别的人相聚一堂总有些异于传统。她脑袋里的故事和经历多到可以塞下一座图书馆，怎么说穆勒也是城里备受关注的大户人家。

每次听到新鲜事物，迪娜都会用力吸口气，像闻到远渡重洋的珍奇香料一般。

"不要和人熟络得太快，"朱莉建议道，"否则，他们会像狗一样追着你跑。熟了以后，万一你想抽身而退，或是解除这场相识，就不好办了。那帮人除了懂得品尝好酒好菜之外，和你没有任何共同语言。"

迪娜做客的第二天，有位新医生前来拜访。他管理着一家医院，有着临时难民看护所的医院。当地人称呼它为"疯子牢笼"或特隆卡。

迪娜对他的这份工作和医院的建筑都十分感兴趣，这无疑点燃了医生的激情。他把那些工作人员称为"看门人"，他们的任务就是时时刻刻帮助病人，改善病情，关在里面的可怜虫，在他看来都是彻头彻尾的疯子。

在他们关押的病人中，有一名宗教狂热分子。海塔和索姆比在一九五二年被处死时，他疯了。这场处决，包括法律、教堂以及拉斯塔迪安[1]宗教狂热分子留下的消极影响，在当时仍然弥留在社会上。人们

---

1 拉斯塔迪安主义是一场发生于19世纪的路德宗教会复兴运动，由瑞典牧师拉斯塔迪尤斯发起。

因恐惧和惊讶而渐渐退出这场运动。他们的社会太小了，容不下两项死刑。

"有些人甚至都退出了国教。"朱莉说。

"但我们现在有了一名新主教，他会负责清理门户。而且他的妻子是一名相当虔诚善良的人。"医生说道。

朱莉慢慢扬起嘴角，两腮的凹陷渐渐加深。显然，她和医生之前就讨论过这件事。他们俩一搭一唱。

穆勒什么都没有说。

"他这个人危险吗？"迪娜突然问起。

"谁？"

医生感到困惑。

"那位宗教狂人。"

"噢，他……他这个人只对自己危险。他会不停用脑袋撞墙，直到失去意识为止。我不明白是什么驱使他那么做。我说过他很暴力，上帝和魔鬼对他而言没有太大分别，随便呼喊。"

"他为什么要被关起来？"

"他这样子会威胁到他家人的安全，而且……"

"我能看看你的难民所吗？"

医生对这一请求感到十分惊讶，但他仍旧同意了，并且约好了拜访时间。

医院的走廊两侧各有四间牢房。这里和特隆海姆疯人院的声音一样，但没有那么震耳欲聋。

正常和不正常的犯人都被监禁在此处。女人是不应该同这种人说话的，医生说。突然有人非常着急地呼叫他。他不得不向迪娜致歉，心急慌忙地掏出钥匙，一阵刺耳的声音过后，门锁开了，然后他便走了。

"看门人"对着门上一处小开口大声呼喊延托夫特这个名字。

一位剃着光头，身穿粗麻长袍，臂膀满是污垢的人出现在门旁。那家伙眯着眼睛朝灯的方向看。他的眼睛比想象中的囚犯要有神得多。

他急忙用眼神捕获住迪娜的气息，毕竟手是无法从格栅里伸出来的。

当看门人说迪娜·格洛奈夫想和他说话时，他虽是疯子，却在胸口画了个十字，样子像是为她祝福。

"仁慈的上帝啊！"他大叫道。

看门人让他把嗓门放低点。

"你知道上帝？"迪娜的语速很快，她瞥了一眼看门人，那人正在抓紧时间整理走廊旁的架子。

"当然！我还了解所有圣徒！"

"那你知道耶特路德吗？"迪娜迫切地问道。

"知道！仁慈的上帝！她是不是与你长得很像？是不是之前来过这儿？"

"她无处不在。有时候她像我。有时候又完全不像。人们……"

"对上帝而言，所有人都是相同的！"

"你相信这个？"

"《圣经》！《圣经》里就是那么说的！"男人的声音很响。

"是的。那是耶特路德的书。"

"那是属于所有人的书。哈利路亚！我们会带领他们走向天国之门，所有人。让他们免受罪罚与悲伤之苦！那些不听话、不信上帝的人终要在刀剑面前下跪！"

看门人看着迪娜，提醒她是时候结束这次的拜访了。

"这位女士已经和你说过话了，延托夫特。"他一边说，一边朝他们走去。

"小天使会冲向前，将他们劈成两瓣。从头到脚！所有人都逃不过这命运！那把斧子现在就躺在树根旁……仁慈的上帝啊！"男人吟诵道。

看门人抱歉地看着迪娜，挡住她去路的似乎并不是一名犯人，而是他的私有财产。

"给我安静，延托夫特！"他的语气很强硬，当着男子激动颤抖的面孔狠狠地关上了开口门。

"犯人没必要一直单独关在牢里。"迪娜严肃地说。

看门人面无表情地看着她。

"你不等医生了吗？"他问。

"不。替我对他说声谢谢和再见！"

回到家，穆勒夫妇为迪娜安排了一场晚宴。

经介绍，她认识了一位叫做乌达尔的书商。称他为交际花或许有失偏颇，但他曾经受伟大的挪威诗人亨利克·维格兰德雇用，之后在利勒汉摩开了家书店，所以无论如何，他的确跻身成了上流社会的一员。

他出版过曲调悲伤的古民谣，还曾邀渔夫入密室，教其音律。乌达尔的曲子由此便广为流传，连迪娜也有所耳闻。

大家在等晚餐的时候，迪娜负责弹钢琴，而书商则负责亮嗓子。

主教和他的妻子也一同受邀前来。

当人们望向他妻子那双灰色的眼睛时，似乎突然明白了什么。亨利艾特夫人长着一个大而坚挺的鼻子，脸盘宽得令人咋舌。鼻子和嘴唇间的细纹诉说着悲伤。她的黑发不偏不倚地分成左右两边，掖在白头巾下面。除了结婚戒指，蕾丝衣领是她身上唯一的装饰品。

"不论家庭或社会阶层如何。她是所有女性的避难所。"朱莉说。

亨利艾特夫人的眼睛向在场的每位宾客投去简短有力的注目礼。她的目光像一只冰凉的手，搁在每个人发烫的眉头上。作为主教的妻子，她没有半点狂妄之相，餐桌上的她尊贵不凡。

"你还很年轻，但已经做了很多年的寡妇？"夫人温柔地问道。她边说边往迪娜的杯里倒着咖啡，丝毫不介意扮演仆人的角色。

"是的。"

"你要管理一家旅馆，和一条货船，同时还要看管那么多人？"

"是的。"迪娜轻声地答应道。那声音！还有那双眼睛！

"想必不容易。"

"是……"

"有什么人帮你吗？"

"噢，有，我有。"

"兄弟？还是父亲？"

"都不是，是雷斯尼斯的工人。"

"身边没个亲人吗？"

"没有。哦，我有……有凯伦嬷嬷……"

"她是你母亲？"

"不是，她是我婆婆。"

"那感觉不一样，对吧？"

"嗯。"

"但是你还有上帝。这点我看得清清楚楚！"

朱莉太太开始同主教夫人聊起社区里的一名妇女，她想去拜访牧师住宅，但是不敢自己主动提出这个请求。

年纪稍长的夫人慢慢把身子转向朱莉，不经意间就把手放在了迪娜的手上，动作轻轻的，手指凉凉的。

这一天是上帝赐予她的礼物。

主教看着夫人时，他宽大的脸盘会立马变得柔和起来，关切的眼眸仿佛快要从眼眶中溢出。一条看不见的细绳将他们俩系在一起，愉快的气氛蔓延在整场晚宴的过程中。

晚餐后，迪娜略过了抽雪茄的环节，避免了往常的非议局面。

晚宴过后的第二天，她放弃了挣扎，放弃了原本计划的瓦尔多要塞！她骑上穆勒家的小黑，在岛上围着湖面走，拼命耗尽全身力气，抑制心底的冲动。雷声穿过林地和灌木丛传到地面，浓烈的夏日气息点燃了她身上所有的感官细胞。

第十五章

城中巡逻看守的人遇见我，

我问他们：

"你们看见我心所爱的没有？"

我刚离开他们，

就遇见我心所爱的。

我拉住他，不容他走，

领他入我母家，

到怀我者的内室。

——《圣经·雅歌》第3章，第3—4节

穆勒安排迪娜坐船去瓦尔多要塞的那天，天空突然袭来一阵可怕的西南风。海湾里波涛汹涌。

不打算在特罗姆瑟停靠的轮船纷纷在那儿寻找安全的港口。一艘接一艘的船。港口上有许多桅杆，人们可以借着船在水面上一脚一脚地跳很远，并且保证不弄湿鞋面。要不是这场雨！

在一艘准备南下开往特隆海姆的俄罗斯大艇上，有一位乘客却因为不用在特罗姆瑟上岸而感到高兴。原来他在别的地方有生意要做。

他在路德维格森的酒店里要了一间房，正好躲开水手们吵吵嚷嚷的休息处。他头戴一顶宽檐毛毡帽，身穿皮裤。他吩咐酒店安排一个单人间给他。入住以后，他便走去药房。从瓦尔多启程后，手指就不幸感染了细菌，他得为发肿的手指头买些药。

他站在柜台前，等待店员服务他。这时门铃响起，表明店里来了一名新顾客。他不用转身就知道，那一定是位穿裙子的客人。

雨停了，但是风却从敞开的门口飘了进来，将他的帽子从头上吹翻。

那天是一八五五年七月十三日，也是迪娜在穆勒家的餐桌上享用了三天美食、见证爱情后的一天。

或许，主教夫人的祝福要过三天才能实现？不论如何，迪娜捡起了利奥的帽子，她放在手里掂了掂，仿佛强压着兴趣注视着它。

药剂师匆忙把她身后的门砰地关上。门铃爆发出愤怒的响声。没有节奏的隆隆声在墙壁间来回震颤。

利奥的眼睛蜿蜒地游走在迪娜的身体和斗篷上，他似乎不敢立刻直视她的脸庞。

他们同时屏住呼吸，注视着彼此。过了一会儿，两人还是站在原地，隔着两步的距离。

她拿着帽子，冲他露出警告的表情。而他的目光则像刚看见一匹飞翔在天空的马儿，惊魂未定。直到药剂师开口问"需要什么帮助吗？"，迪娜才发声。她开怀大笑起来，自由的笑声如海浪此起彼伏。

"你的帽子！"

他脸上的疤宛若褐色苍穹下的一轮皎洁新月。他伸出手的瞬间，全世界仿佛都不复存在。他的手指非常冰凉。她用食指轻抚着他的手腕。

他们既没有给凯伦嬷嬷买滴剂，也没有给利奥的手指买创可贴和碘酒，就这样离开了药房，走入风中。那位友好的药剂师站在柜台后，张大嘴巴目送他俩离开，门铃的音乐缓缓传入他的耳朵。

他们沿着一条泥泞的小巷散步。路面较低的一侧，有一些男人躺在人行道上。

一开始他们只是散步，并无任何言语交流。他抓起她的手臂，严实地裹在自己手肘下面。终于，他开口了，低沉的嗓音很有辨识度，一字一句娓娓道来。虽然他说的词语表面清晰易懂，但拼凑在一起，却像隐藏着某种玄机。

路过一处泥潭时，迪娜险些滑倒。幸亏把着利奥强壮的手臂，她才能不摔在地上。他一把将她拉住，手攥得很紧。为了扶住帽子，她的裙子沾上了点灰尘。

即使看见淤泥沾在了裙边，他依旧心不在焉，完全没意识到刚才究竟发生了什么，一步一步走得越来越大胆。

接着他们朝山上走去。整座城市和泥泞的道路都被慢慢抛在身后。牧场和桦树林渐渐取代周围的布景。他们边走，边用手扶着自己的帽子。最后迪娜放弃了，任由帽子在风中飞舞。他想追上被风吹走的帽子，却又不得不放弃。他们就这样眼睁睁地看着帽子向北方飘去，丝带在风中振翼。多美的画面。

他只好将自己硕大的黑色帽子按在她头上，往后拉一拉，好遮住她的耳朵。

整座城市已经被他们踏在脚下，但她却并不在意。她真正关心的是利奥的嘴巴。红色的嘴唇上有一条皮肤在太阳下过度暴晒留下的棕色带状条纹，看上去很疼。

她停下脚步，把手抚在他的唇上，慢慢地用手指在晒伤的肌肤上摩挲。

他闭上双眼，双手仍旧放在她的头上，帮她扣住帽子。

"谢谢你去年夏天用俄罗斯大艇给我带回来的礼物！"她说。

"那些乐谱吗？你喜欢吗？"他问的时候，眼睛始终闭着。

"嗯。非常感谢！但是你怎么从没给我写过信。"

这句话让他睁开了双眼。

"嗯，写信是件很难的事……"

"你是从哪儿把那些东西寄过来的？"

"特罗姆瑟。"

"你之前到特罗姆瑟的时候，没去雷斯尼斯吗？"

"没法去。我朝内陆走，去芬兰了。"

"你去那儿干吗？"

"我去探险。"

"你在雷斯尼斯已经无险可探了吗？"

他轻笑了几下，但没有回答，手臂始终环着她的肩膀，显然是想扣住她头上的黑帽子。

他一点一点地靠向她。

"你有打算要来雷斯尼斯待一阵吗？"她问。

"嗯。"

"那你现在还打算去吗？"

他看了她好一会儿，然后双臂紧紧围住她的手臂和帽子。

"还会欢迎我吗？"

"我想应该会吧。"

"你好像不确定？"

"是！"

"你为什么要这么冷酷。迪娜？"他一边轻声耳语，一边慢慢靠着她，像是害怕风会把她的答案吹走。

"我不会无缘无故地冷酷。你才是那个冷酷的人！你对我做了承诺，最后换来一场欺骗。你说你会回来但却没有。让我的心就这样悬在半空中。"

"我给你寄了礼物啊。"

"噢，是呀。一张纸片也没有，谁知道是你寄来的呢！"

"那阵子没法给你写字。"

"我懂。但你这么做很残忍。"

"非常抱歉！"

他用肿胀的手指抬起她的下巴，但由于手部皮肤过于粗糙，他又松了手，这让他有些尴尬。

"我去过特隆海姆的监狱了，为了打听你的行踪。然后我留了一封信。"

"你什么时候去的？"他的声音被风吞没。

"一年前。我还去了卑尔根……你当时不在？"

"不在。我被困在芬兰湾，英国佬在拼命倒腾炸药。"

"你在那儿有活儿干？"

"没错。"他坦率地回应道。

"你会偶尔怀念过去的事情吗？"

"我一直想着过去。"

"想什么？"

"我想，比如迪娜你啊。"

"你想我却不来看我？"

"嗯。"

"难道说有什么东西比迪娜更重要？"

"是的。"

迪娜生气地捏着他的脸颊，然后把石头踢到他的腿肚子上。可他却纹丝不动，只是稍稍移了移脚步，然后把帽子扣回他的头上。

"我觉得你应该是干了什么肮脏的勾当吧！"

她像是一位法官，被愚笨的被告人逼得发出愤怒的咆哮声。他迷惑地望着她许久，随后露出明快的笑容。

"如果是这样，你会怎么办呢？"

"我会查明事实真相！"她大声嚷道。

他毫不迟疑地吟诵起来，这是他上一次在雷斯尼斯过夜时特别为她翻译的诗：

每当看见鱼饵，她总会狂吼怒号
听着像是关在铁笼里的野兽。
声音被礁石掩抑，变得沉默阴冷。
驾着希望的翅膀，她向太阳猛扑而去。
贪婪地舔舐着每一座山峰。
饥渴贪欲乐此不疲，永不停歇。

迪娜怒目瞪着他。

"书里描写了一条河，还记得吗？"他问道，"普希金陪同俄国军队的一个师参与了那次军事行动，目标是土耳其。你还记得我之前和你说过的吗？"

她点了点头。

"你就像一条狂涛怒吼的大河，迪娜！"

"你在取笑我。"她愠怒地说。

"没有……我只是想找点联系。"

我是迪娜。普希金的诗歌像是从利奥嘴巴里冒出的肥皂泡。他用声音把这些泡泡吹浮在空气中。久而不散。我慢慢地数着，一共有二十一个泡泡。随后它们纷纷破裂，掉在地上。这样一来，我只好重新回想刚才思考过的所有内容。

直到他们回到城里，她才开口问他此行要前往何处。

"南下特隆海姆。"他回复道。

"一路上不停靠什么地方吗?"

"一路上不停靠任何地方。"

"那你可以去难民收容所那儿,把那本你划过线的书取回去,"她带着胜利者的姿态得意地说,"那本书和你干的见不得人的勾当有关吧。所以你寄礼物的时候,连名字或者一句问候都不能留。估计就是因为这样,我去打听你的时候,没人知道你是谁。"

"你向谁打听我——和谁聊过我?"

"俄罗斯的水手啊。还有卑尔根的商人。一起在特隆海姆管理难民收容所和罪犯的人。"

他双眼注视着她。

"你为什么要那样做?"他低声细语地说。

"因为我有本书想还给你。"

"所以这就是你不远千里,大费周章地从卑尔根跑到特隆海姆的原因?"

"没错。反正现在你可以自个儿去取那本书了!"

"我当然可以自己去拿,"他平静地说,身体忍不住颤抖起来,"你把那本书送给了谁?"

"那边的典狱长。"

他皱了会儿眉头。

"为什么?"

"因为我再也不需要那书了。"

"那你为何把它交给典狱长呢?"

"除了他,这东西我还能给谁?但书的包裹是密封的。"她摆出一个嘲弄的笑容说道。

"我说过你可以收着它,你知道的。"

"我不想要了。而且，你为了那本书这么愁眉苦脸……"

"你怎么会这么想呢？"

"因为你假装显得很不在意。"

对话停顿了片刻。

他停下来，凝视了她几秒。

"你不该那么做的。"他的口气很严肃。

"为什么不？"

"我没法解释，迪娜。"

"典狱长不是你的朋友吗？"

"难以想象他能看懂普希金……"

"你了解他吗？"

"不。你现在能不能停下来，别一直问我问题了，迪娜？"

她飞速转过身，走到他面前，朝他的脸颊甩去一记响亮的耳光。

他站在原地，整个人像焊在碎石路上的铆钉，吓呆了。

"你不该打人，迪娜。人，动物都不能打斗。"

说罢他便沿着山路慢慢往前走，右手攥着他的帽子，左手像没有生命的钟摆左摇右晃。

她一动不动，身边一片寂静。他转过头，叫着她的名字。

"你为什么要对所有事情都这么遮遮掩掩？"她的尖叫声沿着山路传到他的耳朵里。

他伸长着脖子，活脱脱像一头不愿被宰杀的鹅。她的大鹰钩鼻耸入高空。太阳早已将云团劈开，风力越来越强。

"你平时四处游荡，吸引别人靠近你。然后毫无踪迹地突然人间蒸发！你到底是什么样的人？啊？你玩的究竟是什么游戏？我想知道！"

"过来，迪娜。别站在那儿大吼大叫。"

"我想站哪里就站哪里。你过来！"

于是他走了过去，像是在迁就被自己弄哭的孩子。

他们依偎着彼此慢慢走下山。

"你不是经常抹眼泪的人，对吧，迪娜？"

"反正不会为了你哭！"

"你上一次掉眼泪是什么时候？"

"去年夏天在福尔德海上遇到了一场暴风雨。"她龇牙低吼道。

他听完莞尔一笑。

"我们现在应该停止争论了吧？"

"在我搞明白你是谁，去了哪儿之前，停止不了。"

"你不是在这儿见到我了吗，迪娜？"

"这些不够！"

他用手臂紧紧搂着她，轻描淡写得像是在评论天气一般，对她说：
"我爱你，迪娜·格洛奈夫。"

他们脚下躺着一块数十年前某人放在这儿的大石头，位置不偏不倚。没有这块石头，她只能坐在泥浆里。

迪娜将身子沉在石头上，一边使劲拉了拉手指，好像想把它们从手上抽离。

"这句话是什么意思？是什么意思？什么意思？"她大叫道。

他一言不发，安静坦然地面对她的歇斯底里。

"这句话还不够吗。迪娜？"

"你为什么说那些话？与其说这些，为什么不直接经常跑一跑雷斯尼斯呢？"

"去那儿的路太长了。"他的解释仅此而已。他站在她面前，显得十分困惑。

"告诉我！"

"有时候男人沉默是有理由的。"

"比女人的理由还多？"

"这我没比较过，但我从没有求你一定要告诉我什么事情。"

两个人之间的信任如丝线一般扯得越来越远。

"你觉得，你可以在雷斯尼斯来去自如，假装什么都……"

"我来与走，都按我心意。请你停止在你的旅途上打听有关我的事情。我谁都不是。记住这一点！"

他这次真的发火了。

她从石头上站起身来，挽着他的胳膊，两人继续往前走。四周只有一些田野和森林，既没有房屋，也没有人。

"那你到底是做什么的呢？"她亲密地倚着他，贴得很近。

他一眼就看穿了这伎俩。过了一会儿，他顺从地叹了口气，回复道：

"政治方面的。"

她的目光在一点点移动，将他的脸由一块块碎片拼贴起来。最后，她的目光粘上了他的双眼。

"有人在追捕你。同时另外一批人在保护你。"

"追捕我的人是你。"他撇嘴一笑。

"你是做了什么可怕的事情吗？"

"什么也没做。"他回道，神情颇为严肃。

"在你眼里看来是没有，但是……"

"在你看来也没有什么可怕的事。"

"这要我说了算。你先告诉我发生了什么。"

他无助地甩了甩手，然后摘下帽子，夹在腋下。四周的风将他团团围住。

接着他厉声说道：

"这个世界比你想象得要糟糕。鲜血。绞刑架。叛国，贫穷，堕落。"

"这个世界很危险吗?"她问。

"没有你预期的那么危险。但比你知道的要可怕。这样的世界造就我这样一个本不存在的人!"

"不存在?"

"是的。某一天,情况会有所好转。"

"那是什么时候呢?"

"我不知道。"

"到那时你还会回雷斯尼斯吗?"

"会!"他坚定地说,"即使我在沿途经过那儿时不和你打招呼,即使我是一个不存在的人,你还会要我吗?"

"我不能嫁给一个不存在的人。"

"你想嫁给我?"

"是的。"

"你有问过我吗?"

"我们受到了神的祝福。那就足够了。"

"那我在雷斯尼斯做什么呢?"

"你和我生活在一起,有需要的时候帮一把就行,"

"你觉得,这样的生活是一个男人能够满足的吗?"

"对雅各布这个男人来说足够了。对我而言也足够了!"

"但我既不是你,也不是雅各布。"

他们像两只各占据一方领土的雄性生物,死死盯着彼此。四目交汇,却看不见一丝求爱的迹象。

最后,她终于缴械投降,低着头温顺地说道:

"如果你愿意,你可以随便挑一艘货船,由你当船长,周游四海。"

"我做不来好船长。"他谦逊有礼地说。手中依然抓着帽子,紧紧压在胳膊下面。

"我不可能嫁给一个终日游荡在俄罗斯或是随处漂泊的男人！"她大叫道。

"你不应该被婚姻束缚，迪娜。我从不觉得你适合结婚。"

"不结婚的话，我有谁相伴呢？"

"你有我。"

"但你不在！"

"我一直在。你不明白吗？我一直陪着你。但我不可能被圈在一个地方。你不能成为我的围墙，这么做只会让我恨你。"

"恨？"

"是的！你不能把人困在一个地方。这样会把人变得危险。他们曾经就这么对待俄罗斯人。没过多久就遭报应了！"

牧场上成千上万的青草丝被风吹得东倒西歪，一些受了惊吓的圆叶风铃草在风中摇曳。

"你不能把人困在一个地方。这样会让人变得危险……"她轻声说着，"那样会让人变得危险！"

她对着空气细细念叨着，仿佛这是一项普世真理，直到现在这一刻她才幡然醒悟。

不需要触碰彼此，一条结实如泊船麻绳的纽带牢牢系在他们之间。

第二天，穆勒府上来了一位送信人，送的是一份包裹，收件人是迪娜。

包裹里装着她的帽子，看上去似乎在室外放了一整个冬季之久。帽兜里藏着一封密函，里头是一张卡片。

"无论发生多坏的事情，我始终会回来。"

仅此而已。

她搭乘了第一班往南开的蒸汽船，比他晚离开两天。蒸汽船上的人不再是兴高采烈的模样，静谧勉强成了另一种陪伴。

　　主教夫人明白，他们之间，爱一直存在。迪娜此行省去了瓦尔多要塞的旅程。她早就听说过那儿是风吹雨打、荒芜凄凉之地。星形墙里围着监牢和堡垒。

　　"你不能把人监禁起来。那样会让他们变得危险！"迪娜自言自语道。除了数一数沿途的山顶和峡湾口，没别的事情好做。

　　至于船上的乘客，也都是些微不足道的人。

第十六章

我的生命为愁苦所消耗，

我的年岁为叹息所旷废；

我的力量因我的罪孽衰败，

我的骨头也枯干。

——《圣经·诗篇》第31章，第10节

当迪娜还在回家的路途上时，凯伦嬷嬷突然从她的翼状靠背椅上跌落下来，再也无法开口说话了。

家里人派托马斯骑着马翻过山头请大夫来看病。安德士让水手们给约翰捎了个口信，他那会儿正在沃刚参观教区。

医生凑巧不在家。但就是他来了，恐怕也爱莫能助。

约翰打包好旅行袋，向祖母的病榻出发。在他看来，甚至所有人都有这样的想法，那就是凯伦嬷嬷是不朽的存在。

欧林丧魂落魄的，她悲痛的心情直接体现在了食物上。所有出自她手的东西都索然无味，难以下口，脸上两坨赤裸裸的粉色红晕如同狒狒的臀。

斯缇娜守在老妇人身边。她用勺子将煮好的草药喂给她喝，还将老妇人毛孔上和身体各开口处的分泌物擦除干净。擦完身，她还会撒上一些土豆粉。她在皮质的小套里塞满了干草药和玫瑰花瓣，好让整间病房的空气变得甘甜一些。

凯伦嬷嬷时不时觉得自己已经来到了伊甸园，这样就可以忘记此前需要跋涉的漫漫长路。

斯缇娜把羊毛毛巾弄热，放在老人松软无力的四肢上。她先把枕头毯子拍软，然后给窗户开出一道缝来，好给房间放些新鲜空气。

八月里烈日灼人，蓝莓果子熟了，最后的几捆干草也给背回了谷仓。

***

本杰明和汉娜这段时间看不见人影也听不见吵闹声，乖乖听从欧林的吩咐。他们大部分时间会去海滩边随处逛逛，仔细观察来来往往的船，探探迪娜是否和买给他们的礼物一起回来了。

本杰明明白他的祖母生病了。但他觉得，欧林好多次都喜欢把凯伦嬷嬷的病情夸张成快死的样子，这次也不例外。而一旁的汉娜，她继承了斯缇娜的第六感。有一天，她光着脚丫子站在高水位的标记旁，用棍子戳着一只翻了身的螃蟹，然后说道：

"凯伦嬷嬷很有可能会在星期天前去世！"

"啊？你为什么说这种话？"

"因为我从妈妈的眼里看出了这个意思。实际上，凯伦嬷嬷看上去也确实像那趋势！老年人总要过世的。"

本杰明听了怒火中烧。

"凯伦嬷嬷并不老！"他严肃地说完，又温和地添了一句，"只是大家觉得她……"

"她确实年纪大了！"

"没有！你是个疯子！"

"你为什么要否认？现在的她如果去世了，也是正常情况，你不需要生气！"

"是不需要，但她现在还不会死！你听明白了吗？"

他一把抓住她的辫子，用力拉扯着她的头皮。她又疼又气，扑通一下跌落在涨潮的沙滩上，接着哀嚎起来，裙子和灯笼裤被水打湿，水位漫至她的后背。她伸开双腿，臀部浸在水下，就这么坐着，哭声断断续续地从她大张的嘴巴里传出来。

本杰明忘记刚才自己对她发脾气了。他意识到，如果他不想让斯缇娜到这儿来，发现这儿发生的事情，那他必须得做点什么才行。他盯着女孩儿看了一会儿，脸上挂着无可奈何的表情，随后伸出双手扶她站起来，抚平她的情绪。

他们合力把她身上湿透的衣服脱下，拧干水分后，放在温热的岩石上晒干。现在的他们依偎着坐在一块儿，也不知道彼此究竟是敌是友。他打算测试一下她的情绪，过去只要没人，他干过几次这种事。没料想女孩儿仍旧介怀刚才的事。她四肢放松，坐在石头上，把大腿上的蚂蚁轻轻弹走，示意本杰明继续，态度倒是挺和善的。她一边抽着鼻子，吸着眼泪，一边随着本杰明的安慰慢慢恢复了过来。

经过这事，两人都忘记了要争论凯伦嬷嬷在星期天前就会去世的那件事。

***

迪娜第二天跟着蒸汽船回到了家。她带着孩子们进了凯伦嬷嬷的房间，大家站在她的床边，手臂僵硬、目光低垂。

温暖的房间里，本杰明竟一直在打哆嗦。斯缇娜让他抓住祖母的手时，他摇了摇头。

迪娜凑在凯伦嬷嬷跟前，轮流抓起老妇人的两只手，放在自己的手中。随后朝本杰明点了点头。

男孩儿把他的手交给迪娜，迪娜把他带到老妇人面前，然后抓起两人的手，一起放在她手中。

凯伦嬷嬷的眼里忽然闪过一丝光芒，她的脸有一部分已经僵硬了，但还是努力扬起左边的嘴角，露出一个无助的微笑，双眼泪汪汪的。

斯缇娜的草药袋在床上缓缓地来回摇晃，白色的窗帘掠过窗台。

未经任何人提醒，本杰明自然地把手臂围在凯伦嬷嬷的脖子上，给了她一个大大的拥抱。

安德士、欧林还有其他在雷斯尼斯干活的工人站在门里，他们刚才已经轮流探望过床边。

凯伦嬷嬷再也没有开口说话。但她可以感受到大家轻抚她纤细的双手。巨大的蓝色血管像秋日里光秃的枝条在每只手的手背上扭动。当她睁开双眼，正巧对上面前站在屋里的人们，显然她听得见也很清楚眼前的一切。

房间里万籁俱寂。所有人都搅和在了一块儿。像冰雪融化后，剩下的一堆堆石楠，缄默无声，一根根掺杂着彼此、竖得笔直。

约翰还是没能在凯伦嬷嬷合眼前赶到。

葬礼船用树叶和狗牙百合点缀着，整口棺材用花束和花环覆盖着。

欧林要负责把所有参加葬礼的宾客喂饱，她没有时间回家，也没去闲聊雷斯尼斯的破厨房。她得确保凯伦嬷嬷死后可不能摊上这样的名声！

葬礼持续了一天一夜，她变着戏法为宾客烹制美食佳饮。所有食物一样都不能缺，除去烹饪，她的眼泪和叹气声也一刻不停。

本杰明觉得她的眼泪永远不会枯竭，只好不停帮她擦拭眼睛，不让泪水掉进薄饼、鹅肝和三明治里。

约翰将自己束缚在悲伤的围墙里。他和迪娜曾经发生的事情，在他的良心上变成了一颗颗腐烂的斑点。过去、现在和未来，他都没法原谅自己。凯伦嬷嬷去世的事就是一次致命的警告。可迪娜还活着！她只需在房间里穿梭，便能侮辱他、制伏他。他已经永远不能再向凯伦嬷嬷坦白自己那可怕的罪行了，因为现在她已经死了！而面对他的父亲，除了怒不可遏，他也无法想到其他的可能。

很长一段时间里，他都感觉自己离上帝很遥远。他曾经试过在受大风侵袭的礁石上为自己的教区居民赎罪善功。他拒绝任何报酬，并把所挣到的钱全部捐献给贫困的人。但这么做没有半点效果。

他憎恨自己、敌视自己，恨到已经无法直视自己公然的罪行。即使在睡眠中，他仍然无法摆脱在迪娜的发丝中溺亡的感觉。她雪白的大腿是通往地狱的大门。但他醒来时，仿佛看见地狱之火正在舐舐着自己的身体，唯有强迫自己背诵过去学过的祈祷文才能好受些。

可这些煎熬显然还不能达到主的要求。约翰不得不在妮达洛斯或特罗姆瑟的主教面前坦白自己的罪行。

葬礼结束后，约翰便返回了海格兰。他像躲避航道上的冰山一般，躲开了迪娜。

迪娜吩咐下人把谷仓打扫干净，同时把商店的地板和船屋也擦亮。

所有人都不明白这么打扫的意义，但既然是命令，大家也就照做了。深秋的漫漫长夜，她坐在办公室里，生着昂贵的油火，仔细审查着价格不菲的大数字。

她既没有搬进主屋休息，也没有拉大提琴，真这么做会让所有人感到不安。

本杰明比谁都了解现在的迪娜，那可是一个危险的角色。他模仿起她为得到某样东西时耍的把戏，试图和她说上话。

但迪娜雇了一位导师，便打发走了他。这位导师智识过人，纪律严明，孩子们在他的管束下确实有所长进，但他们就像两台打庄稼的机器，重压之下被逼着运作到极限。

另一边，安德士正在到处旅行，即便在雷斯尼斯，他也不见人影，大家也都知道反正他很快就要离开。

凯伦嬷嬷躺在她的墓地里，她不再需要为任何事情担责任，现在的她比过去更加神圣不可侵犯。

她的好名声如同迪娜窗户上洁白无瑕的霜花在死后怒放。她是个懂得保持距离的人，不会从角落里或是水域上方浓厚的云层中突然出现在迪娜身旁。不论迪娜做什么或是不做什么她都不会横加干扰，或是提出任何要求。

看起来，她似乎对自己死去的身份感到非常满意，没有一丝对人间的依依不舍。

听说艾德山上又有野熊出现后，迪娜叫托马斯和她一起去狩猎，却遭到了托马斯的拒绝。他总是一副有干不完的杂活儿的样子。

秋天就这么过去了。

冬天捎着冷空气和大雪在十月的某一天突然来临。

迪娜又拉起了大提琴。除了拉琴，她其余时间都在做账。

笔直的线条上画着一个个黑色音符，直到她赋予了它们声音，那里一直都是安安静静的。有时音调从印刷的曲谱上传来，有时则从洛奇的大提琴上传来，不需要她弹奏就能听见。即使她的手只是在乐器上漫无目的地摆放，旋律仍旧飞扬在屋子里。

深蓝色的记账栏里，干干净净地记录着一笔笔数字。它们缄默地待在属于自己的位置上，但对所有新加入者而言，它们的样子是那么的清晰，含义是那么的确定。每串数字代表着当年的情况，记录着一段段财富史。

第十七章

暗嫩对他玛说："你把食物拿进卧房，我好从你手里接过来吃。"他玛就把所作的饼拿进卧房，到她哥哥暗嫩那里，拿着饼上前给他吃。他便拉住他玛，说："我妹妹，你来与我同寝。"他玛说："我哥哥，不要玷辱我。以色列人中不当这样行，你不要作这丑事……"但暗嫩不肯听她的话，因比她力大，就玷辱她，与她同寝。

随后，暗嫩极其恨她。那恨她的心，比先前爱她的心更甚。对她说："你起来去吧！"

——《撒母耳记下》第13章，第10—12、14—15节

不论迪娜去马厩还是谷仓，托马斯始终密切留意着她的行踪。

只要他在附近，她就会显得不太自在，好像在躲闪某种昆虫一般。通常他在安全距离外的时候，她会时不时瞥一眼他所在的位置。

一天下午，她刚踏入农舍，他便慢慢靠上来。

"你为什么总是挡着我的去路，托马斯！"她没好气地说道。

一棕一蓝的眼睛眨了几下，慢慢收缩起来。

"我干活的话，总要四处走动一下的。"

"那你现在跟着我的步子到这儿来是要干什么呢？"

"我在清理积雪，希望你不会介意吧？"

"那你是不是得拿上铁铲？"

说罢他便转身走向工具棚。农舍附近，铁锹尖锐的刮擦声响了好几

个小时。

第二天，迪娜把斯缇娜叫进自己房间。

"如果让你和托马斯结婚，你觉得怎么样？"什么铺垫也没有，她就这么脱口而出了。

斯缇娜跌坐在身旁最近的椅子上，但马上又站了起来。

"你怎么能说出这种话？"她大声叫道。

"这是个不错的办法。"

"什么办法？"

"解决一切问题的办法。"

"你不是认真的吧。"斯缇娜的口气有些害羞，眼神急切地望向迪娜。

"你可以像普通老百姓那样住在农舍里。我搬进主屋里。"迪娜温柔地说道。

斯缇娜把手收到围裙下，低垂着目光，一声不吭。

"你觉得这个主意怎么样？"迪娜问。

"他不会同意的。"斯缇娜平静地回答道。

"他为什么不愿意？"

"你知道的。"

"理由是什么？"

"他想娶的是别人。"

"那个人会是谁？"

斯缇娜难为情地扭动着身体，脑袋朝胸部垂得更厉害了。

"你大概是唯一被蒙在鼓里的人。要改变一个人的心意，是很困难的事，这么做很少会有好结果……"

"你能给任何人带去祝福，斯缇娜！"迪娜打断了她的话。

斯缇娜慢慢走出农舍，她的双眼像是抹了石灰一样，黑黑的，向前直视着，看起来是下定了决心。她把头巾忘在了农舍的椅子上，即使冻得瑟瑟发抖，她也没回去取。

她站在厨房的台阶上，注视着屋檐下挂着的冰柱，就这么望了许久。欧林背对着窗户，在厨房里忙着准备饭菜。

迪娜主动找上托马斯，和他聊了聊未来的一些打算。

他的身体像是被人钉在地板上，一动不动地僵在原地，脸苍白得没有一点血色。

"你不是认真的吧！"他低声说道。

"怎么不是？这是个好办法。这样你俩就可以名正言顺地住在农舍里，享受王子一般的待遇！"

"迪娜！"他一边结结巴巴地说，一边盲目地搜寻着她的目光。

"斯缇娜搭手过的所有事，最后都是好的结局。"迪娜说。

"不！"

"怎么就不行了？"

"你知道其中的原因，我不能结婚！"

"你就打算一辈子，像一个傻瓜一样四处晃悠吗？"

这句话像是打在他的身上，让他不由自主地往后退缩，什么话也没说。

"你做的梦太不切实际了，托马斯！我这是在为你想法子。这么做对大家都好。"

"你不喜欢我仰慕你。"他的声音有些刺耳。

"你仰慕我是没有未来的。"

"但是过去的我……你用得却很满意！"

"不要再说什么过去！"她尖锐地说。

"你太残忍了！"

"你觉得我给出这样的提议是残忍吗？"

"是的。"他嘶哑着回答，说完便戴上帽子想要离开。

"如果你不结婚，很难继续待在雷斯尼斯，你不明白吗？"

"什么时候开始有这样的规定了？"

"当我发现你鬼鬼祟祟地四处盯着我的时候。"她嘴里轻轻地发着嘶嘶声说道。

他没有征询迪娜的同意，直接选择了离开。

尽管迪娜手头还有别的工作要干，但整个下午她却一直待在房里来回踱步。

女佣到卧室里给壁炉生火的时候，迪娜对着她大声尖叫，让她滚出这栋房子。

农舍渐渐变暗，整栋楼寂静无声。

托马斯和欧林坐在厨房里，吃着晚上新煮的粥饭，这时斯缇娜正巧走进来取点东西。

她扫了他一眼，两颊有些绯红，拿完东西便匆匆离开。

托马斯脚下的地板在燃烧，他注视她的样子，像是从未看过门在人离去后关上的场景一般。

托马斯垂着肩，把粥咀嚼得干干净净。

"怎么？"欧林说，"粥冷了吗？"

"没有，一点不冷。非常感谢你的招待。"托马斯略显尴尬地回答道。

"你看上去好像不太高兴。"

"有吗？"

"斯缇娜和你一样。发生什么了？"

"迪娜想安排我们结婚，好打发我们！"还没等自己整理好思绪，他便脱口而出。

欧林紧闭上嘴唇，和她每晚关上的通风炉炉门一样紧。

"是让你们结婚，还是各自和别的人结婚？"她清了清喉咙问道。看来她完全不知道这个主意。

"让我们和对方结婚。"

"那你已经……？"

"没有！"他的声音十分恼火。

"我明白了……"

"她不能就这样用结婚打发走我们。"他低声细语地说。

欧林对此没有发表任何评论，她只是收拾着餐桌上的餐盘，时不时发出一些咯咯的摩擦声。随后她补充了一句：

"她现在和警长是越来越像了。"

"没错！"托马斯非常赞同。可说完他又重新陷入怅然若失的状态中。

"她就没想过和你？斯缇娜又是什么态度？"

"我想象不出她会这么做。"托马斯的语气不知所措。

"现在这样真有那么糟吗？"

"那么糟？"

"这说不定是个好办法，你懂的。"

他把咖啡杯推到一边，抓起帽子，冲出房门。

"让雷斯尼斯的好办法见鬼去吧。"他的咆哮声从大门口传出来。

第二天早晨，四处都找不到托马斯的踪影。没有人知道他去了哪里。

过了三天，他穿着破成碎布条的衣服，满身酒气地走下山。

他先是走进厨房痛快地大吃大喝，随后睡了整整二十四个小时。

最后迪娜用力摇晃才把他弄醒。起初他以为自己在做梦。接着他惊异地瞪大眼睛，用力把自己摆成一个端坐的姿势。

当他反应过来面前坐着谁时，他痛苦地提醒自己要认真地和迪娜·格洛奈夫交谈。这么多年，他逆来顺受、委曲求全，也只换来她一次注视、一个动作、一句话。

"哎哟，托马斯，你这是在放纵自己。不仅酗酒，还把自己搞得一塌糊涂！现在碰巧是圣诞节前，还有那么多事情等着你做。"她平静地说着。

这席话像是雷声一般直挺挺闯入他呆滞的大脑里。

"你就不担心我请你离开这儿吗？"

"不。"他坚定地回答。

这么不假思索的回答让她不禁往后靠了靠，但很快又恢复成刚才的样子。

"现在就去干活！"

"请问雷斯尼斯的女主人有什么指示？我应该用正面还是背面和她相好呢？"

屋外的大风正对着一个锡桶肆虐蹂躏。

她狠狠地揍了他一拳。过了几秒，他的鼻子开始流血。他就那样坐在床上看着她。血流的速度开始加快。一股深红色的温热鲜血从他的嘴唇和下巴淌下来，不仅把他的胡子染成了红色，还滴在他敞开的衬衫上，弄得胸前一片血红。

他没有用手把血渍擦掉，只是摆着一张臭脸坐在那边，任血四处流淌。

她清了清喉咙，但即便如此，说出口的话仍像一股泥石流般奔涌而出。

"擦干净你的鼻子，给我去干活！"

"你来擦！"他嘶吼着，同时从床上站起来。

他的话有种震慑力，和平时的他相比非常陌生。看来她已经不能继续控制他的思想了。

"为什么要我来给你擦？"

"因为是你把它弄出血来的！"

"你说的没错。"她的语气出乎意料的温和。环顾房间四周，她突然瞥到一条毛巾。她顺手把毛巾取来，冷笑着递给他。

可他没有伸手，她只好走到他面前，仔细给他擦拭鼻子。可惜这么擦起不了什么大作用，鲜血还是止不住地往外流。

就在一刹那间，两个人之间忽然有某种东西闪过！迷蒙贫苦的房间里闪耀着火花。那或许是最原始最炙热的一种欲望！欲望，是仇恨的孪生姐妹。

他浑身散发着酒味和马厩味。而她的身体则带着墨水、玫瑰水和新鲜汗水的气味。

迪娜像害怕被火烧伤一样迅速把手抽开。然后她往门口的方向退了几步，鼻孔微微张开。

"是你弄出血的！"他气急败坏地冲着她大吼大叫。

新年后的第一个星期日，村里公布了斯缇娜和托马斯的婚讯。

"为什么所有人都喜欢做梦呢？"欧林不止一次提出这个问题，"这些梦通常只能维持很短的时间，不是无法善终，就是让毕生精力被这个梦牵着走。"

迪娜又开始把大提琴抬到主卧里演奏了。农舍里发生的插曲终于告一段落。

我是迪娜。这个世上有很多人，我会遇到其中一些。但或早或晚，我都会和他们分开。我所了解的世界就是这个样子。

有一回，我看到了过去从未看见的东西。那是属于一对中年夫妇的东西，确切地说，是主教和他的妻子。爱情就像海浪，只有遇到沙滩时才会显现。我不是沙滩，我是迪娜。我目睹过许许多多这样的海浪，却不能让自己随波逐流。

本杰明随了他母亲，也已经习惯不在主卧居住的生活了。他擅自决定搬到农舍去。这次他必须赶在迪娜之前先发制人。

去年他已经长大了不少，但还不算是大人。他小心翼翼地观察四周，轻手轻脚地四处打听，像位圣人一般。每次只说三两个比较尖锐的词语。自迪娜从特罗姆瑟回来之后，他也不再喜欢整天黏着迪娜了。可以说他的身上已经发生了某种蜕变，或许和凯伦嬷嬷去世有关？

表面上看，他并没有任何哀悼的举动，也没有思念她的表现。但他经常撇下汉娜，独自一人偷偷溜进凯伦嬷嬷的房里。

房里的东西原封不动地放在先前的位置。床始终铺得整整齐齐，装饰的枕垫鼓鼓囊囊地靠着床头板，像一对静止不动的翅膀，被远飞而去的天使留在原地。

书橱的橱门上依旧挂着钥匙。本杰明打开书橱，整个人就像失了魂，直到别人叫他的名字才回过神来。

他学东西很轻松，但总是想方设法地躲着不去干活。他去主屋也纯粹是为了拿点书，或者直接盘起腿，坐在地板上，靠着凯伦嬷嬷的书橱看书。虽然约翰之前把有关哲学和宗教的书都搬走了，里面还剩许多小说可以读。

本杰明大声念，汉娜听。他俩经常在农舍的白色壁炉前坐上好几个小时，读凯伦嬷嬷的书。

如果表现好，斯缇娜不会打搅他们。只有零星几次她会说：

"壁炉里剩下的木头不多了。"或是："水桶里没水了。"

本杰明很清楚，如果周围没其他人，那他就得是干杂活的那个。好几次他从仓库或是沙滩回来，看见面前硕大的白色楼房，心中总是不免感到惊讶。随后他便将目光快速转移到庭院中间的鸽舍上，努力思考别的东西。

此时，彼时，他知道自己心中藏着悲伤，却不知道这股悲伤从何而来。

其实本杰明过去也曾注意到某些细节，虽然这些感觉他难以名状。比如他知道，在斯缇娜和托马斯结婚搬入农舍前，托马斯一直都是属于迪娜的，就像小黑和大提琴。

冬天的夜里，他们不常在瓦炉前碰面，总是各自干各自的工作。过了这么长的时间，本杰明才明白托马斯已经不再属于迪娜了，但他也不属于斯缇娜，就算他晚上和她睡在一起。现在托马斯只属于自己。

一个人住在农舍里，却不属于任何人，这让本杰明不寒而栗。主卧里远远传来迪娜的大提琴声。

本杰明在农舍里开始学习如何让自己成为一个独立的个体。

第十八章

得着贤妻的，是得着好处，

也是蒙了耶和华的恩惠。

《圣经·箴言》第18章，第22节

一月，安德士前往罗福滕群岛采购水产。刚回到家，便开始准备去卑尔根的行程。他的人生就像一场漫长的航海之旅。即使在岸上待好几个礼拜会让他变得焦躁不安，他也不给任何人添麻烦。

蒸汽船的旅客上岸时，有的需要借宿，但现在的客流量和往年不可同日而语。

然而在雷斯尼斯，访客仍旧络绎不绝。迪娜想到从阿尔仙格进口面粉的主意，看来获得了巨大的成功。面粉运到之后，她先存下来，等春天开始面粉荒了，她便能从中获取巨额利润。如此一来，雷斯尼斯的名声便一传十，十传百，有传闻说雷斯尼斯可以买到面粉、渔具，甚至可以用各种必需品交换鱼干。安德士正好有了一份固定跟船去卑尔根打鱼的任务。

斯缇娜已经不再去主屋里用餐。她现在要为丈夫和孩子们准备餐食，其他工作倒是照常进行。她做事麻利轻巧，很少有人会注意到，她一直都在起早贪黑地为这个家做着贡献。

她的改变令人难以察觉，往往要过很长一段时间才慢慢体现。那天她把自己为数不多的简陋物品搬进农舍，提着过去常常用来煮草药的水壶，她的脸上挂着微笑。当她把主屋地窖里的草本植物搬进农舍的地窖时，嘴上哼着小曲，歌词是某种她鲜少使用的怪异语言。

搬进农舍后，她做的第一件事便是打扫，除了刷洗家具、拖地板，还要负责晾晒。随后她把汉娜和本杰明叫来，让他们帮她裁剪彩纸，用来点缀架子的侧边。完事后还要套被套，把原来碗橱和抽屉里迪娜送给她的所有居家用品都摆放好。

斯缇娜的家对所有人开放，可以是出于好奇随便走访一下，或是为了病痛寻求治疗的方子，她都来者不拒。

她在很多方面都比欧林出色，光顾完商店后，比起去主屋的蓝色厨房坐坐，人们更青睐斯缇娜的家。他们去那儿，首先是为了买她的草药和药膏，但更深层的原因没人公开提起过。

真正的原因是，斯缇娜有一双温暖的手，除此之外，她的眼睛里蕴含着淡淡的光芒，让人幸福。这年春天她养的绒鸭比以往多，她喜欢把鸭子喂饱后，再把胸脯上的绒毛摘下来。她还特地用木板和纸箱子给它们搭了小棚，等它们在巢里孵蛋的时候，可以有挡风遮雨的作用。等小鸭破壳后，她便用粗布围裙裹着小鸭子，把它们带到海边去。

托马斯刚成婚的几个礼拜里，像是一头半哑的牛。慢慢地，他抵抗不下去了，脸上的皮肤渐渐变得光滑起来，没有一丝皱纹，仿佛日日夜夜都在用斯缇娜的草本煎剂和玫瑰水来洗脸。也可能是她使用了某种看不见的魔力。

她围裙下的肚子渐渐圆润起来，从那时起，托马斯的脸上开始浮现出笑容。起初他笑得很含蓄，没过多久，当他跟在铲雪机后面干活时，他的笑容同烈日和晒成棕色的手臂一样闪耀。

托马斯最初以为这一切都是源自拉普人的魔术，因为一天天过去，感受着她身上散发的热气，要不受影响几乎是不可能的。

刚开始过日子时,她从来不碰他,只是用心照料他的衣食起居。他休息的时候,她会特别关心地到田里来,提来一桶酸奶,简单友好地和他打个招呼,酸奶放下后便默默离开。

她得到的一切全凭自己的辛劳付出。新婚夜里,他带着怒气草草地要了她。当时的他只想着,她身边还带着两个私生子。

在他释放自己前,他还幻想着自己正徜徉在迪娜丰满的大腿之间。完事以后,斯缇娜给他盖上被子,并和他道了声晚安。但托马斯没法入睡,他躺在一旁,在昏暗的光线下注视着她的脸庞。

结婚前天气就开始冷得刺骨。他忽然发现,身旁的她时不时地打哆嗦。于是他爬下床,往炉子里放了些木头。他这么做无非是为了让她舒服些,因为他意识到,不论如何,她好歹是一个活生生的人。况且,她从没有主动要他躺在自己床上。

没过多久,他发现自己竟改变了原先的想法,如果她当真在他身上施了什么拉普人的魔法,那他愿意让这种魔法继续下去。

就这样他越加频繁地去她的屋里走动,心里还带着一丝害羞的喜悦,在她那里,他能体会到不被人拒绝的美妙感受。

很快,他发现如果他更温柔地抚摸她,那她就会变得愈发温暖体贴。就算他长着一双与众不同的怪眼,她仍旧陪在他身旁,不分昼夜。

肚子里的孩子也在一天天长大。这是一个合法出生的孩子,他有父亲的基因,还有白纸黑字的出生证明。如果当初她并不想和这个男人开花结果,那这件事她会烂在肚子里。如果她知道他是女主人传给她的男人,就像女主人传给她的贴身衣物、裙装以及各种香气的肥皂,那她会想办法让他变成她的男人。

斯缇娜透露自己怀孕消息的那天,托马斯靠向她,嘴里呢喃着一些怯懦的话,也不觉得难为情。其实他对爱情知之甚少。他所了解的爱,是等待迪娜的吩咐、迪娜的首肯、跟着迪娜策马狂奔、盼着迪娜的好心情，以及满足迪娜所有如饥似渴的欲望。整个青春岁月，他都被这种爱压抑着，将情感深埋心底。而现在他忽然自由了。

好几天里，他仿佛根本不记得雷斯尼斯的主人是谁。在田地、谷仓还有森林里的那几天，他侍奉的主人换成了斯缇娜和孩子。

第十九章

这百姓说同谋背叛，你们不要说同谋背叛。他们所怕的，

你们不要怕，也不要畏惧。

——《圣经·以赛亚书》第8章，第12节

有天警长的舷外支架船出乎意料地滑入码头。他面如土灰，神情枯槁，说是想和迪娜单独说说话。

"发生什么事了？"她问。

"他们在特隆海姆逮捕了一名俄国人。"他说。

迪娜扬起头。

"那俄国人长什么样？"

"就是那个利奥·久科夫斯基，在雷斯尼斯做过几次客。"

"他们为什么要逮捕他？"

"间谍罪！说他冒犯了国王！"

"间谍罪？"

"郡长说他们已经盯了他很长一段时间了。他倒是挺让他们省事的，抓他的地方就在监狱附近，他刚进去取一个包裹出来就被抓了。那个典狱长很明显是知道他迟早都会去的。首席法官觉得，之前的那位典狱长是帮助他们开展调查颠覆政治行动的情报员。这位利奥·久科夫斯基恰好踏入陷阱，那个包裹在那儿放了好长一段时间……这里面肯定隐藏着什么加密信息。"

警长原本用一种低沉吓人的嗓音同她说话，突然他发出一声深长的

咆哮。

"然后典狱长说是雷斯尼斯的迪娜·格洛奈夫带来这个包裹的！"

"这说明什么？"

"说明我的女儿会被以间谍罪起诉！原因是她一直在和一名间谍密切来往！这名间谍甚至还和警长在一张餐桌上吃过饭、喝过酒！"

迪娜的脸色像旧帆船布一样灰暗，她紧张地眯起双眼，在窗户和警长身上来回扫视。

"但是我亲爱的警长大人，那本书，我送过去的那本书只不过是普希金的诗歌！利奥和我过去一起读过，当作消遣。当然，因为我不懂俄文，所以他会给我翻译。"

"多么愚蠢无稽的谎话！"

"我说的是真的！"

"你现在必须要说你没有送过那本书！"

"可我确实送了啊！"

警长叹了口气，把手放在心脏上。

"你为什么总要做这么可笑的事情？"他大叫道。

"我们在书里划的线不是什么间谍密码。只是我想学习的一些单词罢了。"

警长实在接受不了自己的女儿会卷入这样的事件中，这超出了他心脏的承受能力。起初他只是拒绝在报告中陈述她在特隆海姆送过这本书。他瞪大了眼睛注视着迪娜，眼睛上方的一丛丛眉毛已经泛白。屋外天寒地冻，她似乎供认了自己将那个不幸的包裹留在监狱的事实，这个说法完全惹怒了他，他可是绝不允许让自己的名字牵涉进任何一桩丑闻里！

"我必须提醒你的是，我可是冠了雅各布的姓！我有义务袒露真实的信息。这点你应该是知道的，对吧？"

他突然瘫倒在地，仿佛有人用大铁锤往他的后颈狠狠敲了一下，发出砰的一声，随后脑袋往胸脯的方向慢慢裂开。他按住胡须的两边，往嘴巴上方一起压下去，露出一个谦卑的表情。

末了，他选择了后退，不如就把这整个情况当做是份礼物。至少他，作为父亲和警长，在郡长的眼里可是相当重要的。事实上，对整个挪威法律体系来说，他都是重要的角色！

如果能将整个案件反转，证明这完全是一个低级错误的话，那可是一份巨大的宽慰。只要证明那个男子只是一个不爱工作的流浪汉就行，他对社会没有危害。至于间谍？完全是胡说八道！战争和饥荒逼迫人民总是用怀疑的眼光看待所有来自东方的人和事物。然而常常引发矛盾的英国佬和法国佬倒是悠闲得很。除此之外，他还严厉指责了德国人。俄国人，从另一方面来看，除了喜欢酗酒、和声歌唱以及运送谷物外，倒是从来没在北部地区犯过什么事！

警长负责书写一份简明扼要的报告。迪娜在她的声明下签了名。

但克里米亚战争一事却在迪娜的脑海中挥散不去。那个夜晚的大提琴声诉说了她的心意，她多想一骑绝尘，飞驰到特隆海姆去。

警长觉得她的这份证词应该能帮忙放了那个家伙。这点是毋庸置疑的。毕竟他曾经在雷斯尼斯的谷仓帮忙扑灭过一场熊熊大火，那天多亏了他的机智勇敢。

迪娜收到传召，要去伊布斯塔德，在最高法官面前作证，解释清楚那本普希金的诗歌集，以及被当作密码的下划线。

最高法官礼貌地接待了迪娜和警长。在场的还有一名公务人员和两名见证者。寒暄过后，法官开始大声朗读起他手中的档案。

有几句下划线的翻译清楚地表明，利奥·久科夫斯基控诉奥斯卡一世国王，但他却尊重广大市民和剧院主任克努特·邦德，赞赏他们加入拿破仑三世的队伍。除此之外，他还企图让不愿透露姓名的人参与策划针对瑞典国王的谋反行动！

迪娜读完这些，发出由衷的笑声。这一点法官必须原谅她，因为她对瑞典国王的反感是源于凯伦嬷嬷死后的名声。毕竟凯伦嬷嬷曾经乘坐的雷斯尼斯商船都是挂着丹麦-挪威联合王国的国旗！

警长面露羞愧，自从他以一名父亲的角色卷入这桩案子，他就没法自由地表达自己的观点。但因为这一点，迪娜收起了笑声。

"你的证词将一字一句写下来，送到特隆海姆去。"法官警告道。

"这我清楚。"

他开始盘问她，语气很平静。她回答得很简短，但非常清晰。只不过每个回答后都加了一个问题。

法官将了将胡须，手指敲打着桌面。

"你的意思是，整件事根本就是你们私底下用调侃的口吻侮辱自己的国王？"

"完全没错！"

"但那位俄国人的证词不是这么说的。询问起密码的事，他并没有提到迪娜·格洛奈夫的名字。他只承认她并没有受他指示，而是自愿把书送过去的，这点毋庸置疑。"

"我猜想他是不想让我卷入这件事。"

"你很了解这个人吗？"

"大部分来这里住一两个晚上的客人我都认识，许多人上岸后会来雷斯尼斯。"

"但你说这名男子是在一个所谓的宴会游戏中，在上述这本书里做的下划线，这你可以发誓吗？"

"我发誓。"

"有证人吗？"

"没有，非常遗憾。"

"宴会是在哪里举行的？"

"雷斯尼斯。"

"那你为什么把这本书带到监狱？"

"因为我当时在特隆海姆，乘坐我的货船旅游。他把这本书落在我那儿，我正好知道他接下来要去特隆海姆。"

"你是怎么知道他的行程的？"

"我想想，他之前和我提过。"

"那他为什么要去那里？"

"这我们没有聊起过。"

"对于一个女性来说，要送书的话，那儿可不是什么舒服的地方，对吧？"

"对男性来说也不怎么舒服！"

"你能否解释为何这本书对这名男子如此重要？"

"这是他最喜欢的书。法官大人请明鉴，人通常会把自己喜欢的书带在身边随行。凯伦嬷嬷来雷斯尼斯的时候，身边带了两个书箱。利奥·久科夫斯基喜欢普希金，所以他总是把他的书带上。我相信这一点他自己也解释过。"

法官大人清了清喉咙，扫了一眼手中的文书，随后点了点头。

"那这位普希金又是谁？"

"他是一位诗人。法官大人。他是一名作家！"

"这是当然。利奥·久科夫斯基对自己从哪儿来，到哪儿去的供词不是很可信。你对此是否略知一二？"

对于这个问题，迪娜仔细思考了一番，随后摇了摇头。

"这位嫌疑人出发去特隆海姆之前是否曾住在雷斯尼斯？"

"不。他上一回来雷斯尼斯做客是在一八五四年的春天。"

"这……这本诗歌集那段时间一直都在监狱。"

"法官大人，您可以向典狱长询问此事。但有一点是可以肯定的。有人把迪娜·格洛奈夫盖过章的私人包裹打开了。"

"嗯……"

"这恐怕是不合法的吧，法官大人？"

"这取决于……"

"但是法官大人！在他们打开我的蜡封前，他们并不知道包裹里有什么。所以擅自打开别人的私有物品，这肯定是违反法律的行为吧？"

"牵涉进这起案子的话，我没法回答你。"

"信呢？还有一封信去哪儿了？"

"信？"主法官饶有兴致地问道。

"包裹里还有一封信。是给利奥·久科夫斯基的。我亲笔写的。"

"问问题的人是我。你只要负责回答。"

"好的，法官大人。"

"我并没有听说过任何信的事情。接下来我会派人去搜的。信里说了什么？"

"有关私人的事情。"

"但我们现在是……庭审。"

"信里说：'当穆罕默德没法登上山时，山会自动来到穆罕默德跟前。'还说：'如果巴拉巴想要再次逃开十字架，他一定要来雷斯尼斯。'"

"这话是什么意思？是暗语吗？"

"就算带有象征意义，也最多和瑞典国王有些关系。"

"你可要记住了，你现在谈论的可是挪威−瑞典联合王国的国王！"

"当然。"

"那么这两句话是什么意思？"

"我想提醒他，雷斯尼斯还是如往常一样好客。"

"信里就说了这两句话？"

"没错。还有我的签名。"

"你和利奥·久科夫斯基之间是不是存在任何超越……超越普通主宾关系的关系？"

迪娜注视着法官。

"能否请大人解释一下你刚才的问题？"

"我的意思是，你经常和他交换信件暗语吗？"

"这倒没有。"

"我听说过去的两年里，每到夏天你都会出门旅游一阵。北部和南部都去了。你在旅途中有遇见利奥·久科夫斯基吗？"

迪娜并没有立刻回答这个问题。警长坐在角落里，正焦躁地挠着脖子，看起来不太舒服。

"没有！"她的回答很坚决。

"你相信这名被现有罪名指控并逮捕的男子是无辜的吗？"

"我根本不懂他为什么会被逮捕。"

"因为他手中有一本可疑的俄语书，经过专家仔细鉴定，已经破译了其中的密码。密码显示他对国王怀有深厚的敌意，但却高度赞扬市民，而且还含沙射影地指出，国王和那些市民正在密谋，要把北欧国家拉入克里米亚战争。"

"拉入战争的哪一边？"

"这个问题和此案无关，"法官大人的回答有些窘迫，"但拿破仑三世是我们的盟友。请回答问题就好，不用提问。"

"我们北部地区已经卷入这场战争很久了。法官大人您也可以就利奥·久科夫斯基携带的密码起诉我，逮捕我。"

"你所说的'卷入'是什么意思？"

"我们去阿尔仙格买粮食，为了不饿死。据我所知，国王并不关心我们到底吃的是什么。如果他现在想把我们拖入战争，看这战争的名字，那也应该是在别处打——不应该在芬兰的海岸上炮轰俄罗斯。"

"请回到正题！"

"是的，法官大人。但至少我要明白现在的正题究竟是什么。"

"迪娜·格洛奈夫，你现在是要证明自己参与了编写密码的事情吗？"

"这样学俄罗斯单词也是另一种乐事。"

"那这些……这些密码说的是什么？"

"法官大人，您在庭审最开始已经读过一遍，我记不住所有的句子。现在已经谈了这么久，自从利奥·久科夫斯基上次来雷斯尼斯教我俄语后，海浪也不知涨潮过几回了。"

"看来你不是特别配合我们的庭审。"

"我只是觉得，因为对瑞典国王开了个玩笑而去逮捕一个人，而对那些私自拆开迪娜·格洛奈夫蜡封的人却闭口不谈地轻易放过，这么做未免太不可理喻了！除了从战争中牟利的人，所有人都是克里米亚战争的输家！"

最终，法官只好决定结束这场庭审。庭审结果宣读完后，迪娜表示同意，一切便结束了。

"我受到什么罪名的指控了吗？"她问。

"没有。"法官回答道，他看起来十分疲倦。

"那这场听证会对利奥·久科夫斯基的罪名指控有什么影响呢？"

"现在很难说。但是你的证词削弱了有关密谋的指控，我只能说这么多。"

"太好了！"

"你难道同情这个俄国佬？"

"如果我的客人因为乐于助人，教了我几句俄语，就被抓进去，那我确实开心不起来。这一点我不否认。"

主法官、警长和迪娜了解清楚彼此的意思后，分别离开了听证会。

警长很满意，他感觉是因为他出了力，这一切才能摆平！是他依依劝说，也是他将第一手信息带给郡长和迪娜。因为他，听证会才能召开得这么及时妥当。

这一天，迪娜又成了他的女儿。

当迪娜从伊布斯塔德回到家时，雷斯尼斯的上空跨过一道彩虹。桨船慢慢靠近岸边，一栋栋房子从身边飘过，迷雾渐渐笼罩着夜空。

彩虹桥的一端连接在农舍的屋顶上，另一端藏在海湾里。

她眯着眼睛，眺望着陆地。今天，她独自坐船。

迪娜站在卧室的窗前，看着斯缇娜和托马斯从庭院里漫步经过。他们俩紧紧相依着。四月不知不觉就要结束了。

如果周围有人看着，谅谁都不会那样走路。不论是谁！

他们在鸽舍前停下脚步，把脸转向彼此，相视一笑。迪娜听不清斯缇娜在说些什么。她刚说完，托马斯便仰起头大笑。

托马斯竟然也会笑？

他把手臂环在斯缇娜的腰间，然后一同走过庭院，慢慢踏入农舍。

窗帘背后的这个女人深吸一口气，齿间发出尖锐的嘶嘶声。

她转过身，大步流星地走到房间的壁炉前，拿起大提琴，再回到窗前。

房间里的光线越来越昏暗。

报纸上刊登着有关《巴黎和平协议》的新闻。这一仗，俄国伤敌一千，自损八百。英格兰也没尝到多少甜头。至于芬兰，仍然受着瑞典-挪威联合王国的控制。归根究底，只有拿破仑三世才是唯一的赢家。

某一天，迪娜在报纸上看到朱莉·穆勒的讣告。她向穆勒先生发了封吊唁信，回信很长，字里行间充满了悲伤之情。信里说他想把所有家当都变卖了，包括马匹等，之后他打算移民去美国。

迪娜走到竖着旗杆的小山丘上，幸福地徜徉在诺德兰地区的夏日时光。

第二十章

你必败落，从地中说话。

你的言语必微细出于尘埃。

你的声音必像那交鬼者的声音出于地，

你的言语低低微微出于尘埃。

——《圣经·以赛亚书》第29章，第4节

小黑的腹痛治不好了，也没有人知道这究竟是怎么一回事，只看见它站在马厩里，像要把自己咬成碎片。

托马斯拼尽力气，不让马儿那一口固执的黄牙撕咬自己的伤口，可是收效甚微。

除了迪娜，没有人能接近那头受尽折磨的动物。它的伤口已经感染，疼痛在所难免。她把篮子放在口套上，等它想吃东西或者喝水时，她就站在旁边，确保它不会撕咬伤口。

马儿整日整夜地发出狂暴的嘶嘶声，当它用蹄子重重地在马厩里乱踢时，周围的人和动物都会惴惴不安。

斯缇娜把煮好的药膏敷在伤口上，欧林把熬好的膏状米糊带来给它吃。

可过了一星期，马儿躺在马厩的地上，再也起不来了。迪娜靠近它的时候，它用力吐出黏液，牙齿裸露在外，合不拢嘴。

离伤口最近的蹄子被压在它的身体下方，双眼充血。

汉娜和本杰明被规定不准走进马厩。

我是迪娜。人类真是无助，可怜的人类。大自然漠不关心地挥霍着世间万物的生命，从不为任何人任何事操心。一切在它眼里不过是地面上的一摊烂泥。新生命究竟是如何在这样的泥潭里茁壮成长的？烂泥始终只会产生烂泥，无休无止，从不会产生或创造出有价值的东西来。如果有人能从泥潭里站起来，用自己的生命做些什么就好了！只需要有一个人就好……

数字和音符都不受泥潭支配，它们是独立于人类知识的存在。数字自身的法则不以它是否出现在纸面为转移。而音符，不论我们是否听见，也始终存在于这个世界。

但自然界只是一摊烂泥。花楸树是，马儿是，人类也是。它们诞生于烂泥。又将再次回归于烂泥中。世间万物都有它回归的那天。然后再慢慢沉入泥潭里。

我是迪娜。与我为伴的只有手中的大铁锤和小刀。原来还有匹马。知道要往哪里敲打吗？知道！因为我必须知道。我是那位和小黑说话的迪娜，是那位抱住它脖子的迪娜，是那位久久望着它发狂双眼的迪娜。我是那位用铁锤重重击打在它身上的迪娜。

我是那位坐在一片温热的血泊中，守着马儿的女人，我看着它的眼睛慢慢化为一片透明的迷雾。

托马斯跑到马厩里给马儿做检查，但一切变得异常安静。

从远处昏暗的光线中可以看到迪娜的脸和衣服上撒了许多被雨打湿的新鲜玫瑰花瓣。她坐在地上，怀里抱着马儿的脑袋。它巨大的黑色身躯安详地躺在地上，强壮修长的四肢则两两朝外伸展着。

鲜血如泉水般狂涌，墙壁和地上的黄草堆都被染上了颜色。

"我的天哪！"托马斯痛苦地呻吟道。接着他脱下帽子，在她旁边坐下。

她好像根本没意识到他在旁边。但即便如此，他还是待在一旁，直到被刀深深捅入的伤口滴下最后一滴血。

随后她缓缓地放开马儿，将它的脑袋搁在地上，用鬃毛盖住它的双眼。她站起身，用手擦了擦额头，像一个一边醒着一边神游的梦游者。

托马斯也跟着她站了起来。

迪娜做了个手势，让他保持距离。然后她跨过门槛走到室外，身后的门依然开着。马厩里传来铁具在稻草覆盖的地面上轻轻摩擦的回声。

过了一会儿，一切又复归于平静。

铁锤和小刀放回了原来的地方。马厩也打扫好了。沾满鲜血的工作服就放在小河里，压在一块大石头下面。水流会将所有不堪一击的东西冲入大海。

***

迪娜走到洗衣房，给大水壶生了个火。她坐在贴着火炉的凳子上，等水变得滚烫，蒸汽开始往天花板冒的时候，才站起来。

烧完水，她走到房间的另一头，把房门闩上。随后取下挂在墙壁上的大洗衣盆，往里面倒水。她慢慢脱下衣服，仿佛在举行某种仪式。

她把衣服上有血渍的地方都往里折，好像只要看不到，血迹就能从衣服上消失。脱光衣服后，她裸着身子一步步踏入冒着蒸汽的热水盆里。

撕心裂肺的嚎哭声从她身上传来。这声音仿佛在她喉咙里酝酿已久，现在终于能冲破阻碍，将四周的事物一一打碎。直到耶特路德赶来收拾残局，哭声才慢慢停止。

第二十一章

我妹子，我新妇，我进了我的园中，

采了我的没药和香料，

吃了我的蜜房和蜂蜜，

喝了我的酒和奶。我的朋友们，

请吃！我所亲爱的，

请喝！且多多地喝。

——《圣经·雅歌》第5章，第1节

迪娜在科瓦峡湾查看别人推荐给她的马时，利奥·久科夫斯基正乘着一艘碰巧从斯特朗德斯泰德出发的小船。他身上的行李不算多，只带了一个水手的麻袋和一只旅行包。商店经理彼得前一晚刚把店关了，今天便站在码头上接待新人。

当他发现来人并不是什么晚到的宾客，而是一位预备过夜的住客时，他只能让他去主屋过夜。

利奥驻足停留了一会儿，他看着在通往主屋的路上，排成一排的花楸树。枝条上结满了深红色的果子。树叶却已随风飘远。

他漫步在两排树中间的小道上。没有树叶的树冠在一旁轻声歌唱。他在大门的台阶前停了停，仿佛瞬间改变了心意。于是他转过身，绕过主屋，走到后门处。把麻袋和旅行包折腾上台阶后，他敲了敲门。不一会儿他便走进了蓝色的厨房。

欧林认得这名脸上带疤的男子。一开始，她表现得有些害羞和拘谨，仿佛从来没接待过雷斯尼斯的客人。她本想请他进会客厅坐坐，但他礼貌地拒绝了。如果不麻烦的话，他还是情愿和她待在厨房里。

她的手放在围裙下，呆呆地站了一会儿。然后猛地冲到他面前，往他胸脯上捶了捶。

"谢谢你给我带的礼物！告别青春岁月后，我再也没有收到过那样的礼物了！上帝保佑你……"

深受感动的她抑制不住想要往他胸口上捶的念头，拳头越捶越重。

这个情景他可没预见到，不过他会心一笑，然后在她两颊分别啄了一口。

她略显尴尬地转过身，给炉子拨旺火。

"一想到你送给我蕾丝领子那么优雅的东西，我好开心！"她说。当她探着身子给炉子的木材洞眼里添柴火时，汗水在她的脸颊上闪闪发光。

"你穿过那个领子了吗？"他问。

"嗯，穿过……不过这不重要。反正我也不出去走动。待在厨房里的话，穿成这样干活也不合适。"

"但你有时候会打扮一番自己的吧？"

"会。"她说。这句话像是给所有疑问画上了句号。

"你上次戴那个领子是什么时候？"

"圣诞夜的时候。"

"那已经过去很久了。"

"是的，但好歹它没穿旧磨坏什么的，也算是件好事，你知道我的意思。"

他对着她的后背做了一个和善的表情，随后便开始打听起雷斯尼斯的动静。

女仆们的脑袋一个个从餐具室的门里戳出来。她们和利奥握过手后，就被欧林派到最大的客房去打扫了。欧林的话言简意赅，几个关键词就能让女仆明白自己要干的活。不过这背后真正的目的是要让她们离开厨房。

安排完女仆，她把咖啡摆在厨房的餐桌上。他走到台阶上，把旅行袋拿进来，请她腾出点地方来。欧林坐在桌边，脸上泛着红光。直到他再次开口询问雷斯尼斯的近况才回过神来。

"凯伦嬷嬷已经不在了……她去世了。"欧林一边说，一边用手拂了拂眼睛。

"什么时候的事情？"

"去年秋天。迪娜从特罗姆瑟回来以后。是啊，她当初去特罗姆瑟是要采购阿尔仙格的面粉……但利奥先生您自然是不知道这些事儿的。"

欧林叙述了一番凯伦嬷嬷去世的情况，有关斯缇娜和托马斯结婚的事情也一起聊了，说他们俩住在农舍里，现在正等待宝宝的降临。

"好像我每次来这儿总有人去世，"他喃喃自语道，"不过斯缇娜和托马斯这个算是好消息……奇怪的是，我都记不得上一次我来这里是什么时候。我没看出来他俩有什么眉来眼去的地方。"

欧林看上去有些尴尬，她说：

"其实他们俩对彼此不太了解。只是迪娜觉得这么做是一个解决问题的好出路。那之后就给他俩安排了这桩婚事，不过现在看来这对我们大家倒是喜事。不是所有雷斯尼斯的女人都能给人带来祝福的呀……"

"你的意思是？"

"我们的女主人呗。我也没法说太多，我知道她日子过得不容易。全靠自己。她好像有个心结。心情也不是很好！这你一看就看得出来。不过我不该怎么多嘴……"

"没关系的。我应该能理解。"

"她亲手把她的马给杀了！"

"为什么？"

"那马病了。肚子上有个伤口感染了。再说它年纪也大了。但她可以……"。

"她很钟爱那匹马的吧？"

"看样子是的。但她可是亲手了结了它！"

"开枪的吗？"

"不是，她用小刀刺进去。哼哧哼哧的！"

"马不喜欢用这种方式结束生命！"

"迪娜的马不一样。"

欧林的脸突然成了一堵没有门窗的木墙。她走到炉子跟前，取下咖啡壶，然后给俩人倒了杯咖啡。

她告诉他，他看起来不只人瘦了，脸色也比以前苍白了。

他咧开嘴笑，接着问起了孩子们的情况。

"本杰明有段时间陪着他母亲。现在马儿也死了，她可能比以前更需要他了。"

"有段时间？"

"是的，那孩子几乎很少离开雷斯尼斯。当然了，来这儿的人不少。但要想未来掌管这么庞大的家业，那孩子应该出去多看看世界！"

"但毕竟他还小。"利奥笑着说道。

"是是……斯缇娜的小家伙要在十一月出生。这样一来农舍里就有三个孩子了。主屋里却是一个也没有。本杰明的话，按他的出生地位不应该在那地方长大。要是换凯伦嬷嬷肯定不喜欢这样。她要是在，肯定会把他带回主屋里去。"

"本杰明不和他母亲一起住吗？"利奥问道。

"不一起……我猜是他自己不想吧。"

利奥端详着这位穿着围裙的女人。

"本杰明和迪娜一起出游的时候呢？"

"噢，她是独自坐小船出海的。她总是固执己见，如果凯伦嬷嬷还在世，肯定不会允许让她单独带孩子出海，身边总要有个男人帮忙的。"

"那迪娜遵从这个命令吗？"

"遵从不遵从……我也不清楚。不过我敢肯定，她没照做。"

欧林突然反应过来，自己刚才对着个陌生人说了一大堆不应该说出口的事情。她眨了几下眼睛，想换个话题。

她怎么会这么粗心，难道是因为他送了她蕾丝领子？还是因为他主动问了那么多问题？也许是因为他的眼睛有股魔力？她在心里给自己找借口，匆忙地摆满饼干烤盘，然后把刺绣桌布上的面包屑擦干净。

"约翰呢？他怎么样？"利奥继续问道。

"他现在在海格兰省有自己的一片小教区。说实话我也不清楚他的近况。自从凯伦嬷嬷离开以后他也不给我们写信了，成了彻底的陌生人。连我也觉得陌生。不过他现在的身体状况要比以前好点，我想……之前有一阵他身体不太好。"

"你担心他的身体吗？"他问。

"啊，担心啊。我现在也只能瞎操心。"

"你工作累吗？"

"不累……他们都挺帮得上忙的。"

两人都沉默了一会儿。

"迪娜呢？她什么时候回来？"他问。

"很有可能要过了明天才回来，"她一边说一边用眼角的余光打量着他，"但今天晚上安德士应该会从斯特朗德斯泰德回来。他见到你一定会很高兴的！安德士把货船和去罗福滕捕鱼的长船都配备好了。他之前一直在说今年春天要把两艘货船都派去卑尔根。他现在也算是做事业的人，要我说的话。他已经在长船上造了一个船舱，在里面过的简直是王子一般的生活，偶尔自个儿钓钓鱼。去年他带着装备和食物开船去罗福滕，和渔夫做买卖。回家的时候他带了一船的渔产、鱼肝和鱼子。有些是他买的，有些是他自己捕的！"

迪娜鲜少独自坐船，但这次她却不按常理出牌。她的眼神特别严肃，既然她没开口要求，所有人都不敢上前问她是否需要随行。最后只有本杰明陪她一起出门。

过去她查看蒸汽船的时候，他一直坐在插旗杆的小山丘上。他对她的问候方式和他对其他来这儿过夜的人、或是那些在商店买完东西去斯缇娜屋里喝咖啡的客人一样。

他睁着蓝色的双眼盯着她的眼睛看，仿佛她是空气中一层薄薄的灰尘。他的脸上慢慢长出了特定的轮廓，颧骨很尖，下巴感觉被削过。四肢显得有些笨拙碍事。除此之外他还有个坏习惯，总是时不时把嘴巴抿成一条线。

"你也在等蒸汽船吗？"她问。

"嗯。"

"今天有游客来这儿吗？"

"没有。"

"那你观望啥？"

"因为它长得丑。"

"你看蒸汽船是因为它长得丑？"

"嗯。"

迪娜靠着旗杆坐在一块平坦的石头上，小男孩彬彬有礼地慢慢挪到她边上。

"这里我们两个都坐得下，本杰明。"

她猛然把手臂环在他背后，但他却扭了扭身体躲开了。他的动作小到难以察觉，像是为了不想惹恼她。

"你想不想和我一起去科瓦峡湾，瞧一瞧新的马？"她问的时候，蒸汽船发出了哨声。

直到空气再一次宁静下来，他才开口回答。

"那应该挺有趣的。"他刻意用一种平常的语气回答，好像他生怕自己露出任何喜悦的情绪，迪娜就会改变心意。

"那就这么说定了。我们明天起航。"

他们在石头上坐了一会儿，望着仓库里的男人把船划出岸边，朝蒸汽船的方向驶去。

"你为什么把小黑刺死？"他冷不丁地问了一句。

"它病了。"

"那它就不能康复了吗？"

"能，但是不可能恢复到以前那样了。"

"可即便这样也不至于让它死啊？"

"至于。"

"为什么？你可以找别的马骑。"

"不行。我不能让这匹马待在马厩里，同时跑去骑别的马。"

"那你为什么要亲自杀了它？"

"因为这件事不是儿戏。"

"它说不定会用脚把你蹬死的。"

"是的。"

"那你为什么还要这么做？"

"这是我该做的。"说完，她便起身离开。

关于购买新马匹的事情，迪娜询问了小本杰明的意见，在她的指导下，两人最后对挑选马儿的想法达成了一致。那匹马并不令人十分满意。它的眼神闪闪烁烁，胸肌也不够发达。迪娜跨上去时，马儿倒是非常好驾驭，但即使这样，他们最终还是没有买它。

"要不然的话，我可能要派个人跟你一起坐船回家了，"迪娜轻松地说道，"可能这是上天的意思，要我和你一起回家吧。"

看完马，他们在警长家度过宁静安详的夜晚。

警长从主法官那儿得到消息，利奥·久科夫斯基前不久刚被释放。

迪娜听到这个消息的时候，半眯着眼。她告诉达格妮，她想把耶特路德的画像带去雷斯尼斯，这么多年她和达格妮围绕这些画像也斗争了好久。

达格妮略显不安地挪动着身子，不过她同意了。这个办法不错。

"还有胸针。耶特路德的胸针我也要带走。每回你想装优雅的时候都戴那枚胸针。现在我想由我来保管。"迪娜继续往下说。

警长和他的儿子们听到这些话如坐针毡。但本杰明似乎一点也不担心，即使身下坐的就是一个火药桶他也不怕。他挨个看着每一个人，好像发现了某本图画册里的有趣细节。

紧张的气氛终于过去了，像一阵风，慢慢改变了方向。

迪娜最后带着胸针和画像告别了警长一家。

秋高气爽的日子里，偶尔会刮起宜人的和风。

本杰明在旅途的大部分时间里都负责掌舵，他的样子像雄鸡一样高傲。男孩很满意在海上的这段日子，甚至感到十分快乐。在回家的旅途中，他们还一起探讨了许多事情。

迪娜的眼里终于有了他！并且认真地倾听了他所说的话。整个交谈的过程中，她都非常认真地回答着他的问题。不只是凯伦嬷嬷和马儿，还有关于长大成人后，他需要学习哪些重要的技能。除此之外，他们还聊到雷斯尼斯未来由谁做主，以及为何在迪娜去世之后货船会归安德士所有的问题。当成年人以为本杰明还不懂事的时候，实际上他一直长着耳朵仔细聆听周遭的一切，这一次他终于把所有好奇的问题、所有大人没有回答的问题都问了个遍。

但迪娜通通回答了他。有时候她说完了，他可能还是没搞懂，但这不重要，重要的是迪娜愿意回答他。

有那么几个问题，迪娜也不知道答案。比如他问下次出海能否继续带他，还有约翰能否再回到雷斯尼斯。

"我不关心约翰哥哥是不是还会回来。"她说。

"为什么？"

"不知道。"

面对这个话题，他没有继续追问下去。

他们朝着码头一路驶去。

"你和安德士一样，是个好舵手。"小船抵达第一片礁石时迪娜说道。

本杰明眉开眼笑了好一阵，然后从船上跳下来，非常绅士地给迪娜拉了一块大石头垫脚上岸，这样她就不用把脚沾湿了。

"在航海方面，你可真擅长啊。"他一边说，一边从轮盘处转身接过她递来的旅行袋。

他很少微笑，每次微笑仿佛是上天的礼物，可惜她此刻并没有心思注意这份礼物，她的眼睛盯着小山上的某个地方。

一名男子沿着绿树成荫的大路走来，他头上戴着一顶宽檐黑色毛毡帽，举起手做打招呼的姿势。

她把旅行袋安放在海草里，然后缓缓地踏着一块块礁石，有意识地选择了一条路线，穿过高水位区，走到库房的楼群中，接着踏上鹅卵石铺成的小径，乘着拱形大树的阴凉，沿着大路走到主屋门口。

快走到门口时，她跑了起来，然后在他面前停下来，两人隔了一个步子的距离。他伸出双臂，她扑个满怀。

男孩走在沙滩上，他垂着头，把小船往岸上拉。

好沉啊。

不知不觉已经到了上甜点的时候。秋意迷蒙，屋子里灯火摇曳，黑暗只好躲在角落。

本杰明的导师和商店经理彼得偶尔会聊几句。大多是安德士和利奥在交谈。迪娜闪着萤火般明亮的双眸望着他们。

斯缇娜不在桌边，自从嫁给托马斯以后她就不入座了。这份特殊地位是她自己放弃的，并没有受任何人安排。毕竟托马斯永远不可能被邀请到主屋的餐厅里，坐在如此盛大的餐桌旁。

她忙前忙后地确保所有菜都上齐了。尽管肚子已经很大了，但动作却和小动物一般轻盈迅捷。

利奥把她当成这个家庭的主人，十分热情地打了个招呼。但她只是有礼貌地应了应，看起来是有意防卫自己，怕对方再提些什么问题来。

大家都没有提起监狱以及间谍的事情，但关于战争的话题还是不可避免地出现在交谈中。

"那他们对俄罗斯的新沙皇满意吗？"安德士问。

"青菜萝卜各有所爱。我也是很久之前从圣彼得堡那儿听来的消息。但我觉得这位沙皇深知这是一场注定的败局。他同他父亲不一样，他所接受的教育不只限于军事方面，恰恰相反，他年轻时期的老师，有一位名叫做瓦西里·久科夫斯基。"

"那是你的亲戚吗，利奥？"迪娜的反应很快。

"可能是吧。"他微笑道。

"你觉得老师对一个人很重要吗？"迪娜扫了一眼导师安吉尔，显得非常好奇。

"看起来是这样。"

"我的老师是洛奇先生。"迪娜若有所思地说着。

"是那位教你拉大提琴弹钢琴的老师吗?"安吉尔问。

"是的。"

"他现在人在哪里呢?"

"他无处不在啊。"

斯缇娜在房间里准备餐后咖啡,她抬起头,听着迪娜的回复望了一会儿,然后安静地离开了房间。安德士露出一个很明显的震惊的表情,但一个字也没说。

"每个人都清楚,他周围的人会对他产生影响。"导师说道。

"那是当然的。"利奥说。

"你觉不觉得那些士兵根本没有受过打仗的训练,所以克里米亚战争已经提前宣告了败局?"导师饶有兴致地问道。

"如果一场战争对上阵的士兵而言没有意义,那确实已经是注定了败局。当人们害怕到连话都不敢说,那最终的结果就是打仗。"

"你说的这些是道德层面的东西。"导师点评道。

"但是你没法逃开道德层面去谈这个问题。"利奥回应。

"对俄罗斯人来说,和平协议难道不就是一份代表它依附对方的协议吗?"安德士感到好奇。

"一个有思考能力的俄罗斯人会是这个世界上最不依附别人的存在,"利奥依然友好地说道,"但可惜俄罗斯内部各吹各的号,各唱各的调!"

安德士对甜点很满意,但他放下手中的小勺,思考了一会儿。

迪娜的思绪早飘到了别的地方,她的双眼径直向前望着,完全没理会其他人的表情。过了好一会儿,她才拿起餐巾,抹了抹嘴。

"船到桥头自然直，"她呆呆地说着，"只不过我们现在还看不见结果……"

"利奥，你对于那些斯堪的纳维亚主义者的想法怎么看？他们想要把所有北欧国家统一到一面旗帜下去。"导师开始发问。

"首先要看你怎么定义北欧国家。"利奥的回答有些推托。

"按现在的领土划分来看，已经蠢得无可救药。金子和泥土热乎的时候放一起闻不出区别，但一旦冷却下来，那差别高下立见。"安德士干脆地说道。

"我不太确定。每个国家一定要跳出自己的眼界去看问题。眼里只有自己的人会迷失方向。"利奥缓缓地道出观点，眼睛则审视着面前的小勺。

迪娜露出吃惊的神色，随后哈哈大笑。其余人则低垂目光，陷入一片尴尬的气氛中。

"能否请雷斯尼斯的女主人为我这饱受岁月摧残和战争洗礼的俄罗斯人拉奏最后一支曲子？"他愉快地问道。

"那要看是拉哪首曲子了。"

"就拉我给你寄来的曲子吧？"

"可以，但我有个要求，你得陪我去找上星期在大峡谷杀了两头羊的野熊。"她迅速地回答道。

"成交！你有枪吗？"

"我有，托马斯也有。"

迪娜站起身，整了整裹在乔瑟琳胸衣周围的深蓝色广东法兰绒裙装。利奥陪她一同过去，其他男性则留在吸烟室里，开着房门，静坐等待。

当他们两的双手在一起摩挲时，仿佛变身成一丛荆棘和余火未尽的木块。

"有些曲子很难拉好。"她说。

"可你有足够的时间用来练习……"

"是这样没错,这点我无法反驳。"她的回答略显尖锐。

"我能提一个请求吗?"

"可以。"

"我想听一些专门为月光下想入非非的男子拉奏的曲子。比如贝多芬的《月光奏鸣曲》。"

"那恐怕你忘给我寄谱子了。"

"不,我给你寄了。第十四奏鸣曲。"他解释道。

"你弄错了!第十四奏鸣曲叫作《升 c 小调第十四钢琴奏鸣曲》。"她谦逊地反驳道。

他将自己的位置选在她和吸烟室里的男人们中间,这样就能独占她的目光了。他脸上的疤痕在夜里显得非常苍白,或许是脸本身就没什么血色的缘故。

"我们俩说得都没错。这首奏鸣曲最初的名字就是你谱子上的名字,后来有位作家给它重新命名为《月光奏鸣曲》。我非常喜欢这个名字……因为这是一支为月光下沉迷幻想的男子所作的曲子。"

"或许吧。但我更青睐第二十三奏鸣曲,《热情》。"

"先弹我那一首嘛。"他低沉地说道。

她没有回应,只是翻开谱子开始弹奏。最初的开场曲调有些刺耳磨人,但渐渐地,音符像亲吻爱抚一般漂浮在屋子里。

厨房和餐具室的房门像往常一样开着,所有窸窸窣窣的嘈杂声都静止了。欧林和女佣们像影子一般在敞开的房门间移动。

迪娜身穿白色的冬季大衣,她虽然面无表情,手指却像黄鼠狼一样灵活,在细亚麻布褶饰的袖口外激情地飞舞。

俄国人站在她身后,绿色的双眸大胆地在她的发丝和安放在她座椅靠背上的双手之间移动。

　　安德士的位置可以看见迪娜的侧脸，他稳稳地举起一只手，安安静静地点上一根雪茄。被火光照亮的脸颊和阴暗的墙壁形成鲜明对比。虽然表情很友善，但他紧皱的眉头让整个人看上去坚不可摧。

　　在不经意的一个瞬间里，他瞥到了利奥投来的目光。他点点头，仿佛正在同对方进行一场象棋比赛，安德士最终非常平静地接受了败局。

　　从过去到现在，安德士一直是一位敏锐的观察者。他不仅观察自己，同时也观察他人的生活。他的头脑里开始计算从利奥上一次出现在雷斯尼斯，到他航行去福尔德海之间，经历了多少个月份。然后他弯下头，任由思绪随着雪茄的烟雾一同飘散至天花板上。

后记

不要因日头把我晒黑了，

就轻看我。

我同母的弟兄向我发怒，

他们使我看守葡萄园；

我自己的葡萄园却没有看守。

我心所爱的啊，求你告诉我，

你在何处牧羊？

晌午在何处使羊歇卧？

我何必在你同伴的羊群旁边，

好象蒙着脸的人呢？

——《圣经·雅歌》第1章，第6—7节

雷斯尼斯房子里的蜡烛一根接一根地被吹灭了。主门边上，一对放在沉甸甸的熟铁烛台上的蜡烛正轻轻地摇曳着火光。

等所有人都上床睡觉后，迪娜和利奥趁着夜色在屋外散步。花园围栏旁的两棵巨大山杨树在紫罗兰色的苍穹下裸露着身姿。凯伦嬷嬷的心形花床周围撒着一圈碎贝壳，宛如月光下一堆小小的死骨。空气中弥漫着八月的气息。

他们往夏日度假屋的方向踱去，好像心有灵犀一般。打开摇摇晃晃的薄门时，阴寒的空气扑鼻而来。迪娜提着一盏灯，彩色的玻璃窗格在光影中闪烁。她穿着一件外套，披着斗篷。男士的衣着显然不够保暖。但此时此刻，温度刚好。

她刚把灯放在桌上，他便急不可耐地用双臂紧紧围住她。

"谢谢你！"他说。

"谢我什么？"

"谢谢你为我做假证！"

他们的身体仿佛暴风雨中的两棵树，不得不紧紧依偎在一起。

风刮得越来越猛，两个人把对方咬得越来越深，深到感觉不出疼痛来。

"因为这个他们放了你吗？"

"反正是帮上了忙。再说那串所谓的密码也没有任何公害。"

"可那串密码确实代表着某种意思吧？"

"只有了解俄语双关语意的人才能明白。"

他捧着她的头，亲亲地吻了她一下。

房顶似乎被雷劈得四分五裂，天空像一只巨大的黑斑鸽落在他们脑袋上。彩色的玻璃窗外，天空出现一道红色的闪电。灯自己熄灭了。海鸟化作一个灵敏的红色幽灵，从窗户里飞进来。圆鼓鼓的绿色满月跟在它身后慢慢漂过。

"你来了！"她好不容易喘上口气。

"你拿到那顶帽子了？"

"嗯。"

"你现在还质疑我吗？"

"嗯。"

"我一直都想，"他的嘴巴贴在她的喉咙旁轻声低语道，"我在牢里的时候一直都想着你。"

"那个监狱长什么样子？"

"现在先不聊这些事。"

"是第一次吗？"

"不是。"

"上一次是什么时候？"

"在俄罗斯的时候。"

"为什么?"

"迪娜!我是不是要一直吻你才能阻止你提问下去?"

"没错!你为什么回来,利奥?"

"因为我还爱着一个前任船长的寡妇,名叫迪娜·格洛奈夫。"

她大声地叹了口气,像一位在田地里干了一天的活儿,好不容易盼到晚上的老农妇。接着她在他的脸颊上轻轻咬了一口。

"利奥·久科夫斯基口中说的爱是什么意思?"

"就是我想要了解你的灵魂。是我想重复那天在教堂风琴台发生的事,重复一辈子。"

这句话仿佛像是一条通关密语,她忽然站起身来,拉着他慢慢起来。

漆黑的提灯静静地放在桌上,护送两人共赴巫山。

****

凌晨三点的时候,主卧里传来洛奇大提琴的歌唱声。安德士在床上辗转反侧,月光在他身上投下窗户横杆冷清的影子。他决定要在冬天前去一趟纳姆索斯,采购木材,直到清晨他才真正入睡。

本杰明也听见了洛奇的大提琴声。音符从庭院飘入农舍。

那天晚上他透过客厅的窗户看见了晚宴的情形。那位脸上带疤的高个深肤色男士一直注视着迪娜,仿佛看着自己的某件所有物。

斯缇娜把他叫进屋子里,给他预留了足够的时间换装,让他一起加入主屋里的宴会。

但本杰明·格洛奈夫那天刚坐船从法格尼斯回来,最后却被抛弃在海滩上。

迪娜应该亲自把他带到餐桌旁!

可他深知迪娜是不会这么做的。

利奥跟在她身后走进主卧，像是征服了这片大地上最大城市的军队领袖，总要最后一个进入凯旋的战车里。在走下入口处的楼梯时，他早将外套和鞋子给脱了。

黑色的壁炉里传来微弱的噼啪声。安奈特在夜里早些时候给炉子生好了火。

迪娜把镜面桌烛台上的蜡烛点亮，随后把灯给熄了。

她宽衣的时候他站在一旁欣赏。当她的紧身胸衣落到地板上时，他叹了口气，双手在她光秃秃的肩膀上划着圆圈。

她脱下直筒式内衣，两颗乳房跌跌撞撞地露出来，像囚犯一般在他的手掌上释放。左右两颗黑色的突起物在他的指尖下慢慢鼓胀起来，闪闪发光。他侧下身子，开始吮吸。

她笨手笨脚地摸索着裙上的束腰带，在布料上发出柔软的沙沙声，好像无穷无尽。终于，她的身上只剩下灯笼裤了。

他把双手滑入她的臀间，再次叹气，把肉体随意揉捏成他想要的形状。隔着东印度细腻的高织棉布感受着她温热的肌肤，这样的触感让他为之疯狂。两个人仍旧维持着站立的姿势。

她一边挣开手，帮他褪去西装马甲，一边深情地凝视着他的双眼。她解开他的围巾，然后脱下他的衬衫。

"我应该干点什么？应该干点什么好呢？"欧林自言自语道，"你听说过有人隔着一道锁着的门把屋子里的火给生起来的吗？"

"没有。"

"好，那么！别目瞪口呆地看着我！别说话！"

欧林走到女孩面前，往她的脸上发出轻轻的嘘声。

"不要对任何人提起空床的事情！明白了吗？"

"好的……"

迪娜走去庭院的时候，本杰明拦下她。

"我们今天要出海吗？"

"不，今天不出海，本杰明。"

"那你要和那个俄罗斯人出海吗？"

"不。"

"那你今天要干吗呢？"

"我要和俄国人出去打猎。"

"女人从不参与打猎。"

"可我参与。"

"那我可以一起去吗？"

"不行。"

"为什么？"

"我可不能在我们猎熊的时候，让孩子在灌木丛里跑来跑去。"

"我不是孩子！"

"那你是什么呢？"

"我是雷斯尼斯的本杰明。"

迪娜微微一笑，用手紧捏住他的后脖子。

"没错。最近我会挑一天教你用拉普兰的猎枪打猎。"

"今天吗？"

"不，不是今天。"

他迅速转过身，一路跑到船屋处。

迪娜走到马厩里，找托马斯借猎枪。

他拉长着脸，对着她苦涩地笑了笑，一句话也没说，只是点了点头。随后他拿来火药桶和火药袋，把墙上的来复枪取下来。

"俄国佬对这玩意一窍不通。他只用得惯手枪。"

"你对利奥先生用什么武器非常了解咯?"

"不了解,但他不太可能用得惯拉普兰人的来复枪!"

"你用得惯?"

"我对这把枪了若指掌。这把枪视野很好。没人能打得更准……"

迪娜宛如一条蛇,不停地扭动着身体。

"或许能不能打中根本不是必要的事?"她满不在乎地说。

"不,打猎本身是一件很快乐的事。"他说。

"你的意思是什么?"

她慢慢向他靠近,马厩里只有他们两个人。

"我没任何意思。我只是说你打猎的时候,你对是否能打中你本来要的猎物并不是很在意。"

"比如你上次最后猎中的是只兔子。"他直直地注视着她的眼睛,继续补充道。

她拿起来复枪和火药桶,便离开了。

他们沿着小径往松鸡林的方向走。她走在前头,不停地转过身来,像一个年轻姑娘般露出甜甜的微笑。她穿着一件短夹克,下身配了一条手织的裙子,长度到她的脚踝。头发上绑着一条丝带,飘在后脑勺上。她提来复枪的姿势很轻松,仿佛那只是手上一根轻轻的羽毛。

他从背后打量着她,阳光下的她光彩夺目。

最初的霜冻已经消失得无影无踪。越橘地上染上一层铁色。红色的浆果裹着饱满的汁水,沉甸甸地挂在橄榄叶丛中。

两个人都没有寻找棕熊的样子,连沿着他们足迹,在身后吃力跟随的男孩也没看见。周围的灌木丛和杜松树丛将他们俩完美地隐藏起来,这里除了对方,看不见别的人。

她放下来复枪，走到一块大岩石后等他。然后像山猫一样突然扑到他面前。

他张开双手接住她，拥抱点燃了内心的熊熊烈火。在这儿，他是主人。他把她带到欧石楠丛里，骑在她身上慢慢引诱。当她发出呜咽声并咬住他的喉咙时，他终于放开自己，肆意地在她身上翻寻洞穴，像巨人一般重重地把她压在身下。然后他撩开她宽松的裙装，找到了入口。

"我爱你，迪娜！"他的喃喃声仿佛从深邃的一汪池水里迸发出来，睡莲在水面上漂浮着。一股强烈的新鲜泥土气息从这摊剧烈搅动的水池里飘上来。在水池边缘的某个地方，一只大型动物发出了呻吟声。

"你是想把我压死吗？"她气喘吁吁地说道。

"我只是把你没做完的事情继续下去。"他嘶哑着喉咙说道。

"你昨天晚上没要够吗？"

"不够。"

"那你什么时候才够呢？"

"永远不够。"

"那我们以后怎么办？"

"我会再回来的。一次……又一次……"

身下的她突然变得僵硬。

"你要走？"

"不是今天？"

她突然情绪失控地把他从身上甩开。她坐起身来，仿佛一只巨型的猫咪，身体的重心依靠在前爪上，眼里注视着她的猎物。

"那是什么时候？"

"等下一班蒸汽船来。"

"你现在才和我说？"

"是的。"

"你昨天为什么不告诉我？"她尖叫道。

"昨天？为什么？"

"你装傻？！"

"迪娜……"他温柔地唤着她，设法抱住她。

她推开他，跪在欧石楠丛中。

"你知道我不得不走。"他用恳求的语气对她说。

"不！"

"我告诉过你，在特罗姆瑟的时候。"

"你信里写过……你会来，不管发生多糟糕的事情都会来。你这次来雷斯尼斯就是要在这儿定居的！"

"不，迪娜，这我办不到！"

"那你为什么来这儿呢？"

"来看你。"

"你觉得，对雷斯尼斯的迪娜来说，只是来看望她就够了吗？"

她的嗓音仿佛来自茫茫雪地里一头饥饿的狼。

"你觉得你可以这么随意地想来就来，满足欲望之后想走就走吗？你怎么那么蠢？"她继续说。

他的双眼直视着她。

"我有对你许下任何承诺吗，迪娜？我们讨论过婚姻的事情，你记得吗？那一次我有承诺过你什么吗？"

"我在乎的并不总是你说了什么。"她打断道。

"我过去认为我们理解彼此。"

她没有回应，只是站起来，用锋利的爪子掸了掸自己的裙子。她的脸色很苍白，嘴唇上覆着白霜，眼睛感觉结了好几层的冰。

随后他也跟着站起身来，反复念了好几次她的名字，仿佛在请求对方的宽恕。

"你觉得没有得到我的允许，这里的人可以随便离开雷斯尼斯吗？还是说你觉得你可以跑到雷斯尼斯这个地方，播完种就走？你把这事想得这么简单？"

他不做声，只是转过半个身子，重新在欧石楠丛里坐下。看起来他想等她发完脾气，希望她能为在气势上胜过他而平静下来。

"我必须再回俄罗斯去……你知道的，我身上背负的事情等着我去完成。"

"雅各布过去想留在这儿，"她对着空气说话，"但他只能离开……可在这里，我能感觉到他，从来没停止过！"

"我并不是想要去死，即使你丈夫已经去世了。如果将来有孩子，我会……"

她尖厉地张嘴大笑，随后捡起来复枪，毅然决然地大步走进树林里。

他起身跟在她身后。过了一会儿，他才意识到她已经进入了捕猎的状态，整个人警惕而专注，仿佛想要把内心的愤怒全都投入在这场凶猛的打猎游戏中。然后她悄悄地钻进树丛。

他莞尔一笑。

本杰明从自己的瞭望点看到了他们和碎石坡上方的硕大山杨树。他一动不动地坐着，看着大石块背后的两人相拥。他张大了嘴巴，眉头紧锁，嘴角时不时抽搐一下。

他听不清楚下面的人说了什么，也不知道他们什么时候完事又重新上路，这当中有一段时间，从他的视野里看不见他们。

但他继续偷偷跟在他们身后。本杰明希望自己能看到他们之间的所有动作，而且千万不能被发现。

利奥安静地走在迪娜身后，观察着她的身体。

八月的落日都为她的身姿所吸引，它曾在树干间和欧石楠丛里寻找他的影子。

当他们走到树林边缘的时候，她停下脚步，转过身来。

"雅各布当时从悬崖边翻下消失，是因为他根本不了解我是个什么样的人。"

"你这话是什么意思？"他一边提问，一边为她主动和他说话而感到宽慰。

"他当时必须翻过悬崖边，因为我要他那样做。"

"怎么翻？"他轻声问道。

她慢慢地往后退了几步，然后放开双臂。

"我把雪橇松开了。"

他咽了下口水，企图走到她身边。

"待在原地别动！"这是她的命令。

他只好让自己和欧石楠粘在一起。

"尼尔斯也不了解我究竟是个怎样的人。但他最后了解了。"

"迪娜！"

"我在福尔德海上流出的胎儿……它还是和耶特路德待在一起比较安全……因为你，你没来！"

"迪娜，你过来！你告诉我你究竟在说些什么。求你了！"

她再次转过身面对着他，缓缓地漫步在高原上。

"你要去俄罗斯了，是吗？"她一边走一边吼叫道。

"我会回来的。你前面说的胎儿是什么……"

"那如果你回不来呢？"

"那你将会是我临终前最想见的人。快告诉我你在福尔德海上究竟经历了什么，迪娜！"

"雅各布还有其他人，他们都一直陪在我身边，他们需要我。"

"但是他们已经死了。不能因为这去责怪你……"

"你懂什么叫责怪吗？"

"我懂得不少。我自己曾经杀过好几个……"

她急忙转过身，眼睛直勾勾地看着他。

"你刚才说漏了嘴。"她怒气冲冲地对他说。

"不是，迪娜。那些都是叛国贼，他们的存在可能会危害其他人的安全。即便如此……我还是有负罪感。"

"叛国贼！你知道叛国贼长什么样子吗？"

"他们长得各式各样。或许他们长得和要逼迫一个男人穿她裙子的迪娜·格洛奈夫一样！"

我是迪娜，我看见利奥从阴影里走出来。他胡子拉碴、衣衫褴褛，身上长了虱子。他在胸前紧紧抓着普希金的决斗手枪，好让我以为那是一本诗集。我看出来他想对我干点什么，不过我始终让他和我保持一步的距离。我给拉普兰猎枪装上火药准备打猎，利奥显然不知道怎么做才最有利于他自己。他想和我说有关新沙皇、亚历山大二世的故事。但我累了。我已经走了很长的一段路，光凭脚丫子走，身边连匹马也没有。

我是迪娜。是我对着小偷说："今天你就会和耶特路德相见。见到她，你所有恐惧和骇人的念头都会不复存在。再也不必像一个叛国贼那样四处逃窜。"

我把枪瞄准该隐，在他的头上留下标记，这样我下次还能认出他来。这样我就能一辈子都选中他，保护他。

我把他放倒在欧石楠丛里，这样他就能永远安全地躺在耶特路德的膝盖上。我看着他，绿色的眼睛仍在颤抖。他在对我说话。美丽的线条从他的嘴唇流淌到我的手臂上。我抱着他的头，这样他就不会在黑暗中孤孤单单了。现在他已经看到耶特路德了吧。

你听得到我说话吗，巴拉巴？洛奇会为你拉奏大提琴。不，他会弹钢琴！他会为你弹奏那首《月光奏鸣曲》。你现在看清楚我是什么样的人了吗？你现在了解我了吗？

我难道是注定要面对这样的结局吗？

男孩突然从悬崖边上站起来。他的尖叫声在云层中划破一个洞，和忽隐忽现的太阳对抗了几秒钟。

我是迪娜。我看见本杰明从山里走来。他是从蜘蛛网和废铁里诞生的孩子，狰狞痛苦的表情把他的脸变得高低不平。

我是耶特路德的眼睛，在她的眼里我看见了这位孩子，也看见了我自己。我就是迪娜，是见证了一切的人！